古罗马墓志铭

改朝换代

IV

陆幸生◎著

中国书籍出版社
China Book Press

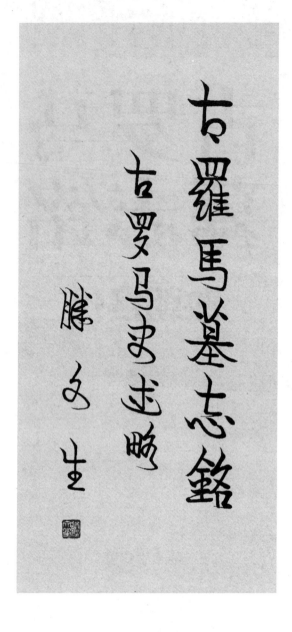

古罗马墓志铭

古罗马史述略

滕文生

滕文生

中央政策研究室、文献研究室原主任
中国共产党第十五、十六届中央委员
国际儒学联合会荣誉会长
中国政策科学研究会荣誉会长

古罗马墓志铭题记

陆幸生

烟雨随春天的风吹散
荒冢孤坟伴视线淡去
葳蕤的森林和盛衰的草木
伴季节变化，四时无常
闪烁着幽火萤光的灵魂
出入古典、中世纪、绵延当下
去人们的脑海，掀起无尽波澜
罗马高大的柱廊，支撑着拱门
变得空旷而无边无廓
那是古往今来的时空
唯剩斗兽场的残垣断壁注入血腥
广场上图腾柱前骑马挥手的帝王
指点江山，出入英雄或者枭雄的
道口，寓寄着帝国兴衰存亡
接续生死之路的阴阳轮回

凯旋幽灵之门的来路和去向
续绝存亡，生生死死，恺撒
亚历山大、君士坦丁的宏图大业
称霸世界的野心勃勃跳动在疆场
走向世界这个斗兽场
不断出演丛林中弱肉强食
胜者为王的血腥游戏
元老院的谋杀，独裁官
壮志未酬，死于非命
醉生梦死的执政官安东尼和
埃及女王的缠绵，成就那段
风流往事，古今传唱
荒诞荒唐荒淫的演绎
出入宫廷，流播天下
国家覆灭了，罗马堕落了

奥古斯都凯旋的旗帜
舞动在广场，胜利的鼓角
雄壮的军号齐鸣于天空
太阳王的驷马走向权力宝座
沐猴而冠戴上王冠穿上衮服
月亮神的羽翼盘旋荒郊野岭
寻觅断碑残碣上的墓志铭
尸身速朽，阴魂不散
无论生前的叱咤，死后的哀荣
一概归于尘土。文字的魅力
在史诗般的墓志铭中
永恒流转着岁月余晖
那些闪烁在灿烂夜空的明星
柏拉图、苏格拉底、阿基米德
亚里士多德、西塞罗、塔西佗
睿智的思想镌刻在天地间
穿越世纪的冰川送来暖流
良知化为春雨滋润荒芜的田野
绿色的茎叶舒展花的骨朵
花园里升起霓虹布满天穹

萦绕着千年罗马的墓碑，铭记
一切帝国辉煌，升上顶峰的旗帜
那些腐败、无可挽回的殒落脆断
都将在悲欣交集中循环轮回
又将去痛苦的悲哀里流窜
狂欢篝火后的余烬，终将泯灭
枯藤古树晨钟暮鼓中的墓志铭
在鸦雀啼鸣里走进黯夜
明天又是一个血色黎明
人们抚去岁月尘埃
罂粟花布满的坟场战场角斗场
唯断简残章零落的墓志唤起记忆
神圣出尘的、肮脏渺小的
高尚纯洁的、卑鄙无耻的
统统浓缩在灵动的字里行间
让人品味、揣测、感叹
吟颂、思量，余韵绕梁
江海呜咽，风涛訇响，绵延流殇
……

目 录

第一章
尼禄之死和恺撒王朝的覆灭

行为艺术家尼禄登台

公元 54 年，阿格里皮娜已经是一个年将四十的女人。在宫廷的残酷阴谋和无情搏杀中，她终于冲出一条血路，千方百计将自己刚刚成年的儿子尼禄送上元首宝座。她已经把他管教得爱她并听她的话，她要使他不知不觉地服从自己。因为她对尼禄在形式上的统治，已经作出了周密布局。

当她从儿子口中得到确切消息：尼禄已经被罗马公众接受为新的帝国元首，也就是被后人称之为皇帝的那个至高无上的职位。她就带着冰冷无情的复仇心态，开始了对异己分子的大清洗。她派出使者到被她击败的纳尔苏奇斯处通报克劳狄乌斯的死讯，尼禄已经登上皇位、她已成为帝国的摄政的喜讯。这是工于心计的太后刻意所为，因为她已经由皇后升为执掌实权的太后。纳尔苏奇斯心知肚明阿格里皮娜的用意，立刻烧掉了自己的所有的私人文件。不久，这位对克劳狄乌斯皇帝忠心耿耿的释奴，就在残酷的监禁和酷刑威逼之下自杀。

尼禄对于这位皇室老奴的死很不高兴，因为纳尔苏奇斯的贪欲和挥霍的奢侈生活方式对于尼禄潜藏着尚未显山露水的种种恶习很有影响力。出于女人的狭隘心理，阿格里皮娜原本在高层贵族圈还有更大的谋杀和清洗计划，但是，却被她的两位忠实助手竭力劝阻，未能执行。按照塔西佗记载：

如果不是阿弗尼阿斯·布鲁斯和塞内加出来干预的话，谋杀确实会继续下去。皇帝少年时的这两位老师意见一致——在共同掌权的两个人来说，这样的意见一致很少有的——通过不同的方式共同对皇帝施加影响。布鲁斯的军事才能与严肃性格和塞内加在演说术方面的教导和谦和凝重的作风相辅相成，使得皇帝在血气未定的青年时代，即使有不合道德规范的地方，也只能被限制在尚能容忍的放纵享乐范围之内，他们两人还必须联合起来应付由于盛气凌人的阿格里皮娜而引起的麻烦。由于非法谋取政权的后面还有个帕拉斯在背后附和她。克劳狄乌斯正是听取了帕拉斯的话才犯了近亲相奸相娶和不祥地过继了尼禄的错误，从而给自己招来杀身之祸。但是尼禄的性格是不听奴隶的话的，而帕拉斯的那种释奴不应该有的、阴郁傲慢的神气也使尼禄感到讨厌。

也就是说，阿格里皮娜如愿将自己的儿子推向帝国统治高峰后，自己阵营里的两派已经产生裂痕，分裂成后来中外权力斗争中屡见不鲜的帝党和后党。因此，帝后两党在今后罗马历史上还将发生更多刀光剑影、匪夷所思的生死博弈。

尼禄宫廷班子的组合是某种文武搭配，这对演绎宫廷政治或者帝国统治来说，是不可或缺的精巧组合，政权稳定的必然搭配：塞内加是温和的学者，对待民众有高明巧妙的外交手腕，靠狡诈的智巧和天花乱坠的理论，通过把斯多葛哲学为己所实用的手法，来忽悠和愚弄老百姓来维持帝国稳定的统治秩序；诚实的布鲁斯是一个愚忠型以服从命令为天职的职业军人，他严守军纪，并且善于控制军队，尤其是禁卫军的忠诚，对帝国而言他是一只忠实的鹰犬。理论家和武装近卫力量的巧妙组合，确保了帝国宫廷的安全和百姓的安定，朝廷的政治稳定确保对行省的政令畅通和边疆野战军团的有效指挥。

这样内政和外交有所托付，确保了尼禄本人只忠实于自己心目中的缪斯女神，而荒嬉于朝政，而这些对于专权的太后和她的权臣来说正是他们所需要的。尼禄坦率地告诉他们说，自己将致力于艺术的时候，愿意将更多的权力交给元老院，并将使他们担负更多创建世俗文明世界重任，他们感到震惊，同时暗自窃喜，皇帝将交给他们更大的权力。权力无疑是有巨大诱惑力的，他们希望自己的学生专注于吃喝玩乐、沉浸于奇技淫巧的追求，他们就能够在操控皇帝的同时，玩转权力从中窃取更大的利益。尤其是元老院首席元老、帝国著名哲学家塞内加既是花言巧语文过饰非的演说家、理论家兼文学家，又是善于玩弄权术游走于皇帝、太后之间的权术平衡高手，还是善于以权谋私的敛财高手。

他们不喜欢帕拉斯，这家伙太有钱、太傲慢、太喜欢玩弄阴谋诡计，并且同太后阿格里皮娜过于亲密。这对于尼禄来说是感到沮丧的事情，因为他很清楚，他今天的地位来自于自己的母亲：是她的保护使他不至于死于美沙丽娜的谋杀；是她殚心积虑迫使克劳狄过继了他，并成为继承人；是她在克劳狄表现出倾向于布列塔尼库斯的时候，断然毒杀了克劳狄，打通了登上皇位的通道；他爱自己的母亲，对于她强有力的意志力怀有极大敬意，但他又对她的存在感到不安；她对他期望值太高，她希望他成为亚历山大大帝或者如同自己的曾外祖父奥古斯都，去开天辟地在征战中或者治国理政中成为神君、圣君、明君。这些政治上的期待和热情，都和他想当一个出色艺术家的理想差距实在太大。

他的母亲颇有他曾外祖父风格，她曾经使许多人遭到处决，而她总是这么说这一切都是为了他。因此，她在他的心目中又增添了某种不可预料的恐怖感，因为总是和阴谋和杀戮如影随形。

克劳狄死后享受了王者隆重的葬礼，元老院决定将他封为神灵。他的隆重葬仪完全和圣奥古斯都一样；也就是在克劳狄乌斯隆重的葬礼声中，尼禄作为新的第一公民首次出现在罗马公众面前，开始扮演帝国皇帝的角色。他当众发表对已故皇帝克劳狄乌斯的葬礼颂词，对父亲的出身和祖先创造的业绩大加颂扬。这时，他本人和参加葬礼的元老们都很严肃，保持了葬仪庄严肃穆的氛围。当他提到死者的写作才能以及死者在统治时期没有遭受种种外交和战争挫折时，人们也表示认同。但是，当他谈到他的父亲的先见之明和统治智慧时，人们忍不住发出笑声，那种沉痛严肃的气氛在嘲笑中有些喜剧化。

这篇颂扬克劳狄的演说辞是塞内加起草的。塔西佗称赞演说辞是十分洗练的，不愧出自大作家的手笔，他那才华横溢的文风十分合乎当时人的口味，受到赞赏。但是，克劳狄乌斯被密封的遗嘱没有被宣读，随着他的尸体被火化，骨灰盒被送进奥古斯都陵墓，由元老院资深元老签名盖章的遗嘱，已然成为千古之谜。

塔西佗说，拿当时和过去的罗马领导人相比，尼禄是第一个演说时需要别人写稿子的皇帝。当年的独裁官恺撒可以和当时最大的演说家并列而当之无愧；奥古斯都则是一位具有君主智慧所应该具备的流利口才；提比略善于斟酌适当的词句，恰到好处地表现自己强有力的观点；克劳狄在他的演说时，如果准备充分，那也能够表述得非常动人。但是，尼禄即使在童年的时候，他那聪明的头脑被吸引到了他更感兴趣的：雕塑、绘画、练习歌唱或者驾驭赛车，有时也喜欢即兴赋诗，那些具有灵性的诗句表现了他的才华，这多少表明他的所谓文化底蕴更多是表现在对文学艺术方面的擅长，而绝不是对哲学的兴趣和治国理政的智慧。

他在即位初期，对国家进行治理的大政方针基本是塞内加对于自己政治理念的宣示，大致上不会偏离罗马主流意识形态的框架，尽管这只是借助皇帝之口的某种对民众的公开表演。他首先提到元老院对他的支持，和军队全体一致的声援，接着说，他身边不乏有益的良师劝告和杰出的榜样，足以使自己能够进行良好的统治。他说，自己在幼年并未因内战和家庭纠纷受到毒害，因此他在继承皇位之际，没有私人的仇恨，没有受到任何侮辱，因而也没有复仇的愿望。他特别回避了前不久发生的引起外界强烈不满的种种阴谋夺嫡篡位的事件。随后，他简明扼要地谈到今后治国理政的思路，强调坚持奥古斯都的理念进行统治，着重强调了尊重元老院的权威，不会将司法大权一人独揽，滥用权力徇私枉法。他还特别虔诚地表示自己对母后的尊重，至少在五年内除了掌控军队外，把一切国事和私事的管理委托给母亲和她的顾问们。

此后，他经常和阿格里皮娜一起乘坐肩舆出现在大街上。他豁免了比较繁重的赋税，比如取消了以往拖欠的税款和包税人的非法苛捐杂税，取消了百分之四的卖奴税。塔西佗说："购买奴隶时应缴纳的百分之四的税被取消了，不过这与其说是真正的取消，不如说是一种姿态，因为卖者需要缴税，于是这笔税金就被加到卖价上去，结果还是由买家来付。"他向人民分发了赏钱，每人 400 塞斯特斯（sesterces），他给破落的知名元老规定了年薪，给其中有的人多到 50 万塞斯特斯，给近卫军大队每月发放粮食。当有人建议他按照惯例给判处死刑的罪犯签字时，他会说"如果我不会写字该多好啊"，表现出对于日常政务的厌烦和不忍心伤害生命的某种人道情怀。

尼禄的主要老师是教他希腊文的苦行修道者沙埃雷蒙（Chaeremon）

和教他文学和道德而非哲学的塞内加。阿格里皮娜以尼禄以后主要是从事帝国政治事务为理由而禁止他学习哲学。塞内加像其他许多老师一样抱怨,他的辛苦努力遭到太后的干扰:这孩子只要受到老师的呵责就会找母亲告状,而且一定会得到母亲的抚慰,这样助长了他的狂妄。但是,负责任的老师依然设法以谦逊、礼貌、朴实的坚韧去训练他,希望将自己的哲学教义与林林总总的哲学文字不断传授给他,希望自己的弟子能够成为好学生。但是,他能够写出并不太坏的诗篇并以和老师一样优美的姿态在元老院朗诵塞内加代笔的演说辞,他有当众表演的才华和极强的表现欲望。对于深奥的哲学奥义以及斯多葛主义那种宁静淡泊高度慎独追求崇高精神境界的不朽追求,就是普通人都很难修炼,更何况生于帝王之家,长于妇人之手的皇家纨绔子弟,这与他那种长于帝王之家,与生俱来的顽劣品质和骄横秉性格格不入。

久而久之,进入公众视野的皇帝,既然在政治上受制于人无法施展威权,但是他文艺青年的另类才华将不断向公众一一展露无遗,且带有顶级贵族那种目空一切的狂妄残暴和肆意妄为。

尼禄逐步开始由文明到野蛮地将整个帝国当成游乐场、杂耍场,后来干脆变成大屠场或者帝国淫乱技巧的展示舞台,他对于那种带有奇技淫巧罗马特色的行为艺术展示和创新的花样不断翻新,令整个帝国目瞪口呆,结果就是引发千夫所指的众怒,只能在丧心病狂的境界里坐等灭亡。

他开始允许公民到马尔斯广场观看他练兵;他最感兴趣的是当众朗诵他自己写的诗歌,有时是在家中,有时是在剧场。以至于因为朗诵会的成功,而举行所谓的感恩祈祷仪式,通常这种仪式只有凯旋的将军才有资格举办。他的部分公开朗诵的诗句被铸成金字匾额,献给卡皮托尔神庙的朱庇特神,向神禀报自己的天才创作。

他热衷于举办各种不同类型的游艺,为纪念青年人长成成年人的第一次刮胡须表演,表演者不包括专业演员,而是业余爱好者。他首次剃去了自己颇具美感色彩的连鬓胡子。举办这种表演可以展示小皇帝首次登台演出的轻松自如。他举办每年度的竞技场赛车比赛、斗剑表演。在青年人的娱乐游戏中，他甚至让上了年纪的元老和老年贵夫人登台演出，在竞技场的游戏中，他给骑士辟出专门座席，以区别于其他观众。他还举办了四匹骆驼牵引的战车比赛。

在为祈祷帝国永恒而举办的"伟大的盛会"的表演中，指派由顶级贵族的男子和女子扮演的喜剧：由一位著名的罗马骑士骑着大象走绳索，在上演阿弗拉尼乌斯的名为《火灾》的托加喜剧时，演员被允许从失火的房屋中把家具抢出来拿回自己家；他天天向人民抛掷各种赠品，包括每天拿出一千只不同种类的鸟，各种食品、粮票、衣服、金子、银子、宝石、珍珠、绘画、奴隶、役畜甚至驯服的野兽，还有船只、住房和农田。总之，只要能想到，就没有做不到的慈善秀，不时在罗马出演。在民众哄抢中他获得娱乐的快感；在对贵族肆意调遣指挥、任意使唤中满足自己帝王般的优越感，在自己的行为艺术中，践踏贵族的尊严，这一点同他叔叔小军靴卡里古拉有着异曲同工之妙，甚至有过之而无不及。

苏维托尼乌斯在本传中记载：

蛮横、好色、奢侈、贪婪和残忍在他身上起初是逐渐表现出来的，并不明显，很像是少年人的不能自制。但即使是那时，也无人怀疑，那是他的天性所致，而非年龄关系。天一黑他便拿起平民戴的毡帽或绒帽钻进酒楼茶肆，或者在街上逛来逛去。他的恶作剧并非不惹祸。他经常殴打赴宴后回家的人，把敢于抵抗的人打伤，甚至把他们扔进下水道。他还打砸和抢劫商店，在宫中建立小市场，在那里分赃和拍卖，然后把得到的钱财挥霍一空。在这些斗殴中常常冒失去眼睛，乃至生命的风险，例如有一次他在黑暗中袭击了元老尤里乌斯·蒙塔鲁斯，差点被这名元老在猛力还击中杀死。受了这次惊吓后，若没有禁卫军长官在不远处秘密保护的话，他不再在那么晚的时候冒险去公共场所寻衅滋事。哪怕大白天，他也要乘坐肩舆偷偷来到剧场，从戏台前部的上方的包厢观看和鼓励哑剧演员包括他们的同伙发生纠纷，当矛盾激化到动手殴打和用石头和座椅相互打砸时，他也会兴奋地随手抄起家伙扔向人群，以致一次将一名大法官的头砸得头破血流。

当这些丑陋表演，几乎在罗马横行无忌，无人阻拦后，他越发嚣张放肆达到了匪夷所思的地步，公然在众目睽睽之下演绎更加荒唐荒诞的更多千奇百怪的怪诞无耻事件。他把宴会的时间拉长，还不时到浴池去泡泡澡爽爽神，左右有来自整个罗马城的妓女舞女伺候。每当尼禄沿着台伯河和奥斯蒂亚河畅游，或到帕拉丁湾航行时，在河岸和海滨均设有歇脚的酒座以备畅饮，同时贵族主妇们打扮成花枝招展的酒座老板娘邀请他登岸把酒尽欢。他还强迫自己的朋友举办各种名目的宴会靡费巨资供他娱乐。

他除了与自由清白人家的女孩和已婚妇女同床共枕外，还强奸了维斯塔贞女。他阉割了小娈童斯波鲁斯，把他变成女性，并按照通常的仪式操办婚礼，包括嫁妆，打着火把，极其殷勤娶回皇宫，待之如同自己的妻子。他把斯波鲁斯打扮成女皇，乘肩舆去参加希腊巡回法庭的审判和参观商业中心，然后在罗马游逛西吉拉尼亚商业中心，一路上两人频繁接吻，丑态百出。

然而，他这些匪夷所思的种种荒唐变态和践踏皇权威仪的行为为什么没有遭到他的那两位老师的阻止和阿格里皮娜的呵斥，美国学者威尔·杜兰特如是说：

塞内加和布鲁斯（Burrus）这些帝国的股肱之臣，包括他的母后，为了自己的专权，为了转移尼禄对于国事的干扰，让他无限制地沉湎于女色淫乐，阿格里皮娜甚至身体力行主动献身，以乱伦的丑陋来维持权力带来的快感。

塔西佗说："当罪恶对各阶层的人发生魔力时，指望君主仍过着节约与自制的生活是没有用的。"宗教信仰也不能促使尼禄向善；半瓶子醋的哲学灌输开启了他的智力，但并未使他的判断成熟。苏维托尼乌斯说："他轻视一切宗教仪式，并在他以往最尊敬的女神西比尔的像上撒尿。"他趋向于过度的饮食，奇特的欲望，奢侈的宴会，仅鲜花一项有时就得花费400万塞斯特斯。

然而，就在尼禄放弃元首职责，沉迷于纸醉金迷人欲横流的享乐和奇技淫巧的行为艺术中追求乐趣不可自拔时的五年内，他的哲学家首席大臣塞内加和军事领导人布鲁斯加上阿格里皮娜以及财务总管帕拉斯将帝国整顿得井井有条：

在新行政机构推动下，内外欣欣向荣，边疆防卫良好，黑海海盗敛迹，科尔布洛（Corbuio）收回亚美尼亚作为罗马的保护国，与安息（帕提亚）签订了一项条约，维持了50年的和平。法院贪污案件减少，各领地官僚人员也大为改进，财政是以经济而明智的方法管理。也许是出于塞内加的提示，尼禄作了一项长远的计划，取消所有的间接税，尤其是在边疆港口所收之关税，使全国各地均可自由贸易。由于收税财团的影响，此计划在元老院遭到了挫败，显示元首政治仍然受到一定的限制。

他们作为元首的代理人或者说是傀儡皇帝背后的实权势力，仍然遭到元老院贵族集团的阻挠和制约，尤其是他们放纵元首的胡作非为为自己的专权大开方便之门的越俎代庖行为，遭到高层贵族的广泛诟病，因此不得不对尼禄的行为有所限制。于是尼禄的婚姻问题被提上议事日程，也许婚姻和家庭能够使他无拘无束的狂乱行为有所约束和收敛。但是，他们完全低估了尼禄的邪恶本性和吸附在皇权之上的巨大能量，将皇帝的家庭及其亲人都将带入一个血腥的深渊，包括他们自己的生命也将被吸附进这个巨大的黑洞万劫不复。

小阿格里皮娜的野心

公元 53 年年底尼禄十六岁，终于要结婚了。作为尚未成年的未来帝国元首的婚姻受到强势母后的操纵是必然的。能和皇帝门当户对的唯有皇帝的女儿屋大维娅，看名字就知道这必然和皇族有着千丝万缕的关系，因为这个名字和尼禄的曾祖父屋大维的姐姐完全一样，她应当是尼禄的亲表妹，比皇帝小两岁。

生于帝王之家，屋大维娅太知道权力对于自己的重要。只要自己刻意保持对阿格里皮娜的尊重，不干预国事政事从而保持和这个野心勃勃女人良好关系，她肯定可以轻易地去寻欢作乐。毫无疑问，对于她的弟弟布列塔尼库斯，她是关心和疼爱的，对于弟弟受到的冷遇，她很气愤。但是，她清楚地知道，如果布列塔尼库斯继承了父亲的皇位，那她本人既不能享受第一夫人的尊严，也不能提前获得第一夫人的活动自由。因此，在贵族夫人和第一夫人的选择面前，她只能是充当第一夫人，因为皇家婚姻是没得选择的。

屋大维娅在与尼禄婚配前，已经被克劳狄乌斯许配给了她的表哥路奇乌斯·西拉努斯，此人和尼禄一样，也有皇家血统，也是奥古斯都的曾孙一辈，如果他和屋大维娅结成夫妻，将来就有可能和尼禄争夺王位，因此必须予以剪除。皇后阿格里皮娜使用的手段就是指使一位释奴指控他的主人犯有近亲相好的罪行，从而败坏他的声誉，迫使元老院取消了他执政官任命，克劳狄乌斯为了女儿的名节取消了这项婚约。悲愤交加之下，这位皇族表兄在尼禄和屋大维娅举行婚礼这天割腕自杀，从而在政治上扫除了又一个可能潜在的皇位竞争对手。

塔西佗称之为，在新皇帝统治下，第一个牺牲者是路奇乌斯还有他哥哥马尔库斯·尤里乌斯·西拉努斯，此人是在尼禄不知情的情况下被阿格里皮娜害死的。在尼禄继位时，他担任小亚细亚的总督。这是一个亲切和悠闲懒散的人，和卡里古拉堪称莫逆之交，小军靴称他为"金绵羊"，从血统上讲也是尼禄皇位潜在的竞争者，尽管这位皇族后裔从来没有表现出对于皇位的丝毫兴趣。但是阿格里皮娜还是以"叛国罪"，派人将他毒死在晚宴上。按照塔西佗在《编年史》中的记载：

品行方正，并出生贵族家庭的这样一个人，也是恺撒们的后裔，这一点在当时的人们看来还是重要的。要知道，西拉努斯和尼禄一样，也是奥古斯都曾孙一代的儿子。这正是他必须死的原因。被收买的凶手则是罗马骑士普布利乌斯·恺列尔和释放奴赫利乌斯，他们都是在亚细亚掌握皇帝财务的人。他们是在总督晚餐时用毒药把他害死的，他们做这些事几乎不想保持什么秘密。

然而，就在皇后明目张胆害死两位西拉努斯不久，这项罪行就在罗马传开，使全城贵族感到恐怖，人们都在议论阿格里皮娜的凶残冷酷，于是对于克劳狄乌斯死于阴谋的传闻更加深信不疑。因为，这对西拉努斯兄弟的祖母辈尤利娅和皇太后母亲老阿格里皮娜是表姐妹。宫廷之间的兄弟、夫妻、母子、君臣之间的恶斗就此拉开黯黑的一幕。阿格里皮娜对政治异己的大清洗也在着手进行。

克劳狄乌斯的爱奴纳尔苏奇斯是从坎帕尼亚休养地匆忙赶回罗马的途中被禁卫军抓捕，这当然也是纳尔苏奇斯意料之中的事情。那时阿格里皮娜正在政治上清洗政治对立面，而这位先帝释奴和皇后的矛盾由来已久。最早的积怨，可以追溯到公元52年克劳狄乌斯延续卡里古拉对于富奇努斯河和尼利斯河的贯通在凿通横亘其间的大山之后的工程竣工典礼。

这次典礼十分隆重，为了使更多的人能够看到这一惊人工程的胜利完工，皇帝仿效奥古斯都在和台伯河相连的人工湖竣工典礼的前例，在富奇努斯河也安排了一场海战演习。克劳狄乌斯安排19000名战斗人员全副武装排列在三层桨和四层桨的高大舰船上：他用竹筏将进行表演的湖面围了起来，以便不使参加战斗的囚犯从任何一个地方逃跑，但是在湖中央留出足够表演技巧难度较高的摇船、掌舵、战船猛烈攻击以及海战的常规动作的空间。竹筏上驻守着近卫军的步兵和骑兵大队，在部队前方是人工垒筑的矮墙，从这里可以发射弩箭和抛石。湖面其余地方则在铺设了甲板的船上布满了士兵。可以说整个演练完全逼真地模拟实战，吸引了大量观众。

湖岸、山坡和山顶成了观战的看台，很快挤满了无数从附近城镇蜂拥而来的群众，一部分人甚至特地从罗马城赶来观看，并表示对皇帝崇高敬意。克劳狄乌斯和阿格里皮娜都前来出席竣工典礼：克劳狄一身金光璀璨豪华的戎装，离他不远的阿格里皮娜则穿着希腊式绣金锦袍，尽显雍容华贵的皇后风采。虽然参加表演的都是囚犯，但他们在作战时都如同自由人一般精神抖擞英勇拼搏，在参加完这场真刀真枪的血腥拼搏后，全部被免除死刑获得自由。

海战结束后，便正式开闸放水。但是，在最后关键那一刻，承包商对于工程的粗制滥造暴露出了严重后果。这里的隧道并没有开凿在湖底，甚至没有到湖水一半深的地方就凿出一条更深的水道，只能说这只是一项追求表面靓丽的豆腐渣工程。为了把观众吸引来观看盛典，便让剑奴在浮桥上表演步兵战斗。达官贵人在泄洪口的附近举办宴会助兴。但是泄出的大量湖水冲跑了附近的工事，使得参加宴会的豪客们惊恐万状，离这里相对较远的观众，听见堤岸崩裂发出轰轰隆隆的巨大声响，个个感到心惊胆战，人们奔走呼叫着慌不择路地逃生，竣工典礼场面瞬间变得混乱而不可收拾。

阿格里皮娜趁机攻击这一工程的总监工纳尔苏奇斯，说他贪得无厌和营私舞弊中饱私囊，导致了工程质量的下降。纳尔苏奇斯也不示弱，反过来攻击皇后的专横和政治野心太大，两人当着克劳狄乌斯的面高声争执起来。现代工程研究者认为，这是包工的商人为了节约成本而导致了工程质量的下降，这条水道在尼禄执政时期一直没有使用，直到哈德良时代才重又疏浚打通了这条水道。

从这件事发生开始，两人的矛盾就已经结下了，对于睚眦必报的阿格里皮娜而言，碍于克劳狄的面子，一直隐忍怨愤等待时机进行报复，因而克劳狄驾崩，儿子正式上位后的头一件事就是收拾这个老奴才。

随着纳尔苏奇斯在监禁中自杀身亡。阿格里皮娜彻底掌控帕拉蒂尼山，帕拉斯继续掌控罗马财政，地位比先前还要巩固，布鲁斯统帅禁卫军，塞内加主控国家政务并负责和皇帝以及元老院的协调沟通，她的走卒和鹰犬遍布全国各地，整个帝国尽在她的势力掌控之中。元老院为了表示对她的服从，投票授予她神君克劳狄乌斯女祭司的头衔，并将她的扈从增加到和先国母李维娅守寡时期一样的人数，阿格里皮娜的回归中枢，执掌帝国大权已经成为不争的事实。

但是，她历尽千辛万苦殚心积虑打造的巅峰地位并不巩固。她的成就，激起了大多数元老的猜疑，也使得羽翼未丰满的皇帝心生不爽，君臣都是敢怒不敢言，都在表面敷衍着这位权势女强人。私底下却是暗潮汹涌，表面的平衡即将破堤，阿格里皮娜必然会被磅礴而至暗潮所湮没。

元老们受召到帕拉蒂尼山去开会时，对她恨得咬牙切齿，只是怯于她的权势不敢言语。因为她垂帘听政，窃听所有元老重臣的言论。就在儿子登基的这几个月里。尼禄在塞内加和布鲁斯的精心辅佐下，一切按部就班按照帝国既定的程序有效履行着傀儡皇帝的表面职责。虽然不时闪现出母后垂帘听政的魅影，但是两人关系还算正常。

执政初期，占据帝国焦点的不是北疆的日尔曼人的安定问题，而是东方的亚美尼亚。当地的帕提亚人正在试图推翻罗马扶植的国王，另立自己的傀儡王，阿格里皮娜决心一马当先处理这场危机。那次元老院接待亚美尼亚使团研究对策的会议，就在帕拉蒂尼山的皇宫召开，阿格里皮娜就坐在宫殿后面新开的门后旁听，门上安装了厚重的棉布门帘，外面人看不见她，她在里面能够清晰地听到元老们发言的声音。会议举行到关键处，她突然掀开门帘闯进了会场，准备登上讲坛，欲与尼禄并肩而坐，亲自接待亚美尼亚使团，以彰显自己在朝廷权威。会场的元老们感到惊讶，尼禄也有些愕然，思维敏捷的塞内加大惊失色，立即急中生智要求尼禄走下座坛迎接自己的母亲，这种做法既可以表示小皇帝的孝心，又可以避免外界过多对于母后干政的议论和诽谤。

"是我让你当上皇帝的"，阿格里皮娜反复在自己儿子耳边不停地絮叨她的拥戴之功，这使得儿皇帝不胜其烦，但也发作不得，只能将怒火发泄在阿格里皮娜给他指定的妻子屋大维娅身上。这样就必然地将皇后推向了太后的怀抱，两个女人集中起来一起对付情窦已开的少年国王，使得原本花心的皇帝更加热衷于婚外寻花问柳，皇帝身边总是不缺少助纣为虐的帮闲之徒，更加将皇帝引向不务正业的道路，且越走越远，越走越欢，就成为古今中外暴君的典型。

现在，元老院批准发行的银币上同时镌刻着尼禄与阿格里皮娜的肖像，两两相对，平分秋色，不分伯仲，像是母子联盟，无形中降低了帝国之主皇帝的权威。尼禄不能给国人留下惧怕母亲的印象，他为人聪慧精明并不缺少才华，知道塞内加是自己治国理政的绝佳助手。亚美尼亚危机爆发，他采纳塞内加的建议，铁腕加以镇压，立即派出罗马军团增援东部前线，并且调遣日尔曼军团经验丰富的老将稳定局面，立即打得帕提亚人满地找牙，前来求和谈判。与此同时，在塞内加的指导下，他继续塑造自己圣君仁义的楷模形象，虽然假模假式，却也煞有介事，他断然拒绝元老院为他竖立金银塑像的建议，并宣布从此废止使得克劳狄乌斯名声扫地的叛国罪审判，也使得阿格里皮娜准备以血腥手段大开杀戒的阴谋破产。

如此这般，阿格里皮娜与塞内加的矛盾逐步加深。尼禄这时只是夹在母亲和权臣之间的玩偶，只能反复去说别人要求他说的话，反复穿脱别人要求他穿的不同衣服，他只是宫廷两股势力之间的演员、言不由衷地扮演傀儡皇帝的角色，这是他绝不甘心的事情。

对于尼禄而言，在性生活上选择的空间要大得多，虽说在国家政务上难以掌控，但是在皇帝私生活领域却可以为所欲为，可以说普天之下王土之上的妇女均是可供淫乐的对象。他从来没有假装爱过屋大维娅，他是直来直去从不隐瞒自己喜怒哀乐的皇帝，毕竟他们之间缺少相互尊重的基础。因为他肯定不会相信美沙丽娜的女儿对于他的忠诚度，相互只是言不由衷地在扮演着自己的角色。而美沙丽娜一度想把他杀死，这时他不顾一切地迷恋上了一位美丽的奴隶克劳迪娅·阿克特（Ciaudia Acte），时间是在公元55年早春季节1至2月份，他过完17岁生日不久后发生的事情。

这是他生平第一次的浪漫行为，此后就开始浪的完全漫无边际。两人爱得你死我活，而且在几个星期里已经发展到了山盟海誓，无她不娶的地步。对于这位阿克特，人们只知道她来自小亚细亚，有着希腊血统，是一个文静贞洁、个性谦和、毫不装腔作势的小姑娘。塞内加对这件事也许心中是高兴的，但是，深谙宫廷婚姻操作规则的哲学家知道这种爱情的小尝试当成儿戏相互玩玩也许可以，成为婚姻几乎不可能。

当这个被热情冲昏头脑的年轻皇帝正经八百地想同她正式结婚时，吓得小姑娘几乎喘不过气来，皇帝响亮的名号，本身就是沉重的负担，成为玩物，这是奴隶应尽的义务，而成为皇帝的心上人，或者取代皇后的地位，那是想都不敢想的事情，觊觎皇后位置，那是会引来杀身之祸，可以说任何至尊的位置都是高危的角色，几乎等同于坐在华丽的火药桶上，随时可能引爆宫廷和民间的怒火。包括九五至尊的皇帝也不能完全违背帝国的传统而肆意妄为，更何况身份卑微的释奴呢。

于是文质彬彬的大哲学家塞内加向他指出，罗马人不可能接受一位奴隶出身的希腊人成为皇帝的正式配偶。当皇帝给了阿克特自由人身份后，又企图让宫廷马屁精们考证这位希腊女孩是佩尔加门国王阿塔路斯后代，塞内加再次告诉他，先帝奥古都斯曾有法律规定，禁止有执政官身份的人同释奴结婚，尼禄恰巧具备了这样的身份。除了用祖宗成法来限制这场不对称的婚姻外，塞内加建议皇帝至少在短期内不能公开表示对阿克特的爱。

大哲学家将首都警备司令官安奈乌斯·谢列乌斯当成阿克特的恋人送到了姑娘身边。尼禄这时将大把的金钱、资财花在阿克特身上，赠送了农庄、奴隶、家具、珠宝等。这样阿克特成为居住在豪华庄园里的贵妇人，而尼禄只要有空就会悄悄潜入庄园暗渡陈仓效鱼水之欢，外界并不知道这里是皇帝与小情人的幽会的地点，只道是谢列乌斯金屋藏娇的地方。

这种偷梁换柱暗渡陈仓的小伎俩，当然瞒不住天性聪颖敏感的阿格里皮娜，闻听此事勃然大怒，暴跳如雷，大骂阿克特。她怀着对儿子百般呵护和某种说不清道不明的情感，嫉妒着这位女奴与儿子的爱情。她神经质地挥动双拳，恶狠狠地说："我不可能让一个女仆充当我的儿媳妇？布列塔尼库斯已经长大成人了，他才是真正有资格继承他父皇大统的人，不过现在由于过继而插进来一个继承人，却因为他母亲的罪行而行使了元首大权。我可以把这段黑暗的历史公之于众，并带着布列塔尼库斯去军营。让大家去评评理。"

这就是对尼禄皇位稳定性的裹挟和威胁，使得尼禄对自己的老娘恨之入骨，表面上又发作不得，只得忍气吞声地砍断对于阿克特的情丝，装出一副孝顺儿子的嘴脸言不由衷地和老娘周旋。但是对母亲提到的这位弟弟布列塔尼库斯的皇位备胎身份他必须毫不留情地予以毁弃。转眼布列塔尼库斯十四岁生日到了，意味着他可以正式穿上成人的袍褂，也可以登基接替尼禄当皇帝，这使得尼禄想到母亲那目露凶光的威胁，加快了谋害布列塔尼库斯计划的实施。

但是，他找不到任何理由来公开处决这位名义上的兄弟，他命人悄悄找到那位配制毒药的老巫婆洛库斯塔。这位女囚是由禁卫军军官尤里乌斯·波尼欧看管，这剂毒药被悄悄渗入酒中由波利欧呈送到布列塔尼库斯面前，由于毒性不够强烈，布列塔尼库斯仅仅是腹泻了一次，就将毒酒排尽，竟安然无事。尼禄很不耐烦谋杀计划的难以尽快实施。对这名禁卫军将领进行威胁，并将女毒贩进行了残酷的拷打，他们表示立即着手进行第二次的投毒，将对布列塔尼库斯像是被刺刀杀死那般立竿见影。他们在尼禄住宅附近配制好了烈性毒药，并在动物身上进行了试验无碍后，只待伺机下手。

公元55年2月17日夜，罗马的气候已经感觉到了春天的温暖，只是气候比较潮湿，令人感到不舒服。帕拉蒂尼山皇宫照例为布列塔尼库斯庆祝生日。在聚餐快要结束的时候，仆人端上一道非常烫的汤，这是一道没有放毒的热汤，根据罗马的惯例，皇帝的孩子必须当着所有亲属的面喝完这道最后的汤，表示寿宴的结束。当布列塔尼库斯皱着眉头表示汤太烫难以入口时，一个仆人及时注入了冷水，使得汤的温度能够变得恰到好处，易于入口，冷水中渗入了剧毒的药粉。一切都如同预料的那样，当布列塔尼库斯喝完这道汤，立即倒地不省人事，在众目睽睽之下结束了自己年轻的生命。按照塔西佗的描述：

坐在他周围的人吓坏了，那些头脑简单不识时务的人跑散了，但那些比较懂事的人却坐在那里不动，眼睛注视着尼禄。尼禄这时似乎是若无其事的样子半躺在靠椅上，说这是一件不值得大惊小怪的事情，因为布列塔

17

尼库斯从很小的时候就患有癫痫病，慢慢他会神志清醒睁开眼睛来的。阿格里皮娜尽量控制着自己的面部表情，但是她内心却突然感到一种恐怖的痛苦，这一点明显说明，她和尼禄的妻子屋大维娅一样，对此事事先一点不知情。实际上她看到了自己最后的希望已经破灭，杀害母后的先例已经树立。屋大维娅尽管这时年轻和没有经验，但是已经懂得要掩饰自己的悲伤，她对爱情的失望等种种情绪。因此在短暂的沉默后，人们又开始沉湎在欢乐的宴饮中。

虽然出于礼仪上的考虑，晚餐必须按部就班地结束，但是惊恐的目光全部移向尼禄，尤其是阿格里皮娜一直盯着尼禄，其中掺杂着无声的可怕控诉。在匆匆忙忙中尼禄发布了一项声明，按照古代的习俗，凡未成年人死亡，尸体应当立即移除不使人见到，并且不发表演说，也没有送葬仪式，葬礼立刻举行。他还假惺惺地表示，布列塔尼库斯的死，使他失去了唯一的兄弟，现在他把希望寄托于国家，因此他希望元老院给他更多的关心。此刻，皇宫外狂风大作暴雨如注。

天还未亮，尸体就被冒雨送到了马尔斯广场，就在雨势稍缓的时候，草草火化。死去的十四岁孩子的脸部在摔倒地面上的时候，已经血肉模糊。那些料理后事的人将白粉抹在他变成紫褐色的尸体上。然而，不少围观的市民不顾黎明前的倾盆大雨前来围观火葬仪式，他们惊骇地看到当大雨把死者脸上的白粉冲去，那些星星点点因为毒素散发而形成的尸斑清晰可见。于是证明了克劳狄唯一儿子是被尼禄有意毒杀的。

尼禄对母亲的谋杀

在登上第一公民宝座后，尼禄那种对释奴阿克特的狂热追求，因为双方身份差距太大，变得越来越渺茫。在他所能够接触到的上流社会贵族圈那些时髦的文艺青年们看来，尼禄对释奴的追求，更像乡村的傻小子对村姑的迷恋。其实，作为皇帝，他面前的世界更加广阔、新颖、时尚，虽然这些都是力主传统的母亲和妻子所坚决反对的事情。少年的叛逆心理和皇帝权力自信，促使他一意孤行将自己的情感追求进行到底。他求助于自己的导师塞内加，为了转移他对女仆的兴趣，哲学家为他引荐了一位才华横溢的朋友，这就是萨尔维乌斯·奥托（Salvius Otho），他比尼禄大五岁。这是一个什么事都敢想，也都敢干的花花公子式的冒险家。

这个年轻人长着一张圆圆的脸，脸上总是带着微笑，他被尼禄带进皇宫，给皇帝带来了如何尽情花钱享受生活的活样板。这位胆大妄为的朋友试图使他摆脱阿格里皮娜过去教导的那种过分节俭封闭的生活习惯。皇帝为帝国共主，应当有符合尊贵地位的排场以不吝惜花钱来体现身份优越的慷慨大方。

普鲁塔克在《伽尔巴传》中描述道：在那个时候的罗马，奥托有着良好的出身，不过很少有人像他从幼年时代开始，就过着堕落、荒淫和奢侈的生活。正如同荷马在很多场合用"海伦的爱人"这个头衔来称呼帕里斯（Paris），因为特洛伊王子没有显赫的声誉，只能靠女人赢得风光的地位。

奥托在罗马享有很高的知名度，完全在于他娶了波庇娅（Poppaea）。虽然她不是出生于高贵的书香门第，但其祖父曾经在多瑙河防线立下汗马功劳，是所谓"提比略麾下"孕育的骑士之一。传闻波庇娅的相貌虽然排不上罗马第一，但也是小有姿色，且略显聪慧，却并不出类拔萃。波庇娅的第一任丈夫是一位骑士阶层的富豪，并和她生有两个孩子。根据普鲁塔克的记载，在她第一次婚姻时就被尼禄看中，尼禄指使奥托勾引了波庇娅，因此罗马有传言"奥托想与妻子睡觉，放逐千里罪行难逃"，就是指奥托与波庇娅的婚姻只是某种掩盖尼禄婚外情的幌子，为的是掩人耳目，逃避母亲和屋大维娅的视线。

对于尼禄而言，撇开波庇娅的丈夫奥托易如反掌，按照他的性格横加一个罪名直接可将他处决，人们奇怪的是尼禄没有这样做，而是按照塞内加的建议，将奥托以退职法务官名义放逐去了卢西塔尼亚（葡萄牙）担任总督，奥托流放后的表现非常出色，受到当地民众的广泛拥戴，在这个海边行省一干就是9年，直到伽尔巴起兵反对尼禄时，他加入反尼禄联盟。尼禄被推翻后，伽尔巴被推荐为帝国第5任皇帝，奥托发动兵变刺杀伽尔巴，成为第6任皇帝，尽管只担任了3个月的帝国元首，但也算是作为不坏的短命皇帝青史留名。

公元69年1月，日耳曼驻军拥立维特利乌斯登基称帝，奥托率多瑙河9个罗马军团和莱茵河一线的敌人8个兵团会战，兵败后，发表了一篇慷慨报国的演说，杀身成仁，他在临终演说中如是说：

弟兄们，今天让我感受你们对我的爱戴之心，面对当前的状况你们仍旧用对皇帝的礼节向我致敬。因此我不能拒绝你们授予我的荣誉情愿牺牲个人也要使这么多的勇士能够保存性命；至少你们要让我的作为配得上一个罗马皇帝的名声，那就是为了国家死而无怨。

罗马人民认为他的死比尼禄那种犹豫不决的死，要光彩许多，这些都是后话。

尼禄搬去了横亘在他与波庇娅之间的情感障碍，但是要想将波庇娅明媒正娶回皇宫，唯一的办法就是和屋大维娅离婚。然而，这是小阿格里皮娜根本不会同意的事情。面对态度强硬的母亲，起初尼禄束手无策，此时波庇娅采取激将法大骂尼禄，说他堂堂皇帝竟然屈从于一个老寡妇实在让她所不齿，而且这个老女人正在阴谋推翻他。此法果然使得血气方刚早已对母亲专权心怀不满的尼禄下决心要除掉自己的母亲。开始他准备用毒药毒杀阿格里皮娜，但是作为投毒老手的皇太后早有防备，因为她能够熟练地使用解毒剂，轻而易举地破解了尼禄的投毒尝试，使得尼禄束手无策。

这时，曾经担任米塞斯海军基地司令的解放奴隶阿尼恺图斯为了帮助少主子排忧解难，他出手两肋插刀成为尼禄的重要帮手。此人曾经是尼禄的体育教师，颇有才华，和尼禄一贯气味相投，因为人品太差，阿格里皮娜一直没有提拔重用他，因此怀恨在心。他建议尼禄表面上和母亲和好，暗中他们联手在基地打造一艘底部暗藏机关的船，将阿格里皮娜诱骗上船，趁机淹死这个曾经用自己半生心血将他推向皇位的严厉母亲。

布列塔尼库斯的死，促使阿格里皮娜警醒，她在紧锣密鼓地筹划着对于尼禄的反制措施。她对屋大维娅变得特别关心起来，常常在私下里会见朋友，比平时更加贪婪地聚敛财富挪用资金，目的显然是为了筹集一笔应急款项，策划一次大的行动。她亲切地接待高级将领并且会见了百人团团长，对于那些在世的德高望重的世家贵族元老表示敬意等，说明她在进行重大行动前的笼络人心，并寻找合适的政治领袖来配合自己的行动。

尼禄侦获这些情报后，下令减少了太后卫队的人数，撤销了不久前刚刚配给她的日尔曼卫队，并责令太后搬出帕拉蒂尼山皇宫，将她安置在自己曾外祖母安东尼娅的老屋严密监管，使得大批人员无法谒见她。每当他到老屋看望她的时候，总有大批扈卫和百人团团长簇拥着他，在浮皮潦草地匆忙吻了她的手之后，就告别而去。阿格里皮娜的寓所立刻变得门可罗雀格外冷清。阿格里皮娜开始撰写她的回忆录，可惜这部珍贵的史料没有传世，后来的史家只能从塔西佗、苏维托尼乌斯、普鲁塔克等人的著作中了解到不成系统的片段。

尼禄和他的体育老师阿尼恺图斯精心策划的"沉船"计划正在紧锣密鼓地进行着。公元59年3月19日是罗马纪念智慧女神密涅瓦的隆重庆典，尼禄破天荒地邀请母后阿格里皮娜前往他在那不勒斯海湾的巴伊亚离宫一起共度佳节。这是一个极为著名的旅游度假胜地，米塞努姆海军基地离这里很近。罗马上流社会的许多人都在林木葱郁的小山岗上建有俯临海湾的豪华别墅，阿格里皮娜当时住在阿爱诺巴尔布斯家族的豪宅中。塞内加和布鲁斯伴随尼禄住在尼禄的行宫。

塞内加装出一副远避奢华的口吻，在他的书信中描写过度假胜地巴伊亚：

那是一个要回避的地方，因为虽然那里有某些天然之美，但奢华却是那里唯一特点，我不大介意住在酒店里看人们喝醉了在海岸上到处游逛，看在船上聚会的人们在那里胡闹，听水上传出来高声唱出的歌。他还谈到他在一处游乐宫里的烦恼，因为从这里的窗子向外望，人们要混时光便非得数那些乘船经过的浪荡女人，注视着华丽地涂成五颜六色的各色各样的船只并且望着一场花战之后漂浮在海面的各处的玫瑰花，而到夜里，人们又非得听那些唱夜曲的歌儿和街上的争吵。

这就是巴伊亚海岸迷人风情的真实写照。3月18日下午，那不勒斯巴伊亚海湾春风习习，莺歌燕舞，充斥着节日前的欢乐和愉快。阿格里皮娜从安提乌姆乘坐有三层桨的平底船出发了，因为这艘船一直归她专门使用，不归海军管辖。第二天上午，就到达了巴伊亚，尼禄满面春风地亲自到码头迎接母亲的到来。因为在这之前，她收到了儿子热情的亲笔邀请信，说如果她能够前来她在巴伊亚的别墅住几天，他将非常高兴，因为这样他们母子可以共同庆祝于3月19日开始并持续五天的盛大的密涅瓦节日。（罗马神话中密涅瓦是从天神朱庇特脑袋中生出的女儿，既是科学艺术、和平女神，又是战争女神，相当于希腊神话中的雅典娜。）尼禄在信中还表示他要和母亲和好，非常愿意再次体会过去那种亲密无间的母子感情。阿格里皮娜就这样从遥远的北方沿着海岸顺流而来，准备和儿子一起参加当晚上流社会精英的聚会。看来她是相信了儿子花言巧语的鬼话，落入了尼禄等人精心布局的圈套。

尼禄陪同母亲一起去了她的海滨别墅。别墅紧邻着海湾凸起岩石上，她发现了一艘油漆装潢一新的美丽平底游船，安安静静地停泊在别墅的窗口下她的私人码头边。尼禄告诉她说，这艘豪华的游船是他送给她的礼物。

在欣赏过装潢一新的华丽游船后，当晚太后和儿子共同出席了庆祝智慧女神密涅瓦的活动。在儿子的陪同下，她去了皇帝豪华的行宫参加晚宴。她被导引着坐上首席荣誉席——这一般应该是皇帝尼禄的坐席，现在让她坐在首席，着实使她十分受用。她在备受冷落后的复出亮相，仿佛再次使这位帝国最具权势的女人回到了无限风光的岁月，她有点感动和陶醉。在享受了晚宴众多贵妇人的祝福后，在最奢侈的晚餐上，她很幸福地着实喝了不少酒，有点小酒微醺般的陶醉感，她的虚荣心得到了极大的满足。

女人们该返回她们豪华别墅和寓所了。而尊贵的太后却并没有像来时那样乘坐自己专用舰船而是情不自禁地登上了儿子新送的豪华游艇，准备好好地在舒适的游艇睡上一觉后，次日早晨就可到达安提乌姆市。

按照塔西佗的描绘：

儿子的殷勤而又热情的欢迎以及使她坐在首位的举动，减轻了她的恐惧心理。最后他们竟然自由自在地交谈了起来；尼禄一会儿跟她像小孩那样地亲昵，一会又作出一本正经的样子，仿佛要讲出什么知心话的样子。尼禄这样把宴会拖了很长时间之后，才陪着她离开，这时他更紧紧地拥抱了她，并且吻了她的眼睛，或者因为对这位行将丧命的母亲所看的最后一眼，甚至使这个残忍成性的人也不得不犹豫起来。

是夜，海上微风轻拂，夜空繁星点点，海面平静如镜，船内舒适宽敞，一切都使人惬意舒畅。而后来的事实证明，正是这艘精心用鲜花装点、经过改装的阔绰而华丽的游船，差点断送了她的生命。阿格里皮娜在家中两个仆人陪伴下高兴地登上了游船。

海军司令阿尼恺图斯带着两名水手也紧随着登船。她丝毫没有想到她的儿子策划的陷阱正在等待她的踏入，因为这个红头发小伙子整晚都殷勤地陪伴在她的左右，脸上浮现出谦恭的微笑，孝顺而体贴。儿子与她告别之时，他还像孩子那样和她亲昵地说话，无微不至地嘘寒问暖，叮咛嘱托，直到最后告别之际，尼禄还给了母亲一个深情的热吻，使她心里悸动着，仿佛恢复了青春，就这样这对年龄悬殊的母子，像是恋人那样恋恋不舍地紧紧拥抱着，久久不松开臂膀。然而死神正在儿子温馨的拥抱中，慢慢向她扑来。

阿格里皮娜轻松愉快地踏进了船舱，向儿子挥挥手依依惜别。她不可能想到游船的甲板经过精巧的设计，被吊以沉重的铅坠，重压之下船板坍塌，于是这个可怜的贵妇人就会被千斤重的天花板压在船舱之内。

游船启航出发，当航行到足够远的地方，一个船员偷偷开启了陷阱机

23

关，灾难轰然降临，随着甲板上的木板一声巨响，甲板迅速断裂开来，而正在下方船舱里休息的阿格里皮娜见此状况还未缓过神来，屋顶已经开始坍塌。千斤重的天花板直接落下，眼见太后要被砸中，也许是命不该绝，在这千钧一发之际，快速坠落的天花板竟然被沙发高而坚固的扶手挡住，在她眼前几厘米的地方有惊无险地落下，使其免遭这巨大的撞击而捡回一条命。

阿格里皮娜被这突如其来的事故弄得头晕目眩，过了好一会儿才慢慢清醒过来。开始观察周围的情况，发现她的一个仆人已经死了。悲痛惊恐之余，阿格里皮娜并没有因此放弃希望。而此时在甲板上，那名启动陷阱机关的船员思来想去，仍然不放心人是否已经死去，所谓杀人必须干净利索，坏事必须做绝。于是开始谋划第二次杀人，既然第一次杀人失败，那么干脆掀翻这艘船，让那个女人永远葬身海底。然而，天无绝人之路，船舱内竟然有一名女仆幸存，她甘愿协助自己的女主人逃生，她心中已经明白这次船板坠落事件是冲着太后来的，于是自告奋勇地大声呼喊她就是国王的母亲，那名恶毒的船员，在黑暗中分辨不清，于是真的把那名女仆当成国王的母亲，匆忙之中迅速将那名女仆拉了上来用乱棍打死。阿格里皮娜趁机悄悄潜入大海，借着夜色的掩盖，她以娴熟的水性筋疲力尽地终于游上了岸。

当她返回自己在安提乌姆的海滨别墅后，仔细追忆事件的前因后果，冷静一想，才发现原本愉快欢乐的那个夜晚，其实只是儿子精心设计的一场大戏。船舱的坍塌坠落并不是意外，而是设备被人为地动了手脚，海面风平浪静，波澜不惊，附近没有任何礁石。黯夜隐藏的是一桩血腥阴险的弑母罪恶，人性堕落莫此为甚。阿格里皮娜想想后怕，终于她想明白了是谁想要她的命。不过在想好下一步计划前，她决定不动声色，先赢得时间再说。她决定不暴露身份，伪装自己已经死于这场海难，并刻意将这次意外传达给自己儿子。然而，纸包不住火，消息终于还是走漏了。

尼禄听到母亲并没有死，勃然大怒，立即责问阿尼恺图斯。阿尼恺图斯作为"沉船计划"实施者，身为舰队司令官，利用职务之便在船上安排陷阱组织实施谋杀已经失败，当他水淋淋地从海湾游上岸，就已经知道阿格里皮娜已经顺利逃生，因为他是皇宫老人，认出死者是阿格里皮娜的首席侍女阿凯罗莉娅。恼羞成怒的尼禄对他下达了最后通牒，于是阿尼恺图斯率领海军官兵干脆包围了阿格里皮娜在安提乌姆的府邸。根据塔西佗的记载：

阿尼恺图斯在她的别墅四周布置了一圈哨兵之后就闯了进去，把他遇到的每一位奴隶都抓了起来，最后他来到她的寝室门口。有一些仆从正站在这里；其余的人在军队冲进来时都吓跑了。屋里灯光很暗，只有一个女仆陪伴着阿格里皮娜。阿格里皮娜的心情一刻比一刻更加紧张不安。不但她的儿子那里没有人来，甚至她派出去皇帝处报平安的释奴阿盖尔穆斯也没有安全返回。如果不发生什么意外的话，那么事情不会是这个样子。现在的情况却只是死一样的一片沉寂。跟着是突然发出的喧嚣，一切都预示着无可挽回的最最险恶的命运。过了一会儿，她的侍女也站起来要离开她。她说你也要离开我！就在这时，她一回身看到了阿尼恺图斯，同他在一起的有三层桨船只的船长赫丘列乌斯和海军百人团团长奥巴里图斯。她说"如果你们是来看望病人的，那么你可以带信给皇帝，说我比先前好一些了。如果你是来谋杀我的，我知道这种事情与我的儿子毫不相干，要知道他绝不会下令谋杀自己的母亲的。"刽子手将她的床围了起来。船长首先用木棍打她的脑袋，然后是百人团团长也要抽出刀来刺她。这时她脱下衣服，指着自己的腹部叫道："刺呀、刺这里呀！"百人团团长，一刀一刀地刺下去，终于把她杀死了。

当天夜里，罗马帝国最尊贵的皇太后，奥古斯都大帝的神圣后裔，就被草草火化草草地埋葬了。在尼禄的全部统治时期，他从来没有给母亲坟墓祭扫过、没有添过一抔土，也没有特别用什么标志圈起来。后来她过去的仆人给她弄到了一块简陋的墓地，墓地就位于通往米塞努姆的道路近旁，离独裁官恺撒那座海边的别墅不远。

尼禄经过一夜的焦虑不安，弑母后良心的谴责使他几乎一夜未眠，但是当次日凌晨，太阳升起时，他心情立即云开雾散。百人团团长和海军将领们首先对一夜惶恐的皇帝表示热烈祝贺，当禁卫军司令布鲁斯和他的首席内阁大臣塞内加和他握手时，使他在夜间因恐怖虚弱的心灵再次在阳光照耀下强壮起来。因为他的股肱之臣一致认为对于野心家阴谋家的一举铲除是帝国之幸，人民的心愿，这些谄媚之词使他自己也感觉是对帝国人民做出了伟大的贡献，他代表了诸神意志，他开始重新兴奋起来。忙着到神庙去进行祭神大典，感谢神灵襄助铲除国家之蠹虫——也即他的生母阿格里皮娜。

　　大哲学家塞内加用生花妙笔为尼禄准备好了致元老院书信，大意是阿格里皮娜派遣她的释奴阿盖尔穆斯向尼禄阴谋行刺时被发觉，而他的女主人因为阴谋败露，知道罪行严重而畏罪自杀。并且执笔者又从过去种种的事件中给阿格里皮娜刻意延伸了一大串罪名加到她的身上：

　　她想同尼禄分享帝国统治大权，要禁卫军士兵向一个女人宣誓效忠，并想使元老院和罗马人民也蒙受同样的耻辱。当她这种野心遭到挫折的时候，她就蓄意同士兵、同元老院、同罗马人民作对，反对把慷慨的赠赐送给他们，还阴谋陷害重要的罗马公民。正是他尼禄费了极大的力量才使她不曾挤到元老院来接待外国使节。尼禄还间接指责了克劳狄乌斯统治时期，并将所发生的一切丑事的罪过全部都推到自己母亲身上，还说他母亲的死是国家之福。甚至沉船事件也提到了：然而哪里会有一个傻瓜竟然相信这只是一个偶然事件，相信一个遭遇海难的女人会派出一个孤零零的人拿着凶器穿过禁卫军和海军重重布防来到皇帝跟前？

　　也许阿格里皮娜确实不得人心，她对帝国政事的滥权干预遭到大部分罗马公民的反对，她对元老院以及高层贵族异己分子的血腥迫害确实不得人心，再加上她的贪婪和无限制敛财都成了打倒她的理由。因而尼禄对于她的剪除受到了广泛的欢迎。塔西佗进一步揭露道：

　　因此舆论谴责的对象不再是尼禄（因为他的残暴行为已达到无从谴责起的程度），而是塞内加，因为他给尼禄起草的这种辩护词，正是对自己罪行的招供。

　　尼禄十分坦然地回到了罗马，无比兴奋地体验了罗马民众和贵族元老对他的尊敬。他看到了一片欢腾的景象，比他先前预想的还要热烈，各区的民众争相夹道欢迎他。元老们都穿上节日盛装；大批的妇女儿童对他欢呼，向他抛洒鲜花，他走过的道路上人们搭起一个个彩棚，像是观看一场盛大的凯旋仪式。

塔西佗说，征服了一个奴性十足民族，胜利者尼禄满怀着自豪的心情登上卡比托利欧山顶的朱庇特神庙向神感恩还愿。在这之后，他就肆无忌惮地干起各种坏事来。到目前为止，他已经无情毁灭了对于母亲的敬畏，仅有的约束解除，无人再能够阻止他在邪恶道路上如同野马驰骋那般肆无忌惮地末路狂奔着。

诗意欢乐和罪恶延续

公元 59 年的春末，尼禄对于文学艺术体育的追求也在与民同乐中演绎到了极致。然而，嗜杀的罪行还在他的寻欢作乐中延续。文学艺术的爱好，更多是智性自然的表达，是某种天性感知的艺术形式诗意的流露，需要更多的自由自在的不受任何拘束的天才创造，因而更加率性本真，很少和政治家的理性思考权谋运用交集，尤其是非理性地依靠生物"弱肉强食"的皇权政治法则去助推。

但是，尼禄的皇家血统，决定了他未来的接班道路必将融入被他所视为肮脏血腥而又危机四伏的权力政治。他童年时目睹母亲家族所经历的这一切，都给他带来至深而难以忘怀的印象，这些印象笼罩着浓烈的血腥和嗜杀的意味，均给他的性格形成造成了长久的影响。尤其是母亲阿格里皮娜从童年起就给他灌输的罗马贵族正统思想，也即打造一个奥古斯都版的亚历山大大帝，必然导致他的天性童心产生裂变，从而和他母亲一样道貌岸然行走在宫廷政治的刀尖上，言不由衷地充当伪君子。

这种嗜血人生的变态性格和他原生状态的艺术家天性是格格不入的，在他少年时代登上王位到青年时代切身感悟的人性和人生大相径庭。于是就产生了思想和行为上的叛逆，这种叛逆与皇家贵族言行准则简直背道而驰，必然遭到保守的元老院贵族的非议、母亲的谴责、宫廷教师的劝阻，这些更加促使他借助皇权走向彻底的背叛。夹缝中的成长，使他对于宫廷教条的背叛带有更大的彻底性，也导致病态的扩张而促使性格和行为都变得畸形和更加具备对抗性，从而走向血腥嗜杀的变态情绪释放，最终在如同胡闹的嬉戏中导致帝国的崩塌和自我的毁灭。

从尼禄的血脉基因来说，他具备奥古斯都的一代雄主性格，但比较而言，他的另一位枭雄曾外祖父安东尼的性格还是在他成长过程中占了上风。从政治而言，他认为罗马帝国本应该是这位性格外露率性张扬不拘小节的安东尼的，只是不幸被工于心计崇尚阴谋的奥古斯都窃取了。在两个曾外祖父相比较中，他在性情上更加偏向安东尼，而选择了不计后果地率性而为，无所顾忌，全面释放自己人性和兽性混合的秉性。因而，他只能在畸形的变异中借助艺术的张力，滑向了极端的邪恶和冷酷血腥泥沼不可自拔。在失去尤里乌斯－克劳狄乌斯的祖宗基业后，终于在四面楚歌声中恶贯满盈，走向了不归之路。历史给他的定位是暴帝尼禄和他的叔叔卡里古拉不相伯仲，共同遗臭万年。

为了证明他继承了父亲多米提乌斯爱好体育竞技的光荣传统，尼禄在梵蒂冈谷地专门圈出了一块场地，这样可以在不被人们发现的情况下表演他的驾车技术，但是在初步训练后，他就大张旗鼓地邀请罗马民众前来观看，洋洋得意地听取民众的赞扬。他对于民意非常了解，大众渴望看到各种各样竞技表演和比赛。如果皇帝能够与民同乐的话，他必将赢得民心。这种公开露面冲淡了人们对他弑杀自己母亲的记忆，如果把人民引导到公开沉浸于某种享乐方面，便会让人们忘记自己的耻辱。

早在童年时代，尼禄已经受到音乐的熏陶，在摆脱了母亲的束缚后，这一兴趣得到了突飞猛进的发展，他出人意料地召见竖琴大师特尔普鲁斯，连续数天在午饭后听他弹唱，直至深夜。他渐渐开始自行练习，并且特别重视对自己嗓子的保护，经常仰卧，胸置铅板，通过导管和呕吐清理肠胃，戒吃有核的果子和有害嗓子的食物，为了保护嗓子，尼禄每月都进行定期斋戒，只吃油拌韭菜。尽管他声域狭窄，发音沙哑，但是每当演练有所进步都使他心情激动，极欲登台献演。经常向朋友重复一句希腊谚语："不闻其声焉能评价！"

他常常在那不勒斯海湾召开演唱会，他认为那不勒斯比保守的罗马更具希腊浪漫的风情，因而对音乐和艺术有更深的理解。他就这样兴致勃勃地演出，所到之处一片喝彩赞扬之声，更加刺激了他公开表演的欲望，并且一唱就是好几天，然后作短暂休息，恢复自己的嗓子。即便从浴池出来，又来到剧场，来到乐队中和大家一起用膳，他就会用希腊语向大家夸下海口，只要稍稍润润嗓子，就能把任何歌曲唱得既悦耳动听又铿锵有力。他在那不勒斯进行的一场演出中，虽然剧院因为地震而晃动，但他也没有停止表演，直到把一首曲子唱完，谢幕鞠躬后，在观众震耳欲聋的掌声中才离开剧场。

　　他在那不勒斯海港一点都不感到寂寞，因为港口常常有来自埃及亚历山大里亚港的水手，他完全被亚历山大里亚的众多客人的掌声所迷住。但是他对这些并不满足，选拔了一些骑士等级的青年，并从平民中挑选了5000余名朝气蓬勃的青年，组成几支啦啦队，让他们学习亚历山大里亚不同风格的鼓掌声，模仿所谓蜜蜂声、砖瓦声使鼓掌也鼓出艺术水准。尼禄演唱时他们积极予以配合。这些人浓密的头发和漂亮的服饰十分引人注目。为了表彰他们有创意的鼓掌声，啦啦队的队长每人获得40万塞斯特斯的奖励。

　　公元59年12月15日，尼禄庆祝了他的二十二岁生日。他剃去了象征真正进入成年原以为很美的连鬓胡须。他将自己象征青春年华的青铜色胡须细心地放入镶有珍珠的精美盒子中，告别了美好的华年，然后被奉献给了卡比托利欧山上的朱庇特神庙。

　　紧接着他干了一件匪夷所思的事情，残酷杀害了从小抚育他长大的姨妈多米提娅·雷必达。这位姨妈是和她母亲同一个祖宗的姐妹，都是奥古斯都和安东尼的外孙女。只是她们共同嫁给了多米提乌斯家族。他去看望了这位对他寄以很大期望，而且在他和母亲的激烈矛盾中一直对他保持友善的姨妈。她是罗马有名望的富婆，在罗马和那不勒斯海湾的巴伊亚和其他地方拥有漂亮的庄园，还拥有价值连城的艺术品。此刻，这位贵妇罹患了便秘已经卧床很久了，当他俯下身子去吻她的时候，她触摸着姨侄下巴上弯曲柔软的胡须说："我决心要活到看到你第一次剃掉它们的那一天：那样，我就高兴地死去。"尼禄转身向他的朋友使了个眼色，像是开玩笑似的说："我立刻将胡须剃掉。"然后命令医生给病人服用了超剂量的泻药。在她还没断气前，便霸占了她的所有遗产，还扣押了她的遗嘱，不让任何遗产从他的手中漏掉。

　　公元60年夏，他按照希腊人的方式设立了一种比赛。他把这种比赛以他的名字定名为"尼禄尼亚赛会"。赛会每五年在罗马举行一次。音乐和诗歌以及摔跤和其他项目的体育竞技活动混杂在一起，形成尼禄式竞技特色，因为希腊人总是把音乐和体育连在一起。为此，他下令在马尔斯广场专门建造了一座新的圆形剧场。这是一座木架结构的建筑，可惜不到三年它就被雷电击中烧得一干二净。

现在他终于耐不住寂寞，他急于登台献艺。当大家请求欣赏他神圣的金嗓子时，他装模作样地回答说："我将在自己的花园中尽力满足大家的要求。"可是当执勤的士兵和民众一起恳求他展示才艺时，他高兴地答应立即表演。于是，他立即命令将自己的名字列入基萨拉琴演奏者名单，并将自己的名签与其他演奏者名签一起投入罐中；轮到他演奏时，禁卫军长官提着他的琴随侍左右，后面跟随着军团司令官，身旁围绕着他的朋友，当他站在舞台中央，由前执政官宣布他将要演唱的曲目。一切军政首长在皇帝面前都像是俯首帖耳可供任意驱使的奴才马弁，而他则有恃无恐地滥用着皇帝淫威而不知收敛。他并不知道任何威权都如同可供消费的资源，总有使用殆尽的一天，况且是滥用在贵族们所不齿的奇技淫巧方面，更像是某种毫无廉耻的浪费，过度消费磬结后就会危及执政的合法性，最终丧失生命。

尼禄坚持从午后一直唱到太阳落山的时候。元老院怕给他颁奖影响不好，于是他推迟颁奖仪式到下一年度，为的是有更多的机会出场演出。但是这种等待对他来说似乎太漫长，他一次又一次不断在观众面前亮相，他甚至对参加职业演员的私人演出犹豫不决，因为一位大法官答应提供 100 万塞斯特斯的奖金。他还演唱悲剧，出场时戴着英雄和神的假面具，甚至还戴女神和女英雄的面具出场演出，全然不顾元首的尊严。但是，他的轻率浮浪举止，却受到罗马民众的狂热欢呼。无疑他的宠臣禁卫军司令布鲁斯一面叹气，一面还要为他的演出鼓掌。哲学家塞内加多次劝导他在民众面前要保持皇帝的尊严，他根本不予理会，他在群众的狂欢和掌声中陶醉，我行我素忘乎所以。

在这些娱乐活动中，他体会到摆脱母亲的羁绊后的伟大情感如同久受压抑的洪水冲决了堤坝一泻千里的自由和欢乐。他感觉到音乐和诗歌是生活中养料如同呼吸空气那般重要而不可或缺。他决心自己一定要成为一位大歌唱家和大诗人。所有人都告诉他，他的嗓音很美，而由于他感觉到他的一生会带有悲剧色彩，因此他对人生的感伤需要由歌声来倾泻。当他发现在晚餐后用自己的竖琴伴奏能够成功打动自己的客人的心情，更好满足就餐者的食欲时，他感到了艺术的魅力，为自己的天才而感到孩子似的欣喜若狂。

塔西佗说，听说这件事的民众认为，一个皇帝像一个普通乐师那样的轻佻行为是十分丢脸的事情。但是尼禄却反驳说，古时候的国王和英雄常常突然吟唱起史诗来，连阿波罗神都认为音乐是神圣的。

与此同时，尼禄把罗马的年轻诗人都团结在自己身边，鼓励他们为舞台写作，并且经常害羞地将自己的习作请求他们批评指正。对尼禄极其反感的塔西佗讽刺地说：

皇帝不仅仅是以演剧方面才能出名，他还特别喜爱诗歌并在自己身边集合了一批会写押韵的东西，然而还没有引起人们注意的不入流诗人。吃过晚饭后这些东西就和他坐在一起，把他们从家里带来的诗句缀合在一起或是即兴吟诵，把尼禄胡诌出来的零碎诗句全部拼凑成整篇诗作。这种作诗的方法，甚至从尼禄的一般特征也能看得出来；要知道这些诗既没有力量，又没有灵感，也没有统一的风格。他甚至还用一些时间和哲学教师周旋，不过时间是在晚餐以后，听取他们陈述不同观点时相互间的争论，以达到消遣的目的。事实上也并不缺少一些面容装得阴沉而忧郁是斯多葛学派圣人的家伙在那儿清谈，供皇帝解闷。

哈德良时期的历史学家苏维托尼乌斯在检视皇家档案中曾经发现尼禄的诗稿，他客观地记载道：

童年时代，尼禄接触的几乎全是文艺作品，但是他的母亲不许他学习哲学，警告说哲学不利于培养未来的治国者。他的老师塞内加不让他研究古代的演说家，以此使他对自己的崇拜更加持久。以此尼禄对诗歌颇感兴趣。他喜欢作诗，但不愿动脑筋。不过不像某些人说的，尼禄剽窃发表他人的作品，我手中有一些书板和小册子，上面有出自他本人的手笔的著名诗句，显而易见这些诗句不是抄袭来的或由他人口授，而是创作出来的，像是一个人在一边思考一边推敲着写下的，有许多涂抹、删改和增添之处。同时，他对绘画和雕刻也有不小的兴趣。

那些善于谄媚或者爱慕他的人众口一词地夸奖皇帝的诗歌写得确实非同凡响。尼禄的周围聚集了一批附庸风雅的马屁精，把他吹捧得自以为是罗马最最杰出的诗人，于是他到处朗诵自己的作品，不厌其烦地卖弄自己的才艺，可惜他的诗歌没有传世之作。人们发现罗马所有艺术门类的代表人物现在都团结在他周围——他们是作家、画家、雕塑家、歌手、乐师、优伶等，各门文学艺术学科都没有被忽略，因为尼禄很希望全世界都看到他皇帝的艺术人生和性格是多么的丰富多彩。他和自己的曾外祖父安东尼一样的多才多艺，他们心性相通，而不是刻板伪善的奥古斯都。

尼禄配得上这个时髦的有教养的社会，这时皇宫成了他的艺术沙龙，他很享受这种众星拱月般的氛围，在艺术家廉价的吹捧和赞扬声中，他略脱迹形完全放弃了皇帝的神圣面具享受普通人的本色生活，活色生香地寻求某种艺术家率性的快感，而显得皇帝艺术家别具一格的异乎寻常。显然罗马贵妇的标志性人物就是他志同道合的情人波庇娅，而不是名义上的皇后屋大维娅，因为后者实在太古板、太传统、太伪善。

按照波庇娅的建议原来稍显陈旧的皇宫，已经全部进行了重新装修扩大，变得金碧辉煌，很切合帝国第一公民的身份了，也增添了自己作为艺术家的风采，但是这是违背他的先祖奥古斯都崇尚节俭朴素传统的，也违背了皇家严格的尊卑等级秩序，在元老们看来实在有损帝王尊严和威仪，所谓"越名教而非礼仪"颇有中国汉魏的名士气派，这些举止自然遭到高层贵族的訾议攻击，但是他根本不以为然，依然我行我素，肆意妄为。

正在这位红头发满脸雀斑、身体健壮充满活力的诗人艺术家兼体育明星，在大众的吹捧和元老们的侧目中，将自己的行为艺术推向了顶峰的巅峰时刻，罗马不断传出不和谐的声音：有人把一根鞭子挂在他的雕像上，说明他应当受到鞭打；最明显的攻击手段是暗示他杀害了自己的母亲，有一天人们在罗马广场上发现一个弃婴，弃婴的颈脖上挂着牌子，上面写着"我不愿意将你养大，因为我害怕你也会杀死你的母亲"；在尼禄返回罗马前，阿格里皮娜的很多雕像都被移除，一些很显眼的被麻布罩子蒙上，有一天竟然在麻布罩子上发现被人加上了纸条："我因害羞而蒙上脸，而你却是不知道脸红的。"这明显是讽刺他不知羞耻地违背伦理刺杀生母的罪孽。

人们把这些显然针对皇帝弑杀母亲大逆不道的行为艺术信息举报到尼禄之处，这位帝国最高等级的行为艺术家对此采取"极端蔑视的态度"，此事也就不了了之了。但是在举行尼禄尼亚节的时候，天上出现了一颗明亮的彗星。人们普遍认为这是天象示警，预示皇位将会有变动的巨大凶险的征兆。

大家议论的焦点都集中在路贝利乌斯·普劳图斯身上，因为这个家伙算是有资格继承皇位的龙子龙孙。他本人的政治观点偏向保守的老派贵族：他举止严肃，私生活幽静而清白。由于畏惧尼禄的暴政而隐退江湖，反而为他赢得了更多的声誉。人们认为他完全可以取代尼禄接替皇帝宝座。

尼禄此时正在风景如画的提布尔行省西姆布鲁伊尼湖滨别墅的凉亭里享受野餐，雷电击中了眼前的金属盘子，把桌上的食物打飞了，并打翻了餐桌，这是不祥的预兆，似乎是上苍示警，尼禄皇位不保。

提布尔行省正是普劳图斯祖父的家乡。老普劳图斯原是一位修辞学教师，他是一位释奴，后来成为家乡的有声望的骑士，提比略的大公子的女儿嫁入普劳图斯家。因此人们就神的旨意进行解读，就是指这位表兄弟普劳图斯将取代尼禄成为新的皇帝。但是尼禄十分低调地处理了这件事。

按照塔西佗和苏维托尼乌斯的记载，尼禄采用十分礼貌的外交手段劝阻这位表兄不要有取代皇上的任何不切实际幻想：为了罗马的安全摆脱那些恶毒攻击皇帝的人，你老兄还是隐退到小亚细亚自己的世袭领地去当一个富裕安闲的寓公和食客为好，这样至少可以安全而舒适地平静度过自己的余年。平静的语气中透露不容质疑的杀气。于是普劳图斯就带着自己的妻子、女儿离开了罗马这块是非之地，躲到自己的老家去了。但是，两年后这位准皇位继承人还是被他以"大逆罪"残酷处死，同时被处决的还有奥古斯都姐姐屋大维娅的女儿安东尼娅和德鲁苏斯的女婿法乌斯图斯·科尔涅利乌斯·苏拉。

这位苏拉也是前独裁官苏拉的后人，曾经担任过高卢总督，一度成为罗马民众心目中可以取代尼禄的偶像，虽然他生性疏懒天生愚钝，但是还是被皇帝认为是刻意韬晦装愚守拙，伺机反攻政变的大奸大恶之人，暂时流放到了马西利亚（马赛），最终在公元62年那个多事之秋，还是被尼禄暗中派人刺杀于晚饭桌上，头颅被割下带回罗马。尼禄看后开心地笑道："他那过早出现的白发害了他的命。"自此，但凡和皇族沾边且有可能成为皇帝继承人的后代，都将被安上"大逆罪"——被杀害。听闻这两位显贵被杀害，元老们个个心惊胆战。每位元老似乎都意识到这是尼禄发出的警告，任何图谋推翻他的举动均会受到莫须有的指控，而遭遇杀身之祸。

然而，忘乎所以的行为艺术家兼运动健将尼禄又干了一件逆天悖理的荒唐事，为了展示自己的游泳技艺，竟然脱光了衣裤，赤身裸体地跳入被罗马人视为圣水之源头——马尔奇乌斯水道游泳、沐浴。这条水道是公元前149年共和国执政官克温图斯·马尔奇乌斯·列克斯受元老院委托开凿的一条引水道的源头，这里的水从佩里洛理人的山区引出，清凉甘冽澄澈见底，古人称这条水道的水，为生命之源而有益身心健康。因此，历代禁止人们下水游泳，为此专门在克里图姆努斯河上修了一座桥，把神圣不容侵犯的部分和公共使用部分严格相分隔。

可是一意孤行的行为艺术家偏偏不理这个茬，竟然下去游了一圈，痛痛快快地洗了一个澡。像这样在大庭广众之下赤裸裸地无耻表演他已经不止一次了，在那次轰动罗马的"尼禄尼亚赛会"竞技表演中，他竟然命令所有男性运动员效仿希腊奥林匹克运动会全部赤身裸体参加竞赛，自己也脱去衣服全身赤裸地参加了拳击比赛。更加荒唐的是，他强制要求必须三十年保持贞洁的维斯塔贞女们集体去观看，令罗马轻薄少年为之狂欢。这无疑是某种犯罪的暗示，严重挑战了元老贵族们的道德伦理底线，遭到守旧老派贵族的切齿痛恨。此次亵渎圣泉的狂悖轻浮举止，遭到了罗马人民和元老院的猛烈抨击，但是对皇帝亵渎圣河的严重事件，却只能陷于打打嘴炮，诅咒他的无耻，在约束他的行为上完全无可奈何，只是他在干了这件荒唐事后，遭到了报应，生了一场大病。病好之后，依然生龙活虎活蹦乱跳流窜于舞台、酒吧、妓院或者优游山水之间胡作非为。

苏维托尼乌斯在本传中生动形象地描绘了他的外貌：

尼禄身材适中，体表有斑纹，散发出臭味，头发浅黄，面容与其说是风雅，莫如说是端正，眼珠浅绿，稍微近视，脖子粗，肚皮大，两腿很细。他的体格健康，尽管他淫逸无度，可是在他统治的 14 年中，总共只得过三次病，甚至没有戒酒，也没有改变生活习惯。他的风度和衣着相当不雅观：总是把头发烫成女人式的一排排发卷，在去希腊旅行期间，他甚至把卷发留得长长的披散在身后，像是一位流浪艺术家。他经常穿着浅色丝质宽松长衫，那种男人只在神农节用午餐时穿戴的服装，脖子系上汗巾。他经常不束腰带，赤脚出现在公共场所。

行为艺术家在帝国游戏着权力，使皇帝生涯搞得怪异浪漫而荒唐荒诞。然而，皇帝长期荒诞嬉戏荒废朝政，终于爆发了政治危机。帝国灾难接踵而至。公元61年底，亚美尼亚和不列颠先后发生叛乱。对于亚美尼亚的危机，荣升叙利亚总督的科尔布罗向尼禄献策，派遣军团长图斯担任平叛司令，很快战乱得以平息。不列颠的暴动情况要复杂得多，涉及罗马执政当局的腐败，牵扯到皇帝身边宠臣加导师的哲学家塞内加。

帝国宠臣哲学家塞内加

不列颠是在公元43年克劳狄乌斯皇帝当政时期并入罗马帝国的，但在当地罗马军官和文官的监督下，本土的一些小国王依然保留着自己的王位。住在今天若福克和萨福克地区的伊凯尼人国王突然死了，由于国王普拉苏塔古斯身前指定两个女儿为接班人，罗马人支持国王的继承安排，但皇后布狄卡极为痛恨罗马人的嚣张跋扈，在和罗马人爆发了一次激烈的争吵后，被驻军长官扇了一记耳光，于是她声称自己的两个女儿受到了罗马人的侮辱，并以此为借口发起了民族独立运动的战争，在罗马人看来，其实就是酋长国的野蛮人对抗宗主国罗马人的一场武装暴乱。

其实这场暴乱的内在原因，涉及罗马第一权臣、表面上的斯多葛学派君子塞内加发放高利贷给了国王普拉苏塔古斯，用以谋取高额利息的以权谋私行为。虽然罗马人以高利向小国王放债这种事是常有的，不足为奇。然而，一位长期标榜自己不事奢华的素食主义哲学家竟然成为一个高利贷放债人，使得罗马高层感到了震惊。

国王一死，塞内加就收回了债款。恼羞成怒的王后布狄卡发动了武装叛乱。向科尔切斯特的罗马移民突然发起进攻并进行了疯狂的屠杀；接着叛军又扫荡了圣·阿尔班斯和伦敦，把数以万计的罗马人和罗马化的不列颠人杀死。这时当地驻军罗马第九军团匆匆参战，却被叛乱者击败，驻军十四军团和十二军团的一部从切斯特出发迎战，在伦敦郊外遭遇布狄卡，彻底粉碎了这次叛乱，布狄卡服毒自杀。但是罗马人和忠于罗马的不列颠人付出了惨重代价，七万人遭到屠杀。无疑塞内加的放债行为是这次暴乱和大屠杀的主要原因。

就在尼禄的行为艺术使得罗马传统道德日益堕落的危机时，那些力挽狂澜的制约力量也正在削弱，随着帝国忠实的老臣禁卫军司令布鲁斯的病逝，塞内加的地位进一步动摇了。布鲁斯是身患喉癌病逝的，虽然外界谣传他是被尼禄在喉头涂抹毒药有意毒死的，但是塔西佗依然认为布鲁斯确实是病逝的，虽然他对尼禄厌恶之极：

他的咽喉里越来越大的肿瘤终于堵住了他的气管，从而使他窒息而死。但是更多的人却认为，正是尼禄的主使，布鲁斯的上颚在接受治疗时，被涂上了一层毒药。布鲁斯识破了这一阴谋，因而在尼禄探视他时，转过脸去不愿看尼禄，并且在回答尼禄问话时只说了一句："我很好。"

布鲁斯是位耿直而又绝对忠诚尼禄的老臣，由于他和尼禄母亲阿格里皮娜的亲密关系，当年消极抵制了尼禄对于母亲仇杀，虽然他和塞内加从头到尾参与尼禄的密谋。但是，在最后关头尼禄不得已才选择不择手段，依附尼禄的海军基地司令阿尼恺图斯充当杀手，最后刺杀了皇太后。布鲁斯和塞内加在事成之后却千方百计帮助尼禄对这一起罪恶的弑母事件给予了美化和掩盖，让事实真相湮没在谎言和粉饰中，让丧心病狂的邪恶，变得无比正义和伟大，他们其实也是尼禄的帮凶和谎言的炮制者。

当尼禄准备休弃皇后屋大维娅，和波庇娅结婚的时候，布鲁斯竭力进行劝阻，并含蓄警告尼禄说，你如果和屋大维娅离婚，必须偿付她昂贵的嫁妆，你是偿付不起的。暗示他是借助了皇后的父亲克劳狄皇帝的地位才当上皇储登上皇位，是绝对不可以忘恩负义，卸磨杀驴的，尼禄才勉强维持着这段摇摇欲坠的婚姻，继续在大庭广众扮演丈夫的角色。

布鲁斯的死，引起了政界怀有正义感的人士感到极大悲痛，人们怀念他在世时候对尼禄荒唐行为所进行的制约。然而，他的死使得罗马禁卫军司令这一重要岗位出现空缺，这是尼禄对于皇帝内卫部队进行调整、进一步安插亲信的大好机会。在布鲁斯独掌禁卫军之前是两名司令长官，现在尼禄又恢复到克劳狄乌斯时期的双岗权力制约体制，迫不及待地重新任命了两位禁卫军长官：一位是前粮食供应保障官法伊尼乌斯·卢福斯，此人为官清廉，在负责罗马粮食供应中没有贪污受贿等自私自利行为，在民众中有着良好的口碑，为人比较忠厚；另一位却是罗马著名恶棍，和皇帝臭味相投沆瀣一气的纨绔子弟，前罗马消防大队队长奥弗尼乌斯·提格尼努斯，尼禄臭味相投的狐朋狗友。尼禄不仅让他暴富，还把他塞进了骑士的行列，担任首都消防大队长。凭借这一角色，他在维护首都街道秩序的同时，耀武扬威地欺行霸市，牟取暴利，顺便死心塌地地为尼禄牟取了巨额经济利益，成为皇帝出入花街柳巷的牵线人和清除政治对手的忠实打手，现在他出任禁卫军司令，开始专门出面替尼禄制造冤案、充当杀手。

过去塞内加曾经委婉地劝诫尼禄：

美德是城市高峰才有的事物，那里的空气稀薄又珍贵；罪恶则藏身于城市最阴暗浑浊的深处。它总潜伏在阴影处，潜伏在公共澡堂与蒸汽浴室的周边，潜伏在时刻忧惧官方审查的地带，温软柔弱，不时有酒水与香水滴落，要么苍白暗淡，要么浓妆艳抹得像是给尸体涂脂抹粉一样。

这些苦口婆心的劝导，并没有引起尼禄的重视，反而将良药苦口视作洪水猛兽，视作冲击他肆意淫乐帝王生活的障碍，于是对于这位哲学家越来越疏远，随着提格尼努斯的出任要职，两人的师生关系越来越疏离，只是表面还维持着尊师重道的传统，其实早已是貌合神离，只差一层窗户纸被捅破的时机，那也只是一个偶然的事件就会是烧毁这层薄薄掩饰层的火种。

布鲁斯的死亡大大动摇了塞内加在宫廷中的地位，不仅因为两位君子人物之一的死亡，使得传统被视为高尚的风气失去了支撑的力量，而且因为尼禄正在受到那些谄媚之人的包围蛊惑，塞内加遭到了弹劾。塔西佗详细引证了弹劾的证词：

这些人对塞内加进行了各种各样的攻击。他们说，塞内加的巨大财富已经超过了私人财富所应有的限度，而且这笔财富还在不断增加；他正在争取罗马人民对他个人的好感；甚至在庭院的秀丽和别墅的雄伟方面，他都想胜过皇帝。他们还说，塞内加认为真正称得上演说天才的人物只有他一个人；由于尼禄喜欢诗，所以他就更频繁地写起诗来。他公开挑剔皇帝的一般娱乐，嘲笑皇帝的驾车水平太差，又奚落皇帝唱歌的声调不好。在罗马这里，只要不是塞内加发明的东西，就不能认为是杰出的，这种情况要继续到什么时候呢？毫无疑问尼禄已经度过了他的少年时代，他已经是个精力旺盛的成年人了。他应该把他的教师打发走，他是可以在自己的祖先中找到很多杰出教师的。

　　布鲁斯被害，塞内加眼见自己的政治影响力越来越小，于公元62年向尼禄提出隐退的要求，因为他的品行受到了强烈的攻击，使他深感苦恼。但是尼禄拒绝了他的请求，他不愿意和这位曾经朝夕相处彬彬有礼的老哲学家公开决裂，而给无事生非的罗马舆论提供某种众叛亲离的口舌。但是哲学家和禁卫军新任司令水火不相容的关系，使得一向对这位流氓无赖不屑一顾自命不凡的哲学家难以再在皇帝身边发挥作用，他只有识相地远离朝政，退居到罗马郊外的庄园里读书写作，聊度余生，苟全生命，保全晚节。

　　尼禄应约与他的老师见了最后一次面，时间是在公元62年，塞内加从皇帝幼年开始辅导他的第14个年头，尼禄当政的第9个年头的秋天。塞内加对他的主公说，皇帝给了我如此众多的荣誉和财富，以致自己无以为报，除了在学习上帮助你以外，我自己也获得了巨大的声名和显赫的地位，虽然自己推崇的斯多葛学说，满足简朴的生活、微薄的财产和谨慎地利用这些荣誉和财富就可以享受十分完美的幸福生活，但是自己竟然能够神气十足地出入名园华屋并且掌握着极大的财富，还能够将巨额款项拿去放高利贷，这些显然都是不正当的，像我这样一个从外省进入罗马的普通骑士家庭的人，已经完全置身于罗马权贵的行列，自己这样一个名不见经传的普通学者，也能够跻身于具有长久光荣历史门第的显贵人物当中。我过去那种谦虚谨慎知足的精神已经完全被自己放弃了，修建了那些华丽的庭院和郊区豪华的别墅，仰仗着广大的田产和取之不尽的资财过着奢华的生活。我只能找到唯一的理由就是自己不能拒绝皇帝对我的赏赐和恩宠。

　　话锋一转，塞内加继续说："但是我们两人的关系已经达到十分圆满的程度，凡是君王能够给朋友的，你都给了我；凡是朋友能够从君王处得到的，我都得到了。越过这个界限就要引起别人的嫉妒了！当然你的伟大境界，已经完全超过了嫉妒之类的世俗标准之外，但是我却感到了加诸我身上的沉重压力。因此，我请求你帮助我摆脱这一负担。就好像在战争中或是鞍马劳顿中需要休息一样，在生命旅途中我需要您伸出援助之手，因为我已经老了，连最轻微的工作也已经无能为力地承担了。我的财富压得我再也无力支撑下去，请下令您的代理官来接管我的产业，把他们收归于您的名下吧。我只愿自己重新去过贫困的生活，我愿意放弃那些令人耳晕目眩的巨大财富而把现在用于照料我的庭园和别墅的时间重新用在我的精神活动上去。你有旺盛的精力，你已经具备了掌握国家最高权力的经验。我们作为你的老朋友可以向你提出退休了。"他还列举了尼禄祖父的祖父奥古斯都在功成之后，允许他少年时的朋友阿格里帕和梅凯纳斯退休的先例，希望皇帝能够允许他退隐江湖颐养天年。

尼禄对他回答的大意是："我对你提出的要求，就是我有义务对你这篇精心构思的发言如实进行解答。因为你曾经教导过我，不仅要在深思熟虑之后才回答人们的提问，而且还要当面如实表达自己的思想。我的祖父的祖父奥古斯都曾经允许阿格里帕和梅凯纳斯在他们为国鞠躬尽瘁之后退休，是因为他本人的年龄已经使他取得足够的威信，可以保证他给予他们的一切东西，都是正当的。而且即便如此，他也不曾剥夺他本人送给他们的任何东西。他们是在战争和危险中挣得的这些财产。因为奥古斯都的青少年时代都是在战争中度过的。如果我自己的少年时代也在戎马倥偬的战争中度过，你也一定会拿起武器为我作战。但是你所做的，是用你的理智、忠告和箴言抚育了我的童年和青年。你的礼物对我来说是终身受用的。可是我给你的庭院、别墅、金钱之类会在意外的变故中受到损害。这些东西看来不少，但是有不少品格不能与你相比的人，却比你有更多的财富。"

尼禄最后还不无诚恳地说："目前你不仅精力旺盛，还有能力处理国家大事，而且我本人也刚刚处于统治的初始阶段，我这样一个年轻人有做得不到的地方，你是可以及时纠正的；既然我是在你教导下成长的，为什么你不能更加热心地指导支持我的成年时代呢？如果你把你的财富交还给我，如果你离开你的皇帝，那么人们将不会谈论你的谦虚，而只会议论我的贪婪，议论你对我残酷的恐惧，不管人们怎么称颂你的自我克制精神，一位智者仍然不会从一件损害朋友名声的行为中获得荣誉。"

尼禄平静地说完这些话之后，故作亲切地拥抱并亲吻了自己的老师。本性使他习惯性地把憎恨掩盖在虚伪的亲切下面。塞内加在结束了和一个专制皇帝的对话后，表示了感谢。当人们问起塞内加如何在宫廷中艰难地活到老年时，他回答道："忍受侮辱并表示感谢，对侮辱进行报复，甚至指出这是侮辱都是不适宜的。"

从此，塞内加一改过去一贯那种有权有势的傲慢，开始独居郊外别墅闭门谢客，一反官僚显贵那种出行前呼后拥的做派，很少再到罗马来，他的理由是老病缠身，希望在研究哲学和著述中度过余生。

威尔·杜兰特在《奥古斯都》中评价塞内加：

他显然充分利用了他的职位和学识而从事投资，使他的世袭财产予以增值。他的财产高达3亿塞斯特斯，约3000万美元。梅森利那的一位控告者，老友普布利乌斯·苏伊利乌斯攻击这位首相是"伪君子、奸夫、放荡子；攻讦朝臣，而从不离开宫廷；指责奢侈，却又展示500张杉木和象牙餐桌；指责富有的人，但却用高利贷把各省的钱财都吸干"。塞内加和尼禄一样，当他可以被处以死刑时，有个辩驳的机会就满足了。他在自己的《论人生幸福》一文中复述了人们对他的控诉，他的答复是，圣贤并非必定贫穷；倘若财富来得清白，他就要；但是他必须要能够随时放弃它而没有深切的懊悔。同时在他精美的家具中，他过着禁欲主义的生活。他睡在一张挺硬的席子上，只喝白水，他吃的过分节省，以致死时因营养不良骨瘦如柴。"过多的食物"，他写道，"饮食超量，足使智力迟钝，扼杀精神"。人们对他性生活不检点的指责，在青年时期也许属实，但他却因为对妻子始终不渝的柔情名闻遐迩。事实上他从未下决心他究竟喜欢哪一种——哲学还是权势、智慧还是享乐；他从不相信它们之间有什么不相容之处。他承认，他是一个极不完美的圣哲。"我坚持赞美的不是我目前所过的日子，而是我理应要过的生活。我保持着遥远的距离追随他，匍匐而行"——于我们而言，谁又不是这样的呢？

对于塞内加的历史定位，历来学界有着很大争议，这就是一个千古难解或者说难以避免的斯芬克斯之谜，如同人面兽身——大部分从兽到人的进化都难以避免的两面性，只因人们处于不同地位身份，有着不同的表现形式。塞内加也未能免俗，作为暴君尼禄的首席大臣，在帮助尼禄修身齐家治国平天下的过程中，他的出卖良知，助纣为虐，为尼禄暴政暴行出谋划策涂脂抹粉是难辞其咎的，因而在为尤里乌斯－克劳狄乌斯王朝的末代君主出卖智慧方面，他是竭尽全力的。在这方面他很难与古罗马另一位共和大佬西塞罗比肩，至少西塞罗在与恺撒、奥古斯都、安东尼这些顶级统治者交往中保持了自己知识分子的独立人格和伟大良知，他前后十四次的《反菲力》演说，痛斥安东尼暴政，维护共和国尊严的大无畏精神，都是人类文明史上光彩夺目的篇章。

而塞内加的依附权势大肆敛财发放高利贷，在盘剥民众和行省利益中攫取财富暴敛既得利益，这些都是历史上有明确记载的事实。他的理论和实际的脱节，使他人格分裂而滑落到伪君子的深渊，是难以用那些华而不实的学术理论加以洗白的。他在哲学著作中关于人类美德良知的阐述，对于他全力辅佐的昏君、暴君而言只是某种历史的粉饰，最终自己在效忠帝国后惨遭抛弃，落得个兔死狗烹鸟尽弓藏的下场。少年尼禄刚刚登基的时候大权旁落，母后阿格里皮娜和塞内加权势熏天，在尼禄清除了自己母亲后，塞内加独掌大权，呼风唤雨于朝堂，颐指气使于行省，内外大权依附于皇权独揽，而皇帝只热心于他那种旁门左道的行为艺术，在贪腐淫逸中嬉戏，在为所欲为中享受乐趣而堕落于万劫不复的深渊，不可自拔而沦陷于灭顶。

权力的诱惑和美感，使塞内加完全放弃了学术的研究和精神的追求。只要权力的快感不低于权力的痛苦感，没有谁会看破庙堂罪恶而主动放弃权力。在元老院屈服于皇帝和权臣淫威而失去制约能力的时候，塞内加是耀武扬威，不可一世的。但是他所依附的皇权中心发生偏移的时候，遭到主子冷落御用学者开始大权旁落的时候，他才想到"盖文章之大业，不朽之盛事"来追求作为哲学家身后之名声，说到底也就是自己在历史中的地位。

公元 62 年 6 月，皇后屋大维娅被残酷迫害致死。公元 64 年 7 月，罗马发生火灾，生灵涂炭，罗马对于尼禄暴政已经达到天怒人怒的矛盾爆发临界点。在公元 65 年，塞内加卷入那场著名的企图谋杀暴君的政变，政变失败，他终于在劫难逃，被尼禄赐死于自己在罗马郊区的庄园，死得还算从容，为自己卖身投靠的一生留下了一个还算光明的尾巴。

皇后屋大维娅之死

　　屋大维娅（Octavia）在尼禄王朝的宫廷中一直是个悲剧人物，她是政治联姻的牺牲品。她默默承受着尼禄那种荒淫荒诞的生活和行为方式对她尊贵地位的无耻侵犯，那是帝国皇权彻底堕落的标志，也是尤里乌斯－克劳狄家族的耻辱。她出生时即被迫生活在放纵情欲的帝宫肮脏的沟渠中，无论父亲克劳狄乌斯还是母亲美沙丽娜都依附于皇权，疯狂追逐着性欲的滥觞。到了她表哥尼禄登上皇位后，简直将这一幕荒唐而毫无廉耻的闹剧演绎到了极致。但是她依然保存了自己的谦和低调的品格。我们目前已经无法得知她的相貌，因为她那短暂的二十二岁年华没有留下一尊雕像。

　　公元 62 年，帝国最忠诚的卫士也是屋大维娅的守护神布鲁斯去世；帝国最睿智的老臣塞内加退出政坛专心写作，这一切都为波庇娅实现自己的皇后梦创造了良好的条件。大约在这时，对自己不正常的地位感到厌倦的波庇娅，竭力提出自己上位扶正的请求。这时这位已经三十一岁三婚女子竟然怀上了尼禄的孩子，而二十四岁的尼禄和二十二岁的屋大维娅不知出于婚姻不和谐，还是生理上的毛病，一直没有孩子。

　　屋大维娅在内心始终对尼禄充满着仇恨，因为他谋害了自己的兄弟布列塔尼库斯。再加上尼禄一直在外和别的女人鬼混，使她心情忧郁心事重重而变得日益消瘦、肤色苍白，而且在情绪上日益带有威胁性。尼禄觉得如果不和她离婚的话，就有可能失去他所宠幸的女人的爱，有可能被屋大维娅暗害，这是尼禄迫害妄想症所担心的事情。

　　这里有必要指出，罗马帝国统治权的概念受到女系继承人的影响，这种思想在尤里乌斯·恺撒同克里奥特佩拉打得火热的时期，就流行于希腊民族统治下的埃及，而克里奥特佩拉则是当时存在于文明世界唯一真正伟大和重要的皇统代表人物。这个皇统就是罗马人可以借鉴的希腊皇统范例。恺撒曾经设想成为一个希腊－罗马联合的世界君主，而以希腊皇后克里奥特佩拉作为他的配偶。马尔库斯·安东尼也有过类似的打算。当奥古斯都成为皇帝时，他也已经被附属国埃及承认为他们的法老，这一事实也必然对他的统治合法性产生影响。在埃及，继承权是在女方的，法老的长女是皇位的继承人，是她把皇冠给予她的丈夫。奥古斯都也十分乐于接受这样的观点，因为他本人就是恺撒女方一系的后裔。

第二位皇帝提比略也是通过女方才与奥古斯都有了亲属关系。第三位皇帝卡里古拉则是奥古斯都外孙女的儿子。第四位皇帝克劳狄乌斯是奥古斯都姊妹女儿的儿子。卡里古拉采纳了埃及的体制，他把他的姊妹杜路西拉看成是帝国的继承人。而就屋大维娅的情况看来，人们似乎普遍认为，是她从她父亲手中把继位的权利给了尼禄。因此，如果她同尼禄离婚并且同别的什么人结婚的话，那这别的什么人就可能成为尼禄的严重对手，比如路贝利乌斯·普劳图斯就是这种情况。普劳图斯如果同自己妻子离婚并且同屋大维娅结婚，他就可以要求取得皇位的权利了，还有比这更容易的事情吗？

屋大维娅的不平静心情，在《屋大维娅》这出悲剧中有着十分形象精彩的描写。这是唯一存世的揭示罗马宫廷黑暗的所谓"紫袍戏"，也即反映罗马官场高层贵族——那些穿着白色镶嵌紫色边饰高级官吏丑陋形象的悲剧。传说该戏是塞内加所创作的生动作品。但是史家一般认为，这是尼禄死后其他作家所创作。然而，戏剧情节中对人物性格的精彩刻画说明作者对尼禄朝情况十分熟悉，有可能是看过塞内加留下的日记和文件内部人所创作的戏剧作品。戏剧的一开头就是心中郁闷的屋大维娅和保姆的对话，虽然完全是作者根据人物形象塑造的艺术虚构，但非常切合一个身处宫廷无爱婚姻的皇家少妇的真实心态：

屋大维娅认为她的一切不幸来自她的母亲美沙丽娜，她说她的母亲美沙丽娜的不正派行为是她不断遭到痛苦的根源。她说后来美沙丽娜给逼疯了，在她的疯狂中她丝毫不顾法典，忘记了自己的丈夫而同另一个男人结了婚。美沙丽娜的死使她落到了另一个残暴的继母阿格里皮娜的手中，任凭这个继母的摆布。而阿格里皮娜从心里始终敌视她，并且当她是个女孩子的时候就常常恐吓她。她提醒保姆说，杀死她的可怜的父亲的，正是这个阿格里皮娜，并且她深信杀死她所爱的弟弟布列塔尼库斯的，又正是阿格里皮娜的儿子尼禄。而她和尼禄虽然相互憎恨，而尼禄又偏偏是她丈夫。

她的保姆痛心地承认这样一个情况，即屋大维娅好像总是躲着他。她还说屋大维娅对他的愤怒情绪已经影响了她的正常神智，并且看来她肯定是从自己的抱怨情绪中汲取了力量。屋大维娅回答说，她有充分的理由躲避他。她说由于害怕他发脾气，她总是害怕当着他的面提到她父亲或她兄弟的名字——而她的兄弟对于她的一切忧虑则是一种安慰。确实，自从这个孩子死后，她就知道除了坟墓之外，什么也不能结束他的痛苦。

听了这话之后，她的保姆——显然，这位保姆有点同情尼禄——明确地向她指出，她不应当阴郁地考虑自己遭受的不公正待遇，而明智得多的做法是设法通过仁慈和温柔把她的丈夫争取回来。但是，屋大维娅激烈地反驳说，争取一头发怒的狮子的心都比争取尼禄那样的一个人的心要容易，从而揭示了她有多么憎恨尼禄。

保姆请求屋大维娅设法控制自己的脾气，但她反而更加衰叹自己的命运，并且滔滔不绝地倾诉自己的苦恼。她说白天的光亮根本不能给她带来快乐，因为她被她的不幸压垮了——她的父亲被谋害，她的母亲被处决，她被夺走了自己的兄弟，并且她的丈夫把她看得不如一名女奴阿克特。她总是在发抖，她哭泣，但不是因为害怕死亡本身，而是因为害怕所有这种不快的感受，她不得不望着这些天一直对她怒目而视的尼禄面孔，这是比死还要难受的。不过，由于她自己极为愤怒，所以她无法对他表示礼貌，要知道，她一直把他认成是篡夺了她兄弟王位的人。她一直在梦见她的兄弟；她总是看到他不幸的鬼魂举起软弱无力的双手，徒劳无益地向尼禄的眼睛或者面部打去以为报复，然后就惊恐地逃进她的寝室，而在尼禄追逐他或是谋杀他们二人的时候就说着听不清楚的话，紧贴到她的怀里去。

更可气的是，波庇娅竟然大摇大摆地自由出入皇宫，妄自尊大地戴着阿格里皮娜生前所佩戴的珠宝首饰，抬高自己的身价，时刻准备取代屋大维娅皇后的尊贵地位。波庇娅恨透了她，她们之间的和睦相处几乎是不可能的，她明目张胆地要求结束屋大维娅的生命。当她的保姆恳求她，能不能忘记对尼禄的仇恨，使得夫妻关系至少能够逐步缓解，和波庇娅至少在表面上相安无事时，屋大维娅大声喊叫：

永远不可能！除非大海和星空，水和火，光明和黑暗先结合到一起，我思念我兄弟的灵魂才能同我的丈夫尼禄那亵渎神灵的灵魂结合起来，尼禄这人是个祸害，是诸神和正直人们的敌人。他把有道德的人赶下王位，把善良的人赶出自己的家园；他杀死了布列塔尼库斯和自己的母亲，阿埃诺巴尔布斯的儿子是个篡位者，是个统治世界的暴君，他给世界加上可耻的枷锁，他的卑鄙的行为玷污了奥古斯都的名字。

如此说来，皇后和皇帝的夫妻关系几乎是不可调和的，只能走向彻底的破裂。屋大维娅的决绝态度，并不曾改变尼禄不同意和她离婚的决心，毕竟忠直的禁卫军老臣布鲁斯的劝诫和老谋深算的哲学家塞内加的苦口婆心的阻止，使得他们勉强维持着表面的妥协，但是他们的夫妻关系一直是名存实亡的，等到阿格里皮娜被杀和这两位的去世以及退隐，尼禄决定把她送到自己的房子去居住，或者干脆就是打入冷宫，这样她的存在就不会再成为他和波庇娅抱怨的理由了。同时尼禄还承诺和女奴阿克特不再往来，他将这位可怜的女奴送出罗马，安置在维利特来附近一栋美丽的别墅中，这座别墅是奥古斯都祖先的产业。

公元 62 年，尼禄通过禁卫军大头目提格尼努斯，根据他的意图铲除了有可能威胁皇位的两位具有皇族血统和联姻关系的苏拉和普劳图斯。苏拉是克劳狄皇帝大女儿安东尼娅的丈夫，安东尼娅和她的妹妹屋大维娅关系密切，因为丈夫在流放马西利亚（马赛）期间的无辜被杀而对尼禄恨之入骨。安东尼娅一直保存着丈夫的血衣，期待着报仇雪恨的一天。为此，她后来又卷入了皮索叛乱案。尼禄在悄悄铲除了这两个贵族后，写了一封信给元老院，隐瞒了对两人的杀害，却诬陷他们两人有叛乱的意图，表白自己一直极其重视维护国家的安全。元老院为了保证尼禄的安全，下令在全国范围内举办了祭神仪式。苏拉和普劳图斯均被元老院从显要贵族的名录中除名。这种侮辱性的对国家法治的公然践踏，比杀死他们本人更加让罗马人民感到愤怒。

　　尼禄从元老院的命令中清楚地看到，他的每一件罪行都被说成是崇高德行的典范，只要编造的理由足够正当，他的所有恶行几乎都可以在元老院得到支持和纵容。因此他作恶的胆量更大了。他先是将屋大维娅打入冷宫，后又以不能生育为借口和她离婚，明媒正娶了波庇娅。这如同在民众的愤怒上火上浇油，从而引发了罗马骚乱。

　　根据塔西佗的记载，屋大维娅虽然性情温和，但是尼禄仍然把她看成眼中钉，因为她是先帝的女儿，深受罗马民众的爱戴。为了制造离婚的借口，在波庇娅和提格尼努斯的策划下，他们刻意制造了皇后屋大维娅的出轨事件。

　　波庇娅从公元 58 年起就以情妇的身份控制了尼禄，现在又以妻子的身份牢牢掌控着他。她与提格尼努斯早就在暗中开始了对皇后私生活的调查，他们唆使屋大维娅的一名女仆控告女主人同一名埃及的奴隶通奸，扮演皇后奸夫的这名奴隶名叫优凯努斯，是来自亚历山大的高妙笛师。塔西佗在描述此次事件时，特别用了"扮演"这一词，试图为了暗示这是一起人为编造的桃色事件。这位告密者还说屋大维娅曾经因为他怀过孕打过胎。于是按照原定的阴谋，提格尼努斯便拷问了皇后身边的所有侍女。虽然少数人熬不过严刑拷问而根据演出剧本做出了毫无根据的招供，但大多数人却坚持说她们的女主人是清白的，其中一位名叫佩提亚斯的侍女在威逼中，直接将唾沫喷在提格尼努斯脸上，并痛斥说，屋大维娅的身体任何部分都比这位禁卫军司令的嘴干净。

　　不过屋大维娅还是按计划被送走了，只是开头还是按照普通的离婚案从轻发落。尼禄别有用心地赠送屋大维娅两件礼物——前任禁卫军司令布鲁斯的豪宅和普劳图斯的产业。前者是她的保护神，后者是她和尼禄的表兄弟，而社会上当时流传屋大维娅和尼禄离婚后会和她的这位表兄结婚，并且试图使他成为皇帝。布鲁斯的豪宅是罗马贵族的习惯死后全部捐赠给元首的，普劳图斯巨额资产干脆就是栽赃后的赤裸裸掠夺。不久之后，她就被放逐到坎帕尼亚海边。

　　由于对付屋大维娅还不到置她于死地的程度，尼禄在公元 62 年 4 月夏季来临之前离开罗马，下令终止了对案件的审讯。只是派出士兵去海边监视皇后的行踪。此时，有些失望的波庇娅声称她已经怀上了尼禄的孩子。而她和尼禄的婚姻仍然遥遥无期，她的青春却一天天衰老，尼禄早就希望她能够为他诞生一个儿子，作为他的继承人。但是无论是屋大维娅还是波庇娅或者阿克特都未曾为他生育过一男半女，屋大维娅可以避开不谈，因为他们之间没有感情，婚姻并不和谐，自然难以怀上孩子。但是这两个女人却先后和尼禄如胶似漆，尼禄甚至怀疑自己纵欲过度而患了不育症。现在听到波庇娅怀孕的消息自然大喜过望。然而，奇怪的是波庇娅受孕的消息来得太及时，不得不使人怀疑这个孩子也是人为制造的产物，有人干脆说这是波庇娅和禁卫军司令制造出来的。

就在屋大维娅被尼禄决定放逐离开罗马十二天后，在5月的第一个星期，怀有身孕的波庇娅正式成为尼禄的皇后。就在皇帝新婚的晚上，大量罗马普通百姓涌向街头和广场进行抗议。

听到这次民众骚动的消息，尼禄感到反悔，又将屋大维娅召回罗马，住到指定的地方，这是5月底发生的事情。在这个人心动荡民众骚乱的日子里，显然罗马民众已经把屋大维娅尊奉为反抗暴政的女性英雄和殉道者，这是因为她本人受到的政治迫害和尤里乌斯－克劳狄家族的皇权背景带来的权威性，她有资格成为民间反抗尼禄政权的旗帜，同时也将她推向风口浪尖，成为尼禄首要的打击目标。愤怒的人们推倒波庇娅的雕像，抬着戴着花环的屋大维娅雕像涌向卡比托利欧山顶的朱庇特神庙，甚至把雕像安放在各个神殿和广场上，民众大量地涌进皇宫向尼禄欢呼表示对他将屋大维娅召回罗马的感谢。

根据塔西佗的记载：

这时却出现了一队队的士兵，这些士兵用鞭子和刺刀胡乱地把民众驱散，然而这一事件所促成的一切变化又被改变了回来：波庇娅的荣誉得到恢复。波庇娅对她所痛恨的人一向是残忍无情的，这次她十分担心群众的怒火会更加猛烈地爆发出来，或是尼禄会受到群众情绪的影响，因此她跪倒在尼禄面前说："尽管结婚对她来说是比生命更加宝贵的事情，但当前这样糟糕的形势：她已不能争取和尼禄结婚了。她的生命本身在屋大维娅及其追随者威胁之下，已经处于朝不保夕的境地；屋大维娅利用这些人来冒充罗马人民，并在和平时期做出了连战争时期都几乎不会发生的事情。他们骚乱的本身是针对着皇帝本人的，所缺少的不过是一个领袖罢了。但骚乱的爆发，领袖是不难出现的，她只要离开坎帕尼亚，亲身到罗马来就行了，或者在远方点一下头就足以掀起一场风暴了，再说波庇娅干了什么非法的事情呢？难道她伤害过什么人吗？是不是她即将给恺撒的家族生一个嫡亲的后裔？是不是罗马宁肯要一个埃及笛师的后裔坐在罗马的皇位上？"

波庇娅的这一席话无疑激起了尼禄的极大愤怒和恐惧，但是要处死屋大维娅，显然单凭一个奴仆的揭发是不够的，而且在对屋大维娅其他侍女的审讯拷问中，多数人的证词又推翻了告密者的口供。因此，必须再找一个人来栽赃屋大维娅和他有奸情，并且加上武装叛乱的相关细节，才能达到处死屋大维娅的目的。尼禄决定将屋大维娅流放到潘达里亚岛去，并且在她流放途中经过港口城市米塞努姆海军基地时，刻意安排了海军司令阿尼恺图斯负责接待并看管屋大维娅。这样一个完整的阴谋杀害前皇后的悲剧将被空前惨烈地推上舞台。

阿尼恺图斯被认为担任这样一个角色是合适的，因为他先前参与了对皇帝母亲阿格里皮娜的谋杀，他又是米塞努姆海军基地的长官，他在参与对皇太后的谋杀中得到了经济上的一些好处，但是因为其人品的卑劣，抑或是尼禄良心潜藏着对于杀害母亲的负疚感，对这杀手一直没有重用。这次他被皇帝招了来，再次为尼禄诬陷皇后，尼禄对他说："上次他保证了皇帝的生命安全，使得皇帝不至于受到皇帝母亲阿格里皮娜的阴谋陷害。现在他又有了一个同样使皇帝感谢的机会。他甚至可以不使用暴力或者凶器，只需供认曾和屋大维娅通过奸就行了。"当然尼禄和这位海军将领的阴谋细节不仅仅是男女关系问题，还必须涉及政治军事上的阴谋煽动海军暴乱。事成之后，尼禄承诺许给他丰厚的报酬和一个舒适的退休场所安度晚年，如果他拒绝的话就有生命危险。

潘达里亚岛离坎帕尼亚海岸大约三十五英里，这个岛虽然小，人口却并不少。小岛位于巴伊亚和米塞努姆海军基地以东，并且从埃纳尼亚这个人们熟悉的岛可以遥遥相对地看到它，地理位置促使海岸的文明之风可以吹到这个小岛而不至于很闭塞。小岛上有一座一度属于奥古斯都女儿尤利娅的别墅，尼禄的母亲小阿格里皮娜是尤利娅的外孙女。尤利娅是被父亲流放到这个小岛上，尼禄的外祖母老阿格里皮娜也在这个岛上住过，她是因提比略的命令而流放在这里。皇族中最后一个住在这栋别墅的是尼禄的姨母尤利娅·李维拉，她是因为前皇后美沙丽娜的唆使被克劳狄乌斯以和哲学家塞内加通奸的罪行送到这里来的，现在潘达里亚岛成了尼禄谋杀屋大维娅的刑场。

深夜的时候，屋大维娅在罗马被捕。在被禁卫军的包围中，她被安排在一辆马车上，沿着阿皮亚大道行进，要去的地点是海港城市米塞努姆。后来的一切故事均按照写好的剧本按部就班地演出，展现给公众的剧本是这样的：第二天傍晚禁卫军将领将屋大维娅移交给当地海军将领阿尼恺图斯，他和屋大维娅原本就十分熟悉，便设宴款待前皇后，小酒微醺后在屋大维娅的勾引下两人发生性关系，屋大维娅趁机提出要海军司令发动对尼禄的军事叛乱。次日海军司令立即前往罗马，在尼禄举行的由他的国务大臣参加御前会议上，不仅坦白了他与屋大维娅通奸的狗血剧情，而且还交代了屋大维娅煽动军事叛乱的种种细节。于是他当即被褫夺所有荣誉和军职，流放到萨丁尼亚岛。在那里过着十分阔绰的亡命生活，并且老死在那里。

6月7日，尼禄派出使者前往潘达里亚岛，6月9日这名使者带着禁卫军百人团团长和士兵，执行尼禄迫使屋大维娅自杀的命令。

接下来的固定格式是，尼禄颁布敕令，公开宣布皇后的通奸罪过和企图阴谋勾引海军司令策动兵变的罪行被英明的皇帝彻底粉碎，罪魁祸首遭到处决。元老院照例进行祭神大典，向上苍诸神贡献牺牲祭品表示感谢。

塔西佗接着记载道，这一年尼禄又毒死了两名最重要的释放奴隶：一名帝国最富有最具权势的人帕拉斯，他一度是阿格里皮娜的情夫，在尼禄继位时立下过汗马功劳。他是因为"老而不死，却一直占有着巨额财富"。他死后，财富自然全部收入尼禄囊中。另一位多律波努斯则是他的私人秘书，也是了解他私人秘密最多的人，杀他的理由是这位爱奴反对他的主人迎娶波庇娅。

塔西佗愤怒地说：

所有这些从我的作品以及从别的作品知道那一时期的历史的人，就可以认为这样的事实是必然的，即当皇帝发布命令放逐或杀害某人的时候，元老院总是向上苍诸神表示感谢。凡是先前认为应当庆幸的事情，现在看来都是国家的灾难。虽然如此，任何一项元老院的命令，不管它谄媚到何等程度，卑鄙到何等地步，我是绝不会放过它的。

塔西佗生活在罗马政坛风云变幻的帝制时代，一生经历了十位皇帝的统治——尼禄、内乱时期的伽尔巴、奥托、维利乌斯、弗拉维王朝的三位皇帝（韦帕芗、提图斯、图密善）以及五贤帝中的前三位（涅尔瓦、图拉真、哈德良）。帝国在恺撒担任独裁官时期草创规划，在奥古斯都时期奠定基础，逐步走向元首专制独裁，完备体制机制，在卡里古拉时期，这一专制体制在皇帝独裁中演绎成极端的疯狂乃至失控后被推翻，由相对懦弱被视为白痴的历史学家克劳狄乌斯主政，因而原来被架空的元老院权威得以恢复，为了协调沟通皇帝与元老院的关系，元首建立了由释奴组成的类似内阁文官制度的行政体制，由于克劳狄本人的软弱，先后造成类似中国历史上宦官和内戚干政的混乱局面，他的三大释奴和两任妻子深度介入帝国事务，造成朝纲紊乱，大权旁落，乃至于后期的阿格里皮娜专权，自己被谋杀。

尼禄继位后继续延续了卡里古拉的变态疯狂，使专制独裁演变异化为为所欲为的专制独裁走向极致后，尤里乌斯－克劳狄帝国崩溃，在内战中进入分裂后的改朝换代。塔西佗在他的《编年史》中记录甚祥。可以看出他本人的政治倾向是继承了西塞罗的共和传统，而在高度集权专制时代，只能采取审慎的态度进行他的历史写作。这时罗马政权被僭主似的人物图密善所大权独揽。塔西佗只能在他的血腥暴政下选择痛苦的"沉默"。罗马帝制之下，万马齐喑的社会现实以及频繁的政权更迭，加上独裁帝制前提下血缘承嗣潜规则操纵的继承体制，导致继承人政治道德素质的低下，而使得朝政更加黑暗残暴、无耻血腥，帝国衰退的命运几乎难以逆转。

塔西佗时代的政治已经积重难返，一系列僭主似的统治者乖张暴戾、嗜杀成性；徒有其名的元老院完全丧失独立精神，成为皇权专制独裁下的政治玩偶。塔西佗以他细腻犀利的文笔，理性地对这种社会形态进行了深刻形象的解剖，给后来政治研究者留下发人警醒的启示。后来发生的皮索阴谋政变和塞内加之死在塔西佗笔下均有生动详细的记载。

基督教兴起和罗马大火

虽然尼禄如愿杀害了屋大维娅，娶了波庇娅，但是直到生命的最后一刻，也没有放弃声色犬马和酒色放荡的生活方式。只是这种独特的生活方式和行为方式一直穿插着个人的艺术爱好、迎合着罗马公众的畸形欣赏风格，从而带有更多变态的行为艺术特色，构成了罗马帝国晚期光怪陆离的社会光谱。

以尼禄和波庇娅为首的宫廷成为帝国版图上的世界文化艺术中心，宫廷里充斥各种各样心怀鬼胎的艺术家、思想家。元首本人也自命为杰出的艺术家、诗人和鉴赏家。除了每天利用时间练习歌唱外，他还是一个十分偏好诗歌的创作者，特别钟情于长篇史诗的创作，比如《特洛伊的毁灭》的长篇叙事诗就是模仿荷马《伊利亚特》的巨作，他所创作《路奇斯奥》叙事诗也是浩然巨篇。但是却没有一篇传世之作。据说他根据波庇娅的金色长发就写过好几首自以为出色的诗篇，但是这些他自鸣得意的长诗短歌在罗马诗歌史上如同秋风掠过台伯河水，在时过境迁后了无痕迹。

当魅力无穷的罗马历史激动他的创作灵感时，他心血来潮企图构思创作一部涵盖罗马全部历史的史诗，哲学家安奈乌斯·科尔努图斯坦率地告诉他，没有人会对他这部旷世巨著感兴趣，他很是失望地最终放弃了。除了对音乐的爱好外，他还对体操、角力、驾车、雕塑、美术不遗余力地追求。无论是帕拉蒂尼山的皇宫还是在安提乌姆的行宫，凡是他豪华的宅邸，都成了巨大的博物馆和艺术品陈列厅。庭院内甚至还摆放各种从希腊和罗马各地强行收罗来的大理石和白云石精美雕塑，其中混充着他自己的作品，有的雕像还根据时尚镀上金色。他希望首都罗马成为世界学术艺术界的文化中心，他从世界各个遥远的角落把各种书籍搜罗到罗马各个图书馆。

由于波庇娅的关系，宫廷的豪奢是无与伦比的。当尼禄夫妇出行时，千百辆宫廷马车挤在路上绵延数英里。马车是由包以银饰的马和骡子拖着的，驾车的人则穿着猩红色的制服。走在最前列的则像是画一样华丽的阿非利加骑兵部队。皇帝为民众举办的公众娱乐活动也比先前任何时候都盛大。他习惯于向民众投掷小球，小球上都有编号。人们拿着小球到他的财库，财库就按号码给予各种各样的礼物。从一枚钱币到一所房子、一处产业，并且包括食品、衣服、珠宝、绘画、奴隶、动物、船舶等礼物，无不出手阔绰，显示着皇家的慷慨豪奢。

在耶稣的门徒圣彼得和圣保罗到达罗马时，尼禄的腐败政体已达到顶峰，各种类型的外来恶习都在推崇之中。尼禄在梵蒂冈郊外建造了一座富丽堂皇的豪华园林，供他在那里举办最盛大的酒神节狂欢活动。早期在基督教罗马村落里的人群，实际上都凭借自己的听力能够听到各种活动进行时的喧嚣声。彼得和保罗肯定已经了解距他们自己门前只有一百米的地方正在进行着狂欢。据早期基督教学者宣称，尼禄的第二个妻子波庇娅竟然是一个基督教徒。可见所谓异教的渗透能力，简直无孔不入。无论有没有得到彼得的允许，她都参加了当时酒神节的狂欢。

彼得和保罗在罗马看到的尽是触目惊心的荒唐和荒诞的现实，国王和上层阶级沉迷在混乱的性活动之中，这种淫荡而无耻的享乐行为，迅速在全社会蔓延，影响着整个罗马的道德和社会风气，当然会激起这些基督教原教旨主义者的极大不满。高层的腐败堕落，导致整个社会的堕落，这当然引起底层民众对于罗马帝国高层的不满。

公元 64 年，就在尼禄及其追随者在罗马玩得风声生水起得意忘形的时候，罗马城区发生的那场旷世闻名的大火，烧得他焦头烂额，声名尽毁，遗臭万年。然而，这场大火究竟起之于自然，还是元首人为的罪行，历史上充满争议，至今莫衷一是。苏维托尼乌斯在《尼禄传》中记载：

对罗马人民和罗马城墙，他一样不予吝惜。当有人在谈话中说："我死后愿大地一片火海。"尼禄打断他的话说："不，在我还活着的时候！"他果然做到了。他似乎不堪忍受丑陋的古老建筑物和狭窄弯曲的街道，于是，他公然将罗马城付之一炬。尼禄贪图"金屋"附近的一些仓库地盘，先用工程机械撞毁仓库，然后中火焚烧，因为它们的墙壁是石头砌成的。大火蔓延 6 天 7 夜。人民只好到纪念碑旁和墓地避难。除了数不清的房舍之外，依然装饰着敌人战利品的古代将军的宅邸也烧毁了，国王时期，乃至后来布匿战争和高卢战争中许愿和奉献的神庙尽被化为灰烬。自古保存下来的令人叹为观止和具有纪念意义的一切东西亦被烧得干干净净。尼禄则从梅塞纳斯的塔楼上观看这场大火，如他所说"火焰的绚丽景象使他心花怒放"（《特洛伊的毁灭》是尼禄的作品），于是他穿上自己登台演出的服装，高唱"特洛伊的陷落"。此外，为了从这场大火中捞取好处，他宣布由公家负责运送尸体和垃圾，不许任何人接近自己家的废墟，同时大肆收受各行省和个人的捐资，这几乎耗尽了行省的财力，也榨干了人民个人的资产。

城区大部分被烧毁，而尼禄则登楼观火，纵酒行乐。大火之后，尼禄大肆修建新的王宫。因此民间纷纷传说，这是尼禄故意放的火，为的是欣赏火景，为自己造新的王宫——金宫。尼禄则无赖地嫁祸于当时还处于社会底层的基督教徒，找借口惩戒彼得等人。

应该说，纵火者未必就是以彼得为首的基督教徒，也并不一定是皇帝本人。但是基督教徒们很乐意看到上天对荒淫奢侈的罗马帝国的惩罚，因为这完全符合他们的教义精神：那些不信奉基督教的世界将遭受大难临头的袭击，新耶路撒冷的修建工作将和神秘的巴比伦的毁灭同步进行。一个繁荣的民族在道德肉体方面，都会受到一连串天灾人祸的损害。人祸乃是暴君尼禄荒淫无道，天灾就是上天预警的罗马大火。罗马面临空前浩劫，等到最后一刻西庇阿和恺撒家族统治过的国土将被天火焚毁。那七山之城连同宫殿、神庙和凯旋门，都将埋葬在烈火和硫磺的狂焰之中。

塔西佗在他的《编年史》中是这样描写的：

比罗马过去所遭到的任何一次火灾都更加严重、更加可怕！火灾开始于大竞技场同帕拉提努斯山和凯利乌斯山相连接的那部分；火是从那些堆积着的易燃商品的店铺引起的。火势一起就十分猛烈，它在烈风的助长之下很快就把整个大竞技场点着了，因为那里没有被界墙围起来的房屋，没有被石垣围起来的神殿，又没有任何障碍物可以阻挡火势的蔓延。大火首先猛烈地延烧平坦的地区，继而就烧到山上去，随后又从山上烧到山下来，任何预防措施都赶不上延烧的速度。火灾蔓延的速度很快，这源于旧罗马的建筑特征：它的巷子狭窄而又曲折，而它的街道又建筑得很不规则。

加上到处是惊慌呼叫的妇女；到处是逃难的老幼；有的人只管自己的安全，有的人也照顾别人，他们拖着病弱的人或是停下来等待他们。这些人不论是走得快还是走得慢，都只会使乱上加乱。当他们向回看时，往往火焰就从两侧或者前面扑了过来；如果他们逃到邻区去，邻区那里也被火焰包围了，甚至那些他们认为远离危险地带的市区也都遭到了火灾。最后他们竟不知道要回避什么和要逃到什么地方去，于是他们都拥到大路上去或是倒卧在田地里；有些人已把财产丢得一干二净，甚至每天的口粮都丢了。在这种情况下，虽然他们可以去逃命，也宁愿去死。另一部分人也学他们的样子，因为他们虽然爱自己的亲人，却又没有力量去救他们。没有人敢去救火，因为许多不许救火的人们不断发出威胁，还有一些人竟公然到处投火把。他们喊着说，他们是奉命这样做的。

这种记载很是有点阴谋论的感觉。但是大火对于罗马帝国民生的影响是巨大的。火灾爆发期间，尼禄正在安提尼姆附近逗留，不知是公务视察还是游山玩水，直到大火延烧到皇家私人花园和皇宫附近，他才匆匆赶回罗马。但是想要大火不把帕拉蒂尼山和山上面他的宫殿及其一些建筑物烧光，看来为时已晚。

吉本在他的《罗马帝国衰亡史》中论证这场大火的起因：

意大利作为大火发生的起点和主要场地和国家，自然和物质条件最适合于达到此目的，那里有最深邃的矿洞和硫磺的矿床，以及包括爱得纳、维苏威、利帕里在内的许多经常发作的火山……基督徒听从传统说法和圣书的解释，并非以理智的推断作为信念的基础，怀着恐惧的心情，不仅相信而且期待即将来临的事件。由于他们心中永远存着可怕的想法，认为帝国发生的灾祸，是这个世界濒临毁灭无可置疑的先兆。

其实，当罗马遭到大火焚烧后，尼禄并没有像传说中所说的在那儿闲混，他装模作样地去努力亲自指导扑灭大火，但是当大火熊熊燃烧，火势蔓延无法扑灭时，他退出了火灾现场，出现在梅塞纳斯塔楼的台阶上并唱了一首歌，这首歌把这场大火比做特洛伊的劫掠。

火灾过后，圣彼得被逮捕并钉在十字架上，圣保罗也在同一时间被砍了头。尼禄借此次火灾杀了一大批反对自己的基督教信徒。同时又企图建起更加豪华的宫殿，但是他那一箭双雕把戏并没有成功。此后，彼得和保罗被封为圣徒，世世代代受到基督教徒的膜拜，在君士坦丁大帝时代，葬有彼得尸骨棺椁的梵蒂冈地下室上矗立起了宏伟壮观的大教堂，并被命名为圣彼得大教堂，英国伦敦的地标性建筑就是圣保罗大教堂，世代受到天主教徒的顶礼膜拜。

直到启蒙运动兴起，英国著名的罗马史家爱德华·吉本在《罗马帝国衰亡史》中对塔西佗的记载提出质疑，就这场火灾的发生和尼禄的表现进行正本清源。据吉本考证：尼禄当政第十年，公元64年7月18日罗马大火烧了九天，将帕拉蒂尼山和卡皮托尔山之间的精华区域全部烧成一片焦土。帝国首都遭到一场浩劫，为祸之烈和受害之广都是前所未有。所有希腊艺术和罗马功勋的纪念物、布匿战争和征服高卢的全部战利品、最神圣的庙宇和最壮观的宫殿，都被凶猛的烈火所吞噬，罗马城只有四个区完好如初，三个区被夷为平地，其余七个地区段在经过大火肆虐后，到处是断壁残垣的悲惨景象。尼禄当局提高警觉，不让这场重大灾害引起不良后果。皇家花园开放收容难民，迅速搭建临时房舍让灾民栖身，提供廉价的粮食和民生用品。从下达诏书对市容重整和民宅建构所做的规定，可以看出重修整建工作正在有计划地加速推进。就像繁荣时期所出现的情况那样，罗马大火发生数年后，反而建成比过去更美丽整齐的新城市。尼禄在这段时期尽量谨言慎行，装出悲天悯人的仁慈姿态，但还是使他难以免受大众的猜疑，因为把纵火焚烧城市的罪名加在一个杀妻弑母的执政者身上，是很自然的事情。

身为国君无视尊贵地位，竟敢在剧院登台献艺，这种人还有什么蠢事做不出来。因而谣言到处流传，指控皇帝纵火烧自己的都城，愈是荒谬的传言愈是容易迎合灾民的愤怒心理。当时竟有一种耸人听闻的说法，更是使人坚信不疑，说是尼禄欣赏他所燃起的大火，手里弹着七弦琴，高歌特洛伊的焚毁而发思古之幽情，竟对大火无情剥夺整个城市的繁华和人民的生命财产幸灾乐祸。尼禄皇帝为了转移用专制手段力量也无法消除的嫌疑，决意要找一些人来当替死鬼。塔西佗曾经这样写道：

尼禄为了辟谣，将群众所称的基督徒抓来。这些人因作恶多端普遍受到厌恶，于是用各种残酷至极的手段来惩罚他们。教派因创始人基督而得名，在提比略当政时，被代行法务官头衔的庞提厄斯·彼拉多处死。这有害的迷信虽一时受到抑制，再度在发源地犹地亚传播，并且蔓延到首都。须知罗马是当时最污浊放荡的罪恶渊薮，邪教在庇护之下，非常猖獗地流传开来。当局最初将自任教徒的人逮捕起来，继而根据他们的揭发，有大量人员被判罪，与其说是在城市纵火，不如说由于他们对人类的憎恨，他们死于残忍的酷刑，临终还遭到凌辱和讪笑。有些人被钉在十字架上，有些人全身缝上兽皮，让狗撕裂。那些被钉在十字架上的人，后来身上浸着易燃物质，夜晚点上当照明的灯火。尼禄把自己的后花园当成大型展示场所，到处是惨无人道的景象，还举行赛车活动，皇帝亲临主持，他有时还打扮成赛车手模样混杂在人群中。基督教的罪过实在应予严惩示众，但是舆论认为这批可怜虫是死于暴君的残酷，并非为着大众的利益而牺牲，因此群众由痛恨转为怜悯。

罗马市民在彼得和保罗殉教的事件中觉醒，并没有受到尼禄的愚弄，也根本不相信基督教教徒是罗马大火的纵火者，转而强烈要求追究真正的纵火者，由此而引发的民众群起抗议事件点燃了整个帝国反对尼禄暴政的怒火，各地人民的反抗情绪空前激烈，各地起义的浪潮一触即发。

皮索政变阴谋的破产

公元 65 年，注定是罗马帝国暗潮汹涌不断发生大事的一年，也是罗马大火烧毁了大半罗马城，尼禄雄心勃勃大张旗鼓重建城市的一年。在文化艺术活动方面，自公元 60 年尼禄倡导每五年一次举办的"尼禄尼亚赛会"已经到了第二届的开幕之年。同时这一年也是后世皇帝图拉真所称赞的尼禄"黄金五年"走向末路的年头。

严格说，这"黄金五年"是塞内加主政时期奠定的基础开始崩塌的起始之年。在公元 62 年塞内加退出政坛刻意隐居起，罗马历史上的巅峰时期就开始逐步滑向深渊。就在这一年，这座曾经繁华无比的商业文化政治中心变成了一片断墙残垣，只剩空壳的建筑工地，而在这之上的皇帝正在继续做着伟大的梦想：幻想建造一座空前宏伟的世界性大都市，上面耸立着象征皇帝无与伦比权威的庞大宫殿群。在烧毁的废墟之上，再次展示帝国的无比辉煌，从而继续其无休止的行为艺术表演，在惊世骇俗的荒唐演出中博取民心，展示雄才伟略和多方面的才华和艺术能量。

这座被命名为"金宫"的庞大建筑群，是混杂着淳朴和壮丽的奇妙艺术品：它的西北一侧俯临罗马广场，为了突出君临天下的磅礴气势，设计得巍峨壮观；但是面向园林湖畔的东侧却修建得安恬静谧，一派牧歌般的乡村风貌。围绕着帕拉蒂尼山的一道三排柱的柱廊为人们提供了一英里长的遮阴人行道，中间建有一个碧波荡漾如同内海一样的人工湖泊。

金宫的门庭极大，可以容下皇帝的一座一百二十英尺高的青铜镀金雕像，规模上完全超过被称为"世界七大奇观"之一的罗德岛太阳神神像，由当时最出色的雕刻艺术家吉若多茹斯创作，它的落成宛如大地升起的一轮金色太阳，炙烤着大地，使得生灵涂炭，禾苗枯焦，民财枯竭。

苏维托尼乌斯说：

周围的建筑物宛如一座座城市，旁边是乡村，装点着耕田、葡萄园、牧场和林苑。内有许许多多各样家畜和野兽。宫殿的其余部分全部涂金，并用宝石、珍珠、贝壳装饰。餐厅装有旋转的球形象牙天花板，以便撒花，并设有孔隙，以便从上部喷洒香水。正厅呈圆形，像是天空，圆球穹顶昼夜不停地旋转。在浴池中，他让海水和黄绿色水长流不息。尼禄以这样的方式建设宫殿，举行落成典礼的时候，他赞叹着说："我终于像人一样开始生活了。"

尼禄组织了一批艺术专家成立了帝国艺术作品委员会，专门到希腊各地掠夺各种艺术雕像运到罗马装饰城市和皇宫，遭到希腊人民的痛恨。他在罗马火灾之后，如此大张旗鼓地靡费巨资重建城市，建造奢侈豪华的皇宫，加上给予火灾受害者的赏赐，以及给诗人、音乐家、画家、雕刻家、优伶、演员、运动员、赛车手、仆役和朋友大得惊人的赏赐，很快国库就被掏空。

尼禄为此开始巧立名目：刻意制造冤假错案没收政敌财产；增加民间各种名目的苛捐杂税用于暴敛钱财，利用代理人压榨包税人洗劫希腊和近东府库；就连神殿也不能幸免，各种供奉的珍贵雕像、镶嵌的象牙和黄金全部从神龛上移走运到了罗马。因为他的首都建设计划非常庞大，这些异想天开的建设计划，引起了注重于罗马朴素传统元老们的忌恨，因为尼禄以这种非正常的方式聚敛财富挥霍金钱，很快将使皇家积蓄告罄，国家财库破产，接下来就要开始劫掠私人财富，因为他正计划将罗马变成一个同有艺术气氛的希腊城市相类似的大都市，而这种城市所蕴含的奢侈元素正是元老们所鄙视的：那些靡费巨资引人堕落的白色柱廊围绕着的通衢大道，这些广场和公共花园以及城市引进周围河道所布满淙淙作响的流泉，正是腐蚀民众道德，消磨军人斗志和尚武精神的腐蚀剂，使得罗马民族变得奢侈而不再像开疆拓土艰苦奋斗的罗马人。那还是当年埃涅阿斯和罗慕路斯的伟大后代吗？的确是到了采取措施终止尼禄的胡作非为的时候了。于是敌视尼禄的人们迅速集中在一起，酝酿推翻尼禄统治的政变阴谋开始组织实施。最终由于被人告密和政变领袖的犹豫不决而功败垂成，政变组织被一举铲除。

此时，塞内加也看到了帝国最高统治者的危机，他急于想和自己这位彻底堕落的学生皇帝进行果断切割，也卷入了政变阴谋。但是上贼船容易，下贼船难啊！虽然罗马大火焚毁了他的部分资产，但是他仍然十分富有。两年前他企图奉献自己的全部资产全身而退时，尼禄拒绝了他。现在随着皇室资金的枯竭、国库空虚，尼禄急需资金之际，塞内加看到了机会。他再次提出把自己的财产无偿捐献给元首，以解燃眉之急。这一次尼禄不再假惺惺地拒绝，而是照单全收，他无情占有了塞内加的财产和土地，却不允许这位圣哲离开朝廷。

在这人心思变众叛亲离的关键时刻，政权丝毫不能遭到削弱，他不允许高层人士明目张胆地背叛自己，必须把这位名闻遐迩的大哲学家牢牢绑在自己的战车上。于是塞内加开始装病，只待在自己的家中，或者隐居到坎帕尼亚的海滨别墅安心著述，不再参与各种社交公务活动。他要想活下去，就必须活在谎言中。他在尼禄朝撒的谎还少吗？克劳狄乌斯、布列塔尼斯库、小阿格里皮娜的死他都参与其中，事成之后，他充当写手一次次用美丽的谎言欺骗元老院和罗马公众，可以说是不遗余力极尽所能地效犬马之劳。

高层这次谋刺暴君尼禄的政变阴谋，涉及面极广，参加阴谋的四十一个人中上至皇室家族成员、元老院资深贵族、当选执政官、禁卫军司令，下至文人骑士、近卫军将士、皇帝近侍、释放奴隶、交际花等，几乎都和尼禄有着亲密的关系。最要命的是牵扯到皇帝的老师塞内加和他的多名亲属成员。阴谋败露后，其中的十八人被处死，十七人幸免于死而被放逐或遭到免职，五个人被赦免或被宣告无罪，一个人未加判罪也就是皇帝的表姐安东尼娅。

呈现在罗马人民面前的只有三个审判官——凶狠残暴的尼禄、阴险残酷的波庇娅、变态的虐待狂禁卫军司令提格尼努斯。几乎全部审判都未经过监察官起诉、律师辩护、法庭辩论和陪审团议决，几乎都是当场判决死刑，或者皇帝密令自杀。

具体在幕后策划这场政变的是罗马著名的诗人马尔库斯·安奈乌斯·路卡努斯（英译名为卢坎），此人为塞内加的弟弟梅加的儿子。路卡努斯和他的同盟者选择了一位和蔼可亲、雍容华贵的资深贵族盖乌斯·卡尔普尔尼乌斯·皮索（Gaius Calpurnius Piso）在前台担任政变的领军人物。塔西佗如此评述他说：

公元65年4月里，这项阴谋刚刚策划立刻发展成为一支巨大的力量。元老、骑士、士兵甚至妇女都争先恐后参加了这一阴谋，他们这样做不单纯是憎恶尼禄，而且还由于他们对盖乌斯·皮索的偏爱。皮索出身于罗马最著名的家族卡尔普尔尼乌斯家族，其父系家族血统高贵，他身上集中了好多显贵家族血统。他在群众中享有极高的声望，这或许是他的崇高德行，或是由于德行所引起的美好品质。他利用自己的口才为国人在法庭上辩护，他慷慨地帮助自己的朋友。甚至对于陌生人，在谈话和交往中都十分谦虚，他还具有天生的优点：身材颀长，容貌英俊。

阴谋的发起策划人有近卫军将领和百人团团长，以及闻名遐迩的诗人路卡努斯，当选执政官拉提拉鲁斯和禁卫军司令卢福斯也参与其中。而且这项阴谋早在两年前就已经开始策划，在罗马大火时期就已酝酿成熟，只是在等待适当的时候和地点开始实施刺杀，剪除尼禄后，宣布新君登基。

现在要谈到这位在罗马大名鼎鼎、十分活跃的著名诗人路卡努斯。诗人出生于公元39年冬，比尼禄小两岁，他是公元60年由西班牙的科尔多瓦来到罗马参加首届以元首之名命名的"尼禄竞技会"的嘉宾。因为公开朗诵了一首为尼禄歌功颂德的长诗《尼禄颂》而在会上一炮走红。在这首马屁诗中，他以充沛的感情，华丽的词汇，崇敬的语调将这位混账暴君捧为一位超人，一位从天而降的神人，一位光荣的阿波罗把和平与繁荣带给了世界的明君。他在马屁拍得山响中，初次显示了过人的禀赋和卓越的才华，尼禄和塞内加都很欣赏他的才华，尼禄将他任命为财务官并引荐进了自己亲密友人的小圈子。

诗人总是有些自命不凡不知天高地厚的盲目狂傲，他曾经自比是尼禄时代的维吉尔再世。他的第二首长诗《内战记》是以庞培和恺撒的争斗为题材的史诗，在该诗的前言中显然是颇有讽刺意味地告诫尼禄，当皇帝在诗人中成为明星时，更要谨慎行事。然而，君主是不可能接受告诫的，在自命天纵英睿的神君尼禄的宫廷中，充当百无禁忌的有识之士总是会充满着不确定的危机感。随着诗人艺术野心的不断膨胀，就越是受到元首的猜忌，类似这种展示尼禄先祖恺撒和奥古斯都内战史的题材属于触犯皇族禁忌的高度敏感作品，连作为历史学家的先皇克劳狄乌斯都不敢触碰，而诗人竟然敢冒天下之大不韪，去如实描写先君们的本来面目，必然在褒贬之间引来尼禄的不满，塞内加的失宠加剧了这种不满的恶化。

路卡努斯继续出版并朗诵他的《内战记》的章节，尼禄曾经打断他的朗诵，突然说要召集元老院大会，迫使很多听众乃至他本人不得不赶到元老院参加这场临时起意的会议。这明显表示他对这首诗的反感。这使诗人非常尴尬。

路卡努斯憎恶皇帝的心胸狭隘，而将这种憎恶渗透到他的创作之中，随着作品的接近完成，他对恺撒家族的印象越来越负面，而对刺杀恺撒的共和派凶手越来越同情，乃至正面歌颂卡西乌斯和布鲁图斯刺杀独裁君主恺撒的英雄壮举。这是件极大触犯尤里乌斯家族禁忌的事情，他的作品遭到了尼禄的查禁。他先是在私下里讽刺元首的浅薄，后来干脆选择了直接进攻的路线，他在公共茅房如厕时，由于肠胃不适，故意当众放了一个响屁，然后开始振振有词地朗诵尼禄的诗句"你可以认为这是平地一声惊雷"，使得其他如厕之人大惊失色，生怕受到牵连赶紧提起裤子逃离，他却哈哈大笑，觉得十分解气。

由于路卡努斯在厕所的恶作剧，使得帝国元首众多诗作仅有这句被当成笑谈的诗段得以传世。后来他发表了针对罗马大火的散文《论烈火焚城》，直接将罗马大火的责任烧向尼禄，这是元首绝对不能容忍的事情。即使他那位曾经权高位重的叔叔塞内加在隐居期间所写的大量散文都完全回避了这一敏感题材。由此可见路卡努斯的胆大妄为，这种胆大妄为最后在他发表的描写《法萨卢斯》的诗歌中走向极端，甚至公开赞美布鲁图斯、卡西乌斯刺杀暴君的大逆不道行为，并且放肆扬言要取元首的首级奉献给朋友。就在这样的背景下，诗人成为谋杀集团的旗手。当然在外界看来诗人的这些明目张胆的行径肯定是得到他的叔父塞内加暗中支持的，至少哲学家应当是默许的。

阴谋集团的设想周密而完美：即在成功刺杀独裁者后，立即拥戴皮索成为帝国的新皇帝，至于是不是尤里乌斯－克劳狄家族的血统问题可以通过婚姻的变更来解决，也即皮索和自己的妻子离婚，迎娶克劳狄乌斯的女儿安东尼娅，以融合进皮索家族的血统，再改换名字，满足罗马人民对皇嗣血统正规的诉求。这只是披露出的表面现象，但已经足够骇人听闻。

卷入阴谋集团的人员广泛而驳杂，各色人等怀着不同的目的，有人图名有人图利，有人和皇帝有着较深的怨恨，但也有不少耿怀铲除暴君的悲愤壮烈情怀准备献身正义的贵族。由于在刺杀的时间地点方式上久议不决，事情就这样在议而不决中一天天拖延，导致了夜长梦多的麻烦。就在这帮人踌躇犹豫观望等待，迟迟不敢将谋杀付诸行动的时候，有一个名叫埃皮卡里斯（Epicharis）的漂亮女人充满热情地介入了其中，此人是一位希腊释奴，颇有几分姿色，且具侠义肝胆，是个善于交际的侠义女子。她是塞内加弟弟梅加·安奈乌斯的情人。

她对于阴谋集团的纸上谈兵动作迟缓再也忍耐不住了，这时她恰好游走在坎帕尼亚的米塞努斯海军基地，和一个海军军官普罗库罗斯打得火热，这名军官曾经参加了对于皇太后阿格里皮娜的谋杀，但是事后并没有得到任何奖励和升迁，因而对尼禄极为不满。他向这个女人大发牢骚，声称只要有机会就要向尼禄算账。

女人则一厢情愿地以为可以将这位海军将领拉入阴谋团伙，这样则可以吸纳更多的海军加入反对暴君的行列，因为尼禄喜欢到米塞努姆的海面，乘坐海军舰出海游览。于是她便进一步列数尼禄的种种罪行，希望并承诺普罗库罗斯只要在海军基地拉更多的人参与阴谋，便可在事成之后领取巨额奖赏。

但是，埃皮卡里斯并没有透露更多参与成员的名单，当普罗库罗斯向尼禄告密后，她立即被禁卫军头目提格尼努斯抓捕，两人当场对质时，告密者并未能提供更加详实的阴谋罪证，埃皮卡里斯在酷刑折磨下，拒不承认有阴谋刺杀政变这件事，只能被作为犯罪嫌疑人暂时扣押。

　　此事的细节立即被泄露，打草惊蛇的结果是促使阴谋集团加快了政变的步伐，于是有人建议赶快去拜阿伊皮索的别墅进行刺杀。因为皮索这人也是元首亲密的玩伴之一，尼禄十分欣赏这座别墅周边的旖旎风光，常常到这里来尽情地沐浴宴饮，并且和皮索的妻子眉来眼去毫无忌讳。由于对于皮索的信任，尼禄经常不带警卫，免除一切单调繁琐的仪仗，就去皮索的漂亮别墅度假休闲。

　　但是皮索严词拒绝了这一提议，他的借口是"如果他们用皇帝肮脏污秽的血玷污了神圣的筵席和好客的诸神，将会给人们造成十分不愉快的印象"。因为刺杀暴君应该在罗马他那用人民血汗修建，被人憎恶的皇宫里，或者在众目睽睽的广场和运动场上。最后他们初步商定刺杀定在4月12—19日的凯列斯神赛马会上，因为酷爱赛马的尼禄一定会走出深宫来到现场，而且在观看比赛的欢乐气氛中更容易接近他。一位牛高马大的贵族会假借申请财政经费为名，突然将他按倒在地。元老斯凯维鲁斯为了洗刷自己过去放荡不羁的臭名，情愿充当刺客，并从神庙里取来了一把匕首，充当凶器。其他的禁卫军将领、百人团团长等人负责制伏尼禄周围的警卫人员。皮索只要在阿尔文丁山大竞技场附近的凯列斯神庙等候刺杀成功的消息，事成之后，迅速赶往禁卫军军营和克劳狄乌斯的大女儿安东尼娅会合，正式对外宣布两人结成夫妻，和自己的妻子离婚，以此来争取民心，即可成为帝国新的元首。

　　然而，天有不测风云，就在动手的前一天晚上，斯凯维鲁斯回到家中，以决绝的心态，准备以死明志，他正式写下了遗嘱，签下大名盖上章。在灯光下，他把从神殿取来的匕首抽出刀鞘，发现因为闲置多年，这把匕首已经锈迹斑斑，刀刃也不够锋利。于是命令他的释奴米尼库斯将它磨快磨亮，方便第二天使用。当晚，他安排了一顿特别丰盛的晚餐，并且宣布了一批奴隶成为自由人，还有一些奴隶得到了数量不等的金钱赏赐。

　　在吃饭时，米尼库斯发现主人似乎郁郁寡欢，一直心不在焉地在思考着什么重大的问题。晚饭后，他又命令这位释奴为他准备一些包扎伤口的绷带和药品。一贯生性疏懒的主人突然变得表情严肃起来，不仅匆忙写下遗嘱，还将一把从神殿祈求来的匕首磨得雪亮，这些预兆都说明这位一向被认为是纨绔子弟的贵族是在准备干一件惊天动地的大事，这意味着似乎是一件要出人命的重大刺杀事件，联想到一向被贵族元老冷落的主人一反常态地经常和元老院甚至禁卫军的大佬关门密谈的鬼鬼祟祟行径，使他产生了某种不祥的联想，矛头似乎对准的就是名声不太好的最高元首。想到这里，米尼库斯浑身出了一身冷汗，当晚在和妻子商量后，准备去告密，领取巨额赏金。

次日凌晨，鬼鬼祟祟的米尼库斯夫妇出现在尼禄居住的谢尔维利乌斯花园门口要求觐见皇帝。这个花园在罗马郊外的奥斯蒂亚大道路旁，在帕拉蒂尼山修建金宫时，尼禄暂时住在这里，于是皮索阴谋集团企图刺杀皇帝的阴谋开始暴露。

米尼库斯说，他一向生活放荡且声名狼藉的主人，最近变得严肃起来，似乎要干一件大事，并经常和著名元老皮索秘密商量着什么。昨天斯凯维鲁斯和纳塔利斯关起门来窃窃私语了好几个小时。给人感觉整个事件就是针对元首的，但是他不能肯定，他还拿出来那把被磨得十分锋利的匕首作为罪证交给尼禄勘验。

尼禄下令立即逮捕斯凯维鲁斯和纳塔利斯。在提格尼努斯的酷刑威胁下，很快两人就将皮索阴谋公开招供出来。令尼禄震惊的是，曾经与他朝夕相处将近二十年，精心辅导他成长的老师塞内加竟然也牵涉其中。纳塔利斯招供说，皮索曾经派他的心腹释奴前去求见塞内加，塞内加以身体有病为名拒绝与皮索见面商谈，只是带了一个口信警告皮索：他们不应当被人们看到在一起，他的安全有赖于皮索的安全。最后的信息是，一直住在坎帕尼亚乡间的塞内加最近匆匆赶回了罗马，住在离罗马只有四英里的别墅中，似乎就是为了等待某种突发事件的出现。因为罗马坊间还传出这样一个信息，阴谋分子刺杀尼禄拥立皮索只是一个幌子，最终上台担任元首的是帝师塞内加，他就是来等待刺杀成功的信息。最终取代自己的竟然是多年朝夕相处的老师，实在令尼禄意想不到。

尼禄下令将埃皮卡里斯再次带到他的行宫进行酷刑审问，以进一步证实塞内加这位自己最亲密的师友是否真正参与阴谋。已经被酷刑打断了腿不能行走的坚强女性，却在被肩舆抬往皇宫的途中，将捆绑自己的绷带解开拴在肩舆的顶盖上结成环，然后将脖子伸进去，埃皮卡里斯就这样自行了断在肩舆之中，这不免使尼禄感到有几分遗憾。

哲学之王塞内加之死

当斯凯维鲁斯被捕的时候，皮索就得到消息，有人劝他到军营去避难，利用他杰出的演说才能煽动禁卫军起兵除掉尼禄，被皮索拒绝，他平静地写完了一封给皇帝的遗嘱，以令人作呕的词句几乎竭尽谄媚之能事吹捧尼禄，目的是为了保全妻子沙特丽娅·迦娜的生命。他的妻子出身卑微，除了长得美，几乎谈不上有什么优点。但是和尼禄长期眉来眼去，深得尼禄欢心。皮索是从别人身边横刀夺爱而来，故而极其宠爱。他将自己独自关在室内，平静地切开自己双臂的动脉鲜血流尽身亡。

第二个被处决的是当选执政官普劳提乌斯·拉提努斯。事出仓促以致禁卫军不给他与自己孩子告别的时间，就被拖到处决奴隶的地方——斯科维利广场台阶杀死。在整个过程中，这位正直的执政官一言不发，以沉默表示对尼禄的蔑视，虽然行凶的禁卫军军官斯塔提乌斯本人也参与了阴谋集团，但是执政官面对他也一直沉默不语，可以说是慷慨就义，视死如归，绝不出卖同伙。

紧接着装模作样一起审讯阴谋分子的禁卫军另一名司令官卢福斯，当场被他的属下揭发也是阴谋的参与者，被尼禄牛高马大的警卫拿下，以后就是禁卫军内部将领的大清洗。当尼禄问禁卫军将领苏布利乌斯·弗拉乌斯为什么要参加反对他的阴谋时，他干脆说自己以能够参加刺杀暴君的行动为荣。尼禄反问他为什么要违背军人效忠皇帝的誓言，他大义凛然地说：“因为我恨你，当你的行为值得人们爱戴的时候，我们效忠你，军人自然会忠诚于你。但是当你杀死你的母亲和妻子的时候，当你变成一个驾着马车赛马的家伙，一个戏子优伶、一个纵火犯的时候，我就开始恨你。”当他被尼禄命令推出皇宫活埋时，甚至讥笑刽子手挖的这个墓穴不够深不够宽，难以埋葬他的魁梧身躯。最后，浑身颤抖的刽子手连砍两刀才砍下他的脑袋。威武不能屈的禁卫军军官还有许多。但是禁卫军司令卢福斯在临刑前却没有那样视死如归的精神，在写遗嘱的时候感叹悲伤不已，他哭哭啼啼地被砍下了头颅。

诗人路卡努斯被带到皇宫，进行审讯。一贯慷慨激昂的诗人这时表现得十分怯懦，他想用出卖别人的手法来减轻自己的罪过，竟然指控自己母亲也参与了阴谋。尼禄对于这一指控根本不以为然，也没有下令去追究他母亲的罪责，却派士兵把诗人遣送回家，命令他自己选择死的方法。于是这位青年诗人开始缓过劲来，他大吃海喝一顿后，切开自己的脉管，希望让鲜血流尽而死，这显然是痛苦比较小的体面死法。鲜血在诗人低垂的手腕处汩汩流淌，他觉得手脚渐渐变得冰凉，生命正从他的指尖处不断消失，只是心脏还在微微跳动，这时路卡努斯突然想到了自己诗中描写战场受伤士兵死亡前的诗句，于是开始背诵这首诗：

躯体的下半部已经使没有心脏的四肢听任死亡的摆布，

但当肺部还能呼吸、而心脏还有热度的时候，

在人体的这一部分死亡久久不能来临，遇到了巨大的困难，

最后好不容易制服了整个躯体……

诗尚未背诵完毕，他已血尽气绝而亡。

在尼禄和禁卫军司令提格尼努斯和卢福斯审讯这些阴谋分子的时候，尼禄的新妻子波庇娅都在现场目睹了这场充满血腥的拷问，听到了对塞内加十分不利的证言。她和尼禄立即派出禁卫军军官到塞内加处对这一证言进行核实。派出的军官叫伽维乌斯·西尔瓦卢斯，此公也是阴谋集团成员，但是尚未暴露。他带领一队士兵于傍晚时分包围了塞内加的别墅并传达了尼禄的命令。塞内加已经得知阴谋败露，明白自己绝对不能幸免于这场灾难。因为，在此之前，尼禄企图通过塞内加的释奴毒死他，参与阴谋者主动向塞内加坦白后，没有得逞。出于恐惧心理——他的食物变得十分简单，主要是吃野地里产的果实，饮用山上的泉水。

那天晚上，塞内加和他的妻子宝琳娜吃了一顿十分简单的晚餐，因为他一直避免食用疑似下毒的食物，但是当晚他还是为自己准备了一杯带毒的芹菜汁，似乎像是刻意要模仿当年雅典政府为苏格拉底准备的毒酒那般去结束自己的生命，在退出政界这些年来，他一直都在思考着如何结束自

己的生命，和人世做最后的诀别。

在塔西佗的《编年史》中用很长的篇幅记载了塞内加最后的结局。但是颇具讽刺意义的是，那位去执行塞内加死刑的禁卫军小队长伽维乌斯·西尔瓦卢斯和法伊尼乌斯·卢福斯一样都卷入了阴谋，只是当时并没有被发现。也许就是在这天的上午，在政变成功后，他将被作为特使去迎接塞内加登上元首宝座。然而，现在形势突变，只能扮演好现在的尼禄使者的角色。禁卫军小队长郑重其事地问塞内加，他回答皮索的那句话是不是真的。塞内加很清楚对于尼禄的问话，他回答不回答根据指控都会被判处死刑。于是他不置可否。他准备毫无怨言地走向他的长眠之地，他要像第二个苏格拉底那般优雅地死去，他死去的场景将会永远定格在人们的记忆深处成为历史。

塞内加要禁卫军小队长报告尼禄，他不会否定这些话。军官照办了，而当尼禄问这位小队长，塞内加是否准备自杀？他回答说，他不知道，但是塞内加毫无悔恨的表情，显得十分镇静。也没有表现出任何不安和恐惧。尼禄于是告诉这位军官再去塞内加那里，设法使他光荣地结束自己的生命。西尔瓦卢斯没有马上去塞内加的别墅执行命令，而是悄悄去问司令官卢福斯，请示是否要执行尼禄的命令，卢福斯劝他去执行，但是小队长自己不忍心对哲学家去宣布这项残忍的命令，他派遣了一名百人团队队长去向塞内加宣布皇帝的死刑命令。

塞内加平静地接受了对自己的死刑宣判。他要求秘书将蜡板拿来缮写遗嘱，被百人团队队长粗暴地拒绝后，哲学家依然十分自信地对所有在场的家人和所有朋友说：我既然不能对你们的服务给予报酬，那也只能将能够给你们唯一的东西给你们——也就是将美好的感情和高尚的生活方式留给你们，请你们记在心里。这样你们就可以因为道德上的成就而享有声誉。当他看到在场亲人和朋友在哭泣时，他说道，你们学的哲学箴言到哪里去了，不要哭泣，要坚定起来，你们多年来学习到的在灾难面前应该具备的理智到什么地方去了？谁不知道尼禄的残暴，对于一个杀死自己的母亲和兄弟的人，除了杀死他的老师以外，他还能杀死谁呢？

在深情倾诉了这些显然冠冕堂皇给外来宾客听的大话、套话、漂亮话后，他拥抱了自己的妻子宝琳娜，并温和地祈求她不要过度悲伤，要想到他这一生始终过着极有意义而高尚的生活，虽然她失去了丈夫，但她可以为自己的伟大而感到欣慰。宝琳娜哭泣地回答要和他生死与共，共赴黄泉。他给出的答案是：很好，既然你愿意用生命成就自己光荣的名声，我不反对。但是当医生用刀在她的手腕上切断脉管的时候，她后悔了，随即医生又将伤口包扎上了。

塞内加由于上了年纪，而且简朴的生活使他形容枯槁身体虚弱，因此他的血流得很慢，于是他又切断了腿部膝盖后面的血管，他被巨大的痛苦折磨得奄奄一息，之后他向宝琳娜做最后的告别，要仆人将她抬到另外的房间。这时一名使者将宝琳娜想以死殉情的情况报告了尼禄。尼禄不想以宝琳娜的死增添自己残暴的恶名，特别下令阻止她的自杀。塔西佗最后写道：

这时塞内加依旧没有马上就死，因此他就请斯塔提乌斯·安奈乌斯——这个人长久以来信任的忠诚老朋友，并且是一位能干的医生——把精选的毒芹给他，这毒药很久以前就准备好了，本来是准备毒杀被雅典国家法庭已经定罪的犯人的，毒药拿来之后，塞内加就吞服下去，但是没起到什么作用；他的四肢已经冷却了，他的身体已经不能再感觉到毒药的作用。最后，他把自己泡在一盆热水里面，把盆里的水洒在身边的奴隶身上，并说这是向解放者朱庇特行最后的祭奠之礼。继而他被抬去洗蒸汽浴，结果在那里窒息而死。

罗马帝国时代最杰出的哲学家、政治家塞内加就这样悲剧性地走上不归之路。塞内加的一生是同罗马宫廷紧密联系在一起的，恩格斯称他为"依附尼禄宫廷的头号阴谋家"。塞内加写过不少哲学著作，他的文学遗产主要是一篇讽刺散文和九部悲剧。罗马帝国时期，每当皇帝逝世，都要举行仪式，祈祝升天尊奉为神。克劳狄乌斯死后，塞内加受托为死者撰写赞词，后来仪式被取消，塞内加便把赞词改写成讽刺散文《变瓜记》，对克劳狄乌斯进行嘲讽，发泄自己的怨恨，因为他曾经和李维拉偷情，被克劳狄皇帝流放到科西嘉岛。

书中描写，克劳狄乌斯备受病魔折磨死后灵魂来到天上，以求成神。在众神会议上克劳狄乌斯接受审判，作者让奥古斯都出面，历数克劳狄乌斯和他周围人的罪恶，在去地狱的途中，克劳狄乌斯望见为他送葬的行列里，人们笑逐颜开、兴高采烈，毫无悲痛之感，他这才明白自己真的死了。最后，克劳狄乌斯非但没有成神，反而变成一个大南瓜——寓意中的大傻瓜。

塞内加的九部悲剧是：《疯狂的赫拉克勒斯》、《特洛亚妇女》、《腓尼基妇女》、《美狄亚》、《费德拉》、《俄狄浦斯》、《阿伽门农》、《堤厄斯忒斯》、《俄塔山上的赫拉克勒斯》，其中《美狄亚》一剧是他的代表作。这些悲剧的写作年代无从查考，可能写于克劳狄乌斯死后不久，也可能更晚写于作者离开朝政之后。这些悲剧主要不是供舞台演出，而是供阅读或朗诵的。罗马帝国时期，悲剧在舞台上已不太盛行，特别是那些政治色彩较浓，包含对时政不满的作品，在皇帝的专制统治下，更难于在舞台上演出。塞内加的悲剧都取材于希腊神话，对它们进行了加工，使它们鲜明地反映出斯多葛派的哲学观点。塞内加在悲剧中着重宣扬斯多葛派的宿命论。他认为，人生受命运支配，命中注定的事情不可改变，人必须节制欲望，坚毅地忍受命定的各种遭遇和不幸。人生变幻莫测的命运对穷人、富人一视同仁，富贵不会长久，王权也不可靠。他歌颂远古的"黄金时代"，宣扬斯多葛式的接近大自然的简朴生活。这些思想反映了罗马帝国初期，特别是尼禄统治时期贵族反对派悲观绝望的共同心理。塞内加站在贵族反对派立场，在悲剧中抒发对皇帝专制统治的不满情绪，他经常谴责暴君，反对暴政，但是在实际的从政生涯中，他却是一个暴行的策划者和暴君罪恶的粉饰者。

不过，他并不是从根本上反对君主制度，而是希望出现一个公正、仁慈的君主。因此，他的悲剧中包含不少对君主的劝善规过的箴言。塞内加的悲剧情节比较简单，人物的感情往往处于高度的紧张状态，性格缺少发展。他的悲剧受修辞学影响较深，人物常常采用格言式的对白，精练有力。作者有时也注意刻画人物的心理，不过主要人物的长篇独白往往显得浮夸。为了增加悲剧气氛，塞内加喜欢描写恐怖流血的场面和关于鬼魂、巫术的情节。除上述九部悲剧外，还有一部悲剧《屋大维娅》，前人也认为是塞内加所作，不过今人一般认为它是别人的仿作。《屋大维娅》取材于当时的政治生活，反映尼禄的专制残暴对于皇后屋大维娅的迫害。罗马人把这种悲剧称作"紫袍剧"，因剧中主要人物身穿罗马官员或元老常穿的镶紫边的托加宽袍而得名。这是唯一完整流传至今的罗马紫袍剧。

在罗马悲剧家中，只有塞内加的悲剧侥幸传世，它们上承古希腊悲剧传统，同时对后世欧洲悲剧，特别是对文艺复兴时期和法国古典主义时期的悲剧，有一定的影响。

塞内加还是一位热情的科学研究者，在他早年和退休与去世之间那段赋闲和流放期间，他曾以"自然研究"自娱，给雨、电、雪、风、彗星、河川及泉水等寻求自然解释。他曾经在他的戏剧创作中提出

在大西洋以外尚有另一个大陆存在的理论，并以相似的直觉凝望着浩瀚的星辰说："在太空深处运行着的星球，从未被人发现的还不知有多少！"他又以高瞻远瞩的态度补充道："我们的子孙将来要学习很多我们现在猜想不到的事情！——别人期待几百年后的事情，到那时我们的名字已经被遗忘！……我们的后裔将对我们的愚昧无知感到惊讶！"

塞内加的死亡成就了他名垂千古的英名。后来的人们几乎忘记了他在辅佐尼禄时所参与的所有罪恶和阴谋，那些血腥的政治屠杀和疯狂的敛财几乎全部隐藏在他那些浩繁迭卷辞藻华丽的哲学、文学论文和戏剧的文字中，似乎忘记了他所创导的美德和善良与他的自身行动间的巨大差距，和塔西佗所预言的整个罗马帝国统治阶级自身所挖掘陷阱的荒谬，塔西佗以寓意的笔法告诫罗马人：罗马帝国如今表面上强盛繁荣，实际上败絮其中，可以说，塔西佗的《历史》、《编年史》、《日尔曼尼志》等历史著作主题不同、文体有别，但写作目的始终如一，他要告诉罗马人：塑造国家乃至历史的根本力量，在于具有高贵品质的男子汉气魄，如果腐败侵蚀了国家的男子汉气概，再好的经济繁荣景象也挽救不了帝国覆亡的结局。

在塔西佗的《编年史》中对于塞内加辅佐尼禄的所谓政绩和他的悲剧性死亡有着十分详尽的描述，因而对于帝国腐败体制中的朝廷重臣、宠臣

的两面嘴脸有着深刻形象的揭示，他是整个腐败体制中运转周旋的轴心，不可能回避体制孤立地存在，他至死都是一个追求修身齐家治国平天下的皇权主义者，修身在于以学术追求不朽的历史地位，齐家在于家族和个体的荣华富贵，治国是他登上平天下最终目标的手段。这一点塔西佗对于他目的的虚妄性和手段的卑劣性有着深刻的揭露。

塞内加之所以匆匆忙忙地从他隐居的坎帕尼亚赶回罗马，就是等待阴谋团伙给他带来的意外惊喜，也即那种螳螂捕蝉黄雀在后的意外，根据禁卫军军官们的设想，塔西佗记载：

外面谣传：苏布里乌斯·弗拉乌斯和近卫军的一些百人团团长在塞内加知悉的情况下商定，尼禄一旦被皮索一帮人刺杀，皮索跟着也要被杀死。然后把帝国大权交给塞内加。这样做，好像塞内加是由于他的突出德行才被一些同阴谋无关的清白的人拥戴出来取得最高大权似的。此外，坊间还传说弗拉乌斯的这样一句话："就无耻这一点而言，那么赶走一个竖琴歌手而用一名悲剧演员来代替他，这实际上没有什么区别。"要知道皮索穿着戏装唱戏和尼禄拿着竖琴唱歌是有得一比的。皮索也和皇帝常常做的那样，在抒情悲剧中扮演主角。

虽然塞内加皇帝梦破灭后遭遇杀身之祸是在意料之中，但是他的学术著述却是一个具有个性色彩的独立单元，大体反映了客观环境和主观理性之间的对立统一。他那看似辉煌却充斥悲哀的结局，刻意追求希腊雅典苏格拉底似的斯多葛主义丰富崇高内涵，掩盖了他一生追逐功名至死不渝的人性丑陋。后来的罗马皇帝涅尔瓦、图拉真、马可·奥勒留均多少受他的作品影响，受他笔下的良知美德和人道主义口号激励，成就了所谓罗马安东尼王朝"五贤帝"的黄金时代。从古代末期到中世纪，他一直受人欢迎；尤其在文艺复兴时期，彼得拉克把塞内加和维吉尔并列，并在学习他散文风格的基础上，精心磨练自己的作品。蒙田在自己的文章中就像塞内加引用伊壁鸠鲁的作品一样热衷于引用他的箴言。爱默生将他的作品一读再读后，成为美国的塞内加。

《世界文明史》作者威尔·杜兰特如是说：

在他的作品中很少有独创的思想，但这或许是可以原谅的，因为在哲学中，一切的真理都是古老的，只有错误才是创始的。尽管他有这些过失，他仍然是古罗马哲学家中最伟大者，至少以他的书来说，他是人群中最睿智、最慈祥的人。除了西塞罗外，他是历史上最可爱的伪君子。

当年在塞内加被克劳狄乌斯皇帝流放到科西嘉岛上的时候，在他那巉岩嶙峋环绕的家中，他经常会在夜深人静的时候独自探索神秘的太空，聚精会神地研究彗星、恒星以及其他星辰运行的轨迹，而当塞内加回归罗马宫廷之后，他将置身于观察人类内心黑暗深处的天文台上，最终从这个高处不胜寒的悬崖跌落而粉身碎骨。

诚如同时代的紫袍剧作家以他的名义发表的《屋大维娅》剧中将他推向舞台中央时所描述的那样：

我最好将自己潜藏，置身在科西嘉岛海域的悬崖之上，远离因嫉妒而酿成的罪恶，避开一切尘嚣。

在那儿我是多么高兴，我的双眼注视着大自然的杰作——天空，以及那太阳铺设的神圣之路。

宇宙的运转、昼夜的分野、月亮的视域，那些高空的闪耀，将这光芒传向那一圈流转不息的行星之上。

塞内加悲剧的根源在于牢牢地被捆绑在尼禄母子的战车上，在碾压一切阻挡尼禄登上权力宝座的势力后，最终新皇登基母子反目将太后无情甩出战车，塞内加穿着镶紫边的一等权贵托加，纵横驰骋成为暴君得力的参谋国师，他深度介入了帝国的种种阴谋，在这个深不见底的黑洞中他已经难以摆脱，在这个窄小封闭的黯黑空间再也难以见到那广阔浩瀚的宇宙，唯一的星光就是哲学淬炼的思想火花，使他的灵感喷发激荡出精神的礼花在形而上的天空绽放，但也不过是瞬间绚丽的烟花，终究归于黑暗，他希望他的哲学能够照亮他的学生的灵魂，终究徒劳，他的道德庄严性很难融入尼禄那个荒诞残忍游戏的皇权殿堂，自己反而在帝制功利怪圈中轮回异化，直至肉体的被灭亡。最终他的精神在死后得到永生——得到他所希望的哲学之王冠冕。

极致到死的行为艺术

尼禄残酷平息了皮索阴谋集团发动政变并对他进行刺杀的企图，对于涉及参与阴谋的文武大员进行了血腥屠戮。当这场血雨腥风过去后，他照例对禁卫军士兵进行了犒赏，每人赏赐 2000 塞斯特斯，免除口粮价款。接着仿佛要进行一次战争胜利后的论功行赏那般，对于没有卷入政变阴谋的执政官和禁卫军司令提格尼努斯授予凯旋荣誉，并把他们穿着凯旋服装的塑像立在广场上。

尼禄的大屠杀遭到了罗马民众的愤怒指责，为了平息民间的愤怒，尼禄在元老院发表了针对这起阴谋事件的长篇演说，随即向社会发布皇帝敕令，以文件汇编的形式，向社会公布了举报者的揭发材料和被判定有罪者所供认的罪状。

用塔西佗的话来说："民众无情地咒骂皇帝，他们说他是出于恐惧和嫉妒才杀害了一批罗马显贵和一批无辜的罗马公民。然而一次阴谋从发起到成熟，最后它的参与者又不得不认罪。对于这样的事实，不但当时苦心探索事实真相的人们已经不再怀疑，就是在尼禄死后返回罗马的亡命者对这一点也不否认。"随后，就是元老院的马屁大比拼，祭神大典后，就是民众的感恩活动，还有人提出要在阴谋行刺的地点——大竞技场附近建造一座尼禄的神庙，并将 4 月改为尼禄月，但是这些提议均被尼禄否定，因为类似这类封神的把戏只有在皇帝死后才会由后任来进行，自己不能为自己封神。而尼禄根本就不想做一位神，他只想有滋有味地做一个罗马第一公民，在活色生香的凡世做一个受人拥戴的行为艺术家。于是按耐不住的表现欲，促使他开始举办第二场"尼禄尼亚赛会"，用他的亲民之举挽回在大屠杀中失去的民心，他成功了。

五年一度的赛会如期举行。尽管高层元老贵族有人认为作为尊贵的第一公民参加这类群众性娱乐活动有失尊贵的身份，元老院巧妙建议，他无需亲自参加演出就能够得到奖励，并给他加赠"演说优胜者"的桂冠。但是被尼禄粗暴否定，他愤怒而极不礼貌地回答："我为得奖作了充分的准备。"他说："我不需要元老院的权威庇护，我要以平等的身份参加竞赛，通过音乐评委公正无私的决定来取得荣誉，而不是由你们的照顾获得。"

塔西佗非常精彩地用他那惟妙惟肖的文字记录了尼禄当年登台表演的种种细节：

他开始是在舞台上背诵一首诗，而当在场的群众向他高呼"把你所有的才艺都表演出来"的时候，他便再一次走上舞台，完全按照职业艺人的规则进行表演——累了也不坐下来，只用自己穿的长袍拭汗，并使自己的唾沫和鼻涕不被观众看到。最后他跪了下来，吻自己的一只手，向各色各样人组成的听众致敬，装成战战兢兢的样子等候着评委的决定。于是（至少是）城市的群众（也即有组织的专业啦啦队，他们用演员一般的节奏和训练有素的姿态已是家常便饭）以整齐的声调和有节奏的鼓掌发出雷鸣般的喝彩声。你可以设想这些人是十分高兴的；他们也许是真高兴，因为他们把国家的耻辱忘得一干二净了。

尼禄于是一首歌接着一首歌地唱下去，他用竖琴给自己伴奏。接受着有组织的掌声和欢呼声，在廉价的喝彩声中接受了优胜者的奖品和桂冠，在接受了胜利者的荣誉后，他再次跑到台上，布满雀斑的脸上泛着光彩几乎和他的头发一样红。他心情激动地将获胜的消息告诉广大观众，并对他们的支持表示衷心感谢，再次接受掌声和喝彩声。竞赛几乎从中午一直延续到深夜。

塔西佗宕开一笔，继续讽刺性写道：

但是从那些还保存着严峻古朴之风的意大利外地城市前来的观众，或者从遥远的行省因公和因私来到罗马的那些不适应放荡生活的人，忍受不了这种群体性非理性吹捧的宏大场面，又没有能力阻止这种他们以为是耻辱的群体性疯狂。他们没有经过掌声和喝彩的专业训练，很快就失去了捧场的兴趣；他们的懈怠打乱了整齐划一的掌声和气冲霄汉的喝彩者节奏，结果他们遭到了布置在一区区一排排座位间士兵的殴打。士兵们这样做，目的是不使任何一个时候的喝彩失去节奏，或者在无精打采的沉默中浪费掉。

如果有人保持沉默，他们就会被邻座的人骂成叛徒或者笨蛋。赛场内布满了密探，他们时刻注意观众的名字和表情，稍有对尼禄的表演表示轻慢的就可能被看成图谋不轨分子而遭到处罚，乃至于演出中途没人敢退场，有的人甚至当场病死在座位上。后来的罗马皇帝韦帕芗在冗长的演出中竟然睡着了，被一位释奴大声呵斥指责为对皇帝的大不敬，只是在许多贵族的斡旋下才被免于治罪。

在这一次"尼禄尼亚赛会"盛典之后，欢乐之余就是乐极生悲，紧接着又连续发生那两件十分荒唐的事件。尼禄先是受到迦太基骗子巴苏斯的蛊惑，派出一批人马去海外寻找所谓迦太基女王狄多的宝藏，因为他为了装修他的新宫殿欠下一屁股债，企图用狄多的宝藏运到罗马来偿还债务，结果在公元 65 年 9 月传来巴苏斯因寻宝失败自杀的消息。紧接着是皇后流产事件，皇后波庇娅在前一个女婴死亡后再次怀孕，很可能是一位王子，不幸的是尼禄在一次参加车赛返回时遭到波庇娅的指责，他在发火时中一时心烦意乱，竟然愚蠢地踢了她一脚，结果导致波庇娅流产，不仅波庇娅肚子里的孩子死了，波庇娅爱妻也因并发症一命呜呼。尼禄几乎痛苦得发疯，他为波庇娅举办了十分隆重的葬礼，并将遗体制成木乃伊葬在了奥古斯都的家族陵墓中，她死的时候只有三十四岁。在波庇娅下葬几个星期后，尼禄过了二十八岁生日。

从公元 65 年冬天到 66 年的春天，尼禄的情绪十分低落，帝国灾难接连不断，先是罗马发生大瘟疫，在几个星期内死了三万多人。后来一场可怕的暴风雨又袭击了坎帕尼亚，这场灾难破坏了村庄，许多大树被连根拔起，大片庄稼地被摧毁。又有消息传来，卢格都努姆（里昂）这个高卢最美丽最富有的城市完全被大火烧毁。民众纷纷传说是诸神对于尼禄的暴政感到震怒了。

接着是不断传来高层贵族特权阶层企图政变的消息，迫使心灰意乱的尼禄不断杀人，导致罗马谣言不断，不断有诽谤元首的情报报到元老院，揭帖似的讽刺诗歌搅得尼禄心神不宁，有的喜剧演员甚至将毒杀克劳狄皇帝和尼禄弑母的故事搬上舞台，然后说"再见了爸爸！""再见了，妈妈！"

面对这些含沙射影指桑骂槐的戏剧作品，尼禄也不敢公开对号入座，只是将演员驱逐出罗马了事。

这些案件使得尼禄对罗马失望至极。他不得不隐居到那不勒斯海滨度过冬季。在接二连三的天灾人祸中，心情黯然的罗马帝国皇帝一直隐居在风景如画的坎帕尼亚，只是简单地应付着日常政务，依靠在罗马的代理人维持着政府的运转。

根据苏维托尼乌斯的记载，这年尼禄在选择皇后时，先是决定要与先帝的女儿贵族苏拉的未亡人安东尼娅结婚，但是遭到安东尼娅的断然拒绝，恼羞成怒的尼禄借口她参与了高层权贵的谋反杀害了她，然后选择了斯塔提尼亚·美莎丽娅作为自己的妻子，她是一名执政官的女儿，是卷入皮索阴谋案被迫自杀的前执政官维斯提努斯的未亡人，他们原先就是情人，不过他们的结合并没有给尼禄带来他希望的子嗣。

公元66年的夏天，他回到了罗马，迎接一场即将使他大出风头的盛典。起因是罗马世仇帕提亚（安息帝国）国王的兄弟提里达特斯希望担任阿尔明尼亚的国王，但是被罗马驻军首长科尔布罗赶了回去。然而尼禄却提出如果这位亲王亲自前来罗马接受他的加冕，则可以接任阿尔明尼亚的王位。

于是这位国王从公元65年秋天出发，在科尔布罗的罗马军团扈卫下，带着王国庞大的卫队和大批随员浩浩荡荡越过阿尔明尼亚的边界，一路优哉游哉地游山玩水，接受着罗马帝国各行省总督的热情款待，缓缓地向罗马进发。尼禄在那不勒斯海湾的巴伊亚迎接国王的到来。随后陪同国王前往罗马接受加冕，彰显大罗马帝国的国威，虽然靡费巨资，这却是一次十分成功的外交表演：

仪式是夏日的一个清晨在罗马广场举行。为了举行这一仪式而用彩旗和花环装点起来的广场上挤满了观众，那里的每一个窗口和屋顶也都是人。尼禄的宝座设在讲坛上，四周侍卫着士兵和元老。提里达特斯穿过一排排的士兵参见尼禄，再度向他敬礼，尼禄则把他扶起来，吻了他，这时一阵军号声犹如空中掠过的惊雷，提里达特斯几乎被吓得失去了理智。但他很快便清醒过来，做了一篇有礼貌的演说，说尼禄是他的太上皇，而实际上是他的天神。对此皇帝回答说，他很高兴提里达特斯有这样的想法，很高兴他亲自到罗马来表示敬意，接着尼禄便宣布他为阿尔明尼亚国王。提里达特斯便坐在尼禄脚下，皇帝则把阿尔明尼亚王冠戴在他的头上。

随后他们便去剧场，剧场内部包括座位全部镀了金。从剧场的一侧到另一侧越过舞台拉起一个紫红色的大帐子，用来遮挡阳光，大帐子上绣着尼禄驾驶赛车的巨幅画像，而他像的四周则是熠熠发光的金星。表演结束后，则是盛大的宴会，随后皇帝又为客人歌唱，但这种做法却有点使他的客人大为吃惊。最后尼禄穿上绿色的比赛服并戴上驾车人的小帽，驾着马车对提里达特斯进行指导。

随之又是一系列庆祝活动，而当提里达特斯终于启程回国时，他不仅从主人那里取得了大量礼物和现金，而且还被赠与一批罗马艺术家和工匠，国王兴奋之下，将自己的首都名称阿尔塔克萨塔改为尼禄尼亚。

尼禄在这位国王身上花费了如此大量的资财，致使这次公开的罗马盛典在罗马史上被称为"黄金日"。由于开支过于庞大，花团锦簇之下，国库已到了破产边缘。不过花钱如流水买来的，却是罗马与过去最危险的敌人帕提亚和阿尔明尼亚之间随后五十年的和平。在同提里达特斯的交往中，尼禄显示了杰出的外交手段，包括他的歌唱和赛车表演，为他的外交努力增添了光彩。

夏天的其余日子，他又回到了那不勒斯海湾，专心致志地从事他的艺术表演训练，为他渡海前去希腊参加著名的音乐比赛和奥林匹亚运动会，特别是佩提亚、伊斯特米亚、涅美亚和奥林匹亚这四大赛事做前期的准备，因为希腊人一直是他最热情的崇拜者，在尼禄心目中希腊人懂得音乐的无穷魅力，理解他作为杰出音乐家的高贵气质，他说："希腊人是唯一懂音乐的人。"希腊还是体育竞技运动的故乡，他要去艺术和体育的故乡去寻找音乐创作和竞技运动的灵感和知音知己者。

他开始详细周密地制定他的游艺旅行计划。他的妻子美莎丽娅和禁卫军司令提格尼努斯将随他出行。他的被释奴赫利欧斯和波利克里图斯将成为在罗马的代理人，接替卢福斯担任另一位禁卫军司令的尼姆皮格鲁斯则负责罗马秩序的维护。

公元 66 年 9 月 25 日，他带着庞大的禁卫军扈卫和乐师、啦啦队和一大群官员和助手，离开罗马前往希腊各个行省进行巡回演出和体育竞技，在他人生最后的十八个月内进行了一场最杰出伟大的音乐和竞技行为艺术的巡回表演。事实证明这也是一场最后为艺术献身的死亡之旅，最后终结了他的先祖恺撒、奥古斯都和提比略开创的尤里乌斯－克劳狄乌斯王朝对罗马的统治。

在奥林匹亚运动会上，他拿出自己的拿手绝技，亲自驾驶着一辆十匹（一般都是四匹）骏马拉的二轮战车参加竞赛，在战车疯狂地纵横驰骋中，一个闪失他竟然十分狼狈地被甩出了车外，几乎被后面快速奔驰的战车碾死，他奋力爬起重新攀上战车继续参加比赛，但是终因体力不支未能到达终点。

竞赛的裁判们分辨得出皇帝和普通运动员，依然将优胜的桂冠戴在他的头上。希腊各个城市为了迎合帝国皇帝喜好，尼禄所到之处纷纷举办竞技会、演唱会。他也满腔热情，使出浑身解数，以歌唱家、竖琴演奏者、演员和运动员的多重身份出场参与每一场活动，接受当地群众狂热的欢呼。他谨慎谦虚地遵守各项竞赛规则，不愿意利用元首的身份接受特殊照顾，但是那种震耳欲聋的欢呼声和有节奏的鼓掌声显然是专门有人精心组织发动群众而制造的效果，他去希腊时随侍有一大群官员，其中包括被称为奥古斯塔尼（Augustani）的一批专职啦啦队来带动现场欢呼掌声的节奏，为皇帝鼓劲加油喝彩。他在所到的每一个城市歌唱时都得到一个奖——有时是月桂或者欧芹的花冠，有时是橄榄树或者无花果的花环。总之，一切都恰到好处地满足了皇帝的荣誉感，同时也照顾到了民众想一睹帝国最高元首动人的艺术风采。

在尼禄一生最后几个月中，任何事物都不能动摇他的坚强信念：即作为歌唱天才，他的神圣任务就是利用他的特殊才能把人类团结起来一致忠于帝国元首。他含蓄地相信，通过他为自己的人民和世界上被征服的民族的唱歌，他正在取得恺撒所能够达到的最高成就，也就是不用武力而用艺术去征服人心，从而保持帝国的和平稳定。

公元 67 年的秋天，尼禄到了柯林斯，不仅准备在这里开凿一条运河，借以解决从东方去希腊绕行斯巴达的困难，然而这项工程直到帝国灭亡也没完成。直到 1893 年运河才开通。而且在 11 月 28 日他在柯林斯的伊斯特米亚赛会上，全场观众对他进行欢呼。他心花怒放情不自禁地宣布，此后不仅是雅典、斯巴达，而且包括整个南希腊的税赋都将全部免除。这在帝国历史上是破天荒的事，等同于宣布给予南希腊伯罗奔尼撒、阿凯亚相当于现代自治区的地位。

这项心血来潮的宣布，使得元老院保守的贵族惊慌失措，而在此前尚没有任何一个这样大的地区获得这样的恩赐。尼禄对于民众欢呼的答词，历史上没有记载，但是在 1888 年出土的卡尔狄察的石碑上记载了这篇简短而优美的即兴演说：

希腊人！——我将要给你们的是一件你们意想不到的礼物——除非你们不能从我对你们的善意里期望任何东西。是的，这是你们永远不会有勇气要求的一件礼物。希腊人！你们住在阿凯亚和伯罗奔尼撒的人们，接受你们的自由和对于帝国一切租税的豁免权吧！这是你们从来没有享受过的自由，因为你们无论对异邦人来说，还是互相来说，都是奴隶。我啊！我希望我把这一礼物赠给你们时希腊仍是繁荣的。那会使我感到更为高兴。我确实因此而对时光心怀不满，因为它走到了我的前面，并且已经把所有的赠赐都消耗掉了。不过现在不是出于怜悯，而是因为我对你们的爱，我才把这一礼物赠送给你们的。我感谢你们的诸神，因为无论是在陆上还是在海上，我始终感到他们对我的照顾，因为是他们使我能对你们做这一件大好事。在先前别的人曾经把自由给予城市，但是只有尼禄解放了一个行省！

因此不久后尼禄被希腊人尊奉为神，他们在城市的主要神殿的宙斯祭坛上刻上这样的字样"永远献给宙斯，我们的解放者即尼禄"；在阿波罗神殿竖起了他的雕像，并称他为"光照希腊人的新太阳"和"唯一爱一切时代的希腊人的人"。

公元 68 年，行吟艺术家罗马皇帝尼禄带着他庞大的艺术团队，和他在希腊各地荣获的 1808 个奖项胜利返回意大利，在那不勒斯海港登陆，再去了他的出生地安提乌姆，最后到达罗马。面对获得如此众多的奖项的帝国元首，罗马城举办了盛大的欢迎仪式，更是一次胜利的凯旋式。走在游行最前列的，是戴着皇帝在希腊获得的一千八百零八个花环的人们，在他们的后面的另一支扈卫大军高举着牌子，上面写明比赛的名称和性质，牌子的最后都写着"尼禄·恺撒在这一比赛中取得了胜利，他是有史以来获得此项胜利的第一位罗马人"。将尼禄在竞技表演中获胜当成了攻城略地的战争胜利，这在罗马历史上是首次，显得很有艺术创意。

走在凯旋大军中间的则是满面笑容的尼禄，他红光焕发地向他的子民挥手致意。他穿着饰以金星的紫色外袍，手持佩提亚赛会上所得的花环。乘坐着过去奥古斯都皇帝在军事凯旋时用的黄金战车，坐在他身边的是世界上最好的竖琴手狄奥多鲁斯。在他身后的则是他的啦啦队和近卫军。

整个元老院在罗马广场欢迎他，从那里又和他一起去了卡比托利欧山的朱庇特神庙。街道饰以彩带花环，撒上番红花，成千上万只香炉冒出带香味的云雾。群众高呼"奥林匹亚优胜者万岁！佩提亚优胜者万岁！赫丘利斯神尼禄万岁！阿波罗神尼禄万岁！我们全国的胜利者，自有时间以来唯一的胜利者！奥古斯都！神圣的嗓音！听到它有福了！"至于当时发出的欢呼声是群众自发的还是谄媚者的有组织行为，尼禄全不知晓。对于这些谄媚后面所隐藏的巨大陷阱和表面流金溢彩掩盖的巨大危机更是茫然无知。

欢迎仪式结束后，他去了尚未完全竣工的金宫，在参观金宫时，他说"这里才是适应他尊贵身份的居住之处"。马屁精们早已在他居住的房间把他获得的一千八百多份奖品挂得满满当当，使他置身于荣誉的汪洋大海中得意洋洋，深感陶醉而不可自拔。

次日，这些奖品又被悬挂在赛马场的埃及方尖碑上。在此后的几天里，他在这里参加了不同的车赛，再次接受民众的狂热欢呼。他完全陶醉在胜利的喜悦中。罗马民众也习惯于这些大而无当的群体性狂欢，象征着帝国的繁荣昌盛和国泰民安。

公元 68 年 3 月初，他返回那不勒斯海湾的行宫。然而，乐极生悲，悲剧很快赶上他的喜剧。里昂的高卢总督尤里乌斯·维恩德克斯（Julius Vindex）宣布高卢独立，并发出声讨暴君尼禄的檄文。当尼禄悬赏 250 万塞斯特斯要取叛军头目的首级时，维恩德克斯同样给出赏金取尼禄首级。正当尼禄调动兵马准备派兵镇压时，驻扎西班牙的罗马军团司令伽尔巴（Galba）起兵响应维恩德克斯的号召，加入反叛队伍；紧接着葡萄牙总督、波庇娅的前夫、他当年的狐朋狗友奥托也加入叛军行列，尼禄已经陷入众叛亲离四面楚歌的声讨中，几路大军正准备聚集在一起向罗马推进。元老院听说禁卫军准备背弃尼禄另寻出路时，决定提名伽尔巴为罗马新的皇帝，暴君尼禄被宣布为"国家公敌"。此刻的尼禄大势已去。

公元 68 年 6 月 8 日的中午，正在金宫用午餐的尼禄接到军队暴动和他被元老院罢黜的消息，他把急件撕得粉碎，掀翻了餐桌，砸碎了他最心爱的两只用水晶刻有荷马史诗图案被称为"荷马杯"的酒杯。失魂落魄的他怀揣着一小盒毒药仓皇出逃，准备去罗马南郊的塞尔维乌斯花园躲避。在那里他派出最忠实的释奴前往奥斯提亚港准备船只，企图潜逃海外避难。他力图说服近卫军长官宁菲狄斯·萨比努斯和百夫长同他一起逃走，但是遭到公开拒绝或者相互推诿。

一贯低眉顺眼媚态可掬的宁菲狄斯甚至冷酷无情地对尼禄喊道："难道死有那么可悲吗？"一时间他的脑海翻江倒海，到底是投台伯河自杀，还是逃到帕提亚或者到伽尔巴军营中乞求宽恕，他甚至想换上黑色长袍去罗马广场的讲坛可怜地乞求人民宽恕，获取一个埃及总督的职位。后来人们在他文件匣中发现这篇讲话稿，但是他又生怕愤怒的公众把他撕碎而没敢去。就这样他在恍惚中进入梦乡，半夜醒来发现身边的禁卫军士兵全部不知了去向。甚至连他贴身的侍从也带着装有毒药的小匣子不知了去向。于是他喊道："难道我既没有朋友，也没有敌人了吗？"他决定先找一个隐居之处，再考虑今后的出路，他赤着脚，穿着内衣，披着一件破旧的斗篷，用纱巾蒙着脸，在四名仆人的伴随下，逃到了释奴法昂在城郊的一处别墅。突然他被一阵霹雳闪电吓得魂不附体，远处传来附近军营里士兵的呐喊声。

伽尔巴的军队已经占领了罗马。他命人在他面前为他挖一个埋葬他的墓穴，当一切准备就绪后，他开始痛哭流涕，一再喃喃自语地说："多么伟大的艺术家就要死了。"

正在他犹豫不决时，一个信使将一封信交给了法昂，尼禄抢过来就读，信中说元老院通过一项决议，宣告按照普通罪犯处死尼禄。他将要被剥光衣服，绑在树桩上，再用鞭子抽打。最初听到宣判时，尼禄曾决定自杀了事，但他又不能鼓起勇气。只是当他听到来抓捕他的禁卫军马蹄声时，他才最后操起一把短剑。即使这般他依然贪生怕死下不了了断的决心，死前他吟诵了荷马的一行诗：

"神速的战马声音冲进了我的双耳！"

接着又说道

"朱庇特，世界失去了一位怎样的艺术家啊！"

最后在侍从的协助下，他才把短剑刺进了喉咙。这一天，正是屋大维娅被迫自杀的忌日，尼禄享年三十一岁。伽尔巴用于安葬尼禄的费用为20万塞斯特斯。他身穿白色绣金袍服被火化，骨灰由他的两个保姆存放，没有被葬进奥古斯都陵墓，而是和他情妇阿克特合葬在他父亲阿埃诺巴尔布斯·多米提乌斯家族园林山墓园，从马尔斯广场可见。墓中骨灰瓮是红色大理石的，上面建有白色大理石祭坛。四周围有以萨索斯石料的栏杆。

对于尼禄的自杀，罗马从上到下的情感是不同的，元老、人民和卫戍士兵包括所有的军团将领之间都有不同的反应，因为伽尔巴是第一个在罗马之外被宣布为皇帝的人。

塔西佗说：

由于帝国的秘密现在已经被揭露出来：在外地可以同罗马一样地拥立皇帝。元老们皆大欢喜，他们自然立刻便充分利用了他们的自由，因为他们必须对付还没有到来的一个新皇帝。骑士阶级中的首要人物几乎和元老同样高兴。普通人民中间有身份的那一部分，以及依附名门大族的人，那些被判罪和被流放的人的食客和被释放奴隶，又有了希望。沉湎于赛马和看戏的最下层的阶级以及跟他们一起的最卑贱奴隶，还有浪费掉自己财产之后，竟然可耻地仰仗尼禄赏赐为生的那些人，则感到垂头丧气，并且急不可耐地打听着每一个消息。

很多人对于尼禄的死感到高兴，头上戴着自由帽的市民在罗马街头到处乱跑。但有更多的人哀悼他，因为他过去对贫民慷慨正如对贵人的苛刻一样，人们热衷听信谣言尼禄并没有死，正在率领军队向罗马进军，随时准备复辟。当他们确信他已经死亡，数月之内在他的墓前都堆满着祭奠的鲜花，毕竟他生前的歌声和竞赛场地的英姿都是栩栩如生的，是留在罗马民众脑海之中抹不去的记忆，因为在帝国历史上，从来没有一位皇帝能够放下尊严与民同乐，给人民带来诸多的欢笑。

第二章
乱世帝王的短暂春秋

揭竿而起的行省总督

同奥古斯都和李维娅家族有着亲缘关系的尤里乌斯－克劳狄王朝延续到尼禄便打上了句号。从此，"奥古斯都"和"恺撒"只成为罗马皇帝的虚衔，而无实际的血缘承嗣意味。例如在拜占庭的东罗马帝国覆灭以后，以第三罗马帝国自居的俄罗斯罗曼诺夫王朝所自称的"沙皇"，亦即斯拉夫语"恺撒"的意思——这一帝国霸权传统后来也被彼得大帝、叶卡捷琳娜二世等强势帝王和历代沙皇所传承。

皇位的虚悬，必然引得诸方藩镇豪强的觊觎和争夺。根据古罗马流行的动物占卜学的显示：恺撒王朝到尼禄为止的终结，天象谶语是早有预测的。公元前 38 年，李维娅和奥古斯都举行婚礼之后，返回自己在弗拉米尼大道第十英里处的维伊庄园。庄园建立在台伯河畔的悬崖上，靠近进入罗马的第一门附近。途中老鹰捕获一只口衔桂树嫩枝的白母鸡迅速掠过她所乘坐的肩舆的上空。突然那只飞翔的老鹰俯冲下来，将口中叼的母鸡和桂枝抛在她穿着豪华礼服的裙装膝盖处，这似乎也是某种天降祥瑞的征兆，罗马贵族笃信这种代表诸神意志的天意，或者这干脆就是尤里乌斯－克劳狄乌斯家族的糊弄百姓的编造，象征着某种君权神授的圣化。

李维娅决定喂养这只白母鸡和栽活那根桂树枝。母鸡在庄园内孵化了一窝小鸡，而栽种在别墅边界的月桂树则长得枝繁叶茂。随着时间的流逝，李维娅对奥古斯都的影响力日益增强。大多数的罗马人开始意识到这段神话传说的寓意所在："她注定要让手握大权的奥古斯都折服在自己的石榴裙下，令他一直服从于她。"但对某些人来说，那些神秘吐艳的月桂丛别有深意。月桂不是普通草木，闪电无法击倒它；它的树叶在被烟熏后可用来给伤口消毒；它与阿波罗有着神圣联系。所有这一切令它成为奥古斯都完美的象征。

公元前 27 年，元老院赐予屋大维"奥古斯都"这个神圣的名讳时，就曾规定要用月桂枝公开装饰他帕拉蒂尼山的住宅。那母鸡繁衍了鸡雏，所以后来这栋别墅被称为"鸡场"。同样桂树枝也繁衍成林。很快，其他人再披戴月桂枝条似乎就天理难容了。皇帝们举行凯旋式，总要从那里采摘枝条，编织成桂冠戴在头上，手拿一根桂树枝象征至高荣誉和神圣权力。凯旋者们习惯立即在原地载上新的树枝。人们发现，每当一名皇帝临死，他所栽的树就枯萎了。

如今，尼禄在位的最后一年，整个树丛连根都已经腐烂了，那里养的所有母鸡也全都死光了。神圣尤里乌斯·恺撒神庙遭到雷击以后，所有塑像的头同时掉下来，奥古斯都的枝杖也从他的手中脱落。这些象征家族兴旺的祥瑞完全失去了往日的气象。其中的寓意再深刻不过，意味着尤里乌斯－克劳狄王朝的败亡。

尼禄陷于绝望的处境，他打算逃到埃及去避难，禁卫军统领宁菲获斯·萨比努斯（Nymphidius Sabinus）认为他已经开溜，就与同僚泰吉利努斯（Tigellinus）说服军队拥戴伽尔巴登基，成为罗马新的皇帝。他们提出的条件是内廷卫队和禁卫军每人犒赏 7500 德拉克马，其余驻外军团士兵是 1250 德拉克马。（注：普鲁塔克此处使用的是希腊货币单位德拉克马，而不是罗马货币单位塞斯苏斯。）这等同于当年禁卫军将克劳狄乌斯皇帝推上宝座的金钱贿买军心的手段如出一辙，这是一项巨大的开支，在国库空虚的情况下，新的统治者只能采取比尼禄更加残酷和暴虐的手段才能在民众头上搜刮财富，去收买军队的效忠，民心也就在日益严重的盘剥和搜刮中渐渐丧失，民众的不满情绪在蔓延。等到双方条件谈妥，元老院公开支持禁卫军很快就将丧尽人心的尼禄送进了坟墓，为新皇帝的登基扫平了道路。

苏尔庇基乌斯·伽尔巴（Sulpicius Galba）于公元 3 年 12 月 24 日出生于罗马显赫的塞尔维乌斯家族，一直享受着与生俱来的荣华和富贵，属于罗马高层顶级富豪俱乐部的成员。这个家族开始出名是在公元前 150—前 140 年担任执政官的塞尔维乌斯·伽尔巴时代开始的，因为这位共和时代老祖宗既是行政、军事高官，又是罗马最雄辩的演说家，他的演说天赋得到西塞罗的赞扬。在担任西班牙总督期间，他还挑起了和当地维利阿图斯的战争，背信弃义一气屠杀了 3000 名路斯塔利亚的反抗者。他的孙子塞尔维乌斯·苏尔庇基乌斯·伽尔巴，是共和国公元前 54 年的大法官，曾经担任过恺撒的副将，他很希望自己能够担任公元前 49 年的执政官，但是因为恺撒的阻挠未能如愿。一气之下，他参加了布鲁图斯和卡西乌斯阵营，并搅和进了刺杀恺撒的团伙，后被判处死刑。

伽尔巴的祖父担任过共和国的大法官，虽然是一个驼子，但却是一个著名的历史学家，因其才华出众，受到征服希腊科林斯城罗马名将卢基乌斯·卡图卢斯的曾孙女李维娅·奥奇林娜的狂热追求。老伽尔巴耐不住名门闺秀李维娅苦苦追求，不得已只能脱下自己的长袍，证明自己身体确有残疾，是一个不折不扣的驼子。但是这位名门闺秀不只欣赏驼子的才华，反而对驼子坦率的品格赞赏有加，两人终于喜结连理。这样伽尔巴的祖父拐弯抹角地成为李维娅家族的女婿。父亲盖乌斯·苏尔庇基乌斯·伽尔巴曾经是帝国公元前 5 年的执政官。

可以说帝国的第五代皇帝伽尔巴是罗马共和国时期累代簪缨之族权贵公子，是含着金钥匙出生的幸运儿，出生后又被奥古斯都第三任妻子权势熏天的李维娅收养，并将自己的首名用卢基乌斯代替了塞尔维乌斯。这使他和所有高层贵族子弟一样近水楼台先得月，他自幼就有条件跻身于帝国元首的家庭之中，这一点对讲究血统的罗马高层社会十分重要，也是他在奥古斯都帝国仕途畅达的先决条件。因为这个家族的子孙，后来陆续都成为帝国的最高统治者，如提比略、克劳狄乌斯、卡里古拉、尼禄都是他从小在帕拉蒂尼山宫殿中一起玩大的发小。他也就有机会在这些龙虎之辈中脱颖而出，成为帝国历史上第一个异姓皇帝。

当小伽尔巴与元首家族的孩子一起向奥古斯都问安的时候，开始进入了第一公民的视野，成为最高统治者圈子里的人。奥古斯都曾经捏着他的脸蛋说："将来你也会尝到我的权力的滋味。"提比略曾经在占星师特拉叙努斯的点拨下，预测到伽尔巴将在晚年担任罗马帝国的皇帝时说："好哇，让他活下去吧，那时他同我们已经毫无关系了。"

基于李维娅母子的关系，伽尔巴曾经在公元 33 年提比略时代担任征服日尔曼罗马军团副总司令期间表现突出，被提比略皇帝任命为代理执政官，出任利比亚（Libiya）总督，获得了极少人可以得到的荣誉。在军靴皇帝卡里古拉执政期间，他被指定接任盖图尼库斯担任日尔曼总督，粉碎盖图尼库斯的兵变阴谋，负责整顿军备，迅速阻止已经入侵的高卢蛮族。当卡里古拉到来时，伽尔巴表现出色，他手持盾牌指挥野战演习，跟着皇帝的战车徒步跑了20多里路，在各行省赶来集结的军队面前，军靴皇帝当众对他大加夸奖。

当小军靴被杀的消息传出后，很多人鼓动他利用这一机会起兵问鼎中枢皇位，但是他选择了帝国的政治稳定，拥戴皇叔克劳狄乌斯担任帝国元首。从此，他成为克劳狄的莫逆之交，受到重用，公元45年出任帝国直属行省阿非利加总督，负责整顿由于内部摩擦和蛮族起义搞乱的行省秩序。鉴于他在治理日尔曼和阿非利加的业绩，他获得了身穿凯旋仪式服饰的荣誉，并担任三个祭司的职务，成为十五人祭司团成员。在尼禄统治时期，他大部分时间处于隐居状态，有时带着百万塞斯特斯提乌斯的黄金副车在各省周游，似乎已经对朝政失去了兴趣，玩弄韬晦之计，以图苟全性命于乱世。

公元60年，他在旅经丰迪城时，被尼禄任命为塔拉科西班牙总督，断断续续统治这个行省八年，手中握有驻扎在利比里亚半岛的三个军团的实力。这时，尼禄的政权岌岌可危，他却不动声色地潜伏爪牙等待时机，以问鼎中枢最高权力。

伽尔巴关心文艺，尤其擅长法律。在家庭中还是一个颇具责任心，情感始终如一的暖男。他的妻子雷必达给他生了两个孩子后去世，他一直过着独身生活，任何建议都不能诱使他另娶新欢。

由于久处高层，长期参与帝国统治的运营，对于奥古斯都创建的独裁体制运作方式看得非常透彻明了，因而在王朝末期，当提比略到尼禄这一路的政权演变越发腐化堕落到了无以复加的地步时，他在西班牙行省对于来自帝国中央的倒行逆施横征暴敛行为，基本就是敷衍搪塞，不再认真地贯彻尼禄中央政府的指示，只是十分消极地躺平应付。普鲁塔克记载：

尼禄那些无恶不作的爪牙用野蛮和残酷的手段，将行省骚扰得神鬼不安，伽尔巴除了向受害者表达同情之心，对于吃了官司因而倾家荡产或者判刑确定发售为奴的人们，让他们稍稍获得仅有的安慰以外，可以说是毫无一点办法能够对这些可怜的市民施以援手。等到讽刺尼禄的诗文到处流传，谩骂的歌谣四乡可闻，他不仅没有禁止，也不会对尼禄的鹰犬装出一副义愤填膺的态度，这样一来更能使他获得民众的关爱。

这位资深的西班牙总督在关键时刻实施的"躺平"政策，在尼禄一朝特务遍布的行省，实际就是一种对于民间反抗力量怂恿和支持，就是对于尼禄统治的不满，只是不便明说，他只是在暗中静静观察朝中局势的变化，静静地等候一声春雷的爆响，帝国改朝换代的时机到来。

等到公元68年，高卢总督尤里乌斯·维恩德克斯（Julius Vindex）揭竿而起，高举反尼禄的大旗领兵造反的时候，伽尔巴曾经接到维恩德克斯的密信，约定同时举兵反抗尼禄暴政，因为这位高卢总督虽然号称可以动员十万高卢人共同声讨尼禄，但是实际可以运用的兵力只有两个支队共1000名士兵，力量远逊于尼禄，甚至根本不能和伽尔巴所拥有的兵员实力相比。只有联系伽尔巴和葡萄牙总督奥托共同抗暴才有成功的可能。按照家世和血统三人中唯有伽尔巴和皇室靠得更近些，因为他毕竟拥有国母李维娅义子的身份。

然而，老谋深算的伽尔巴却是不置可否地采取模糊策略，继续迷惑尼禄，也不对叛乱的高卢明确表态，但是他并没有对尼禄告发维恩德克斯的大逆不道行为，也即是留有后手地只是坐山观虎斗，在骑墙中等待两败俱伤后坐收渔翁之利。

但是在私底下伽尔巴和他的幕僚讨论过此事，有人主张暂时等待时机，看看罗马下一步有何动静再伺机而为。此时，关键人物他的副将也是皇帝禁卫军派驻西班牙的支队长提图斯·维纽斯说出石破天惊的一番话来，使得他下了反叛尼禄的决心。因为此公是驻军中一言九鼎的人物，肩负着监督当地军政官员的任务，自己手中也掌握着一支不可小觑的禁卫军支队，他的表态至关重要。他说："伽尔巴，谈起我们是否应该对尼禄保持忠诚之心，事到如今还有什么可以供讨论的？如果我们将尼禄视为仇敌，那就得去帮助维恩德克斯；否则就立刻谴责这个叛贼，挥军去攻打他。现在人们把尼禄当成人人得而可诛杀的僭主，不如您老人家出山去充当罗马人的君王。"此意正中伽尔巴的下怀。得到了禁卫军的支持，他可以放手起来造反，义正辞严地声讨暴君尼禄了，因为他是行省中掌握军队最多的总督。

　　伽尔巴接受了维纽斯的建议，发布命令在指定的日期内，根据个人的意愿解除了对罗马君主效忠的誓言，他在驻节的首府登坛动员民众宣布造反，准备杀向罗马。此时他的大批部属已经涌入他的府邸迫不及待地称呼他为帝国皇帝，逼着他接受这个头衔。他当时已经是72岁高龄了。伽尔巴选择了一座城堡作为战争的据点，在加固这座城堡的时候竟然意外发现一个古代制作的指环，指环上雕刻着胜利女神图案和战利品。此后不久，一艘来自埃及亚历山大里亚的船，满载着武器驶入戴尔多萨港，船上既没有舵手也没有海员更没有乘客，一切迹象都显示出这是对这场即将展开的声讨暴君的神圣正义之战的支持，这莫不是诸神对他的关爱和保护。但是，当他的两个骑兵大队之一表示后悔背叛自己誓言参与反对尼禄的行动时，伽尔巴即使走进军营再次进行煽动，也难以阻止骑兵们的反悔。尼禄的一名释奴甚至不怀好意地送给他一批奴隶，这些人差点把他杀死在通往浴室的小路上。因为他在途中偶尔听到了他们之间心怀叵测密谋行刺他的对话，他及时布置警卫把他们拿下，在严刑拷问下，这些家伙招认了企图刺杀总督的密谋。

　　除了这些身边人埋藏的风险外，他的共谋者高卢总督维恩德克斯在上日尔曼军团的总指挥弗吉纽斯挥兵平叛中也突然被击败，很快病死在征途中。这些都使他十分震惊，他感觉一切似乎还没有开始就完了，他准备自杀。就在这时，他在罗马的老朋友释奴伊凯努斯专程从罗马赶来传递了尼禄被元老院处决的信息，全体人民都拥戴他成为罗马皇帝的喜讯。于是他卸任总督一职，欣然接受"恺撒"的头衔。他脱下托加袍，换上银制铠甲，全副武装，刻意将磨得雪亮的匕首吊在胸甲之前，雄赳赳气昂昂地率领一个军团、两个骑兵大队、三个步兵方队和西班牙辅助部队向罗马进军，并向各个行省发布通告，要求他们加入他的团队共襄帝国大业。

首先得到了卢西塔尼亚行省（葡萄牙）总督奥托的响应。虽然这位地处帝国天涯海角的行省的总督只有区区一个中队的守备部队，加上临时征召的葡萄牙本地人作为辅助部队，不过千把人的武装力量，但是毕竟是第一个行省总督的响应，有着巨大的感召力，而且作为尼禄皇帝早年在皇宫的玩伴，他在罗马有着广泛的人脉。这等同于如虎添翼，他们准备联手大干一番，再创帝国辉煌。

伽尔巴中等身材，头顶光秃，长着一双深蓝色的眼睛和鹰钩鼻子，满脸皱纹，一副饱经风霜的样子。在他的身体后侧还长了一个下垂的长长肉瘤，用绷带都难以兜住，可以说面貌丑陋，行动迟缓。手脚因为患有严重的痛风病而扭曲，脚不能长时间穿鞋，手不能翻弄或者擎拿书籍，平时出行全靠乘坐肩舆，更难以骑马打仗。他的痛风完全是因为贪吃所造成的。他的食量实在惊人，甚至习惯于尚未天亮就开始吃喝。午餐更是丰盛而惊人，以至于面前多余的饭菜成堆，他命人把这些剩余的饭菜，端往各处分赐给伺候他的人。

塔西佗对伽尔巴的评价比较客观：

他出生于古老的贵族之家，拥有大量的财富。伽尔巴本人的才具中常，缺点不多，但也没有什么德行可言。他注意自己的声誉，但是不吹嘘自己。他并不贪求别人的财产；他生平自奉甚俭，对国家的钱财却颇吝啬。他在发现他的朋友和被释放奴隶为人诚实时，对他们仁慈而宽厚；如果他们不诚实，他就任性而不顾一切。但是他的高贵出身和时代所引起的恐怖掩盖了真实情况，以至于人们把实际上的懒散说成了智慧。

在罗马处于改朝换代的乱世中，恰恰伽尔巴处于各省诸侯军事实力的顶峰，加上高贵的血统以及和奥古斯都家族接近的人脉，他理所当然地在诸雄的纷争中应运而起，最积极的当然是他的身边人——宠臣和释奴。因为他们的进言献策可以建立拥戴之功而攫取新朝创立后的权力和利益。所谓罗马的公民大会和元老院的任命基本是根据各路诸侯的军事实力而走过场的某种形式，来确立皇权的合法性。因而，在现实功利的驱动下，伽尔巴的臣属反而比他本人更加积极主动，就如同当年宋太祖的黄袍加身有着表面上的被动被推上皇位，其实只是部下们揣摩主子脸色迎合主子野心或者干脆就是主子授意的结果，伽尔巴就是这样半推半就地通过维纽斯勾结首都罗马禁卫军头目宁菲荻斯做成了这笔权钱交易，只是后来事成之后，出于秉性的吝啬伽尔巴撕毁了契约，不兑现承诺给予辅助他登基的禁卫军应得的钱财，才引来了杀身之祸。

罗马的政局依然处在扑朔迷离的混乱之中，皇帝尼禄究竟有没有死？各种混乱的信息都有，因为显然伽尔巴不愿意不经元老院和公民大会批准擅自登基僭用帝号。状况不明，开始给伽尔巴带来很大困扰，等到驻扎在高卢的上日尔曼军团的总指挥弗吉纽斯·鲁弗斯（Virginius Rufus）和高卢总督维恩德克斯的叛军进行了一次会战，高卢总督的2万叛军被全歼后，局势开始明朗化。

尼禄已经在公元68年的6月9日被诛杀，禁卫军支队长提图斯·维纽斯通过他的耳目带来了准确信息：元老院正式批准伽尔巴担任罗马帝国元首。维纽斯首先带领他的禁卫军分队前来觐见新皇表示效忠。出身骑士阶层的维纽斯，曾经担任过纳尔波高卢总督，是个人品极差的人物，曾经在克劳狄乌斯皇帝举行的宴会上公然偷窃皇家使用的金质酒杯被察觉，在第二天的晚宴上克劳狄专门换上陶制酒杯供他使用，并未对其深究，皇帝的谴责非常温和且带有喜剧般的嘲讽色彩，因为他在纳尔波总督任上的统治还算公正而严格，后来他被提拔成为伽尔巴在西班牙的副手，此番因为拥戴有功成为伽尔巴的首席大臣。塔西佗评价他"勇敢、狡猾、干练，时而缺德、时而有德，那要看他当时的意向如何。"同时获得重用还有伽尔巴释奴——那位给他送信的伊凯努斯。伽尔巴不仅赐予他金指环，还将他的名字改为马西阿努斯（Marcianus），命他统管所有释奴，成立自己的警卫部队首领。

在挥师罗马之前，伽尔巴在西班牙举行了誓师大会，精心布置了会场，讲台上安置了所有受到尼禄迫害死难人士的画像，并宣布要释放一批奴隶，专门安排了一位贵族出生遭受流放归来的男孩，声泪俱下地声讨尼禄迫害人权的滔天罪行，赢得民众的同情心。他开始悲天悯人地发表演讲，当他被民众欢呼为皇帝的时候，他宣布说自己只是罗马元老院和人民的代表，根据诸神的意志去安定帝国动乱不已的社会，还帝国一个稳定的局面。然后宣布闭会，开始招兵买马，向首都进军。

弗吉纽斯根据尼禄的命令率部取得战胜维恩德克斯的大捷之后，帝国实际上就成了他唾手可得的囊中之物，他如果没有充当最高统治者的野心，权力将可能重回尼禄之手。因为目前的弗吉纽斯除了指挥帝国实力最强大的军队外，他的头上还套上了击败维恩德克斯叛军的荣誉光环，同时他还坐拥镇压蛮族造反征服高卢全境的功勋，使其在日尔曼军团拥有无与伦比的威望，如果拥兵自重，胁迫元老院的承认，登上皇帝宝座实在是易如反掌。但是老将军就是个具有骑士风度的罗马本色军人，他是德高望重的君子型军政官员。也许是看透了帝国官场尔虞我诈相互倾轧的本质，多次婉拒了部下劝进登基的请求，他全心全意实实在在地接受并支持元老院的议决，在尼禄被处决后，诚意拥戴伽尔巴为帝国新的元首。

伽尔巴开始不急不慢地向罗马进军，进军途中弗吉纽斯专程在高卢边境迎接伽尔巴，并陪同他进入他的总督行辕所在地纳尔波市。伽尔巴对他的归顺深表欣慰，准备委以重任。由于提图斯·维纽斯等人对他的猜忌，劝阻伽尔巴对这位功高盖世的将军不予重用，认为卧榻之旁岂容猛虎酣睡，不如打发他老人家致仕退休养老。此时达天命之年的老将军弗吉纽斯早已经看淡了功名利禄，也看透了伽尔巴身边那班谄媚小人的嘴脸，准备抽身退步回家乡颐养天年了。普鲁塔克也认为，这对于他也许是个幸运的选择，没有在以后伽尔巴被奥托谋害的政治风波中遭遇杀身之祸，得以全身而退。安享晚年，端赖他明智地及时选择功成身退，没有卷入风云诡谲的宫廷权斗。

按照帝国军政体制，驻扎在莱茵河流域的日尔曼军团分为上下两支，原由弗吉纽斯·鲁弗斯率领的上日尔曼军团重点防御的对象，是高卢蛮族的造反和对帝国的侵扰。现在弗吉纽斯表示归顺后，伽尔巴立即委派了年已54岁高龄的弗拉库斯·贺迪纽斯（Flaccus Hordconius）接替了弗吉纽斯的总督职位，弗吉纽斯爽快地交出了军队，回家养老去了。按照塔西伦的记载："弗拉库斯由于年龄衰老，痛风腿瘸，失去了工作能力，他既没有勇气，又没有威信。甚至在士兵平静无事的时候，他都没有能力控制部队。士兵们一旦被激怒，他那软弱无力的限制只能使他们更加愤慨。"可以说，弗拉库斯是一位能力差身体羸弱缺少威望的军政长官，也许这样的庸才掌握一支强悍的劲旅，才不至于使伽尔巴皇位受到威胁，他才放心地率领着他庞大的军团继续有恃无恐地向首都进军。

　　驻扎在莱茵河下游的下日尔曼军团，顾名思义重点防御的就是强悍的日尔曼蛮族对于罗马帝国北部边境的侵扰。上下两支日尔曼军团都负有保境安民攘外安内的重任，因而这两支边防部队的实力都不容小觑，是帝国部署在边境地区的重兵。当首先起兵造反的下日尔曼总督兼兵团司令、忧国忧民的高卢总督尤里乌斯·维恩德克斯在明确表态支持伽尔巴，不幸兵败后，这一重要岗位出现空缺，被伽尔巴手下那些奸佞推荐出任高卢总督兼下日尔曼兵团总指挥的人物，却是个小丑似的政治野心家奥卢斯·维特利乌斯，当然他有着政客世家的高贵出身，本人也因为善于吹牛拍马先后受到卡里古拉、克劳狄乌斯和尼禄的宠幸，并曾经担任过帝国监察官，以从政经历而言，他出任高卢总督还是够格的。在罗马帝国这段混乱的历史上，他和奥托在争夺伽尔巴死后的皇帝宝座时，还有精彩的表演，这是后话，暂时按下不表。

伽尔巴死于禁卫军叛乱

在快要接近纳尔波（Narbo）这座高卢城市时，元老院专程派出代表团前来欢迎伽尔巴，在丧失了对于权力的制约功能后，元老院的权威已经完全堕落为武装力量的附庸，只能对新出现的军阀豪强竭尽谄媚，这使得伽尔巴十分受用。元老对他极尽歌功颂德之能事，希望他尽快挥师进军首都，因为元老和罗马人民已经对他的正式登基，如同天旱盼云霓那般期待很久了。他在途中与前来欢迎他的元老们交谈，显得心平气和彬彬有礼而且平易近人；在设宴款待罗马来的元老宾客时，虽然首都禁卫军头目宁菲获斯已经将尼禄使用的皇家豪华摆设和宫廷仆从全套设施和人员送了过来，他仍然坚持使用自己携带的简朴设施和自己的亲随人员，其余都弃置一边，这使他大获好评。元老们齐声称赞他是识大体顾大局而不贪慕虚荣、自奉节俭的有道君主，罗马帝国一定会在新皇帝的英明领导下，清除暴君留下的创伤，走向复兴等。这使伽尔巴听得舒心惬意，真的以为自己是如同奥古斯都般的中兴君主，更加志得意满。

维纽斯对于伽尔巴放弃豪奢的排场、崇尚节俭的古风十分不以为然，于是开导这位皇帝说：表面的德行高洁，弃绝豪华奢侈的排场，等同普通市民的简朴生活方式，对于登基初期可以用来讨好民众赢得民心。但是，对于伟大君主的长久之计，等同于自我贬低高贵身份，系某种露怯般的自惭形秽，外人看来就是缺乏威仪，对于自己的统治缺乏信心的表现。历史上干大事者都是不拘泥于小节的，而且皇家的排场就相当于区别高低贵贱等级的秩序，是巩固权力、树立权威的必须；等到巩固权力后，应该力求避免这种与皇帝身份不相符的刻意低调和虚伪的谦卑，应该毫不胆怯地利用尼禄留下的财物和皇家排场形式建立帝国皇帝凛然不可侵犯的威严，即便是宴饮也要彰显皇家的气派，有自信心的天下共主，心中完全不必存在对于民意的忌惮和畏惧。普鲁塔克说："从各个方面可以逐渐看出来，这位花甲老人对于维纽斯已经言听计从。"

　　他身边得到宠幸的除了他的副将新近提拔国务顾问维纽斯之外，还有新任禁卫军统领科尔涅乌斯·拉科以及释奴总管伊凯努斯，虽然赢得了伽尔巴授予的金指环和马尔其阿努斯的尊号，但是伊凯努斯还希望获得骑士的最高等级禁卫军长官的职位。这三个人同他一起住在宫中，几乎形影不离。年老昏聩的伽尔巴对这三位几乎是言听计从。

　　伽尔巴不紧不慢地带着部队慢悠悠地向罗马挺进，除了身体上原因，即腿脚不够灵便痛风时常发作，不可能骑马驰骋，只能坐着肩舆由扈卫抬着走，另外他也在观察着各路诸侯也即手握重兵的那些行省总督对于他继位的表态。按照塔西佗的表述：

　　伽尔巴身体衰弱，年纪也老了。他的威信就毁在世界上最坏的人提图斯·维纽斯和世界上最懒的人科尔涅利乌斯·拉科两人手中。因为人们对提图斯的罪行和对科尔涅利乌斯的昏昏沉沉作风的嘲骂，都只能由伽尔巴来承担。伽尔巴前来罗马的速度十分缓慢，并且伴随着血腥的罪行：当选而未就职的执政官钦格尼乌斯·瓦罗和先前担任执政官的佩特罗尼乌斯·图尔披里亚努斯被处死了。

　　这两个人曾经被尼禄选拔出来参与对维恩德克斯和伽尔巴作战的将领，他们未经陪审团审判，没有得到辩护的机会，就被宣布处死，人们认为他们死得冤枉。同时遭到杀害的还有成千上万手无寸铁的士兵。在伽尔巴尚未进入首都之前就制造流血事件，被认为是十分不吉利的事情，这件事情甚至引起屠杀者本身的恐惧，参与屠杀的都是伽尔巴从西班牙调来的军团，主要是他的两个骑兵大队。

　　罗马城几乎成了一个编制混乱的军营，除了伽尔巴的西班牙军团外，还有尼禄原先从海军征募来的一个兵团，此外还有从日尔曼、不列颠和伊里利库姆调来的许多部队，这些部队同样都是经尼禄选拔准备对阿尔巴尼人进行战役的部队，因为维恩德克斯的反叛，他们被召回准备镇压那些和维恩德克斯一起图谋不轨的人，如伽尔巴和奥托等人，伽尔巴对原尼禄将领及其部队的屠杀给他们造成恐惧，这些都是可能点燃政变之火的火星，是稍有不慎就有可能烧向伽尔巴政权的潜在危险因素。当士兵们无意拥戴任何特定人物时候，他们是准备为任何一个敢于挑头造反的势力效劳的。

此外，罗马城里也并不平静，主要是手握重兵的禁卫军团和罗马卫戍部队动向。尤其是禁卫军统领宁菲获斯·萨比努斯的动向，这也是一个有着问鼎皇帝宝座野心勃勃，而又自我感觉良好的家伙。这家伙早已派出心腹爪牙杰利阿努斯前往西班牙侦察伽尔巴的一举一动，不断有情报送到罗马的禁卫军统帅部。维纽斯成为伽尔巴的心腹宠臣和科尔涅利乌斯·拉科被任命为宫廷禁卫军统领，使得他妒火中烧愤愤不平。这时宁菲获斯开始召集他的部下军官进行游说，称赞伽尔巴是个心地善良的长者，因为受到维纽斯和拉科的误导，无法按照自己的意愿行事。他从禁卫军派出代表去觐见伽尔巴，希望皇帝能够在进入罗马之前能够解除这两个家伙的职务，这样在皇帝到达首都之后就会受到全体禁卫军的衷心拥戴和热烈欢迎。

当然，宁菲获斯这些近乎威胁的言辞以及对于皇帝人事安排指手画脚，对于一个久经战阵长期戍边经验老道的将军看来，显然是荒谬而无礼的僭越行为，这个不知天高地厚的家伙必须予以翦除。

按照塔西佗的记载：罗马的禁卫军长期以来习惯于向皇帝宣誓效忠，他们之背弃尼禄与其说出自于本人的意愿，不如说是受到别人施加的巧妙压力。但是他们现在看到过去以伽尔巴的名义承诺给他们的赏赐并没有兑现；看到了和平时期他们没有大显身手获得丰厚赏赐的机会；看到追随伽尔巴前来的军团士兵都已经从他们拥立的皇帝的手中取得了不少好处，于是本来支持政变的士兵在禁卫军长官宁菲获斯的煽动下开始动摇。当宁菲获斯发现自己并没有得到伽尔巴应有的赏识时，开始鼓动禁卫军向元老院陈情拥立自己当皇帝。最后他决定在午夜时分，带领自己的亲信闯入禁卫军营地，煽动士兵拥戴他登基称帝。

但是，他的军事政变阴谋被帝国首席军事护民官安东纽斯·荷若拉都斯（Antonius Honoratus）识破，在傍晚时分护民官将自己手下召集在一起，对自己曾经丧失理性见异思迁地追随宁菲获斯的行为进行了忏悔，并对于宁菲获斯企图通过政变阴谋篡位的行为，进行严厉谴责。他语重心长地对禁卫军官兵们说：

　　虽然尼禄的罪恶使得大家有理由执行弑君的行动，难道伽尔巴同样杀害了他的母亲和发妻，在舞台上和伶人中间羞辱帝国的权势和尊严，使得你们找到背叛他的借口？即使尼禄做了这么多坏事我们还是没有弃他而去，一直到宁菲获斯说服我们，是尼禄要先丢开我们逃到埃及，这才使我们对他死了心，因而我们非要让伽尔巴随尼禄而去，来安慰亡者的阴魂，就像对阿格里皮娜之子（指尼禄）那样，将李维娅家族的成员（指伽尔巴）杀死，好拥戴宁菲狄娅的儿子当皇帝？够了、够了，我们要让宁菲获斯还大家一个公道，不仅可以为尼禄之死报仇，还能用保护伽尔巴来表现我们的忠诚和正直。

　　军事护民官讲完话之后，禁卫军官兵深表赞同，大家表态继续效忠皇帝，绝大多数人均被说服。

　　宁菲获斯听到营区发出响亮口号声，错误地以为是士兵对于他的呼唤，催他去及时阻止那些反对他的家伙，簇拥在他身边的同党们高举着火把随他一起快速向军营进发。宁菲获斯像是梦游病人那样手中紧紧攥着事先精心准备好的讲演稿，在火光的照耀下信心十足地扑向禁卫军营地。他准备向士兵们宣读这份充满激情的讲话稿。等他看到营区的大门紧闭，很多全副武装的人员安置在城墙四周，使他如梦方醒那般打了一个激灵，顿生出某种不祥的恐惧之感。

　　但是，开弓没有回头箭了。宁菲获斯只能硬着头皮走上前去询问道，这么做是什么意思？谁下命令要他们那么严加戒备的？没有人搭理他。军营内却传出一阵欢呼声，大家异口同声地高喊"伽尔巴是他们的皇帝"。接着大批士兵向他包围过来，他知道大事不妙，只能高声附和对方的口号，吩咐他的手下也跟上节奏呼喊同样的口号，以图浑水摸鱼蒙混过关再做打算。他还抱着侥幸的心理，不相信他的那些部下会背叛他。

　　大门的警卫打开大门，允许宁菲获斯带着少数人走进营区。说时迟那时快，一根标枪已经向着他扑面飞来，被他的同党用盾牌挡住了。此刻，他只能抱头鼠窜溜进了士兵居住的木屋，但是未等他开口说话，就被追杀进来的士兵乱刀砍死，临死还紧紧地攥着那份准备登基的演说稿不放。他的尸体迅速被人用铁钩拖了出来，架在城墙外栅栏上，准备第二天公开示众。

伽尔巴听到宁菲荻斯伏诛的消息，马上部署他在城内的代理人对宁菲荻斯同党进行全城大搜捕，不经任何审判形式全部被处决，包括一些民众选举的尼禄政府的高级官吏和资深贵族全部被当成阴谋分子处决。一时罗马城内，充满着刀光剑影和人人自危的恐怖气氛。这些肆意妄为的杀戮，均是违背罗马帝国法治传统的，受到了罗马民众的诟病。伽尔巴皇帝人还未到，屠夫的恶名已经在城内传播。此外，种种有关他的政治谣言也在四处像是瘟疫一样的流行，这些谣言真真假假：西班牙和高卢的一些城市迟迟不肯拥戴他。因为，他向这些城市征收了高额税负，甚至蛮横地撤毁了城墙，并将那里的总督和尼禄的代理人的妻儿统统处死。还传说他把塔拉科城人献给自己的一顶从朱庇特神庙中取来的 15 磅重的金冠熔化了，并要当地官员补交 3 盎司的黄金。这些屠杀和掠夺的罪行，在他进入罗马城之后，都分别得到了证实。

伽尔巴踏着血迹一路浩浩荡荡行进到罗马近郊时，流血事件还在继续增加。送驾的队伍，在大批重新组建的皇家扈卫的簇拥下在离城 25 英里远处发现一大群从四面八方围拢而来的游兵散勇，尽管这些人只是一些没有组织的乌合之众，他们吵吵嚷嚷，并非想要推翻新君，也没有威胁到皇帝安全，而是请愿。这些家伙原来都是尼禄从水兵中临时招募的兵员，为了远征帕提夏的预备军团。他们手持刀剑武装请愿的目的，也只是为了能够落实正规军的待遇，编入正式军队序列，入住正规营房，授予军团的鹰帜。但是，由于他们的突然出现，伽尔巴臆想中的罗马民众提壶携浆以迎王师的壮观场面，被他们的鲁莽行动所搅局，算是黄掉了。驳了皇帝的脸面，得天威震怒。

开始时伽尔巴好言相劝，答应进入首都入主帕拉蒂尼山皇宫后再从容处理这些昏君尼禄留下的问题。但是，这些不知好歹的家伙不断七嘴八舌打断他的话，使得皇帝恼羞成怒，于是大开杀戒。他命令骑兵向他们冲过去，这时水兵们一哄而散，无论是当场还是追逐过程中有数千人被杀，还有一大批人被抓进了监狱。这是一个十分不祥的预兆，新皇帝是带着血腥味踏着满地尸体杀进罗马城的。原来大家把他看成一个身体虚弱的花甲老人，现在他被看成了一个杀人如麻的屠夫，在恐惧的眼神中开始对他敬畏起来。敬鬼神而远之，实际是情感的疏离，原来仁君明君的形象荡然无存，只留下昏君暴君的印象。

等到伽尔巴进入罗马城之后，又接二连三出现错误，不但没有兑现承诺给禁卫军团的奖赏，而且下令解散了从奥古斯都时代就沿用的日尔曼禁卫军团，毫无报酬地想将他们打发回故乡，禁卫军官兵当然不干，于是再抓人杀人，演变成了杀人游戏的恶性循环。

伽尔巴杀进罗马城，入主帕拉蒂尼山宫殿后，他还雄心勃勃地开始了组织体制的改革，打算将元老和骑士的任职期限定为两年，这显然是触动了权贵集团的政治特权，伽尔巴的目的很明显，就是以"选贤任能"的名义限制元老权贵家族的政治野心和经济上贪婪，只把那些他认为政治清廉的元老和骑士任命为内廷行政官员和行省总督以及其他掌管社会经济的官员。这实际上剥夺了公众的民主选举和元老院对于官职任命的操纵。其根本目的还是对于尼禄朝的高官进行清洗，换上自己信得过的人，包括对早已私下授受的那些亲信，一一提拔。

伽尔巴点起的第二把火，烧向过去尼禄身边的亲信高官，甚至包括尼禄宠爱的演员和运动员、艺术家，这些人都曾经得到尼禄的丰厚赏赐。新皇帝在50名骑士的帮助下，开始追索那些巨额赏金，只给每个被赏赐者留下十分之一的金额，其余奖金奖品全部追回。同时规定，如果舞台演员和运动员所得之奖品卖掉了，并把所得资金全部花光了，无力退还，必须索回奖品上缴国库。相反，对于自己朋友和获释的奴隶得到的奖品和奖金却能够任意拍卖和免除税收，造成在执法和奖惩方面的选择性和随意性，引发公众极大的不满。

此外，尼禄朝最臭名昭著的人物都受到了惩处，但是皇帝的老师泰吉利努斯由于私下里通过巨额贿赂买通了伽尔巴的宠臣维纽斯却免于追究责任。禁卫军中许多军官因为被怀疑为宁菲获斯的死党而遭到撤职查办，有的被迫转业还乡，造成了禁卫军将士的普遍恐惧和不满。

怨气最大的是上日尔曼军团，他们在平息维恩德克斯和高卢人叛乱中立下汗马功劳，但是却没有得到伽尔巴当初答应给予的奖励，发现自己受到了皇帝欺骗。因此，公元69年1月1日，伽尔巴在朱庇特神庙宣誓就职时，军团将士不仅拒绝向任何人宣誓效忠，而且还推倒了广场上伽尔巴雕像以发泄不满。军团甚至派出使者带着通知去了禁卫军营地，宣布这位来自西班牙的皇帝不值得他们拥戴，建议禁卫军推举一名全军上下都拥护的人出任国家元首。

此时的伽尔巴只感谢首先拥戴他称帝的维恩德克斯一人，不仅在他病死后，为这位高卢籍总督举办了隆重的葬礼，还授予他手下追随他造反的高卢人罗马公民权，以示皇帝恩典。这使得曾经与高卢军团浴血奋战的上日尔曼军团将士更加不满，等同于火上浇油，最终干柴烈火被点燃烧向了伽尔巴的宝座。

这些矛盾的长期积累总有爆发的时候，罗马高层的形势已经危若累卵，随时可能引发火山爆发式的权力更迭。然而，年老昏聩的伽尔巴却错误地认为是自己年老体弱，身边无子，缺少合适的继承人，从而引发军团将士对他的藐视。于是他又作出了一个致命的决策。原本最有可能继承的是最早追随他起来推翻尼禄暴政的葡萄牙卢西塔尼亚行省总督、34岁的奥托。此公虽然早年厮混于尼禄宫廷名声不好，但是在妻子波庇娅被尼禄霸占后，被长期流放葡萄牙期间却痛改前非，将行省治理得井然有序有着很强的行政能力，连他自己也是信心满满地以为可以在伽尔巴生前顺利进入皇帝的继承序列。然而，伽尔巴却有着自己的盘算。

1月1日和2日这两天，上、下日尔曼军团在莱茵河畔的美因茨召开了联合军事会议，达成拒绝效忠伽尔巴的协议，由于对于年老昏聩的弗拉库斯不信任，一致推荐下日尔曼军团总司令维特利乌斯担任帝国新的皇帝。三四天后，消息传到罗马，伽尔巴感到十分苦恼，他甚至对于罗马城里的卫戍部队也失去了信心。1月5日，针对日尔曼军团的公然背叛，他召开了一次御前会议，会上提出将皮索·弗鲁吉·李奇亚努斯认作自己的继子，将来可以继承。皮索出身于名门望族，这个家族曾经是恺撒后妻家族的人包括西塞罗的女婿多拉贝拉以及在公元65年准备刺杀尼禄的"皮索阴谋案"中的元老盖乌斯·卡尔普尔尼乌斯·皮索均出于这个名门望族。由于常年处于罗马高层政治斗争的中心，造成对尤里乌斯－克劳狄家族皇位的威胁，很多家族成员从卡里古拉时代就遭到政治迫害，在克劳狄乌斯时代他的父母和两名兄弟都被处死。在尼禄时代本人遭到流放，直到伽尔巴登基之后，才从流放地特赦归来。因此，他在罗马没有担任过任何行政职务，这位年轻的皮索的外表端庄举止优雅，是那种具有传统贵族风度的青年。伽尔巴在会上把他召来亲切地拉着他的手说：

　　如果作为一名普通市民，我尊崇元老院的法律，按照传统的方式在祭司面前过继你为继子的话，那么这就是我的一个荣誉，因为我已经把格涅乌斯·庞培和马尔库斯·克拉苏的后人带到我的家里来。同时对你来说，也是一种殊遇，因为你把苏尔皮乌斯家族和卢塔提乌斯家族的荣誉又加到你自己的高位上面了。但是我实际上是由于诸神的和人民的同意才取得皇帝大权的，现在我受到你的崇高品格的感动，要以和平的方式把皇帝的统治权交给你；要知道我们的祖先都是马上得天下，而我也是通过武力取得政权的。我在这方面是模仿奥古斯都的榜样，不过奥古斯都是在他自己的家族内寻找继承人，可是我却在全国范围内寻求继承人。我之所以这样做，并不是因为我自己没有亲族或者战友，我自己不是为了追求个人目的才取得皇帝大权的，我要用这样一个事实来证明我的决定的性质，那就是我把我的亲族也放在比你次要的地位上去。你有一个和你自己一样高贵但是比你年纪大的哥哥，如果不是你比他更好的话，他的确也配得上当皇帝的地位的。你的年龄不小，已经不是血气未定的青年了；你持身方正，这使你回顾过去时没有什么值得抱愧的地方。直到当前为止，你一直是命运多舛；顺境对于人们的精神考验上是更加严厉的，因为我们在成就面前却容易受到腐蚀。人们心目中的主要幸福，即荣誉、自由、友谊，你都能同先前一样持之以恒地加以维护，但是别的人却由于他们的奴性企图削弱这种幸福。谄媚、阿谀、侵害一颗诚实的心灵的最坏毒药，即私欲，就要侵蚀进来了。尽管今天你和我十分坦率地相互交谈，但是所有其他的人却更愿意谈论我们的无比幸运，而不是我们本身，因为说服一个皇帝去履行自己的职责是一件艰巨的事情，但是要顺从他，而不管他是怎样一个皇帝，那只要掩盖自己的真实感情就可以做到。

笔者几乎全文引用了塔西佗在他的著作中的记载，不知原文是否经过这位著名历史学家的修饰，因为这篇演说辞写得非常精彩。面对帝国内外交困的危局，拥兵自重挥戈造反的军阀感到应对时局的力不从心，准备交班了，对着众多要员，包括奥托的面他冠冕堂皇语重心长地对他选中的接班人说了上述一番心里话，可以说包含了三层意思：对传统世家名门贵族子弟血统的重视，那么皮索家族和卡图卢斯家族优化组合必然给帝国的统治造成新的气象；其次在选贤任能方面他又能打破奥古斯都以来局限于传统血脉承嗣观念的狭隘；最后，语重心长地对于出身高贵品行方正的后继者寄予在帝国治理方面的厚望。

根据普鲁塔克在《伽尔巴传》中的记载，皮索在接受伽尔巴托付帝国的恩惠后，虽然非常诚挚地表达了感激之意，但是无论是在面部表情还是在说话口吻方面并没有特别表现出受宠若惊的情绪激动，而是比较淡然和理性。当时在场聆听演说的奥托，抱着非他莫属的巨大希望，以为自己能够被伽尔巴选为继承人顺势就位。然而，现实使他彻底地绝望了，明显流露出苦恼和气愤的神情。直觉感到自己已经失去了皇帝的欢心，对政治前途忧心忡忡。等他回到家中思前想后，内心五味杂陈，对于皮索满怀恐惧之心，对于始作俑者伽尔巴痛恨不已。他认为这一切的结果都是维纽斯在背后策划的结果。

奥托并非等闲之辈，他的野心也不像他外表那样羸弱。他的父亲是追随提比略皇帝通过军功进入元老院担任高官的骑士，通过战争积累了丰厚的财富，有可能给他提供超越一般贵族的奢侈放纵生活。加上天性慷慨，颇有散尽千金还复来的名士气派。当年在享受高层奢侈淫乱的乐趣方面他还是年轻皇帝尼禄的启蒙老师，因而给他的人生留下了大量的不良的记录。在与尼禄厮混期间，比他小五岁的皇帝看上了他的老婆波庇娅，竟然横刀夺爱，最终他虽然赔了夫人，却在哲学家塞内加的周旋下保住了性命，被尼禄流放帝国西部边缘的葡萄牙卢西塔尼亚行省担任总督，一去八年。在担任行省长官期间，他痛改前非，将行省治理得井井有条，也在财富上捞得盆满钵满，几乎富可敌国。

早年混迹罗马的时候，奥托身边早已云集着一帮三教九流鸡鸣狗盗之徒。根据他身边其中一位叫托勒密乌斯（Ptolemaeus）的占卜者的预言：尼禄不至于加害于他，而且会在他之前逝世，届时奥托必然会继位成为皇帝。他虽然不是全部相信托勒密乌斯的所言，但是至少过去的事已经全部兑现了。重要的是目前他受到了不公正的对待，他的狐群狗党也为他的不公平待遇愤愤不平，特别是过去在禁卫军统领宁菲荻斯和泰吉利努斯手下吃香喝辣的家伙，现在在伽尔巴统治下陷入贫穷和衣食不周的处境，纷纷前来诉苦，表示出某种对伽尔巴同仇敌忾的义愤。这些心怀不满的落魄之徒，居心不良地鼓动他一定得采取反制措施，他们愿意鼎力相助，共同拥戴他登上皇帝宝座，共创一番大业。

这些充满激情的鼓励，使奥托情不自禁地想起了托勒密乌斯的预言，于是鼓起了刺杀伽尔巴的勇气，因为这是诸神的天命所系。那些被他网罗的前禁卫军军官们开始潜入营地，竭尽所能收买禁卫军士兵。因为，奥托并不缺钱，竟然都是当场兑付相当数量的现金，并且还承诺事成之后给这些反叛者加官进爵。对比伽尔巴的吝啬刻薄更加显得奥托的慷慨大方和仁义。等到这些暗中交易完成，政变的条件万事俱备，只欠东风了。

1月15日，伽尔巴在帕拉蒂尼山的阿波罗神庙举行献祭，准备正式将皮索过继为子。他的所有幕僚都在现场，占卜师翁布里奇乌斯检视动物内脏，用毫不掩饰的口气说，征兆极其不祥，皇帝会陷身于网危及生命安全。神明的代言占卜师的手指几乎就要将奥托揭发出来。当时奥托就站在伽尔巴身后，脸上红一阵白一阵表情极不自然。这时他的释奴走进神殿附在他耳边说，建筑师正在府中等候他回去。这是他和士兵起事约定的暗号。奥托匆忙离开现场时推说，他刚刚买了一栋古老的别墅，需要建筑师看看有没有毛病。就这样他在众目睽睽之下，匆匆走出了这座当年提比略皇帝居住的宫殿。

在宫殿门口迎接他的只有二十三名亲兵，且都已已经拔出剑来，他们竟然毫不避讳地开始称呼他为皇帝，但是奥托心中十分忐忑，并自言自语地说："我输了，我已经输了。"在慌忙中上了事先准备好的一顶当时妇女用的肩舆，那是为了掩盖自己的身份。

奥托一行匆匆向罗马广场的黄金地标处赶去，这是当年奥古斯都建在罗马广场的青铜圆柱地标，上面镌刻着罗马帝国的主要城市和罗马之间的距离。在通过市民广场时，陆续有人加入他们的队伍中。手持刀剑的政变队伍簇拥着奥托的肩舆向禁卫军营地进发。军事护民官马蒂阿里斯负责营区大门的岗哨警卫，他不了解内情，则对这起突发事件感到惊愕，生怕阻挡会给自己带来危害，就把这帮人放进了营区，一路畅通无阻，使得大部分的禁卫军官兵认为护民官也参与了叛乱，将士们被奥托及其死党煽动起来，禁卫军大部分将士参加了叛乱。

消息很快传到帕拉蒂尼山的伽尔巴处，祭司还在他身边捧着牺牲的内脏喃喃自语，说着梦呓般深不可测的谶语。周围的人原来不信祭司占卜的语言，现在反而感觉了神意难违的念头，有点错愕得手足无措。维纽斯和拉科以及伽尔巴的释奴头子伊凯努斯抽出刀剑围绕着皇帝，表现出对于主子的效忠姿态，反而更加增添了恐怖的气氛。

皮索交代卫队负责护卫皇宫，当选执政官马里乌斯·凯尔苏斯主动提出去调动伊利里亚军团前去维普撒纽斯廊柱保卫皇帝，然而军团将士集体抗命，凯尔苏斯只好空手而返。此刻，一大群各行各业的民众聚集在罗马广场，正当伽尔巴犹豫着要不要前去广场和民众见面时，有人传来消息，奥托已经在禁卫军营房里被人剪除，这时一个禁卫军百夫长手提出鞘的长剑大声说，叛贼奥托已经被他诛杀，长剑上血迹斑斑。伽尔巴大声质问："谁给你下的命令"。百夫长义正辞严地回答："基于自己的责任和对皇帝的誓言。"周围人大声欢呼着"皇帝万岁"，开始簇拥着年老体弱身不由己的伽尔巴顺势登上了肩舆。这一场内外勾结精心策划的政变，只有引蛇出洞才能将伽尔巴及其亲信引向广场加以扑杀。

伽尔巴坐上肩舆准备去卡比托利欧山的朱庇特神庙献祭，朝拜的行列出现在公众之中。当他的肩舆开始进入罗马广场，传言的风向开始倒转，肃杀的气氛中透出不祥信息：奥托已经占领整个军营，有人大叫着要退回去固守皇宫，有人提出继续前进与叛贼决一死战。皇帝的肩舆被拖得像是没头苍蝇那般到处乱转，犹如陷入旋涡中的小船般在激流波涛翻滚中已经完全失去了方向感。

这时，出现了一队骑兵，后面是全副武装的步兵，这是他的近卫军卫队，当掌旗的百夫长率先扯下旗帜上伽尔巴头像佩饰那一刻，等同于下达了屠杀的命令。兵士开始向伽尔巴投掷标枪，有人拔出刀剑向他围拢过来，在场的当时有数千人，只有一位普通市民抽出百夫长用于驱赶士兵的长鞭呼呼舞动，舍命保护肩舆中的君主。反叛的士兵靠近这位孤身护主的勇士，同他开展近身搏斗，他拔出佩剑高呼着"不能杀害皇帝"的口号，孤独地拼搏了很长时间，直到膝盖被砍伤倒在地上，被乱刀砍杀。

伽尔巴的肩舆倾倒在地上，他身上还穿着护甲，知道自己大势已去，他只是不明白，自己到底犯了什么过错，人们要以如此的手段残酷对待他。他用恳求的语气问他到底做了什么坏事，只要给他几天时间就可以将答应给予士兵的钱分发给大家。眼看恳求无效，他指着自己的颈项大声说："刺吧！如果这样做，对罗马有好处。"老皇帝的四肢被砍得鲜血淋漓，最后才被割断喉管砍下脑袋。由于他的秃顶，没有头发可提，只好将他长袍撕下包裹着头颅，但是他的同伴不允许这样做，他们呼喊着"英勇的行为应当让大家都看到"，遂将这位曾经是威严和节俭的统治者、当过帝国大祭司、执政官的老人——伽尔巴的头颅被血淋淋地插在长矛上，不停在空中挥舞和转动着肆意凌辱，血顺着矛杆向下流淌。

他们将砍下的元首首级带到奥托面前，他大声吩咐道："弟兄们！这还不够，皮索的脑袋还要拿来给我看。"没过多久，受伤逃跑的皮索在躲进广场西侧的维斯塔贞女神殿后被士兵搜出，将他杀死。提图斯·维纽斯在被抓住的时候，说他已经参加了反叛阵营，请求饶他一死，还是当场毙命。他们把维纽斯和拉科的头颅都砍了下来，送到了奥托面前请赏。

一直忠诚于伽尔巴的执政官马里乌斯·凯尔苏斯被抓住后绑到奥托面

前，凌然挺立，拒绝下跪求饶。但是，奥托欣赏他的忠诚，只是下令将凯尔苏斯关押起来，实际是免于他立即被处死，指派最信任的人把他监护起来，目的是为了保障他的性命。

可怜的罗马帝国第六任皇帝伽尔巴在攻入罗马后，仅仅当了九个月的统治者，就被奥托勾结禁卫军残杀，享年七十三岁。塔西佗不无遗憾地说：

毫无疑问，这个吝啬的老头子，只要是把手稍稍放松一些，近卫军士兵对他的忠诚是完全可以争取过来的。他的旧式严格和过度的严厉毁了他自己，这已是我们不能再容忍的一些品质了。

这个旧式贵族的严谨和刻板简朴的统治风格，早已沦丧在尼禄式荒诞君主的统治下，因为礼崩乐坏而显得不合时宜。现在进一步在奥托、维纽斯等走狗的助纣为虐中瓦解，因此他的顽固只能是落得唐吉诃德和风车挑战的下场。在尼禄等昏君的挥霍下财政经济已经破产，即使想要以金钱对军心民心的贿买，也几乎是不可能的。引来的只能是政权脆断后的重组，这就是国家和人民必须承担的代价。

塔西佗为伽尔巴算过一笔账：原来尼禄以赐赠的名义浪费掉的金钱有二十二亿谢斯特尔提乌斯（相当于今天二十亿美元）。元老院决定把人们召集起来，并且决定每个人只能保留尼禄原来赠予的十分之一。但是尼禄的宠臣们所剩下的钱连十分之一都没有了，因为他们浪费别人的钱和浪费自己的钱一样；最贪婪的人既没有土地也没有资金，他们剩下的只是助长他们为非作歹的那些特权。

伽尔巴任命了五十名罗马骑士来进行清理款项的工作。这是一种新的官职，同时也就成了一种新的负担，因为担任这一项任务的人员众多，他们诡计多端。到处都在进行拍卖，到处都是投机倒把分子，城里给诉讼事项搞得乌烟瘴气。然而，一部分协助清理的人们感到高兴了，从尼禄那里发财致富的人在被剥夺了财产后，只能沦为赤贫，和被他们夺取财富的人一样贫穷了，这种杀富济贫均贫富的策略使得矛盾进一步激化，再加上一部分禁卫军、城市步兵中队、警卫队的实权人物被解除职务，引起了整个军警特宪队伍的恐惧感和不安全感，所有过去特权和实权人物都变成了反对伽尔巴的势力，这些势力聚集在奥托的旗帜下，广场的恐怖流血事件就在权力重组的变局中发生了。

就这样，早期共和精英所创设的权力制约的游戏规则被武装权力所倾覆，取而代之的是军阀武装团伙借助武力和军事行动启动统治者变更的改朝换代的游戏，下面要出演的将是日尔曼军团的强权军事势力趁势崛起并和新登基的皇帝奥托进行了你死我活的权力拼搏，于是一顶顶皇冠落地，一个个小丑式的皇帝登台表演，使得建立在武装集团基础上的土匪头子——皇帝，如同走马灯似的在令人眼花缭乱的政治竞技场中轮流转换着，演绎了皇权更迭的血腥和荒唐游戏，直到平息犹太人叛乱的东方战线总司令韦帕芗最终夺得大权——他同他的儿子提图斯和图密善一起建立了弗拉维王朝（公元 69—96 年），罗马帝国才重新实现统一，迎来和平。

奥托和维特利乌斯的生平

马尔库斯·萨尔维乌斯·奥托（M.Salvius Otho）与伽尔巴这种共和政体时代以来的世家贵族不同，属于新兴的元老院骑士阶层。他来自于意大利南部的伊特鲁里亚菲伦提乌姆城一个古老的望族，和奥古斯都的谋士梅特纳斯一样同时都自称为伊特鲁里亚国王的后裔。他的祖父是一名罗马骑士，后与一名出身卑微的女子结婚生下了他的父亲卢基乌斯·奥托，在国母李维娅·奥古斯塔家中长大。靠着第一夫人的权势成为元老，曾经担任过帝国大法官。他的母亲来自一个显赫的家族，有许多有权势的亲属。奥托的父亲长期生活在后来成为皇帝的提比略身边，因为相貌酷似提比略许多人把他错认为是提比略的儿子，被认为是提比略集团的重要成员，曾经担任过阿非利加行省总督等许多军政要职。由于破获过一个企图刺杀克劳狄乌斯皇帝的阴谋案，受到皇帝的重用，获得在帕拉蒂尼山皇宫塑有一座雕像的荣誉，并被恩赐为贵族。皇帝当时用最美好的语言称赞他：“我不指望我的子女中有比他更忠诚的了。”

因为这些特殊的荣耀，出身显赫的姑娘阿尔比娅·特兰提娅嫁给了卢基乌斯·奥托，生下两子一女，和其父亲同名的奥托出生于公元32年4月28日，也就是尼禄亲爹多米提乌斯·阿赫诺巴尔布斯担任执政官那年，他在家中男孩中排行老二。奥托还有一个妹妹，刚到成婚年龄，便被许配给了日尔曼尼库斯的儿子德鲁苏斯。也就是说成了皇帝提比略养子的媳妇。由此可见，奥托家族和皇帝家族的关系有多么深。

公元前20年，当时的奥古斯都大帝平定内战后，在罗马广场的中心竖起了象征帝国和平的青铜柱石，史称“黄金柱石”。这是罗马城帝国心脏的象征，意味着条条大路通罗马，因为柱石上镌刻着帝国通向欧亚非主要城市的里程数，谁是罗马皇帝就意味着掌控帝国疆域广袤的统治权。公元69年1月15日的这场权力之战，以奥托的胜出暂时告终。

1月16日，当黎明的曙光照耀在熠熠生辉的黄金柱石之上，世界的起

点——罗马广场渐渐散去晨雾，沐浴在朝霞中。踌躇满志的新任帝国皇帝
在大批全副武装的扈从簇拥下迎着朝阳踏着血迹，嗅着弥漫在清晨空气中
浓浓的血腥味，从圣道攀上卡比托利欧山，进入朱庇特神庙，举行新皇登
基的献祭大典，他感谢诸神的关照，将偌大帝国的统治权移交到他的手中，
应该说是借用御林军的武力从伽尔巴的怀抱中抢夺到手。

　　献祭完毕，他吩咐将被俘获的当选执政官马里乌斯·凯尔苏斯（Marius
Celsus）带上来，奥托带着胜利者的微笑首先向这位伽尔巴的忠诚拥护者
打招呼，当然嘴角微微上翘的喜悦展示着满满的骄傲。然后，他用十分亲
切的口吻希望这位伽尔巴的副手放弃对他的指控，记住新皇对失败者宽容，
凯尔苏斯马上将获得释放。凯尔苏斯却依然保持着资深元老的矜持，不卑
不亢不冷不热地回答道："我是因为清白才受到指控，我的罪名就是对伽
尔巴的忠诚，事实上我从来没有得到过任何私人的好处。"如此这般地展
示了自己对故主的忠诚和本人的清廉后，两人一笑泯恩仇，他们的和解得
到所有在场人员的赞誉，连一旁负责警卫的士兵都高声喝彩。

　　奥托对在场的元老们发表了讲话，语气轻松而平和完全迎合民众的胃
口。他要将自己这一年担任执政官剩下的任期交给德高望重的弗吉纽斯·鲁
弗斯接替；为了安抚惊魂未定的元老和朝中的文武官员，他表示凡是尼禄
和伽尔巴指派的执政官一律保持原职不动；凡擢升祭司者必须是德高望重
的年老尊者；所有遭到尼禄放逐而被伽尔巴赦免召回者，他们的产业只要
有剩余或是尚未出售，现在一律发还。所有在场的贵族和居于领导阶层的
市民，原来担心新接任的统治者缺乏宽容心和对人性的尊重，在掌握帝国
最高权力后会给人们带来政治报复和痛苦，听了这番表白，放下了心底的
负担，感到喜出望外。

　　对于伽尔巴所宠幸的禁卫军统领拉科和释奴头目伊凯努斯，奥托继位
不几天就给予了处决；可以说是法网恢恢疏而不漏，尼禄的老师，在公众
中民愤极大的泰吉利努斯（Tigellinus）潜逃到了海边的辛鲁沙别墅躲藏了
起来，并且悄悄准备了船只，伺机渡海，准备流亡希腊，后在禁卫军追捕
人员到达之前闻讯用剃刀割喉自尽。奥托对民众制裁邪恶奸佞的正义要求

给予了满足，对于过去自己遭到的伤害，对当事人既往不咎，表现了新任皇帝宽容和良好的亲民作风。

奥托对于民众对先帝尼禄的怀念追思表示深切的理解。因为这位行为艺术家毕竟曾经不避贵贱地以他的歌声和竞技运动愉悦了民众，奥托顺应民意，在剧场演出前对尼禄的欢呼并没有加以制止；民众自发在罗马中心广场重新竖起的尼禄雕像，他也没有加以干涉。

前执政官克鲁维斯·鲁弗斯（Cluvis Rufus）奉调前去西班牙接替伽尔巴担任总督，他建议，朝廷将皇室的信件送到西班牙，信封上除加盖奥托的印信外，还要附上尼禄的纹章。因为他明白尼禄虽然生前遭到不少人的痛恨，但是死后也依然受到不少人的追捧，因为他对贫民很慷慨，经常给予施舍。对贵族却很残暴苛刻，动辄杀戮流放，毫不留情。但是，这样的做法遭到行省贵族的指责，奥托立即予以废除。他上台后签署的第一个敕令竟然是拨款五千万塞斯特斯将尼禄留下的烂尾工程——金宫修建完成。

总之，奥托在登基后，千方百计使得政府正常运行，努力弥补因内斗引发的分裂，实现社会各阶层的和谐稳定。他兑现了对禁卫军官兵的承诺，将钱发给他们，安定军心。但是这些骄兵悍将仍然不满足，常常发泄不满，企图挑起他对高层贵族的仇恨大开杀戒，甚至不惜以他的名义发动兵变挑起争端，百夫长克瑞斯皮努斯（Crispinus）心怀叵测，私自以他的名义将离罗马八十公里的禁卫军十七分队从台伯河口的欧斯夏（Ostia）调入罗马，准备展开官场血腥大清洗。他们散布元老院准备对皇帝进行谋杀的谣言，到处煽风点火蛊惑人心，并将杜撰的谣言广为传播，煽动群众情绪。当听说80名元老准备参加皇帝的晚宴时，这些手持武器的禁卫军官兵竟然毫无顾忌地闯入皇宫，声称要帮皇帝把阴谋分子一网打尽。就在矛盾一触即发之际，罗马城到处响起警报之声，谣言随着警报一起流窜，说是军队即将血洗皇宫。

帕拉蒂尼山皇宫内外一片混乱，奥托明显感觉到这次兵变不仅仅是针对元老贵族和他们的家属，就连士兵看他的眼神也流露出无礼的敌意。他命令禁卫军统领尽量安抚官兵的情绪，同时吩咐所有宾客起身，从后门赶紧离开纷乱的现场。等到元老及其家属刚刚脱离险境，宴会大厅门被士兵冲开，他们高声喊叫"恺撒的仇敌都跑到哪儿去了？"奥托镇定地从他吃饭的卧榻站起来，流着眼泪好言相劝，总算制止了这次突然发生的兵变。他再次给每个近卫军发放了 1200 德拉克马：对他们重视关心皇帝安全的行为给予高度评价，同时批评了他们叛逆行为的鲁莽，并处死了两个领头闹事的百夫长。然而，他殚心积虑地刚刚平息了内忧，日尔曼地区的外患却方兴未艾，依然酿起了燎原大火再次烧向自己。

　　日尔曼军队宣誓效忠维特利乌斯之后，他也想息事宁人，因为毕竟军事实力方面他不如人家。奥托派出元老院代表通知维特利乌斯：皇帝已经选出来了，您老还是保持情绪的安定，维持国家的稳定和睦为好，何必另立中央呢？他还亲笔写信给他这位前辈，承诺可以和他分享权力，甚至可以把自己的女儿嫁给这位 54 岁的总督，并送上丰厚的妆奁和一座城市，让他安度晚年。

　　也就是说奥托可以用金钱美色收买这位地方豪强和自己合作。但是作为在政坛厮混多年的维特利乌斯，明白奥托所谓的皇位是从伽尔巴手中靠阴谋和武力抢来的，并动了如法炮制的心思。

　　因为维特利乌斯和奥托父亲当年都是克劳狄乌斯皇帝身边的近臣，地位甚至还高于老奥托，后来还出任过帝国的执政官。那时的奥托还只是罗马街头无恶不作的小混混。

　　下面我们要介绍一下大罗马帝国第八任皇帝奥卢斯·维特利乌斯（Aulus Vitellius）的生平事迹。对于这位皇帝的出身是有争议的。根据苏维托尼乌斯所掌握的宫廷文档的记载，在奥古斯都时代有人献给曾经担任过朝廷财务官的克温图斯·维特利乌斯一部著作中记载：他的家族一直可以追溯到神话时期女神维特利娅的后裔，曾经统治过整个拉丁姆地区，他们后裔从萨宾地区迁往罗马被列为贵族。在萨莫奈战争中罗马军团曾经进入阿普利亚地区，维特利乌斯家族的一些人便定居于努凯里亚。过了相当长一段时间，他们的后代返回了罗马，重新恢复了元老院的地位。也有相反的说法，说这家的祖先是一位释奴，当过鞋匠。他的儿子靠告密发了大财，后来成为骑士。论辈分维特利乌斯老祖父是奥古斯都皇帝的管家，奥托父亲只是提比略皇帝的骑士，在克劳狄乌斯时代才开始发达。而此时维特利乌斯父亲也是克劳狄皇帝身边宠臣，所以如果论资排辈奥托绝对是小字辈。

根据苏维托尼乌斯的记载：他的父亲维特利乌斯·卢基乌斯是其祖父的第四个儿子，进入官场后曾经担任过监察官、执政官和叙利亚总督。在任期间不仅用高超的外交艺术使得帕提亚国王阿尔特巴鲁斯同他进行了一次会谈，而且使这位国王向罗马军旗致敬。后来他因为帮助克劳狄皇帝如愿娶到了自己的侄女小阿格里皮娜，深得皇帝宠爱，和克劳狄一起共同担任了两届执政官和一任监察官。当皇帝远征不列颠时，他承担了管理国家的重任。他是一名务实能力出众的大臣，但是由于迷恋一位女释奴而名誉扫地，他是倡议崇拜盖乌斯·恺撒（小军靴卡里古拉）为神的第一人：

从叙利亚返回后，他不敢贸然接近这位皇帝，而是蒙上头，转过身，然后倒地叩首，以示敬畏。他不择手段地讨好甘当妻子和获释奴的仆人克劳狄皇帝。他向皇后美沙丽娜请求最高的奖赏就是为她脱鞋，当他给她脱掉右脚的鞋子之后，他经常把它揣在托加和内衣之间，甚至不断吻那鞋子。他还把克劳狄宠爱的释奴纳尔苏奇斯和巴拉斯的镀金肖像供奉在家神（拉莱斯）中间。在庆祝世纪赛会召开，向克劳狄恭贺之时，他说了这样一句话："愿您多次举办。"

老维特利乌斯·卢基乌斯去世的时候已经瘫痪，他的遗孀塞斯提莉娅是个具有传统淳朴风尚令人敬重的大家闺秀。老卢基乌斯在世的时候得以目睹两个成年的儿子在同一年中当选执政官，因为在一年之内间隔6个月之后，弟弟接替了哥哥的职务。卢基乌斯死后元老院为他举行了国葬仪式，他的塑像放在市民广场船首讲坛上，雕像黑色大理石基座上刻有这样的铭文："坚定地忠于皇帝。"

公元69年1月，日尔曼军团在莱茵河畔的美因茨集会宣布拒绝效忠皇帝伽尔巴，拥戴他们的司令官奥卢斯·维特利乌斯担任帝国皇帝的时候，将士们其实对这位54岁的军事统帅并不了解，因为他上任不久，并无特殊建树，只是知道他的父亲是个能干的两朝元老，皇帝的忠诚臣仆，讲究家庭出身的罗马士兵鼎力推荐了他，当兵团将士要将"奥古斯都"和"恺撒"的皇帝名号授予他时，他谦虚地谢绝了，只是低调地接受了奥古斯都养子或者养孙，曾经征服日尔曼的总司令日尔曼尼库斯的名号。当这个消息随着军团致罗马元老院的建议书（其实是强制执行令）传到罗马时，知子莫如母的塞斯提莉娅当时就失声痛哭，并大声对前来府上报喜的军使嚷嚷道："我的儿子不叫'日尔曼尼库斯'，而叫'维特利乌斯'。"

维特利乌斯生于公元 15 年 9 月 24 日，出生时占星术士对他的父母亲宣布的结果是令人恐惧之星像——大凶。因此，当他被日尔曼军团宣布为皇帝时，他母亲才忧心如焚号啕大哭，知道儿子在当皇帝时，就是开启死亡大门之日。

他在童年和少年时期不仅目睹了皇宫中权力运作的全部丑陋和血腥罪恶，同时也沾染了众多奢侈淫荡的陋习。他本质上和奥托一样是个贵族纨绔子弟，只是奥托后来痛改前非，而他在当上皇帝之后，反而是丑陋本质集中大暴露，在十分短暂的皇帝生涯中，纸醉金迷日益腐败堕落，也就是不受制约的权力导致了彻底地腐败，在腐烂中被推翻被弑杀，最终悲惨地死于改朝换代的权力争夺动乱中。

提比略死后，维特利乌斯进入卡里古拉和克劳狄、尼禄的帕拉蒂尼山宫廷，深宫就是一个罪恶的大染缸，可以说伽尔巴、奥托和维特利乌斯三位短命皇帝都是这个染缸中被染得黢黑的所谓皇帝家臣和奴仆一类，他们要效仿主子去争当统治天下的主人，难免不邯郸学步在末路为野心而狂奔。维特利乌斯在宫殿中继续尽情挥洒种种恶习。他的最大长处就是继承父亲对上谄媚的深厚道行，他和尼禄臭味相投，在演艺竞技表演方面他竭尽全力迎合尼禄表现欲，公元 60 年他主持的以尼禄命名的演艺竞赛会上，尼禄非常想参加竖琴比赛，但是按照竞赛规则又不能参加比赛，只能悻悻然离开赛场。此时，担任赛事评委的离任执政官维特利乌斯嬉笑着追了上来，把他又请回了表演现场，声称他代表罗马人民的强烈恳求，希望皇帝满足人民的恳求参与竞赛，毫无疑问尼禄如愿戴上了这一项目的桂冠，大大满足了皇帝的虚荣。

就是这般，维特利乌斯深受三位皇帝的喜爱，一个道德极度败坏的人，不仅在政治上平步青云，而且还当上了帝国最高道德裁判官大祭司。说明帝国已经荒唐荒诞到了无可救药的地步，离覆灭也就不远了。伽尔巴、奥托和他，共同充当了罗马帝国改朝换代的助推器和加速师。公元60年他出任阿菲利亚行省代理执政官，在担任公共工程总监时，表现均特别廉洁，受到好评。两年任期届满，他转任首都行政官却将神庙中的金银供品和装饰品悄悄替换成锡和黄铜制品。他的鼠窃狗盗行径也给他带来报应，他前后两次婚姻给他带来两个儿子，一个成为独眼龙，被他悄悄毒死，一个成为口齿不清的哑巴。

维特利乌斯被伽尔巴任命为日尔曼行省总督兼兵团总司令，与其说是被皇帝青睐，不如说是某种蔑视，因为将这位曾经的离职总督和在职大祭司留在首都也是一个麻烦，不如让他统兵去和蛮族人打仗。

众所周知的是，维特利乌斯在离开首都去履新时已经穷得连路费也没有，只能租借简陋的贫民区阁楼给妻儿去住，自己的豪宅早已出租赚取钱财维持自己依然豪奢的吃喝玩乐。为了筹集盘缠，他将母亲的耳环和一颗珍珠典当。一群闹嚷嚷的债主把他包围起来，阻止他离开。好不容易通过恐吓、诈骗的手段才将这帮家伙打发走，在晚间仓皇逃离罗马前往日尔曼前线。

维特利乌斯是公元68年12月初抵达日尔曼前线的，他意想不到的是，那些不满皇帝和意欲造反的官兵展开双臂热情地欢迎他，因为他是曾经三次担任执政官的显贵的儿子，而且外表英俊，风华正茂，温文尔雅，对人慷慨大方，对于久处蛮荒边境风餐露宿的官兵而言，犹如神赐的礼物。士兵对他的亲切态度，看得出是发自内心的欢迎，这使他十分感动。总司令放低姿态，开始收获兵心和民心，在整个行军的路上，他热烈亲吻所有遇见的士兵，在驿站和旅店，他对脚夫和旅行者特别亲切和蔼，早晨他热情地询问每个人是否吃过早饭，自己则打着饱嗝表明已经用过早餐。

进入军营后，他从来不拒绝任何人的请求。他还主动地使犯了错误的人免于受到羞辱，使被告人免于起诉，使判刑人免于惩罚。不到一个月，也即 69 年 1 月日尔曼军团在阿格里皮娜殖民地（现在德国科隆）发动兵变。也许是他的暗中主导，也许他确实不知情，突然之间黄袍加身，红光高照天灵，时来运转，他就这么在突然之间当上了帝国的元首。

　　士兵们在那个晚霞笼罩的傍晚，脚步匆匆地来到他的总督行辕将他从卧室中拖了出来，他身上只穿着一件内衣，就被士兵们簇拥着哄抬了起来，欢呼他是皇帝。他当然心安理得地享受着山呼海啸似的欢呼，帝王般的尊荣，被抬着走过美茵河畔的人口众多的乡村。他手持着一把神圣的尤里乌斯出鞘的短剑，这把剑是首次感恩时由一个人从马尔斯神庙中取来递到他手中的，象征着神权天授的荣耀。然而，突然之间营地的食堂中火炉燃起大火，他才返回司令部。当时随行的士兵大惊失色，感觉这是不祥之兆，而他则信心倍增地高呼着口号："欢欣鼓舞吧，火光照耀着我们前进的道路。"

　　几天后，就传来伽尔巴被杀的消息，他在安排好日尔曼尼亚的事务后，将自己南下前往意大利本土的军队分成三个部分：驻扎在低地日尔曼诺瓦伊西乌姆（现在的诺伊斯）的第四军团凯奇纳（Caecina）统帅所有军团兵、辅助兵，共计 3 万人，从正南方部分通过瑞士翻越阿尔卑斯山脉，从北部攻入意大利。驻扎在同属低地日尔曼的第一军团由军团长瓦伦斯（Valens）统帅，兵员比第四军团的要多一点，绕道高卢到达里昂沿罗纳河南下，然后从马赛以北 30 公里处普罗旺斯进入意大利北部分进合击进攻奥托的部队。第三军由司令官维特利乌斯亲自率领，出发时间稍微落后，首先是因为他没有意识到身先士卒的重要性，其次是招募兵员需要一定的时间，他认为想要打倒率领"多瑙河军团"的奥托，总共需要 10 万人。

　　而奥托本人手中并没有部队，只有先后宣布效忠的多瑙河沿岸的 7 个军团，数量上与"日尔曼军团"相同。然而，从多瑙河流域出发向西往意大利的距离比较长，与"莱茵河军团"相比较，"多瑙河军团"分别驻扎在三个行省，即达尔马提亚的 2 个军团、潘诺尼亚的 2 个军团以及米西亚的 3 个军团，各自分属不同的总督指挥，3 名总督对奥托的支持态度也不尽相同。目前只有军团长一级的军官明确表示了支持态度。不管怎样，奥托需要支持的 7 个兵团从多瑙河到来后，才能展开正面决战，而敌军即使在严冬也没有放慢行军速度。

一场罗马军团内部决定两个皇帝胜负的血战，即将在横跨意大利北部注入亚得里亚海的波河岸边展开。

贝特里亚库姆决战和奥托之死

　　奥托是匆匆忙忙离开罗马出征迎战日耳曼军团的。出征前要去卡匹托尔山的战神马尔斯神庙献祭，神庙中的盾牌在3月份已经被祭司取出，拿着它走街串巷地巡游，筹备举办4月中旬即将到来的凯列斯节的重大庆祝活动，尚未及时归还。此时的出征被认为是不吉利的，甚至连神庙中置放在战车上的胜利女神像手中紧握的缰绳也掉了下来，似乎战机已经难以把握。

　　种种迹象都表明这次出征凶多吉少。但是奥托已经顾不得这么多了，他只能被动地去迎战。因为传说中维特利乌斯的凯奇纳和瓦伦斯军团正在从南北两路出发去抢夺阿尔卑斯山的重要关隘，争取在波河平原汇合，围剿奥托的"多瑙河军团"。他只能抢在日尔曼军团三路大军合围之前，抢占先机各个击破维特利乌斯的日尔曼军团。

　　可以说，这次奥托的出征是临阵磨枪，仓促出击，在部队调集、后勤保障和战略战术研究等各个方面都准备不足。但是古代史家的解释，都带有浓厚的天命神谶色彩，各种不吉利的天象继续不断出现，预示着奥托必然走向失败。等待他带领着部分元老和罗马城的禁卫军团出城后不久，台伯河水开始泛滥，中心小岛上卡里古拉的坐像在没有遭到暴风雨袭击的情况下，突然由面朝西方变换到面朝东方。

　　奥托选出了一批元老院的官员随同出征，本意就是说明自己皇帝位置的合法性，其中甚至还包括了维特利乌斯的弟弟卢基乌斯。奥托对这位由兵团将士拥戴僭立为帝之人的家属一直采取相对宽容的政策，不仅保留了卢基乌斯的官职，还特别关照留守的官员善待维特利乌斯的母亲和妻子儿女。

　　另一位参与帝位争夺的韦帕芗的哥哥弗拉维鲁斯·萨宾努斯（Flavius Sabinus）正担任着留守罗马的行政长官，奥托一直给予高度的信任，甚至出征时在罗马的军国大事由其代理。他对政治敌手采取的怀柔政策，说明了他胸襟的广阔和胸襟狭小的维特利乌斯完全是两种类型的人。

　　然而，奥托毕竟不是军人出身，虽然在治理行省时充分展示了他的行政管理才能，但是没有经历过战争考验的公子哥儿在战略战术的制定上却掉以轻心，在会战失利后，不再对自己的政治权力做最后的拯救，因为至少拥戴他的多瑙河军团实力完整无损，这说明他缺少政治家的长远目光。

　　相比较而言他的对手维特利乌斯却继续行走在剃刀边沿。相比之下奥托俨然殉道的悲剧英雄。

　　大战在即，奥托将在军队中素有声望的贵族将军多拉贝拉大公派到了离罗马100公里的阿奎隆（Aquinum）要塞去镇守，说是去鼓舞当地守军士气。这里是进出南意大利的门户，而维特利乌斯来自北方，纯属军事上的南辕北辙。从根本上说，还是生怕多拉贝拉利用自己的影响力伙同禁卫军团推翻自己，明摆着就是不信任这位将军，这使他在前线失去了一位足可以协调各方的指挥官。这位能力超强素有声望的指挥官，在奥托死后回到罗马，却被维特利乌斯卑鄙地谋杀了，原因就在于他娶了维特利乌斯的离婚的妻子佩特罗尼娅。

　　当时，罗马高层的大部分人认为，正确的战略应当是拖延时间，因为敌人正苦于战线太长，后勤供应补给不足，一心想占领战略要地后尽快进行决战，攻入罗马顺利登上皇帝宝座。也许奥托无法忍受长期的等待，面临的焦虑和压力，面对的大兵压境，希望能够在维特利乌斯到达波河平原之前，日尔曼军团未及会师，就结束战斗；也许他无法控制他的首都近卫师团求战心切的激情，双方都希望能够速战速决，在决战中一锤定胜负，即可一劳永逸地解决帝国一尊的纷争。这样两人的心思也就不谋而合了。奥托在他的多瑙河军团尚在战略聚集，长途奔袭赶往波河前线的过程中，带着有限的兵力和虎狼之师——帝国近卫军团有限的兵力和莱茵河兵团零散的兵力进行会战，结果不出意料的是心高气傲长期娇生惯养的禁卫军团及临时拼凑起来的兵团一败涂地。

　　奥托离开罗马前往北方时，先头部队有近卫军团四个大队和附属骑兵4000人，甚至还加入了满期即将退伍的士兵。这支混成部队反映了奥托亲自率领的部队兵源严重不足，面对久历战阵的日尔曼军团两路大军的凌厉攻势，奥托还带着大批元老追随在他的总指挥部左右。这支部队在进入阿尔卑斯山麓，1.3万人在盖路斯的指挥下战绩不俗，其中角斗士部队的表现尤为突出。他们面对的是已经一分为三的莱茵河凯奇纳兵团，无论他如何努力，能够聚集的只有1万人。奥托的先遣部队成功保住了死守波河的关键要地——普拉成奇亚，他们在附近的布列克西隆镇止步不前了。无奈的凯奇纳在放弃了普拉成奇亚后，却占领了北岸只有一河之隔的克雷莫纳。

奥托总指挥部驻扎的布列克西隆（Brixillum）镇是靠近波河的意大利小镇，离前线克雷莫纳还有一段距离。三军主帅不亲临前线指挥，在远离战场的后方观战，是他所犯的第三个战略错误，前线庞杂的混编的部队失去统一指挥的军事总司令，必将陷于混乱。而虚位的总司令只满足于在村寨附近取得的三次小胜利，就止步不前。当然他的不肯深入杀敌，有着自己基于价值观的选择。他的胜负听其自然，而不愿去不择手段地赢得这场内战的彻底胜利，自有自己的考量。按照普鲁塔克的记载：

奥托在布列克西隆停了下来，命令他的军队在马尔库斯·西尔苏斯、苏维托尼乌斯·保利努斯（Susetonius Pabinus）和斯普瑞那（Spurina）的指挥下，继续向前进军。这些将领都是富有作战经验和响亮的名声的老将，处于目前的情况下，无法按照自己的构想和意愿指导会战的进行，主要归咎于军队已养成骄纵的习气，他们认为只服从于他们拥立的皇帝，其他任何人都不能代为下令。然而，敌军纪律同样很差，士兵的态度傲慢不听军官指挥；长处是作战经验丰富，习惯于艰苦环境下的战斗。

因为奥托军团的生存环境比较优越，故而贪图安逸的怠战心理较严重，尤其是禁卫军团长期过着安逸的生活，很少在军中干各种勤务，他们的部分时间都花在剧院、宴饮和赛会，平时都是些倨傲不恭、喜欢吹嘘战功掩饰不足的骄兵悍将，就是禁卫军长官斯普瑞那指挥他们也常常力不从心，稍有不慎就有可能被部下所扑杀，而莱茵河兵团长期与高卢和日尔曼两大蛮族作战，条件和战斗的频繁程度要比前者艰苦而且高出许多。两股帝国军事武装力量因为政治利益的纷争，互为敌对的双方，从军官到士兵都会产生"本是同根生，相煎何太急"的心理，作为有着斯多葛主义信仰的贵族总指挥奥托本身就有着某种道德考量，在你死我活的军事争霸斗争中，这无疑就成为战争中的短板，军事是政治的最高表现形式，政客的取胜之道往往是为达目的不择手段，是很难受到道德理想支配的。这也是无可争辩的战场胜败逻辑。

没有夺得普拉成奇亚的凯奇纳非常着急。他受维特利乌斯委托指挥 3 万士兵，原来他只是一个军团长，地位和率领 4 万人马的瓦伦斯一样。因此，两位抢先将领也会存在相互争功的权斗，急功近利往往造成战略上的短视而导致战术失利，急于在瓦伦斯到达战场之前立下战功的凯奇纳企图利用伏兵一举歼灭渡过河进攻北岸的奥托军。他的具体办法是先让骑兵作为诱饵，将奥托军引入森林，再进行包围歼灭。

进攻到波河北岸的奥托军总指挥是擅长游击战术，曾经在不列颠战场平叛的老将苏维托尼乌斯·保利努斯，这种设局对他根本不奏效，凯奇纳反而落入了他的包围圈。当时只要苏维托尼乌斯一声令下，便可歼灭凯奇纳一半部队，然后折回 30 公里发动攻击，就可以轻易攻下只剩一半部队防守的克雷莫纳。这样一来奥托就可以成功保全皮亚琴察和克雷莫拉两个战略据点，死守波河，为"多瑙河军团"的战略集聚争取时间。

然而，苏维托尼乌斯却迟迟未能发布缩小包围圈歼灭敌人的命令，凯奇纳军的将士成功冲出包围圈逃脱而去。大概是他不忍下令让罗马人杀死自己的同胞，他的这些同情心奥托同样存在。后来保利努斯的儿子盖乌斯·苏维托尼乌斯·特兰克维鲁斯（Gaius Suetonius Tranquillus）在撰写《奥托传》时特别提到他的父亲保利努斯，并为他的绥靖行为和奥托最后战败自杀身亡作了如下解释：

我的父亲苏维托尼乌斯·拉图斯（席代岳翻译为鲍利努斯）参加了这次战争，任十三军团骑士级军团长。后来他经常提到，早在奥托身为普通老百姓的时候，就对内战深恶痛绝。有一次有人在宴会上谈到卡西乌斯和布鲁图斯之死，奥托气得浑身发抖。若不是他相信可以不经战争解决争端的话，他是不会起来反对伽尔巴的。况且一名普通士兵的榜样鞭策他漠视生命。这名士兵报告了战败的消息，可是没有人相信他。士兵们谴责他，说他是一个骗子，是一个临阵脱逃的胆小鬼。于是，他伏剑自刎，倒在奥托脚旁。我父亲常说，奥托这时喊道，他不想让如此勇敢的有功之臣遭受危险。

也就是说，奥托的后半生在西班牙天涯海角流放期间，除有效治理卢西塔尼亚，显然对自己人生有过反思，在俨然是浪子回头的反思中，人的理性精神开始回归，而对内战深恶痛绝。

奥托对于内战的绥靖心理影响着他的部属，显然这些言行对于苏维托尼乌斯是有深刻影响的。后来，苏维托尼乌斯在战役失败被俘后，为了保全生命，把他的没有乘胜追击凯奇纳余部解释为对奥托的背叛和对维特利乌斯的效忠，这显然和当时的舆论一致。塔西佗客观地记录了苏维托尼乌斯对奥托的背叛，而其同名的儿子在后来写作《罗马十二皇帝传·奥托传》中显然是在为他父亲的变节讳过。

因为，在与日尔曼军团决战之前，凯奇纳已经采用反间计散布苏维托尼乌斯已经背叛奥托的谣言，企图分化瓦解奥托集团。显然这类谣言虽然不能完全动摇奥托对于苏维托尼乌斯的信任，却依然派出自己的哥哥普罗库鲁斯和禁卫军司令提比亚努斯，特地到前线安慰苏维托尼乌斯，表达了皇帝对他的信任。

但是，苏维托尼乌斯和西尔苏斯只是作为奥托的臣僚和伽尔巴政权的留用执政官在前线领军打仗，而不是战役总司令官，故没有真正协调指挥各部的权力。因此，在即将决战前，奥托委以重任的前线指挥官就是这两位特使，尤其是禁卫军司令提比亚努斯对于战役指挥起着举足轻重的作用，因为奥托的哥哥并不懂军事也没有实力，充其量也只是皇帝委派的监军。

也就在这个时候，奥托在营地主持召开了作战会议。普罗库罗斯和提比亚努斯提出意见趁着军队取得胜利士气高昂的机会，干脆一鼓作气，立即与敌人进行会战。我军不应该丧失能够发挥主动出击释放强大战斗力的最佳时机，非要等维特利乌斯从高卢抵达之后再与敌军决一胜负，敌弱我强的有利战机将会瞬消即逝。

老成持重的将军苏维托尼乌斯曾经在尼禄朝英国女王布狄卡叛乱反抗

罗马人殖民统治时期，率领驻军第十四兵团和二十兵团一鼓作气在伦敦附近荡平叛乱，导致布狄卡服毒自尽，和罗马帝国达成和平协议。他告诉大家，等到敌人全部战力都已到达集聚地点，没有预备队留在后面，我们要选择最佳的时机出战，而不是迁就敌人，更不应该急于进行会战。等到我们来自麦西亚和潘达里亚的增援部队战略集聚完成，在兵力上优势于敌军的时候，就可以确保无坚不摧，所向披靡而立于不败之地，一鼓作气荡平日尔曼军团，永久解除后顾之忧。除此之外，延后会战可以使我方获得更大的利益，在于有足够的物质供应部队；反观敌军现在后勤补给线漫长而面临缺乏粮食的困境，特别是他们处于充满敌意的国度，短期之内饥馑的状况会变得更加严重。

几员大将中凯尔苏斯赞成苏维托尼乌斯的意见，安纽斯·加鲁斯由于坠马正在接受外科手术未能参加会议，但是他致信奥托劝他不要急于会战，因为多瑙河军团正在昼夜兼程赶到波河前来集聚。但是一意孤行的奥托，受到禁卫军司令和自己哥哥意见先入为主的影响，执意要立即进行会战，从而落入凯奇纳、瓦伦斯的圈套。主观上还是受到谣言的影响，对于苏维托尼乌斯的忠诚度有所怀疑。

普鲁塔克认为：

做出速战速决的决定有很多理由，最明显的说法在于禁卫军的士兵，虽然有很响亮的名称，而现在又担任着皇帝的卫士，他们并不喜欢军队严格的纪律和艰苦的训练，从开始出征就很不适应野战的需要，一直渴望回到罗马去过悠游自在的生活，避开战争带来的烦恼，这些人不愿意遵守兵法的约束，对会战抱有炽热的情绪，认为只要发起第一轮攻击，就能够将战利品全部搜刮到手。

再者就是奥托本人的问题，看起来很难忍受战争不确定的状态，完全出于个人的软弱和缺乏指挥才能，已经没有耐心考量即将到来的危险，为了消除焦虑的心情，认为最容易的办法就是眼睛一闭，像是从悬崖跳下去那样，把一切交付给命运。这是修辞学家、奥托秘书塞坎都斯（Secundus）对整个事件的看法。

公元 65 年 4 月 15 日发生的第一次贝特利雅库姆战役，自始至终都是在以贝特利雅库姆为中心的广阔平原各处展开的一场混战。

这时莱茵河军团的瓦伦斯兵团已经和凯奇纳兵团合围，通过深入到奥托军团的奸细有意识地放出迷惑敌人斗志的错误信息：说是维特利乌斯的军队军心动摇，都已经背叛维特利乌斯而去，结果引发了一场奥托军团士兵毫无根据的欢呼，使得他们对即将发生的战事突然由惊慌恐惧而变得掉以轻心起来，一种莫名其妙的轻松感在奥托军营中传播，等同于大战前的自我解除武装，这正是莱茵河军团所期望的事情。

紧接着维特利乌斯的军团就发起了进攻，他们在波河左岸公路上推进的纵队步伐是严整的，行动是有序的，显然是早有预谋的一次准备充分的作战行动。他们在实力和人数方面都占有绝对优势。不过，奥托的军队在经过了短暂的混乱后，这支兵员短缺、编制混乱且身心疲惫的军队仍然进行了英勇顽强的抵抗。

两军各自利用战场的有利地形，进入树丛和葡萄林时而进行肉搏，时而又隔着一定距离相互攻击，时而又分成若干小队进攻。短兵相接相互拿着盾牌全力压向敌人。他们并没有投掷标枪，而是用刀和斧头劈碎了敌人的头盔和胸甲，刀枪迸发出铿锵有力地发生碰撞的声音和血肉横飞的残酷场面，有声有色地展示出近身肉搏战的血腥画卷，使人惊心动魄。

在这片广袤的波河平原上，开阔的大地完全可以进行一场大规模厮杀的会战，可惜的是指挥这场战斗的人只是无恶不作但在军事上完全外行的禁卫军统领。他们的主子又是一个具有斯多葛理想主义的懦弱书生，面对的却是长期镇守边关蛮荒之地，来自莱茵河的第二十一军团，该军团号称"帕拉克斯"，也即"强盗"的意思。奥托军团投入战斗的是第一军团也即由水兵改建的军团，名为"阿德尤尼克斯"军团，意即"帮助者"的意思。这支部队是由尼禄当年招募，准备攻打帕提夏的预备役部队。开始是第一军团打败了第二十一军团的前锋部队，并且缴获军旗。因为此举而激怒了第二十一军团，最终不但打败了第一军团，而且将团长奥尔菲迪斯宰杀于马下，俘获许多队旗和军旗。

130

在其他战场上，来自日尔曼的第五军团打败了来自多瑙河潘达里亚的第十三军团，而第十四军团的分遣部队遭到了一支优势部队的围攻。奥托一方的统帅全部溜之大吉。如此奥托军团虽然将士效忠，三军奋力，而一个由弱主统帅的军队，面对从边关苦寒之地杀出来的虎狼之师，自然只能是失败的命运。

这些前线的败绩传来，更加使得奥托沮丧乃至失去了抵抗的信心，丧失了斗志。因为这场他所深恶痛绝的内战，敌我双方都是罗马士兵，连军装都是一样，使用着同样的军旗——银色鹰鸷，在同样军旗指引下，有时还是父子兄弟乡里乡亲之间的厮杀，在战斗结束打扫战场时，见到的尸体有的就是自己的同胞兄弟或者是父子，所谓争权夺利兄弟阋墙窝里的自相残杀莫过如此。

按照塔西佗的记载：奥托虽然离前线不远，却龟缩在指挥部等待战果。这是一场由两个不懂军事的而又刚愎自用的统帅在指挥的战斗，尤其是眼高手低傲慢无比的禁卫军司令提比亚努斯。当中心阵地被突破之后，各路统帅纷纷自顾自地逃跑。包括苏维托尼乌斯、提比亚努斯和普罗库罗斯、凯尔苏斯等人。

在得知自己的军队失败之后，奥托决定以自杀来结束这场内战的决心已定。这让在三十年后记录这场战争的塔西佗对于奥托的最后抉择赞不绝口。塔西佗和苏维托尼乌斯都没有参加这场战役，但却绘声绘色地描述了这场规模不算很大的战争和奥托悲壮地以自尽落幕的壮举，不无小题大做之嫌。他们都以高度褒扬的笔墨赞美了奥托的生死抉择，一般认为，这二位史学家所选择的资料来自于尼禄死后由伽尔巴任命的西班牙总督克鲁维乌斯·鲁弗斯所写的《历史》，都美化了奥托临终前对于死亡换取和平的抉择。后来的罗马史作者蒙森却认为，早期的学者塔西佗、苏维托尼乌斯和普鲁塔克习惯于渲染耸人听闻的悲剧气氛以塑造奥托的正面形象，但是却删除了某些主要的可靠事实。被打败的奥托军团在凯尔苏斯的主持下去贝德里亚库姆召开了一次军事会议：凯尔苏斯宣布说，战争最后的结局肯定对他们是不利的，继续无益地流血是没有意义的，参加会议的所有人同意了他的判断，包括奥托的哥哥和统帅提比亚努斯。于是凯尔苏斯和伽努斯亲自向凯奇纳投降。这一投降是决定性的，战争即使再进行下去，奥托也没有取得胜利的可能，因为他的军队主力已经叛他投敌，而他是不可能依靠西里尼亚军团和身边的近卫军和亲卫军取得胜利的，最后的命运不是死于自杀就是刽子手之手，奥托只能选择保持尊严的自杀。但是，塔西佗和苏维托尼乌斯却愿意将他描写成一个大公无私地拯救人民而结束内战，不惜牺牲自己的英雄。

公元 69 年 4 月 16 日的夜晚，经过一天对不断造访的部属和元老院元老的对话劝说和应酬的奥托已经是疲惫不堪，他已经下定决心不再听从任何人劝他继续战斗下去的建议。他开始安排战争结束的善后事宜：首先妥善安排了在场的幕僚和元老院议员的及时撤离，并写信给不在场的人员，让他们了解战场的严峻形势，同时派人通知沿线城市，对撤退人员的食宿给予照顾，使他们能够尽快回到罗马。随后，他一一会见了身边亲人和自己的近卫军士，包括他的哥哥、侄子和所有的朋友，嘱咐他们各自保重。在充满离别之情地一一亲吻了他们后，他关上房门，喝了点水，休息了一会，安定了一下自己心潮起伏的情绪。他来到里间自己的卧室，平静地写下了两份遗嘱：一份是给他的姐妹，对她们进行安慰；一份写给尼禄的遗孀美沙丽娜，他曾经想娶她为妻，现在只能遗憾地与这位年轻的美人诀别。他把自己的遗体和遗物托付给她们。他烧毁了自己的所有信件，以免落到敌人手里，使其他人受到连累。他将自己的所有财物分给了自己的仆人。

当奥托做完这一切之后，觉得自己可以毫无遗憾地告别这个充满阴谋和战乱世界，让灵魂永久地安息于人生的终点。但是，他突然听见了门外有喧闹之声，人们告诉他，一些士兵开始离开军营逃跑，有的人被抓获，并被作为逃兵即将被处决。然而，奥托坚决禁止对这些人使用暴力，并下令释放他们，让他们自由离开军营。

对于一个决定以死明志的帝国元首，硝烟尚未散尽，就立即告别自己的帝王宝座，难免有些伤感，但是，他在人生最后的时刻，还是想给他的臣民留下仁爱宽厚善解人意的美好形象。尽管在人生的早期他乱笔涂鸦，留下了开始的糟糕画卷，但是中年以后改邪归正，画幅趋向光明，现在的临终之笔他要浓墨重彩精心描绘一下，给世人留下一个美好的印象。

他想要留下一个良好的名声，这点他做到了。他和维特利乌斯的终场表演对比鲜明。

他寝室的门整夜大开着，再次络绎不绝地接待了许多前来见他的人，任何人想进来同他交谈都可以，直到天将拂晓之时，他又喝了不少水，似乎想润一润因为说话太多而冒烟的嗓子，他在烛光下拿出两把常用的匕首，很仔细地试了试锋利的程度，将一把摆放在桌上，将另一把藏在衣袍中的手臂之下。然后关好门，似乎解脱了尘世的一切烦恼，摆脱了所有思想羁绊，他一直酣睡到天亮，寝室门口值守的军官甚至能够听到他均匀的鼾声，这一觉他睡得十分踏实。

到了天色大亮之时，他叫来一位安排元老和幕僚撤离的释奴，请他探听一下这些人是否安全地撤出营区，顺利地踏上返回罗马的行程。等他知道一切安然无事后，吩咐这位释奴赶紧离开，并且一定要让士兵看到你的离开，否则有可能因为你目睹我的死而不阻止，就可能被愤怒的士兵碎尸万段。等到他的释奴离开之后。他手握匕首平放地面，让锋刃笔直向上，自己俯下身体拼尽全身力量让身子下锋利的刀尖深深扎进自己的左胸，他始终没有因为剧痛发出一声呻吟。他的仆人闻声闯了进来。他已经捂住自己的伤口卧倒在血泊之中，他用手指指着依然在汩汩流着鲜血的伤口，拒绝采取任何抢救措施。最后气绝身亡。

总之，当奥托活着的时候，大多数人对他恨之入骨，可是他死后，却将他捧上了天，正像民间宣扬的那样，他杀死伽尔巴不是为了夺取政权，而是为了恢复共和国的自由。

而他夺取政权仅仅三个月就在内战中失败自戕，也算是古今求仁得仁舍生取义的悲壮之士，目的是为了结束罗马人之间的血腥内战，所谓恢复共和国的自由也只不过是后人强加于他的美好想象，黄土垄中埋白骨的亡灵已然失去了生命力，无论是帝国还是共和国的实践都是无法验证的虚妄赞誉。帝国的内战还在枭雄们无情地争夺中延续着。

纨绔皇帝维特利乌斯

　　德里亚库姆战役的悲剧性收场，使得奥托军团兵败如山倒。当莱茵河军团以摧枯拉朽之势袭来时，奥托军团的指挥体系顷刻瓦解。挂名的前线总指挥、奥托的哥哥普罗库罗斯和凯尔苏斯趁着黑夜从军营逃跑，因为安东尼乌斯·伽努斯已经安排哨兵事先控制了逃跑的士兵，劝阻他们不要伤害仓皇出逃的军事领袖。苏维托尼乌斯和禁卫军司令提比亚努斯是从不同的方向几乎是踏着部下的尸体逃出战场，到了贝德里亚库姆，却回避与自己的部队在一起，生怕他们的错误指挥遭到士兵们的清算，他们躲进了相对安全的伽努斯军营。

　　然而，维特利乌斯的军队却停留在离贝德里亚库姆 5 英里的地方。凯奇纳和瓦伦斯军团，不敢贸然采用猛攻的方法攻占敌人的营地，这样损失太大，他们希望奥托阵营主动前来投降。失去主帅的禁卫军营地，另一名禁卫军司令波利奥（Pollio）身为两名禁卫军统帅之一却要求他所率领部队立即宣誓对于维特利乌斯的效忠，引起了士兵极大不满。因为营地留下的一些元老，大家更希望拥戴德高望重功成身退的前上日尔曼总督弗吉纽斯·鲁弗斯将军出任帝国皇帝。他们派出了一个代表团前去弗吉纽斯退休居住的庄园，请他出山担当帝国皇帝，或者在两强相争时担当一下帝位的仲裁者，因为奥托虽然已经自杀身亡，而身在镇压犹太教起义前线的东方统帅韦帕芗、提图斯在叙利亚总督穆奇阿努斯的拥戴下在东方称帝，准备和维特利乌斯决一雌雄，夺取帝国统治大权。此举甚至得到过去奥托支持者多瑙河军团首领安东尼的响应。

　　罗马的内战在双方战争叫嚣中一触即发，完全打破了这位早已退避山野不问政事老将军退休生活的宁静。弗吉纽斯认为自己没有发疯，至少头脑是清醒的，绝对不愿意走出隐居之地去趟这汪浑水，弄脏自己干净的腿脚。他刚刚退居林泉，其实早已完全失去对政治的兴趣，他宁愿洁身自好，也不愿意接手那个烫手山芋——帝国的皇位，更不愿意去充当所谓的调停者。他只能从自家庄园后门悄悄溜走，回避了这群絮絮叨叨的元老劝进团。

元老们拥戴弗吉纽斯为皇帝失败之后，近卫军们在他们的司令波利奥的带领下集体宣誓效忠维特利乌斯，再次充当了军事投机客，他们暂时获得了维特利乌斯军团的宽恕，被编入了凯奇纳的部队。但是，后来叛军头目们的下场并不美妙。

维特利乌斯对自己的部队在前线的胜利毫无所知，他按照计划把守卫莱茵河左岸的任务交给年老体弱的弗拉库斯，将少数老兵留在了冬营，自己带领着日尔曼的精锐军团，浩浩荡荡地开往意大利前线，仿佛要去进行一场胜负未决的战争，沿途不断向各行省征兵、征税敲诈勒索，并且调来了8000名不列颠精锐增加自己的实力。他并不知道他的对手已经自杀，战争实际已经结束，他还在煞有介事地奔赴前线，准备去和奥托军团决一死战。

经过几天进军之后，他才接到贝德里亚库姆的胜利和奥托之死的消息。他命令他的部队继续从陆路前进，本人却坐船顺着阿勒尔河顺流而下。此时他依然穿着简朴托加袍没有丝毫显示出皇帝的派头，直到他的副将高卢行政长官尤里乌斯·布莱苏斯将一套皇帝的豪华仪仗和精美服饰献给他，并且给他赠送了一队盛装的侍从，他才开始心安理得地享用这些奢侈的排场。因为胜负双方的统帅都在鲁格都努姆等待着他的光临。

按照苏维托尼乌斯的记载：

出征开始后，他已经按照凯旋将军的样子穿越经过城市的中心，乘坐饰有各种花环的极其豪华的大船在河上航行。花天酒地，对宫中和军中纪律不闻不问，他把所有的随行人员的抢劫和放荡统统视作为儿戏。这些人用公款为他们举行宴会仍然不感到满足。他们随心所欲地释放奴隶，动辄鞭打不顺意者，常有些被打得遍体鳞伤，有些人竟被打死。

维特利乌斯在举办的公众集会上，高高坐在讲台中央的象牙黄金圈椅上，他的两名爱将瓦伦斯和凯奇纳分列两边。在集会上他公开赞扬了这两位统帅，并得意洋洋地将他6岁的儿子抱在怀里。儿子也身穿豪华的皇家统帅礼服，父子两人检阅了日尔曼军团，他已经毫不陌生地端起了十足的皇帝架子，心安理得地享用着皇帝的豪奢仪仗和盛大排场，展示元首的威风。实际上他所率领这支日尔曼军团从介入战争起，就是一支从深山老林偏远地区杀出的一支无恶不作的虎狼之师，对付蛮族人勉强算着一支戍卫北方边疆的劲旅，而杀入到高卢和意大利交界的波河平原就是一伙明火执仗的强盗。塔西佗在《历史》中描绘这支部队：

但是意大利目前所遭受的苦难却比战争的灾祸更加严酷，更加可怕。分布在各自治市和移民地的维特利乌斯派的军队抢劫、盗窃、残暴、淫乱，无所不用其极。他们的贪婪爱财使得他们根本分不清是非；他们不尊重任何事物，无论是神圣的还是世俗的……统帅们受他们军队的摆布，因而不敢制止士兵们的掠夺行为。凯奇纳的贪欲不算十分厉害，但是他更热衷于提高自己的声望；瓦伦斯以贪得无厌和多得不义之财而臭名昭著，因此他更愿意放过别人的罪行。很久以来意大利的财富已经达到山穷水尽地步，因此所有这些骑兵、步兵，所有这些暴行、损失和痛苦现在已成为意大利无法忍受的灾难了。

然而，大概是见惯了罗马高层皇权更迭的闹剧，罗马市民对于这场兵燹战乱已经是见怪不怪了，他们公民的权力早已在独裁者对帝国的专制垄断中被剥夺殆尽，所谓市民大会的选举也已经被寡头军阀的武器所阻断，他们只能在强权下追求耳目的愉悦和肉体的享乐，这其实也就是民族英雄的尚武进取精神的堕落。当奥托兵败自杀的消息传到罗马时，罗马没有发生任何骚乱，每年4月12日至19日纪念罗马守护神凯列斯的狂欢节仍然按照习惯的方法举行，结束时的赛马比赛使得狂欢达到高潮。当罗马市的行政长官弗拉维乌斯·萨宾努斯向全体观赛市民宣布奥托的死讯，并让城市的驻军向维特利乌斯宣誓效忠时，全场观众起立鼓掌雀跃，一致对于维特利乌斯的名字报以欢呼声，可以说是直冲云霄震耳欲聋。戴着花环和桂冠的人民群众捧着伽尔巴的胸像从一座神殿走到另一座神殿，并且将花环在紧邻市民广场库尔提乌斯湖边堆成高高的花冢，因为伽尔巴就是在这里被杀害的。元老院立即决定将帝国最高元首的一切荣誉授予维特利乌斯。此外还决定向日尔曼军团取得的胜利表示赞美和感谢。

元老院派出使团去了前线军营，对凯奇纳和瓦伦斯军团表示了祝贺，表达了他们兴奋心情，对于武装的强权者表示了习惯性的谄媚，为新皇帝的登基献上忠心，元老院完全成为军事寡头玩弄于股掌之上的政治工具。其实他们怎么能不知道这位当年罗马落魄街头的纨绔子弟的德性和人品呢，只是现在他握有了军权，就有着令人望而生畏的镇压之权，他们只能是俯伏于权力之下的奴才。瓦伦斯直接写信给元老院和罗马执政官表达了感谢之情，而凯奇纳却没有写下片言只语，他的谨慎谦逊反而更使元老院产生了内在的崇敬。

在鲁格都努姆逗留的维特利乌斯举办了隆重的阅兵仪式，颁发了第一道皇帝敕令。他毫不犹豫地遣散了已经投降的禁卫军大队，因为禁卫军大队为全军树立了一个为了个人利益不断卖主求荣的坏榜样。他命令收缴了禁卫大队所有的武器，并且将所有参与推翻杀害伽尔巴，向奥托写信要求奖励的120名百人队队长全部逮捕处死，包括率领他们投降的禁卫军司令波利奥在内，统统成为新皇帝的刀下之鬼。对于这种残暴行为，得到了全军上下的拍手称快。因为作为戍边野战部队的待遇长期以来就低于皇帝身边的禁卫军，这次皇帝的果断处理，得到了他们无条件的支持与欢呼，认为维特利乌斯是一个高尚的人，值得他们追随的人，未来也必将成为一个英明伟大的皇帝。

维特利乌斯过去就是整天围绕皇帝转，伺候过卡里古拉、克劳狄乌斯和尼禄皇帝，对这些禁卫军的势利嘴脸看得太深太透，前天可以谋杀小军靴，今天谋杀伽尔巴，明天背叛奥托，后天没准就会将矛头对准自己。他从他的日尔曼和高卢军团中重新组合建立了自己的亲信近卫大队。

对已经放下武器投降归顺的奥托军团高级将领的处置上，他还是公正地加以区别对待：苏维托尼乌斯和提比亚努斯心怀忐忑地焦急地等待了很长时间，最后才受到召见。两人都解释说，因为他们对于奥托的背叛，才故意延长行军时间，导致敌人军力耗尽，行军受到辎重的拖累而造成部队的一片混乱，促使奥托军团的瓦解，才加速了日尔曼军团的胜利。

维特利乌斯相信了他们的解释，没有追究他们追随奥托的行为。对于奥托哥哥普罗库罗斯他也予以了赦免，因为哥哥支持弟弟的事业是天经地

义的兄弟之情，可以理解。对于凯尔苏斯对伽尔巴和奥托的忠诚，他表示
高度赞赏，这是一位值得褒扬的忠义之士，也是他需要的人才，他仍然保
留了凯尔苏斯的执政官职位，让他在新政府中发挥作用。

塔西佗在《历史》中客观评价维特利乌斯：

对于叛方（维特利乌斯以伽尔巴的继承人自居）没有再采取别的什么
严厉措施；也没有再进行什么没收财产的措施。在奥托一方作战阵亡人们
的遗嘱仍然有效，如果士兵在死后没有遗嘱的话就按照一般的法律规定加
以处理。老实说，如果维特利乌斯能够节制一下他的豪奢的生活方式的话，
人们本来没有必要害怕他的贪欲的。但是他那讲究美的吃喝欲望却是可耻
的，永不知足的。各种适口的珍馐美味的东西不断从罗马和整个意大利运
来，而从亚得里亚海和第勒尼安海方面那些道路也到处响着赶路的马车。
为了给他备办筵席，他所经过城市的头面人物累垮了；城市本身受到了蹂
躏。他的士兵已习惯于享乐并且学得看不起他们的领袖了，他们也就失掉
了力量和勇气。维特利乌斯在到达之前便把一份宣言送到了罗马去，推迟
接受奥古斯都和恺撒的名号，不过皇帝的权力他却全部接受了。

维特利乌斯由波斯图米亚大道，转到了克雷莫纳，他在那里兴致勃勃
地观看了凯奇纳专门为他举办的剑奴比赛，并突发奇想要去贝德里亚库姆
大平原，看看两军真实交战的战场，亲眼看一下他的军团取得重大胜利的
现场。那里留存的是一幅充满恐怖氛围的残酷画面，这场恶战结束还不到
四十天，到处都是残缺的尸体，地面上浸透着污物和血块，树木被砍倒，
庄稼被践踏得一塌糊涂，被克雷莫纳人洒满月桂和玫瑰的那一段道路是专
门为了皇帝的到来而铺设的，也呈现出同样野蛮血腥的景象。人们此刻正
在修筑祭坛，屠宰牺牲，对他百般逢迎谄媚，满足着他的虚荣心和帝王般
的威严感。凯奇纳和瓦伦斯轮流上来满脸堆笑地向他分别解说着当天战斗
的情况，他们指出的地方都是自己军团冲出去英勇出击歼灭敌人的原址。
将领和中队队长都在各自吹嘘自己的战功，他们的陈述有真有假，其中有
虚构和夸大的成分。

苏维托尼乌斯写道：

当他来到交战过的战场时，面对腐烂的尸体，一些人感到毛骨悚然，而他却鼓起勇气鼓励大家，其用语令人恶心："敌人的尸体飘香，我们的公民尸体更芬芳。"然而，他还是当众喝下许多浓酒，还把一些酒分给士兵，以压一压强烈的臭味。他凝视着为纪念奥托刻写的石碑，同样虚伪而傲慢地说："奥托应该有这样一个陵墓。"同时派人把奥托用以自杀的匕首送到阿格里皮娜殖民地，献给战神马尔斯。

在视察过战场遗迹之后，瓦伦斯又在波诺尼亚隆重接待了维特利乌斯一行，似乎刻意要和凯奇纳一比高低，在举办剑奴比赛时，比赛的一切设备都是从罗马运来的。

根据塔西佗的记载：维特利乌斯的军队毫无军纪，完全乱成一团，到处都有人酗酒。这类事情只见于长夜宴会和狂饮，而与一座武装的军营应有的纪律是不相容的。正好这时第五军团的一名士兵和高卢辅助军团的一名士兵在喝醉酒之后，开玩笑地要进行角力比赛。当自视甚高的正规野战军团的士兵与高卢辅助军团的蛮族士兵扭在一起的时候，原是为军营内的吃喝助兴的即兴表演变了。蛮族士兵身大力不亏巧施蛮劲，竟然将野战军团战士摔倒在地，引发蛮族士兵的哄堂大笑，这时旁观的军团士兵开始恼羞成怒地集合起自己的部队，准备大打出手。军团士兵突然动手，开始无情屠杀辅助军团，结果高卢辅助军团在猝不及防中两个中队被歼灭，当更多辅助军团前来增援时，骚乱的范围越来越扩大，远处看到只是一团相互扑打的尘土以及双方武器撞击的声音。这时人们叫嚣着野战第十四军团也准备前来参与战斗了。

当维特利乌斯派人前来制止这场突然发生的械斗并调查事态起因时，参与斗殴的日尔曼巴塔维亚步兵中队士兵开始胡乱编造理由为自己的酗酒寻衅滋事开脱。他们指控维尔吉尼乌斯派遣了一个高卢蛮族的奴隶突然冲进宴会场所，准备暗杀维特利乌斯。士兵们见义勇为，奋起维护皇帝的安全，与刺客进行了英勇搏斗，杀死了刺客。野战军团冲到宴会场所是为了寻找幕后黑手维尔吉尼乌斯的，这些家伙歪曲事实真相，刻意掩盖了他们无端挑起事端屠杀友军的罪行。

维尔吉尼乌斯是多次担任执政官的军队统帅，由于治军严格而遭到部下忌恨，这点维特利乌斯心知肚明。他安抚了的野战军团的士兵，表彰了他们对皇帝的忠心，却解散了高卢辅助军团，因为这支部队原本就是为他的进攻奥托部队前来装装门面虚张声势的，现在战争已经结束，他也没有更多的钱来豢养这支蛮族部队，趁势将他们打发回老家去了。他还将参与斗殴闹事的巴塔维亚步兵中队遣送回了日尔曼军营，免得来到首都罗马再生出什么是非来。

当维特利乌斯即将到达首都时，他的随从人员越来越庞大，表现也越来越腐化堕落。优伶戏子、大批的宦官和尼禄宫廷中各类弄臣都同他的士兵混在一起。原本维特利乌斯同尼禄是一路货色，他常常主动陪同尼禄到各地唱歌表演吃喝玩乐。他和尼禄都是贪图奢侈和秉性残忍之人，当他踏着血迹一路悠闲自在如同旅游那般轻松自在地行军，原来仅 10 天的行程，他磨磨蹭蹭吃吃喝喝延宕了近 50 天，才于 7 月 18 日来到罗马郊区。

他身着凯旋将军服装，臃肿肥胖的身躯腰佩短剑，肩披猩红色大氅，骑着高头大马在军旗的簇拥下走在队伍最前面。在嘹亮的军号声中士兵们手执明晃晃的战刀和身披行军斗篷，紧随其后，准备威风凛凛地像是征服者那样骑马踏进罗马城。元老和前来迎接的人民代表走在队伍的前列作为前导，这时有元老低声对他说，进入罗马时不应当以占领者的身份，应当以第一公民的身份皈依首都。维特利乌斯倒也从善如流，立即换下了军大氅，改着一身元老镶紫边托加袍，把他的队伍重新整理好，徒步走进罗马城。

当晚，装修一新、打扫干净的帕拉蒂尼山上原提比略的宫殿，已是宫门大开，张灯结彩，大放光明，维特利乌斯的弟弟卢基乌斯为哥哥举办了奢侈豪华盛况空前的晚宴。据说为这次宴会购置了 2000 尾精选的鲜鱼和 7000 只飞禽。他本人献给女神密涅瓦的贡盆价值百万塞斯特尔提乌斯，为了打造这个纯银铸造的硕大供品食盆，只能在露天修建熔炉进行冶炼翻铸，工匠将成吨的银子熔化后倒入精雕细刻的模具塑造成型。当这个硕大的贡盆出现在宴会现场时，使所有参加晚宴的宾客大惊失色。维特利乌斯将之命名为"罗马守护女神涅尔瓦的盾牌"。他把海鱼肝、野鸡和孔雀的脑髓以及红鹤的舌头和鳝鱼的奶汁在大盘中搅拌在一起，作为祭神的贡品，也为了事先满足自己的口腹之欲。为了寻找这些匪夷所思的珍贵食材，他派遣水手和三列桨的船队从帕提亚到西班牙海岸，可以说是从罗马帝国的东部边界到西部边界，走遍天涯海角以满足自己饕餮欲望。苏维托尼乌斯说他：

贪吃不知限量，既不分时间，也不顾体面，甚至在献祭或者旅途中也不能克制自己。他在祭坛上抓起几乎刚刚离火的肉块和大饼，就地狼吞虎咽。至于在沿途酒店，他连烟熏火燎的食物，乃至于隔日的残羹剩饭也不嫌弃。

他经常一天分三次饮宴，有时分四次：早宴、午宴、晚宴和长夜饮宴。由于服了催吐剂，所以每次饮宴都能吃得进去。在同一天内他分别让各种人物为他举办三四次，每场宴会不少于40万塞斯特尔提乌斯。据统计维特利乌斯统治的短短几个月内，用于大吃大喝的费用竟达9亿塞斯特尔提乌斯。

维特利乌斯第二个特点就是不分青红皂白地滥杀和体罚无辜之人。他使用各种欺骗手段把政坛显赫人物、同窗好友和同龄人诱骗入宫，花言巧语地说是想和他们共享权力，然后用各种手段将他们杀害。他甚至亲手在客人饮用的茶水中释放毒药，害死一名身患热病请求喝凉水的人。凡在罗马过去向他讨过债，或者给他发放过高利贷的立约人和包税人，他在当上元首后一个都没有饶过，必欲置之死地而后快。有一个人在向他请安时，被他交付禁卫军处死，但是随即又被召回，当所有的廷臣一齐称赞皇帝的仁慈时，他陡然变脸，命令当场将此人处决。面对廷臣惊愕的表情，他只是轻描淡写地淡然一笑说："寡人想充分欣赏人在面对死亡时，脸上瞬间的痛苦表情。"他只是想证实一下人在死亡面前是如何挣扎的，就像是猛虎对于兔子吞噬前的反复玩弄，满足一下自己变态的欣赏欲望，其实欣赏的只是自己手中被滥用的权力。这就是某种突然从落魄奔上权力顶峰后小人得志者的轻狂。

还有一次，两个儿子为父亲请求赦免，他把他们和父亲一起处死了。

一名罗马骑士被拖上刑场时，对他高声喊叫："你是我的遗产继承人。"当他看到遗嘱，知道自己和这名骑士的释奴共同成为遗产继承人，于是干脆将骑士与释奴一起处决，他成为唯一遗产继承人。他反感舞台上插科打诨的小丑，仇恨占星术，这些人只要受到指控，不加审判立即处死，因为前者很可能利用戏剧舞台对他的统治进行讽刺，后者则利用占卜预测他命运走向，这都是他所不能容忍的事情。因此，他下令所有的占卜者在 10 月 1 日之前，离开罗马和意大利，免得他们在首都摇唇鼓舌蛊惑人心。敕令发出之后，立即有人编发传单在罗马张贴公开诅咒他早死早好：

愿神赐福于社稷，但愿维特利乌斯·日尔曼尼斯库，如同古代卡尔戴伊占星师宣布的神谕那样，让这个家伙在 10 月 1 日前一命呜呼。

维特利乌斯这种倒行逆施行为，受到了他母亲的严厉指责。为此，这位高贵的老夫人、前执政官的遗孀，厌恶儿子统治下的腐败现实，预感到自己的儿子绝不会有好下场，忧郁成病，卧床不起。

维特利乌斯开始求神问卦，据说日尔曼的卡狄人（Chatti）巫婆常有先见之明，被他重金请来的巫婆对他说："如果他的父母死在他之前，他的政权就能够得到巩固。"父亲早已亡故，于是他禁止给自己的母亲提供治疗，绝望的母亲向他索要毒药，他毫不犹豫地答应了，最终老母亲服毒自尽。

维特利乌斯的可悲下场

罗马帝国已经陷入四分五裂内外交困的窘境，维特利乌斯的统治风雨飘摇，每况愈下。早在他进入罗马之前，就在他统治帝国的第八个月，从叙利亚和犹太行省传来的消息，东方诸行省包括埃及在内均已宣布效忠犹太总督韦帕芗。（他的拉丁文本名为提图斯·弗拉维乌斯·维斯帕西亚努斯，本处采用英文译名）自从罗马共和国为帝国所取代，原有的民主共和体制仅存皮毛，而骨子里已经为君主独裁专制所取代，尤其在提比略当政时期，文武百官和各行省总督的任免之权大都出自皇帝个人意志而陷入混乱不堪的局面，这也是帝国面临解体的重要原因。

在这样的土壤上，尼禄王朝的崩溃意味着新的军事强人的崛起，在混乱的秩序解体中进行争斗博弈，只能是陷入血腥的丛林规则遵循成王败寇的恶性循环，最终酿造了公元69年的"四帝之乱"，这实乃政体混乱导致的结果，政军体制不良的直接体现是：奥托被流放去卢西塔尼亚行省担任总督纯属尼禄个人为了夺取其妻波庇娅的清除情敌的报复行为；对于像伽尔巴这样年老体弱的老贵族也许是出于对其权势的嫉妒，被打发到西班牙行省去带兵驻扎；至于纨绔子弟维特利乌斯崛起更是事出偶然，由于伽尔巴对他的厌恶，他竟被派驻下日尔曼掌握着一支帝国重要的武装力量，使其轻而易举进军罗马夺得帝位。

时间回到公元69年1月，帝国仅次于莱茵河防线的重要前线是多瑙河一带以及叙利亚和巴勒斯坦，叙利亚总督穆奇阿努斯和正在巴勒斯坦地区参加镇压犹太起义的韦帕芗是这条"东方战线"的负责人。前者指挥4个军团，后者麾下所属3个军团，是帝国不可小觑的武装实力集团，在乱世争霸中几乎可和莱茵河、多瑙河武装集团旗鼓相当。

伽尔巴被元老院宣布为皇帝的信息已经传递到叙利亚和巴勒斯坦平息犹太叛乱的前线，穆奇阿努斯和韦帕芗向伽尔巴宣誓效忠的书信正沿地中海向西缓慢传送，携带效忠信的是韦帕芗的长子提图斯。当他在希腊和柯林斯海沿岸收到了伽尔巴被刺身亡、奥托登基、维特利乌斯起兵的信息，30 岁的提图斯一时感到困惑，不知如何抉择，因为他到达罗马如何就如此飞快转换的政局表态，势必是代表整个"东方军团"的立场，踌躇间一时难以贸然决断，他决定原路返回。

因为虽然伽尔巴、奥托和维特利乌斯都是凭借军事实力奔向皇帝宝座的，但是都得到元老院事后的追认，其中明显有军事胁迫的意思，但至少在形式上都是合法的，既然帝国皇帝的选择已经完全突破了门阀血统的承嗣，意味着军事实力方面的对决，作为拥有军事实力的一方，自然"东方军团"也可借助自己实力对王位进行一番角逐，真正鹿死谁手结果难以预料。东方前线的军政首领均为从卡里古拉到尼禄王朝股肱大臣，作为镇守边疆的实力派大臣对十奥托和维特利乌斯的底细实在再了解不过。

公元 67 年爆发的犹太战争，在尼禄死后基本陷入停顿，但是犹太全境已经平定，只是等待有利时机攻占首府耶路撒冷。公元 69 年 4 月 16 日奥托兵败自杀，几天以后元老院宣布承认维特利乌斯的皇帝地位，5 月份消息传到东方叙利亚和犹太行省。6 月份传来"多瑙河军团"纷纷表达对新皇不满的信息，并派员前来叙利亚询问穆奇阿努斯总督是否有意问鼎皇位。6 月末，穆奇阿努斯会同犹太省总督韦帕芗和埃及总督提比略·尤里乌斯·亚历山大，以及各自部队的军团长、大队长、百夫长以及东方各国国王在叙利亚的贝洛特公开召集会议，研究帝国政治局势和皇位继承问题。会议一致决定由韦帕芗担任帝国皇帝，但是他继续率领他的兵团留守东方的埃及亚历山大里亚，由他的长子提图斯担任前线总指挥、埃及总督尤里乌斯·亚历山大担任副总指挥，翌年即公元 70 年春天开战，待彻底战胜犹太起义者结束战争后，再会师罗马，韦帕芗登基为帝国元首；在韦帕芗驻跸亚历山大里亚指挥平叛期间，先由穆奇阿努斯率领叙利亚军团前往意大利和维特利乌斯进行决战。

埃及距离犹太很近，如果犹太战争比之前预想的更加麻烦的话，担任战役总指挥的韦帕芗赶到前线非常方便。韦帕芗要确保地位，赢得犹太战争是绝对不可或缺的条件。罗马皇帝的两大职责便是帝国边境安全和粮食保障。所谓安全，就是除了防卫外敌以外，还要维持帝国国内安定，犹太是罗马的行省，犹太人的叛乱就是行省人民的叛乱，属于扰乱帝国安定的行为，如果不能成功镇压，就是皇帝的失职。再说埃及是帝国的粮仓，粮食问题的保障就是确保民生物资的源头通畅，这样可以稳定民心，也可切断罗马政敌的粮食供应扰乱维特利乌斯军心。

公元 69 年 7 月 9 日驻扎埃及、凯撒利亚、叙利亚、安条克的 9 个军团正式推举韦帕芗称帝，除了叙利亚总督穆奇阿努斯是韦帕芗的重要支持者外，多瑙河兵团的马尔库斯·安东尼·普利姆斯也声明对韦帕芗的支持。两支部队在意大利东部会师，准备开展和维特利乌斯的日尔曼军团的作战。10 月下旬，敌对双方再次在波河平原的贝德里亚库姆进行决战。但是维特利乌斯已经无将可用，因为瓦伦斯正在生病，凯奇纳闻讯叛逃而去。他只能启用自己弟弟卢基乌斯率领着一支由新兵和角斗士组成的舰队企图阻挡叙利亚军团穆奇阿努斯的进攻。在陆上派遣在贝德里亚库姆作过战的军团应对多瑙河兵团安东尼的军队，虽然在人数上日尔曼军团依然占有优势，但是经过三十多公里的长途跋涉，早已疲惫不堪再加上群龙无首，军心涣散，几乎一触即溃。就这样已经强弩之末的维特利乌斯两路大军均惨遭败北，全部龟缩在罗马城内以作困兽犹斗。

现在剩下的罗马只是一座孤城，维特利乌斯可以说四面楚歌，身陷绝境，坐困愁城，但是他依然不肯坐以待毙，做着显然于事无补的垂死挣扎。对于水陆两路的败绩，他唯一的选择就是采取掩耳盗铃般的鸵鸟政策，在公众面前闭口不谈，元老院元老们虽然心知肚明，却也只能保持沉默，因为首都还掌握他的手中，败退的溃军依然形成相当的实力。这群乌合之众聚集在阿皮托尔山下的近卫军军营中。如此算来，他还牢牢地控制着新组建的近卫军 16 个大队 1.6 万人的精锐兵力，这也就是他负隅顽抗的最后家底了。抵抗东方军团和多瑙河军团的两路大军也许微不足道，但是控制罗马局势和监视元老贵族集团随时大开杀戒还是绰绰有余的。

罗马城内百多万居民，大部分都是不明真相麻木不仁的芸芸众生，他们早已与政治隔绝已久，短期内只要能够有足够的娱乐活动空间和能够继续吃吃喝喝地混日子，也只不过都是狮子驱赶下的愚昧羊群，他们继续高举着拥护君主的旗帜跟随着皇帝的指挥棒转，但是只要两个皇帝打架，他们就如同观看一场竞技比赛，只是充满好奇的看客。外面烽火连天，城内歌舞升平照旧。现在维特利乌斯主要对付的就是罗马城的行政长官，用现代语言来表述就是首都市长弗拉维乌斯·萨宾努斯。他是韦帕芗的亲哥哥，弗拉维家族的元老安插在罗马强有力的钉子。在这个帝国皇帝走马灯式轮替的乱世，首都秩序多亏他的有效治理才没有陷入混乱，对这个人控制得好，也许帝国整个形势还可能向维特利乌斯有利的方面逆转，他手中还有人质外交的最后一张王炸可以出手，可以拿萨宾努斯的生命和韦帕芗进行交换周旋，从而出现帝国"后三头政治"分权而治局面。虽然不可能长期分裂，至少仍然可以维持某种平衡，他可以在战乱中获得某种喘息机会，组织力量卷土重来，再行决战。

维特利乌斯决定通过挟持萨宾努斯来和韦帕芗进行谈判。然而，他并不知道韦帕芗称帝，本身就是东方军团和东方王国再加上多瑙河军团权力平衡妥协的产物，是各方共同推举的共主，因而他的权力不是绝对的，既然以军事实力为后盾可以推举他，就必然能够制约加以限制他的权力，这就是共和宪政体制在帝国的延伸，寡头集团内部的权力制衡还是有很大的空间对皇帝的权力进行限制和制约。再加上韦帕芗本人的谦虚低调，按照塔西佗在《历史》一书中的说法："即便当上皇帝，有了高贵的身份，并没有表现出骄傲和虚荣，看不到他的行动有什么不同寻常的地方。"因此，韦帕芗本人绝对不可能违背军阀团伙的集体意志，单方面去和维特利乌斯达成妥协，进行所谓利益交换。这一点，成为人质的资深政客萨宾努斯必然也很清楚，因为老人家已经知道维特利乌斯只是在做困兽犹斗般的垂死挣扎而已。

与在军事领域异军突起的弟弟相比，学识渊博的哥哥选择了行政管理，进入帝国的官僚阶层，启用萨宾努斯担任罗马行政长官是奥托的决定，当时也有着安抚掌握军权的东方边关大吏，确保帝国权力平稳过渡的意思。奥托的选择不乏英明之处，多亏萨宾努斯对罗马的行政治理有方，在政权轮替的混乱时期，罗马这座具有百万人口的大城市避免了战争带来的混乱。但要一意孤行的专制独裁者承认政治上的失败几乎就是梦想。

维特利乌斯按照他的思维逻辑和行为方式开始了灭亡前的最后表演。他的莱茵河军团是在公元69年12月15日在波河平原投降的，一贯只知道吃吃喝喝的维特利乌斯在16日凌晨的睡梦中，就收到兵败克雷莫纳的消息。

塔西佗在《历史》中写道：

但是他刻意隐瞒了这一惨败的消息，这种愚蠢的伪装并不能延缓灾难的到来，实际上却耽搁了对灾难的及时补救。要知道，如果他只要肯承认真相并且寻求对策的话，他仍然还是可以有一些希望和办法的，但是他装出一切平安无事的样子，那他自己的弄虚作假就只能使他的处境更加不堪了。

他对战争的禁止谈论，反而使得各种战争的真相通过敌人派出的奸细以谣言的方式在罗马的街头巷尾和兵营中到处传播，有一些人甚至被领到了克雷莫纳战争现场去参观。面对这些揭露真相的人，他暴跳如雷地予以处决，企图通过暴力镇压堵塞悠悠众口，但是并不能阻止谣言的广泛传播。他只能命令14个禁卫军团封锁亚平宁山脉的各个出口，把其余的中队交给了他的弟弟卢基乌斯率领，负责守卫罗马城。

12月17日，他在帕拉蒂尼山皇宫旁的阿波罗神庙大殿召见了罗马行政长官萨宾努斯，提出签订和平协议的要求：韦帕芗在他和平让渡政权后，确保他的生命和1亿赛斯特尔提乌斯财产。这虽然只是他的一厢情愿，但是在生命的威胁面前萨宾努斯仍然可能愿意说服韦帕芗接受他的条件。他请尼禄时代的两名执政官在场作为证人。但是萨宾努斯对此毫无兴趣，拒绝了他的要求。提出的理由是，自己已经年老力衰了，而他和自己的弟弟韦帕芗的关系并不十分融洽，原因在于韦帕芗在担任阿非利加总督时，由于为政清廉，财政拮据，为了购买奴隶缺少资金，曾经向早已富甲一方哥哥借钱，但是萨宾努斯甚至要求他把自己在罗马的房产抵押，才肯借给他一部分钱财，虽然表面上兄弟关系还算说得过去，但是暗中两人还是有过节的。因此，萨宾努斯以此为借口明确拒绝了这笔政治交易，但是，他是一个性格温和害怕流血的人，明确希望维特利乌斯无条件放下武器停止抵抗，避免罗马城再发生流血事件，和平交接权力。至于他退位后去处，他兄弟会予以合情合理地考虑，而他不可能越俎代庖去和维特利乌斯签订什么协议。因为那时韦帕芗的前方将领穆奇阿努斯和安东尼已经不停致信维特利乌斯：答应只要他放下武器，停止抵抗，即可保证他和家属的生命财产安全，他可退居坎帕尼亚海滨安度晚年。他之所以要和萨宾努斯谈，目的在于分化挑唆他们兄弟的关系，然而他失望了。当维特利乌斯垂头丧气走出神殿时，萨宾努斯脸上呈现出的神情仅仅是怜悯。

现在维特利乌斯能够打的只剩下民意牌了。早已在提比略皇帝时代就已经废止的公民大会，在他的组织下在罗马市民广场召开了。他脱下皇帝通常穿的紫色绸缎绣金花衮服，开始穿上纯白色的丧服，四周围绕着他哭哭啼啼的家人，包括他身边的奴隶和释奴。他的小儿子被放在肩舆上抬着，就仿佛是出殡那样，向市中心的市民广场徐徐走去。周围的群众依然不合时宜地谄媚着向他欢呼，卫士们却哭丧着脸，陷于沉默地跟随着他走向市民广场的船形讲台。他要发表他告别皇位的悲情演讲。塔西佗不无讽刺地写道：

这里的罗马皇帝就在昨天还是全人类的主人，现在他却放弃了他那倍极尊荣的地位，从人民中间和市中心走过，放弃了自己的统治大权。人们先前没有看到过或听到过类似的事情。突然发生的一次暴行杀死了独裁官恺撒，一次密谋又夺去了盖乌斯的生命。在黑夜和荒野的掩蔽下尼禄逃跑了，皮索和伽尔巴还可以说是死在战场上的，但现在的维特利乌斯在自己召集的一次会议上，在他自己的士兵拱卫下甚至有妇女旁观的情况下，按照他当前的悲惨处境简单地讲了话。他说他的退让是为了和平和他的国家，他请求人民群众只需记住他并怜悯他的兄弟、他的妻子和他无辜的年幼子女。他讲话时，把他年幼的儿子抱起来，给这个人那个人以及到会的所有人看。最后他泣不成声，从身边把匕首抽出来，交给站在身边的执政官，就好像把生死大权交到公民手中似的。这是 11 月到 12 月补缺的执政官凯奇利乌斯·西姆普尼克斯。这个人表示了拒绝。而与会的民众也高呼不同意的时候，维特利乌斯便离开了人群，打算把皇帝的标记存入船形讲台后面的协和神殿，而在这之后，再到他就在广场附近的兄弟家里去。于是追随他的人民高呼口号，反对他到一个私人住宅去，要求他回到宫殿去。所有的道路都被自发组织的人群所封锁，只留下一条圣道，他仿佛万分惶恐地返回帕拉蒂尼山的皇宫。

可以说维特利乌斯精心设计的苦情戏还是很成功的，至少赢得了不少罗马民众和士兵的同情和支持，人们劝他不要丧失信心，争先恐后地向他保证一定全力支持他，他在民粹被煽动起来的狂潮中开始突然动用武力对萨宾努斯和弗拉维家族展开报复。被他煽动起来罗马人民和日尔曼禁卫军大队开始对萨宾努斯和弗拉维家族成员发出威胁。作为罗马行政长官的萨宾努斯也决心集中城市守卫部队和警察部队保卫自己宅邸和家族成员，包括弟弟韦帕芗的小儿子后来是皇帝的图密善以及部分元老大臣。显然市镇守备和警察部队很难抵抗来自莱茵河畔的虎狼精锐，于是边打边退地带着小股部队占领了卡比托利欧山上朱庇特神庙，那里有罗马开国君主罗慕路斯所建的避难所，按照规定军队是不能杀害在避难所躲避的人们。他还派人突破敌人的封锁线将自己已经被围困的消息通知了韦帕芗的部队。

当晚，罗马的天空飘落了一阵冬雨，卡比托利欧山气氛肃杀，四周萦绕着浓雾，使景物难以分辨。愤怒的市民和日尔曼禁卫军团已经将神庙团团围住，只等天亮时分浓雾散尽，就准备杀进神庙，清剿萨宾努斯的部属及其他韦帕芗的亲属。

萨宾努斯派出百人队队长科尔涅利乌斯下山去见维特利乌斯，希望他主动撤围，为自己留一条后路，不要把事情做绝。维特利乌斯则以退为进，乔装退位，进一步煽动民众拥戴的假象，再次返回帕拉蒂尼山统治中心，暗中部署军队占领要津，在罗马人口稠密区大开杀戒，使得道路几乎为尸体所堵塞。萨宾努斯对维特利乌斯屠杀无辜民众的暴行进行了揭露，指出：

我萨宾努斯只是一名普通公民和一名元老，韦帕芗和维特利乌斯之间的问题，你们不妨通过正常战争和攻城略地的手段来决定胜负。尽管西班牙、日尔曼、不列颠已经叛离了，但我韦帕芗的亲哥哥，在我应邀和你谈判之前，还是忠实于你的，和平与协调对于战败者是有利的，对于胜利者也只是荣耀而已。如果你后悔你的决定，你也不必用你的叛变行为来欺骗我萨宾努斯或者对韦帕芗年幼的孩子进行屠杀。你杀害我们这一老一小有什么好处呢？你倒是应该率领你的军队堂堂正正地决一死战，在战场上取得帝国最高统治权。

对于萨宾努斯义正辞严的指责，维特利乌斯深表不安，但是他说，自己已经不是皇帝了，公民和士兵对于他的拥戴过分热情和狂热，使他这个性格温和的人无力阻止。在离开帕拉蒂尼山皇宫时，他派人从秘密通道护送科尔涅利乌斯回到卡比托利欧山神殿。随后日尔曼禁卫军中队就开始对朱庇特神殿开始进攻。这是罗马建城以来维特利乌斯军队犯下最严重的罪行，因为任何占领罗马的敌军包括公元前 387 年占领罗马的高卢人都没有进攻和破坏朱庇特神殿，杀害在避难所避难的民众。

然而，维特利乌斯的士兵却放火焚烧了神殿。他的士兵冲进神殿进行了一场极为残酷的烧杀，科尔涅利乌斯等一批有经验将士顽强抵抗，最后战死。手无寸铁且不打算逃跑的萨宾努斯被维特利乌斯的士兵团团围住后活捉。他戴着镣铐被押解到维特利乌斯面前，退位的皇帝有心解救这位落难的罗马市长，因为他在帝国公务员岗位上兢兢业业尽忠职守 12 年，是名副其实公忠体国的元老。但是维特利乌斯表示自己已经完全无法控制被煽动起来的民众情绪了。在周围群众愤怒的声讨中，萨宾努斯被残忍的日尔曼禁卫军士兵刺杀并肢解，凶手割下了他的脑袋，随后拖上盖穆尼埃台阶，推进了浊浪翻滚的台伯河。韦帕芗的小儿子图密善藏在神庙的主持家，后来乔装成一个信徒，瞒过耳目，混在大批逃难的人群中躲过一劫。

当日的后半夜，安东尼·普利姆斯的多瑙河军团先头部队已经到达罗马以北，不久就冲破防线杀入城中，简直势如破竹不可阻挡。但是，维特利乌斯的部队，还在绝望的心情主导下不断地重新组合，进行垂死挣扎，最后退守到卡比托利欧山下的军营负隅顽抗。罗马老百姓怀着好奇的心情仿佛在观看一场真人表演，欣赏真刀真枪的角斗士比赛。他们时而向一方，时而向另一方发出喝彩声进行鼓励。如果一方败退，而士兵又躲进了店铺或者私人住宅，旁观的人就要求将其拖出来杀死，这样他们就可以劫取大部分的战利品，因为军队士兵完全醉心于对敌人的屠杀，而战利品却大部分落入乱民之手。

双方对于禁卫军军营争夺的战斗空前激烈残酷。塔西佗记录得十分详细：

> 军营是最难攻打的地方，因为最勇敢的士兵把它作为最后的希望，拼死进行抵抗。抵抗行动只能使胜利的一方更加奋力地进攻，而其中过去的近卫军各中队尤其坚决。他们同时使用了每一种过去发明的用以摧毁最坚固城市的办法："龟形阵"、放射器械、土方工事和火把。他们叫着说，在他们所有的战斗中所经受的一切劳苦和危险，只有通过这次胜利才顺利结束。

> 他们叫喊道："我们把城市还给了元老院和罗马人民，我们把神殿还给了诸神。只有军营才是士兵的光荣：那里是他的故乡，那里有他的家神。如果军营不立刻收复的话，我们就只能带着武器过夜了。"但是维特利乌斯的士兵这方面，尽管在人数上处于劣势而且运气也不佳，但他们依然不放弃最后一线希望，尽了自己的最大努力来破坏对方的胜利，拖延和平的到来并用鲜血来玷污城市的住宅和祭坛。许多负了致命伤的人是在塔楼和城垛上战死的；当营门被攻破的时候，还活着的士兵紧紧地结合在一处抗击胜利者，他们在肉搏的战斗中全部阵亡了，他们是面对着敌人死去的，甚至在临死的一刻，他们都渴望取得一个光荣的结局。

也就是说，维特利乌斯最精锐最信得过最凶恶的日尔曼军团的最后战斗堡垒被彻底摧毁，便意味着罗马已经陷落，维特利乌斯的末日已经来临。禁卫军兵营陷落的消息传到了皇宫。维特利乌斯乘坐肩舆从皇宫后门仓皇逃离了皇宫。他想到阿尔文丁山妻子的家，如果白天不被发现，躲避一段时间后，有可能带着家人和弟弟一起逃跑到坎帕尼亚海边躲避，再去希腊地区流亡。但是，通往阿尔文丁山道路已经被韦帕芗的部队所封锁，中途他又折返帕拉蒂尼山皇宫。皇宫已经人去楼空，遍地一片狼藉。因为甚至

151

那些最低贱的奴隶已经溜掉或者避开不来见他了，他成了真正的孤家寡人。孤独和宫殿内的寂静使他感到了害怕。他像是孤魂野鬼那样在各个房间转了一圈后，感到又饿又乏。他系上满钻黄金的腰带，匆忙中躲进了看门人的房间，在门口拴上一只狗，又堵上了一张带床垫的卧榻。

安东尼·普利姆斯的先头部队已经攻入皇宫，没有遇到任何人的拦截。士兵正在仔细搜查每一个地方，查询维特利乌斯的下落。在那条狗的狂吠声中，士兵们终于将他从藏身之处拖了出来，问他叫什么名字？问他是否知道维特利乌斯藏在什么地方？因为人们不认识他，他想编造谎言骗过抓捕他的人，但是他很快被大队长朱利乌斯·普拉奇多斯认出，于是他跪在地上不停地磕头乞求饶命，他被暂时囚禁起来。投入监狱后，他声称有涉及韦帕芗安全的话要说。最后人们将他的双手反绑，用绳子套住他的脖子拖拽着游街示众。他的衣服已经破碎不堪，身体半裸在外，就这样被拖往广场。圣路两旁以往向他欢呼的人群，现在推倒了他的雕像，对他百般嘲讽辱骂，没有人对他抛洒一滴同情怜悯之泪，却对着他的面狂吐口水。人们揪住他的头发，向后拉他的脑袋，就像对待其他的罪犯一样。人们还用刀尖顶住他的下巴颏，不让他低头，好让人们看清他的面容。一些人向他身上投掷粪便和脏物，另一些人称他为纵火犯和饕餮吃货，还有些平民嘲讽他的体型丑陋。的确他的身躯异常高大，而且因为酗酒之故面孔总是呈现绛紫色。他大腹便便，一只大腿微跛，那是因为过去他为皇帝卡里古拉赛车做向导时，战车马匹受惊失控，他的大腿被皇帝的四轮赛车撞成了残疾。

最后，士兵们将维特利乌斯赶到不久前杀害萨宾努斯尸体的盖穆尼埃台阶上，他受到百般折磨，当一名将领辱骂他时，他回答的一句话，证明他精神还不是十分卑鄙的，他冷静甚至带着卑视的眼神说："可我过去还是你的皇帝啊。"话音未落，他就倒毙在一顿痛打之下。

维特利乌斯死于公元 69 年 12 月 20 日或 21 日，享年 57 岁。他出生于阿普利亚市阿尔皮（Arpi）地区以西。塔西佗最后评价他说：

他之所以能够担任执政官、祭司，所以能够在当代首要人物中享有盛名，绝不是他的才智卓越且有什么突出的功绩，而完全是他的那位杰出父亲的余荫。那些把皇位授给他的大兵并不理解他。任何人通过正常的途径都很少能像他那样庸懦无能而从军队取得那种程度的支持。他的本性具有某种单纯和豪爽的特色——这两种品质如果任其发展不加制约，就会把他毁掉。他一直简单地认为友谊是靠丰厚的礼物而不是靠崇高的品质来加强和巩固，因此他与其说是交朋友，不如说是对同党的金钱贿买。毫无疑问维特利乌斯的死，对帝国是有利的，把他出卖给韦帕芗的人用自己的背叛作为一种美德来向新的皇帝邀功，因为他们过去曾经无耻地背叛过伽尔巴。

夜幕降临，几乎被焚毁的禁卫军军营依然在战火中燃烧着，卡比托利欧山神殿的火灾已经被扑灭，但是大殿已经烧毁。罗马城一时陷入沉寂之中，元老院的元老们已经纷纷逃避战乱，不少人已经躲避去了乡村或者城中自己的门客和释奴家里，元老院大会暂时召集不起来了。大街上显得空空荡荡，喧嚣了整天的战斗已经结束，战争的危险已经过去，韦帕芗的小儿子图密善终于从避难的场所小心翼翼地走出，他去了他父亲的部队，在军营他受到热烈的欢迎，人们已经像是接待元首的儿子那样，欢呼他为"恺撒"并向他致敬，显然这是在称呼他父亲为"奥古斯都"的基础上，对他皇族身份的承认。

手中依然持着武器的士兵，打着火把簇拥着图密善，陪伴他穿越空旷冷清杳无人迹的街道，回到过去他父亲的宅邸，他终于可以放心地享受一个安宁的夜晚，心安理得地做一个好梦，因为不久他将入住帝国最高权力中心——帕拉蒂尼山的皇宫。就这样，弗拉维家族的韦帕芗成为罗马帝国新的主人，这就意味作为元首儿子的图密善也将有资格继承父兄的皇帝宝座。而这时他的父兄却在耶路撒冷与犹太起义者进行最后的决战。他的父亲韦帕芗第二天就被罗马元老院正式宣布为罗马皇帝。罗马历史上的弗拉维王朝揭开了序幕。

弗拉维王朝横空出世

公元 69 年的罗马帝国经过连续不断的暴乱，三名皇帝死于对皇位争夺的内战之中，弗拉维家族终于掌控了长期动乱的帝国，并且平息了内外战火，使国家趋于稳定。这个家族虽然并不出名，也不是显赫的传统贵族，因而没有资格在房屋的正厅供奉祖宗的肖像，但是这个家族无愧于罗马帝国，尤其是韦帕芗和他的长子提图斯，而小儿子图密善史家普遍认为他的贪婪残忍最终葬送了整个王朝，使得弗拉维王朝三世而亡，迎来了帝国历史上的鼎盛时期——安东尼王朝的"五贤帝时代"。

韦帕芗的父亲提图斯·弗拉维乌斯·佩特罗是列阿特（reate）城附近萨宾村落人，祖先纯粹是平民，在内战中加入庞培兵团成为百夫长。庞培在法萨卢斯会战中被恺撒击败后，他的父亲逃回了家乡，获得赦免后，享受退伍老兵待遇。战后被派往亚细亚担任帝国征税官，由于工作勤勉廉洁，当地政府为其塑有雕像，上面的题词是"献给廉政的收税人"。而经考古发掘这座雕像的底座是在罗马发现的，显然是韦帕芗在当上皇帝后为其父亲制作的。后来，提图斯被派往维尔提人地区发放高利贷，并死在那里，留下妻子和两个儿子。大儿子萨宾努斯后来成为罗马行政长官，小儿子韦帕芗就是夺得天下的罗马皇帝。

韦帕芗出生于公元 9 年 11 月 17 日萨宾地区列阿特的法拉克里那小镇，自小由奶奶在农村抚养成人，因而对乡村有很深的感情。就是当了皇帝后，仍然常去自己的故居居住，回到乡村享受一番田园风光带来的乐趣，在品尝乡村简朴的食物中追忆无忧无虑的童年。他刻意让自己居住过的别墅保持原貌，目的是不愿失去对于童年的美好印象，他常常怀念自己慈祥的祖母，每逢宗教节日，他都会用祖母留给他的小小银酒杯饮上几口，并时常怀念和祖母相处的童年岁月。

虽然韦帕芗的哥哥萨宾努斯早已具备了穿戴宽边元老托加的资格，但他在完成成人礼之后，在很长时间不愿穿上这种象征元老身份的服装，只是在他母亲的训斥催逼下，他才不得不换下粗布短衫，换上宽边托加长袍。因为他的母亲维斯帕西亚·波拉出生于努尔西亚的名门望族，外公维西帕西亚·波里奥曾经三次担任了帝国军团司令官和营地长官，舅父是大法官衔的元老。因而母亲更加注重穿衣打扮所带来的贵族荣誉感。从努尔细亚到斯波列提姆途中处处都有显示波里奥家族荣光的标志物，展示了他外公家族的许多纪念碑，证明了波里奥家族的古老和光荣。母亲希望在两个儿子身上得到传承和发扬光大。

韦帕芗成年后，作为财务官通过抽签到克里特和席勒尼行省，担任过色雷斯军团的司令官，服役期满回国参与竞选营造官和大法官。在竞选营造官时排在末位（第六名）。公元39年在竞选大法官时，他一举成功名列前茅。他对卡里古拉百般迎合，那时的小军靴皇帝与元老院关系紧张，虚张声势地征服日尔曼，实际是借机清除莱茵河军团中与元老院相勾结阴谋推翻皇帝的统治的人，所谓征服也就是一场自导自演的闹剧。他却对这场闹剧百般迎合，支持举办一场凯旋式满足小军靴虚荣感。对破获的元老与军头的所谓阴谋集团进行严惩，尸体不予埋葬。他还当着众多元老的面，恬不知耻地感谢皇帝赐予他参加午宴的机会。在担任帝国大法官期间，他与芙拉维亚·多米提拉结婚。这位多米提拉由于在生活作风上非议颇多，曾经是某位骑士的情妇，父亲也仅仅是某位财务官的秘书，但是韦帕芗与她感情甚笃，育有2个孩子：提图斯、图密善。妻子死后，他同过去的情妇凯妮丝同居，即便当上了帝国元首，他还是将她当成自己的合法妻子来对待。

在克劳狄乌斯皇帝执政期间，由于他和皇帝的宠臣纳尔苏奇斯关系密切，所以获得重用。也在帝国军队开始建功立业，成为帝国有影响的一员战将，在罗马军团建立了广泛的人脉关系。他曾经担任日尔曼军团的副将，转战不列颠，在不列颠同敌人进行过30多次战斗，征服了2个强悍的部落、20多个城镇和不列颠附近的维克提斯岛，可以说战功累累。在这些战役中，他有时归执政官级的总督奥卢斯·普劳提乌斯统辖，有时直接归皇帝克劳狄乌斯指挥。因为上述战功，他获穿戴凯旋服饰荣誉。回国后，他先后担任大祭司和占卜官职务，在担任这两个宗教祭祀职务时，他在罗马一直过着悠闲隐居的生活，公元51年末他担任候补执政官，在这期间一直是强悍的小阿格里皮娜影响着尼禄的执政。作为纳尔苏奇斯的朋友，他必须小心翼翼，看皇太后的脸色行事，稍有不慎就可能引来杀身之祸，即便纳尔苏奇斯死后也是如此。

公元63年，通过抽签，他当选阿非利加行省总督，进入帝国封疆大吏行列，在行省他谨言慎行，清正廉洁，拥有很高的声望。事实是否如同苏维托尼乌斯在本传中所记载的那样，是有争议的，因为他的前任就是后来和他争夺皇帝宝座的维特利乌斯。

塔西佗在《历史》中的记载，与苏维托尼乌斯相反，在阿非利加维特利乌斯是一个令人喜爱的总督，而韦帕芗却使人厌恶，因此那里的人以此来判断两人执政后的情况，在内战中阿非利加行省选择了支持维特利乌斯，与两人的执政风格有相当关系。韦帕芗担任总督期间，恰逢当地蛮族哈德鲁米图姆人发生骚乱，向他的身上扔萝卜。当他离任返回罗马时并没有变得十分富有，而且欠下了一屁股债务，导致在债主面前几乎丧失殆尽了信任，他不得不把在罗马的资产全部抵押给自己的哥哥萨宾努斯，为了挣钱偿还债务维持自己的体面生活，他竟然违反帝国元老不得经商的规定，去屈尊从事倒卖骡子的交易，被当地老百姓称为"骡贩子"。在收受了一个当地青年富商的20万塞斯特尔提乌斯贿赂后，给这个年轻人谋取了一件元老服饰。也许正因为这个绰号和那件元老服的交易，使他在离开阿非利加行省后，留下了不好的名声，遭到民众的谴责和诟病。

在伴随尼禄漫游希腊举办巡回演唱会期间，他又犯下大不敬罪，几乎惹下杀身之祸。皇帝在台上为希腊民众引吭高歌，进行声情并茂的表演，他不时进进出出在台下走来走去，皇帝看在眼中，恨在心里。他就是坐着观看皇帝表演时，也是显得心不在焉，在打瞌睡，或者干脆呼呼大睡，结果被禁卫军驱逐出会场，引得尼禄皇帝勃然大怒差点被处决。由于众元老的求情，尼禄网开一面，但禁止他伴随皇帝左右，还不得觐见皇帝。他只能以元老院元老、退休执政官的名义退居偏僻的乡村小镇独自过着隐居的生活。他以为政治生活就到此戛然而止了。

直到公元 65 年 5 月，犹太行省的圣城耶路撒冷爆发犹太教徒反抗尼禄暴政的大起义信息传到罗马，才使耽于寻欢作乐的尼禄想到了战功累累的边关大将韦帕芗，将他从隐居之处召回，委以平叛重任，算是国难思良将，板荡识忠臣，他临危受命，开赴前线。

这场震撼朝野的大叛乱，追根溯源是尼禄政权晚期的横征暴敛，沉重税负打击了各省的经济，犹太省被迫去弥补国库和尼禄荒唐支出的亏空和差额。当时的罗马驻犹太总督弗洛拉是典型的贪得无厌的地方长官，从来不放过任何实施勒索和抢劫的机会，并把这种罪行作为一种消遣，他命令凯撒利亚的士兵从耶路撒冷神殿中抢掠了 17 塔兰特的银子。这一行为促使罗马人和犹太人的矛盾爆发了。当年大卫王在这里建立圣城，所罗门王建立了第一座圣殿，从巴比伦囚困回归的犹太人建立了第二座圣殿。尼禄的代理人在这个神圣的场所行窃，无疑是对犹太民族和犹太历史最大的亵渎和侵犯。圣殿是犹太人身份的最终标志，标志遭到践踏凌辱等同于掘了犹太人祖坟又浇上一泡骚尿。但是，趾高气昂的弗洛拉似乎并不在乎。他带着重申罗马人权力的傲慢，继续下令让非犹太人士兵闯入最神圣的地方，掀翻神圣的器物，无视成群祭司和犹太抗议者的愤怒，继续抢夺钱财，以满足罗马皇帝的肮脏欲望。

然而，这一无耻行径，遭到圣城百姓普遍抵制，于是在犹太民族主义者的煽动下，骚动开始遍布整个耶路撒冷，城市成了火药桶，随时可能爆发。为了恢复秩序和保护抢劫而来的不义之财，弗洛拉从总督驻节的凯撒利亚派出罗马军团的骑兵团和步兵团火速开赴圣城进行镇压。

眼看战乱一触即发，最感到焦急的无非是希律王的末代国王阿格里帕二世和他的姐姐贝勒尼斯，他们企图阻止事态的扩大和叛乱的发生，这时美丽的贝勒尼斯——先王阿格里帕一世的女儿、今王的姐姐出现了，她是一个人赤脚走到总督府，与三十年前耶稣从国王希律·安提帕处返回总督彼拉多所走的路线相同。她曾先后两次担任不同国王的王后，她是大病初愈后前往耶路撒冷朝圣的，感谢上帝让她从疾病中康复，为此斋戒三十天，还剃去了头发，她是完全罗马化的希律王后代，因为她和弟弟阿格里帕二世都是在父母亲流亡罗马期间出生在帕拉蒂尼山皇宫，在罗马宫廷度过自己的童年并在那里接受教育，在盖乌斯·卡里古拉登基后随自己的父亲阿格里帕一世归国，所以和罗马有着千丝万缕的联系。她将自己奉献给弗洛拉，请求他停止暴行，但是弗洛拉需要的是复仇和掠夺更多的财富，而不仅仅是女人的肉体。

当弗洛拉的增援部队逼近耶路撒冷时，阿格里帕二世从亚历山大里亚赶了回来，想竭尽全力调解罗马总督与耶路撒冷民众的摩擦，避免叛乱的发生。阿格里帕二世出生于公元27年，公元42年当他的同名父亲希罗德·阿格里帕一世去世时，他只有16岁，克劳狄皇帝想把王国交给这个少年，可是有人说这个孩子太小，接不了这个烫手山芋，于是皇帝恢复了罗马总督的直接统治，只是赋予阿格里帕一世的哥哥、卡尔西斯的希律王任命大祭司和掌管圣殿的权力，在接下来的二十五年内耶路撒冷由罗马总督和希律家族的国王们共同掌管，双方有一种说不清道不明的合作关系。直到阿格里帕二世的少年发小、同学尼禄皇帝登位，才将加利利、叙利亚和黎巴嫩疆域内更多的领土赐予阿格里帕二世。阿格里帕二世深表感谢，把他的首都凯撒利亚改名为"尼禄尼亚斯"，并将他同尼禄关系以"菲洛－恺撒"的方式刻在钱币上。国王在宫殿下面的上城召集耶路撒冷民众，他的姐姐贝勒尼斯坐在哈斯摩尼王宫的窗边支持他的演讲，这样下面的民众就能在演讲期间看到女王也在观看演讲。希律家族这两名最后的成员希望能够唤醒人们对这个王朝最后的忠诚。

阿格里帕二世发表了一次慷慨激昂的长篇演讲，恳求犹太人停止造反，这个演讲稿，几年以后阿格里帕二世给了《犹太战争史》作者约瑟夫斯一个副本，经过希腊式的修饰润色，掺杂于作者本人的看法写进了他的专著。本篇简洁的引文来自于英国西蒙·蒙蒂菲奥里著《耶路撒冷三千年》：

不要冒险和整个罗马帝国对抗。战争一旦开始，就很难结束。罗马人的力量在世上所有可居住的地方，都是无敌的。就算不在乎你的妻儿，也可怜可怜这座城市，保全这座神殿吧。阿格里帕二世和他姐姐当众哭泣。

耶路撒冷人呼喊说他们只想殴打弗洛拉。阿格里帕二世让耶路撒冷人进贡，人们表示同意，于是阿格里帕二世带领他们来到圣殿求和。但是到了圣殿山上，阿格里帕二世要求犹太人在新总督到来之前必须服从弗洛拉，民众再次被激怒。

包括约瑟夫斯在内的祭司们在殿中开会，讨论是否停止每天向罗马皇帝献祭——献祭是对罗马忠诚的象征。结果决定性的反叛行动（停止献祭）得到众人一致同意——"这是向罗马宣战的基础"约瑟夫斯写道，他本人也参加了这场抵抗。当叛军占领圣殿，温和派权贵占领上城时，犹太各派开始用弹弓和长矛相互攻击。

当弗洛拉不顾劝阻逮捕了大批抗议者后，当地的领导者和愤怒的群众开始抗议，其中包括大祭司哈南和一批犹太学者。当他们的呼吁无效后，暴乱进一步升级。这批教会领袖和犹太精英在罗马遭到冷遇后弗洛拉并没有释放被捕的抗议者，反而变本加厉，抢占犹太人的房产，3000多名无辜者被杀害。两个军团被从恺撒利亚调来，士兵们用棍棒打死示威者，骑兵追赶那些逃窜的人，将他们挤压在安东尼堡的大门之前。在那里，人们不顾一切地奔逃，许多人被踩踏至死。

面对这些暴行，犹太人忍无可忍，开始组织反击。他们在街上设置路障，孤立和包围人数优于他们的罗马士兵，然后用长矛和弹弓、砖块袭击他们。弗洛拉和大部分的罗马军团被驱赶出了耶路撒冷。被打伤腿的弗洛拉一瘸一拐地逃回了恺撒尼亚，被围困的罗马军团很快被民族主义者消灭。

起义成功的信息传遍了行省。一个接一个堡垒被愤怒的犹太起义者攻破。面对严峻的犹太行省发生的大起义，尼禄开始寄希望于新任命的叙利亚行省总督盖乌斯·克斯提乌斯·伽努斯。公元66年10月，伽努斯率领着罗马十二军团由安条克向耶路撒冷进军，企图在短时间内击败犹太起义者，但是遭遇惨败，甚至在部署撤退时遭到犹太起义者从四面八方的包围。

英国学者西蒙·贝克在《帝国兴亡——罗马帝国的六大转折点》一书中如此描述：

士气低落的十二军团心痛地撤回恺撒亚，伽努斯带领罗马军队在铺满石子的道路上行进时并没有考虑到要占据包围道路的小山顶。当道路在伯和仑变得狭窄时，大批犹太起义军切断了道路，完全终止了蜿蜒前行的罗马士兵，犹太人从四面包围了他们。接着，他们从多石的斜坡上密集地向罗马军队发射弓箭、长矛和石头。惊慌失措的罗马军队已经无力防御，也无法紧促地维持队形，只能在盾牌下躲避，忍受数小时痛苦地重击。只在黄昏的时刻，他们才等到片刻缓解。第二天到来时，伽努斯无耻地逃走了。罗马军队彻底溃不成军，大约6000人被歼灭，这是在整个罗马历史上，来自犹太行省的人民给予罗马常规军最大的挫败。

虽然耶路撒冷的许多人对于打败罗马正规军团而感到欢欣鼓舞，但是犹太宗教领袖和精英们的看法却更加现实，他们并不寻求取代罗马帝国在行省的统治地位，而只是寻求在罗马皇帝统治下为犹太民族争取更大的民族自决和人民更多的自由权利。因为就在6年前，罗马军团苏维托尼乌斯和韦帕芗等人在不列颠镇压了布狄卡女王的叛乱。罗马人仍应该避免在另一场冲突中丧失更多罗马人的生命。然而，帝国统治者不到完全丧失统治能力是绝不可能做出哪怕最小的一点让步的，也就在这个关键时刻，尼禄捐弃前嫌，开始启用不列颠战役的老将韦帕芗，尽管国内危机四伏，王朝倾覆的前奏即将奏响。

韦帕芗似乎是个职业军人，在政治上的野心并不强烈，对于逢迎拍马有时甚至掉以轻心，才导致因为对皇帝表演的轻视惨遭罢黜。他的父亲是庞培军团的百夫长，母系波利奥家族在帝国历史上更是名将辈出，因此他的军事指挥才能在当时是无人能够予以匹敌的。此刻的临危受命，出任犹太前线平叛总指挥可以说是尼禄的慧眼识人才。他获得这个重要职务的任命，还有一个重要原因是，尼禄对那些赢得荣誉并能力超群的贵族竞争者总是很多疑，而韦帕芗出身平民，他的家族没有任何能够引以为傲的高贵祖先，对他的皇位难以在血统上构成威胁。这也是尼禄为什么能够原谅他在希腊之旅中的怠慢和忘恩负义行为，让这个军事经验丰富的将军成为犹太行省的军事指挥官，这也成就了他事业上最伟大的突破。

但是，此时尼禄王朝已经风雨飘摇，韦帕芗就任犹太前线总司令不久，帝国已经陷于内乱之中，伽尔巴、奥托、维特利乌斯忙于内斗，已经无暇顾及犹太前线的平叛工作，韦帕芗的东方军团对于耶路撒冷的包围已经完成，只是在犹豫观望着国内的政局，正在踌躇着是否介入帝位的争夺，此刻奥托和维特利乌斯内斗正酣，鹿死谁手还很难说，他们是否在河蚌相争中取渔翁之利，也是完全可供选择的登龙捷径。只是东方军团和未来即将加入联军的多瑙河军团内部也是鱼龙混杂，诸位军事寡头之间由谁担任皇帝也需要有一个民主协商和权力平衡的过程。

根据苏维托尼乌斯的记载，驻扎在多瑙河美西亚的军队共有 3 个军团，其中 2000 人受命支援奥托。行军途中接到奥托兵败自杀的消息，但是仍然行军至阿奎利亚，因为他们并不相信这种传闻。在那里他们利用时局混乱到处烧杀抢掠。因担心返回原住地会受到追究，于是选择拥立一名新皇帝，在西班牙军队拥立伽尔巴、禁卫军拥立奥托、日尔曼军队拥立维特利乌斯时，多瑙河军团认为自己在实力上并不亚于他们，因此，他们开列了所有执政官级的行省总督名字，反复进行研究比较后决定选择韦帕芗，并且立即将他的名字写在军旗上，在他们看来对于"反对维特利乌斯的罪行就可以成为效忠韦帕芗的功劳"。当多瑙河军团公开举旗支持韦帕芗消息传开后，立即起到示范作用，埃及总督提比略·亚历山大的 2 个兵团也与 7 月 1 日举旗宣誓效忠韦帕芗，这一天后来成为韦帕芗登基的纪念日；接着韦帕芗在犹太行省拥有的 3 个军团于 7 月 11 日对他本人宣誓效忠；这时又一个推动韦帕芗成为罗马皇帝的重要因素在发酵，传说奥托在临终前曾修书一封给韦帕芗，恳求他替自己报仇，并期望韦帕芗拯救国家，此信是真是假众说纷纭。同时却传出流言，维特利乌斯打算在内战胜利后，调换军团的东营地，把驻扎在条件艰苦的地方的莱茵河军团调到舒适平静的东方军团营地。最后导致叙利亚总督李锡尼乌斯·穆奇阿努斯放弃对于韦帕芗的嫉妒和敌意，答应把叙利亚的军队交给韦帕芗。在东方诸国国王中帕提亚国王首先表态主动派遣 2 万名弓箭手加入东方军团征讨维特利乌斯，但是被韦帕芗婉言谢绝，他显然不愿意外国势力介入罗马内战。罗马内战就这样揭开序幕。

　　韦帕芗最终在尼禄死后，权力出现真空时，在残酷的政治斗争中胜出，也是帝国必然的选择，在罗马帝国历史上等于是四重革命：平民登上王位，领地军队战胜禁卫军而立其首领为王，弗拉维王朝取代尤里乌斯 - 克劳狄王朝，以及意大利中产阶级简朴习惯和良好品行代替宫廷中奥古斯都和李维娅后代的奢侈与享受。

　　老将韦帕芗此时已经年过六十，但是身体健康，精力旺盛，体型高大壮硕，性情坦率，头部宽大光秃，容貌粗俗但是有军人的威仪感，那双小而锐利的眼睛炯炯有神，似乎可以洞穿一切虚伪。他身上没有一丝天才的痕迹；他是一个意志坚强而具有实际智慧的人。他轻视奢华和懒惰，吃农家食物，每月禁食一天，并向浪费宣战，凡经他提名为官的罗马人，来到他面前，被他敏锐的鼻子嗅出身上有香水味道时，他淡然地说："我倒宁愿闻到你身上有大蒜的味道。"然后，会取消对此人的提名。他又是平易近人的，言谈举止与生活方式使人感觉他与民众处于平等的地位，常常自我嘲弄取笑自己，而使交谈者感到亲切自然。

　　韦帕芗出任犹太前线平叛总指挥后，面对严峻形势任务艰巨，他将自己的大儿子提图斯·弗拉维乌斯·韦帕芗（Titus Fiavius Vespasianus）带在身边以财务官身份参赞军务，在亚历山大里亚他们共同制定了应对罗马内战和耶路撒冷平叛的计划。提图斯和他父亲同名，是一个人们普遍喜欢和爱戴的人物。

　　提图斯于公元 41 年 12 月 30 日出生在帕拉蒂尼山附近的简易七层楼中的一间狭窄而阴暗的房间内。出生后，他的父亲在不列颠前线作战，他则同克劳狄皇帝的儿子布列塔尼库斯一起在皇宫中接受教育，由同一个教师教授同样的课程。当时皇帝的宠臣纳尔苏奇斯曾经请相面师给布列塔尼库斯相面，相面师说这位皇子永远不会成为皇帝，却断言站在皇子身边的伴读提图斯会继位成为未来的皇帝，由此可见两人的关系异常亲密。不久布列塔尼库斯因喝下尼禄调制毒汤而丧命，斜靠在布列塔尼库斯身旁的提图斯也喝下了有毒的汤，留下了严重的后遗症，一直折磨着他，导致他在继位两年后英年早逝。提图斯忘不了这一切，即位后曾经在帕拉蒂尼宫专为他的好友布列塔尼库斯塑立了一尊金像，同时奉献了一座雕刻精美的象牙雕像以纪念这位不幸惨死的皇族朋友。

苏维托尼乌斯回忆，当罗马人民在参加竞技场游行，首次抬着这尊象牙雕像出现时，提图斯随行在雕像后面，以示对这位皇子的尊重和深深的友情，由此可见，韦帕芗对于暴君尼禄深深地厌恶，才有了当年对于油头粉面的行为艺术家尼禄高调演唱时所表现出的不屑一顾。

在少年时期，提图斯的体格和气质就已经表现得十分出众，随着年龄的增长，这些优点越来越明显。虽然他的身材不如父亲高大，腹部还有些前凸，但是相貌英俊，既威武又和蔼，身体尤其健壮。他的性格温和，人缘很好，继承了弗拉维乌斯家族的军人传统，他是一个合格的军人，精通骑术、善用兵器，具有很强的记忆力，几乎对所有学问都感兴趣，不论文武，皆有涉猎，他能够从容不迫、胸有成竹地用希腊文、拉丁文写作演讲稿或者诗歌，甚至无需准备，就能够出口成章、涉笔成文。此外，还具有文艺天分，对音乐也不陌生，擅长唱歌、善于奏乐，说演弹唱，可谓娴熟悦耳。他善于速记，为了消遣和取乐。他能够模仿过目的任何笔迹，他经常炫耀自己可以成为赫赫有名的笔迹模仿专家。他的军队履历完整丰富，基本是追随自己的老父亲一直在部队历练，先后在日尔曼、不列颠担任军团指挥官，由于恭谨勤劳和公正廉洁而享有很高的声誉，这两个行省为他树立了大量塑像以及刻写的铭文表彰了他在征服战争的显赫功绩。

父亲也许是为了他今后的从政，而有意识地培养他，他在脱离了军职以后，又以律师的身份，在罗马中心广场为公众的司法诉讼充当辩护人，目的是为了在司法实践中接触社会从而在国家治理中积累经验获取良好的社会声望。在此期间，他娶阿列齐娜·特尔图拉为妻，她是一位骑士的女儿。妻子亡故后，他又娶出身豪门的玛尔奇娅·弗尔妮娜为妻，弗尔妮娜为他生了一个女儿尤利娅后，两人离异。在担任帝国财务官时，他追随父亲去了犹太省，并率领东方部队参与平息了犹太人的起义。担任驻扎亚历山大第十五军团的司令官。征服了犹太人两个设防坚固的城市塔里卡埃和加马拉。在一次激烈的交战中，他胯下的战马被敌人砍翻，他立即跃上另一匹战马继续战斗，这匹战马的骑手在他身边阵亡。正当平叛战争进展顺利，眼看就要攻克叛军老巢耶路撒冷时，罗马传来尼禄被杀，伽尔巴登基的消息。提图斯代表父亲前去祝贺，并表示对于新皇帝的效忠。但是，无论他走到哪里，都引起了人们的注意，都传说他被召入宫中被伽尔巴收为养子，将来继位有望时，他在科林斯接到从罗马传来皇帝伽尔巴被禁卫军弑杀，奥托登上皇位，维特利乌斯在日尔曼称帝的消息。他感觉到帝国一切都陷于混乱，便从海路返回埃及，途经罗德斯岛和塞浦路斯岛回亚历山大里亚。

　　他参拜了塞浦路斯岛的帕福斯维纳斯神庙。这次参拜对于韦帕芗父子最终参与帝国最高权力的角逐十分关键，因为罗马人对于一些关键决策，往往必须通过祭拜神灵求神问卜来验证自己的想法是否得到神灵许可，方能决定决策本身的成败。按照塔西佗的记载：这座神殿是传说中的希腊国王埃利亚斯建立的，是爱神维纳斯在汹涌澎湃的大海浪花中跃出后漂流到此。王族或者外族的个人许愿在使用牺牲时，只能是雄性动物，最受信任的动物是小山羊，人们用其内脏进行占卜，祭坛设在露天，但是它却从来没有被雨水淋湿过。所谓的女神也不是人形的雕塑，她只是一块圆形的石头作为化身，底下宽阔越向上越细，实际上是一块圆锥形的石头。

　　提图斯在参观了神殿的财库、国王们赠送的礼品和所有与神有关的远古遗物之后，开始这一行程的关键，也就是祭拜这块据说是爱神维纳斯的标志性石块，开始求神问卦。当他得到所谓神托也即神殿祭司的启示：他这一路顺畅，海上风平浪静，气候将对他的行程十分有利后，他便屠宰了许多牺牲，然后又间接含蓄地请示有关他的家族和本人的事情，见多识广阅人无数的祭司当然能够通过那些隐隐约约的言词领略他的真实意图。祭司索斯特拉图斯在仔细察看了那些动物内脏后对韦帕芗的未来政治前程做出了极为有利的判断，而且明确了维纳斯女神十分赞赏和全力保佑他的伟大事业。祭司是按照常规方式做出的简明扼要的回答。之后，索斯特拉图斯要求韦帕芗同他本人私下秘密会晤，以便向他揭示未来的命运。大大受到鼓舞的提图斯信心满怀地乘船回到他父亲那里，当他向父亲及其部下传达了维纳斯女神旨意后，整个行省军民大受鼓舞，基本解决了东方军团的焦灼犹豫不决的心理障碍，坚定不移地拥戴韦帕芗出山对于最高统治权的争夺。

现在下决心要解决的首要问题是平叛，为进军皇帝宝座打下坚实的基础。也就是一鼓作气荡平叛军的老巢耶路撒冷。因为韦帕芗急需一场伟大的军事胜利，得到帝国公民的拥戴，登上夺权斗争的顶峰。于是提图斯由普通的副将提升为这场战争的司令官，他成了皇帝的儿子和继承人。他必须不惜一切代价打败犹太人。

犹太战争和约瑟夫斯

公元 70 年 3 月，提图斯带领大军来到圣城耶路撒冷的城墙前。除了他的辅助军团，还有第五、第十和第十五军团。他又收编了第十二军团，这原是罗马叙利亚总督伽努斯指挥的军队，但是他曾经十分不光彩地被犹太叛军所击溃，现在他们前来复仇了。

尽管罗马大军结集在城外，城内的三派起义军势力还在进行激烈的内斗，不过他们内部虽有分歧，但是对此战都寄予极高的期望，毕竟这是将近 4 年来第一次在耶路撒冷看到罗马士兵。他们确信公元 66 年伽努斯没有拿下圣城，这次的围攻也绝对不可能得逞。

事实是圣城城墙内的大部分犹太人都认为耶路撒冷是不可战胜的，他们有足够的食物、水，能够维持很多年。城外却是荒原、光秃的树林和起伏的丘陵，在早春的季节里显得有些苍凉。罗马人物质匮乏，很难进行持久的艰苦围城战。况且神殿是由巨大的岩石垒筑，就是一个天然坚固的堡垒，周围还环绕着 3 座坚固的巨大城墙，如此附加的防御建筑可以说圣城的防守是易守难攻，说是固若金汤坚不可摧也并不过分。

根据塔西佗的记载：

这座城市修建在高地上，犹太人为它修建的防御工事足够保卫平原上的城市。两座很高的阿克拉（Acra）山和锡安（Zion）山被围在城墙内部，而且城墙修得很巧妙，它无论是突出还是凹入都能使进攻队伍的两侧全部受到火力攻击。山到峰顶处都变成了陡峭的悬崖峭壁。在依靠小山之助而筑起的塔楼工事的高度是六十英尺，在谷地里它们就高达一百二十英尺了，这些塔楼内外有一百六十多个，十分壮观，而从远处看它们几乎是同样高低。位于圣殿西北角的一座九十英尺高的山坡上耸立着的安东尼乌斯塔特别引人注目，它是当年希罗一世为纪念马尔库斯·安东尼修建的。

在该城东部的莫利亚山上建造的神殿，周边建有雄伟壮观的柱廊。

神殿修建得像是一座城堡，它有自己的城墙，这道城墙较之其他任何城墙都修造得更加细心和努力。神殿周边的柱廊本身就是极好的防御工事。在神殿地界之内有一个永不枯竭的泉水。建立这座城池的人早就预料到将会发生多次战争，因为他们民族的生活习惯同相邻各民族相去甚远，因此他们把城市每一部分修建得好像会发生一次长时期围攻似的。但是这座城市受到庞培的猛攻之后，他们的恐惧和他们的经验又使他们学到很多东西。而且他们从克劳狄乌斯统治时期罗马人的贪欲取得好处，因为他们用贿赂的方法取得了修筑他们的城防工事的特权，他们在和平时期筑城就和在战时一样。这时这里的人口由于其他城市被罗马人攻占，大量的民众涌入而不断增加，因为天不怕地不怕的叛乱分子都逃避到这里，所以这里的叛乱势力得到增强。那里有三个统帅，三支军队：最外面也是最大的一道城墙，由原加利利盗匪头目西蒙防守，这家伙既反对犹太教，又反对罗马侵略者；城市中心部分由加利利的犹太教领袖约翰防守；神殿由主战派领袖埃涅亚扎尔驻守。约翰和西蒙在人力和装备上都较强。埃涅亚扎尔在地形上占有优势。在这三个人之间不断发生战斗、叛变和纵火事件，而且大批的粮食被消耗掉。继而约翰借口奉献牺牲派出一队士兵去消灭了埃涅亚扎尔和他军队，从而占据了神殿。这样市民之间就分成了两派，直到罗马人逼近的时候，外患才使他们言归于好。

当提图斯率领着罗马军团来到耶路撒冷城下，守卫城墙的犹太起义者，发现了一个特殊的人物，此人是犹太起义军的叛徒，名叫约瑟夫斯。约瑟夫斯出生于加利利的传统祭司家庭，属于犹太上层社会的贵族，本质上和希律王的后代阿格里帕二世一样，属于犹太人中完全罗马化的人物，长期游走周旋于犹太宗教世俗和罗马宫廷中间的政客和附庸，所以在政治倾向上，到底是犹太民族的情感占主导地位还是罗马情结决定自己的政治立场很难说。因为他是在起义爆发前公元66年春天，刚刚从罗马带着皇后波庇娅的贵重馈赠返回祖国的。

在犹太大起义时，约瑟夫斯被耶路撒冷的祭司团任命为加利利的两名总督和起义部队十名将军之一。他和逃往圣城的加利利犹太教领袖约翰原本就有着密切交往。这是一个人生阅历非常丰富见多识广的人物，对罗马高层的情况也十分熟悉。约瑟夫斯在后来撰写的《生平》传记中记载，公元63年他二十六岁时来到罗马，为本国的一些被捕的祭司——他们被送到罗马来接受审判，他作为游说人员参加了犹太使团，他十分幸运地认识了一位名叫阿里图利乌斯的犹太优伶，而这位戏子深受尼禄和他的妻子波庇娅的赏识。通过此人，约瑟夫斯被引荐给皇后，并见到了皇帝尼禄。结果尼禄十分仁慈地赦免被囚禁的犹太宗教人士。居住罗马两年期间他经常出入皇宫和皇后波庇娅有着良好的私人关系。

英国作家德斯蒙德·苏厄德在《约瑟夫斯与第一次犹太战争》中介绍波庇娅和约瑟夫斯的关系时，如此描述道：

当约瑟夫斯被介绍给波庇娅的时候，如果我们能够接受塔西佗对波庇娅的描述的话，约瑟夫斯发现自己面对的不是一个凶猛的母夜叉，而是一个端庄、美丽动人、淑女得令人惊讶的年轻女士，尽管他不能完全这样确认，因为在公开场合她会在脸上蒙上一层面纱。她向他致以亲切的欢迎。"我积极开展营救，设法获取波庇娅的帮助以求释放我们的祭司。"他在自传中写道。波庇娅非常喜欢这位雄辩、聪明、无比迷人的年轻犹太贵族。不但许可释放祭司，还为他装上了昂贵的礼物。

在1世纪的考古中，发现一尊约瑟夫斯半身雕像，那么它很可能是波庇娅委托艺术家为他创作，这表明她对他是有一定感情的。

当然，在提图斯的罗马兵团中跟随着大量的犹太变节者，其中包括三个耶路撒冷人：除了那位加利利总督后来的历史学家约瑟夫斯外，还有国王阿格里帕二世和他的姐姐双料王后贝勒尼斯。国王希罗德·阿格里帕二世和王后贝勒尼斯都是正宗的犹太人希律王的后代，两人追随他们的父亲希罗德·阿格里帕在克劳狄乌斯皇帝的宫廷中长大。希罗德·阿格里帕二世曾是犹太圣殿的监管人，这个圣殿由他的曾祖父希律大帝建造，他和他的姐妹们也经常在耶路撒冷的王宫中居住。国王身边总有他的姐姐贝勒尼斯的身影，贝勒尼斯系阿格里帕一世的长女，通过和附近的小王国联姻两次成为王后，在镇压犹太人的起义中又成为罗马军团总指挥提图斯的情妇。

她的罗马敌人斥责她为"犹太人中的克里奥特佩拉"。当时她已经年近四十，约瑟夫斯却说："此时她正值风姿最佳、容貌最美的时候。" 犹太人叛乱开始的时候她和弟弟住在一起，两人最后一次企图调停起义者和犹太亲罗马势力关系阻止叛乱失败后，他们在耶路撒冷居住的宫殿被起义者烧毁，同时烧毁的还有大祭司亚拿尼亚的房子和保存债券纪录的档案馆。据约瑟夫斯说，他们这么做的目的是要争取更多的穷人加入他们的事业。

约瑟夫斯背叛犹太起义者后，成为韦帕芗、提图斯和图密善三个皇帝的私人朋友，并且在罗马度过了一生的很大一部分时光，他在罗马必然有很多机会，特别在宫廷圈子里听到关于已故尼禄性格的种种议论。公元93年即尼禄死后大约二十五年，约瑟夫斯发表了他的《犹太战争史》，此时已经是对尼禄持友好态度的图密善执政，这时的约瑟夫斯才敢说出他的心里话。他提到了尼禄对犹太人的一个代表团的亲切态度，这个代表团要见他，是为了要求保存耶路撒冷一座神殿的墙壁，因为它挡住了国王希罗德·阿格里帕餐厅的视线，因而有被拆毁的危险。他又谈到了布列塔尼库斯被谋杀的事情，但是谈到阿格里皮娜、屋大维娅之死和 "其他许多人" 之丧命，仿佛可以认为这些人就是因为大逆罪而加以处决的。他认为皇帝的暴政乃是他的那些卑劣的代理人的过错。对于尼禄的行为，他为之开脱：

在许多事情上，尼禄的行为像是这样一个人，此人由于过分享乐和过分浪费他享有的财富而变得精神不太正常，并且由于他利用他的好运干出了伤害别人的事情……最后他竟然愚蠢到变成舞台上的一个优伶。

《帝国兴亡——罗马帝国的六大转折点》一书作者西蒙·贝克这样记载约瑟夫斯人生命运的戏剧性转折：

公元67年冬天，也就在韦帕芗大军围攻了加利利叛军的最后据点约塔帕塔城的第47天。这座坚固的城堡隐藏在延绵起伏的群山之中，在大军到达之前几乎难以窥破它的真实面目。地形地貌的隐蔽性使得这座山城是加利利最安全的地方。在悬崖上，三面由深不见底的峡谷护卫，城市北面地势较低，向山下倾斜，然后山势再向上延伸至一个细长的山脊，只能从那里才能进攻。根据约瑟夫斯的指示，他们在这个战略要点上修建了另一堵城墙来保卫山脊。通往山丘的引道比羊肠小道好不了多少，刚好只够人步行，不适合马匹甚至骡子通过，对那些还没有见过罗马工兵的人来说，这座依险据守的小山城似乎是牢不可破的。它有一个重大缺陷就是城内没有泉水，因此完全依赖蓄水池中储存的雨水生活。

黑黢黢的黎明时分，东方露出了一丝鱼肚白，在晨曦朦胧中提图斯的一队人马悄无声息地穿越城墙缺口，刺杀了防守的卫兵，潜入城内，不久警报响起，但是，已经难以阻挡罗马军团潮水般地涌入城内。犹太叛军已经身临绝境，难以阻挡提图斯的强大攻势。罗马军团的重要任务就是努力寻找他们过去的朋友如今叛军的重要领袖约瑟夫斯。提图斯已经下达了捉拿他的特别命令，他们本来幻想只要俘虏他，就会在几周内结束战争。他们到处搜寻，翻遍了所有的尸体，洗劫了房屋，进入城市的地窟和洞穴，但是一无所获。

约瑟夫斯的人马陷入重围，也许在天意的庇佑下，借助黯夜的掩护，悄悄从敌军中溜出去，跳进了深沟，沟的一边与一个宽敞隐蔽的山洞相连，他藏身在山洞中，并找到了约塔帕塔的40个重要叛乱者，他们成功地藏匿了3天，夜里终于因为饥渴难耐，派一位妇女前去寻觅食物和水，提图斯发现了约瑟夫斯的踪迹，提图斯派出两个军团围困他们，引诱他投降，并且声明保证他的安全，但是遭到了拒绝。于是大量的罗马士兵聚集在山洞的入口处，准备活捉约瑟夫斯。

这时一个名叫尼卡诺尔的护民官来到现场，他是约瑟夫斯在罗马时的朋友，他以犹太人的朋友名义保证韦帕芗是想挽救他的生命，因为约瑟夫斯是当地著名的犹太学者并且出任过犹太教的祭司，曾经出使过罗马，并成为尼禄夫妇的朋友。面对生死抉择，山洞内部的犹太人发生了激烈争论，约瑟夫斯准备投降，遭到大部分人的激烈反对。约瑟夫斯认为，上帝对犹太人生气了，罗马的繁荣是上帝的旨意。他的变节言论使得其他人感到愤怒，他们怒叱约瑟夫斯是懦夫和叛徒。最终两派决定以抽签的方式决定谁死谁活，幸运的约瑟夫斯也许是借助自己熟悉的数学计算抓到了活命的机会，就是最后他还力图劝解他的朋友放弃自杀，最终他们都投降了。他成为提图斯的俘虏。

面对着约大帕他街道上一大堆犹太人囚犯刺耳的嘲笑声，面对接二连三地侮辱他、猛击他的手肘想让他死的罗马士兵，约瑟夫斯被拖出他的藏身之所，4个人提着他的四肢把他带到韦帕芗的军营。据约瑟夫斯说，他的高贵举止博得韦帕芗儿子提图斯的同情。于是提图斯请求父亲饶恕他的性命。不过，现实可能更乏味些。约瑟夫斯可能并不因为他的贵族风范而受到特殊招待。等待他的是，数以百计的罗马领袖们在他面前征服敌人。约瑟夫斯将会被带到首都，在凯旋的队伍中戴着镣铐游行，然后在广场上被按照仪式处死。在所有这一切均有可能发生之前，他做了人生中最大的一次赌博。

约瑟夫斯要求和韦帕芗、提图斯单独谈话，得到同意后，他鼓起勇气说出了那些要么让他成功要么让他毁灭的话。他告诉那对父子，他是上帝的使者，把他送给尼禄毫无意义，因为尼禄很快就不是帝国皇帝了。他预言，罗马未来的皇帝就站在他的面前，他就是韦帕芗。韦帕芗对这样的示意捧腹大笑，毕竟帝国的皇帝都是贵族出生的。不过也许他很生气，认为约瑟夫斯在嘲笑罗马，嘲笑他这个从底层一步步爬上来的普通人。他当然有理由怀疑这个学者兼牧师，因为他所说的一切有可能是为了挽救自己的生命。

约瑟夫斯在自己人生命运的轮盘大赌中赢得了彻底胜利，从此时来运转，他成为韦帕芗父子身边最得宠的顾问，在弗拉维王朝一直安享荣华富贵，他的才华在学术领域更是得到大力彰显，成为早期犹太史和罗马史的著名学者，他的姓名竟然也加上弗拉维家族的前缀——弗拉维乌斯·约瑟夫斯。显然他已经成为皇帝的家臣或者门客。此刻，他是提图斯攻打耶路撒冷城堡忠实走狗和马前卒。

守卫城墙的一些犹太士兵都认识这位大名鼎鼎的犹太加利利城的总督兼将军，现在他已经成为犹太民族人人得而可诛之的民族败类。当约瑟夫斯走近城墙的时候，一支飞箭从空中向他射来，没有射中他，射中了他的老朋友尼卡诺尔的左肩。作为对这支飞箭的回报，提图斯距离城墙400米的地方扎营，并通过勘察明确了城墙最薄弱的地方。接下来他下令收集木材，建造了3部攻城战车。还吩咐在北墙前面架起了一座可移动的瞭望塔，

塔高 25 米，用来指挥下面的士兵推动攻城槌。接下来，真正的耶路撒冷
围攻战揭开了序幕，约瑟夫斯亲眼见证了这场残酷战争的真相。

罗马士兵一队一队地靠近城墙，推着巨大的攻城槌撞击城墙，最终在
城墙上砸出一个大洞。罗马分遣队蜂拥而入，拼命打开了城门，强迫犹太
人放弃了第一道城墙。4 天后罗马人又攻下了第二道城墙，罗马士兵进展
神速，乃至于忘记了把缺口打得更大一些。犹太人奋起反击，把那些突击
进入城内的罗马人困在了第二道城墙内。当罗马人试图撤退时，却发现第
二道城墙的缺口被约翰和西蒙用尸体堵住了，形成了关门打狗的态势，等
待他们的命运只能是遭到犹太人的残酷屠杀，但是提图斯迅速在街道两头
布置了弓箭手，由此牵制住了敌人，双方展开了激烈的战斗，最终第二道
城墙还是被罗马人攻破。

提图斯开始玩弄策略，他希望用罗马战斗器械的绝对优势，震慑住敌
军，连续 4 天，让他的罗马军团身穿戎装、铠甲鲜明、威武雄壮地列队在
圣城高大的城墙外游行示威，这种战略示威产生了极大的威慑效应。城里
的犹太人意志消沉，因为饥馑已经严重威胁城里士兵和老百姓的生命安危，
城里为了一点点玉米和一块面包而发生争斗，富人的房子更是被洗劫一空。
一些犹太人孤注一掷，偷偷出城寻找食物。但是很多人被罗马士兵抓住。
提图斯为了杀一儆百，对他们进行严刑拷打并把他们钉死在十字架上，而
暴行被城里的人尽收眼底，产生的威慑不言而喻。

此时，约瑟夫斯不失时机奉命发动宣传攻势，向守城的犹太士兵进行
喊话：罗马人不会伤害你们，也不会伤害你们的人民，我们会宽恕你们的
国家，保护你们的寺庙。你们应该清楚上帝是站在意大利人一边而不是犹
太人一方。罗马人是不可战胜的，他们才是世界的主宰，伟大的民族屈服
于强者是正常的。既然犹太已经是罗马的一个行省，那么现在的抗争是徒
劳无益的。你们试图摆脱束缚显示的并不是对自由的渴望，而是一种病态
的对死亡的渴望。然而，他的呼吁，引来的只是嘲笑、辱骂和雨点般的石头。

为了体现罗马对世界的控制力，提图斯指示他的军官们围绕耶路撒冷
城建造了一座城墙。这是一个严密的封锁，防止任何人离开这城市到别处

去寻找粮食。罗马军团仅用三天时间，就修建了一堵长约 7 千米的墙，城墙上还建有 13 个堡垒，当围攻完全削弱了犹太人的抵抗能力时，他们才会重新建造曾经被犹太人烧毁的炮台，重新点燃总攻的战火。此刻的耶路撒冷城内，由于长期的围困，已经是饿殍遍地，现在他们已经无力掩埋死者，他们敢于吃各种莫名其妙的食物，甚至于死尸也不放过。

在罗马人能够看得见的屋顶上满是男人和女人，他们身体太弱，甚至很难站立。当罗马人摆出食物逗弄犹太人时，西蒙和约翰却顽固地坚持抵抗到底的决心，以至于使他们的队伍产生了可怕的分裂。一个犹太军官集中了 10 名下属，大声对罗马士兵表示准备集体逃亡投奔罗马人。西蒙闯进塔内处死了他们。有些犹太人假装前往作战，数百人成功逃脱，投靠了罗马人。有些人饱受饥饿折磨，在狼吞虎咽地进食后，竟然被活活撑死。

在进行决战之前，提图斯专门召开会议讨论攻陷耶路撒冷后对于神殿的处理问题。塔西佗记载：

据说提图斯起初召集了一次会议，讨论了他应该不应该摧毁这样一座神殿。因为有些人认为，比人类的所有建筑都更要著名的一座奉献给神的神殿是不应当被夷平的，他们的理由是，保留这座神殿可以证明罗马人是有节制的，而把它摧毁却会使人永远记起罗马人的残暴。但另外一些人，其中包括提图斯本人却反对这一意见，他们认为摧毁这一神殿是首要的事情，因为只有这样才能更加彻底肃清犹太人和基督教徒的宗教。他们的理由是：尽管这个宗教相互间是敌视的，但他们却是同一个源流产生出来的。基督教徒是从犹太人中产生出来的，如果根被毁掉，枝干很快就会枯死了。

罗马人连续开始猛击最后一道城墙，带着铁撬棍撬动城墙下的基石打开一道缺口，并寻找到约翰为了烧毁提图斯炮台而挖的地道入口，深夜两点罗马军团冲进废弃的地道，与正等待他们的西蒙和约翰的军队进行了一场生死搏斗，在近距离的肉搏中，几乎无法区分罗马人和犹太人。尸体被踩在脚下难以分辨前进和后退的方向，狭窄和散发出恶臭的空间充斥着尖叫和呻吟。最终还是罗马军团杀出一条血路，迫使犹太人撤退到了耶路撒冷最神圣的地方——神庙区。

提图斯已经占领了安东尼堡，雄伟的安东尼堡支撑着神庙庙区高大精美的柱廊，于是他下令将这些精美的建筑艺术品夷为平地。毕竟宽阔平整道路对于大军挺进市区更加容易些。然而，在下达最后命令前，他依然命令约瑟夫斯站在犹太人视野能够看到的地方，大声向约翰等人进行最后的劝降：希望他们投降，来拯救整个城市和人民，求得罗马人的原谅，如果坚持战斗，亵渎神庙，上帝会惩罚于他们。但是约翰对这个叛徒已经恨之入骨，不断咒骂这个贪生怕死软骨头。他只能放弃劝降，嘴里仍然喃喃自语地大声说：是上帝把罗马人的战火带到这里来净化神庙，并把这座城市的腐化清除掉。说完这些，罗马人放火烧了神庙的银制大门，随着金属的熔化，他们又放火一点一点地烧了柱廊。大规模的袭击越来越靠近内院和神殿。

如何处理神殿，在罗马人内部爆发了激烈的争论。因为神殿的存在，那么犹太行省永远不得和平安宁，神庙依然是全世界犹太人精神的象征；有些人不同意，只要犹太人不试图在这里聚集造反，神庙应当得以宽恕。如果毁弃的话，这里充其量也不再是神圣之地，只是一个军事要塞。也许是约瑟夫斯保护神庙的意见起到了关键作用，提图斯宣布神庙的艺术作品必须得到保护。为了挽救神庙，他说他要把这些光荣的装饰品献给罗马皇帝和罗马人民。神庙必须加以完整保留。然而，战争是不可能按照既定规则进行的，很多意外均可能发生，神庙最终还是被一把大火烧毁了。

公元70年8月6日持续了4年3个月之久的犹太战争终于落下帷幕，让人筋疲力尽的战争使得罗马士兵把怨恨全部发泄到敌人的身上。他们涌进各大入口见人就杀，不分士兵和老弱妇孺，恣意屠杀，通往神庙的阶梯上满是鲜血。阶梯前和神圣的祭坛前堆满了尸体，惨不忍睹，战争终于使得犹太人民和神庙一同遭难。

混乱中，罗马士兵抓了一个火把扔进了神庙，不久神庙燃起冲天大火。提图斯立即带着护卫冲进神殿，企图阻止火势蔓延，他叫嚷着让士兵扑灭大火，但是没有人理睬他。显然杀红眼的士兵已经沉溺于自己的贪婪之心，想要拿走这里他们能够拿走的一切。对犹太人的屠杀也变成了对神殿金银珠宝的大规模抢掠。纯金制作的杯子和盆，窗帘和饰以珠宝的衣服，还有最有价值的七分枝烛台，以及供桌、重大仪式用的喇叭都到了罗马士兵手中，神庙中最神圣的部分被掠夺一空后，神庙被付诸一炬。抢劫不仅是发生在神庙，在外院的柱廊那里有个宝库，里面有许多黄金和宝贵财产，这原本是犹太人在围城时带来要求妥善保管的，在罗马人纵火前也被抢劫一空。犹太人的叛乱已经完全被镇压了。约翰与西蒙还是成为漏网之鱼，逃到了上城，但是他们逃不脱耶路撒冷。只能要求和提图斯谈判。提图斯站在神庙和城墙相连接的地方，冷静地与叛军头目西蒙和约翰对话：他严厉地斥责犹太人对罗马人的背叛以及犹太行省统治政权的忘恩负义：

你们因为罗马人的善良而煽动叛变了罗马人。起初我们给你们土地居住，让你们自己统治自己，然后我们支持你们的律法，允许你们完全控制自己的内外事务。尤其是，我们允许你们以上帝的名义征税，收集贡品，我们对此既不劝阻也不干涉。因此，你们才可能越来越富裕以至于来危害我们，还准备和我们开战。我们为你提供财富，你们享受着这样的好处却反过来向我们炫耀你的财富，人类喂养了野兽，野兽却反口咬了喂养它的手……当我的父亲来到这里时，他摧毁加利利及其边远的地方，给你时间去想通。但是你们把我们的宽宏大量当做是软弱可欺，我们的温和只是增加了你们的厚颜无耻。我非常不愿意带着攻城器械来攻打你们的城墙。我的士兵曾经一度渴望你们的鲜血，是我约束了他们。

当然提图斯作为侵略战争的胜利者，尽可以借助强大的武力站在道德的制高点上，对征服者进行强词夺理的指责。但是他回避了战争爆发的根本原因是罗马统治者暴君尼禄为了满足一己之私对行省进行无节制的横征暴敛所激起的民变。现在征服者取得了胜利，强劲的罗马军团对于圣城耶路撒冷只能是烧光、杀光、抢光，并将这块犹太祖先开创的圣城夷为平地。耶路撒冷神庙的主要建筑都被摧毁，所有财富全部落入罗马人手中，在这次平叛存活下来的人被集中到寺庙群中的女人院。老人和病人被杀死，数

千名叛乱分子被处决。约瑟夫在《犹太战争史》中记载这次围攻战中死亡
人数是一百一十万人，显然为夸大其词的渲染。塔西佗记载是包括男女老
少在内共计六十万人。剩余的97000人被卖为奴隶。年轻力壮的被卖到埃
及做苦力，或者送到帝国的各个竞技场，做了角斗士和野兽的饲料。叛乱
分子的领袖和长相英俊者被留下来，准备参加韦帕芗父子的凯旋仪式，他
们是作为战利品游街展示的俘虏。约翰和西蒙在下水道躲藏几周后，最后
投降被塞入了头号战俘的行列。犹太圣城耶路撒冷城堡被彻底摧毁几乎重
复了迦太基城被毁灭的悲剧命运。

　　韦帕芗和提图斯胜利会师在罗马。罗马民众欢欣鼓舞，涌入街道，一
睹这对父子常胜将军的风采，跟随这对父子返回罗马的就是犹太人的最大
叛贼约瑟夫斯，他很快被授予罗马公民资格，并获赠一大笔奖金，韦帕芗
还将自己称帝之前的豪宅奖励给他，在那里安心书写《犹太战争史》。他
笔下的韦帕芗、提图斯的凯旋式笔墨细腻生动，情节引人入胜。

　　庆祝军队的凯旋仪式是罗马城最为壮观景象之一，只是不知这位背叛
犹太民族的"贰臣"在书写这段本民族痛史时，所怀有的是怎样的心情，
因为这部历史是经过当时的罗马皇帝提图斯审查通过批准勘印出版的，自
然不敢对罗马侵略者有丝毫的非议之词。

　　凯旋式在共和国时期，这是一位罗马将军军事生涯的最高峰，是一切
有追求的贵族所渴望达到的目标。一般来说，举行凯旋的条件是在一场针
对外族公开宣战的战争中取得胜利，并且敌方至少损失5000人以上，在
元老院要求下，通过投票表决，获胜将领获准率领军队参加一场声势浩大
展演游行，炫耀装备、战利品、俘虏，罗马民众倾城而出观看这场彰显个
人权势的盛况，况且韦帕芗父子此时的身份是帝国皇帝和皇储，和一般的
军队领袖有着等级上的巨大差别。曾经的犹太政治领袖史学家约瑟夫斯亲
临了这场盛会，不吝笔墨地赞美这场残酷血腥的对自己祖国摧毁战争的胜
利，也许他的心情是复杂和痛苦的，但是字里行间似乎根本看不出他有着
丝毫的不安和悔恨，有的只是欣赏和赞美：

　　在凯旋行进路线选定之前，元老院即已经发布文告，城中诸多人口无

人留守家中：人人走上大街，尽管只有站立的空间。他们仍然在某处找到位置，以致没有为行进的队伍预留足够的空间通过。

夜色尚未退却，所有士兵已经在军官的指挥下以百人队和纵队为单位出发，并且列队地点不是在上宫苑宫门周围，而是在伊西斯神庙附近，因为凯旋将领在那里过夜。刚一破晓，韦帕芗和提图斯便走出来，他们头戴月桂花环，身穿传统紫袍，袍上绣缀寓意胜利的银星，气宇轩昂地骑马通过屋大维甬道；元老院、高级公职官员和骑士已经在那里等待他们的到来。柱廊前面已安置一座讲台，台上放着为他们准备好的象牙椅。他们前来落座；于是军队开始欢呼，这是一支见证了他们英勇超凡的军队。中心人物未着戎装，身穿丝袍，头戴月桂花环。虽然军队还要继续前行，但在接受他们的欢呼后，韦帕芗示意全场安静，会场肃静下来，皇帝从座位上站起，头部大半被斗篷遮住，他开始按照惯例进行祈祷，随后，提图斯同样如此行事。祈祷过后，韦帕芗向全体集结人员发表简短演说，随即解散军队去用早餐，因为根据惯例凯旋将领要提供早餐；韦帕芗自己退至凯旋门处，该门为一直由此经过的凯旋行进而得名。他们先在那里用餐，然后穿上凯旋礼袍向竖立在门两侧的诸神献祭，最后重新开始他们的凯旋行进，穿过剧院以便人群更好地观看。

记载这无数景象的描述不可能尽如人意，人们所能想象到的诸多方面均极其壮观，无论是艺术作品或者各种财富抑或是自然珍品；那些命运的宠儿只能单人单次获得的财宝——众多不同人物的无价珍品——全部集中在那一日，展示着罗马帝国的伟大。其中还能见到工匠技艺所及的各种形状的金、银和象牙制品，数量巨大，似乎它们并非运在行进队伍中，而像一条流动的长河。随波而行的还有帷幔，有些是极为罕见的紫色底纹，有些则带有巴比伦艺术家刺绣的逼真肖像；载送而过的透明宝石有些镶嵌在金冠上，有些镶嵌在其他饰物上，其数量之大让我们明白之前我们视其为罕有之物是多么愚蠢。行进队伍中还有罗马诸神的造像，形制巨大，具有真正的艺术价值，每尊造像均用昂贵的原料制成；牵引而过的动物种类繁多，均用特殊的饰物装扮起来。行进队伍中每样物品均有大批人员护送，

177

他们所有的服装染成纯紫色混以金色；那些被选中参加行进的人员周身带着大量极为精美、令人称奇的饰物。此外，甚至众多俘虏也并非完全不着装饰：在精巧美丽的外衣下，任何因身体伤害造成的丑陋均被掩盖。

不过，最为令人称异的是移动的台架结构；当人们用惊喜的眼光观看上面奢华的装备时，其巨大形制确实能引发恐慌，因为其中很多是三层甚至四层高，人们无法信任它们的稳固性。许多台架挂着镶金的帘幕，所有结构均由加工精细的象牙和金子构成。很多舞台造型极为生动地刻画了连续作战的阶段。这里看到的被摧毁的美好乡村，那里则是敌人整体编队遭到屠戮；有人逃亡，有人被俘；巨大的城墙被器械推倒，大型堡垒被猛攻，雉堞墙上布满防卫者的城池被彻底摧毁，军队在壁垒内尖叫，整个地点散发出杀戮之气，那些无法坚守的人哀求着举起双手，神庙被火焚烧，房屋在其居住者头顶被拆毁，在彻头彻尾的凄凉与悲惨之后，河流流过的不是耕田，不是向人和动物提供饮水，所经之处是仍然燃烧的乡间。这就是犹太人进行这场战争时便注定使自己遭受的痛苦。

随行的大部分战利品均杂乱地堆放在一起，但是相比其余更为突出的是那些耶路撒冷城圣殿中俘获的物品：重达数英担的金桌和同样是金质但构造有别的于我们通常所见的灯柱。其中轴被固定在一个基座上，从此处伸出一些纤细的分支，状如三叉戟的尖头，每一处尖端被打造成一座灯盏：分支共有七个，代表着犹太人赋予这一数字的荣耀。这些之后带来的最后一件战利品"犹太法"。接下来是一群人拿着胜利女神像，造像均以象牙和金建造。其后韦帕芗首先骑行而来，之后是提图斯、图密善在旁侧骑，装扮华丽，他们的马看起来十分名贵且装饰堂皇。

行进仪式在朱庇特·卡皮托利努斯神庙结束，他们在那里停下来：根据古老的习俗，他们要在那里等到敌军首领的死讯，这就是吉奥拉斯（Gioras）之子西蒙（Simon），他一直在被俘者之间参加游行，现在被绳索套住后拖往广场的行刑地点——这是罗马法律规定用来处死那些因其罪行而被判处死刑的人的地点。当他死亡的消息传来，全场欢呼，献祭开始。当惯行的祈祷结束并得到吉兆显示后，王族回宫。他们在皇家餐厅招待一

178

些人；至于其余所有人，已在家中准备好丰盛的筵席。罗马人整日都在庆祝对敌战争的凯旋事宜、内战的结束和憧憬美好未来的开始。

笔者在这里之所以不厌其烦地大段引用约瑟夫斯关于韦帕芗父子凯旋式的描述，因为这是我在写作本书中多次涉及凯旋仪式最精彩的描述，大量细节的生动展示，无不将这种炫耀武力征服和野蛮掠夺的血腥残酷以艺术美学的形式推向了极致。大量的金银、稀有珠宝镶嵌在王冠简单地堆放在一起。甚至连700名囚犯穿的长袍都价值连城。有的花车高达四层，描绘了海上和陆地的战斗，堡垒和城镇被袭，遍地血流成河，圣殿被毁，房屋倒塌，战舰沉没，每辆花车上都坐着一位城市总督……

这样的极致展示，将会在帝国历史的延续中得到发扬光大：那些声势浩大的游行，精巧美丽的花车，群众的欢呼喧嚣的场面，宏伟巍峨的凯旋门，都会在第三帝国首都和法兰西共和国甚至莫斯科街头出现，这里曾经大部分都是罗马帝国统治区域，即便俄罗斯沙皇也以罗马帝国的继承者自居。约瑟夫斯在文中提到的最珍贵的战利品"犹太法"，也即基督教历史上最有名的《摩西五经》，是犹太民族的立国之本，是犹太先知定居于埃及的以色列人摩西为了摆脱埃及人对犹太民族的迫害，带领他的人民历尽千辛万苦长提跋涉来到西奈山下，按照耶和华旨意宣布的摩西十诫的木牌，在征服约旦河西岸的迦南（巴勒斯坦地区包括耶路撒冷）后所颁布的第一部犹太法典，被称为《托拉》的抄本，一直存放于耶路撒冷神殿金制的约柜内，现在成为罗马人的战利品在凯旋式上进行炫耀。据《圣经》记载，约柜是一个装饰华丽的镀金木柜，内存上帝与摩西在西奈山立约的两块法板，法板上刻着摩西十诫。约柜是希伯来人与上帝特殊关系的象征。希伯来人在逃出埃及、辗转西奈、征服迦南过程中约柜一直被随身携带，而在这次战争中被罗马人劫掠带到凯旋式上展示，不知犹太学者约瑟夫斯行文至此作如何感想。

之后，韦帕芗建立了一座和平神庙，用华丽的绘画和雕像大肆点缀。他将圣所中的金色饰物放在那里，将圣所中安放犹太法典《托拉》的约柜和深红色的幔子留在了自己皇宫中，不知是一种尊崇还是某种征服的炫耀，作为犹太教的异教徒，大约是后者的含义更加贴切。

公元 81 年，提图斯死后封神，罗马元老院决定为他修建一座凯旋门，目前是罗马保存最完好的凯旋门之一。这座凯旋门坐落在当年的圣道上，现在位于考古区的出口处，东向罗马斗兽场。上写题记："元老院和罗马人民将此献给神圣的韦帕芗之子，神圣的提图斯·韦帕芗·奥古斯都。"站在凯旋门的门洞下，左右两侧可欣赏到记载当年罗马军团掠夺犹太圣物的真实记录。刻画了当年 40 岁的提图斯在公元 71 年庆祝镇压犹太起义胜利的凯旋式浮雕。军团士兵们抬着金制的七烛台，因为它的沉重，士兵的肩膀上都要放上垫肩。他们还抬着银制的两支号筒和用以来摆放供品的包金供桌。有些士兵还扛着记载提图斯在平叛战争中功绩的牌子，可能包括参战军团的名称和数字，或者是关于战利品的说明。但是牌子中的文字记载因为历史的久远已经剥蚀风化无法辨认。站在浮雕之间，举头仰望，可以清晰观赏到一幅浮雕：象征着朱庇特的雄鹰抓着一个小人飞向天空。这个人不是别人，正是提图斯皇帝。这幅奇怪的浮雕象征着他升入天国的神圣瞬间。

约瑟夫斯以十分沉痛的笔墨记录下公元 73 年，在耶路撒冷陷落三年后犹太人最后的坚守"马萨达堡"的陷落：

马萨达堡伫立在一座高耸入云的山丘上，俯瞰着死海西岸附近的一个岬角，是全犹太地最为坚固的堡垒之一。它曾经是希律王的避难所，他为它添置了一座宫殿、一座犹太会堂和一个武器库。岩石中储水池储蓄了充足的雨水。公元 70 年耶路撒冷落入罗马人之手后，马萨达仍坚持了三年，数百名犹太奋锐党人捍卫着它，他们由以利撒·本·亚伊尔指挥，相信马萨达永远不会陷落。然而，罗马军团不仅到达并围攻了马萨达，而且在几个月内建造了一座 400 英尺高的斜坡，从那里，他们终于可以攻城车攻破之前难以穿越的城墙。

在罗马人最后一次袭击的前夜，以利撒发表了慷慨激昂的讲话，命令他的士兵自杀并杀死他们的家人。第二天早晨，当敌人冲进来时，他们发现近千具排列整齐的尸体。只有两个隐藏在水池中的妇女和一些孩子还活着。他们解释了发生的事情。军团的士兵们并没有感到胜利的喜悦，反而肃然起敬。

现代以色列军队的座右铭之一就是"马萨达永不陷落"，并且新兵在最后一次训练中要穿越沙漠，从巨大的城堡上观看破晓的晨曦。

弗拉维王朝的父子统治

　　法国启蒙巨擘孟德斯鸠在他的《罗马盛衰原因论》中有一段精辟的对于弗拉维王朝父子统治的点评，可谓画龙点睛之笔：

　　伽尔巴、奥托和维特利乌斯如昙花一现。韦帕芗和他们一样也是由士兵拥戴而当上皇帝。在他之前的六位皇帝个个是残忍的暴君，性格暴躁，而且愚蠢低能，更为糟糕的是，这六位皇帝一个胜似一个以挥霍为能事，简直到了不可理喻的地步；韦帕芗在他整个执政期间，一心想要做的就是重振帝制。

　　提图斯继韦帕芗为帝，罗马人民深感欣慰。但是图密善却是一个恶鬼，即使不比他的前任更残酷，至少更无情，因为他更加怯懦。

　　他最亲近的释奴们，甚至有人说还有他的妻子，都觉得与他相处十分危险，被他视为仇敌固然如此，被他视为朋友也一样。他的猜疑和指控没有任何界限，所以大家都想搞掉他。密谋者动手之前物色了一个继承者，那就是可敬的老者涅尔瓦。

　　罗马帝国的"四帝之年"终于结束了，迎来了相对安定的和平时期。韦帕芗和提图斯统治共计十二年时间，然而图密善却最终葬送了弗拉维王朝的统治，可以说由韦帕芗、提图斯开创的弗拉维王朝是三朝而亡，不可谓不短命。由老臣涅尔瓦开启了古罗马帝国的鼎盛时期，也即安东尼王朝的"五贤帝时代"。再次重复展现了"天下分久必合，合久必分"，即由统一到分裂，由治到乱的循环往复的历史发展规律。

　　威尔·杜兰特在他的巨著《世界文明史》中认为，韦帕芗是罗马帝国难得遇到的一位"有见识、有能力、有荣誉的人"。事实也是如此。他从来就不是一个贪慕虚荣的人，他登上帝位直到逝世，始终表现了一位出身乡村绅士的平易和谦逊，甚至以出自农家为荣，从来就不掩饰自己来自于帝国的底层，当朝廷的一批谄媚者企图将弗拉维家族的起源追溯于罗马历史上那些曾经显赫的高贵家族，他对这些人的苦心只是淡然地付之一笑。

他不屑于在那些形式繁琐的隆重仪式上出头露面，在举行凯旋式那天，漫长而累人的游行弄得他筋疲力尽，他忍不住感叹道："我活该受这份罪。我的祖先应该得到凯旋仪式，好像我自己也可以向往它似的。一个老头贪图凯旋式真是愚蠢。"公元69年7月1日，他接受护民官的职衔并被授予祖国之父，意味着他成为帝国元首，这一天他所在的东方军团欢呼他为皇帝。公元70年10月，元老院正式认可韦斯帕即罗马皇帝位，继位后，他可以说是夙夜辛劳全心全意致力于帝国与国防的重建工作，因为内战造成了帝国的满目创伤，百废待兴。

苏维托尼乌斯在本传中记载：

他的生活方式大抵这样：在他统治期间，始终起得很早，实际上天还没有放亮。然后，他阅读各级官员的信件和报告，之后再让朋友进来，一边接受他们的问候，一边穿鞋穿衣。当日常公务处理完毕之后，他驱车漫游，然后搂一名妃子小憩。自从凯妮斯死后，他娶了好几名妃子。小憩之后，洗澡、吃午饭。据说他在这个时间比其他时间更加宽宏大量，更加蔼可亲。因此，他的家人都力图在这个时候提出自己的要求。

不论在午宴上，还是在其他场合，他都非常平易近人。许多问题经常在玩笑中化为乌有。他是一名讽刺专家，但是过分热衷于滑稽和低级趣味，甚至不避讳脏话。不过他的有些笑话是非常俏皮的……一个女人发誓说，她爱皇帝简直爱得要死，于是她把他征服了。韦帕芗把她带进卧室同居。他赠给她40万塞斯特尔提乌斯。当他的总管问他，应把这样大一笔记入哪本账本时，他回答说："那就记在韦帕芗的火热爱情账上吧！"

他废除了早晨谒者必须搜身的陋习。面对朋友言语冲撞和律师的出言尖刻以及哲学家对他的放肆攻击，韦帕芗总是处之泰然。他曾经的合作者叙利亚总督穆奇阿努斯依仗自己的功劳经常口出狂言说："韦帕芗的皇帝位置是自己让给他的。"可是韦帕芗从来不当面斥责他，只是当着双方朋友都在场的时候埋怨他几句，最后补充说："我毕竟是个男子汉啊！"这句话暗含穆奇阿努斯缺乏男子汉的气魄和情怀。他对别人的侮辱和敌视从来不耿耿于怀，也不存心报复。他为自己的对手维特利乌斯的女儿找到了一位十分出色的丈夫，甚至为她置办了丰厚的嫁妆和修建房屋。在尼禄统治时期，他曾经被禁止进入宫廷朝见皇帝，当他在宫门口徘徊自语说："我该怎么办呢？我应该到哪儿去？"门卫轻蔑地对他说："你应该去见阎王。"他当上皇帝后后，此人请求他宽恕，他只是用原话回敬了他，并没有处罚他。

他允许每个人自由批评他的言行与品德。发现阴谋反叛时，他经常宽恕那些叛逆者，他会很幽默地说，他们是傻瓜，不了解一个皇帝所背负的烦恼和重担。他只发过一次脾气，尼禄时代被放逐的赫尔维狄乌斯·普里斯库斯（Helvidius Priscus）回到元老院被恢复大法官身份后，是唯一一个不将他当成皇帝尊重的人。在大法官公布的文告中回避他的皇帝身份，只是将他看成是普通人，他要求恢复罗马的共和体制。不仅如此，他还在大庭广众前肆无忌惮地攻击和诽谤韦帕芗。皇帝警告这位大法官，如果他继续当众攻击皇帝，请他不要参加元老院会议，普里斯库斯拒绝从命。韦帕芗将他放逐，并下令将他处死。随即皇帝就反悔了，立即派出信使将执行者召回，但是信使返回谎报此人已经被处决了。

内战耗费了大量资金，唯一的出路是实行紧缩财政的政策，他效仿奥古斯都的清正廉政措施，并且努力塑造与之相匹配的品格和操守，他致力于协调与元老院的关系，努力创造政通人和的复兴局面，恢复和重建宪政体制：释放或召回被尼禄、伽尔巴、奥托及维特利乌斯判处冒犯君主的罪犯，他改编军队、限制禁卫军人数及权力，并让提图斯担任禁卫军司令。经过十年战争，东部边境设防比过去更加固若金汤。他的新生政策也很开明，犹如克劳狄乌斯使高卢和西班牙更加罗马化；他大幅度增加税率，开辟新的财源。韦帕芗为了填补空虚的国库，尽可能地开拓财源。他恢复了拍卖税，增加行省的税捐，增加各种项目服务的收费，并不吝开放官职的购买。不过，他也能充分地运用征收而来的金钱，除了改善菁英阶级的生活之外，他也重建了许多因天灾或战乱受损的都市，奖励修辞学与文法教师，慷慨地补助各类型的娱乐事业。

由于一整年的内战，帝国高层呈现人员凋零的现象，他恢复了古代的监察官制度，和自己的儿子共同担任监察官，重新登记与审查元老院贵族与骑士两个阶级的人员，罢黜当中的腐败分子，并从行省中遴选具有威望的人士进入中央。他还为了符合财产的规定，为元老补足他们的差额，并慷慨地给予贫穷执政官津贴，让这些菁英阶层能够稳定并恢复他们的尊严。还整顿了军中纪律，借由惩罚和克扣赏银等方式，压抑了士兵的跋扈气焰。

为了解决因内战而中断与堆积的诉讼案件，韦帕芗不拘泥于正常的程序，而是用抽签的方式选定一批特派专员，尽快地解决法庭的案件，特别是归还战争期间受侵夺的人民财产，好让社会秩序立刻恢复。

公元 71 年发行的钱币，正面是韦帕芗皇帝的肖像，背面则是纪念征服犹太行省的图案。鉴于前几位皇帝包括他本人均由军队拥立，元老院事后追认，他下决心改变这种情况，他必须以法律形式证明自己帝位来源的合法性，他制定了《关于韦帕芗皇帝最高指挥权的法律》：

> 正如神皇奥古斯都、提比略·尤里乌斯·恺撒·奥古斯都，及提比略·克劳狄乌斯·恺撒·奥古斯都·日尔曼尼库斯所受到的待遇，军人皇帝与他国缔结的同盟应该被承认。

> 并且，正如神皇奥古斯都、提比略·尤里乌斯·恺撒·奥古斯都，及提比略·克劳狄乌斯·恺撒·奥古斯都·日尔曼尼库斯所受到的待遇，应当同意军人皇帝召集元老院，自己或者通过委托提交议案，以报告和表决形式通过元老院决议。

苏维托尼乌斯说，他理应受到谴责的唯一缺点是贪财，他不满足于伽尔巴时期已经废除的赋税，还规定了新的沉重赋税，行省居民缴纳赋税的数量也增加了，有些省的贡赋甚至成倍增加。他还经营连普通人都感到耻辱的买卖，他囤积商品只是为了以后提价倒卖。他毫不犹豫地向竞选者卖官鬻爵。对在押候审犯，不管有罪还是无罪，只要肯出钱，一律开释。他总是不断让那些贪婪的官员升任更高的职位，先让他们发财致富，然后突然召集他们，清查他们的账目，没收他们的财产，对他们进行处罚。有一种普遍的说法是，韦帕芗利用他们犹如海绵，让他们先吸足水分，再挤出水来。有人说韦帕芗天性贪婪，指责他为贪心的农夫，他的一个老牧奴曾经恳求刚登基的皇帝给他自由，他却要求他花钱买自由。牧奴骂他"狐狸只换毛，而不改天性"，无非嘲笑他的农民吝啬性格不变。令人更加感到荒唐的是，居民使用公共厕所也要抽税，他的儿子提图斯反对这种有失体面的收入，但是老皇帝却拿出一些银币放到他儿子的鼻子底下说："孩子，你闻闻看有没有味道。"但是，韦帕芗聚敛的这些财富，并没有占为己有，挪为私用，而是全部投入罗马的经济复兴、装饰建筑和文化教育事业。

由于尼禄时代的大火，首都已经变得残破不堪，到处布满残垣断壁。他开始着手落实首都整治规划，过去一些地产商圈定的空地，却长期荒废不予开发，他允许任何人占用并在上面建造房屋。公元69年被维特利乌斯放火烧毁的卡比托利欧山神庙，他任命穆奇阿努斯和图密善负责开始重新修建工作，他亲力亲为参加建筑工地清除瓦砾的义务劳动，不顾年事已高用自己的肩膀将垃圾背走。他着手恢复与神庙一起被毁的3000铜表，遍查副本，力图修复这些最古老的帝国档案，包括几乎从罗马建城以来的有关同盟、条约和授予个人特权的所有元老院决定以及平民决议。他恢复了许多古庙，除了卡比托利欧山朱庇特神庙，他还重修了女神朱诺以及密涅瓦庙，并修建了一座雄伟的和平女神帕克斯神庙。同时开始修建在罗马历史上久负盛名并保存至今的圆形剧场——弗拉维竞技场。该设施拥有5万个座位，成为帝国最有名的角斗竞技场。

公元79年，韦帕芗第九次担任帝国执政官。他在坎帕尼亚感染了热病，他回到了故乡的庄园避暑，仍在该地处理政务与接见使者。6月23日，因为过量饮用了库提尼亚湖的水，得了严重的痢疾腹泻不止，他感觉到死神的即将来临，但是仍然保持着乐观坦率的态度，他说："啊，我想我快变成神了。"当他神志不清陷入昏厥时候，仍宣称"作为一个皇帝应该站着死去"。在他坚持并挣扎着欲站直身体时，死在搀扶者的怀里，享年69岁。

韦帕芗死后，40岁的长子提图斯顺利继承了他的帝位。鉴于罗马帝国往往在新旧帝王交替时期，为接班人的继位问题，发生动乱的历史教训，精明的韦帕芗在生前就为自己的儿子顺利接班预做安排，可谓未雨绸缪，深谋远虑。

爱德华·吉本在他的《罗马帝国衰亡史》有关帝位传承的致命弱点中指出：

在王位空悬、推举新君的时候，通常危机四伏、险象环生。罗马皇帝为了使军团在空位期间置身事外，而且不会产生异心图谋拥立，生前就对储君赋予大权，以便自己一旦崩殂，能够顺利接掌大权，不让帝国有易主之险。因此，当奥古斯都在所有较佳人选都英年早逝，便把最后的希望放在提比略身上，让自己的养子出任护民官和监察官，并且发布敕令，使这位储君和自己一样，有统治行省和指挥军队的权力。就像韦帕芗那样，要他长子克制自己过分慷慨的天性以免遭到忌恨。提图斯受到东部各军团的爱戴，在他的统率下很快完成对犹地亚（Judaea）的征服，表现出少年的血气方刚，使得品性被掩蔽，企图受到怀疑，让人恐惧他的权力。谨慎的韦帕芗为了不愿听到蜚短流长，召他回国共同处理国政，这位孝子没有辜负老父亲的一番苦心，成为忠诚而又负责的行政首长。

聪明睿智的韦帕芗尽可能采取一切措施，保证能够完成这次未卜凶吉的擢升。军队誓词和士兵效忠，永远以恺撒的家族和姓氏为对象，这已经是一百多年来的习惯，即使这个家族靠收养的形式，很虚假的一代一代传承下来。罗马人仍旧把尼禄看成日尔曼尼库斯的孙子，也是奥古斯都的直系传人，表示极度的尊敬。要说服禁卫军心甘情愿地放弃为暴君服务的机会，这是一件很不容易而且得罪人的事。伽尔巴、奥托、维特利乌斯的迅速垮台，让军队知道皇帝是他们创造的傀儡，也是他们无法无天的工具。韦帕芗出身寒门，祖父是普通士兵，父亲是职位很低的税吏，完全靠自己的功勋，在年事已高的时候才爬升到帝王之尊。虽然他的功绩颇高，但还没有达到显赫的地步，个人的德行也因为过分吝啬而失色不少。像这样一位国家元首，他真正的利益是放在儿子身上，凭着储君光辉以及和善性格，可以转移公众的视线，不再注意寒微的门第，只想到弗拉维家族未来的光荣。提图斯的温和统治，使罗马世界度过一段美好的岁月，人们对他的怀念，转而庇护他的弟弟图密善的恶行达十五年之久。

提图斯·弗拉维乌斯·韦帕芗（Titus Flavius Vespasianus）继承了父亲

的名号，是皇帝中最幸运的一位，在当政的第二年就去世了，时年42岁，仍然是罗马人民所尊敬爱戴的对象，因为时间没有给他滥用权力和满足贪欲的机会。

提图斯曾经长期担任父皇的重要助手和同僚，曾经和父亲共同担任监察官和护民官、7次担任执政官。他把全部政务都承担在自己肩上。苏维托尼乌斯在本传中记载：

他以父亲的名义口述信函，起草敕令，甚至代替财务官在元老院宣读父亲的演说辞。他还担任禁卫军长官，在此之前这个职位由罗马骑士担任。担任这个职位他有些专横和暴虐。如果有人引起他的怀疑，他便秘密地派卫队到剧院或者兵营，要求大家惩罚此人，然后立即把他干掉，好像这是在场者的一致要求。这些人中，例如一位前执政官奥卢斯·凯奇纳（原维特利乌斯莱茵河军团指挥官）。他应邀来参加宴会，可是当他刚刚离开宴会厅，提图斯便下令将他刺死。不过这次是在面临迫在眉睫危险促使他这样做的，因为他破获了凯奇纳准备向士兵公开演说的手稿。他通过这种措施虽然保证了自己未来的安全，但同时又招致了空前的仇恨。还从来不曾有过哪位皇帝在登上皇位时像他这样有负众望和违背民意的。

他不仅残酷，人们还怀疑他贪婪，因为谁都知道他插手父亲审理的案件，营私舞弊谋取贿赂。总之人们不仅认为，而且公开宣布，提图斯是第二个尼禄。但是，从他身上找不到任何瑕疵，相反却发现了崇高的美德时，这种名声，反而对他有利，甚至让他得到了最高的赞誉。

有关提图斯对于资深元老凯奇纳的刺杀，还有传说是这位当年莱茵河军团的著名战将由于垂涎犹太女王贝勒尼斯的美貌，与她调情，并长期与她保持不正当的关系遭到提图斯的憎恨，惹来杀身之祸。也就在公元78年末或者79年初有人提醒约瑟夫斯，罗马可能非常不安全，当时他刚刚获悉凯奇纳反对他的恩主——提图斯的阴谋被粉碎。策划者就是凯奇纳和伊庇鲁斯·马塞洛，这两位极具影响力的元老都曾经是已故元老穆奇亚努斯的亲密朋友，这位可以说是弗拉维王朝的开国元勋，因为他在担任叙利亚总督时，首先拥戴韦帕芗成为皇帝，常常居功自傲口出狂言认为帝国统治大权本来在他手里，是他把它送给了维西帕西亚努斯（韦帕芗），尤其是对韦帕芗任命自己的儿子提图斯、图密善担任帝国执政官表示不满。在人们看来，这是对国家的傲慢和对皇帝的大不敬。但是人们表面上还是对这位弗拉维王朝的开国功臣秉持某种阿谀奉承的态度，就是韦帕芗对他也是礼让三分，只是在公开场合对他的不当言论进行过批评。

尽管凯奇纳有长期贪污和背叛维特利乌斯的行为，但是他正值壮年，相貌堂堂，似乎很受欢迎。他悄悄武装他的支持者，准备在韦帕芗病重之时发动政变。在最后一刻，一位线人给了提图斯一份凯奇纳亲笔所写准备用来向士兵演讲的手稿。提图斯遂邀请凯奇纳吃饭，然后在他离开餐厅时刺死了他。不久之后马塞洛被捕，当被带到元老院接受讯问时，他绝望地割喉自杀。

约瑟夫斯在《犹太战争史》中直言不讳地写到了凯奇纳阴谋，描述了凯奇纳对于维特利乌斯的背叛："从韦帕芗处无功受禄掩盖了背信弃义的丑闻。"但是提图斯对他的暗杀，震惊了整个罗马。从约瑟夫斯的角度观察，这场未遂政变至少能够起到安慰人心的作用，因为凯奇纳之死涉及一个声名狼藉的女王的隐私——贝勒尼斯被迫离开了罗马。她曾经在1世纪70年代末随提图斯从耶路撒冷回到了罗马，并像提图斯的妻子一样与他一起住在他的宫殿里，尽管她比他年长10岁。有消息称这位不知疲倦的女士一直在与凯奇纳偷情，这才是她真正离开罗马的原因。尽管这一说法不受到任何权威的支持，但看起来提图斯确实在凯奇纳阴谋败露之后把她送走了，也许是因为他与她的恋情让他更加不受欢迎。为了挽回影响，为自己的登基争取民心，他断然斩断了与贝勒尼斯的情丝，选择了一个罗马皇帝应该具备的公众形象。他还解散了他的男宠队伍。他意识到弗拉维王朝的王位坐得并不安稳。贝勒尼斯再次回到她的兄弟身边，他们几乎就是希律家族仅存的后人。

希罗德·阿格里帕二世因为对于罗马帝国的忠诚获得的奖赏是黎巴嫩的一个王国，他可能不想统治废墟中的犹地亚，可能考虑过在罗马从政。公元75年，他赴罗马参加了和平女神庙落成的典礼，神庙展出了一批从耶路撒冷圣殿劫掠的器皿。他被授予罗马执政官的头衔。希罗德·阿格里帕二世在公元 100 年前后去世。他的统治期间经历了十位罗马皇帝。他的亲戚成为亚美尼亚国王和奇里乞亚国王，还有的最终成为罗马执政官。

　　虽然提图斯在年轻时好勇斗狠以残忍出名，后来又以生活散漫而有损于自己的名声。他在继承王位后，不但没能迷醉于万能的权力，反而在统治初期培养了良好的道德，使他的政府成为智慧和荣耀的典范。他最大的缺点是毫无节制地慷慨。他一天没能送出礼物让某些人高兴，便认为这一天就白过了；他在表演和竞技方面花费了太多的金钱；他使他父亲留下的充实国库变成和他父亲即位时一样空乏。

　　他完成了弗拉维竞技场的建设工程，并建造了罗马最大的公共浴场。提图斯浴场建设在原来尼禄皇帝建设金宫的地方，这座浴场包括一些和沐浴相关的设施以及体育馆、图书馆、游戏室、庭院等建筑。他本人也经常在这里沐浴，人们在等级方面的标志往往体现在外表服饰方面的差别，而脱去那些华美装饰，当赤裸裸地在澡堂里展现自己的肉体时，那些人为的社会等级差别几乎是不存在的，只有自然状态下的人才是平等的自由的，这一点上皇帝和一般市民、奴隶并没有差别。提图斯和他的朋友经常在公共浴室沐浴，也不禁止罗马市民和奴隶进入浴池洗澡。这正是提图斯需要看到的与民共享沐浴欢乐的效果。浴场虽然有男女之别，但是对于元老贵族，并没有开辟专门的封闭于平民奴隶的专门贵宾浴室。他在短暂的执政期间实行与民休息、宽刑简政、支持元老院向外省开放等开明的举措，几乎无人被判处死刑。但唯一例外的，是居住在犹太地区的犹太人没有原谅他对耶路撒冷的摧毁和对犹太抵抗者的大屠杀。

大地震和科学家的殉难精神

提图斯的不幸在于一些无法控制的自然灾害，影响了国家的经济和民生建设，同时他全力以赴地积极赈灾纾解民困，将灾难降低到最低限度，也提高了在民间的声望。公元79年罗马的一场大火连续烧了3天，烧毁了许多重要建筑，包括天神朱庇特、朱诺以及涅尔瓦庙。在罗马大火期间，他向惊恐不安的民众喊话："全部损失都算我的。"他将自己别墅的全部装饰和建材用于修复公共建筑和神庙。为了加快进度，他委任了几名骑士级的官员担当工程监督官。

祸不单行，同年8月24—25日维苏威火山突然爆发，在坎帕尼亚摧毁了庞贝、赫库兰尼姆和斯塔比埃三座城镇，造成成千的意大利人死亡。著名学者《自然史》的作者老普林尼为了观察火山爆发实况，冒死进入火山爆发现场，被毒气窒息而死。他的外甥小普林尼目睹这场灾难的发生，他在给好友塔西佗的信中描写了当时的情况，留下了当时第一手的资料。

公元79年夏，小普林尼因为父亲去世得早，与母亲一起在自己的舅舅家生活。被称为老普林尼的舅舅正在那不勒斯湾的北海岬米塞努姆舰队担任指挥官。其青少年时代大部分在舅父家度过。他的舅父是帝国著名的古文物研究者和科学家，创作了大量的著作，其中《自然史》是一部流传至今的有关自然和历史的综合性百科全书，他负责监管小普林尼的教育和总体教养。

8月24日，和往常一样普通，只是此前已经发生过多次地震，造成的损失不大，基本无人员伤亡。海湾上无人因此而警醒，因为坎帕尼亚经常发生地震，人们已经习以为常了。老普林尼冲凉以后，吃过午饭，开始写作。小普林尼的母亲注意到窗外"一片大小与外观异乎寻常的云"从维苏威山的方向飘来，经过海湾向东飘去，她特意叫来自己的兄弟关注这种特殊的自然现象。老普林尼穿上鞋子，爬到一处有利地点，便于更好地观察这一现象。小普林尼写道：

从那么远的距离看，并不清楚这片云是从哪座山升起；最能说明其总体外观的表现形式犹如一颗金色的松树，因为它在看似树干的支撑下升到极高处，随后分成枝干，我这样想象的原因是，它首先借助气流直接向上，随着压力的减弱变得毫无支撑，或者受制于自身重力，故而展开，并逐渐迷散。有时，它看上去是白色的，有时带着大块斑点和尘垢，随着它所携带的土壤和灰尘的数量而变化。

作为一个学者，老普林尼对这种自然现象充满好奇，他想近距离地进行观察，便命人准备一艘小船，甚至邀请他的外甥一起前去观察，但是小普林尼为了完成自己的功课，拒绝了舅舅邀请，结果证明这个决定挽救了自己的生命。老普林尼一去不回，葬身于汹涌喷发而来的火山灰烬。

这名科学家开始着手进行一次从容调查。正当老普林尼要离开自己宅院时，他收到一位惊慌失措的妇人发来的紧急求救信息，他认识这位生活在山脚下的妇人，这时他开始意识到发生了什么。他立即命令舰队开始行动，随即登上一艘船亲自指挥营救行动，他知道，在人口密集的沿岸居住区那些庄园和城镇有很多需要营救的人。他的船将航向最危险的地区，他完全无所畏惧：

火山灰已经开始滑落，随着船只的靠近，灰烬变得更加炎热和浓厚，随之而来的少量浮石被熏黑的石块被火焰烧焦乃至爆裂；之后，它们又突然间落入浅水区，海岸因山上的碎石残片而雍塞。我的舅父自忖片刻是否应该返回，但是，当舵手向他建议返回时，他却拒绝，告诉舵手命运之神站在勇敢者一边，他们必须赶往斯塔比亚蓬博里亚努斯处。后者因宽阔的海湾（因为海湾逐渐环绕注满海水的内湾蜿蜒迂回）而滞留该处，尚无危险，但明显危险会随着它不断扩大而即将临近。因此，蓬波尼亚努斯已经将他的行李装载上船，待逆风减弱便试图遁行。这一风向当然十分有利于我的舅父，因此他将船靠岸。他拥抱他受到惊吓的朋友，并鼓励他，使之振奋起来，他认为他可以通过自己沉着的表现平息朋友的恐惧，并令人带他去盥洗间。盥洗之后他躺下来进餐；他十分兴奋，或者至少他做出十分兴奋的样子，这已经很有胆量了。

然而，此时维苏威火山上已有多处爆发大片火光，炫目的光焰在黑夜中格外耀眼。老普林尼竭力缓和同伴惊恐紧张的情绪，不断说明这些只是农夫们恐慌之下遗留下的篝火，或者是他们遗弃房屋的着火，他随即平静地就寝，因为他军人般魁梧的身材使他的呼吸声沉重而响亮，在他门外往来的人都能够听到。

小普林尼记述到，他舅父的一位朋友刚刚从西班牙来，听说了老普林尼的决定，责备他们的举动十分愚蠢，建议他们应该立即逃亡，遗憾的是他的舅父几近扭曲的高傲情绪，斩钉截铁地回答"我沉湎于我的书本"。舅父就这样离开了他们，带着他的助手，去了火山爆发现场。这位西班牙朋友后来一直就近伴随他们全家随行。母亲一直不愿离开家，她期望等待老普林尼的归来，但是一直没有任何消息。然而，火山喷发最令人惊骇时刻随即到来：

乌云向地面沉落并笼罩海面；它将卡普里岛完全遮住，使米塞努姆海岬浑然不见。之后，我的母亲哀求、恳求甚至命令我竭尽所能去逃难，因为年轻人也许可以躲避灾难，而她已经年迈，行动迟缓，只要她没有拖累我丧命，即使平安无事她也将离去。我拒绝弃她自救，抓住她的手迫使她加快脚步。她不情愿地屈服，抱怨说她在拖累我。火山灰已开始落下，但仍然不是十分浓烈。我环顾四周：我们身后一片浓密的乌云袭来，如洪水般覆盖大地。我说："趁我们还能看清，马上离开道路，否则我们会在黑暗中被人流撞倒并遭到踩踏。"我们还未及坐下休息，这时黑暗袭来，不是无月和多云之夜的黑暗，而是如同在一间封闭的房间内灯光被熄灭之后漆黑。你可以听到妇女的尖叫、婴孩的哭号和男人的呼喊；有些呼叫父母，有些在呼叫他们的子女或者妻子，试图通过声音让人认出他们。人们为自己及亲人的命运而哀叹；有些人因惧怕垂死状态而祈祷死亡。很多人乞求神助，但宁愿相信再不存在什么诸神，宇宙从此陷入永久的黑暗之中。还有人在现实险情中凭空捏造危险：有人声称，米塞努姆部分地区已崩塌，或者有部分地区起火；虽然他们的谣言不实，但仍发现其他人相信他们。虽然重现一束光，但我们认为这是火势扩散的警戒，而不是日光。然而，火焰仍在较远处；随后黑暗再次来临，灰烬重新开始落下，但这次即如强阵雨般下落。我们间或站起来抖落灰尘，否则我们将会在其重量下被埋没压垮。要不是我坚信整个世界正与我一同逝去、我也正随之一同消亡，并且从这种信念中为我必死的命运寻得些许慰藉，我能夸言在这些危情面前我没有发出一声呻吟或者恐惧的哭喊。

最后黑暗逐渐淡去，消散于浓烟或乌云之中，真正的日光随之而来，太阳也真切地露出来，但就像日食时一样泛黄。我们惊恐地发现一切都在发生变化，均深藏在雪堆般的灰烬中。我们返回米塞努姆，在那里全心应对我们的身体需要，之后在交替袭来的希望和恐惧之中度过了一个焦虑的夜晚。恐惧仍占上风，因为地震仍在继续，几个歇斯底里的人发出可怖的预言。与之相比，他们自己以及他人所遭受的灾难显得可笑。不过，即使在这时，抛开我们所经历过的以及仍将出现的危险，我和我的母亲仍要等到我舅父的消息后才打算离开。

不幸的是，数日后，传来的消息并不好：老普林尼遇难身亡。小普林尼真实记载了这位海军司令兼学者为科学考察而献身的最后一刻：

此时，别处已有日光，但他们仍处在黑暗中，比通常任何夜晚更加漆黑，他们点亮火把及各类灯火来驱走黑暗。我的舅父决定前往海岸，实地勘察由海上逃生的可能性，但是他发现海浪依旧汹涌而危险。有人在地下为他铺上被单以便他躺下来，他不断地要喝凉水。随后，火焰和硫磺气味预示这即将到来的火情，这使其他人开始逃生，也使他振奋得站起来。他依靠两名奴隶而站立，之后突然倒下。我猜想，其原因是浓烟阻塞他的气管使他窒息，他的气管天生虚弱、狭窄、经常发炎。当 26 日重现日光时，即他所见最后一日之后两天，人们发现了他的尸体，依然完整无损，衣着整齐，看似睡着而非死亡。

这一灾难发生的消息传到皇帝提图斯那里的时间应该不是很久，罗马城距离那不勒斯海湾约 130 英里。很自然地提图斯大概希望从老普林尼处得到一个完整的报告，因为他是帝国舰队的长官也是海湾地区最高级别官员，一定有公使到米塞努姆寻找他，当他们在小普林尼和他的母亲处听说他也在失踪人员之列，大概便立即开始发起搜救行动。这位皇帝在火山喷发前 2 个月刚刚继位，现在帝国便遇到如此巨大的灾难，成千上万人无家可归，海湾周围丧生者不计其数，多数人暴尸于外，无人打理，当然还有遍布各处的劫掠者。提图斯迅速采取行动，向幸存者提供避难场所和援助，最后在那不勒斯附近未遭受巨大损失的一些同级别城市安置这些幸存者。成立了卸任执政官组成的专门委员会监管坎帕尼亚的重建事宜。那些在火山喷发中丧生的无继承人财产被集中起来，创建了一笔基金作为用来挖掘和重建庞贝城和赫拉克勒斯城，当然重建工作在当时根本没有完成。在庞贝古城的断壁残垣上，人们发现一位焦虑的情人不自觉地刻下了一首诗，事后看来，这首诗似乎很有预见性：

在无尽的时间中没什么能经久不衰。

当太阳熠熠闪耀过后，它又回归海平面；

此刻正满的圆月开始亏缺。

因此，强烈的热爱之情通常如微风般结束。

突如其来的火山喷发，灾难中断了那不勒斯海湾城镇人类的一切，帝国皇帝只能忙于救灾救难，然而祸不单行，在提图斯执政的第二年，罗马发生了有史以来最严重的瘟疫。在大灾大难面前他表现了对于统治下子民的无限关爱，他颁布皇帝敕令安慰民众的恐慌心情，同时拿出自己的钱财赈灾救济难民。为了同瘟疫作斗争，尽快解除民众的苦难，他几乎动用帝国各种医疗资源，查遍所有祭祀方法利用占卜寻找救治药方，抢救民众生命，可以说倾注了全部的心血。

面对自己继任皇位后的两年时间内接二连三发生的灾难性事件，提图斯临近去时，不无后悔地留下这几个字"我只做错了一件事"，这件事是摧毁耶路撒冷吗？许多虔诚的基督教徒和犹太教徒，将这些灾难比作《圣经》中的索多玛城（Sodom）和俄摩拉城（Gomorrah），很多犹太人将这些毁灭性灾难看做是提图斯血洗耶路撒冷和摧毁圣殿的报应。在维苏威火山下诸城中，只有斯塔比亚得以完全恢复和发展，所达到的繁荣程度甚至超过火山喷发前的状态。至于维苏威火山，在很多世纪中仍然是那不勒斯海湾居民的巨大威胁。

提图斯之死和图密善登台

提图斯在担任帝国宗教最高职务大祭司时，就发誓不再让自己的双手沾染血迹，并在执政实践中兑现自己的诺言，从此以后，他再没有主动处死过任何人，也没有借助其他人之手除去政敌。对于盛行的告密之风他深恶痛绝，为了去除这一弊端，不惜采用公开惩戒的办法，将告密者押上广场公开施以鞭刑和棍棒惩罚他们，并在圆形竞技场将这些人拍卖为奴，或者流放到荒岛，以儆效尤，以正民间越演越烈的告密之风，纾解社会的紧张气氛。

虽然对于政敌他完全有报复的理由，但是他发誓宁肯自己被杀死而不肯再去杀人。当他发现两个贵族密谋推翻他时，提图斯没有惩罚他们，仅仅是警告他们放弃这种企图，在他看来皇权是天命所归，诸神意志的体现，并非人为可以篡夺。为了宽慰密谋者的亲属，他派出使者去告诉密谋者的母亲，说她们的儿子平安无事，让老人不必忧虑儿子的生命。进而他主动释放善意，化解矛盾，邀请这两位政治反对派参加他的家宴。为了体现政治和解和他的宽容宽大精神，在次日举行的角斗士竞技大会上，特意让他们同自己并肩而坐。按照惯例角斗士的武器必须当面呈递给主办者审查，当竞技者的武器呈递给他审查验看是否锋利合格时，他竟然将这把锋利的剑递给这两位阴谋者审查，表现了他的自信。他和颜悦色地告诉他们，他仔细观察过两人的星相，他们并不能对他构成威胁，对他构成威胁的另有其人，他并没有点破是什么人。不久，这件事果然发生了，就是心怀叵测，对皇位觊觎已久，为人阴险狠毒的弟弟图密善。

图密善觊觎皇位已久，从他父亲去世的时候开始，他一直犹豫着是否花更多钱去收买军队，作为自己篡权的后盾。他曾大言不惭地公开声称，他是被父亲定为和提图斯共同拥有皇位继承权的继承人，但是父亲的遗嘱被哥哥篡改了。从那时起，他就从来没停止过公开或者秘密策划反对哥哥的阴谋行为，甚至几乎公开煽动军队造反。但是阴谋败露后，提图斯不仅没有逮捕杀死他，甚至没有流放他，反而坚持让他享有从前的荣誉和地位，像其统治初期那样，宣称他是自己的同僚和接班人。提图斯私下里挥泪恳求图密善至少能够像从前那样同他相亲相爱，表现出亲密无间的手足之情。提图斯对其弟弟图密善的过度宽容，甚至于可以说是纵容，可能还与他和弟媳妇多米提娅之间的私情有着相当关系，他觉得有愧于自己的兄弟，故而对这位野心勃勃的老弟的背叛，几乎是视而不见听而不闻。

其实按照韦帕芗的真实想法，图密善并不在帝位继承的考虑范围内。他父亲和兄长在东方平息犹太叛乱的时候，曾有意识让小儿子坐镇罗马城，以执政官的名义与首先攻入罗马城的叙利亚总督穆奇阿努斯共同管理首都事务，然而在他的管理下，罗马城乌烟瘴气，大量的人员获得了官职，他父亲对此非常不满，曾经抱怨说：怎么不把我的继承人也指定了？

自此之后，图密善便不再受到重用，任何军国大事也不让他参与。这种做法让图密善无法释怀，让他的性格变得沉默、多疑，当他意外成为罗马皇帝后，性格的弱点表现得淋漓尽致。

当他父亲死后，他哥哥提图斯顺利继承帝位，对于这位野心勃勃的弟弟，提图斯沿用父亲的做法，继续让他担任空头执政官不让他握有实权。如果按照这种情况持续下去，这位皇子将会默默地度过此生，最终化为历史上一句话：罗马皇帝韦帕芗次子图密善。

提图斯死得十分突然，其实是接二连三的灾难使他完全奔波于火山爆发的坎帕尼亚灾区，他担任着救灾的总指挥，又在罗马大瘟疫爆发后匆匆忙忙赶回罗马组织抗疫，可以说是宵衣旰食暇不暖席，消耗了他的健康，接踵而来的灾难使得这位帝国皇帝只有无休止地付出，完全没有休息的时间。

提图斯显然不知道死神正在慢慢向他逼近。先帝韦帕芗时代开始兴建的弗拉维圆形竞技场终于在这一年完工，提图斯为了激励因维苏威火山爆发和首都罗马大火、瘟疫等灾难而情绪低落的首都市民，决定举办盛大的完工庆典。规模宏大实施齐全的圆形竞技场中随时可见盛装打扮的男女老少，最上层是向奴隶开放的区域，虽然不清楚完工庆典到底持续了几天，但是不难想象，人们的注意力可能集中在角斗士的竞技表演上。也就在庆典结束时，他对观看竞技表演的罗马公民曾经痛哭流涕地忏悔自己统治期间的种种灾异给民众带来的苦难，表达了一个有良知的统治者对公众发自内心的真诚歉疚，他认为天降灾异是诸神对自己失德的惩罚。

总之，他担任皇帝的两年内，几乎是灾难不已，先是罗马大火将兵连祸结的首都罗马烧得面目全非；后是维苏威火山的爆发毁去了坎帕尼亚的三座最古老的城镇；最后是一场大瘟疫给人民带来无穷灾难，造成了民生的凋敝。在他看来，这些灾难都是诸神对他的惩罚，他因此而感到自责。最令人惊骇的竟然在完工庆典的献祭仪式上，那只作为牺牲献给诸神的小白牛，竟然挣脱捆绑的绳索，在众目睽睽之下跑得无影无踪，这些都是不祥之兆，显然是诸神对他的统治是不满意的，这使他有些心灰意懒，情绪格外低落沮丧。

庆典仪式结束后，他感到身心疲惫，有着某种心力交瘁的感觉，陡然生出某种急流勇退的感觉来。他坐上软轿，动身去自己的家乡萨宾地区，想去那里的温泉疗养休息几天，使自己疲惫的身体能够得到恢复。居心叵测的老弟图密善也随他而去。行进途中，天公不作美，晴空突然响起了一阵霹雳。在途中休息时，他的体温开始升高，他发起了高烧，人们用轿子抬着他继续前行，他掀开轿帘，仰望布满阴霾的天空说，他不该糟蹋自己的生命，回顾平生，他没有值得懊恼的事情，只有一桩事情除外，什么事情，他没有明说。谁也无法准确地揣测。

公元81年9月13日，提图斯死于父亲韦帕芗乡间的别墅，享年43岁，在位仅2年2月又20天。噩耗传开，万民悲悼，每个人都在心底为他的早逝而感到叹息，包括曾经在竞技场提出强烈抗议反对他和犹太公主结婚的普通市民，也非常敬爱这位认真听取民众意见，妻子难产去世后终生未娶的皇帝。这是一位亲民的皇帝，是在受灾地区担任总指挥的皇帝，甚至是经常在公共浴场现身脱光了衣服与奴隶温汤共浴的皇帝，这些都是提图斯带给民众的印象。提图斯从来没有给市民发放过已成为惯例的奖金，但是市民都知道他在每次发生灾害时都慷慨解囊，为缺医少药的民众捐助药材解除病痛，并捐助自己的私人财物，以襄助公共建筑的重建，最终鞠躬尽瘁死而后已。

一向和皇帝作对的元老们不待讣告，便麇集在元老院的议事大厅前，等待大门打开后第一时间抒发对皇帝的追悼、感激、怀念之情，元老们不吝用最美好的言辞对他们心目中的第一公民进行百般颂扬。这种情形，在他活着的时候是未曾出现过的。然而，提图斯仅仅在位两年便意外病亡，根本没有时间确定和培养继承人，整个罗马帝国内符合继位条件的也就只有提图斯唯一的弟弟图密善了。

罗马城的军队没什么二话，便宣誓效忠图密善，而元老院也没有更加合适的选择，顺势将权力赋予了他。图密善如愿继承皇位。

图密善（Domitian）全名提图斯·弗拉维乌斯·多米提安努斯（Titus Flavius Domitianus），又译作多米提安。罗马帝国第十一位皇帝，弗拉维王朝第三位也是最后一位皇帝。这位皇帝的独断专行滥杀无辜，显然大大侵犯了既得利益集团的权利，因而他是被罗马元老院部分元老权贵和皇家外戚、宦官集团内外勾结谋刺杀的。他在罗马历史上被视为尼禄式的暴君，尽管在位十五年也有诸多可圈可点的政绩，但是在权斗落败后被完全的污名化，按照盐野七生的说法是被元老院施加了"记录抹杀刑"，因而所谓的政绩完全被抹杀，由罄竹难书的劣迹所取代，在苏维托尼乌斯和塔西伦等史家中的记录他就是一个彻头彻尾的恶棍和暴君。

图密善出生于公元51年10月24日，这一年他父亲韦帕芗当选执政官。他出生的房屋位于德奎利亚尔山脚下的罗马第六街区的石榴大街贫民区，可见屡立战功的将军并不是十分贪婪的官僚。后来这栋房子被改造成了弗拉维家族的神庙。他的童年和少年时期是在十分贫穷中度过的，家中连一件象征财富的金银餐具都没有。在罗马贫民区成长的经历使得他从小混迹街头，养成了一些吃喝嫖赌的劣迹，给他带来了很坏的名声。由此可见，他如果登上大位会如何残暴地治理自己的帝国。

为了在权力和荣誉方面和自己的哥哥提图斯分庭抗礼，他不顾父亲和亲友反对，执意开始对高卢和日尔曼进行毫无必要的远征，因为那里发生了奇维尼斯的起义，可是图密善率领的大军仅仅到达卢格都努姆起义便被凯里亚里斯镇压了。

按照塔西佗的记载，图密善率兵出征的目的醉翁之意不在酒，意图是试探高卢总督凯里亚里斯对他的忠诚度，企图和自己的父亲和哥哥争夺天下：

他的计谋被识破了，但是图密善必须百依百顺地听从穆奇阿努斯，这种关系要求他必须做出完全没有看出这一点来的样子，这样他们就来到了卢格都努姆。人们相信图密善曾从这一城市暗中送信给凯里亚里斯，如果他亲自前来的话，凯里亚里斯是否愿意把军权交给他。图密善这项计划是想对他的父亲作战，还是想控制资源和军队以便反对他的哥哥，这一点无法确定。因为凯里亚里斯巧妙地应付和回避了这项请求，而只是把这件事看成是一个孩子的一种愚蠢的臆想，当图密善意识到长辈都瞧不起他的年轻，他就在天真和谦逊的外衣之下把自己彻底伪装起来，而做出专心于文学和喜好诗歌的姿态，借以掩饰他真正的性格，并避免自己哥哥的嫉妒。

开始附庸风雅的图密善过去并不懂诗歌，后来他也完全藐视并且不肯学习各种诗歌技巧，却热衷于在公开场合朗诵自己的所谓诗歌。当帕提亚国王沃罗盖苏斯请求韦帕芗援助他抗击阿兰人，并请求一个儿子担任他们的将军时，图密善竭力争取派他而不是提图斯。此事后来不了了之。他又试图通过送礼的方式诱使东方的其他国王提出同样的请求，企图染指军权建立军功，以达到自己登上大位的政治目的。

根据其同时代的历史学家狄奥·卡西乌斯的记载：提图斯重病期间，图密善用冰冷的雪包裹他的身体，加速了他的死亡。对于这个传说的真实性虽然无可考证，但是至少说明图密善对哥哥皇位的觊觎绝非空穴来风。提图斯死后，图密善除了追认哥哥为神以外，不再对他表示任何敬意，不仅如此，他还经常在自己的演说和敕令中含沙射影地贬损死者。

《世界文明史》的作者威尔·杜兰特说：要想给图密善描绘一幅比较客观的画像，比尼禄更难。关于他当政时期的主要资料，我们只有塔西佗以及小普林尼两个来源；他们虽然是在他手下获得提拔，但是他们都属于思想偏于保守的元老派，与他在关于不列颠战争中发生冲突，因为被解除不列颠总督的执政官阿古利可拉正是塔西佗的老丈人。他们的矛盾几乎弄得两败俱伤。当然人们可以拿斯塔提乌斯（Statius）及马提雅尔（Martius）两位诗人对他们的敌意提出反证，这两位诗人均是依附图密善的御用文人，几乎将他捧上天。因而人们很难摆脱各自的环境对于图密善进行客观的评价。

在塔西佗的著作中，图密善就是尼禄似的独裁专制君主的恶劣典型。塔西佗和小普林尼都是罗马最著名的修辞泰斗昆体良的学生，因而在政治理念和价值观的追求方面是共同的，和西塞罗有着共同的理想，自然和图密善这种带有无赖性格的专制暴君格格不入。

里克在《塔西佗的教诲》中提到：

塔西佗时代的罗马政治已经积重难返，一系列的僭主式统治者乖张暴戾、嗜杀成性；徒有其名的元老院完全丧失独立精神，成为向主子摇尾乞怜的奴隶，由此而来的是政治对人性毁灭性的影响，虔敬、忠诚、正直成了愚蠢的代名词，为了在这个混乱的世界平步青云或者苟延残喘，拍马溜须、出卖亲友成了最正常不过的事情。这是一个敌视任何美德的时代！在这样一个歪曲悖谬的时代，高尚的政治人物的任何现实政治活动都会受到阻碍。为了恢复人类对于美德的记忆，政治人物塔西佗开始撰写历史。在极端恐惧言论和文字的僭主统治之下，历史是相对安全的写作方式。

注疏者 Traiano Boccalini 指出：

他声称对塔西佗而言，历史实际上是一种伪装，用以在敌视美德的时代通行无阻地转达一种关于政治和人性的学说……历史不过是某部作品的表面，倘若我们仔细研读这部作品，我们就会洞见深刻的政治和道德问题。

然而，在图密善统治时期塔西佗是沉默的，他只是默默地观察，记录历史，只是在刺杀暴君推翻暴政的涅尔瓦时代他才开始写作，首先是从自己的岳父阿古利可拉传记开始，记录了一位专制年代具有共和时代美德模范的执政官和不列颠总督的生平，直到图拉真时代他才开始写作最有影响力的——罗马从共和到帝制嬗变的历史，如实记载了提比略时代到尼禄、图密善时代的巨著《编年史》和《历史》，可惜这两本文采斐然具有真知灼见的巨著由于时代的久远而散轶甚多，不够完整。其中对于弗拉维王朝从盛到衰的韦帕芗和图密善两位皇帝的着墨较多。因为弗拉维王朝如同尤里乌斯－克劳狄乌斯王朝一样是从天使加百利（Gabriel）开始到魔王路基弗尔（lujifuer）的转化。王朝如此，暴君卡里古拉、尼禄、图密善也是如此，登基初始阶段也是有着良好的愿望想着改造弊端，造福社会，展示亲民的形象，如同民间评价仅仅执政两年的提图斯，如果浸淫最高权力日久，是否能够保持善始善终而不堕落成为专制独裁者也很难说。

权力毕竟对人性是有腐蚀力的，仅靠道德自律很难达到恒久的制约，权力只能依靠权力来制约，而共和时期的公民大会和元老院权威经过尤里乌斯－克劳狄乌斯王朝几代皇帝的摧残完全形同虚设，到了尼禄时代几乎成为疯人和精神病患者执政，图密善由初始的奋发有为，到后来几同疯人的施政并走向覆灭，就是尝到了权力滥用带来的人生快感，才不受制约毫无悬念地走向了独裁和专制，直到死于非命。

图密善继位的时候只是个 30 岁的年轻人，提图斯在 30 岁之前做梦也没有想到自己会当上皇帝，而图密善则从 18 岁起就意识到自己未来一定会成为皇帝。哥哥提图斯和他父亲共治国家 12 年后，才正式登基成为最高统治者，然而积劳成疾英年早逝，留给帝国的印象就是个平民皇帝。与平民风格的哥哥相比，弟弟更具有贵族意识，这也是二人生长的环境不同所致，只要看兄弟两人所娶的妻子出身就能够看出，哥哥提图斯的妻子是无名小卒的女儿，以后随父出征，攻城略地，无暇顾及私情，或有情人却钟情希律王的孙女犹太王后贝勒尼斯，最终为罗马世俗所不允许，终因政治原因有情人难成眷属；弟弟图密善成为皇子后，娶的是尼禄时代的名将科尔布罗的小女儿才貌双全的多米提娅，据说军团将士对于尼禄的背叛，真正原因就在于尼禄处死了德高望重的科尔布罗。当时哥哥提图斯为了改善与弟弟的关系，主动提出将自己尚是处女的女儿尤利娅许配给他，但是他当时正与多米提娅私通热恋，执意拒绝了。

当美丽多情的多米提娅和演员帕里斯私通后，他们又离婚了。他又千方百计地勾引已经婚嫁的侄女尤利娅，尤利娅已经嫁给了堂兄弗拉维乌斯·萨宾努斯（和他的父亲同名），当时提图斯还健在，当她的父亲提图斯和丈夫被图密善迫害去世后，图密善和尤利娅的关系不再偷偷摸摸而是公开化了，他强迫她打掉两人的孩子而导致了侄女的死亡。之后他又和妻子多米提娅复婚，声称是人民要求他这么做。他的混乱婚姻和性关系的随心所欲造成他在民间的声名狼藉。

在相貌上兄弟两人差距也比较大。提图斯体格肥胖、身材矮小，图密善却身材高大、表情谦恭、面色红润。他有一对大眼睛，但双目无神。他长得俊美优雅，尤其是青年时期，全身上下确实长得端正，但双脚趾稍显扭曲。后来，由于秃头、隆起的肚子和疾病造成的细腿，他变丑了，由于性情的残暴，赢得了"秃头尼禄"绰号。

有一次他在元老院自我吹嘘："不管怎样，迄今为止你们没有办法说我的容貌和气质不好。"他对自己的秃头颇为沮丧，以至于谁要是拿他的秃瓢脑壳开玩笑，他会认为这是对自己最大的侮辱，乃至于专门写作了一本如何保护头发的专著献给自己的朋友，即使在书中依然自我吹嘘道：

你没看见我也是个魁梧漂亮的人吗？可是我的头发遭到了不幸的命运！年纪轻轻我就忍受着自己头发的衰老。你应该懂得，没有什么比美貌更令人开心，但是也没有什么比美貌更容易消逝。

威尔·杜兰特说：

图密善的灵魂是跟着肉体走的，而肉体的贪欲是不受节制的。年轻时，他很谦和、文雅、英俊、高大；晚年，他腹部突出，两腿细长，头发脱落。——虽然他曾写过一本《论头发保养》的书。在青少年时代他写诗，而在晚年他对自己创作诗歌的才能缺乏自信，更多的演讲词和文告出自幕僚之手。假如提图斯不是他哥哥的话，他可能会更加自信一些；但是只有伟大的人才能对于亲友的成功处之泰然。图密善的嫉妒首先变成沉默和忧郁，然后又化为反抗他哥哥的密谋；提图斯不得不乞求他父亲宽恕这个小儿子。当韦帕芗死后，图密善公开宣称父亲曾经允许他参与国事，但是父亲的遗书遭到哥哥的篡改。提图斯多次请他共同参与国事，均被他拒绝，却继续在背后组织阴谋叛乱活动。

威尔·杜兰特客观地评价图密善执政后的表现：

我们发现他在前十年非常严谨和能干。正如韦帕芗以奥古斯都为楷模一样，图密善似乎也接受了提比略的政策和态度。他自任帝国的监察官，禁止低级谩骂嘲讽的文章发行，加强了对奥古斯都《尤利娅通奸法律》的执行，他避免任何形式的流血事件，甚至对祭祀用的公牛亦复如此。他正直慷慨，不贪婪，有子女的人他不征收遗产税，5年未缴的欠税，一律撤销。他不赞成告密，他是一个严格公正的法官。他用自由人作为幕僚，但是品德欠缺的人，不再雇佣。

在位期间，图密善改革罗马货币，并发起了大规模的建筑计划以重建被破坏的首都，从而进一步活跃、发展了经济和文化，有些著名的工程在图拉真时代才完成；在他统治期间完成了罗马那些堪称伟大的建筑。公元72年与82年两场大火曾经给罗马造成巨大的破坏和贫困，图密善重新启动城市建设计划，增强城市就业面和散发财物补助城市贫民。他希望以美化和扩大神庙来复活传统信仰，他重修了朱庇特、朱诺、密涅瓦（希腊神话中的雅典娜）神庙，仅黄金打成的门及镀金屋顶就花费了2200万元之多；罗马人赞赏这些成果，但是批评他的奢华。当图密善为自己修建了一座豪华的宫殿时，人民批评他耗资巨大，却从来不批评他在竞技运动上花费的大量资金，因为他想通过举办群众喜闻乐见的大型竞技活动，缓和民众对其提比略式残酷统治方式的批评。

他在大圆形竞技场、马尔斯大校场经常举办盛大豪华的表演，除了两马赛车和四马战车的通常比赛外，他还组织演出骑兵和步兵的厮杀，甚至在大圆形竞技场表演海战，庞大的圆形竞技场能够容纳5万名观众。竞技场的中心舞台周长524米，舞台可以灌水成湖表演海战场面，为此专门备有起重装置，可以吊起整艘战船。此外，他还别出心裁地举办猎兽和夜间打着火把的剑斗士角斗表演，参加者不仅有男人还有女人，图密善甚至强迫侏儒进行格斗。他经常操办几乎用正规舰队参与的水上实战表演。他在台伯河边挖了一个人工湖，周围砌上座位，甚至不顾恶劣的气候在滂沱大雨中观看海战表演，导致了参与表演的部分海军将士死亡和许多观众感冒或者病死。

　　为了重建对于众神之王朱庇特的崇拜，他设立了五年一次的文艺竞赛会。竞赛由三项内容组成：音乐比赛、赛马和体操运动，设立丰厚的比赛奖金和奖品。其中包括希腊语和拉丁语的诗歌朗诵和演讲比赛，还有竖琴弹唱比赛，包括独奏、独唱和合奏、合唱。运动场上甚至还有少女赛跑比赛。图密善亲自主持赛会，脚穿皮凉鞋，身披希腊式红色斗篷，头戴雕琢精美的金色皇冠，上面饰有朱庇特、朱诺和密涅瓦肖像。为了推崇智慧女神密涅瓦，他每年都在自己罗马郊外的皇家避暑胜地阿尔班庄园举办五日节的竞技活动。他为这位女神专门建立了一个祭司团，用抽签的方式从中选出一位主持人来主持竞技和诗歌演唱比赛。

　　为了取悦民众，效仿过去的统治者，他三次向民众捐款，每人300塞斯特尔提乌斯。在11月11日纪念罗马开国的七丘节演出期间，他还举办极其丰盛的宴会，把大篮的食物分发给元老和骑士，把小篮的食物分给平民，然后带领大家共同吃喝，显示贵族和平民同乐的帝国和谐场面。第二天他会去剧场向欢呼的人群抛撒各种礼物，大部分的礼物都会落到平民中间，同时他又向元老骑士等级的坐区各抛撒500张彩票，以示贵贱不分雨露均沾，统统享受无孔不入的皇恩浩荡，树立自己的亲民形象。

　　他完成了提图斯在父亲韦帕芗逝世后修建的神庙，当提图斯被他封神后，成为他父兄共同的神庙；他修复被大火毁损的奥古斯都时代的阿格里帕浴场以及万神庙，恢复了屋大维娅回廊往昔的美丽，因为这座柱廊围绕着罗马两座最庄严神圣的天后朱诺和天神朱庇特的神庙。老普林尼在他的《自然史》中记载了一段有关两座神庙的轶事：当搬运工人将神像送入刚刚建成的神庙时，犯了一个错误——将男神像放到了朱诺神庙，把女神像放到了朱庇特神庙。相信预兆的罗马人决定不作改变，因为神明看上去自己重新选定了住所。院子里曾经有许多作为战利品从希腊获得的骑马像，它们由希腊伟大的雕刻家留西波斯所作，塑造的是亚历山大大帝在格拉尼库斯河战役中牺牲的战友，里面还有一座十分难得的西庇阿将军女儿科尔内利娅的塑像，她是格拉古兄弟的母亲——被认为是罗马第一尊表现真实女性（而非女神或者神话人物）的雕像。这尊雕像的基座在考古发掘中出土，现在保存在卡匹托尔博物馆。然而，对于所有在他手中完工或者开始建设未及完工的大型建筑，他在完工或者奠基后的铭文上全都署上自己的大名，只字不提初建者，包括自己的父亲和哥哥。

被公元 80 年那场大火烧毁的图书馆——帕拉丁尼山的阿波罗图书馆在修缮后首先被他刻名。图密善自己虽然不注意对于文献的研究学习，不关心历史，对于诗歌等文学作品也不感兴趣，他只对提比略皇帝的备忘录情有独钟，经常阅读披览，几乎不读任何东西，起草书信、演说辞和皇帝敕令全靠别人代笔，但是他对于图书馆的修复和文献的重新收集整理抄录特别重视，他不惜巨资到处收集抄本，派人去亚历山大里亚去抄录、校对。

他在日耳曼黑森林地区修建日耳曼长城，巩固了帝国北方边境的防御；他主导了对不列颠和达契亚的战争，罗马将领阿古利可拉取得了格劳皮乌斯山战役的胜利，成功将罗马势力扩展至苏格兰，同时稳固了对已征服地区的统治，然而战役进行到一半，可能是出于嫉妒或者怕这位德高望重的有执政官衔的不列颠总督拥兵自重，威胁到王权的安危，他突然下令撤军。针对此事，威尔·杜兰特评价道：

他将帝国治理得极为良好。身为行政官，他有提比略的果敢与决断，逮捕盗用公款的人，严密监视所有官吏的言行。像提比略曾经节制日尔曼尼库斯一样，图密善召回了阿古利可拉，这位富有进取心的将军曾带领他的军队冲到了苏格兰边界；很明显地，他还有继续前进的希望，但是图密善反对，这次召回是出于妒忌。皇帝为了这次召回付出了很大的代价，因为他这一朝的历史是阿古利可拉女婿写的。

沉默者塔西佗和阿古利可拉

图密善这一朝最杰出将领阿古利可拉的女婿就是著名的历史学家塔西佗（tacitus），在拉丁文的含义就是"沉默"的意思。于是在后世的学者绞尽脑汁地挖掘他的身世材料时，遭遇的只是"沉默"，甚至连他的姓氏都搞不太清。只能从他和友人小普林尼通信中透露出一些语焉不详的蛛丝马迹。他约于公元56年或57年（尼禄即位初期）出生于高卢，很可能是行省富裕的骑士家庭，与普林尼家族私交甚笃，早年就与小普林尼结下深厚友谊。他们曾经在罗马受教于罗马著名修辞学大师昆体良，他还跟随当时著名演说家阿佩尔和塞孔都斯学习雄辩术。

塔西佗的作品文风洗练有力、端肃凝重，堪称罗马文坛翘楚，如同修昔底德之于希腊，是古罗马当之无愧的第一史家。他最早出任的公职是在韦帕芗时代担任军团的财务使官，这是朝廷派往兵团监督财政低级官吏，是贵族子弟踏入仕途必要历练途径。公元77年，塔西佗成为罗马显贵、执政官、杰出的军事指挥官阿克利可拉的女婿，此后在图密善时代担任帝国大法官，进入元老院。随后外放行省担任财政官，公元88年擢升行政官。这时僭主式独裁者图密善当政，塔西佗只能在血腥暴政下陷入"沉默"。

公元96年，"五贤帝"之一的涅尔瓦即位，罗马政治面貌焕然一新，塔西佗随后出任执政官，达到他政治生涯的顶峰，公元112年至116年，他出任亚细亚总督。

塔西佗的生平事迹，史料记载甚少，但是他的政治见解可以透过其作品得出较为明确一致的见解。塔西佗在政治上显然是倾向共和派的，他对于帝制具有强烈的批判意识，尽管他一生经历十个罗马皇帝，包括尼禄和风云变幻的"四帝之年"和弗拉维王朝以及"五贤帝"中的涅尔瓦、图拉真、哈德良。因此，他深谙帝制运作规律和弊端，洞悉其中的人情世故和暗箱作业的潜规则，因此对帝制有着强烈的批判意识。可能是由于出身旧贵族家庭的缘故，他对贵族共和政体表现出留恋和向往。

塔西佗在他的作品中赞颂共和往日的"自由"，对于帝国时期的专制深恶痛绝，他对大多数的皇帝没有好感，包括奥古斯都在内，他痛恨依附于专制体制的趋炎附势的权贵和谗害他人的"告密者"，揭露统治者的残暴、荒淫、丑陋和愚笨。对于遭受流放迫害的共和派人士深表同情，对于帝制时代统治者的狰狞面目以及政治上的黑暗做出了无情的揭露和批判，表现出一个史学家的良知和思想上的深刻思考。这些当然是在专制魔王图密善被推翻后，相对开明的所谓"五贤帝"安东尼王朝开始建立之时，沉默者才有可能发声，进而对专制王朝的真实历史秉笔直书，畅所欲言。

帝国大法官塔西佗在法庭上是一个口若悬河、滔滔不绝的演说家，而在古罗马的文坛上他更是一位出类拔萃的骁将。他的作品充满感情色彩，即使是描写与自己无关的事物，也渗透着爱憎分明是非泾渭的理性思考和情感宣泄，因此他的作品有很强的说服力和感染力。他的描写真实、幽默、生动，对于人物性格分析得比较深刻，尤其对于政治生活理解非常透彻，出语隽永，格言警策，启人深思，发人深省。因而，虽然在历史长河中流失不少，但是那些脍炙人口的传世之作依然很能打动人心。

塔西佗的开山之作，就是为其岳父所作的《阿古利可拉传》，最有影响力的作品是他晚年淡出官场后所写的《历史》和《编年史》。《历史》原本应从伽尔巴称帝到图密善被杀为止，但我们目前所见到的残缺不全的版本第五卷只写到提图斯占领并摧毁耶路撒冷即戛然而止，以后他最熟悉的也即亲历的图密善暴政那些段落全部消失在历史的烟云中。目前人们见到的只是苏维托尼乌斯《罗马十二皇帝传》中图密善的种种丑恶嘴脸，而狄奥·卡西乌斯的《罗马史》一直没有中文版译本，不能不说是一大憾事，综合分析起来，那些和他几乎同时期的历史学家在史实把握上仍然是明显受到塔西佗著作影响的，那么对图密善朝的一些历史现象，人们只能从塔西佗为其岳父阿古利可拉写的传记中得以一窥点滴真相。

阿古利可拉出生在古老的罗马殖民地高卢的弗伦－尤里邑的骑士阶层，祖父和外祖父都曾经担任皇室的财务使官之职，这种官职通常由属于骑士阶层中等级最高的人担任。他的父亲尤里乌斯·格雷奇努斯（Jlius

Graesaris）位至元老院议员，以钻研修辞学和哲学知名于世，因为饱学而富有正义感遭到卡里古拉的嫉妒，小军靴命令他诬陷弹劾正直敢言的执政官（公元 19 年）马古斯·西努斯努斯，他拒绝从命，最终被迫害致死。阿古利可拉是在贤惠慈祥的母亲抚育下长大的，他的童年和少年时代在母亲的教导下追求高尚的品德和优美的才艺，之所以没有腐化堕落，不仅因为其秉性忠厚善良正直，而且他所生长的城市马西利亚（马赛）自古就是一个有着希腊传统同时又具有外省的淳朴民风的商业化富庶城市，他就是在那样的环境中成长并接受教育的。

他经常说，早年沉醉于哲学，要不是母亲经常对他那种如饥似渴的学习精神进行必要的劝阻的话，他那种沉溺于哲学程度可能只适合作为一个卓越的希腊式哲学家，而不适合做一个罗马人和元老院的议员——也即进入政界具有政治理论洞见和军事谋略的官场政客。年轻时的他志气昂扬，热切地希望能够激浊扬清建功立业；但是在战场和官场饱经历练后，他的理智和阅历冲淡了功利的锐气，开始在学习和实践中逐步掌握了人生中最难把握的学问——也即恶劣朝政下为官的中庸之道来明哲保身。

阿古利可拉最初在不列颠出任军职是在公元 58 年，公元 59 年他得苏维托尼乌斯·鲍尼努斯（Suetonius Paulinus）的赏识，在履行军务时小心谨慎，兢兢业业，在下级军官的岗位上增长了阅历和见识。公元 61 年，他退出军职后，和名门闺秀多米起娅·德奇迪雅娜结为连理，这场婚姻使他在仕途上得到帮助，不久就出任亚细亚行省税务使，这个富足的行省可以说是贪官酷吏渔利的渊薮，当时的总督也是包庇纵容相互默契着贿买上下，以此从中牟取私利。然而，阿古利可拉绝不同流合污，而是洁身自好地在安静无为中平安度过了一年任期，在此时他们夫妻生育了一个女儿。这个女儿就是未来塔西佗贤惠的太太。在尼禄朝，他担任了帝国的大法官进入元老院权贵阶层。

在韦帕芗朝，阿古利可拉升任阿奎达利亚行省总督，由于他的天生精明，处理各种军政事务都能够应付自如，处事也不失公平公正。做到公私分明，廉洁自律，待人温厚谦和，人际关系十分和谐。任职三年后，自然毫无争议地回到权力中枢罗马元老院被推举为帝国执政官。

公元78年夏季，阿古利可拉将女儿嫁给塔西佗，在举办完女儿婚礼后，他出任不列颠总督，并担任帝国祭司职务，进入最高宗教祭司团，虽然仅仅是荣誉性职务，却意味着在世俗和宗教两个方面他均进入了罗马最高等级权贵阶层，离皇帝只有一步之遥。这是一场贵族子女之间门当户对的政治婚姻，自然会给塔西佗带来高贵的政治光环，在仕途上不断升迁。

公元84年，阿古利可拉在格劳庇乌山下大败不列颠人军队，彻底击败敌人抵抗。率领水军环绕苏格兰东、北、西三面往返航行一周，进军到不列颠北部苏格兰高地喀里多尼亚，就要完全将不列颠全境吞并纳入罗马帝国版图时，皇帝图密善突然将他调回罗马。就像南宋名将岳飞在即将取得朱仙镇大捷后准备直捣黄龙时被宋高宗十二道金牌催回临安一样，还是忌讳领军大将的尾大不掉而威胁皇权。

按照塔西佗的记载：

虽然阿古利可拉在他的捷报中丝毫不曾用自我炫耀的语气来夸大上述一连串取得胜利的事实，但是图密善还是一如既往地表面上佯装高兴，而在心中感到忐忑不安，这显然是握有军事实权的地方诸侯功高震主给皇帝带来的不安。图密善当然也是深谙帝国国家机器军事运作的人，对于边关将帅尤其是日尔曼军团报来的所谓捷报，常常因为弄虚作假而抱以冷笑，因为所谓俘虏，只是在一些商人手中买了许多蛮族装束的人冒充而已。现在这场真正辉煌的胜利却杀死了成千上万的敌人，受到隆重的庆贺。一个臣下的名声超乎皇帝之上，使得图密善极为担心忧虑：如果别人在军功方面超越自己的话，那么对于民间的渲染和传播是无法制止的。对于阿古利可拉获取其他的荣誉他尽可以熟视无睹，但是一位战功显赫的著名将领的品德和声望就是登上皇帝宝座的资源。因此他感到了忧愁和烦恼，并暗怀忌恨之心，这正是他潜藏祸心的征兆。他决定最好等待阿古利可拉的声望和军队对他的爱戴之情稍稍衰退之后，再表露自己的仇恨。

这段对于图密善忌才妒能的阴暗心理的描写极为精妙入微，随后就是历代王朝帝王所玩弄的杯酒释兵权的把戏。正当壮年建功立业正当时的一代名将，将老死于高堂华屋，在冷藏中醉生梦死抱恨终身，这才是作为政治家和军事家人生最大的悲哀和不幸。塔西佗继续写道：

阿古利可拉这时仍然是不列颠总督，因此，皇帝命令元老院议定给他颁发胜利勋章，赐以加桂冠雕像的光荣及其他用以代替凯旋仪式的物品，还加以许多褒扬的表示；但同时又附带暗示将调阿古利可拉迁任叙利亚总督之职：原任叙利亚总督、执政官级别的阿提里乌·茹弗斯（Atilius Rufus）死后，该职一直出缺，而这个职务一直是留给有声望人物的。许多人都相信有这回事：据说图密善曾经派遣一个负有秘密使命的释奴将调任叙利亚总督的公文送给阿古利可拉，但是皇帝对这个释奴的指令是：只有当阿古利可拉还在不列颠的时候，才将这个指令交给他；而这个释奴在渡过海峡的途中遇见了阿古利可拉，于是他甚至连致意的表示都没有立刻回到了图密善那儿去了。这个传说可能是真实的，也可能是杜撰出来形容图密善为人的。

就在这个时候，阿古利可拉将平安无事的不列颠行省移交给他的继任者。为了避免在回到罗马时许多人欢迎的热闹场面弄得引人注意，因此他在夜间进城，这样躲过了朋友的接待。他进宫谒见也在夜间，这是遵照指示的；图密善只是匆匆地吻抱了他一下，一句话也没有说，而阿古利可拉也立刻混杂在一群阿谀谄媚的人们中间去了。立下军功的声望是会使尸位素餐之徒侧目而视的，阿古利可拉为了想用别的长处来冲淡自己这方面的声望，他尽力使自己安于优游、恬静的生活，衣冠朴素，谈吐和蔼，除了一二朋友外不与他人交游往来。世俗之士，大多以貌取人，以仪表之壮丽来断定人物的伟大，因此，他们在仔细端详阿古利可拉以后，看不出他有任何异于常人之处；只有极少数人才能别具慧眼。

从以上描写，可以看出功高盖主的一代名将在辞去军职闲置后，是如何小心翼翼如履薄冰般随侍君王左右，以藏锋露拙苟全生命于专制朝廷之中，即便内心憋屈也只能忍辱负重。尤其是帝国遭遇重大危机与蛮族军队发生冲突朝中无大将可以统兵时，曾经威镇不列颠的总督，却不能统兵作战又是何等的痛苦呢？

公元 85 年冬，达契亚（Dacia）人越过多瑙河，侵入罗马领地米西亚（Moesia），击败了当地的驻军，指挥罗马军团的米西亚行省总督萨比努斯战死。图密善于是决定亲自披挂上阵，他在公元 86 年开春季节罗马军团的反攻中担任总指挥，他刻意避开了作战经验丰富的阿古利可拉，宁可让其闲置也绝不启用，他所带的是自己的亲信禁卫军团司令官弗斯库斯担任实战总指挥，其人所谓军事才能只是装饰华丽的禁卫军军装，银样镴枪头而已，中看不中用。

可惜的是图密善虽然处处刻意模仿提比略的统治风格，却没有提比略的军事指挥才能和实战经验，还妄想着通过军事斗争去建功立业，那么战争就必然成为某种冒险。和达契亚人的第一场战役罗马军团动员了 5 个军团加上辅助部队和禁卫军团的一半兵力，总兵力超过 6 万，罗马人成功地将达契亚人赶回了多瑙河北岸。达契亚国王提出结束战争，缔结和平条约，遭到图密善的拒绝。因为罗马军团已经制定了第二次战役的计划，准备进攻多瑙河北岸，直捣达契亚人的老巢。此时，图密善返回了罗马，将战役指挥权交给了弗斯库斯指挥。意料不到的是第二次战役罗马军团几乎全军覆灭。身着华丽禁卫军军服的总指挥弗斯库斯英勇战死，军团银鹫旗却被敌人缴获，简直是奇耻大辱。

公元 88 年，图密善任命常驻米西亚行省兵团长官尤里阿努斯担任前线总指挥开始了报仇雪耻的战略出击。资深元老、担任过执政官富有战斗经验的尤里阿努斯果然不负众望，率领罗马军团渡过多瑙河成功将敌军引入平原展开决战，罗马军团所向无敌，但是没有占领达契亚人的老巢，因为已经是冬季休兵季节，只能撤军回到多瑙河南岸，准备来年开春再战。

然而，此时祸起萧墙，公元 89 年 1 月 12 日，上日尔曼军团的总司令萨图尼努斯煽动手下两个军团士兵拥戴自己做皇帝，这种借助武装力量拥立最高统治者几乎成为日尔曼军团的传统，烧起了反对独裁者统治的第一把战火，幕后的点火者就是元老院不满图密善的一些老贵族，想趁图密善对付达契亚人之机推翻他。图密善命令驻西班牙的第七军团司令官图拉真火速率兵平叛，自己则率近卫军团北上赶赴美因茨会剿叛军。未等两人赶到美因茨会师，下日尔曼军团司令马克西穆斯根据自己的判断就已经击败叛军。萨图尼努斯自杀，死前烧毁所有往来信件，为的是不连累参与幕后指挥的元老，幕后黑手的线索因此中断，这使得图密善十分恼火，但也无可奈何，只是心中对元老院这些家伙疑心愈来愈重。经此事变，图密善已经完全无心和达契亚人作战，只能匆忙中草草与达契亚国王签署和平协议，每年索取些无足轻重的贡物，算是结束了这场耗时五年耗资靡费的战争，然后匆忙赶回罗马举行了隆重的凯旋仪式，为自己的所谓胜利贴金。

按照威尔·杜兰特的说法：萨图尼努斯的叛乱是整个帝国的政治转折点，成为他执政善恶好坏的分界线。他对元老们更加不信任，却盲目增强了自己治理好政府的信心，于是越来越自负而肆意妄为，对于元老们视若寇仇大肆屠杀草菅人命。他一向的严肃变成了残忍，作为一个独裁君主，元老们在他之下，很快失去了权力。他那对文武百官牢不可破的监察权力，使得元老院人人自危，对他既恨又怕，他使首都罗马充满着他的雕像，似乎无时无刻无所不在地严厉监视着他的臣民一举一动，稍有不慎，就会引来杀身之祸。

在这一系列的内忧外患事件中，名将阿古利可拉一直置身事外，过着闲散优游却时刻忐忑不安的生活。在国家多事之秋，民众纷纷呼吁重新启用这位被冷藏多年的名将出任统帅，带兵平叛或者安定边关。这些言论传到图密善耳中，反而增加了皇帝对他的猜忌。这样无论身边人是对他的赞美或者是诽谤都可能激起皇帝对他的怒火。当阿非利加总督出缺时，图密善准备采用抽签方式选拔，不少人前来鼓动阿古利可拉前去参选，也有些人劝阻他出任这一危险的职务，因为前任总督就是被皇帝害死的，所谓抽签就是一种引蛇出洞的阴谋，是某种政治试探。阿古利可拉面见图密善婉辞了这一职务。图密善摆出一副高傲的架势，接受了他自请谢职的请求。对于退职的执政官级总督的俸禄应当予以优厚，图密善曾经赐给其他人，但是这样的优惠一直没有赐予他，也许是阿古利可拉因为自尊自傲没有低三下四地提出申请，使得图密善很没有面子；也许是因为皇帝对他根深蒂固的成见有意识地怠慢他，总之他一直享受着普通退职总督的待遇。

他的女婿塔西佗如是评价身在险恶环境中洁身自好的阿古利可拉：

图密善虽然生性暴戾、心肠狠毒，他终于为阿古利可拉的谦和、谨慎所感化。阿古利可拉从来不用骄矜自大或者无谓的傲上态度来博取名声和招惹是非。有些人专门崇拜藐视权威的人物，但他们应该知道，就是在暴君之下也有伟大的人物，而如果将温顺服从和奋发有为的精神结合在一起的话，也自可达到高贵的境界。但许多人却只会以一种毫无利于国家而徒然招致杀身之祸的匹夫之勇来沽名钓誉而已。

这显然是区别于笃信斯多葛精神以杀身成仁舍生取义而面对独夫民贼淫威怀抱美好精神追求，和为崇高理想献身、宁死不屈的西塞罗、小加图等哲人的另外一种人生价值观的表达。也即面对强权专制忍辱负重，委曲求全，对于明哲保身的中庸之道的选择，这种人身哲学贯穿于阿古利可拉一生。然而，最终是否平安得以善终都是迷雾丛丛，连他的女婿塔西佗也说不清楚，伴君如伴虎，老虎吃了人却不吐骨头，就缺乏了证据。

公元93年8月23日，阿古利可拉逝世，享年54岁。当时有传言他是被图密善毒死的。塔西佗不无反讽地描写当时图密善的伪善嘴脸：

当时盛行一种流言，说他是被毒害死的，因此更增加了人们对他的哀思。但我本人对这件事却没有任何证据可作判断。可以肯定的是在他整个卧病期间，皇帝的亲信释奴和御医来看望他的次数极为频繁，这对于一个通常只派使者问候的内廷来说是破例的事情。这可能是关切，也可能是伺察。当他临终的时候，接二连三的传信人把他临死时的每一声痛苦呻吟都报告给皇帝；没有人会相信：一个人对于使自己悲痛的消息竟会盼望得如此迫切。但皇帝的外表和举止上装出一些悲痛的样子。现在他可以不再仇恨了；而且，把他那些快慰的心情掩饰起来，要比掩饰他的畏惧心理更容易得多。大家知道，在阿古利可拉的遗嘱中，宣布他的贤妻、孝女、皇帝同为他的遗产继承人；皇帝对于这一点表示很高兴，好像这是一种褒颂他的一个肯定的表示。他的头脑不断被阿谀奉承的言语蒙蔽到这种地步，以致他不能体会：只是暴君才会被一个慈父当作继承人的。

塔西佗的字里行间对于一个伪善暴君的丑陋嘴脸刻画得简直惟妙惟肖。帝国的忠臣良将壮志未酬负屈而死，暴君图密善的死期也为时不远了，也就是帝国又到了改朝换代的时候了。

塔西佗描述道：

他使首都中充满他的塑像，他宣布他的父亲、兄弟、姊妹及他自己为神，建立了一个新的祭司阶层。由弗拉维家族来主持这些新神的崇拜，并要求官吏在公文中称他为"我们的主和神"。他坐在王位上鼓励来朝拜的人拥抱他的双膝，在他华丽的皇宫中建立东方等级严明的礼仪。这一号称的元首政治，由于军队控制和元老院权威的衰落，已经完全演变为违宪的君主专制。

塔西佗是世界公认的古罗马有良知的思想家，他对于当时罗马帝国的真知灼见往往隐藏在他的历史著作中的字里行间，他虽然是图密善时代侵略不列颠兵团总司令阿古利可拉的女婿，作为侵略者一方的历史学家，他绝不为这场非正义战争的性质进行违心的辩护，后来的学者经常引用塔西佗的一段话来揭露当时罗马的帝国主义性质，就是来自于《阿格利可拉传》中一位不列颠哲人卡尔加克斯的演讲词，这个人物是塔西佗虚构出来的，只是为了借不列颠人的口来阐发自己心中的政治见解：

罗马是一个不值得屈服或者服从的民族，他们是世界的掠夺者。陆地上已经没有让他们继续挥霍的地方了，所以现在他们又将手伸向了海洋。敌人富裕会勾起他们的贪婪，敌人的贫穷会助长他们的自负。无论东方还是西方都无法满足罗马人的饥渴。他们假借帝国之名到处烧杀抢掠，他们还说是为了世界的和平，实际上他们正在将世界变成一片沙漠。

英国罗马史权威学者罗纳德·塞姆在他的《罗马革命》一书中客观地评价了自我标榜为共和主义者的塔西佗，他很深刻地指出：

塔西佗是拥护君主制的，因为世事洞明的他已对世道人心彻底绝望。元首制的建立乃是不可避免的结果。在这种制度下，名义上的最高权威是法律，但实质是由一人建立的统治。这是塔西佗对提比略政权的评价；它对于奥古斯都的元首制同样适用——或许还更为贴切。诚然国家政权的组织形式是元首制，并非君主独裁制度。但名目其实是无关紧要的。此后不久，雄辩的塞内加在劝说年轻的尼禄要慈悲为怀时，已经可以毫无顾忌地交替使用"帝王"和"元首"这两个称呼——这在一定程度上受到了受人尊敬的哲学思想传统的影响，后者把君主制视为最理想的统治形式。根据这种学说，君主制也是最古老的统治形式，人类社会在历经政体循环的轮回后终究还是回归这一本原。

　　自身已提出不受限制的统治权理论的罗马人对绝对权力的观念并不陌生。元首的权力尽管是绝对的，但他并不是可以为所欲为的。它以人民的认同与授权为基础，他们依然无法拥有充分的自由，但仍旧无法忍受绝对的奴役。元首制恰恰在两极端之间提供了中间道路。

　　这也许就是塔西佗在政治上追求自由体制而不得的现实选择，罗马的帝国政体就是两者之间折中平衡的结果。

弗拉维王朝的末代君主

为了反抗图密善的暴政，不仅是元老贵族，即使连学术界的哲学家以及东方传入的基督教徒都纷纷起来反对他。犹太人和基督教徒拒绝崇拜他为神，尽管他的雕像遍布罗马和帝国各个行省。偶像失去了人们发自内心的真诚崇拜，朝廷上下都是一些口是心非的伪君子，所以图密善作为独裁君主实际是无时无刻不生活在疑神疑鬼的恐惧之中。

斯多葛学派的主流学者公开谴责图密善政权，虽然他们能够接受国王，但是反对暴君，赞成对于暴君的诛杀。他们是一批义正辞严有理想有追求的学者。公元 89 年，图密善将这些哲学家驱赶出了罗马。公元 96 年，又将他们驱逐出了意大利。

这样的命令同样适用于星相家，因为哲学往往来自于对于世界本质的理性思考，再付诸某种改造世界的行动，就成为扰乱朝纲的异端思想驱动力；而玄学家们往往是借助于民间的愚昧，对于天象的迷信直接动摇皇权的民意基础，因为罗马公民是迷信的。对于图密善来说理性和非理性煽动颠覆政权的人具有同样的危险性。在煽动对现实不满方面，两者的功用往往不相伯仲，从而在事实上形成合力，上下联手，直接将矛头对准皇帝本人。

那些带有神秘色彩的星相师对于民间百姓更加具有诱惑力和煽动性，因为这些狂妄的家伙竟然敢于对皇帝的生死和皇位得失进行预测，对于自命君权神授皇帝，或者权威神圣不可动摇的专制君主体制而言，是绝对不能容忍的事情。如果不加以制止，那些迷信的咒语就会成为妖言惑众煽动民众造反的催化剂，这一点图密善很清楚。

图密善逮捕了占星学家阿斯科利塔尼奥，并亲自参与酷刑拷打审讯。这位声名卓著的星象学家的回答，使他感到十分吃惊和恐怖。星象学家面对残酷的折磨和拷打坦然承认说自己确实通过占星术预见过皇帝未来的某些事情。在回答他本人未来的结局会怎样的问题时，被鞭打得血肉模糊，奄奄一息的星象学家说，不久他自己将被野狗撕得粉碎。于是图密善命令立即处决他。为了证实他的占星术的虚假，皇帝还吩咐，在举行葬礼时要格外小心，包括必须烧掉他的尸体，使他的预言不能应验。

当这一切正在进行时，发生了这样的事情：一阵突如其来的狂风吹散了火葬堆，群狗撕扯着半烧焦的尸体，一个名叫提拉鲁斯的喜剧演员正路过那里，看到了这件意外的事情，还是将这事和其他趣闻一起报告了正在用餐的皇帝，使得他惊慌失措，手中的刀叉吓得掉到了地上，独裁君主越是感到恐怖就越是要杀人。

按照苏维托尼乌斯的记载：他处死了许多元老，有些元老是前执政官、前行省总督。这些人被处死的理由，无外乎是因为他们企图造反。有些人是因为一句玩笑话，被认为是影射他的，比如他妻子多米提娅的前夫歌唱家埃利乌斯·拉米亚因为皇帝的横刀夺爱，心中有有些牢骚，当别人夸奖他嗓子好时，他说："为了保护嗓子我在节欲。"这本来也就是一句玩笑话，而且两人离婚已经很久了，但他还是因为影射攻击皇帝的"大不敬罪"被图密善杀害了。多米提娅爱上了演员帕里斯，他毫不留情地派人在大街上刺杀帕里斯，甚至还处死了在他墓前献花的人。

公元 93 年，图密善处决了一批不愿意在他雕像前献花的人，包括他的堂弟弗拉维乌斯·克莱门斯（Flavius Clemens），原因就是怀疑他的不忠诚，图谋自立为帝，尽管这个人能力平庸生性慵懒，才能不足于担当大任，但是他的弗拉维乌斯血统使他有资质取而代之成为帝国新元首。

在他担任执政官的最后几年里，图密善惧怕别人的谋杀已经到了风声鹤唳疑神疑鬼的地步。在他每天散步的长廊中墙壁上镶嵌了闪光照人的白色半透明大理石，以便根据反射的影像看到身后发生的一切。他对大多数囚犯的审判都是秘密和单独进行的，而且一定要把他们的锁链握在自己手中。为了使内侍们懂得对于主子的忠诚，即使有正当理由，也不应当谋杀自己的主子。他处死了自己最忠实的秘书埃帕弗洛迪图斯，因为在尼禄被罢黜后，这个释奴亲手帮助前皇帝结束了生命。

他不仅残忍无度，而且狡诈阴险，他把一名管家钉死在十字架上，可是就在前一天，他还把这个人请进自己的卧室让其肩并肩地坐在卧榻上，甚至屈尊和他共进午餐，让其怀着安全和喜悦的心情离开。离任执政官阿列奇努斯·克勒蒙斯是皇帝的挚友和代理人。图密善处死他之前和他亲亲热热，甚至比平常还亲热。临死之前他们一起出去郊游，特别安排一位臭名昭著的告密者和他们相遇。皇帝问他："请问，明天我们要不要听听那个卑鄙的奴隶在说你些什么。"次日，图密善果然以谋反罪处决了这位前执政官。

天象示警，他将必然被推翻。连续 8 个月不断发生雷电轰鸣的事件，包括卡比托利欧山、弗拉维家族神庙、帕拉蒂尼山皇宫和他本人所居住的内宫。贴在他凯旋塑像基座上铜牌铭文也在暴风雨中被吹刮落到了附近的一座墓碑上。当年韦帕芗皇帝还是普通公民时曾经有一棵倒卧的大树重新挺立起来，现在也被连根拔起。这些怪异的现象被报告到图密善处，他高声叫道："雷电想轰谁，就让他轰吧！"

他梦见被他崇拜到迷信程度的米涅尔娃从神龛上缓缓走下来，悲哀地对他说，她不能再保护他了，因为她被朱庇特解除了武装。在他被杀前几个月，卡比托利欧山上一只乌鸦高叫："一切都会好！"有人对这个征兆做如下解释：这只乌鸦不可能说现在一切都好，只能是预测改朝换代后的未来一切都会变好。当晚他又梦见自己背上长了一个金瘤，这意味着，他死后国家比他在位时更加繁荣。总之，各种征兆显示，帝国将会大变，图密善即将大难临头。

在他被杀的前一天，他吩咐，把送给他的山楂果留到第二天，并补充说："但愿我也能够保留下来吃到它。"然后他似乎有着某种不祥的预感转向身边人宣布说："第二天宝瓶星座间的月亮将染上鲜血，并将发生一件震惊世界的事情。"翌日晨，来自日耳曼的预言家拉尔金被带到他面前，在回答了相关电闪雷鸣的问题后，拉尔金说，帝国将发生统治者的变动，皇帝将在当日四时左右死去。图密善听他说完后，便吩咐杀了他。所以他从早上开始烦躁不安。当他使劲挤破自己前额上的一个脓包，鲜血流了出来，他喃喃自语说："但愿事情不过如此而已。"当天的上午，他不断问身边的侍从时间，这位已被收买的侍者告诉他 6 点（罗马时间接近中午），而没有说 5 点钟，因为他害怕听到这个时间。因此，他十分高兴，确信预言中危险的时刻已经过去。他急急忙忙地去洗澡。内务总管告诉他，有人有要事向他紧急报告。图密善屏退左右，独自走进卧室，在那里他被突然杀害。

关于这场阴谋的策划过程，民间有种种说法：阴谋者对如何下手一直犹豫不决。是在浴室内还是在餐厅内何时和怎样向图密善发动攻击。是他去世多年的侄女尤利娅的管家斯特潘努斯给这班阴谋分子出主意，并且毫不犹豫地主动出击，因为他当时正被指控为盗窃公款，为了避免受到怀疑，他连续几天都装成受伤的样子，用羊毛绷带把左臂包扎起来，到约定的时刻，绷带内藏着一把匕首，他声称要揭发阴谋，因此被允许接近皇帝。当皇帝疑惑不解地阅读他的举报信时，他突然抽出匕首刺中皇帝的腹股沟。

负伤的图密善企图抵抗，但是禁卫军副官克洛狄阿努斯·巴尔特尼乌斯、释奴马克西穆斯和宫廷卫队长萨图尔，以及皇帝的一名角斗士一齐向皇帝发起进攻，他的身上有七处刀伤。当他第一次受到袭击时，高声呼唤他的内侍将卧室中枕头下的匕首取来，但是内侍发现枕头下只留有一柄空的刀鞘，此外内廷所有的门都被关闭。

这时，皇帝揪住斯特潘努斯，将其按倒在地，他们撕打了很长时间，图密善想抢夺对方的匕首，又想用双手抠挖对方的眼睛，终究徒劳，被禁卫军扑上来用乱刀刺死。时间是在公元 96 年 9 月 18 日，图密善终年 45 岁，在位 15 年，他的遇刺身亡，宣告了弗拉维王朝的终结。

图密善死后，尸体被放在普通人的尸架上，由一些替穷人收尸的人抬走，他的乳母皮丽斯在拉丁大道旁她自己的地产上将他火化，将他的骨灰偷偷带到弗拉维家族神庙，罗马市民以一贯的冷漠对于图密善的暴死无动于衷，他们已经完全为历代统治者所恩赐的赛车、竞技、角斗和歌舞表演所麻痹，失去了对于帝国最高统治者走马灯式更换的政治热情。始终享受特殊薪俸待遇的军队士兵，对于皇帝的暴死感到悲痛，纷纷扬言准备为他报仇，然而始终没有敢于挑头的人，久而久之也就把这件事慢慢淡忘了。

相反，元老们却感到兴高采烈，争先恐后地麇集在元老院议事大厅，肆无忌惮地攻击这位已故皇帝。他们甚至搬来梯子，看着当场被拆下的饰有皇帝肖像的盾牌就地砸得粉碎。元老院最终通过决议，必须涂掉他在各处的题词，有关他的纪念物也必须全部清除干净。根据小普林尼的记载：

这些数不清的镀金塑像在人民的欢呼声中作为牺牲品被推倒和被砸得
粉碎，他那傲慢的面孔被踩在地下，真是大快人心！人们刀砍斧劈，仿佛
每次砍砸都饱含着痛苦和鲜血，无论什么人都无法按耐盼望已久的喜悦心
情，每个人欣赏那些四处狼藉的碎块和断肩残肢之时，好像都有报仇雪恨
的快感，然后人们把塑像的残肢扔进火堆，火焰顷刻把那些残存的玩意儿
吞噬后化为了灰烬。令人胆战心惊的幽灵终于人类的欢乐与幸福！

罗马帝国的前期历史，是一部皇权同元老院贵族的斗争史。双方在斗
争中此消彼长，虽然总体来看依托军队的支持，罗马城的皇帝们逐渐掌握
了主动权，但元老贵族们仍然拥有很大的力量，他们时常联合起来反抗皇
帝，数位帝王死于这些阴谋中。

这段时间内，罗马帝国的皇帝和元老院处于一种缓和—紧张—皇帝死
亡—缓和的怪圈。而一旦皇帝和元老院关系紧张，各种阴谋也就层出不穷，
皇帝也明目张胆地迫害对手，但明枪易躲暗箭难防，总有不留心的时候。
当皇帝死亡后，掌握话语权的元老院则开足马力抹黑帝王，称他们为"暴
君"，而图密善则有幸成为第二个被抹黑的君王。

当然，图密善也不是没有依仗，这位皇帝在军队、普通公民和行省居
民中有着非常高的声望。军队对于他的支持非常好理解，在他刚继位时便
将自罗马帝国创始人奥古斯都以来从未变动过的军队薪俸直接上涨三分之
一！而对于行省的统治则是给了大量地区自治权、严惩贪官污吏，在他的
高压下，各行省的官员都显示出难得的公平正直。

此外，他还进行了大量的建设活动，各行省和罗马城众多的基础设施
拔地而起，让普通公民对皇帝更加敬仰。除了大规模的建设活动，他还举
行了大量的比赛，设置丰厚的奖金吸引民众前往。各种巩固统治的举措却
也给国库带来了巨大的开支，为了避免财政崩溃，图密善除了加税外，还
想到了很久之前的办法：没收元老院贵族反对者的财产，来充实国库和皇
帝私囊，大慷国家之慨举办各类活动愉悦民众收买人心！

他的做法招致了元老院贵族们更大的反抗，为了打击贵族，图密善多

次使用"大逆罪"抓捕元老院成员，许多人被处死、罚没财产，其中甚至还有皇室成员！虽然在他的镇压下罗马城表面风平浪静，但针对他的阴谋一直存在，后来他的皇后因担心自己的安全也加入了对他围剿的行列。当枕边人也无法完全信任时，图密善的死亡就只是时间问题。

第三章
帝国盛世安东尼王朝

从元老政客到皇帝的涅尔瓦

图密善死后，元老院推举元老涅尔瓦为皇帝，开始了安东尼王朝（96—192年），罗马帝国进入黄金时代。安东尼王朝前五个皇帝涅尔瓦、图拉真、哈德良、安东尼和马可·奥里略，因为创造了帝国的极度繁荣，历史上称为"五贤帝"。

罗马君主政体的世袭制度随着图密善皇帝（公元81年—96年）的被刺杀，而消失了100年。在此期间，元老院的权威得到恢复，不再承认帝国元首权力由家族血缘的继承而延续，像罗马王政时代初期，由元老院集体提名一位德高望重的资深元老或者战功卓著的领军大将承续帝国的统治。皇室的衰微，是因为弗拉维王朝的没落和帝国属地行省反抗强权的流血事件以及蛮族的入侵，罗马军团统帅的权重加大，近卫军权力受到抑制，才使得元老院重振声威。

马尔库斯·寇克乌斯·涅尔瓦（Marcus Cocceius Nerva）公元26年出生在离罗马不远的弗拉米尼亚大道沿线的城镇纳尼亚。家族很早就属于元老院阶级，在44岁时，他同韦帕芗一起担任过执政官。公元90年，他又和图密善一起担任执政官。他并不支持图密善，也不敢公开反对图密善，也就是说他对政治的平衡术掌握拿捏得恰到好处。他是一个政治素养和学养都比较醇厚的学者和官场精英，作为一位既没有担任过行省总督，又没有统兵打仗经历的绅士般政客，能够从众多元老中脱颖而出，成为帝国元首，并非意外，而是他深深卷入了这场弑帝的阴谋，并在元老院中能够兜得转的资深人物。

在刺杀罗马帝国皇帝图密善之前，刺客们曾经多方考虑，寻找一位皇位继承人。他们找到的人或者犹豫不决，或者胆怯，没有人敢去承接这个危险的最高岗位。于是人们想到了资深元老、学者、诗人涅尔瓦。涅尔瓦担任过两任执政官。虽然拥有除皇权以外的特权，但是他很少以权谋私，年龄接近70岁，但是看上去相貌堂堂俊朗而伟岸，人们绝不会想到他是一位身患胃病的法学家，也没有人料到他是一位宽和可亲，被人称为"当代提布鲁斯"的诗人。具有柔弱诗人学者性格的元首，不至于会卸磨杀驴，对刺客们进行政治清算。那是这帮临时拼凑组合的针对图密善皇帝阴谋集团的想法。

提布鲁斯是奥古斯都时代的罗马骑士，是和维吉尔齐名的著名诗人，以漂亮的外表和优雅的气质而受人注目。曾经追随罗马凯旋名将麦撒拉参与过阿奎塔尼亚战争，并获得军功，这位骑士能文能武被认为是当时哀歌体爱情诗的泰斗。他的情书被公认为虽然简短但非常有价值。他在很年轻时，就被死神夺去了生命。诗人多米提乌斯·马尔苏斯为他题写的墓志铭称赞他：

提布鲁斯啊，你，维吉尔的伙伴啊，不公正的死神把你也年纪轻轻就送进了天国，于是也许再没有人为温柔的爱情谱写哀歌了，或者为国王们的战争谱写英雄史诗了。

历史就是这样选择了一位具有诗人气质的老政客成为帝国的新元首。在公元 96 年那个改朝换代的多事之秋，涅尔瓦在元老院的默许下，把自己的真实想法透露给了阴谋刺杀图密善的人，并且借助内廷皇后和部分参与弑君的禁卫军之手，在 66 岁高龄登上了皇位。

涅尔瓦肯定卷入了这场阴谋，因而图密善被刺身亡后，在军队中，尤其是在禁卫军团的普通士兵中引起了不满。禁卫军军营离罗马很近，对于帝国首脑的安危有着举足轻重的影响，他们几乎具备拥立或者打倒皇帝的实力。禁卫军的最高统帅参与了刺杀图密善的行动。起初，禁卫军最高统帅的影响力很大，可以控制军队，让士兵们宣誓效忠涅尔瓦。然而，时隔不久，在以禁卫军为首的势力对元老院的反扑中，不满情绪很快在军队中蔓延。与此同时，图密善党羽千方百计散布涅尔瓦不够慷慨大方、使得军官们擢升速度缓慢等谣言。星星之火迅速变成燎原之势，士兵们一路狂妄地叫嚣着向帕拉蒂尼山皇宫进军，扬言要取刺客的首级，为已故皇帝图密善复仇。

涅尔瓦试图平息士兵们的愤怒，主动站出来让士兵们责打他，却徒劳而返。叛军首领随心所欲地把皇宫里的仆从拖到软弱的涅尔瓦面前处死。
涅尔瓦无力反抗，就同意了近卫军要求处死刺杀图密善凶手的要求，还流
放了深度参与阴谋的两名元老院要员，迅速平息了军方的不满。对统治者
来说，承认软弱是致命的缺陷。涅尔瓦知道，没有强有力的帮手，很难带
领国家渡过难关。于是，决定选择一位受人尊敬的同僚作为继承人。

年轻时，涅尔瓦喜欢艺术，爱好诗歌，是个衣着朴素、文质彬彬的书生。
他素来讨厌矫揉造作的诗句，但为了迎合皇帝尼禄奢靡享乐的生活，开始
穿金戴银，又写下不少艳情诗哄尼禄开心，成为尼禄最好的玩伴。他的雕
像被尼禄特准摆放在皇宫中，这种殊荣，即便是擅于钻营、靠赛车技术在
尼禄身边平步青云的维特利乌斯也从未获得过。

尼禄自杀后，罗马军团开始混战，一年之内换了四个皇帝。在这期间，
涅尔瓦偷偷投奔了嫁给卢西塔尼亚行省总督奥托的姐姐。这位姐夫奥托不
久成为皇帝，涅尔瓦以此自保，在乱世中押宝成功。奥托死后，涅尔瓦没
有倒向继位的维特利乌斯，而是向维特利乌斯的竞争对手，后来的皇帝韦
帕芗示好。涅尔瓦曾与维特利乌斯同朝为官，深知此人贪婪卑鄙无耻又缺
乏政治头脑。果然，维特利乌斯上台后八个月，政权摇摇欲坠，本人在落
败后被杀。此时，韦帕芗尚未赶到罗马城，而维特利乌斯的近卫军正大肆
围捕韦帕芗的哥哥和儿子，企图将二人烧死在罗马神庙中。涅尔瓦趁机救
下了韦帕芗的儿子图密善，并一直收养他，直到韦帕芗进城登基。此举使
涅尔瓦不仅在韦帕芗时期身居要职，更在后来图密善为帝时依然担任朝廷
高官，享受着免税的诸多特权。可以看出他政治手段的老道娴熟，其首鼠
两端的投机性格显示了极高的政治智慧。

然而，作为皇帝的涅尔瓦既没有治国的宏伟目标，也缺乏进取的英雄
气概，也许因为年龄偏大，身体日渐衰弱的缘故，他对未来充满幻想，又
有点盲目乐观自信，或许因为性情温和，对于民众的需求涅尔瓦更加谨慎。
历经了喜怒无常的暴君图密善长期的压迫后，罗马帝国开启了新的历程。
这位新君果然和暴君的执政风格大相径庭，涅尔瓦温文尔雅、沉着冷静，
不恣意妄为，也不摆架子。他既不骄奢淫逸，也不喜欢盛大的游行场面，

他拒绝为自己打造塑像和豪华佩饰的提议，始终保持朴素淳厚的学者风格。其实他是元老权贵们集体选择的结果。因而，他的入职体现元老院权威的恢复。不久前元老们还在图密善的震怒下瑟瑟发抖。有时甚至被禁卫军关在元老院内，见证地位最高的元老被拖到自己面前处死。现在有了一位把元老当成同僚的新皇帝，涅尔瓦会耐心听取元老们的辩论，在日常交往中，对他们以礼相待。

涅尔瓦并没有执迷于至高无上的皇权，也不在意青史留名。在担任执政官期间，他选择了帝国历史上著名的贤者、战功卓著却多次拒绝出任皇帝的退休将军鲁弗斯一起担任罗马执政官。鲁弗斯曾经出任上日尔曼军团指挥官，在尼禄朝平息过高卢总督的叛乱，功成身退，交出军权，退休颐养天年，不再参与政事。维特利乌斯被日尔曼兵团拥戴为皇帝时，部分元老竭力拥戴他出山担任皇帝，被其断然拒绝。鲁弗斯如果想登上皇位可以说易如反掌，但是涅尔瓦不避嫌疑，大胆启用他，使这位老将军在晚年和他有着愉快的合作，这种合作延续至公元97年这位老将军病逝为止。

元老院当然十分欢迎自己中的一分子登上皇位。而被视为图密善一派的近卫军团和在边境服役的各军团也很爽快地对新皇帝涅尔瓦表示了忠诚。一般市民只是将这次登基看做是一次正常的权力交接。他按照新皇登基惯例向全体市民发放了奖金。

元老院暗中对于禁卫军无时无刻如同悬在头上的达摩克利斯剑企图对朝政进行操控深感不安，这种对于元老院主导下的脆弱皇权的威胁，使得涅尔瓦感到不寒而栗，面对这些潜在的危险，年事已高的皇帝，未雨绸缪考虑到要选择继承人的问题。涅尔瓦将罗马军团中战功卓著的日耳曼总督图拉真收为养子并指定为继承人，彻底掐灭了元老院掌握政务的希望。同时，对于禁卫军团操控皇位的政治野心得到有力遏制。涅尔瓦抛弃元老院的举动，超出元老院的意料，但却符合他一直以来的从政思路。

他在"四帝之乱"时，就根据时局选择了最有利于自己发展的阵营。皇帝的身份不过是让涅尔瓦开始为罗马帝国的发展做出最优选择带来的有利条件。元老院作为共和制下掌权的团体，在帝制中的不适应已经愈演愈烈，显然不能保证庞大帝国的长治久安。而支持皇权的军方，远比元老院更有利于罗马的政治稳定。

涅尔瓦终身未婚，无儿无女，这为他选择图拉真作为养子和帝位继承人提供了理由。以养子继承帝位的做法不是涅尔瓦首创，罗马帝国创立者屋大维就是将帝位传给了养子提比略。但是，涅尔瓦选择养子的方式却与屋大维不同。涅尔瓦至死都没有见过图拉真，仅凭图拉真是"帝国军队中最有影响力的将军"，就选他继承了帝位。后人不无讽刺地称涅尔瓦对罗马帝国最大的功劳就是选择了能文能武的将军图拉真，这才使罗马帝国在图拉真时代得以进入鼎盛时期。然而，涅尔瓦这一选择的价值不能仅仅局限于图拉真后来的功绩。

涅尔瓦在选择图拉真时直言"一个人的能力比国籍更重要"，这使图拉真以西班牙人的身份成为第一个非罗马贵族出身的皇帝。涅尔瓦以才能为标准的养子继承制度，扭转了皇帝韦帕芗以血缘传递皇位的"家天下"传统，也避免了这一传统带来的弊端。之前，皇帝图密善在哥哥提图斯早亡的情况下匆忙继位，使他上台时还没有积累起足够的政治经验。而图拉真在军中的威望除了使他赢得对外征战的伟大胜利外，更重要的是他有能力平息帝国内部禁卫军或者行省总督佣兵自重威胁皇权的问题。图拉真上台后，对禁卫军采取了严厉的制裁和改组，避免皇宫再发生兵变，这恐怕是涅尔瓦最希望看到的局面。

两人虽然没有谋面，但是在图拉真取得潘诺尼亚的胜利消息传到罗马时，涅尔瓦不失时机地在万神庙为他举办了隆重的谢神仪式，向诸神表达感激之情。同时，当着众多元老的面宣布收养图拉真为养子，并且真诚地祈祷这个行为会为国家带来福祉。后来，在罗马元老院，涅尔瓦又将"恺撒"的头衔授予图拉真，意味着帝国皇位的继承人已经确定，不至于在他突然去世时造成权力真空，杜绝了任何野心家对于皇位的觊觎之心。

公元98年，在位十六个月的涅尔瓦驾崩，帝国为他举行了隆重葬礼，遗体被安葬在奥古斯都陵墓内。此时的继任者图拉真正在前线征战。但是权力已经顺利完成了交接，对于下一任皇帝来说，涅尔瓦的统治只是承前启后的平稳过渡。

威尔·杜兰特如是评价涅尔瓦：

元老院选他为君王，可能是因他老而无害。他的一切政策都与元老院磋商，并且保证他不会伤害元老们的生命。他赦免了被图密善放逐的人，恢复其财产，缓解了他们的仇恨。将价值6000万的塞斯特斯的土地分配给贫民，并建立了救济制度——一项国家基金以鼓励资助农民养育子女。他免除了许多捐税，降低了遗产税，解除了韦帕芗所加在犹太人头上的捐献。他节省自己家用和政府开支以弥补国家的财政。他对任何阶级都公平公正对待。他说："我随时准备放弃皇位，而回到我平静的平民生活。"然而，他继位一年后，那些图密善时期的禁卫军因不满对他们俸银的扣减而包围皇宫，要求处决刺杀图密善的刺客，并且杀害了他的几名顾问。他已经准备牺牲自己，可是叛军没有杀害他。羞愧之余，他想退位，但是被朋友劝阻。乃效法奥古斯都前例，收养一位元老院同意，不但能治国，而且能统御卫队的养子为继承人。他对罗马的最大贡献是选了图拉真为王。3个月后，也就是即位的16个月，他驾崩了。

收养制度由他无意中恢复，于是任何皇帝在位之时，如果感觉大权衰落，都可物色一个最有能力、最适当的人来继承王位，免得自己一旦去世，因争夺王位而引起内战。所幸图拉真、哈德良、安东尼都未生子，他们都采用收养的方法，既不忽略自己的后代也不影响亲情之爱。在收养制度持续期间，罗马王朝都由最优秀者来继承，其盛况为世所少见。

图拉真皇帝远征达契亚

马尔库斯·乌尔皮乌斯·图拉真（Marcs Ulpius Trajianus）以养子的身份被指定为继承人。他出生在伊比利亚半岛南部的贝蒂卡行省。其父曾经在韦帕芗手下任军团长，韦帕芗称帝后，因为军功进入元老院，名列贵族行列。虽然属于外省出身的骑士"新贵"，毕竟进入了帝国领导阶层。他和那些来自西班牙的塞内加、卢坎等人在思想上、文学上跻身于罗马政坛和文坛的外省人一样，在将军中是第一位。为传统罗马籍将军们主导的政界注入了久已失去的朝气。

属地军人称帝而未遭到反对，这是罗马历史上首次，这说明皇帝的出身不仅摆脱血统的束缚而且打破了本土化的局限，选贤任能面的进一步扩大，使得民族融合性包容性得到拓展，人才不拘一格的脱颖而出，造成帝国后来的振兴。涅尔瓦之所以能够跻身"五贤帝"之一，就是他睿智地选择了图拉真作为他的接班人。

即便如此，图拉真从未放弃他的军人本色，他坐的是军车而非通常贵族所乘坐的肩扛轿舆。他仪表威严，相貌虽然不出众，但是身体健壮、身材魁梧高大。他经常参加徒步行军，全副武装和士兵们一起跋山涉水。他的勇气和出色表现，渗透着斯多葛学派那种无惧生死一往无前的伟大牺牲精神。

当时的狄奥只是多瑙河畔的穷文人，但却是一位小有名气的著名哲学家，早先被图密善流放到边境的日尔曼地区，过着居无定所的生活，为了微博的收入，充当园丁，唯一的消遣就是读随身携带的两篇文章：一篇是柏拉图的《斐多篇》，另一篇就是古希腊演说家狄摩西尼的独白。军团兵变让狄奥非常愤怒，像《奥德赛》中的英雄一样，狄奥脱下伪装自己的破衣烂衫，请人把粗鲁的士兵聚集在一起，对他们发表慷慨激昂的演讲，指出当时人们长期遭受的苦难。他的演讲激起士兵的愤怒。狄奥还指出，暴君应该人人得而诛之。

　　这次演讲为狄奥获得"赫利索斯托姆（金嘴巴）"姓氏。后来他成为日尔曼驻军首长图拉真的顾问。图拉真常把他带在身边听他讲解哲学。图拉真坦率地承认自己不是一个真正的哲学家，对于哲学家狄奥所谈的一无所知，他实事求是地说对哲学的无知是他的遗憾。

　　图拉真的思想敏锐清晰，从不讲废话空话套话。他自负，但不摆架子。他不利用职权，常与朋友共饮食共狩猎。从来不与其他女性搞婚外情，免除了妻子普罗蒂娜（Plotina）的情感困扰。这一点受到罗马人的普遍赞誉。

　　威尔·杜兰特描述道：

　　图拉真来到罗马的时候46岁，那种淳朴、亲切、谦虚马上征服了饱尝暴政的人民。元老院推举小普林尼致欢迎词。同时，狄奥当着他的面，发表了斯多葛学派对皇室职责的意见。小普林尼和狄奥都指出皇帝并非国家主人而是第一号公仆，皇帝原是元老院代替人民选出的行政代表。小普林尼说："指挥众人之人须由众人选出。"这一切他都恭聆甚详。

　　71岁的涅尔瓦不仅将44岁的图拉真选择为接班人，在指定的同时还授予其皇帝的权力之一——护民官特权。另外，还决定图拉真和自己一起参选任期从次年1月1日开始的公元98年的执政官。虽然选举是在元老院内进行，但若和皇帝一起参选的话，当选是确定无疑的。总之，涅尔瓦不仅将图拉真指定为继承人，还指定他为共同统治者，为他未来的顺利接班铺平了道路。罗马的帝国政治还要继续进行下去，要回到共和体制是绝对不可能的事情了。虽然这些隆重的仪式图拉真都没有直接参加，他当时还在远处边鄙之地日尔曼前线与当地的蛮族人进行着艰苦卓绝的战争。但是所有接班的程序涅尔瓦已经替他顺利完成。

　　图拉真在公元97年时担任包括日尔曼长城在内的上日尔曼军团总司令，时年44岁。无论在社会地位还是军事指挥经验、年龄上无疑都是帝国接班人最合适的人选。无论元老院还是边境的罗马军团都表示对新皇帝的拥戴。

　　公元98年1月27日涅尔瓦去世。图拉真的侄子，当时22岁的哈德良从多瑙河骑马赶到莱茵河畔的科隆尼亚，将涅尔瓦死讯通知图拉真。然而，这位 45 岁的皇帝在 1 月就任执政官的时候并没有赶回首都，接到死讯也没有赶回罗马，他不急于回罗马是为了将边疆的事务安排妥当，并借助军权处理一些帝国内部棘手的问题，如解决禁卫军的问题，因为在罗马毕竟是这些家伙借助一万多的军事实力在拱卫京师，解决他们的问题还得调虎离山。自从他被图密善从一个军团长提拔为指挥三个军团的上日尔曼军团总指挥就很清楚他必须完成图密善未竟的任务——战胜达契亚人，但解决肘掖之患前必须先清除心腹之患，这是政治常识。

这时他正值壮年，精力旺盛。艰苦生活的经历，使他学会了许多为人处世的道理。图拉真毫不犹豫地接管了政权，并且始终将权力牢牢控制在手中。在图拉真的统治下，不满情绪，甚至叛乱似乎都消失了。不过，图拉真未忘记涅尔瓦遭受的暴行，也没有忘记涅尔瓦的遗言——消除禁卫军对于皇权的威胁。他迅速采取行动，将当年包围皇宫的禁卫军首领及其亲信以各种理由召到他的行辕驻地——日尔曼尼亚的军团所在地，人们只知道没有一人活着离开那里，却无从得知究竟发生了什么，这些心腹之患的骨干就这样被铲除了。

图拉真返回罗马的时间是在他继承帝位的一年多以后的公元 99 年夏天。在翦除了这些首都禁卫军的骄兵悍将后，图拉真悄悄地向罗马进发了，既没有带庄严的卫队，也没有向经过的城镇征收苛捐杂税。他给罗马人民的唯一交代就是御驾返回途中的明细账目，并同时公布了图密善出巡的庞大开支，两相比较，泾渭分明，无异于是一次财产公开化，争取民心的有效尝试。

图拉真没有举行凯旋仪式，没有使用皇家庆典的专用白马和马车，也没有让士兵驱赶民众。相反，从街上走过时，魁梧健壮的图拉真亲切地与元老和故友打招呼，无一遗漏。他的妻子淳朴善良的庞培娅·普罗蒂娜出生在法国南部的尼姆，她也是第一位出身外省的皇后，她安静地走在图拉真身边，步入俨然已成为自己家宫殿的帕拉蒂尼山皇宫。普罗蒂娜在祈祷中承诺，自己进来是的宫殿是什么样，离开时会让它保持原样，宫殿事实上已成为皇帝的官邸，而不是私产。

在与元老的交往中，图拉真非常谦逊、和蔼。他真诚地表示尊重元老院的传统，希望其继续发挥管理作用，并且像自由年代一样承担责任、行使权力。图拉真鼓励官员把自己看作国家官员而不是皇帝的仆从，允许新组建的禁卫军将领随身佩剑，并做出如下承诺：

　　如果我治理国家公平合理，请用你们的剑保护我；如果事实证明我不值得你们拥戴，那就把你们的剑刺向我。

执政初期图拉真就展示了他的贤明和开放的博大情怀，他把几所前几任皇帝每年只使用几个星期的别墅都分配给了部下。小普林尼说："除非他朋友也有的东西，他绝不占有任何东西为私有。"他的生活和韦帕芗一样简朴。一切重大问题都请教元老院，因为他发现：只要不用过激语言，就能获得绝对权力。元老院欢迎他的统治，只要他遵守维持元老院的威信和尊严的体制。

元老院和其他人一样，既能享受自由又能获得人身安全，他们就乐意接受他的统治。他们高兴地发现，图拉真属于传统的保守派，绝不会剥夺富人的财富来取悦穷人。甚至于保留着一切过去属于共和的体制，他绝不轻易裁撤机构，只要能够维持政府运转，所有机构都允许存在。他在新颁发货币上铸上共和的字样，并且允许官员在共和英雄布鲁图斯、卡西乌斯和加图等人的塑像前进行守护。在其他统治者在位时人们不敢谈论的"自由"，再次出现在图拉真统治时期的作家笔下。塔西佗就是在他那个时代开始了自己自由奔放的历史写作：

　　图拉真虽然拥有绝对的权力，但是仍然保持着与生俱来的谦逊平和，与奥古斯都出于惧怕或者伪善而自我克制不同，图拉真有军人的直率性格，不喜高谈阔论和奢侈的游行。他出门几乎不带护卫，和蔼可亲地参加罗马的各种社交聚会，还允许各阶层的人进入议事厅。图拉真不喜欢阿谀奉承，也不认为皇权神圣不可侵犯。因此，他尽量拖延赐予亲属传统封号的时间，并且断然拒绝给自己封神的建议。图拉真会责备殷勤地举报冒犯皇帝言行的告密者，而把旧立法暂时搁置在一边，因为他认为对叛国罪的定义会导致严重后果。经历过图密善的病态猜疑，起初，官员们很难理解现任皇帝对他们的充分信任。他们仍然会对图拉真倾诉自己的担忧，并且私下里告诉图拉真许多人会心怀不满，背主弃义。

有人向他举报说李锡尼乌斯·苏拉（Licinius Surs）要阴谋背叛他，他就到苏拉家中去吃饭，对于招待的食物毫无怀疑地随便食用，并请苏拉的理发师为他刮胡子，证明他的心怀坦诚。从此以后，凡有人再说苏拉的坏话，图拉真就会说："苏拉曾经手握我的性命，其仆人随时可以掐断我的喉咙，但他为什么放过了我。"据说涅尔瓦四处寻找接班人的时候，苏拉促使他选择了图拉真。

图拉真始终没有忘记当年达契亚入侵给帝国带来的屈辱，他要延续历代罗马皇帝奉行的对外扩张政策，并且还要打破奥古斯都对于罗马边界的划分建立起超越前辈扩大帝国版图的不世之功。因而他要的不是和平，而是完善帝国对于世界的统治秩序，这就必须启动战争机器。他到达罗马不满一年，公元101年图拉真宣誓东征，带着他的表侄子哈德良和亲信苏拉踏上了征讨达契亚（Dacia）的艰辛征途。

达契亚的面积约有1940年左右的罗马尼亚那么大，他就像一只手掌深入日尔曼腹地。图拉真预见到将来和日尔曼斗争时达契亚的重要军事价值。如果能够加以兼并，罗马等同控制了沿萨维（Save）到多瑙河，然后到拜占庭的通道——也即通往东方的要道。此外，达契亚还蕴藏着丰富的金矿，必然是帝国未来重要的经济来源。在经过周密筹划后，他希望以闪电战突然袭击的方式去攻击达契亚的首都萨米泽杰图萨（Sarmizgetusa），以大军压境的态势迫使其投降。

现在人们可以从希腊雕塑家留下的塑像去观察达契亚国王戴凯巴路斯（Decedalus），发现这是一个足智多谋形象高贵而坚强的国王，当年就曾经把图密善玩得团团转。图密善虽然在形式上取得了胜利，但实质上达契亚并没有受到任何损失和伤害，如今罗马帝国的军团在军事经验丰富的皇帝率领下，大兵压境，国王情知双方实力悬殊太大，难以决一雌雄，迫不得已很不情愿地宣布投降，图拉真封他为属国之王，而后返回了罗马。

不久，这位老奸巨猾的国王背信撕毁和平协议，再次谋求独立，图拉

真于公元 105 年，再次率领大军东征。达契亚战争已经持续两年多，对任
何一位罗马皇帝来说，在罗马以外的地方停留那么久都是十分危险的事情。
然而，图拉真不相信战争就会轻易结束。因为尽管戴凯巴路斯已经被打败，
但其势力并没有被彻底粉碎，达契亚人依然勇敢忠诚，很快就会与东部邻
国帕提亚结盟共同对付宿敌罗马帝国。不久戴凯巴路斯要报仇雪耻的消息
开始传播，国王派人修复了被拆除的堡垒，并且派兵驻守。运用外交手段
组建了一个联合对抗罗马的同盟，战场上排兵布局已经完成，这次再进行
突然袭击显然难以奏效。图拉真知道，如果不想看到多年的心血付诸东流，
必须重新拿起武器，前往过去的战场，只有将达契亚收归罗马帝国成为附
属行省，才能永绝后患，保证日尔曼边境的长治久安。

　　在与达契亚首领进行会谈时，图拉真的一个分遣队指挥官狄奥尼修
斯·朗吉努斯被对方诱捕。达契亚人威胁说，只有罗马军团撤退，达契亚
王国的和平得到保证，他们才会释放狄奥尼修斯。忠心耿耿的狄奥尼修斯
不愿意用国家利益换取自己的生命，他毫不犹豫地面对死亡，只希望图拉
真能为自己报仇，图拉真对于这次东征是认真的，他周密的作战计划很快
形成。战备准备工作也紧锣密鼓地展开。其中最重要的是在多瑙河上建造
供部队渡河的大桥。

　　他从叙利亚行省的大马士革请来著名的建筑设计大师阿波罗多罗斯设
计，这位大师后来在征服达契亚胜利后帮助设计了图拉真广场和最负盛名
图拉真建功圆柱。现在这位大师的杰出才能被运用在军事拱桥的设计上。
他在多瑙河的铁门峡谷附近架起了一座外形美观的巨型石桥。乃至后来哲
学家"金嘴巴"狄奥的外甥著名历史学家卡西乌斯·狄奥在担任潘达尼亚
总督时专门去考察了这项宏伟的工程，他感到很震惊，认为这是图拉真创
造的最伟大作品。卡西乌斯·狄奥说，这座桥有二十个支撑圆拱的桥墩，
每个桥墩都有六十英尺宽、一百五十英尺高，并且这个高度不包括地基。
卡西乌斯·狄奥时期，这座桥已经残破不堪，不过巨大的桥墩依然展现了
图拉真的伟大目标和工程师阿波罗多罗斯的建造技巧。

　　105 年开始的这场战争，罗马军团彻底战胜了达契亚人。罗马士兵长

途跋涉，从南面或西面汇聚到群山环绕的达契亚王国。士兵们冲破铁门，穿越伏尔坎山口和红塔峡谷，攻破了达契亚人新修的防御工事。经过多次艰苦战斗，罗马士兵横扫达契亚军，使其节节败退，最终占领了达契亚王国首都萨米泽杰图萨。

沃尔夫·凯普斯在《安东尼王朝·公元 2 世纪的罗马帝国》中写道：

戴凯巴路斯依仗的同盟化为乌有：他的老部下偷偷溜走了；他寻求的同盟置身事外，只留下达契亚人孤军奋战。戴凯巴路斯像野兽一样被罗马士兵从一个巢穴追到另一个巢穴。看到一个又一个城堡被夺走，要塞再也撑不住时。戴凯巴路斯以自杀的方式结束了这场战争。直到最后一刻，许多忠实的追随者仍然对戴凯巴路斯忠心耿耿。他们放火烧毁了自己的家，一个接一个地服毒自杀，不愿在自己的家园毫无自由地活下去。达契亚最后一座城堡被攻破时，一些小心翼翼藏起来的财宝落入胜利者手中。戴凯巴路斯曾经把萨尔盖提亚河改流，让战俘在干涸的河床上建造了一个秘密仓库，然后把水流恢复到原来的河道上，并且在完工后将战俘屠杀殆尽。然而，一切都是徒劳的。戴凯巴路斯的一个亲信还活着，在罗马的监狱里奄奄一息。为了保命或功过相抵，交代出了这秘密。

国王战死后，图拉真留下强大的驻军镇守，俘虏了 1 万多名战俘，然后返回罗马庆祝胜利，展开为期 123 天的谢神仪式。之后达契亚成为罗马的属地，罗马人移民到了那里互相通婚，搅乱了那里的语言体系，推广纯正的拉丁语作为日常交流的工具，实施了文化上的占领。特兰斯瓦尼亚（Trcebalus）的金矿由罗马派出地方收税官管理，不久就将战争的支出收回。

在这段和平时期内，罗马开始了大规模的城市建设，无不打上了皇帝图拉真的标志，让其名垂青史，使后人仰望。此后多年，罗马帝国与周边国家都保持着和平状态，这种和平状态或许只被罗马帝国对帕提亚人的短暂入侵所打破。

孟德斯鸠在《罗马盛衰原因论》中对图拉真评价颇高：

涅尔瓦的义子图拉真称得上是一个无懈可击的人，为历史所仅见，出生在他的治下是福分，罗马人的幸福与光荣莫不以图拉真的治国为最。他是一位伟大的国务活动家和统帅，他有一颗为民谋福的善良的心，一个能明辨通向至善之路的聪明头脑，一种崇高、伟大和美好的心灵，他还具有所有美德，从不走入任何极端；总而言之，他是弘扬人类本性体现神性的最佳人选。

广场和擎天柱中的墓地

　　为了纪念图拉真皇帝对这个长达一千英里环形行省的征服，罗马帝国需要一个同样宏伟的纪念广场来记载皇帝的不朽功业。广场选在卡比托利欧山和德奎利亚尔山之间高高的山脊上。广场的系列建筑必然需要由从大马士革来的建筑大师阿布罗多罗斯担纲总设计师进行总体设计，那是一个气势宏伟充满艺术气息的建筑群：图拉真广场的入口处，矗立着凯旋门，后来的君士坦丁大帝崛起成为帝国的象征后，部分雕像和浅浮雕被拆除，题材改换成君士坦丁的丰功伟绩，使之成为这位基督教大帝的拱门——现在被称为君士坦丁凯旋门，凯旋门几乎没有基督教方面的装饰物，却保留了图拉真凯旋门的门楣和浮雕，虽然外表雄伟庄严但是细考则多少显得粗制滥造，至今仍在历史的风雨中挺立着。图拉真广场对面，有一座大教堂。教堂有穹顶式柱廊，曾被用作交易所和法庭，其名字是从雅典的门廊借用来的，这种建筑形式一直延续下来，形成了早期基督教的建筑风格。像其他纪念场所一样，广场中央有一尊图拉真骑马雕像。随着帝国版图的扩大，广场的每一角落，都有雕像和象征战争的标志物。紧挨着广场，有一座大图书馆。在成文法和法理学藏书方面，比其他图书馆都要丰富，里面陈列的所有已逝卓越艺术家、文学家、科学家的半身雕像，为图书馆增色不少。

　　公元357年，君士坦丁二世首次来到罗马，这位40岁的帝国皇帝出生在希尔米乌斯，他是首次造访其父创业统一帝国的龙兴之地。曾经打败马克森提乌斯的君士坦丁一世在民众的夹道欢迎中进入罗马时的盛况，依然在罗马人眼中历历在目，不知这位皇二世此时有何感觉，但是他仍然为罗马的首都建设而震惊。虽然，当时的罗马已经不再是地中海的政治中心：重心在其父手中已经东移去了君士坦丁堡，西边意大利的米兰和特里尔正在崛起。他只是作为一个游客路过，即便位高权重，也不禁发出惊叹。君士坦丁二世在元老院发表了演讲，在老广场和民众交谈，并视察了各处的公共浴场、巨大的弗拉维圆形剧场（斗兽场）、万神庙及其他庙宇。"当他来到了图拉真广场，一个在我看来天上地下独一无二，甚至诸神都赞赏有加的创造时，他惊叹得动弹不得，只是环视周围的巨大建筑——其壮美无法用语言形容，也无法再为凡人企及。"历史学家阿米阿努斯·马尔切利努斯如此描绘当时的君士坦丁二世的心态。

　　当君士坦丁二世骑马穿过以其父名字命名的凯旋门时，其实在图拉真时代这座巨大的石头砌成的拱门是以图拉真名字命名，只是在后来的岁月中被匆忙地东拼西凑改造成了现在这个样子，但是那座凯旋门顶上还保留着图拉真皇帝驾驭六马鎏金马车的雕像。也许君士坦丁大帝要的就是这种效果，他是完全可以和罗马历史上最伟大皇帝相比肩的一代雄主。所以这座双雄并峙的凯旋门就这样被永久地保存进了历史，直至二十一世纪的当下，成为古罗马两个时代的见证。

　　现在君士坦丁二世走进广场。广场空旷而开阔，为巍然耸立雕琢精美的柯林斯柱廊所环抱，其中一个被称为"紫色柱廊"，很可能是因为圆柱的石料是紫色的埃及斑岩。广场中央是一尊图拉真骑马雕像。它的基座已经被发掘出来，从中可以判断雕像很大，是卡比托利欧山上马可·奥勒留雕像的三倍。君士坦丁二世既惊叹于眼前的奇观，又自知无力效法前人，他决定只尝试复制一下图拉真所骑的马。陪同他参观的波斯流亡王子委婉地对他说："陛下，如果可以的话，您必须先建一个类似的养马场，你提议效仿的马需要有足够大的空间驰骋，就像我们眼前所见的这个。"

　　最使君士坦丁二世惊叹的是图拉真圆柱，圆柱完好地保存到今天，成为罗马的主要景点之一，它的上面分成两个章节精致地雕刻的浮雕，分别展示了图拉真皇帝两次征服达契亚的宏大叙事场面。中间为了区隔，在两个章节之间插入了一个胜利女神像。两场战争都被细致描绘：从最初的遭遇战、后勤支援、运送物资以便在多瑙河上架桥、肉搏战到胜利凯旋，不一而足。图拉真皇帝被描绘为一个普通人，他在圆柱上出现了 59 次，圆柱上的人物形象总共有 2500 个，这还不包括马匹、骡子、绵羊、船只、建筑、树木和攻城塔等。叙事从下而上螺旋上升，连续不断，环绕圆柱 23 圈。如果展开连续的平面，浮雕将达到 200 米长。

图拉真圆柱是一处奇特的纪念碑。说它奇特，是因为这个长篇故事无法读到最后。这一点在今天看来也是显而易见的：绕柱观看，可以分辨下端细节，但是接近顶部，浮雕就难以看清。即便君士坦丁二世当年有机会登上图书馆顶层继续欣赏，但是周围建筑都难以达到圆柱的高度，所以圆柱最上部的浮雕在古代几乎是无法看到的。

图拉真圆柱是一个独特的纪念碑，它由二十块巨大的卡拉拉大理石堆叠而成，每个圆柱形石块重达 40 吨，先将石块组合起来，再在上面雕刻浮雕其中有很多即兴创作。因材料长短空间大小随机发挥作者的想象空间，并不完全拘泥于事先设计的图样，因而更具有艺术创作的灵活性随意性，传达某种宏大战争题材的历史神韵。带有更多人文宗教的神圣感。这一点和近代伟大的西班牙加泰尼亚建筑大师高迪所创作的巴塞罗那圣家族大教堂上的高塔的细节有异曲同工之妙，直入天国的高塔，对凡人而言难以企及，但是高迪回答是"天使会看到它们"，相对人间帝王的非凡业绩，历史会超越时空而永存。

图拉真圆柱不仅是一件视觉作品，在某种意义上也是一件文学作品。类似于当代人所理解的图像小说，具有史诗般的意义。它是人们了解二世纪时罗马军队的日常生活、部队构成和作战方式不可替代的来源。当然，将严肃的宣传当成历史史料看待并不妥当，然而一图抵千言，在没有文字记载流传下来的时候，图像也弥足珍贵。图拉真圆柱内部还有另一个工程奇迹：一部通向顶端的大理石旋转阶梯。攀登期间，有一些小窗户透光照明。当君士坦丁二世攀登 185 级台阶来到圆柱顶端的观景台，从前所未有的高度俯瞰罗马城的时候，他会有什么样君临天下统治罗马的感觉。当时圆顶安放着一尊鎏金的图拉真铜像，在中世纪时下落不明。16 世纪末，教皇西斯笃五世在图拉真圆柱顶端竖立了一尊圣彼得的铜像，一直保留至今。

为了庆祝对于达契亚战争的胜利，图拉真把他在战争中聚敛的庞大财富对 30 万罗马市民进行了赏赐，每人约得 650 第纳尔（约合 260 美元）。他慷慨奖励了战争中的有功人员，妥善安置复员老兵，遣散了军队。他开始了大规模的城市建设和公共福利建设，整修旧水道，开辟新水道。完成了从克劳狄皇帝时期开始建设的奥斯蒂亚港的工程，开凿运河连接台伯河和克劳狄港。扩建旧路、修筑通过蓬蒂尼沼泽的新路，设立贝尼温图姆（Beneventum）到布伦迪修姆（Brundisiun）间的装运站，重新开放克劳狄隧道、疏浚森图姆塞拉埃（Centumcellae）及安科纳（Ancona）港口的淤泥，开辟拉维那水道系统，以及在维罗纳（Verona）建立圆形剧场座位扩充至可容纳15万人。在市中心，富丽堂皇的罗马购物中心开始建设。广阔的大理石露天广场用来收纳临时摊位。购物中心内部设计高雅，半圆形的商铺办公楼层，一层一层嵌入山腰。

　　然而，图拉真并不想把主要精力放在市内建筑的争奇斗艳方面，而鼓励投入资金来改善民生。凡是遭受地震、火灾或者暴风灾害的，他立即进行救济。他要求元老们投入三分之一的资金来改良农业，后来发现这种办法造成地主的垄断，遂将资金以低利贷给农户以改良土地和修建房屋，为了奖励生育他扩大生育补助，农民可办理低息贷款，再由地方慈善机构将利息分配给贫民，抚养1男者每月可得16塞斯特斯，抚养1女者可得12塞斯特斯，数目似乎不大，但是按照当时物价计算，每月有16到20塞斯特斯（sesterces）就够农家抚养一个孩子，补助其父母之外，小孩本人还可以领取赈谷。哈德良和安东尼时代又将补助办法进行推广，并由私人解囊相助，例如小普林尼每年捐3万给科莫地方的儿童，凯丽雅·马克里娜（Caelia Macrina）遗留百万遗产给西班牙塔拉西纳（Tarracina）地方的儿童。

　　被称为"罗马绅士"的小普林尼是元老院议员，曾经长期担任图拉真朝的地方行省总督，和图拉真一直保持着通信联系。他曾经这样描绘图拉真：他风度翩翩，身材高大，头脑清晰，仪表高贵。就连他后缩的发际线，也不过是更加彰显他的"面容的威严"。

　　与塔西佗齐名的学者小普林尼出生于公元62年的意大利的科莫（当时的名称为Novum Comum），其父拥有一座农庄和一栋别墅，他的母亲是著名的学者和作家老普林尼的妹妹。他本来姓西罗，他父亲死后，他的舅舅老普林尼按照他父亲的遗愿将他领为养子，因此他获得了普林尼这个姓。

不久，舅舅和母亲先后死去，他又被鲁弗斯领养。因此，其作风和行事风格深受学者舅舅和这位功成身退德高望重的将军影响。此后，他在罗马读书，受业于西塞罗的弟子、罗马修辞学大师昆体良。小普林尼 18 岁时就已经在法庭演讲、辩论，充分发挥其语言天赋和文学修养，名噪一时。此时他与他的第一位夫人结婚，但是他的前两位夫人的姓名都没流传下来。他在公元 100 年娶了第三位夫人卡尔普尼亚。19 岁时小普林尼被提拔为罗马皇帝提图斯的祭祀。

公元 100 年，他被推举为礼仪官为新任皇帝致辞，同时担任帝国执政官，公元 103 年担任占卜官，这时他成为皇帝最信任的顾问和智囊。之后他被任命为罗马比提尼亚 – 潘图斯省的总督，直到公元 113 年去世在总督任上。小普林尼是一个具有共和理想，关注民生，乐善好施的学者、行政官员，在履行自己职责的同时，积极参与将自己的大量财产回馈社会，建立扶贫济困的基金，这点作为图拉真的股肱大臣两人配合默契。

《世界文明史》的作者威尔·杜兰特说：

因为他有钱，所以对法律服务不取报酬，他在埃特鲁利亚、贝内文特姆、科莫、劳伦图姆都有财产，并捐赠 300 万塞斯特斯给别人。

……他欣赏自己也推崇别人，他说："佩服别人美德的人他自己一定有很多优点"，听到作家说别人的好话我们应该觉得舒服。他的举动慷慨，写文章亦然，他对人随时帮忙：贷款、赠送，从替朋友侄女物色丈夫到发展自己家乡。他闻知昆体良无力为自己女儿办嫁奁以匹配男方门第，他就赠送 5 万，并客气地说为数不多。为了替老同学取得骑术师资格，他送给他 30 万；一个朋友死后为女儿遗留大批债务，他悉数代她还清；有某哲学家遭图密善放逐，他不顾风险贷与可观的钱，又在科莫建一所寺院，一所中学，一所浴室，一所图书馆。

小普林尼 14 岁时就发表了一部希腊悲剧和一些诗。他的一些演讲也保存下来，其中包括他担任执政官后对皇帝图拉真的颂扬演说。小普林尼最著名的是他的书信。他一共收集和发表了 10 卷，369 封信。其中前 9 卷包括 248 封信，这 248 封信是写给 105 个不同的收信人的，其中包括朋友、熟人和当时的知名人士。这些信都在普林尼赴比提尼亚前发表的。第10卷包括他与图拉真之间的书信往来（共12封信，其中包括图拉真的回信）。在这些信中比较著名的是小普林尼和皇帝探讨如何对待基督教的问题。

公元113年，图拉真在完成了图密善浴室的建造后，已经度过了6年的和平时期，作为一个具有开疆拓土雄才伟略的皇帝，他具有奥古斯都似的野心，因而不可能长久地安享和平，他那颗躁动不安的心必然刺激起战斗的欲望，带领帝国义无反顾地走向战争，此刻，他想到了伟大的恺撒和安东尼未竟的事业——对罗马宿敌帕提亚的征服。

当备战的号角吹响，东征的脚步声不绝于耳，图拉真重新披挂上阵。他在雅典停留了一段时间，帕提亚使者奉命前来求和，并献上厚礼。图拉真拒绝了正在衰落中的帕提亚帝国的求和建议，继续向幼发拉底河行进。不久罗马大军越过了亚美尼亚边界，不费吹灰之力就占领了所经过的亚美尼亚的城镇。图拉真召见亚美尼亚国王帕塔马西里斯。国王在图拉真高高在上的宝座前，深深鞠躬，把自己的王冠放在图拉真脚下，然后静静等待上方传来优雅的回礼声，然而他失望了。对于他的自谦行为，周围的士兵只是高喊着"胜利"。

帕塔马西里斯被喧闹声所惊吓，转身就想逃跑，却发现自己已经被全副武装的罗马士兵所包围。冷静下来后，他请求单独拜见图拉真，但是没有得到任何回应。帕塔马西里斯只能愤怒地离开营地。没走多远，他就被叫回去，再次来到图拉真面前。图拉真让他当着罗马士兵的面为自己辩护。最后，帕塔马西里斯作为国王的自尊心爆发了。他怒不可遏地说自己并不是作为一个被征服者或卑微的附庸前来拜见图拉真的，而是自愿来拜见罗马皇帝的。他放下王冠，是为了向图拉真表达敬意，希望图拉真将王国重新还给自己，就像尼禄将王国赐给提里达特斯一世一样。图拉真声色俱厉地回答道："从此亚美尼亚将成为罗马帝国的一个行省，不再需要国王了。"如果图拉真愿意帕塔马西里斯和随行人员本可以安然离去，但是国王太过于意气用事了，怎么可以不战而降呢，他飞身取过刀剑，但是很快被乱刀砍死。威廉·沃尔夫·凯普斯在《安东尼王朝：公元2世纪的罗马帝国》

中写道：

此后，恐慌在整个小亚细亚蔓延。众多小王国从远方赶来，卑躬屈膝地向图拉真表示臣服。以前谨慎行事的阴谋家沮丧的发现，自己再也不能用模棱两可的话来糊弄人了。远道而来的小国王得到许可，可以继续保留自己的领地。不过罗马军团行军的路上，多瑙河和莱茵河之间所有区域的国王均已经被废黜，他们的位置由罗马统治者取代。

与此同时，图拉真精心地组织了邮政系统。通往罗马的大道上，马车和驿马载着信使和公文，接连不断地向罗马传递着令人难以想象的战况消息。人们津津有味地听着这些兵不血刃的漫长征战消息。罗马元老院试图找出一些能够配上图拉真伟大功勋的荣誉称号，却发现言辞匮乏。于是，元老投票决定举行庄重的仪式和感恩节日，并且称图拉真为"帕提亚的征服者"，就像在达契亚战争后称他为"达西乌斯"一样。不过在元老们选择的所有头衔中，图拉真最喜欢"擎天柱"这一称号，因为它与罗马诸神中最有权势的朱庇特的名字相关联。

这位罗马帝国的擎天大柱，在一路凯歌行进所向披靡，一年后征服了美索不达米亚。罗马军团在公元116年春，图拉真率领大军越过底格里斯河行进到亚述首都尼尼微遗址附近，见证了古时能工巧匠创造的奇迹。图拉真征服泰西封而到达印度洋——他是一位空前绝后面临大海的罗马皇帝，国人的地理知识与他胜利并进，元老院几乎不停地收到他攻城略地的捷报。最后终于征服了不可一世安息（帕提亚）帝国。顺手又将临近的塞琉西亚收入罗马帝国囊中。罗马军团不满足于亚述战场的横扫千军，继续向苏萨城前进，途中俘获了帕提亚奥斯罗艾斯一世的女儿，帕提亚帝国国王的黄金宝座作为战利品被送进了罗马元老院。在图拉真的铁骑下，闻名遐迩的苏萨城消失了。为了加强对帕提亚人的控制，图拉真册封了傀儡国王帕尔塔马斯帕提斯，还在泰西封举办了一个盛大的加冕仪式，但没有赋予他任何权力，也没有给予他武装力量，防止帕提亚人民的反叛，而潜逃在外的国王奥斯罗艾斯一世，虽然被罢黜，却一直暗中潜伏聚集力量，时刻准备东山再起。

图拉真追随亚历山大的脚步，渴望征服更多的领土，图拉真尽管年事已高，但依然老当益壮，具有年轻人的冒险精神。据史书记载，在幼发拉底河登船，顺流而下，抵达河口，在岸上看到商船驶往被称为"传奇和浪漫之都"印度时，图拉真畅想还可以将他的罗马帝国的鹰旗飘扬在没有听说过的土地。

于是他的战线随着他的畅想越拉越长，但却疏于对新征服土地的有效管理，大军的后勤保障也很成问题。由于孤军深入，深入敌军纵深太过神速，忽略了对于后方的巩固。战略优势很快变为劣势，而且由于鞍马劳顿操劳过度，他那貌似强健的身体很快垮了下来。他的征战脚步只能戛然而止，在生命的最后几个月里，他被失败和灾难的阴影所笼罩。

图拉真冒着风险在前方辗转征战时，新近被征服的国家再次武装起来。在行抵叙利亚行省安条克时，图拉真就接获情报，被他罢黜的帕提亚国王奥斯罗艾斯一世又重新募集军队攻克美索不达米亚的中部；各个新的属地不断发生叛乱；美索不达米亚、埃及和昔兰尼的犹太人在暴动，利比亚、毛里塔尼亚和不列颠也发出不满信号，大规模的叛乱席卷帝国各个新征服的国家。图拉真手下的将领以不可思议的方式，向发生暴动的城市进军。图拉真展现出过去从未见过的刚毅和勇敢，多次率领骑兵冲锋陷阵。然而，天气炎热、气候干燥和疾病破坏了他的努力，最终健康每况愈下，图拉真没有收复失地。

已经 63 岁的皇帝本想再次率军驰骋疆场，但是身体不由人，他得了中风和严重的水肿病，临终前已经完全瘫痪在床。他的一切雄心全部萎缩在他日益加重的病体中，难以得到舒展，因为东征西战已经使他心力交瘁，黯然神伤，不得已他将帕提亚战争的指挥权交给自己的远房外甥哈德良，并指定他成为自己的继子和皇位继承人。公元 117 年春季，重病缠身的图拉真离开安条克，决定返回罗马。在妻子普罗蒂娜和外甥女马提蒂娅的陪同下，图拉真登船向西进发，沿着小亚细亚南岸向西航行期间，到达西里西亚的塞利努斯，图拉真的病情进一步恶化，于 8 月 9 日与世长辞。离他的 64 岁生日还差一个多月，图拉真统治罗马 20 年。

　　哈德良专程从安条克赶来，参加图拉真的火化仪式后，匆匆返回。火葬仪式结束后，骨灰在同行的妻子和外甥女和禁卫军长官的护送下，继续返回罗马。市民和罗马元老院没有为他们深爱皇帝举行葬礼，而是用隆重的凯旋仪式迎接他们的皇帝魂归首都。皇帝的金质的骨灰瓮放在四匹白马拉的战车上，穿过圣道来到图拉真圆柱前的基座中落葬。这是他身前选定的墓地，后来他的爱妻普罗蒂娜去世后，和他一起安葬在那根擎天之柱之下。毫无疑问这些遗物已经完全流失在以后帝国动荡的风云之中。因为，他是帝国历史上受到高度好评的皇帝，图拉真的许多雕像在1900年后依然完整地屹立在罗马城市的各处，栩栩如生，仿佛英魂不死。

　　经过图拉真的一系列扩张，罗马帝国的版图扩大到了最大范围。它东起两河流域，西及不列颠的大部分地区，南包埃及、北非，北抵莱茵河和位于多瑙河以北的达西亚。已经大大超越了当年奥古斯都划定的罗马帝国疆域界限。

　　图拉真似的军国主义扩张政策，在第二次世界大战中，受到意大利法西斯头目墨索里尼的顶礼膜拜，曾经将图拉真时代的帝国版图悬挂在办公室，将之作为称霸世界的目标。当然，最终邪恶轴心国的战败，他被枪毙了，落得身败名裂的下场，这是对于历史的拙劣模仿，画虎不成反类犬似的愚蠢重复。对于图拉真而言，即便是开疆拓土的英雄，其宏图大略也因为他的中道崩殂而功亏一篑，他的继承人哈德良不得不收缩战线，回到帝国出兵时的原点。墨索里尼则是历史中不自量力企图称霸世界的跳梁小丑而已，野心的膨胀使自己只能走向灭亡。

神秘皇帝哈德良浮出水面

　　哈德良是罗马帝国历史最负盛名的一代英主，他和图拉真皇帝一样来自帝国的西班牙行省，同为共和时代名将西庇阿父子征服迦太基老兵的后代，后来因战功荣升贵族，跻身骑士阶层，又因经商致富，家境饶富，有条件接受良好的文化教育和军事素质的锻炼，加上天资聪颖，爱好广泛，因而知识面十分宽泛，可以说才华横溢。父亲早逝后，先后受到两位资深贵族学者和将军的精心调教：一位就是他的监护人阿提安努斯，后来成为他的禁卫军首领和政治顾问；还有一位监护人就是他的表舅公、后来大名鼎鼎的罗马皇帝图拉真。前者使他在罗马和雅典受到完备希腊化教育，打下他雄厚的文化思想基础，兼及文、史、哲和音、体、美多方面兴趣培养。后者，使他从青壮年时期就追随帝国开疆拓土的征战步伐，身经百战，磨练了坚强的意志和养成了良好的军事素质，并在舅公的从政生涯中学习体会纵横捭阖灵活自如的治国手段和政治经济商业经验。他是一位青出于蓝而胜于蓝的君主，是帝国鼎盛时代"安东尼王朝"的奠基者。可惜晚年的昏聩杀戮而由盛转衰，使自己毕世英名毁于晚节的坠落。

　　《罗马帝国衰亡史》的作者爱德华·吉本在谈到哈德良时，如是说：

　　像慈父一样治国的图拉真，我们相信他要赋予大权给多疑善变的亲戚哈德良，事先一定会考虑再三。当他临终之际，普罗蒂娜（Piotina）皇后运用手段，究竟是她使图拉真下定决心，还是哈德良自己成为事实，其中真假很难得到定论。哈德良在毫无波折的情况下，被承认为合法继承人。

　　然而，吉本对于哈德良治理下的罗马还是给予了很高的评价：

　　他治理下的帝国在安定繁荣中日益强大。他提倡艺术，修订法律，加强军事训练，亲身视察所有行省，不仅精力充沛，而且才智过人，在处理政务时，既能照顾全局又能洞察细节。但是，在他心灵深处，主要是受到好奇心和虚荣的驱使，为了达成不同目标，期望有所作为。哈德良是伟大的帝王、幽默的辩士和多疑的暴君，他的作风从大处来说相当的公正与谦和，然而在即位最初几天，就处死了四位曾担任执政官的元老，这几位是他的死对头，却也是帝国的功臣，到后来他因病缠身而痛苦不堪，变得脾气乖张，粗暴残忍。元老院为了要把他尊为神明还是贬为暴君，感到困惑不已，只有忠心耿耿的安东尼，为他争得应有的尊荣。

上述评论，说明哈德良从登基初始到他的去世都充满着争议，至少他是一个个性鲜明，优缺点都很突出，同时终其一生都披着一层神秘的面纱，充满争议，难以定论的统治者。

公元76年1月24日普布利乌斯·埃利乌斯·哈德良（Publius Aelius Traianus Hadrianus）出生于西班牙的意大利卡。哈德良家族是定居在罗马的一个富裕的西班牙骑士阶层的贵族。在大西庇阿时代，也即第二次布匿战争期间，哈德良的祖先就追随这位年轻的大将军在征服西班牙的迦太基人后，在东征西讨中奠定了家族在罗马殖民过程中地位。传说他的远祖是大西庇阿在西班牙军团中一名"懦弱多病"的士兵。公元前206年，这位远祖本应该和大西庇阿的军队一起返回罗马，却被大将军留在了西班牙，定居在伊比利亚半岛的新殖民地——意大利卡。这是共和国当时安置退伍老兵的通常做法。这里距离繁华的塞维利亚约5英里。他的表舅，当年威震日尔曼莱茵河的图拉真也出生在这个西班牙殖民小城镇。当然，西班牙这块帝国的殖民地走出过许多在罗马历史上著名的人物，如尼禄时代著名的哲学家塞内加和他那位有影响力的侄子——诗人卢坎以及语言学大师昆体良，这些都是哈德良引以为傲的故乡先贤。

哈德良比图拉真小23岁。大约两百年前，哈德良的祖先因在内战中支持恺撒，建立军功，成为骑士，获得了进入元老院的资格，从此开始步入贵族行列。哈德良的父亲因担任近卫军长官而离开了西班牙。当哈德良还只是一个四岁左右的小男孩时，其父是帝国东方亚加利亚行省的总督，他跟随父母到过东方的以弗所、士麦那和亚细亚行省及其他古老而华丽的城市，使他的眼界大开。

公元86年，哈德良九岁的时候，父亲去世，哈德良继承了一笔财产。为保障哈德良的利益，母亲宝琳娜或她的家庭顾问一致同意，必须由有身份的男性成为他成长的保护人，并妥善管理哈德良家在贝提卡的产业。为此，他们指定两位意大利卡的亲友为他的监护人。其中一位是骑士普布利乌斯·阿基利乌斯·阿提安努斯。另一位就是温文尔雅的军人图拉真，那时这位 33 岁将军正在哈德良父亲的军队中服役，是军团中很有前程的"披红大氅"的大队长。

最初的启蒙，是他的叔祖埃利乌斯留下的奥古斯都时代最著名作家的著作，那时他所钟情的希腊和东方文化离这个殖民地半岛还很遥远，这里甚至连一尊像样的希腊雕像都没有。但是维吉尔、奥维德、贺拉斯、卡图卢斯的诗歌他却能够熟练地背诵，甚至对于诗歌创作也成为他终身的爱好，他写下很多诗篇，甚至还有不少含情脉脉的爱情诗。

他的姐姐波利娜严肃、文静、忧郁，年纪轻轻就嫁给了一位老骑士，这位老骑士就是他在军团服役期间上级塞维安努斯，这个正直严谨却对奴隶残酷无情的老家伙，和他恩恩怨怨相伴相行相互扶持又彼此缠斗了毕生。哈德良在即将驾崩前，把将近九十岁的老姐夫逼死，原因是老家伙精神矍铄，在他重病缠身时，竟然敢于宴请皇帝身边奴隶，并召见宫廷禁卫军进行亲切的谈话，他怀疑是不是有着在他死后问鼎最高宝座的动机？总之，他不想让老家伙在有生之年看到他痛苦的死亡。所以，哈德良在自己死前干脆先弄死了这位老当益壮的亲戚。

哈德良在西班牙接受了初等教育后，图拉真和阿提安努斯商量，将 10 岁的他送到罗马去接受教育，为将来进入政界，承续贵族的家风，创建光宗耀祖的骄人业绩打好基础，因为罗马才是真正贵族成长的摇篮。哈德良在罗马完成了小学教育后，十二岁时升入赫赫有名的中等学馆，其语法老师为大名鼎鼎的昆图斯·特伦提乌斯·斯考鲁斯（Quintus Terentius Scaurus），此人著有语法手册一部，也是学术推理大师。在罗马的四年里，精美的希腊文化让自幼聪明的他大开眼界。少年时代的他，不仅熟练掌握了希腊的语言，而且几乎涉及所有希腊文化，他学习了音乐、歌唱、医学、数学、绘画和雕刻，后来又涉猎多种艺术，也算是少年聪慧。他的多才多艺，使他获得"小希腊人"的外号。成年后，哈德良就以语言学家自居，并著有两卷关于语法的《对话录》（遗憾的是未能传世）。

父亲去世时，在意大利卡和贝提卡都为他留下了大量的财富。和图拉真一样，哈德良的家庭背景极不寻常。祖辈都把钱投入到农业养殖和银矿开采，所积累的财富使他们成为当地最富有的罗马人。公元90年，14岁的哈德良举行了成人托加仪式。15岁时哈德良回到了意大利卡，因为"哈德良家族在意大利卡拥有生产橄榄的种植园"，他在此举行了家庭庄园聚会。这个年轻的贵族适合用这样的方式去了解他的祖先追随共和国和帝国时期的先贤们艰苦创业发财致富的辉煌历史。16岁时，他被送到驻扎在西班牙比利牛斯偏僻山麓的第17军团见习，开始当时罗马贵族青年在从政前必须积累的从军履历。在军队中他一度痴迷狩猎，为此遭到了图拉真的严厉批评。

哈德良的保护人阿提亚努斯为了补偿他那严肃艰苦的生活，将他送到了久已向往学术之都雅典，在那里师从诡辩学者伊萨洛斯。伊萨洛斯是著名的演说家、修辞学大师，尤其是具有即兴答辩的罕见才能。雅典那浓郁的学术氛围很快征服了他，使他这个有点笨拙且生性多疑的外省青年迅速打开了境界和眼界，他在雅典勤奋学习，并适度参加各种娱乐活动。在安静的学习生活中，依然感受着世界前进的步伐，在希腊半岛他可以谛听帝国专制政权皮带转动所带来的噪音；图密善的邪恶统治行将结束，元老院已经在暗中勾结禁卫军和宫廷皇家贵戚们合力完成对声名狼藉的暴君的围剿。

公元92年，雄才大略的舅公图拉真被任命为高地日尔曼总司令，成了深孚众望的英雄，同样也激起了哈德良对于角逐权力的欲望，权力可能带来财富和功名始终是罗马贵族成长的助推器。人们更愿意将这种多少有点贪婪的野心说成是伟大的事业心，也就魔幻成为特洛伊英雄木马屠城的雄心，他当然想充当《伊利亚特》中英雄阿伽门农或者阿基琉斯，或者干脆就是被维吉尔从希腊史诗中剽窃的《埃涅阿斯》中的罗马英雄。

哈德良再次回到罗马是公元93年，他被授予掌握司法诉讼的十人审判委员会成员。很快他被推选为第二志愿者军团军事护民官，相当于军团指挥官的参谋副将。正是在这个微不足道的职务上，他目睹了图密善和元老院之间殊死决斗的最后过程，皇帝在城里失去了立足之地，只能靠杀人来维持摇摇欲坠的皇权，反而加速了自己的灭亡。整个宫廷和元老院、禁卫军都在联手策划阴谋，欲置这位暴君于死地。他的保护人阿提安努斯却劝他远离政治，只顾履行自己的职责，坐山观虎斗，明哲保身。两年后，他升任"穿红披肩的大队长"调到位于多瑙河下游的墨西亚行省（位置在巴尔干半岛中部和西北部）第五马其顿兵团，负责守卫多瑙河下游和黑海的舰队基地。公元 96 年 9 月，暴君图密善终于被宫廷内外联手谋杀，涅尔瓦登基。

公元 97 年 10 月，涅尔瓦指定图拉真为皇位继承人。两个月后，年事已高的涅尔瓦去世。根据《罗马君王传》记载：哈德良在图拉真受到涅尔瓦过继后，代表所在的多瑙河部队赶到上日尔曼莱茵河畔科隆向图拉真报信表示祝贺，他是在进入高卢腹地，离科隆还有三天的行程时，突然获悉涅尔瓦驾崩的消息。他力图在皇室御使到达之前将这个喜讯告知自己的表舅公。因为，此时图拉真登基为帝已成事实。他匆忙沿着多瑙河上游一路策马狂奔，一气通过日尔曼长城，哈德良希望成为第一个将老皇帝驾崩、新皇帝继位的消息通知图拉真。时年图拉真 45 岁，他 22 岁。然而，当他在特里夫斯（特里尔）住宿时，受到了当地行政长官——他的姐夫塞维安努斯的热情接待。塞维安努斯也想捡到这份功劳，竟然抢在他之前派出信使去见图拉真。两小时后，当他重新出发时，在一条河的渡口遭到袭击。伏击者打伤了他的勤务兵，杀死了他的马，但是他们成功抓获了伏击者，这位释奴如实招供了塞维安努斯整个阴谋的内情，使他耽搁了很久。这位姐夫曾经在图拉真面前举报他铺张浪费举债度日，让图拉真对他心生反感。这次又在途中设伏千方百计算计他，他只能将这个仇恨牢牢记在心底，隐忍不发。他继续在北方边境的冰天雪地里徒步行走，最终还是抢在塞维安努斯派出的使者之前，将这个重大消息告诉了自己的表舅公。因此，获得新皇图拉真的宠爱。

公元 100 年，图拉真将自己的外甥女萨宾娜（Vivia Sabina）许配给哈德良为妻，从当年遗留的萨宾娜胸像看来，萨宾娜美貌出众，气质娴雅。但是哈德良和她的关系并不十分和谐，夫妇只是相敬如宾，维持着表面的和谐，实际关系并不融洽，她一直不曾生育。他似乎无法从她那里获得永久的快乐，也许他太爱犬马，经常带这些宠物狩猎，犬马死了甚至还要修筑墓冢安葬。在感情上，哈德良长期对自己的妻子实行家庭冷暴力，她虽然常常陪他外出在帝国巡察旅行，但是两人一辈子过着分居的生活，他们的恩爱仅仅限于礼节的周到，更多是某种掩人耳目公开场合的表演。后来萨宾娜遽然离世，又被外界演绎为被他毒杀，总之是烛影斧声，已成千古谜案。

公元101年，哈德良当选财务检察官，当图拉真不能出席元老院会议时，他担任着向元老院传达皇帝信息的任务。但是他在朗读图拉真的演讲词时，因为粗俗的西班牙口音，遭到元老们的嘲笑，他为此感到苦恼，此后刻苦学习拉丁文，直到学识和口才方面臻于完美。

在此之后，他深得图拉真皇帝宠爱，在财务官卸任后，他追随图拉真远征达契亚，公元105年他当选帝国护民官。这是一个重要的职位，在共和国时期护民官有权否决除独裁官之外的任何官员包括执政官的意见，帝国时期一般由元首兼任。由此可见，图拉真对这位表外甥、养子在政治上的信任。在军事上他被任命为第一密涅瓦军团指挥官，随之将他作为亲信将领和舅公一起奔赴战场，果然以骄人的战绩受到皇帝的奖励，特别是图拉真将那颗涅尔瓦赏赐的宝石奖励给他时，使他觉得离皇位继承人的距离又近了，他感到备受鼓舞。

不久，他被推荐为帝国裁判官，得到图拉真两百万元塞斯特斯用于举办庆典祭神赛会的资助。当他被任命为元首直属行省——潘诺尼亚总督时，他越发感觉到皇帝对他的信任。在那里他击溃了黑海沿岸萨尔玛提亚人的进攻，并且严肃了政纪军纪，处罚了一批皇帝代理人征税官的僭越行为，他被推选为帝国行政最高职务执政官。在执政官任职期间，他听说自己将会由养子变身为继子，也就成为正式的皇位继承人。

因为图拉真没有儿子，他获得了皇后普罗蒂娜的好感，正因为皇后对于他的炽烈情感，坊间甚至传言他和普罗蒂娜有不正当的男女关系，但是在皇后的游说下，他连续当选执政官，并且在远征帕提亚人时，被委任为图拉真的副将，继承之事也就基本尘埃落定。除了和元老重臣们广结善缘外，他还大肆贿赂皇帝身边的被释奴，热情款待这群讨人喜欢的男女青年们，一直刻意迎合取悦于他们，有了和这些人的暗通款曲，他在皇帝宫中也变得更加如鱼得水起来。

公元 117 年 8 月 11 日，在叙利亚总督任上他收到了图拉真正式过继他的信函，他因此下令那一天是他过继周年的纪念日。8 月 13 日他获悉了图拉真驾崩的消息，于是这一天就成为他继位纪念日。他首先得到了叙利亚军团的宣誓效忠。然而，一个流传甚广的说法散布出来：

图拉真曾有过这样的想法，在这位皇帝诸朋友们的赞同下让当时著名的法学家、皇帝的御前顾问奈拉奇乌斯·普里斯库斯而非哈德良做继承人，甚至一度对普里斯库斯说："一旦我有性命之忧，就会将多处行省转交给你。"确实也有一些人声称，图拉真心里曾这么考虑过：打算仿效亚历山大在驾崩后不指定继承人。另外，还有些人声称，图拉真打算到元老院发表演说，要求他们，一旦自己发生不测，元老院要从一份名单中评估并选出最优秀的那一个，然后把罗马人的国家交付给这位新元首。还有一些人揭发出：哈德良被过继为接班人时，图拉真已经驾崩了，而这一切是普罗蒂娜策划的阴谋———她让一个说话虚弱无力的人假扮了图拉真。

曾经担任瓦伦斯皇帝国务秘书的尤特罗庇乌斯在他的《罗马国史大纲》中记载：

哈德良继位绝不是出于图拉真的本人的旨意，而是由图拉真的皇后普罗蒂娜促成的。尽管哈德良是图拉真一位女性远亲的儿子，可当这位皇帝仍在世的时候，却不想收他为继子。

这些谣言，只是不明真相的坊间民众的胡乱揣测。图拉真没有子嗣，他身边只有三位对他很有影响力的女人：一个是比他年长 5 岁的姐姐马尔恰娜，姐弟关系非常好，弟弟当上皇帝后，姐姐也住进了帕拉蒂尼山的皇宫。但是她从不炫耀自己的身份，生活简朴，不事张扬，满足于管理宫中事务。

姐姐死后，弟弟神化了她，把她加入诸神行列，罗马人也不以为意，因为罗马的神有三十万之众，封神也只是某种荣誉性形式，所以当图拉真想把神的头衔送给基督教的偶像耶和华或者救世主耶稣时，人家根本不屑一顾，唯一神祇怎可与滥封之神同殿共享香火，异教徒的不识抬举，就意味着思想上的反叛。异端吸引了更多的民众，最终可能动摇国本，这才引得罗马皇帝的镇压。帝国皇帝和信仰耶和华的犹太教和信仰基督的耶稣教始终势不两立，多次出兵镇压焚烧圣城耶路撒冷，杀害犹太教和基督教教众。然而，基督教却如野火燎原，最终势不可挡，在君士坦丁大帝时代连皇帝也成了忠实的教徒，遂上升为国教。

马尔恰娜有一个女儿马提蒂娅，图拉真非常喜欢这个比自己小15岁的外甥女，这个女人性格与自己母亲一样，她的女儿萨宾娜嫁给了哈德良。图拉真的妻子普罗蒂娜，是一位当之无愧的贤妻。只要看她与同住皇宫大姑子相处融洽的关系就可见其人品的高尚。马尔恰娜母女都来自西班牙意大利卡小城，普罗蒂娜则出身于南部法国行省主要城市尼姆，在罗马长大，是一位非常有修养的贵族妇女，甚至可以和哈德良聊有关希腊哲学的话题，其修养之高据说超过图拉真。非常自然地和深谙希腊文化的哈德良有许多共同语言，他们之间纯属具有忘年之交的异性朋友，从价值观和兴趣爱好相投而言，她也更希望哈德良能够顺利接班，这是合乎情理的事情，两人之间根本不会存在那种蝇营狗苟的男女性关系。

盐野七生说：

这三位女人都是皇帝身边的人，自然她们的地位不容忽视。既然她们如此质朴，罗马上流社会的夫人们也不敢张扬。因此，图密善时代的夫人们那种盘得高高的、夸张的发型在图拉真时代已经难得一见了。

图拉真对自己的姐姐、姐夫、外甥女、外甥女婿以及妻子的亲属都没有给予特殊的照顾。他把外甥女的女儿萨宾娜嫁给了哈德良，也许与自己是哈德良的监护人身份有关。但是，哈德良的升迁跟他没有关系，完全靠自己的能力。可以说对待别人的事情，图拉真总是尽可能地给以满足，但是自己家的事情，却从不徇私，非常的光明磊落。

　　哈德良在政治上崭露头角的第一项果断的决策，就是指使他在罗马的保护人已经担任首都禁卫军指挥使的阿提安努斯果断处置他的政治对手，因为他接到阿提安努斯的密报，他的政治对手尼格利努斯已经匆忙赶回罗马与帕尔马密谋反对他。于是未经元老院陪审团审判，阿提安努斯就以谋反罪一举秘密铲除并杀害了图拉真的四位元老重臣。这是一石三鸟之计：一是消除地方军阀的尾大不掉，确保政权的平稳过渡；二是为即将到来的外交军事政策改变，实行边界地区睦邻友好和平路线，清除障碍；三是以迅雷不及掩耳的果断杀人立威，以堵塞元老们的悠悠众口，再假装谦卑地道歉认错，面对已死的人，无法死而复生，对活着的老臣却是一种无形的威慑。因为他和图拉真的执政理念不同，图拉真对于是否将他选拔为皇位继承人才一直犹豫不决，直到大势所去，临终之时才确定他的继位，和这些握有兵权具有执政官头衔的老将阻挠是分不开的，因为这些战功卓著军头都是图拉真时期开疆拓土的得力干将，这一点哈德良心知肚明，唯有一举铲除，以解心头之恨，排除执政之患。他们是：

　　哈维迪乌斯·尼格利努斯——图拉真任命的达契亚省第一任总督。在达契亚和帕提亚的战争中表现出色的将领，深受图拉真信赖。

　　科尔涅利乌斯·帕尔马——横扫阿拉伯的功臣，阿拉伯行省的第一任总督，两次当选执政官。

　　普布利乌斯·塞尔苏斯——图拉真手下的将军，两次当选执政官。

　　卢修斯·昆图斯——出生于北非昔兰尼加（利比亚）的将军，在达契亚和帕提亚战争期间，率领毛里塔尼亚骑兵勇敢奋战，是图拉真事实上的左臂右膀。在图拉真圆柱上出现的次数仅次于图拉真。他和另外三人一样，仅凭"前执政官"的身份，当时的罗马人就知道，他在元老院中的地位属于最高一个层级的。

　　阿提安努斯奉哈德良之命，对他们的扑杀简直是不露痕迹的迅雷不及掩耳，在他们猝不及防的情况下突然进行暗杀。禁卫军团的士兵在接到指挥官命令后，分头行动：尼格利努斯在意大利北部法恩扎的别墅中被杀；帕尔马在意大利中部特拉齐纳的别墅被杀；塞尔苏斯在意大利南部拜亚别墅被杀；

昆图斯在旅途中被杀。这些政治谋杀事件，都是未经元老院授权未经陪审团的审判，在光天化日之下由禁卫军长官亲自指挥明目张胆进行的。

对于这些前朝功臣的屠杀，显然给刚刚浮出水面尚未经元老院确认正式登基的皇帝带来极为负面的影响。不少元老认为，暴君卡里古拉、尼禄和图密善的暴君政治将随着新皇登基而卷土重来。为了杜绝元老院这些饶舌鬼的悠悠众口，消除元老心中的惴惴不安，在血泊中重新塑造自己的开明形象，哈德良迅速采取了补救措施。

哈德良后来将这起骇人听闻的政治谋杀事件全部责任推到了禁卫军头目阿提安努斯身上，他自己声明事先不知情，是禁卫军司令擅自越权造成的恶果，这位禁卫军头目成为平息众怒的牺牲品，他被暂时解除了职务。在隐匿半年，事态平息后，重被哈德良送进了元老院，平安富足地在阿尔巴山麓的别墅中度过了自己的余生，哈德良皇帝是他别墅的常客，他绝对不会忘记自己的监护人对于他上台执政时给予的无私帮助。

新皇登基改元更始革故鼎新

在清除了这些政治军事上的威胁后，哈德良继位后的第一个举措，就是修正他的舅公图拉真对外扩张的帝国主义政策，他曾经对图拉真谏阻不要在征服达契亚之后，立即兴师动众远征安息（帕提亚），以免劳民伤财，胜利不能持久。虽则如此，他上台初的对强邻的妥协绥靖政策是完全有悖图拉真对外的强势进取方针的。就因为这点，可能也是图拉真久久犹豫着是否把这位表外甥作为大位继承人确定下来的原因之一，再加上罗马本身是一个重兵尚武以战争立国的民族，因而开疆拓土在民间有着广泛的群众基础。

图拉真的将领们个个求功心切，在建功立业中抢掠财富，而他对于军队的裁撤，很可能就是上下对他极端不满引爆的火药桶。在图拉真统治后期已经出现了周边环境的极度不稳定，四处烽火重燃，反抗罗马帝国侵略的风潮席卷，他急需对帝国外交及国防政策进行调整。而这些战功赫赫的老将军、图拉真皇帝强权政策积极推行者，正是这种外交改革最大阻力。因此，他的监护人禁卫军头目阿提安努斯对他们的一举剪除，对于哈德良的收缩战线，实行睦邻友好政策，确保帝国的长治久安，虽然残酷但仍然是某种不失远见的举措。

现在他即将把镇守亚美尼亚、亚述、安息和美索不达米亚的军团撤除，改亚美尼亚为保护国，贯彻当年奥古斯都皇帝划定幼发拉底河为帝国东方疆界的遗嘱；他想尽量扮演图拉真皇帝的副手恺撒角色，使用和平手段管理巩固祖先用暴力获得的土地，肯定在上层阻力重重，在民间也得不到呼应。帕尔马、塞尔苏斯、昆图斯、尼格利努斯认为他对先帝国防和外交政策的修改显然是大逆不道的背叛行为，认为他的政策是懦弱不明智的，他们认为休兵等同于自取灭亡。帝国什么时候懦弱过，畏惧过战争。因此，这些元老重臣是否确实存在过阴谋颠覆他的举动，这不重要，重要的是必须剥夺他们手中军权，强制推行他的睦邻友好政策，他没有任何选择只能体现新君主杀伐决断果敢勇毅的决心。但是，这些又是完全违反罗马不经元老院审判授权不得处死任何人的法治原则的，更何况是战功卓著的将军和元老重臣呢？这一切均不能阻挡新君杀人立威，贯彻新政的决心，为达目的，不择手段，几乎是所有精明强干君主独断专行必然要采取的方法，作为一代雄主哈德良也不能例外。

在他获得了他所担任总督的叙利亚行省军民的一致拥戴，宣誓效忠后，他立即开始了与周边国家的秘密谈判，准备签订和平协议。安排完这一切，他就离开安条克，赶往图拉真的驾崩之地——西里西亚的赛利努斯。

他到达后不久，先皇的遗体便在海边火化了，与此同时罗马也在举行隆重的葬礼。这个家族间举办的简单火化仪式于黎明时分举行，因此几乎没有外人参加，先皇的姐姐马提蒂娅大放悲声，热泪流淌，柴堆周围颤动的空气和黎明的朦胧使得普洛蒂娜的面容变得模糊不清。她安详冷漠，双颊因发烧而有点塌陷，像往常一样明显地难以捉摸。阿提安努斯和皇帝的贴身侍卫克里顿注视着让尸体完全烧透。一小缕青烟在清晨的灰白的空气中消散，没有一点黑影。他的朋友中谁也没有重提皇上病逝前几天发生的事情，显然要回避某些敏感的细节，他们的沉默不语是表示对于危险的事情唯有闭口才是安全的，对国家权力的平稳过渡是有利的，"沉默是金"这符合宫廷规则也符合帝王南面之术的要义。

为了挽回擅自杀害四名大臣的恶劣影响，他刻意放低身段表示对罗马元老院的尊敬。根据《罗马君王传》的记载：

哈德良以一封措辞极为恭敬的信恳请元老院尊奉图拉真为神，他的这一请求得到了一致赞同，事实上元老院还把许多哈德良未提出的荣誉都主动授给了图拉真。在给元老院的信里，他祈求得到宽恕，因为对于自己的即位他没有事先从元老院获得过批准，而只是考虑到国不能一日无君的缘故，就在士兵们的拥戴下称帝了。那个时候，元老院把本应授予元老院的凯旋仪式颁给了他，可他并没有接受下来，而将图拉真的肖像列在了参加凯旋式的战车上，这么做为的是让这位优秀的帝王在驾崩后仍不失掉一场凯旋式的荣誉。他推辞颁发授给自己的国父之名，因为奥古斯都直到晚年才获得这般的荣誉，所以当下和今后他都不会接受。即便财政十分拮据的状况被逐一细数了出来，可他还是免除了意大利的桂冠税金，而在行省这项税款也得到了减轻。

所谓的桂冠税，是指为打造凯旋式黄金桂冠所捐纳的贡税，原来都是自愿出的，可是后来就成为惯例变成了强制性的义务。实属政府强制征收的苛捐杂税。在执政的第一年，哈德良免除了民众欠国库的高达九亿元塞斯特斯的国债，在图拉真广场当场焚毁债卷，以示对图拉真的纪念。后来，哈德良出资捐助为抚养贫困儿童而成立了慈善机构。为纪念哈德良的慷慨捐助，罗马人为他铸造了七个代表不同功勋的勋章。为了取悦民众，他除了按照惯例为民众发放金钱外，还定期举办各种竞技娱乐活动，并向元老院信誓旦旦地表示，今后除了元老院授权，陪审团审判，皇帝绝不会擅自处决元老。

哈德良虔诚地瞻仰了图拉真的遗体，然后将其骨灰葬入先帝身前选定的墓地——图拉真圆柱的底座，永久供奉，以示敬重。但是他并不想追随图拉真的脚步。他不喜欢战争，也没有扩张领土的野心。他希望帝国恢复正常的秩序，他所继承的庞大帝国，犹如一个刚刚患过大病的壮汉，虽然在医生看来已经显示出一些难以觉察的征兆，但表面看还是非常健康的，在和周边国家开始谈判的时候，他刻意安排人到处放风：图拉真在临终前亲口责成他缓和周边的关系，进行谈判，于是按照先帝的遗训，他收缩了战线，为了和平，终止危险的征服计划。实际上此刻的帝国，每一条边境线，敌对的民族都在武装自己，叛乱的信息不断传来，帝国已经是危机四伏，千疮百孔，为了解决这些危机，他只有先从人事上清除执政阻力，再伪造先帝遗嘱，至于这些遗嘱的真伪，在皇权威逼下，已经被屠杀吓得战战兢兢贵族元老们是不敢深究的。

罗马帝国虽然不缺乏战争的时机，也不缺乏训练有素的军队。然而，新皇帝绝不会被领土扩张的野心所左右，也不为军功所诱惑，他始终主张睦邻友好政策，竭尽全力减少战争给整个帝国和民族带来的沉重负担。他立即撤除了驻守帕提亚的罗马军团，并且从底格里斯河以外的所有地区撤军。并且主动另行安排了图拉真扶植傀儡国王帕尔塔马斯帕提斯到另一封地就职。主动送回了奥斯罗艾斯一世的女儿和他的国王黄金宝座，双方很快签订了和平友好协议。至于两国之间的秘密谈判是如何开始的，却无人知晓。再说，他的谈判对手也同他一样希望和平：帕提亚人一门心思只想重新开放他们在印度与罗马的商业通道，几个月后，两个敌对的帝国已经开始了互惠互利的贸易往来。

在达契亚行省，情况却完全不一样。多年来的罗马殖民者在达契亚建立了自己的家园，如同先帝图拉真和他的故乡西班牙一样，帝国移民还建立了新城市的堡垒来捍卫他们新生活的家园。因此，哈德良似乎不太想从特兰西瓦尼坚固的山间屏障撤回军队，让达契亚行省自生自灭，哈德良确实是故意不撤回达契亚行省的驻军。因为罗马帝国的语言和文字以及文学艺术已经在这块先前蛮荒殖民地生根发芽，结出丰硕的文明果实，他不愿意让这些果实得而复失。他并没有放弃任何值得保留的东西，尤其是文明战胜野蛮的样板。除此之外，在罗马帝国的其他地方，他需要的是恢复秩序，而不是战争。

法国著名作家玛格丽特·尤瑟纳尔在她的纪实小说《哈德良回忆录》中说道，新皇上台的一系列改革举措，实为他的忠实监护人兼禁卫军总司令阿提安努斯的精心策划，而针对目标恰是对前皇帝图拉真各种政策的修正。这种改革肯定会遇到强大的阻力，阻力来自先帝的营垒，因此对于前朝旧臣的清洗，就是为新政开路，为新皇立威：

阿提安努斯的看法是对的，"尊敬"这种纯金，如果不掺杂一定的恐惧成分，可能会太软的。杀掉四名执政官以及伪造遗嘱的传闻也是一样，诚实的、德高望重的人肯定不会相信皇帝有所牵连；无耻之徒因此对他更加佩服，一旦人们得知他的怨愤戛然中止，罗马便平静下来。每个人都因感到放下心来，那种兴奋使人们很快就忘掉了死者。人们对他的温和表示惊叹，因为他们认为这种温和是主动的，发自内心的，是他每天早晨专门选定的，因为他若是采取暴力，并不是很难的事，人们称赞他的作风简朴，因为他们从中可以看出一种用心。图拉真具有大部分的谦虚美德，他的美德使人感到更加惊讶。人们可以发现一种隐藏的恶习。

他还是从前的那个他，但人们从前鄙视过的东西，现在却认为是高尚的：被粗俗的人视为一种软弱，或许是懦弱的表现形式的极度礼貌，如今似乎成了力量光洁的外表。

其实，他的高尚来自于武力支持下的某种形式上的谦恭，足以使普通的臣民感恩戴德，以后就是恩威并施的时政风格的表演了。

《罗马君王传·哈德良传》如此介绍他，等同于某种历史的定位：

他准许元老院中最优秀的那些人进到皇帝陛下的随从班子。除了为自己生日举行的庆祝之外，他不接受任何在竞技场里为自己举办的庆典赛会。他时常在公众集会上以及元老院进行演说，讲解自己将如何治理国家。他会让人们明白国家是属于人民的，而非他一个人的。因为他自己担任过三次执政官，所以他让许多人第三次当选了执政官，他还让难以计数的人第二次出任执政官。他的第三次执政官任期虽然仅有四个月，可在履职期间他仍多次主持诉讼。如果他身处罗马城内，便总会出席元老院的例行集会。他对元老院人选的确定颇为谨慎，极大地提高了元老院的权威。以至于在推选被调离的近卫军长官阿提安努斯以荣誉执政官的身份成为元老时，他明白地说道，自己不能再做什么比这更让阿提安努斯感到光彩的事了。他规定无论其是否到场，罗马骑士都不能对牵扯到元老的案子做出宣判。那时，确实存在这种习惯：当处理重大案子时候，他会召集起罗马的元老和骑士参与审理，并依据全体讨论的结果，再做裁定。他最终还谴责了那些对元老院不够尊重的头面人物。他极为尊敬姐夫塞维安努斯，以至于姐夫来的时候，总要从寝宫出来迎候。他让塞维安努斯第三次出任执政官，虽然如此，不过鉴于在自己当政之前他已经两次担任执政官，哈德良没有让他担任自己的同僚，那么做的原因出于元首本人不愿意屈居次席，因为姐夫比他的资格更老。

哈德良身材高大，相貌英俊。他的头发柔弱在未梳理前是自然卷曲成波浪形的，胡子则蓄得长长的，用以遮盖下颚部分与野兽搏斗留下的伤疤。因此，他成为罗马皇帝中第一个蓄留长须者，而图拉真和过去所有的皇帝包括恺撒、奥古斯都、卡里古拉、尼禄等无一例外，贵族男子在成年后要举行剃须礼，要将脸部刮得干干净净。哈德良仿效希腊那些有名的君主、哲人、学者男子汉，如苏格拉底、柏拉图、亚里士多德、荷马、阿伽门农哪一位不是虬须满面的美髯公，那一把大胡子才是智慧的象征。蓄须明志，也许就是象征他洗心革面和罗马旧传统一刀两断的决心。由是，皇帝好蓄须，罗马男人中留胡子的风气开始盛行起来，而过去一般贵族元老都不会蓄须，比如我们看到的老、小加图和西塞罗、恺撒、奥古斯都、提比略包括他的义父图拉真的胸像，总是十分体面地将下巴刮得光溜溜的，在罗马只有穷人贫寒之家的男子才会去留着一把肮脏的大胡子。

哈德良体格健壮，喜欢运动，使身体始终保持活力。他骑马的技术十分娴熟，驰骋疆场无所畏惧，喜欢和士兵一起行军走路，长途跋涉并不感到疲倦。他也算是图拉真手下一员身经百战屡建战功的骁将，手握投枪披挂上阵杀敌无所畏惧，平时亲自参加军事训练，不仅工于剑术，且对各种武器极其精通，并通晓军事指挥艺术。他的主要户外运动是狩猎，经常亲手猎杀狮子。在宴会中总会根据不同的场合和对象安排悲剧、喜剧、滑稽戏的表演，或者让琴师、朗诵家、诗人献艺。他尤其热衷于诗歌和文学，对算术、几何和绘画也极其在行。他还公开地显示其在乐器弹奏和歌曲演唱方面的技艺。他创作了许多诗歌，包括不少爱情诗。他是一员上马击狂胡，下马草军书，文武兼资且在治国理政方面具有杰出才能的君王。

威廉·沃尔夫·凯普斯在《安敦尼王朝：公元 2 世纪的罗马帝国》中写道：

令人惊奇的是，哈德良不仅刚毅、勇敢，还能和普通士兵一样，在行军途中忍受酷暑和辛劳，他总是小心翼翼地让军团保持一种前所未有的活力和效率，毫不留情地清除过去的弊端，坚持过去严格的军纪，并且不遗余力清除营地的豪奢布置。哈德良认为，即使在日尔曼尼亚，奢华生活也会影响士气和男子汉的气概和自制力。更严重的是，叙利亚行省受到安条克的不良风气影响，从而使放荡不羁的风气向周围扩散。由于传承古代将领的精神，所以无论是阿尔卑斯山脉的雪地里，还是非洲大陆的酷暑中，哈德良都不戴冠冕，走起路来虎虎生风，展示出超乎寻常的坚强意志。在经过的每个地方，他都仔细检查每一个堡垒、营地、商铺和军械库，几乎把每个军团的事迹，甚至普通士兵的名字都牢牢记在了心里。

哈德良皇帝的多才多艺，扬才露己，恃才傲物，难免听不得不同意见，最明显的例子就是来自大马士革的建筑专家阿波罗多罗斯，曾经受到图拉真皇帝的高度礼遇，因为图拉真是建筑方面的外行，只能仰仗这位专家来规划设计改造自己的城市，但是哈德良不同，他喜欢自行安排城市规划建设，自行设计建筑作品，当哈德良将自己设计的维纳斯神庙的手稿交给阿波罗多罗斯表面上说是征求意见，实际上是等待赞扬。天真的建筑大师却十分专业认真地提出了许多修改意见，他对这份草图的评价极低，基本否定了皇帝的方案："女神的雕像过于巨大，她在自己的家里都直不起身来。"这种侮辱性的评价令哈德良恼羞成怒。据史书记载，大马士革的阿波罗多罗斯付出了生命的代价。专家的批评并没有打消他以自我意志改造城市的念头，反而促使他继续执意前行，锲而不舍。但是，事实证明，他设计的维纳斯神庙确实也算是堪称经典的传世之作：

该神庙以它的特点著称，在罗马属于最宏大的建筑：有两个内殿，每殿供一神，二神相背而坐；屋顶为半圆形铺以铜瓦；为城中灿烂的美景之一。

哈德良赞助复建的最具创造性的建筑是罗马毁于战火的万神殿。尽管万神殿只是对奥古斯都时代阿格里帕修建的建筑进行复建，但却是以全新的创新性手法进行了改造，罗马人发明了水泥，才使这种创新成为可能，哈德良生性不受拘束，这使他敢于尝试使用新的材料和新的形式，当年万神殿仅保留了前庭的柯林斯式门廊，哈德良命令他的建筑师和工程师在毁弃的遗址上建造一座地道的罗马式圆形寺院。寺院内部直径123英尺，完全不用支柱，给人以宽敞宏大的感觉，被改造成为穹顶式建筑的万神殿，比梵蒂冈圣彼得大教堂更了不起。其墙壁厚20英尺，外部砌砖，基部镶嵌大理石。门廊的天花板用铜板，大铜门的外层包金，内部墙壁开了七个神龛，为放置神像之用。圆形天花板是由墙壁向内合拢，为罗马工程界的一伟大成就。那时将天花板的巨大梁柱灌上水泥等凝固物，连成一片，这种柱梁构体可保绝对安全。现在看来，这栋建筑的形式融合了多种几何原理、方形、圆形、圆柱形的完美结合，拜占庭式、罗马式和圣彼得式各种风格兼容并蓄，优势互补，在当时的成功落成堪称奇迹。一面六米厚的圆墙支撑起一个大圆顶，外形比例协调，高度与宽度都是 43.30 米，这是有史以来最大的墙壁穹顶。穹顶之上开一 26 英尺直径的天窗，保证内部光线充沛。这座殿堂的保存完好，是因为从公元 608 年以后，便被罗马教皇变成了一座奉献给圣母的大教堂，所以一直受到教宗们的喜爱得以保全。哈德良在罗马城市建设的功绩已经超越了罗马帝国的建国之父奥古斯都。时至今日，万神殿依然是古罗马最完整最古老的建筑之一。

事实上，哈德良所统治的帝国大部分属于希腊。罗马文化部分衍生于希腊文化，既反映了部分希腊文化，也与部分希腊文化形成对立。古代文学方面，如果没有荷马的《奥德赛》和《伊利亚特》，也就不会有维吉尔的《埃涅阿斯纪》。没有斯多葛学派哲学，西塞罗和塞内加的哲学就缺少了灵感。没有伊壁鸠鲁（哈德良最欣赏的哲学家），卢克莱修也就不复存在。罗马帝国（东部）几乎有一半以上使用希腊语，而不是拉丁语。现在，一个与众不同来自西班牙殖民地的皇帝掌握了希腊 - 罗马帝国。他是一位成功的军事指挥家，是士兵中的士兵，在军队中深孚众望。他是一位博学多才饱览群书的学者、诗人，由他继承皇位不仅合法，而且毫无争议。同时哈德良认真对待自己在希腊文化方面的爱好。他不断鞭策自己，努力追求卓越。在他的统治下，罗马人不仅仅依靠战争和征服建造罗马帝国的思想，而且创造了最为灿烂的罗马文明、文化精神和艺术成果。

巡视帝国疆域的漫游者

在哈德良统治初期，罗马人思想转变的迹象很明显。他摒弃了图拉真的东征计划。东征失败后罗马扩张的政策渐渐丧失民心，变革的趋势与元老院的呼声不谋而合。罗马帝国的重心不再是征服，而是守住并巩固现有的疆土。

公元 121 年，哈德良从意大利出发，前往莱茵河边境。边境驻扎了 8 个罗马军团，由此可见该地在战略上的重要。在抵达北部边境后，哈德良这一年剩下的时间里都在巩固罗马堡垒、烽火台和瞭望塔，并操练北部边境和多瑙河地区的军队，提高军队的实战水平。他在帝国最北边的边界不列颠也采取同样的策略，哈德良于公元 122 年来到不列颠，就在那里修建了令人瞩目的哈德良大桥。

哈德良的愿望和抱负，远远不止于此。他下令在边界修筑长城，从北海直达爱尔兰海，贯穿全国，全长 80 英里，历时 10 年建成。由罗马派往不列颠的新任总督奥卢斯·普拉托里乌斯·尼波斯监督竣工，虽然近三分之二的城墙都是用石头砌成的，但最后三分之一城墙却是草泥和木材建成的。这样的比例和它的长度一样大胆。石头城墙部分，厚 3 米，高 4.2 米；草泥城墙高度与石头城墙部分一致，厚达 6 米。哈德良长城往北约 20 步远的地方，有一条与城墙平行的沟渠，宽 8 米，深 3 米。城墙的顶部，是一条装有锯齿形的护栏的通道。罗马士兵在上面巡视。每一罗马里（约 1.5 千米），便设有一个监视塔。堡垒建在城墙里面，用于维护长城，共 16 个。

《世界文明史》的作者威尔·杜兰特如此评价哈德良：

他的个性多变很难形容，据说他严厉而快乐，幽默而庄重，好色而不随便，冷酷而自由，苛刻而具有同情心。大智若愚，变化多端。他有敏捷、无私、怀疑和洞察的心智，他尊重传统以免和时代脱节，他最推崇斯多葛哲学并经常研读该派始祖艾比克蒂塔的著作，可是他任性玩乐又违反了该派理论。他不信宗教但是迷信，他嘲笑神谕但是喜欢魔术问卜。他谦虚而顽固，时而残忍多半仁慈，他那种矛盾的性格也许是为了适应情况。他探问病患，救助不幸，将现行救济扩及孤儿寡妇。他对艺术家、作家、哲学家慷慨赞助。他对歌唱、跳舞、弹琴样样精通，画得不错，雕塑平平，他著有文法、自传、拉丁文、希腊诗，有庄重的文本，也有猥亵轻薄的文字。他喜欢希腊文学甚于拉丁文学，他喜欢老加图简约朴实的拉丁文风，不喜欢西塞罗华丽繁复的拉丁文风。在他的影响下，作家们多模拟老加图的简约古体，他将领取供奉的教师纳入大学教育，给予优厚待遇，为他们建立了一所堂皇的雅典博物馆，可以媲美亚历山大博物馆。他召集学者、思想家，用难题习难他们，以嘲笑他们的相互矛盾的争执为乐。高卢的法沃利努斯（Favorinus）在这场哲学辩论会中最精明，朋友们取笑他的辩论竟然败给了哈德良。他却自我嘲笑地说："任何一个能够指挥10万大军的皇帝必然是对的。"

除了这些广泛的知识兴趣外，他还具备实际运用的头脑，他取法图密善使用释奴自由人担任自己的幕僚，启用有实际能力的商人为官。再由他们和元老及大法官组成专门委员会，定期开会共商国是，又指派一位财政顾问，负责侦查税款的贪污，结果使国家税收大增。他本人和拿破仑一样地监督政府各部门，对他们的业务非常熟悉，而使得部门主管大为惊奇，斯巴蒂安（Sprtianus）说"他的记忆力真了不起，他能够同时写、述、听，兼和人们交谈"，在他的苦心和官僚们的辅佐下，帝国之治可谓空前绝后。这种太平盛世也使得官僚政治的勃兴，更使得皇帝走向君主独裁专制。哈德良尽量遵守和元老院合作的各项制度，但是他所任命的官吏和他下达的命令已经得寸进尺地影响到元老院的权利。所谓当局者迷，他也未能预料到这些众多庞大的官僚队伍有一天纳税人会供养不起。反之，他认为在他的政府之内任何有能力的人都会有机会出头，能够打破阶级的限制脱颖而出。

公元119年12月，哈德良遭遇了一次沉重的打击，他深爱的岳母，亦即图拉真的外甥女马提蒂娅不幸早逝，享年五十一岁。他随即将其封神，并发行纸币，昭告天下。马提蒂娅得到厚葬，并在罗马城开始了一系列的祭祀活动，无穷无尽的娱乐活动后，皇帝向民众赏赐香料，以示纪念。在追悼仪式上皇帝亲致悼词：

　　自图拉真担任元首，她便不离其左右，处处相伴，时时相随，事事尽女儿的本分，先皇所到，必见她的身影……，她与丈夫伉俪情深，夫殁，她正值富美之年，毅然独居，于母尽心尽力，于女宽容大度，于亲戚也倾诚。温文尔雅，乐于助人，从不忍劳师动众。

　　先皇图拉真所宠爱的外甥女马提蒂娅比皇后普罗蒂娜小两三岁。但是，她与几乎同龄的舅妈相处和谐，几乎亲如姐妹，对普罗蒂娜总是言听计从。她也很欣赏女儿萨宾娜的丈夫哈德良，甚至充耳不闻女儿向她发泄对丈夫的不满，她无疑是一个十分理想的岳母。毫无疑问马提蒂娅和皇后普罗蒂娜都是十分欣赏哈德良的。普罗蒂娜比图拉真小12到13岁，比哈德良大10到11岁，哈德良与妻子萨宾娜的年龄差距是12岁。

　　哈德良能够让两个比自己大十多岁的女人欣赏，首先是他的英俊漂亮，当然，其中蕴含的文化要素，才构成男性在外形和气质方面内外兼修而形成女性眼中的美感。这种美才是赏心悦目无可挑剔的；其次是年龄上的优势，可以构成某种充满朝气蓬勃的青春气息；再次，当然是他的睿智和敏捷的条缕清晰的思维方式，这是促使年长女人爱上年轻人能够成为下一代接班人中的佼佼者；其四是胸怀大志，能够具备澄清天下的远大抱负，再加上哈德良建立在博学多才基础上的感性认知能力，才能从众多的同龄贵族男子中脱颖而出，从而赢得图拉真身边两位最具有影响力的中年贵妇青睐，影响到皇帝对于继承人的选择。

　　但是，一个女人对丈夫的要求则不同。在帝国时期即使并不具备哈德良上述外貌和性格、学识上的优点，也不妨碍在皇帝的指派下他们结为夫妻关系。妻子对丈夫的要求，是对婚姻关系的忠诚，这几乎是难以达到的要求。因为这对控制整个帝国的皇帝而言，普天之下莫非王土，率土之滨莫非王臣，满足自己对异性甚至同性的占有，几乎是唾手可得的事情。整个帝国从上到下都认为这是理所当然的事情。相对妻子而言，哈德良似乎更加擅长与年长自己的女人沟通，他与普罗蒂娜、图拉真的姐姐马尔恰娜和外甥女马提蒂娅都周旋得如鱼得水，相处得非常融洽。却始终与妻子萨宾娜表面上相敬如宾，实质上关系欠佳，感情寡淡如水。原因在于萨宾娜比他年轻，更糟糕还是他的妻子。对于皇帝哈德良来说，最难的事情莫过于让身边的女人具有安全感。

公元122年，当哈德良从莱茵河口来到不列颠，下令建设哈德良长城，从夏季到冬季，横渡多弗尔海峡，进入高卢，建设阿维尼翁城，此时传来他深爱的皇太后普罗蒂娜去世的消息。历史学家狄奥·卡西乌斯直言不讳地说："她深爱皇帝，而通过她，皇帝才得以成功继位。"显然，这种爱是柏拉图似的仅仅限于精神上的相互欣赏，因为他们共同是希腊文化的仰慕者，图拉真宫廷里十分难得的忘年知音，也是异性朋友。皇太后同朝中的其他贵妇——图拉真之姐马尔基亚娜及其女马提蒂娅，也是互敬互爱。她和哈德良只是表面上的相敬如宾。在外人看来这些深宫贵妇仪容高洁，却免不了情感生活单调乏味，因为缺少了人间烟火气息，变得了无生机。

普罗蒂娜的驾崩令哈德良悲痛不已，据狄奥记载，"他相当敬重皇太后。"一连九日，他身着黑色孝服，还写了几首悼念的诗歌赞美皇太后的慈行懿德（已佚）。不久，他又安排封神仪式。他如此评价："皇太后向朕要求甚多，而朕从未拒绝。"哈德良言外之意，他从未被迫拒绝皇太后的要求，因为这些要求总是合情合理的。普罗蒂娜来自纳博纳省首府奈毛苏斯，时至今日，那里依然可见哈德良为纪念她而修建的加尔水道桥，以及一座保存相当完整的神庙（今四方庙），但是为她建造的那座巧夺天工的大教堂已经不复存在了。

哈德良和所有前任皇帝不一样，并不单单给予意大利以特殊政策，而是一视同仁地对待每一个行省，他的心中装着整个罗马帝国，在位期间他刻意效仿先帝奥古斯都，足迹几乎遍布帝国的属地，考察当地军事设施、民俗风情、文化传统、城市建设甚至严格稽核当地行政官员、军事首长、经济首长的行为作风、道德操守，亲自介入司法审判，及时解决各种弊端，严厉惩治贪污腐败和克扣军饷等实际问题。

根据《罗马君王传·哈德良传》记载，他在解决了他登基后的人事布局后：

　　他前赴意大利的坎帕尼亚而去，他在那里通过慷慨的赏赐让所有的城镇都获得了好处，还结识了当地最杰出的人，并同他们互交为友。至于在罗马的时候，他经常会与审判官和执政官们一起办公；他出席朋友们的宴会；如果有人生病，他会一天探望他们两到三次，即使有人仅仅是骑士甚至释奴身份；他会用安慰温暖他们的心，用智慧的语言给他们提供建议，还会邀请他们前来自己举办的宴会。

　　公元 121 年，哈德良自罗马动身，随行的不是皇家豪华的仪仗和铺张扬厉的排场，而是专家、建筑师、营造者、工程师和艺术家。他首先来到了高卢，以种类繁多的慷慨赏赐救济赞助社会各阶层贫困的人民，使各个部族雨露均沾。从那里他又转道日尔曼尼亚。尽管他渴望与周边国家缔结合约，而不是发动一场战争，但是仍然以自己的身体力行对士兵进行操练，如同战争来临时一样，来到士兵中间，亲自体验和管理军营生活。他以罗马历史上西庇阿·埃米利阿努斯、梅特鲁斯以及继父图拉真的英雄事迹为榜样，在露天里津津有味地品尝士兵露营的伙食，并且论功行赏颁发奖励，以荣誉刺激起将士报效帝国勇气。他在整军备战中改变了自恺撒和奥古斯都以来松弛散漫的军纪，规定任何人都不得随意离开营地，军事护民官的选举必须体现公平公正的原则；他率先垂范以身作则，激励将士，甚至全副武装步行长途行军 20 公里。他把营房里的用餐间、柱廊、石室、凉亭尽行撤除。他的穿戴极为平凡：腰带上没有黄金装饰，扣环上也不饰以珠宝，佩剑绝不配上象牙手柄。他经常前往营帐探望患病士兵，嘘寒问暖，赢得官兵爱戴。他将莱茵河和多瑙河之间的防线加修改和延长，他爱好和平但是熟知兵法，绝不让他的绥靖作风减弱国家防御能力和士兵战斗力，给敌人以可乘之机。从他所表现出的军事素养和军人勇敢坚毅的品质来看，没有人会想到他是一个地道的学者和哲学家。他奖励优秀军人，把百人队队长授予那些既能吃苦耐劳又在士兵中有声望的人；他把军事护民官的职务授予服役年限长，有经验德高望重的老军人，决不允许军事护民官从士兵那里榨取钱财。罗马兵团的军纪在他统治时期最为严明。

122年，他沿着莱茵河顺流而下，航行至不列颠，他下令从索维尔（Sol-way Firth）到泰恩（Tuny）河口建筑一座城墙，用以划分罗马和未经征服的蛮族人之间的界限，然后又回到高卢，行经阿维尼翁（Avignon）、尼姆和其他城镇，在西班牙北部的塔拉戈纳（Tanagona）住下过冬时，他独自一人在主人绿树成荫的花园中散步，突然一位访客的奴隶拔剑疯狂对他袭击，结果被他制服。哈德良将这名刺客交给前来施救的侍从，当他得知刺客是个精神病患者后，主人不但没有遭到更多的责难，而且还要求主人将这位刺客送到医生处进行治疗，充分显示了他的通情达理宽容大度。

123年春，非洲北部的摩尔人攻打毛里塔尼亚的罗马城镇。他亲率军团击之，摩尔人大败被驱入山，他随后乘船到以弗所，过冬后到小亚细亚各城镇，聆听当地民众请愿和诉苦，惩治不法官吏，奖掖优秀人才，并拨款建筑寺院、浴室和戏院。库齐库斯、尼西亚、伊兹米特曾经遭遇地震，他拨付国库之款重建。并在库齐库斯建造了一座神庙，该庙以他名字命名，是典型的柯林斯神庙的代表作，内壁廊柱雕刻有栩栩如生的不同神话人物：一侧为希腊神话，另一侧则刻画着亚马逊女人国的传说。内墙正面的雕像是蛇发美女美杜莎，特别取其强悍特质来保护神庙。现在该建筑已被列为世界文化奇迹之一，供游客参观。

他转道黑海到达特拉佩祖斯继续向东行进，他令卡帕多西亚的长官调查黑海各个港口的情况，向他写出报告，再向西行进帕夫拉戈尼亚，到帕加马过冬。125年秋，乘船驶过罗德岛回到雅典，在此度过了一个愉快的冬天后返回罗马，途径西西里，年过50岁的他好奇心不减，登上海拔1.1万英尺的埃博拉火山观看绚丽多姿的日出。

威尔·杜兰特如此评价哈德良远离首都到帝国各地游走的巡视：

他离首都5载，能将政务托付给属僚实在不简单；他像一个多能的经理一样，已经训练出一个自治政府。回罗马后约住年余，旅行之欲未减，创造世界的野心依旧。公元128年再度出发，此次到了乌提卡、迦太基和北非的繁华新城市。秋季回罗马，停留不久又去雅典过冬。他被推为雅典首席民政官，欣然主持竞赛和节庆，欣然接受民众称他为解救者、太阳、宇宙神和救世主。他和哲学家、艺术家打成一片。他效法尼禄和安东尼的高雅而去其所短。他对雅典法律之混乱颇感不便，遂指派法官小组编纂之。他看到雅典在受失业之困扰，并决心使雅典恢复到伯利克利斯时代的光辉，于是便召集建筑家、工程师和艺术工匠，进行一项比罗马公共工程还要浩大的建筑计划。其中有一所大理石墙壁，120 支圆柱，金色屋顶，房间宽大，石膏塑像、绘画、雕像互映生辉的图书馆首先落成。体育馆、水道、赫拉庙和宙斯庙相继完工，建筑计划中最了不起的是奥林匹亚殿，此殿系由庇西特拉图在 600 年前就开始。安条克·伊庇凡尼斯继之又失败后，在哈德良手中完成。哈德良离去之时，雅典城之清洁、美丽、繁荣已凌驾于任何时代之上。

在巡视途中，哈德良不只是古文物学家和艺术评论家，还在所到之处留下永恒的功绩。他命人修缮桥梁、渡槽和剧场，建设新公共工程，清理市政账目，审查行省总督的任职情况，严格筛选和控制公共服务部门等。哈德良强调国库储备是为了各行省带来利益，而不是为了满足罗马的几位浪荡公子和闲散民众的个人需求。为了用引人注目的方式表明对所有臣民的平等关怀，哈德良愿意设立各种各样的地方官，由这些地方官履行在各地的行政职能。

哈德良在久负盛名的雅典停留时间最长，这里是他当年的求学之地，也是给他留下最深刻而美好印象的文化之都，因而他经常在雅典休憩就像待在自己喜欢的家里一样。在这个希腊艺术的中心，他和士兵们稍事休整，沉浸于浓郁的文化氛围中，哈德良会想象自己回到希腊的黄金时代，主持公众比赛，见证文学界的壮举，修葺荒废的剧场和神殿，要求民众接纳并珍视民族的信念。在雅典，哈德良设立了一个新区，从此，该区以"哈德良"命名。他制定了一部可以与古希腊法学家德拉古和梭伦相媲美的新法典，用它来统治凯法利尼亚岛。

公元 129 年春，他乘船到以弗所后，再游小亚细亚，在叙利亚行省首府安条克向周边的王国执政者发出邀请并缔结了和平条约，他向罗马帝国的宿敌帕提亚国王奥斯罗埃斯发出邀请，法国著名作家玛格丽特·尤瑟纳尔根据《罗马君王传·哈德良传》记载，以艺术手法用第一人称细腻描写了罗马皇帝与国王的见面：

我决心以某种手段去解决这些边境事件。这种手段当然没有出动军队那么平庸。我安排了同奥斯罗埃斯的单独会见。我把这位国王的公主带回东方，她在图拉真占领巴比伦期间几乎还在摇篮里时就当了女俘，以后一直作为人质留在罗马。她是一个身体虚弱大眼睛的小姑娘。由于带着她和服侍她的几名女佣，我的特别是必须刻不容缓的进行这次旅行显得有点累赘。这队戴着面纱的女人，骑着骆驼，罩上帘幕垂得非常低的幂罗，颠颠晃晃地穿越叙利亚大沙漠。

…………

会见地点在幼发拉底河左岸，离古希腊殖民地都拉不远。我们乘坐木筏渡过河去。帕提亚御林军的士兵身着金饰铠甲，骑在同他们一样金光闪闪的骏马上，沿河堤排成令人目眩的一行。同我形影不离的弗莱贡面色苍白。陪同我的军官们也都感到有点害怕：担心这次会见可能是个圈套。至于我没有丝毫担忧：像恺撒坐在他的小船上一样，我对承载着我的命运的这只木筏表示信任。我刚一到，便把帕提亚公主交还给她父亲，而不是把她留在我们的防线上，直到我返回，这表明我的真心实意。我还答应归还阿萨息斯王朝的黄金御座，那是图拉真以前夺取来的，而我们又不知道拿它做什么用场。而按照东方的迷信，它却是无价之宝。

同奥斯罗埃斯的这几次会面的豪华排场，只是表面的，这并不是说两个力图以友好方式解决分界共有墙争端的邻人之间的谈判就毫无困难。我是在同一个工于心计的蛮族人打交道，他讲希腊语，一点也不愚蠢，但肯定又不比我狡猾阴险，只是有时摇摆不定，因而显得不太可靠，我的智力经过古怪的训练，有助于捕捉这种难以捉摸的思想，我坐在这位帕提亚皇帝的对面，学会了预见他如何作答，并且很快地让他照我的意见来回答。我揣摸他的用意。我设想自己变成那个正在同哈德良讨价还价的奥斯罗埃斯。我讨厌那种双方都预先知晓自己是否做出让步的无谓的辩论：我尤其喜欢摆事实讲道理，仿佛这是一种简化和速成的手段。帕提亚人害怕我们，我们也害怕帕提亚人，战争即将因我们的害怕而爆发。波斯帝国各省区的总督出于私利，都在为这场战争推波助澜：我很快发现，奥斯罗埃斯有他自己的一帮基厄图斯和帕尔马。法拉斯玛内斯是驻扎在边关地区那些半独立地区的诸侯中最不安分的一个，他对我们来说比对帕提亚帝国更加危险，有人指责我是以援助款的方式使这个心怀恶意和懦弱无能的近邻保持了中立，但钱用的正是地方。我非常相信我们军队的优势，不会让愚蠢的自尊心妨碍我：我准备接受所有那些空泛的让步，而不接受任何别的让步。最困难的是说服奥斯罗埃斯，我之所以做出非常少的许诺，是因为我绝不空许诺。不过他还是相信了我，或者似乎相信我了。在这次拜访期间，我们所达成的协议，还在继续执行着。15年来，双方都没有在边关做过骚扰安宁的事。

在解决和帕提亚之间的边界纠纷后，他于公元130年初来到耶路撒冷，这座犹太人的圣城在60年前经过提图斯那场血洗的浩劫后，触目所见残破不堪，城市几乎没有任何变化，贫穷的犹太人居住在乱石筑成的洞穴中，荒芜之状令哈德良潸然泪下，对这块一贫如洗的土地他打算将希腊罗马文化和东方文化合一的东方世界完全分开；他下令将耶路撒冷按照罗马殖民地的方式重建，并更名为朱庇特和自己家族的名称——朱庇特和卡皮托利努斯（Jupiter Aelia Capitolinus），以纪念哈德良的氏族和罗马大神朱庇特，他还下令取缔割礼，并对违者处以死刑。这意味着圣殿永远不可能重建。

在耶路撒冷这座犹太人城市的废墟上，哈德良计划建一座崇拜罗马、希腊和埃及文化的典型罗马城镇：华丽的三门入口，尼亚波利门（即今日的大马士革门）是用希律时代的石头建成，此门通过一个装饰着纪念柱的圆形广场。广场以两条主干道（卡丁街）为轴线，分两条街分别延伸到另外两个广场。一个广场在被毁的安东尼堡要塞附近，另一个在现代的圣墓大教堂。哈德良在那边建立了他的朱庇特神庙。神庙外面是阿芙洛狄特雕像。雕像就建立在耶稣受难的那块石头上。他可能是深思熟虑后做出的这一决定，目的是拒绝将此圣地归还给犹太基督徒。更为糟糕的是哈德良打算在圣殿山上修建以他英姿飒爽的骑马雕像为标志的神庙。他有意消除耶路撒冷的犹太特征。

然而哈德良失望了，企图以某种入侵者的多神文化取代犹太人的一神教信仰终究是徒劳的。土地可以被征服，圣城可以被摧毁，但是作为犹太民族安身立命的精神和宗教信仰是植根于民族心灵中的根，是不可能被同化征服的，只能和谐共存而不能被剥夺。哈德良的作为，是一个伟大政治家在政治上的最大的失误，只能激化民族宗教矛盾，而引发犹太人的反抗，在哈德良离开耶路撒冷，前往埃及后，犹太人再次酝酿对于罗马人的反抗，一个自称"以色列王子"和"星辰之子"的人，在犹地亚山之间隐藏了大量武器，准备发动武装起义，当他从埃及返回罗马途中再次经过耶路撒冷，只在城外绕了一圈后，踏上归程，犹太大起义爆发，哈德良匆忙返回犹地亚，调集十二个罗马军团对起义民众进行残酷镇压，再次摧毁了耶路撒冷城。根据卡西乌斯·狄奥的记载"他杀死了成千上万个男人、女人和孩子，尸体成堆，而且根据战争法征服了这块土地"。

"很少有人活下来。"卡西乌斯·狄奥写道，"他们的五十个前哨据点和九百八十五个乡村被夷为平地，五十八万五千人战死。"更多人死于"饥饿、疾病和大火"，至少七十五个犹太定居点就此消失。太多的犹太人成为奴隶，所以在西伯伦的奴隶市场上，他们的价钱比马还低。

犹太教叛乱的原因之一，是哈德良强制推行的禁止割礼法。公元134年耶路撒冷继提图斯攻克后再次沦陷，遭到屠城，随后对犹太教徒强制性实施"大流散"驱离之后，哈德良不再提这一政策，到了安东尼时代明确解除了这一禁令，但是仍然没有解除犹太教徒不得居住在耶路撒冷的禁令。也就是说，罗马统治者只是解除了禁止割礼的法案，而"大流散"犹太人的法令依然有效。这一法令决定了犹太民族在其后1800年流落世界各国的悲剧性坎坷命运。直到第二次世界大战后的以色列建国。

这场残酷的犹太战争不仅再次摧毁了耶路撒冷，同时也摧毁了这位伟大罗马皇帝的身体和精神，毁掉了他的一世英名。此后，他只能龟缩在罗马城郊外的蒂沃利别墅中在病痛的折磨和精神错乱中度过余生，再也没有精力巡游各地。

哈德良皇帝驾崩

　　哈德良晚年一直待在蒂沃利别墅，想是亲自监督安提诺乌斯神庙的营建，这是一种供奉也是某种对于这位同性知己的赎罪。哈德良相信，安提诺乌斯的牺牲可以治愈自己的慢性病，也许这个自私的暗示一度使身体有所好转，但是真相还是残酷。

　　公元 136 年 1 月 24 日，哈德良为自己庆祝六十寿辰，而在此之前，大祭司的法术已经失灵，巫术终归是巫术，哈德良身体越发虚弱，看上去憔悴不堪，他万念俱灰，他的挚爱之死并没有换来他的身体健康，反而每况愈下，他的精神状态越来越差。病痛的折磨使他性格变得越来越暴烈，动辄发怒，精神和肉体几乎一起崩溃，他怀疑老友和手下要合谋篡位，便将其中数人处死。

　　根据《罗马君王传》记载：

　　到了人生的最后时刻，所有他考虑到的跟帝位有关的人全部遭到了他的厌恨，就如同这些人会成为皇帝一样。他一直在克制着自己与生俱来的全部残暴秉性，直至在蒂沃利庄园因为流了大量的血而差点失去了性命为止。随后他便毫无顾忌地将塞维安努斯迫害致死，就好像对方有谋求帝位的企图一样。这么说大概是因为他请御用奴隶吃饭，也可能因为他在靠近自己坐榻的皇帝宝座上落座，还或许因为九旬之龄的他仍精神振奋地前去同守卫宫殿的士兵会面。另外许多人被公开或秘密处死。

　　尤其是对自己 90 岁的姐夫塞维安努斯的杀害及其十八岁的孙子的处决，表现得毫无人性。原因出在，塞维安努斯坚信自己孙子皮达利乌斯·弗斯克斯才是皇位的不二人选，至今人们除了知道这位比皇帝大 30 岁的姐夫做了《罗马君王传·哈德良传》中记载的那些有悖哈德良敏感神经的那些事之外，也许他还利用自己实力派元老的身份在元老院呼吁拥立自己的孙子，也即哈德良的亲外甥的儿子弗斯克斯；也说不定他一次次召集秘密会议商量此事。总之，这些动作很快传到哈德良耳中，他派出一队禁卫军来到姐夫家里，以谋杀皇帝的莫须有罪名赐死了塞维安努斯和他的孙子。

元老院议员好像被当头浇了一盆冷水。一位曾经担任过行省总督和执政官、资深元老、已经90岁的老人和一位刚刚举行成人仪式的年轻人被迫自尽。临死前，塞维安努斯请求引火焚香。上供时，老人大声高喊："诸神明鉴，本人行事，从无缪失。本人唯乞求，哈德良求生不得，求死不能。"他们爷孙甚至连接受审判并作出辩解的机会也被剥夺了。此事，使得元老们变得激愤起来。

为了平息元老们的愤怒，他在匆忙中宣布，他的接班人为凯奥尼乌斯·康茂德，这位才华横溢、举止优雅、风度翩翩的美男子当时的年龄在30岁上下，成为哈德良养子后，改名为埃利乌斯·恺撒。他出身于托斯卡纳地区，当时叫伊特鲁里亚，他的妻子是哈德良登基初期清除的四大臣之一——尼格利努斯的女儿，夫妻俩育有一个6岁的儿子。哈德良执意立早年政敌的女婿作为皇储，也许是为了救赎自己滥杀无辜的罪恶灵魂，他刻意选择了这位英俊年轻人作为皇位继承人，以后他儿子就可能成为皇帝，也就具备了尼格利努斯的血统。然而，这位贵族公子哥却是在罗马高层饱受诟病的家伙。

对于这一人选，元老院反应冷淡。《罗马君王传》断言："康茂德的入选，唯一理由是人长得俊俏。"也有议员到处放风说康茂德是一个放荡、自私的纨绔子弟，毫无哈德良壮年时期的男子汉气概。除了哈德良，没有人能看出康茂德有什么优点。

但是《罗马君王传·埃利乌斯传》中的记载说明，他只是和哈德良有着相同气质和秉性的贵族子弟，因而两人才惺惺相惜，被选为养子成为皇帝的接班人。皇帝对这位接班人的大力扶植栽培是下了血本的，最终却得不偿失。

康茂德维鲁斯，他被哈德良过继的时候，正是皇帝百病缠身，不得不考虑接班人的时候，他立即被任命为裁判官，接着又被推举为成为潘诺尼亚行省的军事和民事总督，然后还当选了执政官。出于对他的过继，人民得到了赏赐，军队得到了三十亿塞斯特斯的犒赏，此外哈德良还专门为这位养子在圆形大剧场举办了一场规模盛大的竞技比赛。凡能够用于庆贺的各种娱乐活动都毫无遗漏地加以举办，竭尽全力地为下一任皇帝造势。事实上他不仅是一个美男子，他的言谈举止和气质也非常优雅，同时代的其他年轻人都无法与他相比。

哈德良使用维吉尔《埃涅阿斯》中的诗句赞美他：

你们快取来百合，满满一手的花，

让我把紫红的花朵撒出：

就让我来做这无足轻重的事吧，

至少这些奉献能让子孙的灵魂获益。

维鲁斯除在文学方面受过良好的教育外，一些心怀不满的人却说，他的美貌比德行更让哈德良喜爱。他在宫廷生活时间不长，而在宫廷之外，他在生活上既无值得赞美之处，也无可以指责之处。他很体贴自己的家人，他穿戴精美，举止优雅，仪表堂堂，有王者风范。他面貌威严、口才出众、对诗歌创作驾轻就熟，而在国家大事上也并非百事无用。

他并不像元老院议员们评论那样是个性格软弱的人。他喜欢优雅的、有品位的人和物；他善于言辞，演说非常精彩，让听者心悦诚服。在反对他的人们列举的理由中，有一条是他爱好奥维德和马提亚尔的文学作品。但是，与冗长的维吉尔文学和过于庄重的贺拉斯文学相比，他不过是偏爱充满机智的奥维德和马提亚尔文学而已，而这仅仅是个人爱好的问题。除了文学，他在其他方面也很有教养，完全有资格成为一国之主。

命运却使哈德良失望，他起初并不知道埃利乌斯·恺撒的身体如此之糟糕，在他被派往潘若尼亚行省极边苦寒地区建功立业回到罗马时，身体已经完全累垮了。他在多瑙河畔待了不到一年，既没有建立显赫的功绩，也没有明显的过失，只是平平淡淡地度过考验期。临近公元137年底，他身心疲惫地回到罗马，按照计划他将在次年年初元旦在元老院发表重要演说，他以这篇文辞优美的演说对自己的继父哈德良皇帝表示诚挚的谢意。然而，天不遂人愿，就在演说前夜他突然昏倒。在服用了自己准备的超量刺激神经药物后，身体状况急转直下，当夜在昏迷中大量出血而亡。皇帝禁止吊唁，以免影响每年1月1日为社稷安危举行的宣誓仪式。他的遗体火化后被安葬在哈德良尚未完全落成巨大陵墓中，因为奥古斯都陵墓在落葬了涅尔瓦后，已经没有了空间。图拉真夫妇是落葬于自己选择的功德柱基座之下，这位继子只能先替哈德良去暖暖墓穴。

康茂德被安葬后，哈德良下令在罗马帝国各地为他竖起巨大的雕像，并在一些大城市里为他修筑神庙。哈德良待他的儿子小维努斯犹如自己的孙子，在埃利乌斯去世后仍然留在自己的家族内，最终在确定安东尼·庇护成为自己继子继承皇位后，指定马可·奥勒留和小维努斯·康茂德成为安东尼的继子，并将自己女儿嫁给小维努斯为妻，后来安东尼在位二十余年后驾崩，哈德良的皇位承嗣计划得以顺利实施，权力平稳交接，马可·奥勒留和小维努斯·康茂德双双成为帝国奥古斯都，所谓双皇帝体制，保持了帝国将近半个世纪的稳定。可惜小维努斯能力平庸，完全不能和文武全才的哲学家皇帝马可·奥勒留在帝国平分秋色，只能说是一个比较称职、品行差强人意的辅助性角色，且在登位不久即病逝。

对于继子大维鲁斯的死，哈德良不无悲哀地感叹说：

朕花费在军队和民众上的三十亿塞斯特斯白白浪费掉了，因为朕确实已经依靠在一堵摇摇欲坠的墙壁上了：这墙根本无法承受住一个国家，甚至连朕一个人它都几乎无法承受。

1月24日，也是哈德良62岁生日的当天，精神萎靡不振，身体每况愈下的皇帝，将元老重臣召到身边，推心置腹地说：

众爱卿，朕命中注定无嗣，然汝等可立法，遂朕之夙愿……既然上天不留卢基乌斯·埃利乌斯·恺撒于我，朕已另有选择。此君贵族出身，性情温和，平易近人，谨言慎行，秉节持重，不似年轻人鲁莽行事，亦不似老年人超然物外。

这一次，哈德良的选择完全出乎意料，他后来坦言："康茂德尚在世，朕已打定主意。"备选继位者为安东尼·庇护。他是正值中年的元老，家境富裕，背景无可挑剔。他幼成孤子，由祖父、外祖父抚养长大。安东尼本性温良恭厚，仪表不俗，堪称公共演说的高手。《罗马君王传》称赞他：

　　相貌出众、天性卓越、表现仁慈、仪表高贵、秉性沉静、口才出色、文法精湛、万般节俭、守土有方、和蔼可亲、慷慨大方，又对他人之事关心有加。上述这些品格对他来说名副其实，没有一点夸大之处。

　　也许是因为哈德良在出席元老院会议时，凑巧看到安东尼搀扶着年老体衰的岳父出席会议，感动于他的孝心而选择了他，也许是因为安东尼没有从军的履历，因此在继承皇位后绝对不会穷兵黩武地去开疆拓土，将帝国拖入战争；也许是因为他老成厚重，在哈德良外出巡视之间，将帝国行政事务一概托付于留守罗马的他，他只是兢兢业业地恪尽职守，绝无政治野心。总之，这是一个完全值得信任的接班人。哈德良将自己愿望向安东尼提出后，并提出将17岁的马可·奥勒留和6岁的小维努斯·康茂德收为养子。安东尼只是淡淡地回答皇帝道："让我考虑一下。"两天后，他答应了皇帝的要求，并满足了他提出的一切条件，这样哈德良身后至少可以延续两代的接班人问题基本安排就绪，他可以放心地撒手人寰。

　　公元136年4月，当时还叫马尔库斯·安尼乌斯·维鲁斯的马可·奥勒留只有十五岁，刚刚脱下供儿童穿的红色镶边托加袍，换上了标志成人的纯白色袍服，就被哈德良任命为首都罗马的行政官。每当罗马城包括执政官在内的大小官员，前往城外数英里的阿尔文丁山庆祝拉丁节日时，这个由贵族或者皇族子弟出任的行政官，就成了名义上的全城之主。

　　马可·奥勒留是哈德良的掌上明珠。因为出任名誉行政官的表现，他受到盛赞，皇帝几次在宴会上予以褒奖。他热衷拳术、角抵、疾行、捕获，喜欢狩猎，尤好球类运动。然而，对于象征学术最高智慧的哲学兴趣尤其热衷。据《罗马君王传·哲学家马可·安东尼努斯传》记载：

　　他平时温文尔雅，很多场合他在强迫之下才会进行狩猎、主持竞技赛、观看戏剧。此外，他在老师迪奥尼图斯指导下对绘画投入了热情。他喜爱拳击、摔跤、竞速、捕鸟，他的球类技术和狩猎本领都十分精湛。可是，对哲学的热情使他远离了所有的上述活动，还让他保持了严肃与庄重。他虽然朴素而不矫饰、谦虚但不懦弱、庄重但不悲伤，不过却并不损害他对别人（尤其是对自己人的场合下，后来对朋友，甚至对不太熟悉的人）表露出的和蔼可亲。

由此可见，关于帝国接班人问题，哈德良是有深谋远虑长远布局的，那种草蛇灰线绵延千里的缜密心思，使得伟大的安东尼王朝延长了数代之久。对哲学家皇帝马可·奥勒留的培养真正渗透着他的心血，在皇帝的明确授意下，马可·奥勒留和埃利乌斯·维鲁斯·康茂德的女儿科奥尼娅·法比娅（Ceionia Fabia）订婚。这可能透露出哈德良收养康茂德的真实目的。

哈德良知道康茂德身体不好。他只想让康茂德替马可先暖暖皇位，静待马尔库斯长大，足以穿上紫袍之时（其实康茂德有一个 6 岁的儿子）再完成实质上的权力交接。这重复了先皇奥古斯都先立提比略为继子，而目的却在于自己的两个亲外孙接班的老套路。然而，康德茂的英年早逝，打断了哈德良梯队接班的美梦，他才又考虑到在过渡期由安东尼来填补这一权力空窗期，安东尼圆满地不负皇帝重托，延续了哈德良皇朝开创的帝国繁荣，平稳过渡到了马可·奥勒留时代，只是他出乎预料地活到太久，在位时间甚至超过了哈德良，使得奥勒留的接班时间拖延了很久才成为事实。

公元 138 年，皇后萨宾娜在哈德良去世之前半年薨逝。根据后来的文件记载"他的妻子，忍辱负重的萨宾娜，被迫自我了断"。此事正好发生在哈德良精神错乱大批杀人的时间段，因而皇帝下毒杀死皇后的流言，在罗马街头巷尾到处流传。尽管夫妻两人长期感情不睦早已是公开的秘密，但是哈德良对妻子一直相敬如宾，处处以礼相待。萨宾娜经常陪同皇帝外出巡视，而且也享受了皇后的各种礼仪。她薨逝后，哈德良照例将她封神，让她与母亲玛提狄娅·普罗蒂娜一起共享奥林匹亚的荣耀。她的神像被镌刻在一枚钱币上，钱币的北面刻画着她坐在雄鹰身上，在云空翱翔。

皇后当时刚刚五十岁，按理说还可以多活十年或者二十年甚至三十年。而此时，哈德良已经病入膏肓，不久于人世，他又怎能让自己年轻貌美又对自己心怀不满的妻子超过自己的寿年呢？还是让她不失荣耀地封神登仙与自己陪葬去吧！也许是对妻子之死的那点歉疚，或者是对自己罪恶某种救赎，抑或根本就是出于生前对妻子控制的延续，死后也不能让她自由自在生活的帝王阴暗心理作祟，总之一切都是天威难测的。他在临死之前留下遗嘱，在他死之后，将萨宾娜的骨灰迁入自己落成陵寝和他陪葬在一起，也算作是生不同寝，死同穴了。看来美丽的萨宾娜即便死后，灵魂也是难以超度，而又摆脱不了最高皇权的阴影，难以生活在自己的自由世界里逍遥。

哈德良对于安东尼·庇护的过继动议，毫无悬念地在元老院获得通过，元老们欢欣鼓舞甚至有点欣喜若狂地迎来新人接班的未来世界，在正式过继手续完成后，人们怀着轻松愉快的心情期待着老皇帝的死亡。

哈德良的健康状况持续恶化，他只能无望地仰卧在病榻上慢慢地等待着死神的降临。皇帝疾病缠身，使他痛苦不堪，最后完全丧失理智，陷入间歇性狂乱之中。此时哈德良变得谵妄而猜疑，嗜杀成性。他曾经试图通过魔法和符咒来获得解脱。在极度绝望中，他决定结束自己的生命。然而，医师不肯给他见血封喉的毒药。他曾经命令仆人用匕首结束自己的生命，但是仆人吓得瑟瑟发抖。没有人敢于下手结束皇帝的生命。

安东尼·庇护一直孝顺地守护在他的病榻之前，他握着哈德良那只举起来要打向自己的手，因为所有可以用来自杀的药品都被藏了起来。哈德良只能躺在他那豪华阔达的蒂沃利别墅的床上，陷于神志不清的半昏迷状态。他噩梦不断，总是梦到刚刚被他杀害的老姐夫塞维安努斯，仿佛那颗白发苍苍的脑袋不断出现他面前，愤怒的眼睛紧紧盯着他，因为塞维安努斯的遗言一直煎熬着他那垂死的灵魂搅得他昼夜不宁。偶尔神志清醒时，哈德良不再关注死亡，而是把思绪放在自己钟爱的风光优美的蒂沃利花园，即使在驾崩前，他仍然以优美的诗句画上人生的句号。诗歌简洁隽永，文辞优美，耐人寻味，堪称上乘之作。世间传有多种形式译本，我还是比较喜欢由陈筱卿翻译、法国著名作家玛格丽特·尤瑟纳尔的散文化诠释：

> 纤小的灵魂，温柔而飘忽的灵魂，
>
> 我躯体的伙伴，我躯体的客人，
>
> 你将下到那些苍白、冷酷和光秃的地方，
>
> 将不得不放弃昔日的游戏。
>
> 稍等片刻，让我们一起看看熟悉的海岸，

看看我们肯定再也看不到的所有东西

……让我们尽可能地睁大眼睛步入死亡

人们冒着七月的酷暑，根据皇帝的最后意愿，用肩舆软轿将行将就木的皇帝抬到靠近亚得里亚海边的巴亚皇家行宫。这栋别墅早年属于共和制末期的哲学家西塞罗。西塞罗死后，奥古斯都从他儿子手中买到，成为皇帝的私人别墅，其后的皇帝一直对它进行修缮扩建，现在已经成为一座非常宏伟的行宫。老皇帝呼吸着海边的新鲜空气，使他有着某种回光返照时的惬意和清爽，海浪有节奏地拍击着他那颗垂死的心脏，仿佛用关爱的抚摸将他的生命再次托出海面，让他看到了绚丽如同朝霞的黄昏夕阳，使得充满积血的心脏在瞬间复苏，当他伸出双手准备去承接生命的阳光再次光临时，却有一种冥冥中的力量将它那颗垂死前微弱跳动的心脏紧紧攫住，他知道诸神在海空中向他发出召唤，双目情不自禁地流出浑浊的泪水，他口中喃喃自语说："医少治病，医多致命。"随后双臂倏然垂下，脉搏渐渐停止了跳动，他的双眼慢慢阖拢，陷入永久的黑暗。公元 138 年 7 月 10 日，哈德良在巴亚驾崩，享年 62 岁另 5 个月 16 天，帝国第 14 任皇帝哈德良一共统治罗马帝国 21 年。

哈德良驾崩后，元老院的许多人对他进行了连篇累牍的攻击，元老院甚至企图取消他所颁布的法案，因为罗马公民不能宽恕这位给世界带来公平正义的皇帝在驾崩前的病态暴行。而他之所以会被封为神，是新皇帝安东尼·庇护力排众议的结果。

哈德良驾崩之后，为了缓解罗马人民对先皇的愤怒情绪，或者生怕元老院有人无事生非，安东尼·庇护将先皇的遗体暂时安葬在亚得里亚海岸的普泰奥利西塞罗庄园。因为此时，与皇帝势同水火的元老院，依然耿耿于怀哈德良早年和晚年滥杀无辜的暴行，迟迟不愿将其封神。在安东尼的坚持下，封神仪式才参照奥古斯都的葬礼规格隆重举行。代表哈德良的蜡像，穿着凯旋将领的服饰，庄严地躺在罗马广场上，接受民众的祭祀和膜拜。

现场象征性地重现了皇帝的弥留之际：一连数日，御医检查这个"病人"，并发布告示。当大家最终接受噩耗后，安东尼致以悼词，接着文武百官在众元老的带领下前往战神马尔斯原野。到了那里，众人把蜡像放到高达数层楼，且精心装点的火葬堆上。执政官将其点燃。然后有人放出鹰隼，这表示哈德良的灵魂跃火而出，直插云霄，跻身于不朽的神明之列。

等到哈德良的封神仪式圆满进行完毕，首都局势趋于平稳后，先皇遗体在新皇帝毕恭毕敬虔诚无比地一路护送下，被运回罗马，葬入"图密提亚园"。该庄园是已故皇帝所选择的陵寝所在地。陵寝尚未完工，安东尼要到翌年正式启用陵墓才能题写碑文。皇帝的遗体不得不在附近临时下葬，待其陵墓修建完成之后，最终将其遗体火化，骨灰连同他妻子和继子埃利乌斯·维鲁斯的骨灰瓮一道迁入那座庞大宏伟壮观的陵墓中。

现在这座保存相对完好的古墓被称为"圣天使城堡"，建筑物的台基上贴满白色意大利大理石，更高处还有一条饰有牛头和花环的饰带。朝向台伯河入口处，两侧的大理石石板上镌刻着所有入葬者的姓名。在大约80年时间内，皇帝家族的成员被陆续安葬到这座陵寝里。

公元217年，在接下来的三世纪的暴风骤雨即将来临之际，这里迎来了最后一位皇帝——卡拉卡拉皇帝，这时罗马已经成为世界性的罗马，因为公元212年，这位皇帝宣布，罗马帝国境内所有自由民都将成为罗马公民，无论他们生活在苏格兰到叙利亚之间的任何地方。这是一个革命性的决定，一举消除了统治者和被统治者之间的法律差距，把已经延续了近千年的过程推向了顶峰。超过3000万的行省人一夜之间成为法律上的罗马人。尽管卡拉卡拉是一个不光彩的失败了的领土扩张和侵略者，最终在29岁那年，他在路边撒尿时被一名侍卫所谋杀。

哈德良在朝臣的争议声中终于封神，但是对他的争议并没有平复，也即这位堪称伟大的皇帝盖棺并未定论。《罗马史》作者狄奥·卡西乌斯对于哈德良的评价比较客观公正：

　　大体而言，哈德良施政优异，却因在位之初之末，身负血债，仍旧遭人民忌恨，因为他们处理的不公不敬。然而，他远非暴戾之人。若遇到顶撞者，他认为，致函其出生地，言明自己对其不悦便足矣。

在位之初是指早年即位初始就对四名功勋卓著位高权重的图拉真老臣

进行的谋杀，对这些前朝重臣的血腥清理，目的是清除自己实行新政的障碍，强制推行自己不同于图拉真的军事外交路线，为饱受战乱影响的帝国开创一个和平发展的新的地缘政治环境；在哈德良行将就木之前的在位之末是指，对于来自皇朝接班人选拔造成威胁，对家族内部外戚有可能借助血缘染指皇位的姐夫及其外甥的残酷虐杀，从而对将来有可能接班的皇位继承人排除障碍，来确保帝国权力的平稳过渡，延续一个和平、繁荣、发展的强大帝国。两者目的都是出于稳定权力的需要。从道义上讲可谓罪行，从政治上论也是势在必行的需要。所谓飞鸟尽，良弓藏；狡兔死，走狗烹之类对于功臣、外戚甚至亲兄弟的屠杀几乎史不绝书，古今中外对于威胁新政稳定障碍的残酷清理几乎是不足为奇的惯例；至于皇权末期，最高统治者行将就木之际，必然引发接班人争夺之战，最有可能染指权力的就有可能离皇帝血缘最亲的皇亲国戚，哈德良对他们保持警惕似乎也是题中应有之义。

如果从接班人布局选贤任能的角度而言，哈德良的胸襟和眼界都堪称开阔。而使得从涅尔瓦开辟的"五贤帝"时代，被称为罗马历史上最开明的时代得以青史留名。而帝国曲线开始滑落就在于马可·奥勒留打破了这一传统，以私害公的传位安排。这位哲学家皇帝将帝位皈依王国传统，而借助军队之力传位于自己的不肖儿子康茂德，从而终结了帝国的鼎盛，开始向军事专制个人强权的治乱轮回中循环，开始了罗马帝国衰亡的过程。

深孚众望的安东尼·庇护

《罗马帝国衰亡史》的作者爱德华·吉本如此评价安东尼王朝：

若要指出世界历史中的哪一个时期，人类最为繁荣、幸福，我们将毫不犹豫的说是从图密善被弑到康茂德登基。幅员辽阔的罗马帝国受到绝对权力的统治，其指导方针是德行和智慧。四位皇帝一脉相承，运用恩威并济的手段，统治部队使之秋毫无犯，全军上下无不心悦诚服。在涅尔瓦、图拉真、哈德良和安东尼小心翼翼地维护下，文官政府的形式得以保持。他们喜爱自由的形象，愿意成为向法律负责的行政首长，在他们统治下的罗马人享有合理的自由，已经恢复了共和国的荣誉。

安东尼·庇护在罗马历史上几乎是一个完美而没有罪行的君主。他的全名显得十分冗长：提图斯·奥勒里乌斯·福维斯·波约尼乌斯·安东尼乌斯·庇乌斯。"庇护"这一美好谥号，是罗马百姓对他的最高褒奖。将他与王政时代罗马第二位君主努马·彭庇利乌斯相比较，将他形容为爱民如子，庇护众生的仁君、明君。显然将安东尼比喻为开创开明盛世的努马时代是恰如其分的，努马时代是罗马早期浪漫主义的时期，即和平与平等的黄金时代。

当时，人们如同生活在古老、梦幻的天堂里一样，没有什么令人激动的冒险活动和战乱的困扰，和平、安定、幸福。现在看来，那个时代的人似乎生活得过于幸福了。因此，他们既不在乎如何创造历史，也不在乎如何书写历史。安东尼·庇护既不像图拉真那样以行军打仗为乐，为自己在战场上的骁勇善战而自豪，也不像哈德良那样头脑灵活，多才多艺，总想亲自游遍名山大川，尝遍民间疾苦。

作为皇帝，安东尼·庇护似乎没有多少激情，甚至可以说非常平淡。在安东尼·庇护时期，为美化神话皇帝的歌功颂德被拉上了帷幕，政治舞台上安东尼是平凡而保持真诚又爱民如子博爱众生的典范，兢兢业业为帝国谋取福祉，宁肯牺牲个人利益的开明统治者。安东尼·庇护从来没有举行过凯旋式，也没有表现出开创宏伟业绩的雄心壮志，而是某种淡泊明志式确保民众的安居乐业的君主。为了描述他的高洁品质和统治风格，罗马民众为他加上"庇护"的头衔。这个头衔与维吉尔史诗中的英雄同名，罗马民众虔诚地用"庇护"表达对于新皇帝的正直、善良和友爱的赞美，因为新皇帝没有对他们提出任何政治和经济上的额外负担，也没有要求民众将他捧为如同诸神那样伟大而凌驾于民众之上的偶像。

他的治国理政做法，很有点像中国先哲老子那种顺应天道自然，无为而治的特点。这是因为他见多了前朝暴虐之君的穷兵黩武，胆大妄为给帝国带来麻烦和种种弊端。安东尼在天道、人心、自然面前秉持某种谦卑顺服的态度，这也就是所谓仁君保持社会"绝圣弃智，民利百倍"的信条舍弃神化诡谲的君主南面之术，顺天而为，略加努力，有所作为。

按照老子对最理想政治的阐述：

太上，不知有之；其次亲而誉之；其次畏之；其次侮之。信不足焉，有不信焉。悠兮，其贵言。功成事遂，百姓皆谓：我自然。

翻译成现代的语言：最上一等的国君治理天下，据无为之事，行不言之教，使人们各顺其性，各安其身，所以人民不在意甚至不知道他的存在；次一等国君，以道法教民，以仁义治民，施恩于民，所以人民会爱戴和称颂他；再次一等国君，专权擅威，刑严令竣，所以人民会畏惧他；最末一等国君，昏庸无道，胡作非为，所以人民会轻侮他。这是什么缘故呢？因为这后三种类型的国君都信仰不足，明有大道而不信奉。最上等的国君惜言无为，悠然超脱，等到事情办好，大功告成，人民也并不认为这是国君的功劳，反而都说："我们本来就是这个样子的。"

根据老子上述对于四等国君的评价标准，对于中外古今的统治者都是适用的，尤其是古罗马的王政和帝国时期的国君均能一一对号入座。就其安东尼及奥勒留而言最起码均应列入一二等贤君之列，自奥勒留儿子康茂德之后，也就每况愈下每可见卡里古拉、尼禄、图密善之流的暴君昏君在帝国后期的回光返照，离帝国的覆灭也就不远了。

对于年老病危在死亡线上垂死挣扎的哈德良来说，对于继承人的权衡再三，在埃利乌斯·维鲁斯意外死亡，不得已的情况下，才考虑到领养安东尼，这涉及皇位的顺利交接和平稳过渡，显然哈德良的目的不只是安东尼。安东尼只是一个权位空白期完美的人选，他性格平和，没有真正的敌人，没有参与派系斗争；没有兄弟姐妹，五个孩子中只有一个女儿幸存在世；两个儿子都英年早逝。为了满足所有的法律要求哈德良收养了他。但是，作为继承皇位的交换条件，安东尼必须收养当时 17 岁的马可·奥勒留和埃利乌斯·维鲁斯 6 岁的儿子，也就是后来的小维利乌斯·康茂德。虽然因为功利原因而加入一个新的家庭在罗马十分普遍，尤其是在元老阶层，对那些想要孩子而没有孩子的人，提供了一个继承人，延续了家族的香火，收养让家族的名字得以延续不灭的灵活办法，对于皇帝而言养子就是理所当然接班人，一般在皇帝使用奥古斯都名号的同时，皇储就以恺撒来称呼。

安东尼用了很长的时间才得到哈德良授予的恺撒称号，他的脱颖而出，证实了这个垂死皇帝的观点，因为他没有政治野心。有证据表明安东尼其实并不情愿承担统治帝国的重任。只是他小心谨慎的性格迫使他走上了皇帝的宝座。如果他拒绝领养，造成的既成事实他将必然是一个漂浮在台伯河上的帝王储备人选，那么新当选的国君，必然将之视为一个对于王权潜在威胁的对象，在风激浪高的政治风波中就可能引来杀身之祸。考虑再三，他接受了老皇帝的收养。

哈德良指定安东尼作为他的继承人，还考虑到他的年龄，安东尼已经 52 岁，不会活得太久，老皇帝最终属意的接班人马可·奥勒留最多需要等候 5 年就可以接管权力。然而，这只是病入膏肓的老皇帝的一厢情愿，因为安东尼的长寿完全超越当时罗马人一般寿限，他又活了 23 年，显然超过了哈德良的执政期限。他既不是一个才华横溢的智者，也不异乎寻常昏庸的暴君，一生也没有创造过惊天动地的伟大业绩，只是安于现状地守成维护着帝国的和平安定和民众的富足。哈德良选择他，只是看中他是一个众所周知的行政经验老手，哈德良执政 21 年期间大部分时间在帝国广袤的领土上周游，帝国和行省的一应军国大计完全由没有政治野心的安东尼主持，从来就没有出现过大的失误，帝国完全按照哈德良制定的方针路线，就是晚年的犹太人反叛，也是因为哈德良对犹他省过激的罗马希腊化改造所造成的恶果。安东尼年老、冷静、因循守旧、反对革新和变来变去，由于不生是非不折腾，在元老院深受欢迎，他在那里工作了 25 年，有广泛的人脉资源，打造了稳固的元老背景。

安东尼·庇护的祖先来自山外高卢的尼姆城，他的祖父担任过罗马行政官，父亲当过帝国执政官，外公阿里乌斯·安东尼乌斯担任过两届执政官。他出生在位于意大利腹地的拉丁姆地区的拉努维乌姆庄园，生长在位于奥勒利安大道的洛利姆，从罗马广场的金色圆柱计算那儿的里程距离罗马城仅仅 12 英里。在那里他度过了愉快的童年。他的童年先是和祖父生活在一起，后是和外祖父一起度过。他对于每一位亲人都崇敬得如同神明，无论是堂表亲的、继父（哈德良之前）的，还是那些有姻亲关系的亲人，这些人的遗产让他迅速富裕了起来。

安东尼通过了自己常规任职履历，于公元 112 年担任了财务官，公元 117 年任裁判官，公元 120 年任执政官，公元 130 年被哈德良指定为执政官中管理者也即首席执政官。此刻皇帝正热衷于在帝国大地巡视，等同于将他任命为帝国行政首脑，主持国家政务，同时他还担任亚细亚总督。哈德良认为他是一个优秀的模范管理人才。事实上，安东尼在不惜代价维护帝国和平的观点上和哈德良的高度契合，奠定了未来登上皇帝宝座的基础。在罗马统治阶层的特有圈子中传递着一个特殊的信号，皇帝亲自发出了这一信号，行事低调温和的好好先生，是他最信得过的人，他指定这位首席执政官为他的联合大祭司长，等同于安东尼既是一人之下万人之上的首席行政首脑，又成为和皇帝平分秋色帝国最高宗教领袖，其实际权力远远高于作为皇储埃利乌斯·维鲁斯·恺撒。这种精心谋划的结果要等公元 137 年除夕维鲁斯·恺撒猝死，他的接班才正式浮出水面。但是他的潜水泅游在水底却是哈德良早已布局的结果，等同于皇储的备胎。因为联合大祭司长职务是过去任何一个皇帝极少与人分享的重要职务。

安东尼靠监督哈德良的葬礼并使之神化开始了自己的统治。他突破帝国过去只有年过四十岁才能担任帝国高级行政职务的规定，任命 17 岁的马可·奥勒留担任帝国历史上最年轻的财务官，并鼓励他自己出钱举办各种竞技活动，让民众保持欢乐，而防止社会发生动乱，通常也是作为对先皇祭奠活动之一。他自己则去巴亚处理哈德良的安葬事宜。

为了让元老能够接受这位晚年暴虐的先皇，他所颁布的第一道赦免令，就是撤销了哈德良末期对于元老院的无理指控，并假托是先皇在世时的遗愿，免得给人民造成的印象是他在纠正先皇的"暴政"，他的这一言行更加让元老和公众认为他是一个名副其实的"慈悲"（庇护）之人。在排除这些障碍后，再提出哈德良的封神问题就简单了许多，他指出如果拒绝将这个神圣的荣耀授予哈德良，那么他自己的继承人的权力合法性就会受到质疑，那么政权很可能就会受到野心勃勃皇位觊觎者的窥伺，国家可能陷入动乱。元老们明白利害关系——为一个死去神灵立一个牌坊，对国家并无妨害，况且哈德良在罗马军团中具有广泛的影响力，他们也就很不情愿地接受了安东尼的提议。

按照哈德良的要求，他接受马可·奥勒留和小维利乌斯·康茂德为养子。但是哈德良还为这两个少年指定了未婚妻。他把曾经指定为继承人却因病去世的埃利乌斯·维鲁斯·恺撒的女儿许配给了马可·奥勒留，并且签订了婚约。考虑到马可将来可能成为皇帝，安东尼·庇护以未婚妻年龄过小为由，废除了哈德良指定的未婚妻人选，在征求了奥勒留的意见后，将自己被称为小福斯蒂娜（其妻，后来成为皇后大福斯蒂娜）的唯一幸存女儿嫁给了马可·奥勒留。那么继子又成为女婿，自己唯一仅存的骨血就是未来的皇后。

安东尼还毫不犹豫地解散了哈德良的间谍和密探系统，启用被哈德良逮捕的依然还活着的元老院同事们，他明确表明了自己的想法，努力说服元老院议员，他只愿意做一个"董事会主席"，而不是一个专制君主。他拒绝元老院投票授予他"国家之父"的称号。直到公元139年他才接受这一称号，但是始终拒绝把9月份和10月份以他妻子的名字来命名。

为了保证帝国的稳定，安东尼登基后，明智地没有对于哈德良的人事布局做出重大调整，尤其是没有对意大利本土唯一军事力量——近卫军团的指挥官进行变动。新皇帝上位通常会任命自己的心腹担任京畿戍卫和皇宫警戒这一关键职位的指挥官。但是，皇帝既没有调整其他人事，也没有更换近卫军指挥官，除了恢复元老院受迫害者的职务外，近卫军指挥官在自己的岗位上工作了二十年，直到自己提出辞呈隐退，才换成安东尼选出的人。自信的安东尼之所以不做人事调整，是因为哈德良的人事安排比较合理，因为先皇始终贯彻了合适的岗位安排合适的人选的原则，这高度契合了安东尼的用人观。他认为一个人只有长期担任一项工作，才可能把工作做好。

安东尼登基后，日常生活没有任何改变，与过去担任元老院议员时期完全一样，虽然富裕却并不奢华。他没有建宏伟的别墅，仅仅满足使用现成别墅和后来皇帝所建的行宫别苑。只是 3 处行宫和别苑他从来不去住：那就是哈德良的蒂沃利别墅、图密善的奇尔切奥别墅和提比略隐居的卡普里岛的别墅，也许是因为他认为那三处别墅比任何别墅都要奢华漂亮壮观。

安东尼宣布，自己不会去帝国各地进行巡回视察，他会留在首都罗马和意大利本土对帝国进行统治。他给出的理由是两条：一是首都是罗马帝国的中心，留在这里便于了解更多的情况，制定政策或者采取紧急措施，以便及时了解情况，传递命令；二是减轻皇帝出行给各地带来的经济负担。然而，外省民众虽然未见过安东尼，但能够感受到他的关怀：他愿意听取每个代表团的意见，耐心倾听所有援助或补偿申请；他似乎不仅熟悉各乡镇民众的生活方式，还熟知各乡镇的主要开支情况。如果有火灾或地震给民众造成严重损失，安东尼·庇护会立即表示哀悼，并且援助受灾民众。他从不炫耀自己的慷慨大方，因为他知道，想要施惠于人，就必须拥有从其他人那里获取的大量财富。在当时的帝国预算中，安东尼几乎没有安排国库财政偿付个人开支。早些年，他确实接受了珍视其孝心的亲人馈赠，但是登位后，除没有子嗣的人之外，他拒绝接受任何人的遗赠。同时，他拒绝接受告密者揭发他人政治罪行的热情，人们已经很少听到"叛国罪"这类罪行。史书记载：当时各行省面积辽阔，繁荣昌盛，对皇帝的和平国策感到心满意足。安东尼·庇护不贪图军功，很欣赏大西庇阿说过的一句话："为了拯救一个同胞，可以放弃杀死一千名敌军。"

　　总而言之，安东尼·庇护这个称号，象征着他和元老院现在是手拉手肩并肩步调一致有条不紊地开展工作，这使得他有了额外的道德权威和皇帝的庄严感。他有效潜移默化地获得了对元老院的统治权，元老院的秩序也获得深度释放。他也在皇帝权力和元老院权力之间获得了微妙的平衡感。安东尼是一个严厉的保守主义者，做事不会犹豫不决或者视同儿戏，安东尼相信帝国只有保持和平稳定，哪怕一点细微的变化，都可能带来灾难，就好比纸牌屋中抽出单独的一张纸牌，就可能动一发而牵动全身，引起整体的崩塌。

　　威廉·沃尔夫·凯普斯在《安敦尼王朝：公元 2 世纪的罗马帝国》中描述：

　　这个人比他给人的第一印象要复杂得多。节俭而不乱花钱，让他得到一个吝啬的声誉。卡西乌斯·狄奥说："他是一个能把茴香籽掰成两半的人。"那是一个吝啬的谚语。然而，其他人说："这种虚假的信息是不公正平的：事实是这样的，他对他的亲密朋友和敌人都是慷慨大方的。与全世界游荡的哈德良相反。"他拒绝乱花钱去到处旅游。他待在意大利，管理这个地方，被看着是对他那被神化的前任一种含蓄的批评。他把本来用于庆祝他登基的钱分成小份全部退给了意大利，并免除了地方省份一半的债务。他的经济和财政政策十分节制和保守，反对剥削和重税。

　　……尽管他对财产很小心，但他仍然为人民和士兵定期提供金钱和慷慨大方的竞技游戏和娱乐消遣作为礼物。他给予人民的金钱总是被叫做巨额赏金，给军队的金钱则是被叫做捐赠物。他分别八次捐出了不同的赏金。

　　这些赏金和捐赠都不是来自帝国的国库，而是他的"君主私人财产"，这部分财产由政府部门安排专人管理。当他妻子责备他对家人不够大方时，他责骂道："愚蠢的女人，我们已经得到了整个帝国，我们甚至已经拥有了我们以前失去的许多。"

　　他的继承人马可·奥勒留在他的第一本也是后来脍炙人口的传世之作《沉思录》中对其继父兼岳父安东尼有着长篇的褒奖赞美之词。

他称赞安东尼的同情心和彬彬有礼、刻苦、坚韧，他一旦做出决定，就毫不动摇地坚持到底；他绝不麻烦别人，对朋友始终如一，绝不操纵利用别人，绝不假借神圣崇高来获利；他认真听取他人的意见，虚心接受任何可能对他有价值的东西，根据人们的价值来对待他们，有着敏锐的感觉，何时该前进，何时该后退。马可赞扬他对外表的炫耀和表面的荣誉很冷漠，如果他的朋友不愿意，安东尼并不坚持他们必须参加他所有的酒宴，或者跟他一起到乡间旅行。对待总是和他在一起的朋友，和不愿参加必要商业活动的人，他并不歧视。他是一个非常易于相处的委员会召集人：他要求在会议上收集问题，并专注于落实决定的事项，在繁杂的问题中，找出重点核心，绝不满足于表面印象；在会议上，绝不匆匆忙忙提供那些所谓的强有力的和高效率的证据，绝不过早地结束讨论。他擅长于提出计划，并擅长于观察细节。他对帝国的需求，尤其是对资金的需求有着敏锐的感知，并愿意去承担政策的全部责任和过失。他独立自主和开明乐观，讨厌阿谀奉承、虚情假意的附和赞同、散布谣言和一时的时尚；出于同样的原因，他讨厌谄媚者和那些企图拍马屁或者迎合他怪念头的人。

马可发现他有着虔诚的宗教信仰，但是一点都不迷信。安东尼对于特权和财富保持一种随意的态度，对之既不骄傲自大，也不妄自菲薄。如果面前有美食好酒，他可以食之饮之；但是如果没有，他也不刻意去追求，或者卖弄学问。马可认为，他是我们称作为"有人缘的人"，与人交往的时候他感到自由自在、泰然自若，并让别人也感到很舒坦惬意。他有着非凡的健康和俊朗的容貌，但是他绝不追慕虚荣或者过分追求外表的高贵。马可佩服"他愿意向专家低头——不管是在演讲、法律、心理学方面，或者其他任何方面——强力支持他们以让他们最大限度挖掘自己的潜在能力和展示自己的风貌才华"。这显然和哈德良形成鲜明的对比，哈德良总是认为自己比任何专家学者都要厉害，恰恰是这种傲慢让马可感到厌烦。

公元 140 年 10 月，也就是在安东尼执政三年后，被称为大福斯蒂娜（Faustina）的皇后去世，皇帝这位美丽的妻子，在其身前就有许多绯闻在民间流传，但是安东尼对这些流言蜚语充耳不闻，他用妻子的遗产和自己的资产，设立了一个基金，以其亡妻的名字命名向出身卑微的少女提供结婚资助。她被安葬在哈德良陵墓中，旁边陪伴着安东尼成为皇帝前死去的三个孩子。元老院授予她非同寻常的荣誉，包括把她祭祀为神，并为她发行了一种纪念银币，币文为"被奉为神的福斯蒂娜"。此后，元老院为她举办了竞技赛会、修建神庙、塑造金银雕塑像。皇帝本人同意在所有竞技场都要放置她的雕像。

在当时的罗马高层普遍存在的政治联姻，不管皇帝和他妻子之间的私人情感和关系的真正状态如何，皇后被授予的荣誉都不能说明她的私人品德高贵和纯洁，这个神化的荣誉，只是服从某种简单的政治规则，用于维持政权的权威和信誉而已。罗马贵族们对于妻子的忠贞和品行没有很高的期待，对于婚姻的感情满足也期待不多。在罗马帝国之下，虽然女人在很多方面来讲都是二等公民，甚至热衷哲学的马可也并不认为女人和男人是平等的，他的妻子也即安东尼和大福斯蒂娜的女儿也是个浪漫多情的皇后，马可也是充耳不闻，对外依然维护着皇后的名声。但是女主们享有法律赋予的财产权，在罗马很多贵妇都拥有大量财产可以随意支配。

公元145年4月，马可和小福斯蒂娜的婚礼隆重举行，如预期那样盛况空前，为了庆祝这一世纪大婚，安东尼既向军队捐款，又向罗马民众派发现金，并大把大把地花钱举办各种大型活动。除了奥古斯都的最高头衔外，马可获得了所有的至高无上的权力。但是安东尼把奥古斯塔的头衔授给了自己的女儿，并发行货币来纪念这次婚姻，强调了她的虔诚、仁慈、顾家和多产。把这场政治联姻想象为自由恋爱结婚是十分荒谬的。

这样的结合是一场经过冷酷和精心算计的闹剧。马可当年24岁，小福斯蒂娜只有14岁，两人在婚姻上几乎毫无经验，也谈不上以爱情为基础。马可对小福斯蒂娜生前死后均礼敬有加，他们一共生有15个孩子，其中6个成活到成年早期，唯一存活的男孩康茂德的来源十分可疑，但是马可依然溺爱有加，当成亲生的皇储刻意栽培，不惜打破帝国从涅尔瓦开始非血缘关系立贤的光荣传统，将一个暴君扶上了皇位，也就断送了王朝的帝祚和江山社稷。这是后话。

在马可狂风暴雨般对于继父安东尼的赞美声音中，人们在他的一些观察报告中也能发现一些颇有微词的蛛丝马迹。其中的大概意思是：安东尼太执着于传统习惯性思维惯例，缺乏适应形势发展的对现实开放性灵活思考，缺乏自己的独立见解，甚至宁愿一直待在同一地方原地踏步，绝不越雷池一步，这是一个因循守旧不思进取，安于现状，不好大喜功，与民休憩、与民同乐，深得民心的最高统治者，这种高度的政治平衡术，保持了社会的安定，必然也渗透着统治者苦心孤诣的政治智慧。

《罗马君王传·安东尼努斯·庇乌斯传》记载：

安东尼努斯·庇乌斯以如此的勤勉统治着臣服于他的人民，以至于他关心所有的事、照料所有的人，就如同他们是自己的一般。于是，在他的统治下，每个行省都繁荣昌盛起来。告密者消失得无影无踪。财物充公者比以前任何时候都要少见，而在那段时间仅有一人作为篡权夺位之徒被列为人民公敌。这件事发生在阿提里乌斯·提奇安努斯身上，是元老院下达的判决，虽然如此，可他禁止元老院追查同盟者，甚至还总会满足那人儿子所提出的要求，至于篡权夺位的罪人，虽然系因其罪名成立而身死，不过那是自裁而亡。他也禁止了对阴谋展开的追查。他的膳食是那么完美，以至于做到丰盛而不受人指责，节俭而不吝啬，他桌上的食物是由自己的奴隶、捕鸟人、渔夫及猎人提供的。他之前用过的浴池，在成为皇帝后，免费向民众开放，他一点也没有改变当初如同平民一样的生活。他剥夺了许多人的俸禄，这些人明显是闲散者却占有其薪，因为他批评说，没有什么比蚕食一个国家却又不肯以劳动为它付出回报的行径更吝啬、更无情的了。所有行省的账目他了如指掌，税收情况了熟于心。他把属于私人的家产传给了女儿，却把生出的利润献给了国家。他售出多余的皇室器物和皇家地产，并在属于自己的地界上生活，他的驻地甚至随着季节变化而到处迁移。除了前赴自己的地界和前往坎帕尼亚之外，他从未进行过任何巡行，因为他说供给元首随行对行省居民是一种沉重的负担。

在离开罗马的时候，他喜欢去钓鱼、狩猎，在他巨大的图书馆静静读书，或者简单地和朋友聊天。他的言行举止中总是在稳重中透出幽默，没有人因为他是皇帝而对他敬而远之。皇宫举行宴会时，他经常邀请同盟国的王公及行省的权贵们，皇帝的筵席却经常变成田园别墅的晚餐会。葡萄成熟的季节，他会和众多罗马人一样，放下工作前往别墅，穿着短衣和农民一起劳动。看着采摘下来的葡萄酿成葡萄酒，是皇帝最高兴的事，总之在安东尼身上可以感受到完美的乡绅气息。

　　然而，历史塑造出的完美君主安东尼·庇护，总是给人某种不真实感，过于完美缺少人间的烟火气，哪怕是君主也是某种刻意雕琢的偶像，就存在着人为艺术加工的可能性。大多数的古代观察家把他描述成一个睿智、和蔼、友善、诚实、勤奋、称职和为国家事务鞠躬尽瘁的人。安东尼也认识到形象的重要性，因此，他十分注重外表。他模仿韦帕芗的样子，他鼓励画家和雕塑家把他塑造成一个精明仁慈地关心对待人民的元首。他的脸上堆满笑意，刻意避开了哈德良的一本正经，以及像伽尔巴一样的严厉、愁眉不展、残忍、纪律严明的帝王本尊，或者像奥古斯都一样神色恍惚。对安东尼唯一的真正批评是他在婚姻和性生活方面的不明智。他有一个不幸的婚姻，他在大约公元110年娶了大福斯蒂娜，一个大眼睛美人，但是两人无法相处。

　　公元161年3月7日，在位长达二十三年的安东尼·庇护驾崩，享年75岁。他死在罗马近郊的弗洛姆别墅。原因是三天前的晚上他狼吞虎咽地暴食了过量的阿尔卑斯山奶酪，夜晚开始呕吐，凌晨高烧不退，第三天病情加重，朝廷的高官被召到病榻前，当着众官员的面，他将国家和自己的小女儿托付给了马可·安东尼努斯·奥勒留，并且还命人将一直摆在元首寝宫的命运女神金像搬到马可那里去。他给一位护民官下达的最后口令是"镇定"。他让警卫平静地离开，随后翻身安然睡去。在发烧呓语中提到的尽是事关国家安全的大事，尤其涉及北方边疆地区那些屡犯边疆不安定王国让他感到恼怒。他将个人的遗产留给了女儿，并在遗嘱中列明。

　　安东尼皇帝相貌英俊，身材高大魁梧。可是随着年岁增加，腰弯背驼之后，他就用一块椴木板放在胸口，绑在身上，以此能够挺直腰板走路。

步入老年后，如有访客前来，为了维持气力，事先食用一些干面包。他的嗓音低沉而洪亮。人们对他驾崩感到惋惜。元老院将他尊奉为神，授予他崇高的荣誉。虽然他没有做出轰轰烈烈的伟大业绩，却是帝国历史上最伟大的皇帝，因为他赋予了对人民的爱和幸福、安宁的生活。

安东尼·庇护的神化仪式照例在马尔斯战神广场隆重举行，火葬柴堆燃起熊熊烈焰，安东尼的灵魂随着遗体的火化幻为袅袅青烟升上九霄云壤成为天空神仙。他的骨灰被装在镶满宝石的骨灰缸里被送入哈德良陵墓的墓室中。他的两位继任者马可·奥勒留和维鲁斯分别致以颂词，开始了帝国的双头皇权统治，安东尼的墓志铭写的是：

在他掌权统治的二十四年中，担任两届国王，四届执政官，他是国家之父。

随后，罗马开展了一系列祭奠的大型活动，元老院集资在马克西姆斯竞技场举办了赛马比赛。两位皇帝发行了一种纪念安东尼的硬币。马可·奥勒留还宣布了自己 11 岁的女儿和维鲁斯的婚约。他的共同执政者维鲁斯却已经 31 岁了，相貌堂堂，个头高大英俊，但却是一个纵情酒色才能平庸的纨绔子弟。马可·奥勒留能够容忍其成为帝国共治者，除了哈德良皇帝当年的隔代指定外，还在于这个公子哥儿性格相对简单，并没有染指最高权力的野心，不仅对于马可的统治没有丝毫威胁，同时还是某种对比性点缀。对于维鲁斯的一直单身充满着神秘色彩，因为其他罗马贵族在他这个年纪早已结婚生子。人们怀疑可能性较大的是，马可早就想到了这个婚姻，多年来一直鼓励维鲁斯保持单身，直到她女儿长到适应婚姻的年龄。

也有人说，安东尼明令禁止维鲁斯结婚，理由是他的孩子可能会觊觎马可的皇位。不管出于什么原因，现在马可用新的联姻关系将维鲁斯纳入他女婿的行列，两位皇帝的关系又更近了一步，当然，在女儿幼年的时候，他对她们百般呵护，确实是个慈爱的好父亲，当她们成年以后便同其他权贵的小姐一样，成为政治联姻的牺牲品，为了确保自己宝贝儿子的继位，他的好几位女婿都成为他的牺牲品，唯有花花公子维鲁斯得以善终，因为他甘当配角，在政治上绝无取代奥勒留的野心，也绝无治国理政的能力，因而奥勒留丝毫不用对其防备，只是宽容地放纵他的声色犬马，两人就能够和睦相处，相安无事。为了庆祝这次订婚，并显示他与养父的统一性，马可·奥勒留再次慷慨解囊，将在帝国"儿童补助津贴"计划中投入一笔新的基金。

哲学家皇帝马可·奥勒留

　　《罗马君王传》对于马可·奥勒留（Marcus Annius）的评价开宗明义首句就明确说："马可·安东尼努斯，终其一生都是一位哲学家，他在生活德行方面胜过所有元首。"当然，他所信奉的哲学是在古希腊和罗马被贵族所奉行为正宗的主流意识形态——斯多葛学派的正统学说，起码表面上是如此。这也是涅尔瓦、哈德良、安东尼都遵循和信奉的所谓理想主义哲学原则，其来源最早可以追溯到罗马共和时期的西庇阿家族统治时期，以及后来的小加图、西塞罗和帝国时期的塞内加，是某种带有开明色彩的理想主义哲学，然而，在帝国独裁专制体制下的政治实践中，不可能存在那种名不副实的完美乌托邦式追求，因而理想和现实之间的巨大差距，使得马可·奥勒留在皇权这条路上走得十分艰难十分痛苦，尤其是和共治皇帝维鲁斯共享权力期间，维鲁斯的享乐主义价值观和他的清教徒似理念是直接对立的，他不得不对这位兄弟采取包容忍让姿态，受到罗马元老院和公众的非议甚多，马可对这位兄弟的言行虽在内心感到不满，表面上还要为之辩解，在内心也是特别痛苦无奈。

　　崇高而美好的理想境界，面对着丑陋而严酷的政治现实，很多所谓斯多葛学派的追求者在堕入政治这个泥沼后，往往变得人格分裂而异化成为表面的正人君子，骨子里的利己主义者，连西塞罗和哈德良等人均不能免俗，而真正践行理想主义原则的统治者则是凤毛麟角的君子型帝王，如同安东尼·庇护和马可·奥勒留属于历史上的佼佼者，但也难以避免理想和现实差距带来的诸多缺陷，不得不在清除权力障碍中采取某些阴谋和杀戮。

　　马可·奥勒留在出生三个月后，父亲就去世了，遂由他担任过执政官的祖父抚养，他也经常去外祖父家做客，外祖父同样担任过帝国的两任执政官，也就说他的父系和母系家族均为帝国的显赫权贵阶层，加上本人聪慧和努力，因而近水楼台先得月地进入帝国顶层接班人的序列是必然的事情。这两位帝国顶级高官均为帝国栋梁，先后为哈德良皇帝的股肱大臣和亲密朋友，他就是在这两位德高望重的前辈悉心照料下长大成人的。同时，他的姑父就是深受皇帝信任的帝国资深元老、首席执政官安东尼乌斯·庇护，后来这位姑父成为哈德良继子，顺利继位成为罗马帝国的皇帝。他的姑妈就是后来的皇后——生前就被封为奥古斯塔的嘉乐莉娅·福斯蒂娜。

马可·奥勒留从幼年的时候起，就是一位聪明早慧、多才多艺、刻苦钻研的少年，很早就受到帝国皇帝哈德良的高度关注和刻意关照提携。由于马可·奥勒留性格坦率，哈德良称他为"维利西穆斯"，也即"最真诚的人"。奥勒留非常喜欢这个名字，称帝后将之镌刻在铸造的货币上。

在《沉思录》中马可提到，他的祖父马可·安东尼乌斯·维鲁斯教会了他善良和自我克制的美德，而不要脾气暴躁，随意发火。然而，他怀疑他的祖父并不能成为他的道德榜样，因为当他的祖母卢比莉娅·福斯蒂娜去世的时候，他的祖父竟然携带其情妇公然亮相。这位女士似乎处在一个名声不好的社交圈中心，以至于年轻自负的马可称之为"坏伙伴"。在马可的《沉思录》中，他感谢上帝他被祖父的"女朋友"仅仅抚养了很短一段时间，在8岁的时候，他就被皇帝哈德良选拔进了萨利圣学院学习，因为他在6岁的时候就受到皇帝的特殊关照，被提拔到了骑士阶层，是作为帝国继承人来精心培养的。

萨利圣学院是罗马三大顶级祭司学院之一，祭司们往往从最古老的贵族家庭招募。不管过去的皇帝如何引人注目，但是新陈代谢生死交替总是人类不可避免的客观规律，也是王朝盛衰存亡铁的定律，从来不以帝王本人的意志为转移。这个未来的帝王俨然是帕拉蒂尼山这个权贵摇篮中冉冉升起的一颗帝王新星。他在萨利圣学院开始崭露头角，被称为"马尔斯祭司"，也即成为专司战神马尔斯祭祀的青年团体中的骨干，通常由十二名穿戴着古代勇士铠甲手持盾牌的贵族青年组成，也即贵族青年中的佼佼者。

和祭司们在一起的时候，马可·奥勒留学会了在公共场所的辩论，穿戴着罗马武士的全副戎装，威风凛凛地带着据说是马尔斯从天而降的盾牌，穿过整座城市去卡匹托尔山的马尔斯神庙演绎古老的舞蹈和礼拜仪式，在许多仪式中都会用对远古颂诗的朗诵来表示对前辈英雄的礼赞和祭祀，马可都会不时地增加一些新的台词，用来为刚刚被神化的安东尼·庇护皇帝进行赞美歌颂。然而，听众们几乎听不懂他在说什么，当年轻的祭司们按照风俗，在马尔斯神庙手舞足蹈的时候，那些随着音乐起舞的花冠被纷纷投向马尔斯神像的供案上，只有马可手中的花环竟然被无意中准确投放戴在了战神的头顶，正好落在神像的眉眼之间，就像是手放上去的一样，这也许是一个象征他前程似锦的好预兆，就好像是诸神的天意对于他的特别眷顾。他在履行上述祭司职责的时候，曾经担任过领祭者、占卜师、祭司长，还为许多祭司加授或者免除神职。在这期间，他几乎无师自通地独自熟悉掌握了全部颂词的吟诵。

如同史料记载的那样，由于学习勤奋和庄严肃穆一本正经的外表，年轻的马可很快在萨利圣学院脱颖而出，他成为演讲、唱歌、跳舞的能手，他能把所有的赞美诗倒背如流。在皇室隆恩的沐浴下，马可·奥勒留茁壮成长。他甚至承担起解散老祭司，接纳新成员的重任。家族长辈们不遗余力地为他谋取高位，他的授业恩师都是当时的最了不起的老师。

《世界文明史》的作者威尔·杜兰特在关于"哲学家即帝位"一节中记载道：

哈德良是他祖父的常客，他酷爱此子，且认为他有帝王之资，50年后奥勒留曾述说："我感谢我的好祖父，好父母，一个好姐姐，好教师，好亲族，好朋友，简直样样都好。"不过算下来他也有不好的事，他有个靠不住的太太，和不成器的儿子。在他的《沉思录》中，他曾枚举这些人的美德，以及自己如何以虚心、忍耐、勇敢、有分寸及诚恳的态度跟他们学习，又如何"脱离富人的习气而养成朴素的生活习惯"——尽管他的四面八方都是财富。

家族势力的强大，意味着家族财富的饶厚和高层人脉资源的四通八达，这就是权势、财富构成的强大气场，加上本身的智慧和刻苦好学精神，他势必在将来成为罗马历史最著名的皇帝之一。他虽然幼年丧父，但是，含着金钥匙出生的他，不愁打不开财富和权力的重重大门。从小到大他先后接受17位罗马及来自帝国各行省的顶尖级教师包括文法、修辞、法律、哲学、逻辑、占卜、运动以及美术等几乎全方位的教育。受教育的全面程度在帝国皇帝中堪称绝无仅有。但是，他最感兴趣，几乎毕生追求的却是哲学。

他后来在《沉思录》中谈到那些斯多葛学派教师对于他世界观、人生观、价值观形成过程中的启示时说道：

"因而我得到了法律面前人人平等，言论自由、管理众人之事的政府应该尊重人民自由的观念"；斯多葛派哲学思想已经占据了皇帝的宝座，他感谢马克西莫斯教他"自治是不可受任何引诱；在任何情况下保持愉快、温雅与尊严并重，对所交代的事情要任劳任怨"。由此可见当时的哲学家们是没有宗教时的传教士，而不是缺乏生气的形而上学者，奥勒留笃信哲学，有一段时间他因为诚心禁欲几乎损毁了天生瘦弱的身体。12岁那年，他就穿着哲学家的装束，母亲让他睡床，他坚决不肯，宁肯席地而卧。童年时期就成为禁欲派，他感谢斯多葛派给他带来的信念说："我保持了青春；时期未到之前我不以成人自居。"

这样的守静持重，清心寡欲的观念今后将会影响到他的执政风格和家庭关系。他在十四岁的时候，便穿上成人托加袍，随即在哈德良皇帝的授意下，他和皇储埃利乌斯·维鲁斯·恺撒的女儿定下婚约，这就意味着他将来肯定会成为帝国的皇帝。

他被命令搬离父母庄园而入住哈德良蒂沃利私人花园，因为皇帝已经生命垂危，离死神不远了，在他被哈德良指定为帝国隔代接班人之后，与其说是感到高兴，还不如说是战战兢兢地心生畏惧，因为这意味着他将承担起对国家和人民的责任。当家人问他为什么对于皇位心生畏惧时，他回答，国家权力往往沾染着罪恶，这与他清心寡欲、洁身自好的秉性是相背离的，但是他必须适应，谁叫他生在顶级权贵家，又有幸被帝王选中成为帝国权力中枢的皇位继承者。他必须在理想和现实之间求得平衡，这实在如同在两座高峰之间的钢丝上行走，没有高超的平衡技巧就可能失足摔倒在悬崖之下而粉身碎骨。这使他感到痛苦和恐惧。从那时起，他被称为马可·奥勒利乌斯，而不是安东尼乌斯，因为根据过继法他已经加入了奥勒利安家族——也就是安东尼努斯家族。在他十七岁那年，他的继父安东尼·庇护担任第二任执政官，在哈德良的请求下，他被元老院打破法定年龄限制，破格晋升为帝国财务官。

在哈德良驾崩不久，安东尼·庇护通过自己的妻子和马可商量解除了他与埃利乌斯·维鲁斯·恺撒（也即路奇乌斯·契尤里乌斯·康茂德）之女的婚约，并且签订了娶新皇帝之女小福斯蒂娜为妻的婚约。在作出上述改变之后，安东尼皇帝决定担任财务官的马可出任他的同僚执政官，并且正式授予他"恺撒"名号。他被皇帝任命为位高权重的罗马骑士团司令官。并且在宫廷举办各种庆典仪式时将他的座位和皇帝座位并列在一起。

安东尼还明确指令他必须搬入帕拉蒂尼山的提比略宫殿居住。虽然他坚决反对，但是宫殿还是按照皇家规格进行了重新装修，新皇帝坚持让他的继承人搬进豪华的皇宫居住自有他的道理：这样马可的皇权继承才便于在繁文缛节的皇家礼仪中确立权威，这是传统。在墨守成规的安东尼皇帝看来传统是不能改变的。马可不喜欢这些虚假的表象，因为这违背他斯多葛哲学信仰的俭朴、自然、自在、自由生活的初衷，他提出抗议。但是安东尼固执己见，他争辩道，普罗大众不会理解马可过分讲究的哲学目标，他们服从的只是权威，而权威是靠皇家的礼仪所支撑的，只要你本人足够能在行使权力时考虑到民众的利益时，你才是帝国合格的管理者。而马可认为应当在行使权力时考虑斯多葛派的思想原则，理由是罗马贵族生命的意义在于公平公正履行职责，而不是享乐。但是，他还是违心地饮下了宫廷生活这杯充满着蜜汁的毒酒。

在《沉思录》中，马可感谢安东尼让他认识到：

即使在宫廷中，你也能过这样的生活，没有大群的侍卫、华丽的衣服、宫灯、雕塑——所有的伪装。

也就是说，即使陷身于豪华奢侈的宫殿中，马可·奥勒留依然可以保持自己的理想信念出淤泥而不染，坚守初衷而不异化于皇权肮脏的氛围，但是在皇权的庇护下，他的政治地位水涨船高扶摇直上。他的主要职责成了在安东尼缺席的时候代表皇帝出席元老院会议和作为议会的公共秘书。公元140年担任执政官以后，他主持了元老院会议，监督其管理和主持宗教仪式。很快他列席帝国最高会议——真正的决策机构。在这里，所谓皇帝的"朋友们"以秘密的小范围聚会形式决定各项军国大计、人事安排。是凡重大人事任免，安东尼都会征求他的意见。安东尼·庇护还在自己第四次担任执政官的时候，第二次委任他担任该官职。虽然马可即使被公务缠身，又要遵照继父的要求为将来统治好帝国积累治国理政的经验，可同时他仍然以极大的热情投入到哲学研究中。在他娶了福斯蒂娜为妻，并且有了女儿后，越来越多的头衔和荣誉接踵而来，他被授予了帝国最为关键的护民官之职和罗马城外的总督之职，外加在元老院中提出五份议案的特权，这就几乎和皇帝在权重上是共同的。他对安东尼·庇护的影响力如此之大，以致在没有听取他建议之下，皇帝不会提拔任何人。

马可·奥勒留的传记作者弗兰克·麦克林恩如此评述马可和安东尼的关系：

安东尼的长寿对于马可而言是一次对他的耐心和坚忍不拔品行的严酷考验。如果是一个普通人，当然将会采取投毒或者暗杀的形式除掉这个老的王位绊脚石了。你能够想象卡里古拉、尼禄、康茂德或者埃拉加巴鲁斯能够花费 20 多年时间来等待皇位吗？另外，在一些小的地方，安东尼并没有为他的继承人把路铺得那么顺利。因为这是对他的微观管理、控制个性本身的一种考验。在安东尼统治的 23 年时间内，马克只有两个晚上没有和他在一起。这是对他的耐心和坚忍不拔性格的又一次严重考验。

岁月流逝，在安东尼皇帝身边漫长地等待的同时，他认真学习、悉心体察积累治国理政的经验，同时培养忧国忧民的情怀，始终保持斯多葛派学者的良好品质，探索世间万物的奥秘，遵循简朴纯洁的道德戒律，努力追求人生的完美。因此，他在帝国的影响力也与日俱增：在遥远的达契亚，人们发现纪念他的碑文。这些碑文表明，民众开始关注这位已经承担帝国重任的年轻皇位继承人。民众很快开始爱戴这位持身严谨的未来统治者，对他年轻时的承诺充满希望。民众对他的爱戴，使他的雕像充斥市面。有人说，在商铺、公共酒馆或者银钱兑换商的桌子上，粗制滥造的雕像随处可见，都突出了他广受欢迎的程度。然而，这些追捧并未使马可·奥勒留丧失理智，影响其判断力。相反，使他更加清醒地认识到自己肩负的重任，决心认真履行职责。

安东尼·庇护的驾崩，结束了长达二十多年的繁荣和平的统治时期。由代表罗马帝国荣誉、历经磨难的马可·奥勒留继位。马可当时如果怀着独揽天下的野心，应该可以做到天下无敌，但是，他想到了很少被人关注的维鲁斯。与马可一样，维鲁斯也是安东尼·庇护遵从哈德良的遗愿收养的继子。收养的目的，就是造就罗马帝国伟大的未来。于是，马可·奥勒留与维鲁斯开始共同执政。罗马帝国第一次见证了两位统治者在平等基础上共享皇帝权力。

马可·奥勒留名义上的弟弟维鲁斯改名为路奇乌斯·奥勒里乌斯·维鲁斯·康茂德。同时授予他恺撒甚至奥古斯都的最高权力名号，意味着两人平等分享最高统治者的权力。这时马可还将自己的女儿露西拉许配给这位弟弟，为两人签订了婚约。他们两人一起去了禁卫军营地，出于共同执政的理念，向每一位禁卫军士兵赠送了两万塞斯提斯的赏赐。

然而，这对兄弟虽为共同执政者，但在性格和为人方面却是南辕北辙背道而驰。维鲁斯出生于公元 130 年 12 月 5 日，他是哈德良首选接班人路奇乌斯·埃利乌斯·恺撒的儿子。曾经被哈德良指定和马可共同过继给安东尼·庇护皇帝作为他登上帝位的条件之一。他没有马可那样早熟，也没有人认为他是一个可以造就的人才。后来唯一可以解释的理由就是马可选择他作为共治者，除了贯彻哈德良的遗愿外，就是为了遏制他所在的那个庞大的权势很大的家族——塞恩尼家族政变的可能性。因此，马可对于这位毛病很多的花花公子几乎百般迁就容忍。

公元 145 年，维鲁斯被授予成人托加的时候，就得到弗龙托和希罗德的指导和教诲，这两位同时又是马可的教师而且和马可的私人关系极好，弗龙托和马可长期保持着通信关系，有些信件至今完好保存，通信内容几乎对国事、家事、个人情感和职务安排之事无所不谈。

帝国共治者纨绔维鲁斯

作为马可·奥勒留对帝国的共治者维鲁斯在《罗马君王传·维鲁斯传》被描述为：

既不属于贤君之类，亦不列位暴君之流。因为这是众所周知的：他既不以斑斑罪行而闻名，亦不以德行兼备而著称；后来出任元首的时候，他享有的并非是毫无节制的权力，而是一种与马可相同的、平等的最高大权。而耽于嬉戏、生活放纵的他与马可相去甚远。但在秉性上，他还是一个率直的人，没有什么可以藏在心里。

本传中说他在文学上缺乏天赋，童年时喜欢写诗，长大后又爱上了演讲。坊间曾流传他与一位优秀的诗人相比他实际上是一位更优秀的演说家，他的传记作者说他"与一位糟糕的演说家相比他是更加糟糕的诗人"。他的老师弗龙托起初认为维鲁斯是一个不错的演说家，但是后来失望地发现，他那些演讲词中最精彩的片段都是由他的朋友所代为写作的。对于学习和学术，维鲁斯总是抱着一种戏谑和轻视的漫不经心态度。但是他总能利用他的身份魅力蒙混过关，因为他身边不乏许多颇具口才与有学识的人。

他既放纵自己又极度沉溺于快乐，而且还在一定程度上对一切嬉戏、竞技、玩笑话都极其在行。6岁过后，过继到奥勒里乌斯家族。在他成长过程中又受到马可性格的影响，他喜爱狩猎、摔跤以及所有年轻人的运动。他在帝王家族中当了二十三年的凡民。

在政治上和马可相比，他属于边缘化的人，在才能上，他也没有马可那样引人瞩目。马可经常和安东尼坐在马车一起游行，而维鲁斯只能坐着近卫军长官的马车里。很多时候安东尼都会明说，他之所以会容忍维鲁斯，仅仅是因为他被提名为哈德良的接班人，而需要付出的代价就是要收养这小子为自己的儿子。他除了是"奥古斯都的儿子"，借助哈德良和安东尼元首庇荫外，全无自己的头衔，不像马可那样被称为"恺撒"。

公元152年维鲁斯被破格晋升为财务官，比规定的年龄小2岁，两年后他被晋升为执政官，时年 23 岁。维鲁斯第二次担任执政官是在公元 161 年，与马可在一起，不管走到哪里都像是马可的部下，即使当马可拉拢他，将他任命为共治皇帝的时候，也说得很清楚，自己才是主要统治者。马可给自己保留了最高祭司的头衔，而维鲁斯只是一名大祭司。好在他对这些政治上的名头都不太在意，只是一直无所顾忌地保留着自己声色犬马的贵族公子哥儿本色，因其胸无大志只享受荣华富贵才不能对最高权力产生威胁，因而才能得到马可的容忍，甚至根本无视民众对其的负面反映，纵容他的恶习存在。

为了回报马可作为哥哥对他在政治上的提携：

维鲁斯无论做什么都确实对马可言听计从，就如同使节对总督，或者官员对于皇帝那般百依百顺。这么说是出于，维鲁斯一开始代表他们兄弟向士兵发表讲话，而随后考虑到与其兄长共治，他行事庄重，并严格按照马可的做法行事。

然而，维鲁斯本质上是一个平庸无知的纨绔子弟，一个外表帅气、享乐、挥霍、放荡的人，但是为人比较豪爽、坦率、大方，有着某种一掷千金的豪气，因此在罗马贵族圈人缘很好，他基本上不会玩弄什么阴谋诡计去算计什么人，除了纨绔子弟吃喝玩乐小圈子，基本没有形成自己强大政治势力。有些人将他比作尼禄是不合适的，因为他既不残暴也不喜欢登台表演。他只是一个纵欲好色不知悔改的人，正因为如此，他才是对马可没有任何政治威胁的人，将他作为一个贯彻希腊式民主政治的花瓶，是再合适不过的。在一个贤明的君主面前安排一个能力平庸丑陋不堪的副手，就是某种政治形象上的鲜明对比，有比较才能有鉴别，更加衬托出马可的伟大光荣和他的天纵英睿之主的形象，不能不说是某种政治手段高明的权力布局。

然而，这对行事作风和性格差异极大弟兄俩接手的却是一个表面上繁荣昌盛的帝国，由于哈德良和安东尼时期前后四十多年和平，各种矛盾尤其是与周边王国的边界纠纷暗潮汹涌，蓄势待发。在执政初期风平浪静度过最初 6 个月之后，天灾人祸接踵而至。

公元 161 年秋天，罗马遭受了历史上最为严重的台伯河洪涝灾害。洪

水蔓延到城市所有低洼地区，造成了严重的生命财产损失。这条圣河成了
罗马人的噩梦。这场肆虐的洪水摧毁了许多建筑，淹死了大量的人和动物，
庄稼受灾严重，造成了一场大饥荒。更为严重的是，这场大洪水还造成了
疟疾的流行。马可日夜操劳解决对洪水的防御和疾病的防治工作。救灾款
项尚未拨付到位，防洪工程尚未开工修建，又收到消息说塞西卡西发生了
大地震。更为严重的是罗马的死敌，帕提亚王国又在日尔曼莱茵河下游挑
起纷争，可以说是兵连祸接，灾难不断。这些，对于这位刚刚登上皇位的
哲学家皇帝和那位不称职的共治者来说，确实是一个严峻的考验，后来，
这种局面几乎贯穿着他的整个统治时期。

以后的帝国，边界几乎动荡不已，和平的日子离他们远去，贯穿了马
可的统治生涯，也将他锻炼成为一个具有文韬武略的伟大帝王：公元 162
年不列颠发生革命，卡迪亚人入侵日尔曼。不过，不列颠和卡迪亚的那些
北方叛乱者，先后都被当地驻军那些经验丰富的军事长官率领着驻守的罗
马军团一一剿灭。

帕提亚人却是罗马帝国的劲敌，国王沃洛加西斯四世正式向罗马宣战。
公元 161 年—162 年那个寒冷的冬季，马可和维鲁斯中，必须有一位元首
亲自率领罗马军团会同叙利亚总督共同应对帕提亚人的挑战。最后，维鲁
斯受命率军出征，这是因为马可必须留在首都统筹协调灾后重建首都和防
洪减灾体系的建设，以及平复边界及附属国叛乱的动荡局面。卡西乌斯·狄
奥在他的《罗马史》中告诉人们：因为维鲁斯比马可年轻，而且当时年富
力强精力过人，更适合参与战事。而从马可内心而言，他的率兵出征东方，
远离首都就意味着他那些淫乱无度、纵酒狂欢的行为就不会出现在罗马人
民的视野中，从而确保他不会再玷污罗马帝国的权威。还有一种说法比较
令人信服——维鲁斯也许会在一场不得不战的战争中成长起来；也会学会
如何去承担责任，如何认认真真做一个共治皇帝；又或者，至少他在这次
东方之旅中学到一些什么指挥实战的经验，哪怕只是懂得金钱的价值也好。

毫无疑问，上述这些不切实际的愿望一个也没有实现。但是，元老院
迅速同意了这一安排，这样马可安排花花公子维鲁斯出征帕提亚的荒唐便

有了法理依据。这也体现出安东尼对于马可和维鲁斯的教育过于狭隘，以致他们没有经过任何军事训练，没有任何军事背景，对外部周边环境一无所知的情况下，就草率带兵出征。这方面安东尼对于接班人的培养显然不称职。

对于维鲁斯的远征军团，马可不仅给了他最精锐的罗马军团，而且给他配备了最精干富有作战经验的指挥团队，并且把花银子买来的最先进的武器装备和最好的战备物资都给了他。应该说维鲁斯兵精粮足，只待挥军东方和叙利亚总督的军队会师，就可将入侵的帕提亚人驱逐出境。

然而，这位前线总指挥，不慌不忙地一直到公元162年才出发前往东部前线。米塞努姆海军基地还派出舰队护送这位共治元首到亚洲，确保他的安全。当维鲁斯率领着他的东方大军浩浩荡荡地开出罗马城，马可一路送行他的共同执政者到了加普亚。之后，维鲁斯优哉游哉地一路打猎设宴，在每一处下榻的庄园内暴饮暴食，一路吃喝玩乐到达伽努西奥时，原本他身上诸多好逸恶劳与肮脏龌龊之隐疾，全部爆发出来。他突然罹患重疾，病情严重到几乎命悬一线。马可闻讯亲自南下，探视病情，直到他的病情好转才返回罗马，并派使者为他这位兄弟送来祝福函件。

最终，维鲁斯终于晃晃悠悠地来到了他的前线指挥部叙利亚行省的首府安条克。这里当然也是世界著名的东方娱乐大本营，对于维鲁斯而言，实在是如鱼得水，他的身边已经聚集起一个由演员和乐者组成的娱乐班子为他服务。他纵情玩乐、打猎、沉湎于酒色。这时帕提亚军队长驱直入到了叙利亚。奥勒留对他的行为未加评论，给他军中的副将阿维狄乌斯·卡修斯（Avidius Cassius）发了一道战斗计划，于是不但把敌人逐退，并再次将罗马的旗帜竖在塞琉西亚和泰西封两座城堡之上，这两座城堡被夷为平地，免得再为帕提亚人作为攻战基地。

正当他那些骁勇善战的部将们在和帕提亚入侵者进行英勇无畏战斗，取得节节胜利时，维鲁斯带着他的那帮演奏者、戏法班子、哑剧表演者、音乐家以及各种各样的戏剧演员醉生梦死花天酒地在前线指挥部耽于享乐，他对于摆脱了马可和元老院的监督自由自在地在叙利亚安条克行辕行欢作乐比战争本身感兴趣多了。

在维鲁斯来到安条克城之后，他的确让自己沉溺到了奢靡之中，而他的将领们：克劳狄乌斯·弗龙托、阿维迪斯·卡修斯却在率领着前线将士艰苦奋战。维鲁斯浑浑噩噩地鬼混了四年，才在军团将士的努力下，结束了与帕提亚的战争。大军进抵到了巴比伦和米底，并收复了亚美尼亚。在这四年中，他在温暖如春奥伦提斯河畔度过冬天，在安条克郊区的达芙妮的保健娱乐中心度过夏天，其余时间都待在安条克城里寻欢作乐，沉醉在温柔富贵乡中，享受着帝王安逸生活。四年里，他只去过幼发拉底河前线一次，而且还是在部下的反复劝说下，强调这种巡视是体现他皇帝的军事威信云云，他才勉强去前线晃了一圈。对于这位耽于安乐，不务正业的纨绔皇帝，部将们唯一的正面评价就是，他是一个很好的司令代理人，因为他决不自以为是，也绝对不会对军事事务指手画脚，因为他会让才华横溢的将军们自己在军事行为上做出判断而不会插手。虽然那时他的放荡和奢侈生活俨然已经成了所有叙利亚人嘲笑的对象。

马可虽然身在罗马，却时刻关心着这位远在前线的弟弟。而这位共治者却正在以自己荒唐无耻的行径成为叙利亚寡头心目中小丑，他们在背后对这位罗马皇帝的放荡行为窃笑不已。当战争终于结束时，维鲁斯返回意大利，并带回了一众演员。爱开玩笑的罗马人说："他似乎不是结束了帕提亚战争，而是结束了舞台的战争。"

为了制止维鲁斯陷入畸形的男女之情中，对国家造成进一步的伤害，公元164年3月马可·奥勒留的女儿露西拉已经14岁，到了婚配年龄。他决定亲自陪同女儿前去叙利亚和维鲁斯成婚，让这个风流的共治皇帝收收心。因为，下一阶段的战争将会扩大到帕提亚本土，计划在公元165年初进行，彻底一劳永逸地解决帕提亚问题。马可陪同自己的女儿来到了布伦迪西港，他们准备坐船渡海，但是考虑罗马帝国不能两个皇帝同时离开，维鲁斯也并不希望他这位皇兄来到叙利亚，他主动坐船来到了以弗所，迎接自己年轻美丽的新娘。

公主露西拉前往以弗所的航行，也是一次规模盛大，展示皇家威仪的行动，因为露西拉也将成为和母亲一样的皇后。陪同她的有维鲁斯的妹妹塞安丽娅·法比亚和她的叔叔维图尼努斯·奇维卡·巴尔巴鲁斯，此人是马可哲学圈子中的人物，他的一些学生在宫廷的影响力很大。维鲁斯在位于爱琴海岸的希腊名城以弗所亲切地接待了自己的新娘，婚礼庆典按照应有的盛大形式举行了。在罗马看来，这场婚姻是成功的，露西拉获得了"奥古斯塔"的头衔，并接连诞生下三个孩子。

公元 165 年初，罗马军团对于帕提亚王国的反攻开始实施，维鲁斯军团的战略是：克劳狄乌斯·弗龙托带领一支部队，加上亚美尼亚前线下来的部队协助，去保护美索不达米亚北部，然后向东挺进，穿过底格里斯河，到达帕提亚的心脏地区；阿迪亚贝拉和阿特罗帕德尼会同阿维迪斯·卡修斯带领第二支军队将沿着幼发拉底河向南方进军。克劳狄乌斯·弗龙托轻而易举地完成了任务，占领了埃德萨。阿维迪斯·卡修斯率领的第二支部队也取得了令人瞩目的胜利。卡修斯力排众议，以船做桥，跨过幼发拉底河，然后军队向杜拉欧罗普斯前进。在那儿发生了一场激烈的战争，罗马军团取得了彻底的胜利，歼灭敌军 7 万余人，杜拉欧罗普斯城是一座地地道道的马其顿城市，只是属于帕提亚帝国，其唯一通行的语言是希腊语，帕提亚仅仅是通过贸易通道获取税收，因而当地居民和封臣的忠诚度并不高，罗马军团轻而易举地拿下了该城。杜拉欧罗普斯城的民众兴高采烈欢迎罗马征服者。

到了公元 165 年年底，卡修斯开始进行这场战役的第二阶段。他顺着幼发拉底河继续前进，到了幼发拉底河和底格里斯河的交汇处。在这里坐落着两座帕提亚的重要城市：一座是首都泰西封，一座是比首都更重要的商业贸易区塞琉西亚。泰西封被卡修斯占领之后付之一炬，正像图拉真以前做的一样。而塞琉西亚不同，它是一座大型城市，人口有 40 万到 60 万，属于典型的希腊化城市，它被公认为条件优于安条克，只有埃及的亚历山大港可以与其媲美。它还是重要的勾连欧亚非洲的贸易中心，处理来自中亚、印度、波斯和非洲的商品，管理从大夏和埃克巴坦那到叙利亚的南方丝绸之路。从塞琉西亚一直到波斯湾，幼发拉底河是可以通航的。塞琉西亚一定程度上保留着希腊城邦状态。但显然帕提亚帝国完全不信任塞琉西亚的忠诚度。因而，在卡修斯军团进攻的时候，塞琉西亚几乎是毫无抵抗地敞开城门欢迎罗马大军的到来，接受了特惠的投降条款。然而，在公元165年末，塞琉西亚被横冲直撞的罗马军团洗劫一空，大量的人被杀。原因据说是城内希腊人和叙利亚人矛盾所导致，因文化差异使得阴谋者的挑拨离间而发生动乱，卡修斯军团只是被城市的繁华富裕所诱惑，失去了理性，军团长官无法控制贪婪的士兵抢掠杀人行为，造成了以纪律严明著称的卡修斯军团的信誉危机。于是卡修斯只能抛出塞琉西亚人"没有遵守投降条款"的借口，为自己的罪行开脱。

在接下来的许多年都笼罩在罗马的瘟疫阴云，是在塞琉西亚的阿波罗神殿进行抢劫的罗马士兵带回来的。多少年来，这个罪名一直扣在凯旋的前线总司令维鲁斯的头上。

维鲁斯就这样浑浑噩噩地像是做梦那样，自己都没有料到四年艰苦卓绝的帕提亚战争竟然取得了胜利。他即将凯旋，离开他自由自在在行省作威作福的帝王生活，继续回到马可那令人生畏不怒自威的目光下，看人脸色行事，叙利亚安条克这块乐土还真的让他有些恋恋不舍。战争结束之后，维鲁斯将一些王国交由诸位国王、将一些行省交给自己随从统治。他很不情愿从东方回到罗马去举行凯旋仪式。

公元166年10月12日，举国欢庆帕提亚战争大获全胜。马可没有任何选择，如果他拒绝给予维鲁斯战争胜利的荣誉，维鲁斯会觉得这是一个奇耻大辱，还有可能招致宪政危机，甚至可能引发内战。因为，维鲁斯非常渴望得到这些荣誉称号，他毫无廉耻地将部下们的功劳攫为己有，甚至还恳求自己的老师弗龙托编造自己亲自指挥帕提亚战争的伟大业绩，为自己歌功颂德在历史上留下辉煌的一笔，以此来满足自己的虚荣心。弗龙托竟然挥动自己的生花妙笔夸大其词地编造出了维鲁斯远征帕提亚的皇皇业绩，但是文章并没有传世，后来的人自然也就无法欣赏到这篇无中生有的文章了。

为了不得罪维鲁斯，马可象征性地出席了庆典仪式，维鲁斯甚至建议给马可 5 岁的儿子康茂德和自己 3 岁的儿子安东尼乌斯·维鲁斯"恺撒"的称号，马可也违心同意了。这样两位皇子象征着未来皇位的继承人和马可的女儿露西拉都穿着华丽的礼服列队行进在欢庆的队伍中。元老院给两位皇子都授了公民的"橡树冠"还授予两位皇帝"国父"称号。跟随维鲁斯出征凯旋的将军们也都获得了荣誉勋章，其中战功显赫的三个人获得了荣誉性礼物——皇冠和战矛以及银鹫军旗。

行进的队伍穿过罗马城区的帝国广场大道，两位皇帝下了并肩乘坐的四轮马车，将胜利的荣誉敬献给战神马尔斯神像。同时全体罗马公民每人都获赠现金等财物，并按照惯例进行了系列竞技竞赛，罗马城沉浸在胜利的狂欢之中。

然而，在这些胜利的凯歌行进声中，由维鲁斯军团从东方带回的瘟疫像是挥之不去的阴影，立即笼罩在罗马城的上空：

维鲁斯带回了一个目不可见的胜利者——瘟疫。阿维迪斯·卡修斯军中夺得塞琉西亚时首先发现，因为蔓延迅速迫使阿维迪斯迅速撤军到了美索不达米亚。帕提亚人欢欣鼓舞，认为这是诸神在替他们向罗马人复仇，撤退的军队将瘟疫带到了叙利亚；维鲁斯凯旋又带了一部分士兵回到罗马；所到之处无不感染。史家们描述瘟疫的灾害多于瘟疫的性质；他们大概说那是斑疹伤寒或黑死病之类。随军团作战的军医盖伦说，那像伯里克里斯当政时蹂躏雅典人的病疫。患者全身布满黑脓，患者咳得声嘶力竭，呼吸恶臭。灾害立即传到小亚细亚、埃及、希腊、意大利和高卢；不出一年（166—167 年）病死人数多于战死沙场的人数，罗马每日死 2000 人，内有不少贵族；尸骨堆积如山运出城去，奥勒留对于这一无形的敌人束手无策，只好尽其所能使之减轻；那时的医学又不能帮助他，疫病要死光所有的被感染者才算跑完全程。若干地区的人民都逃入丛林或沙漠；粮食无人生产，运输停顿，水灾又淹没大批粮食，饥荒继之而来。奥勒留就位时快乐的气氛不见了，人民惶惑恐惧，群起求神问卜。

正当内部遭受瘟疫袭击，苦不堪言的时候，公元 167 年的冬天，传来多瑙河一带的日尔曼部落群起入侵，使得帝国雪上加霜，卡蒂亚、夸迪、马科曼尼、雅兹格斯部落组成联军，蜂拥渡过冰封的河面，一举击溃2万罗马驻军。持续向帝国的达契亚、雷亚蒂亚、潘诺尼亚、诺里库姆诸行省发起进攻，有的甚至越过阿尔卑斯山，几乎所向无敌地扑向意大利境内，包围了靠近威尼斯的阿奎利亚城，进一步威逼蹂躏意大利北部，所到之处使农田寸草不留。日尔曼人从来没有如此步调一致地不断向罗马逼近。

严峻的形式逼迫奥勒留不得不出手反击。首先，他建立募集新军队所需的资金，并以身作则地发起长达两个月的皇家物品拍卖会。参会的除了皇室奢华的家具、金制酒杯、银制酒壶、水晶和枝形吊灯，更有皇后的金线刺绣长袍和首饰。显然这场皇室财物的拍卖的意义远远大于募集资金，更像是一场政治上爱国主义的宣传。特别是马可宣布免除全部公众拖欠皇室的债务，同时制定新的募兵计划。这些举措部分减轻了社会因为瘟疫造成的经济压力，为了缓和兵力锐减的国防压力，他从奴隶、角斗士和城市警卫中组成特种部队，甚至对土匪盗贼们慷慨解囊，命其停止劫掠的动荡生活转而效忠罗马，将他们纳入国家军事组织中。通过这些非常规手段，马可约计组建六支新的罗马军团，约计四万人。另外，马可还从不列颠收缩战线，回防意大利。他还加强巩固了从高卢到爱琴海的防卫工事，阻塞敌人通往意大利的道路。

公元169年初，经过这一系列的战略准备工作，马可和维鲁斯率领着帝国重新组建的罗马军团出征多瑙河前线，可望一举击退入侵的日尔曼人。他们首先将围困阿奎利亚城敌人击退，直至在多瑙河畔全体被围歼。这次出征之所以两位皇帝同时出马，隐含着马可的良苦用心：一是不放心让维鲁斯在没有自己陪同下单独统兵出征，而因贪图享受贻误战机，使得日尔曼人的入侵行为进一步扩大，对帝国而言就是灾难；二是不放心他脱离了自己的视线，一人留在罗马城无节制地奢靡享乐胡作非为，并对军国大计擅自草率做出决策，对前方战事造成阻碍和掣肘，从内心讲马可对这位惹是生非的兄弟已经心生厌烦，两人的长期共治，实在是对国家资源的过度消费，而这杯苦酒既是先帝们遗留的产物，也是自己长期迁就忍让的结果，使得维鲁斯越发嚣张，大有凌驾于自己之上的势头。

　　从叙利亚返回之后，维鲁斯依然笼罩在凯旋式洒下的光环之中，行为越发肆无忌惮，不再以自己的兄长做榜样：因为他既无耻地纵容自己的释奴作恶，又不经过马可同意对许多事务擅自作出决定。他在克洛狄亚大道旁建起了一座庄园，每次在离开马可的宴会桌后，回到自己的庄园还要私下宴请自己的狐朋狗友，一连数日过着极其奢靡的生活。他在叙利亚染上了掷骰子的博彩恶习，有时甚至通宵达旦地玩耍这个游戏，以至于会在夜深人静之时戴上兜帽蒙住脑袋，出入于酒馆妓院，把大量的金钱抛掷在那里，他在酒肆以投中远处的杯子取乐。他在人们面前隐匿身份，与无赖们开怀畅饮，或因与人争执，被不明身份的混混打得鼻青脸肿。维鲁斯还经常在自己豪华的庄园内举办宴会，对于每一个赴宴的客人，他都会奉送给客人切肉的侍者和盛肉的精美托盘，只要肉食端上桌子，他就会奉送各种活的飞禽走兽；只要客人哪怕喝过一口酒的杯子，他就会奉送，他送出许多金的、银的、镶嵌宝石的酒杯，饰有金色缎带和罕见奇花的头冠、装有香油的金瓶子，在客人返回时，他还会赠送车子和连带驾辕车夫和母骡加上银制的马饰。整顿夜宴花费 600 万塞斯特斯，维鲁斯彰显着自己在国家危难之际的豪奢和慷慨大方；马可在听闻这场宴筵后，为了国家的命运的衰落伤心得痛哭流涕；维鲁斯却忘乎所以地玩耍博彩游戏一直到天亮，在人们面前毫无丝毫帝王的尊严。这位弟弟甚至邀请哥哥来到庄园，马可在那里待了五天，这期间毫不停息地全身心投入案件调查之中，而他的弟弟则不是在宴会上，就是在为筹办宴会忙碌。然而马可显然已经在维鲁斯面前失去了榜样的力量。

　　维鲁斯从叙利亚前线带回的战利品包括演员和七玄琴女演奏家、骨笛手、会变戏法的小丑，以及各种各样有特长的奴隶等，享乐和爱好比起繁杂而琐碎的军国大事更有吸引力。价值观和生活上许多方面的巨大差异，导致马可和维鲁斯之间已经反目为仇，只是维护着表面的关系，保持着帝国的稳定。

　　其实维鲁斯在叙利亚前线和罗马的一举一动，都在马可的掌控之中，他几乎每周都会收到他的堂兄——元老院参议员马可·安东尼乌斯·里伯

（M.Annius Libo）的报告。他是马可派往前线去给维鲁斯的"提醒者"，他的每份报告语气都是苛刻批评的。不幸的里伯深陷其中，忘乎所以，他不明白他面对的是另一位共同执政的皇帝，隔着另外一帮人，身处其中的里伯坚信自己的权力比维鲁斯更大，因为他是马可特命的全权大使。因此，说话口气很大，似乎是凌驾于维鲁斯之上的监督者。但是不久，里伯就突然猝死。流言蜚语说是维鲁斯毒死了里伯。对于马可派遣一个大使来监督自己，维鲁斯无疑是十分厌烦的，随后维鲁斯就将里伯的未亡人许配给了自己最喜爱的自由奴阿格克里图斯，以示对于里伯的报复。对此马可很生气，拒绝参加他们的婚礼。

根据《罗马君王传·维鲁斯传》记载：

出于不想让维鲁斯在没有自己陪同的情况下奔赴战场，又出于他的奢靡而不想让他待在罗马城，马可便与他一起踏上了与日尔曼人战争的征途。他们随后来到了阿奎利亚城，并在维鲁斯不情愿的情况下翻过了阿尔卑斯山。当维鲁斯在阿奎利亚的时候，他既钟情于狩猎又沉溺于宴会，而全部事务都由马可打点。

当两位皇帝率领着浩浩荡荡的罗马军团杀向位于意大利东北角亚德里亚海边的阿奎利亚城时，那些部落王国拼凑起来的军队已经望风而逃。罗马军队一鼓作气追击到多瑙河边歼灭了来犯之敌，并处决了始作俑者夸迪人的国王，夸迪人诚惶诚恐地表示只有等待两位两位皇帝都满意的人被推荐出后，才会确认新的国王，等同于他们已经向罗马臣服。其他一些部落的王也派出使者，为他们的谋反乞求皇帝的宽恕。维鲁斯以为大功告成，希望尽快返回罗马，但是马可并不认同蛮族国王们结束战争的诚意，之所以伪装出顺从，只是一时慑于罗马军团的威力，因此他认为应当继续乘胜追击，直至把他们全部消灭。维鲁斯只能十分不情愿地继续与马可一起率领大军前进。于是他们翻过了阿尔卑斯山，行进到更加遥远的地方，并使用一切办法来完善意大利以及伊利里亚周边的防御工事。然而，维鲁斯执意要返回罗马，在他的一再恳求下，马可同意先向元老院致信，经同意后再返回罗马。当他们登上一辆马车，在返回罗马的途中，维鲁斯突发中风而死亡。

根据《罗马君王传·维鲁斯传》的记载：

就在潘诺尼亚的战事结束后，在维鲁斯的恳求下，他们返回了阿奎利亚城。后来，由于维鲁斯一直想念着罗马城里的快乐，于是便快马加鞭地往罗马赶去。在离阿尔丁鲁姆不远处的地方，维鲁斯却在马车里突然患上了那种人们称之中风的疾病。他被人从马车放下并实施了放血之后，就送往阿尔丁鲁姆。此时，已经无法开口说话的他又度过了三天时间，便在那座城里辞世而去。

在国人的印象之中，维鲁斯身材高大匀称，相貌和善，他所蓄的胡子如同蛮族那样的曲卷着，额头与眉毛平齐，让人感到敬畏。他平时比较注意自己的外表，尤其是百般呵护自己值得骄傲的金黄色头发，以至于会在脑袋上撒金粉，使之变得更加金黄。他在语言上有些障碍，对于博彩游戏痴迷。除去残暴和喜欢表演外，几乎与尼禄皇帝无异。在他的日常使用器皿中，一只水晶高脚酒杯容量超过正常人类饮用限度，他将自己心爱的马匹命名为沃卢奇，显示其一生对于名马和名酒的钟爱，他最终死于酒色和狩猎的过度，享年42岁，和其兄奥勒留共同掌权长达十一年。他的遗体被安放进哈德良陵墓，和他的亲生父亲维鲁斯·恺撒及义父哈德良、安东尼相伴。

戎马生涯和继承人问题

　　尽管马可和维鲁斯的分歧和执政风格大相径庭，开始时似乎还可以勉强维持多半在于马可的容忍，但是在取得帕提亚战争胜利后，矛盾已经完全公开化，甚至涉及对皇家声誉的影响和未来的继承问题，维鲁斯就是在这样的背景下十分可疑地死去。

　　对于维鲁斯的猝死，还是引发民间各种议论。至少在表面上马可还是尽全力掩盖他和维鲁斯的种种矛盾和分歧，借助对于死者隆重葬礼的举办和对遗属的丰厚抚恤来平息社会舆论和维鲁斯家族的不满情绪。

　　马可在罗马为维鲁斯举行了一场盛大的葬礼，将其神化为"征服者维鲁斯·帕提卡斯·马可西努斯"，等同于将征服帕提亚王国的战功全部记在了维鲁斯的名下，并且向其遗孀和几代亲属慷慨解囊，重重抚恤，安抚人心。而所谓遗孀也即自己的女儿露西拉，在维鲁斯尸骨未寒之际，就将她再次作为政治筹码嫁给他新提拔的军政顾问、骑士提比略·克劳狄乌斯·庞培亚努斯。这激怒了露西拉和她的母亲小福斯蒂娜。她们认为庞培亚努斯年老且出身寒微。更加火上浇油的是马可是在维鲁斯的悼丧期未结束之前宣布了这桩婚事，女儿作为女婿未亡人的厚重抚恤等同于作了她新的嫁妆。

　　这种门户不当的婚配，说明他对新女婿的评价不高。对于马可而言只是遵循自己一贯做事的思路，有意贬低维鲁斯前皇后，也是自己亲生女儿身价，目的是为了确保她出生的孩子，不管是以前还是后来出生的，都不可能取代自己儿子康茂德将来的继承人地位。尽管他和自己皇后小福斯蒂娜的关系十分微妙，皇后的婚外出轨在罗马高层几乎是公开的秘密，但是他完全地视而不见，因此他的这位康茂德皇子的来源也是十分可疑的。乃至于在罗马传为笑谈，而他对这位几乎等同于尼禄的家伙、未来的暴君几乎百般呵护，刻意包庇，千方百计保他上位。把自己的女儿打发给自己低等级的亲信大臣，就是为了使她和维鲁斯或者其他人的后代无法挑战他的爱子康茂德的接班人地位。

虽然在罗马史中，历来对这位笃信斯多葛学说的哲学家皇帝评价甚高，但是对他性格和一生中的两件事仍然是饱受诟病。爱德华·吉本在他的《罗马帝国衰亡史》中指出：

斯多葛派的严格纪律，无法抹掉马可的温柔敦厚，有时不免妇人之仁，这成为他性格的唯一缺失。他虽然理解力极其优越，却常因赤子之心受到蒙骗，别有企图的人很了解皇帝的弱点，打着哲学的幌子作为进身之阶，表面上装着一副不求名利的样子，事实上却完全相反。他对弟弟（维鲁斯）、妻子（小福斯蒂娜）和儿子（康茂德）太过溺爱纵容，超出个人德行应有范围，以至于他们有恃无恐，胡作非为，祸国殃民，遗毒无穷。

庇乌斯的女儿小福斯蒂娜是马可的妻子，素以风流韵事和容貌艳丽而著称当时。马可那哲学家严肃和简朴的气质无法约束她那热情奔放的行为，因此她才为人所不齿。皇后的败德行为影响世道人心，侮辱丈夫的名誉，可他还将她的一些情人擢升到高官厚爵的地位。三十年的婚姻生活证明他温柔体贴，对她的关怀尊重至死不渝。在他的《沉思录》中，他感谢神明赐给他一位忠实温柔、天真烂漫的妻子。当她死后，元老院在他诚挚恳求下，只好立她为女神，供奉在神庙里和朱诺、维纳斯、克瑞斯一样受到民众膜拜祭祀，还要昭告世人，青年男女在结婚当天，必须在贞洁保护神的祭坛前宣誓。

罪恶滔天的儿子康茂德更使父亲的纯良德行蒙上一层阴影。马可因偏爱他们的不肖子而牺牲百万人的幸福，没有从共和国里选拔储君，反而传位给自己的家人，引起公众的反感。不过，焦虑的父亲一直期盼得位有人，费尽心血，延请饱学名师和有道之士教导康茂德，期待借助他们的言行，扩展原本狭隘的胸襟和革除早已宠坏的恶习，使他有能力和德操在将来接掌宝座，可除了与他习性相接的嬉游项目外，其他方面的教导根本不能发挥作用。哲学家讲授的枯燥哲理，在放荡玩伴的怂恿和引诱下，遗忘得一干二净。马可本人也揠苗助长，竟在儿子十四五岁时，就要他参与处理国政。马可后来又活了四年，由于轻率将一个心气浮躁的年轻人，推向理智与国法都无法约束的境地，他自己也难免悔恨不已。

　　马可在他唯一传世的著作《沉思录》中，对自己的家人包括在史家笔下颇有微词的妻子小福斯蒂娜和所谓的弟弟维鲁斯、儿子康茂德均是褒扬有加，与实际相差甚远。这位有着罗马和斯多葛哲学熏陶和强烈责任感的皇帝，在维鲁斯猝死之后可以完全按照自己的理想改造罗马帝国，践行自己的军事政治目标，在后半生多次出征战胜日尔曼诸部落中，成功由一个充满神秘的哲学家变身为一个身经百战的将军：就在公元169年—175年的第二次马克曼尼战役中，利用军务倥偬的闲暇时间，在营帐中沉思冥想迸发出的思想火花，凝聚出他的随笔式感想记录，是否考虑到藏之名山传至后世，不得而知。但是涉及皇帝家族成员的记录，均为隐恶扬善，以淳朴的词汇堆砌出一个个道貌岸然流芳百世的形象，刻意塑造出家族的伟大。然而，史家却以董狐之笔直接揭示了马可深宫后廷的种种不堪。

　　美国学者威尔·杜兰特如此评价马可和他的《沉思录》及其赫赫战功：

　　就在这第二次马科曼尼之役的混战中，他在多瑙河支流格兰纳（Granna）河畔的军营中写成了《沉思录》这本小书，世人因而铭记他。这本书是伟人最逼真的画像，使人们瞥见一个虚弱而容易被骗的圣者，为着扭转帝国命运，率领大军作战之余，还不忘思虑道德和命运问题。他日间追剿萨玛提安人，夜间却以同情心记载之"蜘蛛捉到了一只苍蝇以为是丰功伟绩，人追到兔子亦然……或俘获萨玛提安人者……他们也不都是像强盗吗？"话虽如此，他仍旧和萨玛提安（Sarmatian）、马克曼尼（Marco-manni）、夸迪（Quadi）、雅兹格斯（Iazyges等部落苦战了6年之久。胜利之后，他的大军前进遥抵波西米亚（Bohemia）之北，他显然是想以赫西尼安（Hercynian）、卡帕西安（Carpathian）山为疆界；若是他成功了，日尔曼也将用拉丁语接受罗马文明，所不幸者，当他的成功登峰造极之时忽传噩耗；他的部将叙利亚总督阿维狄乌斯·卡西乌斯（Avidus Cas-sius）在平定埃及叛乱后，自称为帝，他只好匆忙地和野蛮部族休战，仅只兼并多瑙河北岸一条10公里长的土地，在其南岸留下驻守大军而已，他集合士兵并对他们说，经罗马元老院同意，他同意让位给阿维狄乌斯，并保证饶恕叛军，然后进军小亚细亚迎战阿维狄乌斯。其间有人杀了阿维狄乌斯，叛军遂瓦解，奥勒留经小亚细亚和叙利亚到达亚历山大，他像恺撒在征服乌提卡那样，因小加图的自杀而失去展示自己宽大为怀的博大胸襟一样，失去了宽恕阿维狄乌斯的机会，因为这位叛将已经为他的部将所杀。这样他轻松地来到了斯米尔纳（Smyrna）、亚历山大和雅典等地，外出时都不带护卫，潇洒地穿着哲学家的披风，听取名师演讲，用希腊语参加他们的讨论，在雅典时捐助柏拉图、亚里士多德、斯多葛和伊壁鸠鲁各学派的教授学位。

这段言简意赅的文字，却总结了奥勒留单独执政以来长达七年对于日尔曼各部族的艰苦征战和征战之余的辛勤写作。在这期间，还发生了他手下征服帕提亚的英雄叙利亚总督在镇压埃及人叛乱后举兵谋反重大事件，这一事件有着十分深刻的政治背景，皇后小福斯蒂娜也卷入其中，给予了暗中支持。

公元 175 年，叙利亚行省总督阿维狄乌斯·卡西乌斯在平息了埃及人发动的叛乱后，起兵举义，企图占领整个行省，并且带走自己指挥的军团。在帕提亚战争中取得的胜利，在很大程度上应该归功于阿维狄乌斯·卡西乌斯的丰富作战经验和杰出的指挥才能。而当时的总指挥维鲁斯逍遥自在，在安条克留恋于风月场所，几乎无所作为。阿维狄乌斯被马可委以重任，可以单独指挥军队，当时就受到维鲁斯的猜忌，并向马可举报卡西乌斯图谋不轨，有谋反之心，甚至敦促马可在卡西乌斯威震三军前将其免职。维鲁斯在举报信中写道：

阿维狄乌斯·卡西乌斯是如此渴望得到国家大权，非但我是这么认为的，而且我的祖父安东尼·庇护统治时这件事就为人们所知了，因此请允许我提醒你。应对他加以防范。我们所做的每一件事情都不能让他感到满意。他聚集起了数不胜数的财富，还对我们的诏书冷嘲热讽。他把你唤作懂哲学的老女人，把我称为放荡的蠢货。快想想该干些什么吧。我并不憎恨这个人，可想想吧为了你自己和孩子的幸福考虑，在你的身边竟存在这样一个为士兵乐闻其身乐观其影的人。

面对维鲁斯的挑拨，马可当时的回信充满着单纯无私的情怀，现在也被留存于史料中：

从你的信中可以看出，你对像我们这样的政府或皇帝感到害怕。如果阿维狄乌斯·卡西乌斯注定会登上皇位，那么任何反抗都是徒劳的。我们祖先曾经说，皇帝不能杀死自己的继位者。如果阿维狄乌斯·卡西乌斯注定不能问鼎皇位，不忠行为会导致他失败。那么，我们凭什么仅靠怀疑就剥夺一位功臣的生命呢？你说，只有阿维狄乌斯·卡西乌斯死了，才能确保我的子孙后代安全。你错了。如果他比我的子孙更能赢得民众的拥护，为民众谋取更多福祉，那么我的子孙注定会灭亡。

马可·奥勒留并没有说空话。为了稳定军心，他赐予阿维狄乌斯·卡西乌斯掌管叙利亚行省和边境军团的指挥权。然而行伍出身屡建战功的阿维狄乌斯·卡西乌斯似乎看不起学者型皇帝马可·奥勒留，在他的眼中马可就是一个过于随和宽容的书呆子，在治国理政方面缺乏杀伐决断和严格监管臣僚的决心，也无法遏制官员欺上瞒下、贪污腐化的行为。在目前尚保存完好写给女婿蒂蒂乌斯·克劳狄乌斯·安东尼尼的信中，基本可以看出他对马可的真实心态：

马可·奥勒留非常令人敬重。他想做一位仁慈的皇帝，愿意宽恕性情恶劣的人。或许有人会问监察官老加图去哪儿了？古代的严刑酷法又去哪儿啦？这些制度很久以前就消失了，没有人想要复兴它们。因为马可·奥勒留把时间都花在了凝视星空，探讨自然与人类的灵魂、正义与荣誉等问题上了。然而，他不善于治国理政。我们应该快刀斩乱麻，修理旁枝末节，使罗马帝国立于不败之地。至于各行省总督，如果他们认为国家赋予自己职位可以让自己一劳永逸、发家致富，那就让他们尽情享受吧！因为如果我的事业能够蒸蒸日上，他们就得把贪污所得交出来，装满国库。一位曾经像乞丐一样穷得叮当响的禁卫军军官，现在是不是富得流油啊。

从以上三封信件，可以看出皇帝马可、维鲁斯和地方军事重臣三者之间无论从个人性格和秉持的价值观方面均有巨大的差别，差别不可弥合，就可能产生裂变，就可能引发国家危机，当然矛盾的三级中，其中维鲁斯已经病死，只剩下两级，那个居功自傲，野心勃勃的卡西乌斯必然要在东方称帝。

追溯阿维狄乌斯的家世，也可堪玩味。阿维狄乌斯出生于公元130年，他的母亲家族据说出自恺撒时期著名的卡西乌斯家族，也就是当年和布鲁图斯共同刺杀恺撒的共和派英雄、小加图的女婿卡西乌斯那一族，他的生父阿维狄乌斯·维鲁斯是家族中首先步入仕途的，曾经担任过首席百人大队大队长。后来以财务官身份进入帝国显贵行列，成为元老院议员，曾经担任过执政官。但是由于其家族曾经是著名的共和派首领，反对过元首制也即皇帝体制，以致在官场饱受歧视，并被公认为处处与皇帝作对的人，在幼年的阿维狄乌斯就扬言要推翻安东尼·庇护。多亏了他那个德高望重的父亲庇护，才不至于受到追究。但至少说明他对于奥古斯都实行的元首制的愤恨是由来已久根深蒂固的。

他是公元172年奉命镇压了埃及布库洛人叛乱三年后的175年开始揭竿而起在东方称帝的。当时马可给他加官进爵的原因就是希望他能够稳定东方局势，使自己能够全力在多瑙河－莱茵河北方一线对日尔曼各部落实施分而治之的战略，也是为了抑制自己正在崛起的女婿提比略·克劳狄乌斯·庞培雅努斯的势力。目的都是为了确保儿子康茂德的顺利继承。

《罗马君王传》的作者埃利乌斯·斯把提亚努斯对于阿维狄乌斯·卡西乌斯的性格和理想抱负如此描述：

他有时看起来粗俗野蛮、有时彬彬有礼、时而敬畏神灵、时而蔑视圣物；虽偏爱饮酒，却能适可而止；虽喜好食物，却能忍受饥饿；虽渴求性爱，却能洁身自好。称他为喀提林（共和时期的造反领袖。）的人不在少数，而他本人竟对这么称自己感到高兴。甚至还说，假如他真的杀了那个冠以安东尼努斯之名的哲学家，那么他就是真的喀提林了。那位皇帝在哲学方面是那么出类拔萃，以至于行将前赴与马科曼尼人的战争的时候，在所有人都害怕马可会有什么灾患降临情况下，众人并非出于谄媚之心，而是真诚希望他发表自己的哲学著作《沉思录》。而他对这么做也没有感到有什么不妥，反而一连三天日复一日地讨论这本书的出版。此外阿维狄乌斯·卡西乌斯还严格执行军纪，并想让人们唤自己是马略。

这位本传作者继续写到，谈到卡西乌斯的严厉不如说是残暴：

因为一旦有士兵用暴力夺取行省居民的东西，他就会史无前例地在这些士兵犯下罪行的地方就地将他们送上十字架。他还破天荒地发明了这样的刑罚：他先竖起一根长达一百八十尺的大木桩，随后将那些被判有罪的人从顶端一直绑到底部，再在底部放上火炉，于是就在一些人被火烧死之后，另一些人或死于烟熏，或死于苦痛，或死于恐惧。他还命人一次绑着十个人沉入深河和大海。同样是这个人，还对许多擅离职守者实施了砍手，对另一些人则实施断足甚至断膝，并说让犯罪之人悲惨地活下去比处死他们更具警示意义。

当时，盛传马可·奥勒留在征战前线已经病逝，在确信皇帝已死的情况下，卡西乌斯听取了皇后小福斯蒂娜的意见，宣布自立为摄政王，而小福斯蒂娜之所以这样建议，是为了自己的儿子康茂德以后继承王位，也可能希望加强联盟确保王位传承有序。

听闻叛乱这一惊人消息后，马可本能地选择封锁消息，主要原因是他不希望日尔曼人知道罗马内部发生内讧，正处于内战边缘。随着消息的广泛传播，谣言伴随着真相在军营流窜，这时马可已经无法回避，只得召开大会发表演讲。他以退为进，以一贯的镇静和淡然对此既不表示愤怒也不憎恶，只是表示难过，并愿意引咎辞职。他表示所发生的这一切，只是天意，他担心的只是内战，如果阿维狄乌斯所引发的危险是冲着他本人来的，而不是针对罗马帝国，那么他将愿意把整个事件提交元老院来处理。为此，马可致信元老院，信中明确表态：他会宽恕叛军，只惩罚阿维狄乌斯一人，而不会对他无辜的家人进行报复。马可又向元老院议员表示，从没有一个善良正直的皇帝因叛乱而被推翻，他以奥古斯都、图拉真和安东尼为例。最后，马可狡猾地提请元老院同意他的女婿提比略·克劳狄乌斯·庞培亚努斯担任下一年的执政官。

然而，马可宽宏大量的策略并没有讨得妻子小福斯蒂娜的欢心。当她得知马可并不打算指责阿维狄乌斯和其他谋反者的罪行时，小福斯蒂娜怒气冲冲地写信给马可，指责他对于叛军头目及其部属的宽恕，使得后来一些轻率的史家认为这封信证明皇后没有卷入卡西乌斯的阴谋，而无论是古代或者现代的马可传记作者均认为，可以把此信看成是她认为密谋者不会被灭口，自己有可能会被暴露而绝望后的激烈反应。

当马可·奥勒留挥军队前往小亚细亚准备迎接叛军挑战时，罗马元老院却很快做出决定，宣布阿维狄乌斯·卡西乌斯为人民公敌。马可的信并没有奏效，他的一片好心付之东流。卡西乌斯被宣布为"人民公敌"，就等于罪犯及其家属的财产都要被没收。后来马可还是将一半的财产发还其家人。把金银首饰全部退还给了阿维狄乌斯的女儿，并且宽大其族人，改变了元老院的决定。同时，马可还愿意宽大处理阿维狄乌斯，只要投降，可以饶他不死。可是阿维狄乌斯没有做出答复，便被一个叫安东尼的百夫长和一个未任命的低级军官所刺杀，两人将他的首级送到马可处，马可看都未看，就下令埋掉了。他对元老院议员说，他对这一结局并不满意，并哀叹自己少了一次宽恕自己敌人的机会。他的真实心理是希望能够活捉阿维狄乌斯，就他的忘恩负义当众教训他一番，然后在一个刻有斯多葛教义的剧院当众释放他。但是，这个刻意展示皇帝仁慈宽大情况的戏剧性场面没能如愿。使他深感遗憾。

对于公元175年叛乱的参与者而言，事情并非如此简单。如果马可当时真的死了，那么阿维狄乌斯的叛乱可能会成功，甚至可能会通过与小福斯蒂娜的联姻使自己的地位更加巩固。也许马可吸取了这次事件的教训，随后立即颁布元首法令，凡是元老院议员不能担任自己出生地的地方长官，因为阿维狄乌斯和他的女婿提比略·克劳狄乌斯·庞培亚努斯均在叙利亚出身，分别掌握帝国叙利亚和日尔曼两地的军权，均有可能造成对未来皇位继承人康茂德的威胁，他不得不防。

马可·奥勒留对于阿维狄乌斯大多数副手极其宽大仁慈，尤其对于卷入阴谋叛乱的元老重臣，除仅将几个首恶处死显示皇帝权威外，其余一律既往不咎。埃及行省执政官的变节附逆导致城内饥民暴乱，因而被处决。马可甚至下令烧毁了阿维狄乌斯的所有信件，从而保护了所有暗中策应阿维狄乌斯叛乱的元老。更重要的是他掩盖了皇后小福斯蒂娜参与叛乱的证据。所有皇后串通阿维狄乌斯参与叛乱的详细证据，都是在康茂德时期发现的，当阿维狄乌斯手下负责外交事务的长官被捕后，他才透露了这些信件的内容。康茂德不想让自己的母亲受到牵连，于是将这些信件付之一炬。

叙利亚行省首府安条克的民众曾经极力支持阿维狄乌斯·卡西乌斯。马可一度下令禁止安条克的民众进行贸易和举行娱乐集会。然而，不久后马可为了恢复东部动荡不安的局势，亲自访问了安条克，参观了这座繁华的城市，态度随之缓和。这是他登基后首次访问东方行省。离开罗马前，马可特别授予将来的皇位继承人康茂德护民官一职，为了明白无误地表达这一点，马可在新铸的硬币上点名康茂德是他的接班人。

公元 175 年 8 月底，马可开始自己历时一年之久的漫长征途。之后，随军的小福斯蒂娜在托罗斯山脉附近的小山庄薨逝。为了纪念她，这个村庄破格被提升为城市和殖民地。应马可·奥勒留的要求，罗马元老院通过表决，将小福斯蒂娜尊为女神。

虎父犬子

马可·奥勒留的儿子康茂德成为帝国最高统治者后，曾经在罗马圆柱广场仿照图拉真记功柱，为父皇马可·奥勒留也弄了一根擎天柱，上面雕刻着小福斯蒂娜被著名的神带入天堂的情景。小福斯蒂娜的死很让人生疑，因为紧随阿维狄乌斯叛乱之后，谣言四起。有人说是马可杀了这个不忠诚的妻子；也有人说是小福斯蒂娜被内疚和耻辱折磨已久，最终选择了自尽；小福斯蒂娜自杀的另一个原因，是她害怕自己与阿维狄乌斯的书信不久就会大白于天下。总之，这个充满阴谋和杀戮的时代，任何一位皇帝和家人的死亡，从来不被认为是正常死亡或者偶然事件，所有的一切都是下毒、预谋或者密谋的结果。马可写给小福斯蒂娜的颂词很简短，就说了一句话："如此好的一个女人，听话、可爱、单纯。"

法国历史学家勒内说：

福斯蒂娜非常享受罗马社会的奢侈、放荡生活，很快就厌倦了他那恭敬顺从的、刻板严肃的丈夫。一言以蔽之，她觉得丈夫令人生厌："他那艰苦朴素的美德，经久不变的忧郁，厌恶所有类似宫廷的地方，这对于一个年轻多变、性格热情、美丽无双的少女来讲，都太单调了……她并不喜欢她丈夫的朋友；她从未进入他的生活；她的品味和他迥然不同。"

勒内这位法国作家可能是带着鄙夷的目光看待小福斯蒂娜，因为她并不符合罗马人对于女人的标准。一位贵族的妻子应该被认为是光鲜亮丽的，而不是被空洞徒劳的赞扬所遮蔽她的本来面目，也许这面目并不如官方所颂扬的那般高尚美好。此外，小福斯蒂娜还善于要弄诡计，这就掉进了罗马人嫌忌女人的陷阱里：厌女症观念认为女人贪欲过重，背信弃义是最最不足取的毛病。她还通过自己皇权无边的丈夫为自己多个情人谋取朝廷的官位，奇怪的是马可·奥勒留竟然也能默许并容忍这种荒唐的行为存在。

根据《罗马君王传》记载：

对马可·奥勒留来说，曾因以下事遭受到指责：他提拔了妻子的情夫

（如：特图鲁斯、图提留斯、奥菲图斯及莫得拉图斯）升任各种官职，即便有一次他甚至抓到了特图鲁斯与自己妻子在一起共进早餐。关于此事，有一位喜剧演员在马可·奥勒留在场的情况下曾在舞台上道出这样的对白，一个蠢货询问一位奴隶，妻子的情妇叫什么名字，那个奴隶说了三遍"图鲁斯"，接着这位蠢货问了相同的问题，那个奴隶告诉他："我已经说了三遍了图鲁斯。"

因为拉丁语三遍"tyr"喜剧中的人物"图鲁斯"连在一起就是"tyrtullus"。对于如此明显的影射，马可竟然假装不知，无动于衷。对于任何希望他休妻的建议，都被他拒绝，一直扮演着一个维持忠诚的丈夫、和睦家庭的贤明君主的光辉形象，在人格上不是有缺陷就是天生的虚伪。

从东方返回罗马途中，他到访了埃及，在亚历山大港，他赦免了所有参与支持叛乱的首领人物，为了表示信任，将女儿露西拉委托给他们照顾。在士麦那，马可·奥勒留听取了著名哲学家埃利乌斯·阿里斯提德斯的演讲，他最后到访雅典，参加了厄琉西斯的神秘的宗教庆典活动。于176年的秋天，他回到了因为征战阔别7年的罗马，人民视他为帝国的救星，热情欢迎他的凯旋。

177年，马可·奥勒留在罗马休息了一年多，度过一段平静的时光。在此期间为了纪念妻子小福斯蒂娜，他设立"福斯蒂娜的姑娘们"慈善基金会，资助贫困少女的婚姻。178年，马可为15岁的儿子康茂德解决了婚姻问题后，让他参与辅政，未通过元老院直接宣布其为皇位继承人，任命他为执政官。这种公然藐视帝国宪法，破坏帝国信誉的行为背离了他对罗马元老院尊重和服从的诺言，显得毫无诚信可言，使得从涅尔瓦开始所实行的选拔贤人作为继承人的收养制度宣告终结，为王位世袭制度洞开了方便之门。

罗马城的卡普拉尼卡广场，蠹立着象征帝国创始人奥古斯都征服埃及的方尖碑，马可·奥勒留的儿子康茂德继位后，为他的父亲仿照图拉真皇帝的记功擎天巨柱也依葫芦画瓢弄了一根。马可作为哲学家皇帝，却是一位东征西讨征服日尔曼各部落的杰出军事统帅，虽然由于叙利亚总督阿维狄乌斯的叛乱，东征大计功败垂成。然而他的文治武功和道德文章还是彪炳史册的。他的戎马平生在这个擎天大柱上也留下了形象的记载。因而这广场又被称为"圆柱广场"。

毫无疑问，马可·奥勒留的圆柱效仿了图拉真圆柱，但是艺术史学家还是强调了两者之间的差别。它们的相似之处有：都是以巨型的卡拉拉大理石砌成；两座圆柱上都绘有两场战役中罗马军队和蛮族之间战斗场面的浮雕带；两座圆柱内部都建有螺旋形楼梯，开有狭窄小窗用以照明；两根圆柱上都安放着相应皇帝的铜像。16世纪末，教皇西斯笃五世将顶端皇帝像篡改成了遭受罗马皇帝尼禄迫害的两位圣徒彼得和保罗铜像。在马可·奥勒留柱上，与之模仿的图拉真柱一样，两场战役中间以持盾的胜利女神像分隔开。两根柱子都在漫长的岁月中受到不同程度的损伤，但是马可·奥勒留柱受到的损伤比较严重：曾经遭受过雷击，还因为地震而受损。在艺术上的差别是：奥勒留柱上的形象更加呆板，人物头部过大，与身体比例很不相称，更缺乏艺术美感，在雕琢工艺上更加粗糙。

两根连环图画盘旋而上擎天大柱最主要的差别在于题材上的差异：图拉真柱的浮雕的题材主要是建造跨多瑙河大桥，建造防御工事，搭建军营。马可·奥勒留柱所表现的战争场面要残酷血腥许多。从浮雕图案选择上看，马可同马克曼尼亚、夸狄人和埃阿日各人的战争都是明刀明枪地对垒。很多战役是在阴森的密林中的遭遇战，或是在危机四伏的沼泽地带的小规模厮杀，又或是纯粹残酷的肉搏。康茂德为其父建立的记功柱在描述日尔曼战役的胜利时，对真实战争场面刻画得栩栩如生。

弗兰克·麦克林恩在《战士、帝王、哲学家：马可·奥勒留》中写道：

有人形容上面的肖像浮雕时说"在马可巡查战停或者倾听一位蛮夷首领涕泪泣下的坦白时，可以看到肌肉和面部中透露的凝重肃穆"。柱上描述的令人发指的内容有战俘们苦苦哀求的情景；有罗马人清洗村寨，纵火焚烧整片居民点，屠杀所有男丁的画面；有日尔曼人乞求帮助和拯救的场面；有成队的手无寸铁的人走到刽子手刀下，头颅被砍下的惨状；有成群的战俘被活埋在他们自己被强迫挖掘的万人坑中的无奈；有罗马士兵举行砍头大赛，把头颅争相呈给欣慰的长官的场面；更有虐杀战俘、刺杀行军、奸淫妇女、抢劫牲畜、屠戮婴儿的暴行。按照现代的观念，这些让人惊悚的画面对马可肯定是一种折磨，是渗着泪水刻在柱上的。但是这只是现在的观点而已。在罗马的纪念柱上根本没有残酷这一概念，在罗马人眼中，一位称职的皇帝实施残酷的行为就是一种正确的惩罚。

　　马可在当上皇帝后的大部分岁月，都是在残酷的战争中度过的，这是他后半生皇帝生涯中最值得骄傲的桥段，也是衡量一个皇帝功成名就的标志，而在金戈铁马之余的文学书写中尽可以淋漓尽致地表达他的仁慈宽厚博爱，那只是对待本民族的臣民和亲友，对待蛮族他是毫不留情的，记功柱由此可见一斑，罗马帝国毕竟是以战争立国的，战争就免不了流血牺牲，也包括残酷的屠戮和烧杀抢掠等缺乏人性的兽性。

　　公元 178 年 8 月 3 日，北部日尔曼边境再次战云密布，马可·奥勒留宣布重返战场。遵循古时的习俗，出发之际前往战神马尔斯庙神龛中取出血迹斑斑的矛头，带着它赶赴前线英勇杀敌，他第十次获得"最高统帅"的头衔，与以往出征不同的是，除了带走朝中所有重要顾问和参谋外，还带上了两年前就被授予"大将军"头衔儿子康茂德，目的是为了让他在战争中建功立业，为将来登基积累资源。官方称这次出征是第二次日尔曼战役。第一次远征是因为阿维狄乌斯叛乱而功败垂成。第二次远征似乎也是相同的结局，是因为皇帝的驾崩。

　　公元 180 年 3 月，经过潘诺尼亚行省到达维也纳或者塞尔曼，马可·奥勒留因患天花（时称安东尼瘟疫），一病不起，很显然皇帝大限将至。马可派人召来康茂德，再三叮嘱他必须完成这次远征。但是儿子闪烁其词支支吾吾，只承诺他会尽其所能，但是补充道只有身体的安全才该放在首位，因为大家都知道天花会传染。康茂德嘴里嘀嘀咕咕地说："人死了什么都做不成了。"在父亲身命垂危之际，儿子悄悄逃离了身染重疾的父亲。

　　马克决定不吃不喝来加速自己的死亡。在绝食的第六天他召见了自己的亲密的顾问、将军和亲友——这些可以倚重延续儿子江山的人，包括两位可以阻止康茂德登上王位的人：他的女婿提比略·克劳狄乌斯·庞培亚努斯、原共治者维鲁斯郑重其事地进行托孤，他怕他那位从小就身心顽劣，才德均不配位的花花公子会成为另一个卡里古拉、尼禄或者图密善，历史学家希罗德记载了最后的演说：

这是我的儿子，你们看着他长大，少年初长成，他在生命的狂风骇浪中还需要你们的指引和点拨……你们必须接替我的位子成为他的父亲，只有你们……你们必须给他这种建议，劝诫他现在正在聆听教诲。这样你们才能够给自己也给每个臣民带来一个贤明的君主，这也是你们向我表示感激的最好的方式。事实上，这是你们可以让我的记忆永存不朽的唯一方法。

当一位护民官向他请示当晚的口令时，他说道："落日已薄西山，追寻新的太阳吧！"随后，他用哲学家的斗篷盖住了自己的面孔，睡了过去，在睡梦中驾鹤西去。时在公元180年3月17日，离马可的59岁生日只差一个月。

他不曾拥有健康的体魄。军营的艰苦生活、来去匆匆的旅途及多瑙河沿岸的严冬酷暑，让他饱受折磨。直到驾崩，马可·奥勒留完全是靠道德的力量支撑自己的精神，拖着疲惫虚弱的身体拼命处理政务。然而，现实的锐利刀锋最终还是磨破了他的精神剑鞘，被岁月风霜所折断。

堪称罗马帝国最伟大的皇帝、哲学家马可·奥勒留就这样在东征未取得最终胜利的时刻，遗憾地走完了他的戎马生涯，也为罗马历史上最开明和最繁荣的"五贤帝时代"打下了并不完美的句号。安东尼王朝还在尾声中绝望地延长了十二年。和他伟大父亲奥勒留长相酷肖的不肖之子、被称为罗马历史上最恶劣的皇帝康茂德在东部前线登基。

马可·奥勒留和他的妻子小福斯蒂娜一共生育14个孩子，仅存活并长大6位。康茂德·安东尼乌斯是双胞胎中活下来的一位，也是先帝唯一的儿子，自然被奥勒留视为掌上明珠，十分宠爱，从小就聘用名师，作为帝国继承人精心加以培养。尽管儿子从出生起就显示出顽劣和暴虐的秉性。

根据《罗马君王传·康茂德传》记载：

各种科目的老师无论有多少，都未让他有一丝的益处。这或许是其天性使然，亦或许是那些宫中抚养人对他所造成的影响：正如他从幼年时期起就是一个不知廉耻、言辞粗鄙的人了。除此而外，那些不属于帝王之艺的技艺里，如穿上小丑的服装——最终演变成披挂角斗士的装备——登台献艺，他却样样精通。十一岁在一处名叫百窖的地方就显露出了自己将犯下残暴行径的先兆，当时他竟会出于对浴池的水温过低而感到不满，就命人把那浴池管理员扔进火炉里；而领命行刑的奴隶们一遇到这种事，就把一块羊皮放进火炉烧焦，为的是用强烈的臭味让他相信惩处已经执行。

尽管康茂德生性顽劣，不堪造就，但是马可·奥勒留依然对其爱子在政治上刻意提携，在其还是儿童时，就将他与弟弟维鲁斯同时加上"恺撒"的名号。在他穿上成人托加的时候，破格拔擢为青年骑士团团长。在卡西乌斯叛乱后，他率军随同父亲一起出征，以树立康茂德在军中的威望。叙利亚政局稳定后，他又随同父亲奔赴北部战场，直到奥勒留出师未捷身先死，他登基上位成为安东尼王朝第七位皇帝。那时康茂德只有 18 岁。

刚刚登基的年轻皇帝不顾军中将领的强烈反对，决定停止父亲先后进行了十二年的日尔曼战争，与日尔曼夸迪和马科曼尼人进行和平谈判，在军队实力占绝对优势的情况下撤军返回罗马。当时康茂德的姐夫、军中资深将领、也是奥勒留的托孤大臣克劳狄乌斯·庞培亚努斯声色俱厉地指出，一旦罗马从日尔曼撤军，过去十二年的战争和马可的努力都将付之东流。更为严重的是，蛮夷之族会视罗马人为懦夫。上上策应当是高歌猛进，直杀到波罗的海或黑海，俘虏最后一个日尔曼皇帝。除了罗马人的荣耀，他别无所求。庞培亚努斯和其他绝大多数的将领都是从荣誉而非实际的角度考虑问题，康茂德却认为这种荣誉至上的观念毫无意义，当然出于礼貌，他没有当众反驳庞培亚努斯的观点。对于新皇帝而言，在罗马以外的地方称帝绝对不是一个好主意，他想尽快结束战争，签订和平协议后以最快的速度赶回罗马获得元老院和罗马人民的认可。

然而，所谓和平协议的签署，并非像本村凌二等日本学者宣称的那样支付了丧权辱国的战争赔款后的退兵，而是采用了军事技巧在取得局部战役胜利后的谈判，虽然没有达到其父亲的战略目标，但是基本保住了帝国的颜面，他的返回罗马就是一次差强人意的凯旋。

弗兰克·麦克林恩在《战士、帝王、哲学家：马可·奥勒留》中写道：

康茂德的所作所为很明确地表示出，他不会简简单单地签署停战协议就匆匆班师回朝。在离开日尔曼之前，康茂德对布里族人发动了一次闪电袭击。他取得了战役的胜利。并用强加的"和平"为他的整个征伐在达契亚边境画上了句号。目睹这一切，夸迪和马科曼尼的残余部落终于签署了投降协议。罗马方面在协议中表现得颇为大度，他们撤除了罗马在多瑙河沿岸以北的所有堡垒和要塞，并且退回到多瑙河南岸。相应地，所有的日尔曼部落不再放船下河，并在多瑙河及其岛屿沿岸十公里范围内建立非军事区。夸迪人和马科曼尼人更被明令禁止同伊扎吉斯人、布里人以及旺达尔人发生战事，更不得支持与罗马人为敌的部落。他们要释放所有的罗马战俘和逃兵，并且每年向罗马进贡谷物，还要根据罗马帝国的需要，派遣部落中精良的武士到任何需要他们的地方。没有罗马的允许，这些部落不得开战，同时有一项"自由"的权利要严格执行，即每个月这些部落必须集会一次。但这样的集会是在罗马百夫长的严格监督和管辖之下进行的。集会本来是要使部落的决策能够更为有效地达成，但是因为罗马的监管使得这一目的难以达到。一旦集会上出现叛国言论或反罗马情绪，百夫长有权立即终止会议并记录下挑事者的姓名。此后，在同伊扎吉斯人和洛克森尼人的和平谈判中，康茂德均命令他们的首领在条约中加入类似的条款。

和谈看上去进行得异常顺利，康茂德结束了那场他父亲发动的战争。他开始班师凯旋，回罗马后他开始露出狐狸尾巴，白日酣饮达旦毫无节制，挥霍帝国民脂民膏，而到了晚上则流连于一家家客栈和妓院，他派去统治行省的人，不是同他一样罪恶多端，就是和他一样臭味相投。元老院对他恨之入骨，他对元老院则进行了残酷的迫害。双方矛盾不断激化，乃至发生暗杀康茂德的事件。

公元183年的夜晚，康茂德从圆形大剧场看完演出后，在通过光线昏暗和狭窄的柱廊时，突然窜出一名刺客，大声叫喊着手持匕首冲向康茂德，他如果动作利落地直接刺向皇帝的心脏，或许刺杀也就成功了，但是，为了让这位昏庸的皇帝死得明白，竟然像是演戏背诵台词那般说："元老院让我把这把匕首带给你！"也就在这瞬间，刺客被康茂德的卫士所制服。经过刑讯交代出幕后策划者竟然是皇帝亲姐姐露西拉及其情人，凶手就是露西拉的情人、她第二任丈夫克劳狄乌斯·庞培亚努斯的本家侄子。露西拉被褫夺公主头衔流放卡普里岛，不久即被皇帝下令处死。

因为刺客的这句话，元老重臣遭到血腥清洗。过去康茂德所敬畏的那些直言坦率的顾命大臣，现在却被怀疑为阴谋分子。姐夫虽然不知情，但是忠心耿耿的老将克劳狄乌斯·庞培亚努斯从此被剥夺军权，退出中枢。活跃在罗马帝制中的告密者再次大行其道，在前朝几任皇帝执政期间消失的"人民公敌"名单再次盛行，一时罗马血雨腥风，元老议员一个个被残酷杀害。康茂德的亲信们开始罗织罪名，大批处决看不顺眼的元老贵族，没收他们的财产中饱私囊。尽管如此，康茂德放手让不法之徒盘踞中枢，肆意妄为，因为这帮无耻之徒给皇帝提供了足够的金钱美色，让其醉生梦死。

开始时他对于那些角斗、猎兽等旁门左道的表演，仅仅限于在皇宫内对着自己的宠臣进行，渐渐在身边佞臣和谄媚之徒的鼓动下开始得意忘形，决心向罗马公众展示自己的神武。在特定的欢庆日子里，他开始在罗马民众的欢呼声中在大竞技场粉墨登场，由于他的情妇玛尔奇娅是亚马逊人，这是一个展示女性勇武的战斗部落，于是康茂德穿戴玛尔奇娅长及膝盖的白色丝绸金线绣成的束腰袍服，出场参加赛车比赛。在玛尔奇娅的建议下，竟然提议将帝国首都罗马改称"康茂德亚钠"。元老院竟然同意了，他还轻蔑地将元老院改称为"康茂德亚努斯院"，自称希腊神话中大力神赫拉克勒斯，公然头披狮子皮以赫拉克勒斯装束手持狼牙棒出现在公众场合，并命人制作成雕像，公开陈列。目前存世的那座雕像就是这个已经出现精神分裂症患者特点的奇怪形象。

根据《罗马君王传》的记载：

他还参加角斗士比赛，并为能获得授给角斗士的名号而感到高兴，其程度就好像自己得到胜利者的勋章一样。他总会在胜利庆典的赛会上献技，而且每次登场都会下令在国家档案上留下记录，据说，他曾经参加过七百三十五场角斗士比赛。

以这样的方式，他获得了上千顶角斗士桂冠，他以非凡的勇武亲手宰杀过成千上万的各种的各类野兽，甚至包括大象，他是当着罗马人的面干这种事的。康茂德在公元190年中公开显露出精神疾患且已呈现病入膏肓的征兆。他公开自誉为是角斗士，而这一切和罗马贵族的身份是极不相符的，更何况是代表帝国尊严权威的最高统治者——皇帝。对于帝国而言，国家元首热衷于这种低贱而不入流的奇技淫巧无疑是自贬身份。对于这位小丑般的皇帝，朝野上下纷纷表示鄙视。然而，全体元老和骑士都被勒令观看皇帝的角斗，不能以任何借口缺席，否则就可能被处死。不但如此，元老们还必须全体吟诵赞歌，献给这位集皇帝与大力神于一身的精神病患者，整个帝国上下都沉湎于某种变态的荒诞而荒唐的社会氛围中，等待王朝的死亡。

虽然帝国元首兼军队总司令的皇帝生活如此堕落，可是在他当政期间，他的边关将士们依然尽忠职守，战胜了入侵的摩尔人和达契亚人，并迫使潘诺尼亚人缔结了和平条约。由哈德良、安东尼·庇护和马可·奥勒留构建的帝国军政体制依然在有效运作。当不列颠、日耳曼尼亚和达契亚行省居民拒不接受罗马人统治时，他手下的将领镇压了上述行省的反抗，保证了帝国边疆的稳定。

当皇帝身边围绕着一群吹牛怕马的奸佞小人时，那些有真才实学的人只能知难而退，要么主动辞职，要么遭到排挤。到最后，连皇帝身边给行省总督和军团司令官缮写行政文书的人都找不到了。康茂德本人对于签署文件这类事既不放在心上，也表现得极为随意，以至于总是以同样的词句签署各类奏章，而且在数不胜数的信件上只写上"祝好"一词。国家的所有军政事务几乎全部委托给了身边的几个奸佞之臣处理。这些家伙利用手中权力，利用各种罚金中饱私囊，逐步成为罗马新富豪。

在康茂德执政的最后三年，对他影响最大的是三个人：他的情妇玛尔奇娅，这个女人原来是库瓦特拉托斯的情妇，公元182年库瓦特拉托斯追随露西拉刺杀皇帝，失败后被处决，他的个人财产和奴隶都被皇帝接收。

这个人是个隐秘的基督徒，在成为皇帝情妇后，依然保持着自己的信仰，康茂德不但对国家政务不感兴趣，对于基督教对于帝国的危害也是听之任之。其次就是掌握京畿卫戍和宫廷守卫大权的禁卫军长官埃米利乌斯·雷特。原来的双人禁卫军长官制度，自从另一位长官佩雷尼乌斯被皇帝毒死后，雷特千方百计巩固皇帝的宠幸，也就成为一人独大了。另外一名亲信就是他的近侍埃克雷图斯，对康茂德影响最大。他是一名来自希腊的释放奴隶，这家伙曾经是维鲁斯皇帝的近侍，对于博彩、嫖妓、角斗、猎兽等歪门邪道无不精通，后来投入康茂德名下受到宠幸。长期以来他和玛尔奇娅保持着事实上的夫妻关系，和皇帝悄悄共享一个情妇。

最终就是这三个和皇帝最亲近的人密谋杀害了他们的主子。

对于康茂德干的荒唐事越来越多，罗马贵族看在眼里，恨在心头，却苦于手中没有军权，尤其是指挥禁卫军的大权，也只能是徒生无奈。可能是康茂德坚信自己是神祇赫拉克勒斯的转世，而这一精神的妄想加重了他的屠杀偏执狂症状。被判处死刑的贵族越来越多，他们的财产也被瓜分。只要有人胆敢嘲讽皇上，哪怕是轻微的批评，都会立刻招来杀身之祸。康茂德的倒行逆施，胆大妄为，激起了贵族阶层的顽强抵抗。因为他们意识到，如果想要自保，只有干掉康茂德。

就在公元 192 年，发生一系列天象示警的凶兆，似乎预示着暴君康茂德最后走向灭亡，同样也预示着安东尼王朝的终结，同时也是罗马帝国开始衰落的开始。这一年，罗马再次发生大火，毁掉了和谐女神庙，烧毁了帕拉蒂尼山的很多皇宫建筑以及帝国的粮仓和国家档案馆。同时，有关康茂德的种种传说也在罗马坊间流传，说康茂德自称赫拉克勒斯是对神灵僭越和亵渎，天降灾异是对皇帝暴行的惩罚，这时康茂德又做了一件令人匪夷所思的蠢事，更加恶化了高层贵族和底层民众的情绪，人们共同汇聚的愤怒浪潮扑向康茂德，催化了皇帝身边宠姬宠臣阴谋弑君的步伐。

皇帝竟然擅自改变在罗马大竞技场的入口处高高矗立的那座太阳神金色巨型塑像的面目，他想将太阳神像凿掉换成他自己的塑像。他那硕大半身像手握权杖，脚下踏着一头狮子，使其看起来更像是赫拉克勒斯，这就是他心目中为罗马重新命名的"康茂德之城"的伟大标志。

康茂德的赫拉克勒斯崇拜和角斗士身份的荒唐结合，让帝国各个阶层都忍无可忍。康茂德的宠姬和近臣玛尔奇娅、埃克雷图斯、纳尔奇索斯都分别劝说过康茂德不必以鸠鸟冒充凤凰自取其辱，反而容易激起民愤，影响政权稳定。但是这些规劝全无效果。相反，皇帝视这三人的进言为胆大妄为的冒犯。打算对这三个人进行清算。于是这三个人就勾结起来，立刻展开他们的暗杀计划。

在发动袭击之前，近卫军长官埃米利乌斯·雷特和近侍埃克雷图斯鼓动康茂德再搞一次残酷的角斗士比赛。长达十四天的杀戮盛宴被安排上了日程。在这两个星期中，杀得兴起的康茂德把凡是能够想起的动物都送上了屠场。狮子和熊首当其列，而煞尾的是一场对于鸵鸟的猎杀。连续的杀戮弄得康茂德越发飘飘然起来，自鸣得意地以为自己就是力大无穷的神祇再世，甚至向看台上的元老和骑士们发出威胁。当时作为元老院成员的罗马早期史学家、著名的卡西乌斯·狄奥在他的巨著《罗马史》中记载了公元192年31岁的皇帝康茂德出现在斗兽场猎杀鸵鸟的精彩场面，他是亲眼所见者：

那天在竞技场，我们元老院议员都坐在观众席前排，欣赏皇帝的武艺。当时康茂德的对手是一只大得令人难以置信的鸵鸟。面对冲过来的鸵鸟，康茂德只一挥剑，立刻就把鸟头斩落。随后他以骄傲的表情转向元老院议员们，将手中的利剑从左向右一挥，好像在说："只要我愿意，你们的人头也会像鸵鸟一样瞬间落地。"

这真是可怕的一幕，同时也有些滑稽。议员们反而笑了起来，笑声从元老院议员专用席的一边传到了另一边。

这时卡西乌斯·狄奥（作者和恺撒一样，在著作中以第三人称出现）本能地感觉到这样下去会有麻烦。于是他从头上的月桂冠上摘下一片树叶，放进嘴里咀嚼，同时让其他议员也这样做。

康茂德见此情况，只好在内心安慰自己，元老院议员是因为咀嚼月桂树叶而蠕动嘴巴，并非对他发出的威胁报以嘲讽。于是，他为自己的残酷内心寻找满足的借口也就没有了。

　　康茂德借助竞技场上对于鸵鸟的击杀，对于全体元老和贵族的赤裸裸威胁，迫使阴谋者加快了对皇帝谋杀。几个月以后，公元192年12月31日夜晚，皇帝的情妇玛尔奇娅和宫廷内侍埃克雷图斯合谋在康茂德的酒里放下毒药。但是，因为康茂德酒喝得太多，以致呕吐不停，把毒液也吐了出来，下毒的第一步计划没有奏效，当康茂德脱得赤裸条条地进行沐浴时，备用计划开始实施，真正的刺客纳尔其索斯登场，这位身强体壮的皇帝摔跤教练，娴熟地将醉醺醺的康茂德勒毙于皇宫的浴池中。到这时候，阴谋分子早已安排的皇帝继承人、首都罗马的行政长官、老资格兵团司令官、行省总督66岁的佩尔蒂纳克斯登场。他是在禁卫军长官埃米利乌斯·雷特的劝说下同意继任皇帝的，也可以说他早已是阴谋集团中的一员。他先查看了康茂德的尸体，确保他已经完全咽气，然后才正式对外宣告康茂德的死讯。当然，对外宣布是正常死亡，康茂德享年32岁，在位12年。

　　在此期间，皇宫内也在静悄悄地处理善后。原本置放在浴室内的尸体被用床单简单包裹后，悄悄抬到了郊外掩埋了。没有进行通常的火葬仪式，因为元老院正在欢呼暴君死亡。玛尔奇娅、埃克雷图斯和纳尔奇索斯当夜就在皇宫消失了，或是被雷特灭口，或是被禁卫军长官私自放行，逃回了故乡希腊，从此隐姓埋名完全消失在历史的烟云里。

　　元老院所有人都相信佩尔蒂纳克斯参与了对康茂德的暗杀，但是贵族元老们乐见其成。在开始的短暂沉默后，由雷特雇佣的一帮人冲进元老院欢呼佩尔蒂纳克斯登上皇位，元老们仿佛噩梦初醒那般发出震耳欲聋的欢呼声，这场改朝换代的活剧才算表演完毕。

　　紧接着元老院毫无悬念地通过了声讨暴君康茂德的决议案，对死者实施抹杀记录的最严厉刑法，抹去了康茂德在帝国历史上的所有痕迹，包括推倒他的塑像和抹去所有敕令和题词。这篇决议案写得义愤填膺酣畅淋漓，连续用几十个排比句，几乎是江河决堤般怒涛喷涌一泻千里，严厉申讨已故皇帝罄竹难书的累累暴行：

　　把荣耀从那个国家公敌上除去，把荣耀从那个刽子手身上除去，让那个刽子手遭到拖拽。那个国家公敌、刽子手、角斗士应在陵墓里遭到分尸。他是众神之敌、屠戮元老的刽子手；他是众神之敌、元老院的敌人。

以后在分列他的种种罪行后，结尾一律用"因此，他该被拖抢拖拽"来表达愤怒，用以发泄元老院悲愤莫名的怒火，堪称一篇鞭挞暴君言辞激烈的檄文。帝国最高宗教领袖大祭司长代表祭司团宣布：

当那个人活在世上时，他给公民们带去了灾难、为自己的荣耀抹了黑，却又强迫我们要把荣誉颁授给自己，因此该把他的塑像推倒。他的名字应从一切公共或私人的记录中抹掉，而那些月份也应恢复它们以前的名字，应该恢复到那种史无前例的罪恶尚未降临国家的那个时候。

所谓恢复月份，是指在康茂德当政时，那些谄媚者，使用其本人的尊号重新命名了各月：把八月改成了"康茂德月"、九月为"赫拉克勒斯月"、十月为"战无不胜者月"、十一月为"至高无上者月"、十二月为"亚马逊（其情妇玛尔奇娅为亚马逊人）月"。暴君死后全部得到正本清源，改回原来的名称。

在康茂德当政的十二年中，整个帝国元气大伤。别的不说，他组织的每一次角斗士竞技，都要花去一百万塞斯特斯。单在公元192年这一年他就搞了735次竞技比赛。如此铺张耗费靡多，几乎掏空了国库。正如卡西乌斯·狄奥评价的那样，康茂德将"金罗马变成了铁罗马"。康茂德认为，他的宠臣或者密伴对他感恩不尽，绝不可能背叛他。但是，他错了，因为从来伴君如伴虎，尤其是性情暴虐的君主，历来喜怒无常，变脸比翻书还快，稍有不尽如人意处，就可能惹来杀身之祸。几乎没有人能够长期待在康茂德身边而不丢掉性命。

佩尔蒂纳克斯在皇帝的位置上并没有待多久，半年之后，由于没有满足扶他上位的禁卫军头目雷特希望获得埃及总督的要求，以及对禁卫军给予赏赐的要求，马上被禁卫军结果了生命。禁卫军们习惯凌驾于法律之上，在面临新皇帝重新恢复法律整饬军纪时，就断然出手杀害了他。当帝位虚悬，很多人觊觎罗马皇帝宝座的时候，最高权力变成了武力争夺或者明码标价予以出售的对象。最终尤里乌斯·尤利安努斯胜出，成为继佩尔蒂纳克斯之后的罗马皇帝。当皇位可以拍卖的时候，这个帝国的灭亡也就指日可待了。

在这几轮皇位交替中，最终幸存下来的，是经验老到的克劳狄乌斯·庞培亚努斯，在饱受打压隐居乡间十年后，他被佩尔蒂纳克斯恭迎出山，表示可以授予他共治皇帝的称号，此时这位马可的女婿、忠心耿耿的老将军已经 80 岁高龄，他对新皇盛情邀请表示婉拒。庞培亚努斯的儿子、也是马可的亲外孙——奥勒留·康茂德·庞培亚努斯生于公元 177 年。在康茂德当政时期大大小小的宫廷阴谋中得以幸存，原来康茂德是准备让这位年轻的庞培亚努斯成为自己的继承者，不幸的是他在公元 209 年成为执政官，但是随后就被卡拉卡拉给解职。

至于哲学家皇帝马可，虽然任命了一个禽兽不如的儿子成为继承人，可是后世对于马可·奥勒留的道德评判依旧稳固，数个世纪过去了马可依然被人们当成道德偶像。毫无疑问马可是最伟大的罗马皇帝之一，这一评价也许夸张，但是人们应该看到，这么多的罗马皇帝中，有多少人是癫狂的精神病人，又有多少人醉心领土的扩张，成为战争狂人。相比较之下，马可，这样一位哲学家更显得卓尔不群。虽然就继承人的选择而言，他并不是一个成功的罗马皇帝。因为，他是一个人，不是一个神。

自从康茂德被弑杀后，从此罗马帝国走向了长期的混乱，开始了衰落的过程。从 235 年起，50 年间先后登上元首位置的有 28 人，只有一个人不是被军队所杀，其中 238 年一年内就换了四位皇帝（元首），登上帝位者大多数是军人。

284 年罗马帝国有过短暂的中兴，乃是禁卫军长官戴克里先抢夺了帝位，正式改元首称号为君主，戴克里先本人模仿东方君主的样子，头戴皇冠，身穿紫袍，全身缀满珍珠宝石，臣民觐见他时必须行跪拜大礼，吻其皇袍。他把整个帝国分为 4 个地区，由他的三位助手分为两正帝和两个副帝"共治"，正帝称为"奥古斯都"，副帝称为"恺撒"。副帝均应成为他继子和女婿。在他统治罗马 21 年期间，进行了一系列改革，在政体的改革中加强了君主集权，到戴克里先去世，君士坦丁大帝登位，衰落的罗马帝国被迫迁都拜占庭的君士坦丁堡，成为东罗马帝国，残存的西罗马帝国在风雨飘摇中苟延残喘了一阵子，公元476年，帝国的日耳曼雇佣军将领终于很不耐烦地废除了最后一位皇帝——15岁的少年罗慕路斯。西罗马帝国这棵参天大树，终于树倒猢狲散，完全覆灭。

第四章
改朝换代

先知基督和世俗王权

尼禄朝基督教在民间得到广泛传播，早期的基督教传统被世俗化、大众化，而尼禄则按照《启示录》把刚刚兴起的基督教宣传为野兽般的邪教，从各个方面都将之妖魔化，并对基督教徒进行残酷迫害，残酷屠杀了大量教会信徒。

尼禄死后，他依然在罗马底层民众中有着相当的影响力，因为他对文艺、音乐和赛车等文娱体育竞技活动的爱好，给罗马公众带来许多免费的娱乐快感，使得百无聊赖无所事事的民众沉湎于公众娱乐打发岁月，而不再关心政治，这有利于专制君主对于政权的操控。因此，娱乐皇帝尼禄在普通民众中有着广泛的影响力，人们相信尼禄终有一天会回来，这一点使他被看成是耶稣基督的最大敌人。因为人们期待的基督再临，与尼禄的回归发生了冲突。这样耶稣就成了假基督、反基督者。尼禄在世俗的人们心目中就变成世界希望的耶稣基督的对手。

基督教最早产生于巴勒斯坦和小亚细亚一带。这一地区从公元前9世纪起历遭外族奴役，公元前1世纪又被罗马占领。近千年中，奴隶及下层人民多次起义，结果归于失败。处于愤怒和绝望中的人民只能寄希望于救世主和来世。那时到处流传着耶稣·基督的神话。

一个多世纪以来，罗马帝国政府几乎没有将基督教看作一个独立的宗教，只是将之看成犹太教的一个分支，曾怀疑过它，也曾蔑视过它，但是没有迫害过基督教徒。对于罗马帝国的统治者来说，基督教确实令人生厌，因为当时的基督教徒不易管理。经历过一场几乎被灭族的可怕斗争后，基督教在犹太行省、塞浦路斯和埃及的激烈叛乱中兴起。在所有大型手工业中心和贸易中心传教时，基督教徒给人留下不好的印象。

然而，对基督教徒来说，他们的宗教是受人尊敬的。因为罗马帝国的政策是，罗马公民崇拜的所有神都可以供奉在万神殿，都可以和平共处，尤其是较为开放的从哈德良到安东尼·庇护和马可·奥勒留时代。哈德良从安抚基督教徒策略出发，提出将基督教崇拜神圣耶和华、基督耶稣等安放进万神殿给予祭祀，但是统治者的善意并不被领情，基督教是一神教，信徒不肯妥协的顽强姿态肯定是对罗马诸神的藐视。这种特立独行的狂妄肯定为罗马统治者所不满，最终在矛盾激化后遭到镇压。由开始的温和容忍到逐步升级的杀戮、驱离越演越烈，反而赢得了民间的同情，并渗透到统治阶级内部高层，直至在君士坦丁时期，皇帝本身成为信徒，于是基督教终于成为国教而取代了罗马诸神的崇高地位。

基督教徒在罗马街头开展传教活动，动摇人们的传统信仰时，政府部门开始介入，制止并惩罚扰乱公共秩序的人。共和国时期，罗马元老院和罗马执政官经常采取措施阻止信仰东方国家宗教的人居住在罗马。罗马帝国初期，统治者采取同样的措施捍卫本国宗教不受狂热分子的威胁。例如奥古斯都统治时期，大量传播粗俗迷信的异教徒被驱逐到了撒丁岛。克劳狄乌斯统治时期，有记载显示犹太人发动暴乱，政府颁布法令将犹太人全部驱逐出境。哈德良时期的帝国历史学家苏维托尼乌斯用"冲动的基督教徒"这样的字眼描述某次由克瑞斯图斯煽动引发的骚乱。这次骚乱是由基督教新教义产生的激烈争论与分歧引发的。由于引发骚乱的人最后各奔东西而很快平息，驱逐犹太人的法令也随之撤销。此后，在合法的犹太教庇护下，新兴的基督教教会，竟然没有再引起政府的注意，也没有受到攻击，悄无声息地发展了一段时间。因为基督教起源于犹太教，开始的时候，罗马帝国统治者和罗马民众常常把基督教和犹太教混为一谈。

早期的基督教都是奴隶和贫苦人民在各处形成小规模的社团，以十字架为标志过着财产共有、共同消费的生活。2世纪末，各地的社团逐渐联合起来，组成教会。统治者在操控人民肉体的同时希望统治人们精神从而完全把人民变成玩弄于股掌之中的奴隶，而教会势力的膨胀使得民众的精神世界掌控在虚构的神话宗教势力手中，从而形成有组织的反抗势力对于统治权威和权力造成威胁，这是世俗统治者——皇帝绝对不能容忍的事情。

3世纪时，罗马帝国出现危机，许多富人感到前途渺茫，为了求得来世的幸福纷纷加入基督教，并向教会捐钱捐物，由于有较好的文化素养，因而在教会中逐渐取得领导地位，教会性质由此发生变化。对富人有利的说法逐渐占据上风，如此无疑给深陷危机的罗马帝国带来了希望，统治者十分需要能够为全体民众接受的宗教操纵民众的思想行为。311 年皇帝加列利阿下令对基督教要宽容。君士坦丁大帝颁布《米兰敕令》，承认基督教合法地位。325 年君士坦丁召开尼西亚宗教会议，确立了基督教的正宗教义和教会组织。基督教正式列入维护统治秩序教化民众思想精神的手段之一。331 年君士坦丁大帝将罗马国分为亚历山大、耶路撒冷、安提阿、君士坦丁堡、罗马五个教区，每一教区设一名主教。这是基督教开始在统治者支持下有组织发展的开始。392 年皇帝提奥多西一世把基督教定为国教。

罗马历史上所谓的君士坦丁大帝，脱胎于戴克里先为解决危机所进行的政治体制改革，也即将庞大的罗马帝国分割成东西两大统治体系，分由四个正副皇帝切块治理，这样做的结果是政府和军团的分割分离而形成四个统治集团，各自拥兵自重。戴克里先以强化统治为目的，可谓播下龙种却诞生跳蚤的悖论，以后四帝在东西方各自拥有自己的首都和军队，罗马的帝国中心位置已经不复存在。长期内战使得帝国兵连祸接战乱不已。

平民皇帝戴克里先

　　戴克里先并不是出身于贵族世家的统治者，也不是来自意大利本土的公民。然而，这位参与平定帝国内乱、行伍出身的平民之子，虽然出身贫苦卑贱，却比前几朝出身显赫贵族之家的皇帝创建了更为光彩夺目的业绩。因为在那个时代，贵族世家所标榜的特权，世人过分要求功勋和霸业，早已荡然无存，在人类自由和奴役之间，仍然保持着的明显鸿沟和高低贵贱之分，或者是贫富等级悬殊概念，由于时代的变迁、世事的变异和朝代的频繁更替，变得十分模糊了，许多奴隶阶层靠着军功崛起跻身新贵阶层已经司空见惯。有些老贵族随着皇帝的轮换交替、不断倒台，随之陷入罪恶的深渊，因株连而倾家荡产，受到放逐而沦为罪犯。

　　戴克里先出生于公元 244 年，他的家乡是位于亚得里亚海东部的达尔玛提亚行省首府萨罗纳。他的父母原是罗马元老院议员阿努尼努斯（Anullnus）的奴隶，他的名字源于达尔玛提亚的一个小镇，是他母亲的出生地点多克里斯（Docles）原为伊利里亚的小部落，父亲的名字就叫多克里斯，用希腊语加长发音为戴克里斯（Diocles），最后变成罗马人尊贵的名字戴克里提努斯（Diocletianus）。所以出生在多瑙河畔边鄙小镇的奴隶之子戴克里先并没有值得炫耀的显赫身世。

　　自从暴君卡拉卡废除了军团士兵必须由公民担任的传统，凡是生活在帝国境内的各类群体都可以入伍当兵，于是一些出身贫寒的奴隶子弟也可借助军功走上从政之路。父亲从主人家得到自由后，能够读书识字，得到了军队文书的职位。他那位志向远大的儿子，在神庙中求签问卦，得到神谕，向家人展示了光明远大的前程。戴克里先于是开始了从军行伍的生涯，选择从军的戴克里先开始实践自己的远大抱负，很快就显露出自己极佳的才能。在随皇帝卡鲁斯征服波斯的战役中他表现卓越，一路飞黄腾达，先后晋升为帝国梅西亚总督，并获得执政官的尊荣，虽然只是虚职，但是预示着未来在帝国的政治前途无可限量，也算是跻身帝国顶级权贵阶层了。

公元 284 年，戴克里先由于出色的表现，深受皇帝卡鲁斯的信任，有幸担任皇帝卡鲁斯的禁卫军卫队队长之职。就在这一年，卡鲁斯派他的一个儿子卡利努斯去高卢镇压当地的反抗，而自己则带另一个儿子努美利亚努斯远征波斯。在回师的途中，谋杀的阴影笼罩在元首豪华的行军队伍中，卡鲁斯神秘死亡，传说是遭到雷电劈死，其死亡原因有多种说法，但最有可能的是死于谋杀。他的儿子努美利亚努斯就地继任元首之位，但一个月后，当军队行进到小亚细亚的尼科米底亚时，又被人暗杀在皇帝豪华的马车中。禁卫军长官阿培尔封锁了死亡的消息，但尸体上发出的臭味还是使士兵们知道了结果。于是，禁卫军卫队队长戴克里先首先起来揭发阿培尔连杀两位元首的罪行，并在格斗中将禁卫军长官杀死。戴克里先因此被拥立为新一任国家元首，也即帝国皇帝。

同时，在高卢的卡利努斯也宣布自己继任元首之位，于是双方展开决战，卡利努斯在决战进行之时被部下杀死，戴克里先成为帝国唯一的统治者，这一年他刚满四十岁。对于刚刚接手的最高权力，一般人不会与他人共享，但是他开始效仿马可·奥勒留邀请他的亲密战友马克西米安成为共治者，他是奥古斯都，比他小五岁的马克西米安自然成为恺撒，用以增强帝国西方和东方的防御力量。对于两人的共治，爱德华·吉本的看法是：

马克西米安出生于西米乌姆地区的贫寒农家，大字不识，胸无点墨，视法律为无物，容貌和举止粗野，后来虽然贵为皇帝，仍然不改其农民本色。战争是他唯一的专长，长期的军旅生涯让他扬威帝国每处边疆。他的军事才能不在指挥部队而在唯命是从。或许他的兵法造诣不能成为卓越的将领，凭着勇敢、忠贞和经验，能够执行最艰巨的任务。马克西米安缺点就提拔他的恩主而言，颇有利用价值。他从无恻隐之心，行事不畏后果，戴克里先对政策每有重大变革举措，马克西米安成为执行残忍行为的最适当不过的工具。

对于工于心计擅长权谋的戴克里先而言，四肢发达头脑简单的一介武夫马克西米安就是皇帝的忠实打手和工具。因为马克西米安总是唯戴克里先马首是瞻。因此，在公元 286 年 4 月 1 日戴克里先将马克西米安晋升为"恺撒"这并不意味两者权力的平分秋色，"大奥古斯都"还是戴克里先。马克西米安被称为"小奥古斯都"。

对于两人在性格上的差异，日本学者盐野七生有着生动的描述：

不过这两个人的性格可以说是截然相反。与内敛、不轻易将内心想法示人的戴克里先相比，马克西米安不仅会把内心所表现在脸上，而且还会马上付诸行动。

假如两人同时听到屋外有异常声响，戴克里先表现是不动神色，先探知声响的起因，而马克西米安则会立即拿起武器冲出去。这样两个人为什么会成为好朋友，原因不得而知。不过马克西米安内心极为钦佩戴克里先是毋庸质疑的，而戴克里先则是最了解马克西米安才华的人。他的才华就是身为武将的战斗才能，战无不胜。因此，他很受士兵爱戴。战场上，大多数司令官是站在后方发号施令，而马克西米安的身影永远出现在最前线。

同样，戴克里先在朝野也以不同的风格受到军团尊重和士兵的爱戴。爱德华·吉本如是说：

戴克里先的成功之道在于宽厚温和的作风。罗马人接受死刑、放逐或者籍没时，只要稍微给予宽容和公正，就会极口称赞在上位者的仁慈。对内战能自行熄灭，无不感到惊喜。戴克里先把卡鲁斯家族的首席大臣阿里斯托布鲁斯（Aristobulus）视为心腹，尊重过去政敌的生命、财产和地位。他甚至让卡里努斯大部分奴仆继续在原来的位置上供职，阿里斯托布鲁斯继续担任罗马市的行政长官。这种做法可能出于谨慎的动机，让善玩手段的戴克里先获得仁慈的美名。

吉本还在《罗马帝国衰亡史》中评价戴克里先道：

他绝非英雄人物，缺乏大无畏的气概，无法把危险和权势置之度外，不能以毫无虚伪之心以赢得举世赞誉。实在说他的才干偏于实用，不会夸耀引起猜忌；心智均衡，对人性揣摩富于经验；处理事务精明能干又能讲究技巧；慷慨大方而且生活节俭朴实，常以军人的爽直掩饰深沉之心机；

能随时改变手段以达成锲而不舍的目标；为了满足自己的野心，根本不顾虑别人，甚至违背自己的良知；有时也会假借社会正义和公众利益之名，以达到自己的企图。戴克里先和奥古斯都一样，被视为新帝国的奠基者，就像恺撒的养子是一位出色的政治家，绝非统兵征战的勇将。他们能用策略达成目标之时，尽可能不使用武力。

自从屋大维建立元首制之后，罗马的政治体制开始由共和制向专制君主制转变，而戴克里先是这一进程的最后完成者。在他统治之下，元老院被剥夺了最后一点实际权力，完全成了荣誉的摆设。他成为罗马第一位名实相符的皇帝。他将东方专制国家的礼节移植到自己的宫廷中，充分享受皇帝的威严，并利用朱庇特神来神化自己。

此前，在235年至284年间，罗马接连出现了20至25位皇帝，平均只在位两至三年。戴克里先在公元284年至293年间给人以步前任皇帝后尘的感觉，其不断挑起战争以保卫帝国的疆域，使帝国的平民不断起义。然而，戴克里先成功阻止日耳曼人横渡多瑙河与莱茵河，使其无法进侵罗马帝国本土，又制止了波斯帝国对叙利亚与巴勒斯坦地区的进犯，并打败了其国内的政敌，这使得其成功稳住帝位。

不能断言登上皇位的戴克里先就一定是一身清白，行为光明磊落的统治者。虽然没有确凿的证据，但从卡鲁斯、努美利亚努斯、卡利努斯三位先帝的死，都可以推测出他是幕后黑手。如果这些都是真的，那戴克里先的手段真是阴险而高明，攫取权力的手段真正是做得滴水不漏。总而言之，在他统治的这9年时间里，帝国面临的重大问题算是暂时解决了。这足以证明，帝国东、西方由两位皇帝共治的实际效用得到很好发挥。这时49岁的戴克里先又在构思更加缜密的政治制度，就是四帝的共治。

公元293年5月1日，戴克里先在他的根据地，小亚细亚的尼科米底亚，马克西米安在其驻地意大利米兰，同时发表声明，开始了罗马帝国历史上所谓的"四帝共治"的时代。

戴克里先由其统治头九年里帝国不断出现战乱的经验，总结出帝国过于庞大不便于一位皇帝独自管治；而且仅其一人亦难于抵抗野蛮人由莱茵河至埃及边境一带的不断侵扰。其彻底的解决方法是将帝国一分为二，在地图上画一条直线将帝国分为东西两部分。这个分裂并非只存在短时间，而是在未来永久地将罗马帝国分裂。罗马帝国帝位继承问题从来未曾真正解决过，因为没有明确的帝位继承方法，结果经常导致内战。早期的皇帝倾向采用过继法，即收养一位儿子并让其继承帝位。其后的军人皇帝并不喜爱过继法而倾向家族继承法，即由皇帝的儿子继承帝位。罗马元老院则相信其应该拥有推选新帝的权力。所以最少有着三种甚至更多的帝位继承方法。

　　为了解决帝位继承问题，并解答谁是帝国东西两部的新皇帝，戴克里先创立了四帝共治制，即是帝国东西两部分别由两位主皇帝统治，再各以一位副皇帝辅政。在罗马皇帝众多的头衔里，奥古斯都最为重要，所以将其授予两位主皇帝，而两位副皇帝则获授较次要的称谓恺撒。戴克里先有意让主皇帝在退休或死亡时，由副皇帝继承，而继位的主皇帝则任命新副皇帝，以解决帝位继承问题。

　　戴克里先正式推行此制，并任命自己为东部帝国主皇帝，马克西米安为西部帝国主皇帝。皇帝权位正式一分为二。两帝分别建立新都，无一人以罗马为都。当两位主皇帝统治帝国的权力被增加时，罗马元老院的权力被进一步削减至只局限于前首都罗马境内。戴克里先与马克西米安各自指定一位恺撒（分别为伽列里乌斯与君士坦提乌斯一世·克洛卢斯），并正式任命其为继承人。四位皇帝各自统治着四分之一的帝国。

　　戴克里先的改革在某些特定领域，如对军事、民政与罗马官僚系统的改革十分强而有力，并使罗马帝国的生命延长了一个世纪。然而，其创立的四帝共治制却为日后内战埋下伏线，并且在其死前已出现帝国分裂的倾向。四帝共治制只有在其直接管辖时才有效，当其放弃帝位与权力回到亚得里亚海海滨的田园里种菜时，四帝共治制很快便由内部崩溃，而一个新的强大的统治者最终获得胜利后成为天下共主。

　　戴克里先的改革还有另一个非常实际的弊端，在帝国不同的地方建立三四个宏大的朝廷，国家机构各部门的大臣、行政官、一般官员和奴隶的数目成倍增加，必然导致税赋和对人民的压榨相对增加。为了确保四位皇帝共同的尊严和威信。四位皇帝所在的城市都建有豪华的皇宫、接见室和竞技场；同时每位皇帝都配备自己的随从、王室和近卫军。戴克里先主皇帝的王室位于尼科米底亚，能够体现东罗马统治者王室的风格。他的子民给他请安时应该匍匐在地，称呼他为"君王"。

在四王共治下，专制的迹象越来越明显。帝国元老院完全成为摆设，所有权力都被架空，成为贵族清谈的场所，而首都罗马最终便成为一座不断荒废的古城，为四位皇帝驻节的新首都取代，帝国税收和财政经费和军团也被分拆而日益成为某种军阀手中的工具。如果在四帝之主戴克里先依然在位的情况下，帝国一统的权威尚可协调各方力量，一旦老权威逝去或者退位，必然演变成一场争权夺利的内战，大家都想去争当老大。

从这一时期到帝国的消亡，完全不难随时听到一阵阵连绵不断的发自人民内心的抱怨和呼号。戴克里先将帝国一分为二的政策，最终使帝国永久分裂，而东部帝国后来被历史学家称为拜占庭帝国。西部帝国只持续多约两个世纪，而拜占庭部分经由戴克里先的亲自改革而来，则持续到了另一个千年。

公元 305 年 5 月 1 日，东西方正帝戴克里先和马克西米安按照约定同时宣布退休，虽然马克西米安很不情愿，只是迫于戴克里先的威权才勉强接受了建议。戴克里先的退位仪式搞得十分隆重，仿佛就是一次刻意效古代贤君的禅位表演：

禅位仪式在离尼科米底亚三里之外一块开阔地的平原上举行。戴克里先登上高大的宝座，在洋溢着理性和庄严的演说中，刻意向聚集在此场合的民众和军人宣告他禅位的意图。等他脱下紫袍后，在众人关怀的目光下离开，坐上一辆挂着帷幕的车子穿过市区，毫不耽搁地向自己所选的退休地点前进，落叶归根回到家乡达尔马提亚。就在 5 月 1 日同一天，马克西米安按照早已取得的协议，也在米兰辞去帝位。甚至早在罗马凯旋式的华丽盛会中，戴克里先已经考虑要辞去政府职位，同时希望马克西米安也遵从他的安排，双方曾经在朱庇特神殿的祭坛前立下神圣的誓词。但是对性格凶猛的马克西米安来说，他平生喜爱权势，既不图眼前的安宁也不求身后的虚名，这种没有约束力的誓言，到底能发生多大的作用。然而不管马克西米安多么不情愿，对这位明智的同僚所凌驾于他的威势，最后只能勉强屈服，禅位以后立即退隐到卢卡利亚的庄园，然而像他这样脾气暴躁的人不可能长期过平静的生活。

　　戴克里先出身奴隶家庭，凭自己的努力和杰出的统治才能登上皇帝宝座，又能够功成身退，主动放弃权力，从最高统治者的高位回归平民身份，度过自己人生的最后九年，他遵循理性，满足于退休生活。由于在朝的九五之尊身份，他受到在位君王的无比尊重。一辈子忙于国事的他，心灵无法得到平静，为了排除无聊的时光，他将大部分精力用在建筑、耕种和园艺方面。内心骚动不安的马克西米安则时刻惦念着重返权力中心，曾经请求戴克里先再次穿上紫袍，重新驾驭帝国马车的缰绳，这样自己也可乘势而起。

　　但是，戴克里先丝毫不为诱惑而动，而是冷静地回答道，要是马克西米安能够看到他在萨罗纳亲手种植的卷心菜，就不会要他为追求权力做出这么大的牺牲了。他在和朋友谈话中经常提到，人类最难精通之事莫过于治国之道，这是一个在追求最高权力位置不择手段，并亲身经历了权力高峰，感受过高处不胜寒处境人的经验之谈：

　　不知有多少次，四五个大臣为了本身的利益，情愿抛弃相互的心结，联合起来欺骗他们的君主。皇帝具有崇高的地位，却与臣民形成隔绝，无法了解事物的真相。他能看到的东西有限，只能听他们歪曲事实的报告。结果他把最重要的职位交给罪孽深重和软弱无能的庸才，罢黜臣民中操守最佳、才能最好的部属。

　　上述肺腑之言说明了帝国专制独裁体制最终只能堕入优汰劣胜恶性循环的局面中，帝国只能一天一天腐败堕落下去，这位平民出生的皇帝戴克里先似乎已经凭经验觉察到帝国危亡的命运。他的明察秋毫最终给他自己带来了不幸的命运。戴克里先接着说："就是最英明的皇帝也会被朝臣出卖，以至于身败名裂。"这似乎就是他对于自己最终命运的预言。

　　这位罗马帝国历史上绝无仅有在权力顶峰主动退位的皇帝，很难完全以平民的身份去享受舒适的退休生活和安静的晚年。下野后，面对帝国所面临的困难很难不闻不问，这些问题所带来的不幸后果，他也不能漠不关心置之不问。这样一来必然遭到在位统治者的猜忌和不满，他后来的继位者东西方两位正帝李锡尼和君士坦提乌斯都是他一手栽培提拔的亲信，他还是现任两位皇帝的养父，对他们有着栽培玉成之恩，但是在权力的诱惑面前人情薄如纸，退位的戴克里先已经失去权势，他只能如同曾经的狮王被圈养在家乡的豪华宫殿内，形同软禁。以前的功勋被人遗忘，被新皇操纵的元老院指责他为祸害帝国的罪犯，企图对他进行清算。他的女儿和妻子，先是被囚禁在叙利亚，然后在没有任何罪名的情况下被李锡尼杀害，对他的尊严造成极大的伤害，他因为气愤变得精神不正常，发疯自尽而亡。现在留存的信件说明戴克里先情愿自杀，也不希望受到新皇帝的迫害。

　　公元312年5月24日，戴克里先死于自己家乡萨罗纳的宫殿中，终年六十二岁，共统治罗马帝国21年。在位期间实行了许多改革，基本上改变了政治混乱的局面，历史称为"戴克里先中兴"。他首先将元首改称为君主。从此，君主制正式取代了奥古斯都以来的所谓元首制。确立了各种臣民对待君主的礼仪制度。针对地方权力过大的现象，防止行省闹独立，他缩小了行省的规模，将原来的47个行省重新划分为100个行省，分属12个行政大区。行省官员中实行军政分家，总督专责地方行政，不再兼任军团司令官。所有军队也分成边防军和内卫部队两种。边防军主要守卫边界，防止来犯之敌的入侵；内卫部队除担当国内相关地区维稳外，则是随时可由皇帝调遣的机动部队。他还颁布了"物价敕令"，规定了各种物品的最高限价；颁布了工资的最低标准；人头税和土地税合二而一，统一征收，每一成年男子为一"头"，妇女为"半头"；铸造足值金币。这些措施都有助于经济危机的缓解。

　　按照他所设计的制度，他和马克西米安同时退位后，伽列里乌斯和君士坦提乌斯一世都由"恺撒"提升至"奥古斯都"，同时由伽列里乌斯选择了塞维鲁二世和马克西米努斯分别任西部和东部的"恺撒"，但是意大利人不喜欢塞维鲁二世，于是推举马克西米安的儿子马克森提乌斯为帝。塞维鲁二世被打败并被杀害，伽列里乌斯对此也无能为力。另一方面君士坦提乌斯一世即位仅一年，就去世了，他的儿子君士坦丁一世在约克被军队推举为帝。帝国立即陷入了内战的混乱，而已经退位的马克西米安也复出，加入这场儿子马克森提乌斯与君士坦丁争夺最高统治权的内部混战。

毫无疑问，戴克里先的诸多政策都带有理想色彩，这就注定了在实际操作层面的困难重重。强干弱枝的军政改革只是在表面上压制了地方叛乱的可能性，实际上却并没有发挥什么作用。即便是后来的君士坦丁继续深化改革，也没有得到任何改善。从戴克里先到整个四世纪结束，在短短111年间，一共爆发了4次大规模内战和8次地方军政人员的篡位行动。这比之前两个世纪相加的数量还多。

同时，改革牺牲了军队整体的反应效率和训练水平，给帝国带来无穷无尽的祸患。罗马军团就此沦为了越来越不能战斗的民兵团体，少数还保持战斗力的队伍，却因为规模太小而屡屡不敌北方蛮族武装的进攻。

戴克里先的经济改革也是一败涂地。价格法令因无视市场规律，导致根本推行不了。新的货币也被劣币逐出市场，不断发行的增量货币则进一步增加了通货膨胀。戴克里先竭泽而渔的手段，也令这样的局势雪上加霜。

为了管理更多的行省、服务更多的皇帝、更细致的搜刮税收，他让整个帝国的官吏队伍扩增到3.5万人。腐败低效的庞大官僚系统，不但和4位皇帝一起吃掉了大量的财政，还摧毁了各地方的社会活力。

至于最为辣眼睛的四帝共治，仅仅在戴克里先强大的个人权势下才得以运行。因为这种依靠个人决断选拔继承人的继承制完全忽视了父死子继的人类通性，势必会遭到后来者的抵制与破坏。果不其然，当戴克里先在公元305年告老还乡，这个奇葩制度完全毁于帝国内战，所谓"戴克里先中兴"昙花一现。

综合以上的表现，我们不难发现戴克里先有着不切实际的巨大野心。他想要吸取历史教训，破除元首制度的顽疾，立下全新的规则。为了达到这个目的，极具行动力的他，甚至不惜用过度集权和粗暴的方式，但这样粗糙的手段不但没让他的改革成功，反而将罗马帝国导向了分裂和溃败的糟糕局面。戴克里先逊位后，产生的纷扰一直左右着罗马的政局：君士坦提乌斯崩殂后，他的儿子君士坦丁一世和马克西米安的儿子马克森提乌斯被推举为帝，同时有六位皇帝在位，马克西米安和伽列里乌斯相继逝世后，君士坦丁战胜马克森提乌斯和李锡尼，结束历时十八年的战乱。直到公元324年君士坦丁大帝才又重新统一了帝国，而帝国已经分裂成东西两大部分。

爱德华·吉本在《罗马帝国衰亡史》中如是评价：

帝国所形成的权力平衡局面，需要戴克里先坚强而技巧的手段才能维持，是多种不同性格和才能的综合运用。像当时所具备的条件正是千载难逢，两位皇帝之间没有猜忌，两位恺撒也没有野心，四位各镇一方的君王一致追求共同的利益。戴克里先和马克西米安退位以后，内部的混乱和倾轧长达十八年，帝国发生五次内战，其余时间虽然没有战事，也无法保持平静的状况，敌对的君王之间充满恐惧和仇恨，各自扩大势力范围，完全不顾臣民死活。

出身平民，起自军旅的戴克里先是位人格魅力型帝国军人统治者，在位时尚能够依靠自身的影响力以高超的帝王权术操控诸侯王控制整个局势，但他一旦退出权力中枢，继任者又尽是野心勃勃的虎狼之辈，那些军阀不可能再具备他那样的统治智慧和政治手腕，更不会去处处体恤民情，那么国家必然会陷入内乱之中。剩余下来的继任统治者更准确地说是各霸一方的诸侯王，更多是仰仗自己手中的军事实力去抢班夺权，帝国难免不陷入胜者为王败者为寇的恶性循环，继续在弱肉强食的丛林规则主导下进行着血腥的撕咬和搏杀，在内战中决胜后，争夺定于一尊的专制帝王之位。

戴克里先对基督教徒的迫害

　　戴克里先与其共治的皇帝们对基督徒与其他被其认为具有危害的宗教的迫害，却使被迫害者更为闻名，而愈加做大变强，并影响更多民众。基督教信众最终变成政治反对派而尾大不掉，成为导致帝国覆灭重要力量。最终的结果就是帝国统治阶层内部开始分裂，有人高举基督教的旗帜而与罗马传统多神教分庭抗礼，这举动与其开创的神权统治使君士坦丁大帝与基督教在日后蓬勃兴起，最终瓦解了帝国赖以存在的宗教基础而不断做大做强，成为新崛起君王神化自我的舆论工具。

　　为何基督教对罗马帝国形成如此强大的威胁？纵观帝国的历史，罗马的多神教信仰，具有很大的包容性和创造性。那么随着帝国的四处征伐横征暴敛，新的宗教教派和信仰不断被纳入它的宗教体系，各路神仙陆续被请入万神殿，其中就有来自小亚细亚的西布莉之神，来自伊朗的密特拉神，来自埃及的伊西斯神和塞拉皮斯神以及来自迦太基的塔尼特女神——众神和诸教派荟萃罗马，这些神和众教派同样受到敬重，且作为罗马神圣宗教的一部分。就如同罗马欢迎其他民族的人加入罗马国籍授予罗马公民权一样，如同塞维鲁王朝的第一位皇帝也是罗马帝国的第 21 位皇帝塞普提米乌斯就来自北非的阿非利加行省。戴克里先和马克西米安均是来自达尔马提亚的外族奴隶，通过军功进入最高统治者行列。这种对于宗教的兼容并蓄和各民族人民的不断融合的方针，很快使得罗马帝国治下的子民团结在帝国的旗帜下整合为一体，避免了宗教和民族之间的争斗和摩擦。

　　不过，罗马对新教派的包容精神也是有底线的，而且这个底线绝对不能逾越。对于那些对罗马多神教构成威胁比较小的、独立的教派，只能作为主流宗教的点缀，形成某种绿叶对于红花的烘托而凸显主流教派的宏伟壮丽。但是随着基督教组织的建立发展并不断壮大，就成为统治当局绝对不能容忍的事情。

　　要说罗马人为什么憎恨基督教，大抵是因为基督教宣传敬重一神论的思想。这必将导致基督教徒排斥一切罗马人建立在多神教基础上的精神信仰，基督教徒拒绝为诸神祈祷，拒绝罗马充满血腥的竞技和角斗的赛事。总之，拒绝罗马人订立的条条框框。数次危机表明，对于基督教的回击迫在眉睫。

因为，基督教与其他杂七杂八的神教不同，他们的上帝耶和华和救世主弥赛亚自命身份高贵不屑于与鱼龙混杂的各路杂牌神仙混为一体而失去本身的权威性。因此，基督教徒总是显出卓尔不群自命清高般地与多民族混杂的罗马大众显得格格不入，久而久之由传教为名，煽动民众对统治者的不满，成为危害社会的不安定因素，罗马当局也将基督教徒视为不安定分子。

对基督教徒的第一次全国性迫害发生在公元 250 年。就在一年前罗马北部边陲遭到哥特人的威胁，阿拉伯人菲利普皇帝派遣巴黎市政官德西乌斯率兵成功阻击了哥特人的入侵，德西乌斯在兵团将士拥戴下成为皇帝，菲利普率兵征讨途中，因为手下士兵哗变而自杀。德西乌斯昭示自己在神的庇佑下得以登基，得到罗马公众拥护，便发起了全体牺牲运动。同时他将牺牲证明书发放到每个公民手中，让他们都参与进来，而那些拒绝参与的基督徒将会受到极刑处理。德西乌斯要求每个公民出行都要携带不是基督教徒的证明才能保证安全。好在这位皇帝很快就和儿子一起战死疆场。迫害很快结束，但是问题并没有解决。40 年后，在"四王共治"时期，戴克里先出于统一制度的需要，开始拉开又一场对基督教的暴力镇压的序幕。

公元 299 年，戴克里先了解到，一些神教祭司正在向神起誓，当他们无法得到神灵护佑的吉祥之兆时，便怪罪于那些做十字架手势的基督教士兵，最终导致双方矛盾激化。戴克里先命令整顿军队，根除基督教在军队的影响，开始将那些信仰基督教的士兵大量复员，同时命令自己的禁卫军焚烧伊兹米特城的教堂，当大火平息后，他又命令士兵用斧子和铁锹将废墟夷为平地。

公元 303 年，罗马帝国开展最后且最大的一次对基督徒的迫害。在戴克里先统治前期，伽列里乌斯是唆使其迫害基督徒的主要人物，戴克里先相比之下并不是极欲迫害基督徒。然而，在戴克里先统治后期，戴克里先却变为热心迫害基督徒的君主，并于303年2月24日发布首个迫害基督徒的法令：摧毁基督教徒集会场所，焚烧基督教典籍经文，免除政府部门内的基督教徒，驱逐基督士兵离开军队，其后基督教堂的私产充公，剥夺基督徒既有法律身份。那些基督教自由民将重新沦为奴隶。最终伊兹米特的主教被斩首，另外一些牧师和神父则被囚禁或者处决。戴克里先通过对基督教的迫害企图振兴本民族的传统宗教，事实上这种政策并没有得到大部分元老贵族的支持，基督教已经渗透到贵族或者部分皇室成员中间，在他的宫殿被两次纵火后，其对基督徒采取了更强硬的措施：基督徒要么放弃信仰，要么被处死。然而，基督教依然保持扩大的态势，连西方正帝君士坦提乌斯原配夫人海伦娜都成了虔诚的基督教徒，最终诞生一个基督教皇帝君士坦丁大帝。

　　戴克里先皇帝成为罗马历史上第一个，也即是绝无仅有的从最高权力位置上主动退下的君主。可是自从他退位后，他所创导的"四王共治"体系开始日益分裂瓦解，毕竟历史不可能再复制出一个戴克里先，只能在政权危机中孕育出另一位以武力统一帝国的政治枭雄来。戴克里先创建这种四龙治水似政体的目的：为的是解决国家的领土完整和安全问题，另一方面也是为了防止王朝被颠覆于内部的战乱。附属于两个奥古斯都主皇帝的副帝恺撒设置，可以使继任更加透明有序，况且正帝与副帝之间还联系着相互的父子继承和儿女婚嫁等错综复杂的血缘关系网，使之不太可能反目为仇相互血亲嗜杀。至少这是戴克里先一厢情愿的如意算盘，同样也可以防止其他人因觊觎皇位而篡政夺权。与其他所有的革新和成功的改革相比，他对于这种政体的改革完全成为主观臆想而脱离专制政体本身实际，最终成为失败的范例。

　　因为这种体制只会造就在自己的势力范围之内无所顾忌的军阀割据者，形成某种为了家族和个人利益的集团之间争权夺利甚至抢占地盘不择手段的武装集团，最终形成一个个各自拥兵自重的独立王国。随着戴克里先皇帝的退位，剩下的只是徒有帝国其表下的各自为政的一盘散沙。戴克里先一旦大权旁落，也只能任人宰割，最终在幽愤中精神失常自杀身亡，一代枭雄最终落下了人生悲剧性的一幕，意味着新的枭雄将在弱肉强食中胜者为王。

公元 305 年 5 月 1 日，也就是在即位仪式这一天，体制的裂痕已经出现。当前的恺撒，也就是君士坦丁乌斯和伽列里乌斯准备取代马克西米安和戴克里先成为新一代主皇帝的时候，一个东罗马的年轻人对于自己即将被任命为新恺撒满怀信心。然而，当戴克里先念出新恺撒名字是一个强硬的、坚决反对基督徒的来自于伊利里亚军人马克西米努斯·达伊阿，而非君士坦提乌斯一世之子君士坦丁时，落选的君士坦丁情绪变得异常激动。撇开他是君士坦提乌斯一世的儿子不说，他本人也是颇具才华具有良好素质的军人。在罗马帝国的东部边陲，他击退过波斯人的进攻，又抵挡了萨尔玛提亚人的攻势。当其父被调动至高卢和不列颠时，他仍然把持着戴克里先的王宫，担任着第一军团司令长官的职务，不过他的成就远不止这些，他也深谙帝国政治的游戏规则。如此种种历练，对他的成功胜出大有裨益。可是最后的任命却有意忽视这位具有雄才大略文武兼资的年轻人。 这大约是因为功高震主，才高召忌的结果。这给他带来致命的危险，因为从戴克里先退位，伽列里乌斯继位起，他其实已经成为东罗马皇宫里被严密监视的人质，可以说是危机四伏，虎狼窥视，完全失去了自由。

在西边的米兰王室，关于新恺撒的任命也如火如荼地进行着。在那里，西罗马帝国的主皇帝之子，马尔库斯·奥勒留·瓦莱尼乌斯·马克森提乌斯也被一个叫着弗莱维·瓦勒里乌斯·塞弗留斯的将领排挤出局。

马克森提乌斯对这样的落选结果叫苦不迭。如果说在东罗马任命达伊阿还有理可陈：达伊阿在东罗马人脉很广，又是伽列里乌斯最铁杆的将领兼朋友，可是作为前主皇帝马克西米安的儿子，马克森提乌斯当选为西罗马恺撒的胜算要比塞弗留斯多得多，这使得马克森提乌斯由失望逐渐转变为疑惑。塞弗留斯和达伊阿一样，也是伽列里乌斯军事上的朋友。莫非这任命中潜藏着猫腻？难道东罗马的皇帝要预谋控制西罗马？这种新的任命疑点多多。

对此，落选的君士坦丁和马克森提乌斯也不知晓其中的所以然，不过对于他们所遭受的怠慢，双方几乎不谋而合地企图采取的补救办法，就是立即借助双方父亲力量对伽列里乌斯进行军事对抗。到此"四帝共治"的联盟已经陷于分裂。

君士坦丁大帝横空出世

弗拉维乌斯·瓦列利乌斯·君斯坦丁乌斯（Favius Valerius Constantius）是原来西方正帝君士坦提乌斯·克洛卢斯的儿子。老皇帝是行伍出身的农夫，大字不识几个，凭借着为戴克里先打天下的骁勇，担任过罗马军团百夫长，在行军至高卢纳伊苏斯（Constantius）与酒馆老板女儿海伦娜邂逅生出君士坦丁，那年是公元274年。后来当上皇帝后，基督教作家凯撒利亚主教尤西比乌斯似乎嫌酒馆女侍的家庭出身有辱先皇，又将海伦娜的出身改成朝圣路过罗马台伯河桥旅馆特雷维兹（Treves）贵族的女儿，或者君士坦提乌斯在征服不列颠时垂涎于柯尔特公爵女儿海伦娜美貌而强娶的故事，目的在于神化皇帝母亲的出身。

类似这种神话故事在尤西比乌斯撰写《君士坦丁传》中比比皆是，因而历来受到史家的诟病，对其书写的历史并不能看成是信史，根据基督教需要编造的痕迹较浓，因而只能作为参考。

君士坦提乌斯原系农民出身，没有受过多少教育，但是早年投身军旅，参加过征服埃及和波斯的战役，因其作战英勇而成为百夫长，后来迎娶了海伦娜，以后又因军功而被戴克里先任命为西方副帝后被迫与海伦娜离婚，和西方正帝马克西米安的继女狄奥多拉结婚。副帝的防卫区域为不列颠、高卢、西班牙以及隔着古代被称为"赫拉克勒斯之柱"的直布罗陀海峡相对的非洲西北部。副帝的权力几乎与正帝等同，在辖区有相等的行政权和军队指挥权，首都在现代德国和比利时边境特里尔，那里设有政府管理部门和军事指挥系统，统帅有7万罗马军团的士兵，再加上当地驻军几乎有着三十万人马。这是戴克里先企图以正副帝之间缘亲关系巩固统治，并在权力和统军上相互制约保证对其忠诚的政治手段。

君士坦丁从小随母亲生活在莫西亚的纳尔苏斯，母亲和父亲离婚后，母亲皈依了基督教，他的思想无疑受到母亲的影响，从18岁至30岁他追随戴克里先皇帝在东方的小亚细亚尼科米底亚皇宫任职，名义上是接受教育，实际上是作为人质扣押在四帝之主的皇宫，他和戴克里先或者伽列里乌斯待在一起，直到 306 年为止，参加过许多战役，积累了丰富的政治军事经验。其中包括参与了 296 年戴克里先著名的埃及远征。在参加皇帝这次军事远征后，他与米涅维纳结婚生下了长子克里斯普斯。当戴克里先宫殿被雷电击中时，他正待在尼科米底亚。公元 305 年戴克里先和马克西米安退位时，他也在场。这是君士坦丁人生的转折点。

尤西比乌斯在《君士坦丁传》中写道：

此时君士坦丁已经成为具有优雅体格、英俊外貌的男子汉，拥有勇气和军事才干的帝国精英，成为一个人见人爱的人。他在"很久以前"就被任命为第一阵列军团的司令官。在这个时候如果他取代他的父亲成为恺撒，而后则成为奥古斯都，这应当是实至名归的事情。每一个人都料想他会被选中，戴克里先也急于促成此事，可是这位年轻的皇子太过于有能力和太过于才华出众，因而不讨伽列里乌斯的喜欢，君士坦丁被作为默默无闻的无能之辈抛在了一边。他的处境远非安逸。他出众的角色自然招引了皇帝的嫉妒和猜疑。他们，或至少是伽列里乌斯，甚至试图谋害他，据说他们纵容他与一只狮子搏斗，或使他暴露在特别危险的战斗中。我们相信，当时形势非常危急，而且越发变得不能容忍，实际上他成了一名囚徒。问题是如何逃脱。君士坦提乌斯有好几次要求允许他的儿子参加他的军队，但都徒劳无功。

公元 305 年 5 月，东方正帝戴克里先退位禅让，由副帝伽列里乌斯继位成为新的奥古斯都；同时西方正帝马克西米安按照约定也在米兰脱下象征皇帝尊严的紫袍，禅位于副帝君士坦提乌斯。君士坦提乌斯由副帝升为正帝后，担心自己的儿子成为政治斗争的牺牲品，曾经多次写出密信要求伽列里乌斯归还儿子，让他加入罗马在高卢和不列颠的军事统治集团。但是心胸狭隘的伽列里乌斯为了牵制君士坦提乌斯一直拖延不办。或许他早有盘算，只要君士坦提乌斯的儿子在自己的宫廷中任职，他就多了一个自己劲敌奥古斯都在自己手中握着的把柄。在君士坦提乌斯的反复要求下，伽列里乌斯一反常态地答应了君士坦提乌斯的要求。可是在答应放人的假面后面隐藏着杀机，伽列里乌斯暗中嘱咐塞弗留斯在途中截杀年轻的君士坦丁。

很快暗杀的风声传到了君士坦丁的耳中。一夜，他等待伽列里乌斯熟睡后，悄悄逃离尼科米底亚。在前往西部的长途跋涉中夜以继日地骑马经由欧洲布洛涅（Boulogne），摆脱了杀手数次跟踪追杀，历尽艰险终于到达父亲的驻地高卢的布伦，并且协助父亲横跨英吉利海峡到达不列颠，参加了父亲的最后一次远征，取得不列颠战役的胜利。

君士坦丁和皮克特人一战大获全胜，在战争中发挥了举足轻重的作用。因其骁勇善战，被封为"最伟大的不列颠"头衔，同时在不列颠军团中的声誉也为他在日后的发迹奠定了重要的基础。同样重要的是，他具备和父亲一样敏锐的政治目光。君士坦丁的父亲是一个与东罗马统治者戴克里先和伽列里乌斯截然不同的皇帝。

吉本在《罗马帝国衰亡史》中评价他：

君士坦提乌斯保持罗马君王的谦虚，没有仿效东方的傲慢心态和华丽排场。他以率真的口吻宣称，民心的归向是他的宝贵资产，无论身居帝位尊荣或者面临艰险的情势，自信能够依赖臣民感恩图报之心，可以获得额外的支持和援助。高卢、西班牙和不列颠的省民，深知在他的统治下才能过上幸福的生活，所以极为担忧君士坦提乌斯皇帝日益衰弱的身体，以及众多年幼的子女，这些都是他第二次婚姻与马克西米安的女儿所生。

公元306年君士坦提乌斯在约克去世，据说他死于白血病。君士坦丁乌斯皇帝身前所做的最重要一件事，就是任命其儿子君士坦丁为西方奥古斯都，这种任命在毫无商量的情况下做出，甚至和伽列里乌斯也没有商量过。尽管如此，士兵们却欢呼雀跃，君士坦丁被聚集在不列颠北部的高卢军团拥戴为西方正帝。事情发展到这种地步，戴克里先苦心孤诣设计的"四帝共治"体制已经名存实亡。因为君士坦丁已经将这种体制打开了难以愈合的缺口。

君士坦提乌斯的遗嘱得到了军团士兵的一致认可，他们马上宣布君士坦丁为奥古斯都。在军队将领的支持下，安勒曼尼国王埃罗库斯也表示坚决拥护。于是他把自己的画像寄送给伽列里乌斯，要求正式批准这一决定。

尽管东罗马的奥古斯都伽列里乌斯一千个不愿意，但也无可奈何，因为这是建立在军事实力基础上的既成事实。这位东方正帝只能专为君士坦丁送来了紫色袍子，给他加封了一个"恺撒"的头衔，而没有承认他的奥古斯都地位。为了夺回西方正帝的职位，他开始推举塞弗留斯。君士坦丁表面上波澜不惊似乎接受了副帝恺撒的位置，然而罗马帝国江河日下的现实，终结了"四王共治"的体制，使得"有枪便是草头王"的江湖规则演变成为现实。枭雄争霸的乱世，滋长着君士坦丁膨胀起来的帝王野心。不过在羽翼尚未丰满的情况下，他只是坐山观虎斗，潜伏爪牙，等待时机东山再起。他发动了针对法兰克人的战争，后来又征讨了布鲁克铁力及其他部落，并把战俘投入斗兽场，借此庆祝自己的胜利。

最终 6 年之间的打打杀杀演变成全面内战。那个当年落选恺撒的马克森提乌斯首先出头挑起战事，他协同退位后不甘寂寞的父亲，攻克了罗马禁卫军的防守，并于公元 307 年自封奥古斯都，掌控罗马、意大利、科西嘉岛、撒丁岛、西西里岛和北非。伽列里乌斯随即派塞弗留斯去镇压，可塞弗留斯在马可森提乌斯和马克西米安两股军事势力的夹击下，难免寡不敌众，他的军队在罗马城外纷纷倒戈，自己不幸被俘并强迫让位，最终于公元 307 年猝死于罗马城外。

君士坦丁对这些是睁一只眼闭一只眼，一直待在自己特里尔的皇宫内。为了保存实力和维持自己的地位，他决定与马克森提乌斯和他的父亲结盟，并娶了马克森提乌斯的妹妹法乌斯塔为妻。不过这种局面没有维持多久，三人间的关系发生微妙的变化。首先，马克森提乌斯被封为专制君主和篡位皇帝（连同君士坦丁、达伊阿、伽列里乌斯和新上任李锡尼一起成为合法掌权者）。马克西米安因此和自己的儿子闹翻了。不久，他又一次孤注一掷地和自己的女婿闹翻了，他想自己独占西罗马的大权，这次也使君士坦丁第一次参加到内战中来。

老丈人和女婿的争斗，说来颇具戏剧色彩。公元 307 年，被各自军队拥戴为"奥古斯都"的君士坦丁和马克森提乌斯同时被伽列里乌斯任命为"恺撒"也即皇帝之子的意思，而不是正帝，只是屈居副帝。根据《君士坦丁传·导论》的记载：

第二年（公元308年）伽列里乌斯很不情愿地承认他们为皇帝。马克西米安假装与儿子马克森提乌斯闹翻后，其目的是为了帮助马克森提乌斯摆脱君士坦丁在高卢的牵制，并不怀好意地将自己的女儿法乌斯塔嫁给了这位西方正帝。结果证明马克西米安是一个令人可怕的亲戚。小说中以虐待见长的岳母，也无法与历史上这个精明的岳父相匹敌。起初，他企图收买君士坦丁的士兵来撤换君士坦丁，此时，君士坦丁正在边界发动一场战役，马克西米安的设想是士兵们一旦被自己慷慨的赏赐所俘获，自己就能再次披上紫袍。可是他的如意算盘打错了。君士坦丁以迅雷不及掩耳之势做出反应，他以急速行进的方式掉头反击，在马克西米安措手不及的情况下，截击其部队，把他驱赶到了马赛利亚，马克西米安在马赛利亚的城墙上破口大骂，不过他已经失去了有效抵抗的能力。城门被撞开，马克西米安落入君士坦丁之手，这次他"饶恕"了这位可爱的岳父。作为对这一宽大行为的"报答"，马克西米安接着策划了一场刺杀君士坦丁的阴谋，计划是让法乌斯塔打开丈夫的房门，好让马克西米安进去亲手杀死君士坦丁。法乌斯塔假装同意，却把计划透露给了丈夫。君士坦丁遂安排了一名奴隶在自己的房间里。计划刚被实施，马克西米安就被现场逮住，他最终被赐予了古代最高的仁慈——即选择如何去死的权利。

君士坦丁于高卢的阿尔勒击败马克西米安，最终导致马克西米安自缢而亡。听到父亲被君士坦丁所害的消息后，马克森提乌斯首先将马克西米安奉若神明，然后打碎君士坦丁所有被封为合法皇帝之前的塑像，并向君士坦丁开战，他只想为父亲讨回公道。

公元311年，伽列里乌斯·马克西米安作为"四王共治"的最后一个皇帝辞世。这位曾经因为迫害基督徒而著称的皇帝人生的最后一段岁月，被古罗马基督教作家尤西比乌斯描写得十分悲惨，尤西比乌斯在神化君士坦丁这位基督教皇帝方面不吝笔墨，而对于丑化君士坦丁的对手伽列里乌斯则是无所不用其极，笔墨竭尽诅咒谩骂。

公元311年5月，他在病痛中苦苦挣扎了一年，临终时嘴里呼喊着上帝果真是存在的，宣布自己皈依基督教来救赎自己罪恶的灵魂。就在他即将辞世的前几天，在病榻上发布了最后一道法令——终止对基督徒的迫害。他的法令有着临终忏悔的意思，却是对于历史文明浪潮的推进，为他的人生写下了浓墨重彩的句号。

伽列里乌斯过世以后，达伊阿和李锡尼在东部开始你抢我夺。西罗马也不平静，两位主角粉墨登场：篡位皇帝马克森提乌斯和其妹夫君士坦丁开始了争夺霸权的博弈。君士坦丁想成为西边的霸主，独立掌控西罗马政权，不过他想通过合理的方式夺取大权，于是他对公众说，他的目的是"除暴安良"。给他写传记的基督教作家尤西比乌斯在《君士坦丁传》中如此绘声绘色地以神来之笔描绘他如何接受上帝的安排，来拯救罗马出苦海，因为马克森提乌斯无疑是残害屠戮民众的暴君。有人这样谈他"他的邪恶似乎无法言状，因而完全无法救药"。他的"下流和淫荡无不令人触目惊心"。他以"不信神""残暴""好色"和"专制"出名。在所有的皇帝中，他最为声名狼藉。

的确，公元306年借助一次禁卫军政变而夺取帝位的马克森提乌斯被尤西比乌斯在《君士坦丁传》中描写为：

忙于从事可耻和亵渎的活动，以至于在其肮脏和丑恶的行为中，达到了无恶不作的程度。

例如，他先是拆散了合法夫妻，在用非常可耻的手法来虐待这些妻子们之后，又把她们归还给原来的丈夫。他蛮横无理地做这些事情所针对的，并不是一些无名之辈，而是那些在罗马元老院中拥有最高地位的人们。他可耻地虐待了无数生来自由的妇女，却发现无法满足自己那难以满足的欲望。不过当他把手伸向基督教妇女时，他便再也不能够为其通奸行为发明方便可行的手法来了。她们宁愿被他处死，也不愿让身子受辱。

有一名妇女是担任行政长官的元老妻子，她是一名基督徒，获悉暴君经办此类事情的人的到来，以及得知丈夫出于恐惧竟命令他们抓住她并把她带走时，她要求给她时间换衣服，然后走进卧室，亲自用匕首插入自己胸口。她立即死去，把自己的尸体留给了拉皮条者。

在尤西比乌斯书中一方面对于马克森提乌斯进行妖魔化的描写，另一方面开始对于君士坦丁进行神话的虚构。相对于马克森提乌斯的暴虐，而君士坦丁却得到了上帝的眷顾，踏上了他的基督教圣战征途。

到了公元312年，在六位皇帝的相互厮杀中，只有四位幸存下来，君士坦丁决定是时候开展最后一击了。在帝国内乱四起时，君士坦丁保持着沉默。然而，不在沉默中死亡，便在沉默中爆发，他开始发力，如今"四帝共治"体制已经濒临彻底崩溃的边缘，西方的两位皇帝都以非法途径攫取的政权，东方的则因为内部事务忙得焦头烂额，无暇他顾。只有马克森提乌斯是君士坦丁统治整个西罗马的最大障碍。他所秉承的乃是传统的所谓"无敌太阳神"的多神教信条。君士坦丁集聚了四万大军跨过阿尔卑斯山脉，进入意大利境内准备展开对于马克森提乌斯的决战。

米尔维安大桥决战

　　像所有伟大人物一样，君士坦丁的时机和伟大运气是令人望尘莫及的。马克森提乌斯的名气比起君士坦丁来，简直天差地别。

　　但是，马克森提乌斯推行愚民政策自有一套，从公元303年起罗马开始走向衰落，如同昨日黄花那样，作为首都和世界中心的辉煌不复存在。因为戴克里先时代的所谓"四帝"很少在罗马涉足，都分散在边鄙之地建立新城作为自己的首都，罗马就这样被忽略而变得苍凉和破败。在马克森提乌斯当政的前一年，意大利失去了享受500年的免税权。与过去相比居住在罗马城的元老院贵族们已经完全失去了哪怕一丁点的决策和重要军政官员的任命权，权利早已分散到处于边鄙之地新城的多皇权多中心。罗马只是作为帝国怀古和旅游胜地、一个毫无生气的古镇而不是帝国伟大的首都存在着。于是重新统治罗马的马克森提乌斯决心通过大规模的整顿罗马城市，改变这种现状。但是，他没有钱，于是打着复兴罗马帝国的旗号，开始横征暴敛，他使用这些税金在罗马广场修建了豪华奢侈的厅堂，还为自己树立了宏伟的塑像。在他统治时期，所铸造的钱币上的口号就是振兴"古罗马精神"，作为一名多神教徒，他竭力推行罗马过去的宗教政策。因为罗马人对众神都持包容态度：除了长达几个世纪的神庙、神像、圣坛和帝王陵墓外，城市的每个角落都零星散布着当地神灵的神殿。

　　马克森提乌斯不仅要恢复罗马过去的历史，而且要给罗马城一个崭新的面貌。他还是一个多才多艺的建筑家，亲自设计了位于亚壁古道的新皇宫，能够容纳15000名观众的宽敞竞技场，还有出自于他之手的伟大建筑——本来以自己名字命名的大型商场和行政中心，在君士坦丁攻占罗马城后，却以这位基督教皇帝的名字被命名为君士坦丁巴雪利卡而留存。这个建筑就是相当于现代的大型超市，用大理石点缀精心粉饰，其政府行政大楼可以和罗马任何一座拱顶建筑相媲美。大概马克森提乌斯通过这种方式来作为巩固自己西罗马霸主的地位。可是，好景不长，公元312年君士坦丁的圣战彻底打破了他振兴罗马的美梦。

马克森提乌斯的横征暴敛引起了人民的强烈不满，最终导致叛乱。在以几千名市民为代价而重新建立秩序后，他的声誉却一落千丈，当他听闻君士坦丁大军逼近时，惊恐万分，无法确保罗马城对他是否绝对忠诚，因此他离开了罗马城固若金汤的高墙，来到横跨台伯河两岸的米尔维安大桥，在距离城市仅有一英里的地方安营扎寨后，马克森提乌斯向身边的占卜师和预言家请教问他们看到了何种预示，他是否能够取得胜利。第二天正是他掌权六周年纪念日，典礼如期举行。毫无疑问，没有比此时此刻更不适合开战的时间。预言家和占卜师在马克森提乌斯的营帐内来来去去，让他身心俱疲。他不知道自己怎样才能平息他们带来的影响。在万神殿内，代表所有宗教神明的神职人员都目不转睛地盯着用于占卜用的动物肝脏或是鸟的飞行轨迹，脸上带着谄媚的微笑，向他报告他一定会得到神的恩赐，取得会战的胜利，他的心情才稍显平静。

穿过平原地区，君士坦丁和他的大军严阵以待，同时他也在尘土飞扬的营帐中祈求上帝的庇佑。那是从他在军营中的一次正午的祷告中得到上帝的启示开始的。他的传记作者尤西比乌斯自吹自擂是君士坦丁亲口和他说的，这显然是某种虚构，因为这位住在犹大省凯撒利亚的主教，显然和君士坦丁大帝没见过几次面，也并非大帝亲信和私人朋友，最多的接到过大帝给帝国所有教区主教的谕令式信件，不多的几次觐见也是某种公务形式的官方活动，而尤西比乌斯却煞有介事地在时隔二十二年后编造说：

大约在正午时分，日头即将由东边转向西边，他说他亲眼看到在天空上有一个十字架形状的饰物从亮光中生成、饰物上附有一组文字"借此克敌"。他以及他所指挥的这支军队对于该景象都感到非常惊讶。他们一起见证了这一神迹。他说，他质问自己：这一现象到底意味什么；他一直在苦思冥想，直至深夜。他在睡着之后，上帝的基督带着中午时分天空所显现的饰物出现在他面前，敦促自己为制作一套天空中所显现的饰物副本，利用它来作为防范敌人的庇护物。

天亮之后，他起了床，把这次神秘的夜间交谈详细告知了他的朋友。

接着召集了金饰工人和珠宝匠人，与他们坐在一起，向他们解释那个饰物的轮廓，要求他们用金子和宝石把它复制出来。

将传统的异教图腾换成一个十字架标志，顶上是一个花冠和基督的名字的两个首字母。将崭新的神圣的基督教旗帜替代传统的多神教"太阳神"旗帜，作为自己导引向胜利的标志。

公元 312 年 10 月 28 日，君士坦丁与马克森提乌斯的两军交战于米尔维安大桥前广阔的平原上。马克森提乌斯率领着重兵通过临时搭建的木桥跨过台伯河。当看到城墙上无数个猫头鹰的时候，他的士气严重受挫。而对君士坦丁来说，战事正按照预想的方向那样顺利展开。这广袤无垠的平原，恰巧有利于君士坦丁骑兵的纵横驰骋，他们沿着敌军的侧翼包抄，打得马卡森提乌斯的军队无处遁逃。他们对马克森提乌斯的进攻从来没有如此坚决过，那些负隅顽抗的士兵不是被马踩踏致死，就是被后面围追的士兵所堵截。

事已至此，君士坦丁的军队将马克森提乌斯的罗马防卫军逼回到台伯河边，军心涣散，四处逃窜。当大多数人试图跨越米尔维安大桥时被淹死。混乱中，马克森提乌斯被沉重的盔甲武器压得不堪重负，也像他的诸多士兵一样掉进了台伯河中。那些士兵一个堆着一个被冲进河中溺水而亡，次日凌晨战事结束后，台伯河边杂乱地躺着成千上万具无名死尸，其中一个就是马克森提乌斯，人们是从他的装束和标识上认出这就是自命为西罗马皇帝的人。

君士坦丁终于赢得了有生以来最大的一次胜利，终于名正言顺地成为唯一的西罗马之王。他气宇轩昂地驾着他的驷马战车，在鲜花和罗马民众的欢呼声中进入罗马城，马克森提乌斯的脑袋被插在矛尖上枭首示众。人们纷纷向这个死去的暴君吐唾沫。当他进入元老院议事大厅时，元老院成员对他表示了热烈的欢迎，而君士坦丁断然拒绝了为异教胜利之神举行祭祀大典。他宣布，暴君已经灭亡，新的时代已经到来。随即元老院宣布君士坦丁为西罗马唯一的皇帝。作为意大利的解放者，他接受了黄金的盾牌和花冠。一个象征荣誉的雕像在元老院落成。作为对他的敬意，由马克森提乌斯建造的巴雪利卡——罗马大型超市以他的名字命名。他那座宏伟的骑马雕像坐落在元老院西后殿，手握象征胜利的基督教军旗。

在接下来的几个月内，君士坦丁一直留在罗马，这是至关重要极具影响力的几个月。也许正是这段时间，他开始思考米尔维安大桥战役究竟意味着什么、上帝对他青睐启示着什么等一系列未来政权构建的关键问题。也许他对更多地了解基督教徒产生了浓厚的兴趣。他参观了基督徒所居住的社区，了解了他们的生活方式。他邀请了基督教牧师和主教做客，并共进晚餐，他身边的基督教顾问拉克坦提乌斯和欧西阿斯为他精心设计了这一切活动，那些在战役悄悄聚集在他身边的基督教徒们，在公元 312 年到 313 年的冬天，一部分晋升成了教会的政治和实际法庭顾问等官方的职位。

米兰敕令的颁布

公元 313 年，一场周密策划的政治联姻将在米兰进行，这也是一次东西方罗马在戴克里先去世后首次和谐团结联合举行的盛典。君士坦丁离开罗马踏上了去东罗马首都米兰的和平之路。和平使者的充当者或者说是铺路石，也是未来联盟失败后的牺牲品就是君士坦丁 18 岁的妹妹，一个和母亲一样的基督教徒——君士坦提娅。

她将嫁给一个比她年龄大许多，一个她所不认识，她所不爱的 52 岁老男人西罗马的皇帝瓦莱尼乌斯·李锡尼。婚礼于当年 2 月在米兰的皇宫举行。嫁给一个有着皇帝头衔的老男人，本身就是政治的结盟，这个联盟能够维持多久都是一个未知数，因此这位尊贵的西方正帝的公主未来的命运必然是悲剧性的，因为在不久的将来丈夫和哥哥之间必然会有一场你死我活争夺统治权的大决战。

李锡尼出生在一个达契亚的农民家庭，和其他很多领主一样，他的上位源于他是一个能力强、作战勇敢的军人。在多瑙河岸的战役中，他和伽列里乌斯是最亲密的战友。在戴克里先的"四帝共治"制度面临破产，四面漏风的时候，他在伽列里乌斯的提携下乘风而起加入了多元皇帝的行列——公元 308 年，在卡农顿会议上取代刚刚死去的塞维鲁，被任命为和西罗马的君士坦丁地位相等的共治皇帝。

东罗马伽列里乌斯死后，李锡尼和达伊阿达成和议，分治死去皇帝在东罗马的领土。但是，现在达伊阿和李锡尼脆弱的和平出现了裂痕。君士坦丁和李锡尼的联盟，因为米兰举行的外交联姻而更加巩固，同时反映了罗马政治的新格局。"四帝共治"已经演变为两人共享，而最终四海归一，一人独尊。达伊阿在此时已经失去了立足之地。而这一切都是在允许基督教合法存在自由发展的前提下开始的，最终也是九九归一到基督教的一教独尊，由帝国统一到皇权专制的一体化，这是社会发展的必然。

李锡尼将统治东罗马，君士坦丁统治西罗马。双方互相提供军事援助。

一切如预料的一样，东西罗马两个姻亲皇帝企图重新绘制帝国蓝图，划定各自势力范围。君士坦丁为他的妹夫端出了一盘色香味俱全的政治大餐，也即是包容性的宗教和谐共生的契约，其中贯穿着罗马多神教和基督教共荣共存的原则，由是诞生了具有划时代意义的米兰敕令。这不仅改变了李锡尼的多神教信仰，而且也使得疯狂迫害基督徒的达伊阿几乎丧失了存在的合法性。

很快两位皇帝都宣布了这项法令，这是西方世界第一个承认信仰自由的政府文件。自此，对于基督教徒的迫害在道德上被认为是错误的。但这道法令具体的实质内容，却是对于基督教会被没收财产和宗教场所的返还。文件全文如下：

很久以来，我们二人（君士坦丁与李锡尼）始终认为信仰自由不应受到限制，每一个人都应该根据自己的信念和愿望，信奉自己所选择的宗教。因此，我们所管辖的帝国西部，基督教早已得到承认，并允许他们为加深其信仰而举办有关仪式。然而，这种意愿在法律实施时执行者带来了困惑和混乱，为此，我们认为有必要将此问题做明文的规定。

我们，正帝君士坦丁和正帝李锡尼于米兰相聚，共商帝国大事。我们一致认为，在所有事关万民的大事中，首先应该作出规定，保证尊重对神的信仰。

无论基督教或信奉其他宗教的国民，个人选择宗教信仰的权利皆应得到完全的认可。无论哪一方天神，都应当得到崇拜和尊重，只要它能为作为统治者的皇帝和臣民带来和平和繁荣。从有利而且明智的角度出发，我们一致同意，我们二人属下的所有臣民都应当得到宗教自由的权利。

从今日起，无论是基督教徒还是其他教徒，都可以自由无条件地保留其虔诚的信仰，以及举行相关的宗教仪式，不受任何干扰和干预。无论何等神明，我们都期望他以至高无上的存在，普降幸福于万民，引领帝国全体走向和平与融合之路。

以上是我们二人之决定。故自今日起，以往颁布的有关基督教的所有法律规定（主要指戴克里先皇帝制定的镇压基督教的诸法）一概无效，凡基督教信仰者可以无条件地保留其信仰，不受任何干扰。

给予基督教的信奉其宗教的绝对自由，同样也适应于信奉其他宗教的教徒。我们认为，全面承认宗教信仰之自由，有利于帝国的和平。而且，任何神明和宗教，其名誉和尊严都不容遭到诋毁。

基督徒曾饱受不公平的待遇。在此特别规定，基督徒之前被没收的聚会和祈祷的场所，必须立即予以归还。另外，那些曾经属于教会或者教区的资产，也即刻归还原主。依照上述规定，对那些以拍卖方式购买了教会财产的人，在交还财产后，国家将以公平的价格补偿其经济损失。

这道敕令没有赞成基督徒优于异教徒，而是强调信仰的平等性，给予各方充分的法律承认，让人民有选择信仰的自由。更重要的是敕令为新帝国提供了一个民族和解团结的氛围，同时也给君士坦丁和李锡尼东西方的帝国联合政府提供了合法的依据。

该协议在和亲外交的前提下，联结了两个秉性截然不同的人。君士坦丁出生于帝王之家，母亲有基督教背景，本人又长期在戴克里先宫廷，统过大军身经百战，有丰富的政治斗争经验和杰出的军事指挥才能；相比之下，出身行伍仅凭朋党政治上位的李锡尼，在资历和能力方面十分弱，多少有点像是在西罗马皇帝阴影之下的同盟依附者。这种脆弱的联盟，在清除了主要政敌后，这对缘亲可能会拔刀相向而在帝王宝座的角逐中争个你死我活。现在他们共同对付的，是盘踞在阿非利加行省的另一名伽列里乌斯的亲信所谓的东方副帝达伊阿。在米兰会议结束前，东罗马传来达伊阿越过博斯普鲁斯海峡，侵占李锡尼在小亚细亚领土，并围攻拜占庭的消息，打响了对抗联盟的第一枪。战争于是开始。

李锡尼只花了几个月时间就在尼科米底亚结集了一支军队，轻而易举就击败了达伊阿，并将其驱赶到了哈德里亚附近的平原上。公元313年4月3日，在战役之前，李锡尼就表示收到了君士坦丁的消息——君士坦丁将整编他的军队，让军队列队背诵基督教的祷告词，这无疑是宣告开始信仰一神论，放弃罗马传统的多神论信仰。如此这般，在尼科米底亚的李锡尼也效仿君士坦丁的做法，他的军队似乎立即受到了上帝的眷顾，尽管他只有 3 万人，但是打着救世主基督的圣十字旗号，却打败了 7 万人的强敌达伊阿，敌人狼狈逃窜到塔尔苏斯山区，在那儿，为了避免投降受辱，达伊阿服毒自尽。在伟大的胜利面前，李锡尼对于基督教表示了信服。

然而，他尊崇基督教的誓言，很快为他残暴的行径所打破，他根本就是政治上的实用主义者，现实中的屠夫。对于宗教的信仰如果不是发自内心的理性追随，就是出于功利的需要，言行巨大脱节，必然只能是口是心非打着某种神圣信仰旗号，而在行动上残酷乖张，他就是一个政治骗子。为了确保没有人可以支持达伊阿对抗以他为首的东罗马帝国，李锡尼背离基督教博爱的宗旨下令进行了大屠杀，清除异己。大屠杀后，这个因政治权宜而自称信仰基督教的独裁者，单独控制了东罗马，并定都尼科米底亚，并宣布执行"米兰敕令"。

然而，李锡尼在他的王国打着基督旗号的胡作非为与君士坦丁所在特里尔主城相比，两者的差异清晰可见。

君士坦丁动用国库资金来全力支持西部帝国的教堂建设和装潢，就是今天到罗马，仍旧可以感受到当年的辉煌，他所资助过的教堂就不下五六所。其中被誉为"教堂之母"的要数拉兰特的圣约翰大教堂。这些教堂建筑风格都独具匠心。拉兰特的圣约翰大教堂位于罗马城中央，建在该处可以靠近帝国皇宫，君士坦丁为了资助罗马主教而建。另一座圣约翰大教堂就是为了纪念早期的基督教殉道者所建。在梵蒂冈山一侧的圣彼得宗教中心建造了一个巨大的平台，地面被清理得很干净，依稀可见当年基督教异教徒的埋葬之处，宏伟的圣彼得大教堂就坐落在这里。16 世纪时，人们又在君士坦丁建造的原基础上建造了现代的圣彼得教堂。不过，人们仍然可以通过它进入地下的墓地。圣彼得的灵柩就安葬在地下墓室中。

公元 315 年夏季的罗马城见证了一场空前浩大的庆祝活动。西部大帝君士坦丁由家人、主教和法官们的陪同回到了阔别 3 年的首都，他亲手解放的城市——罗马。当时马戏和一些公共娱乐活动正开展得热火朝天，这个节日就是为了纪念君士坦丁胜利 10 周年的庆典。回首这伟大的 10 年：君士坦丁曾经征服日尔曼人的入侵，保卫了莱茵河边陲地区的安全。

他让正处于危难中的帝国开启了和平和安定的时代，才有了如今的繁荣和稳定。

作为政府的咨议部门元老院也开始繁忙起来，因为君士坦丁宣布，在当下的罗马，元老们无需对自己的地位和生命安全担忧了。他增加了元老院的人数，对于那些不住在罗马或者不能参与元老院讨论的人，他授予元老院的头衔。因此，元老院元老的资格是全国性的不再是地方性的，可以说"四帝分治"的所遗留的残余将被一股脑扫荡殆尽。问题是他的同盟东罗马帝国还由他的妹夫李锡尼掌控着，所谓天无二日，地无二主，缘亲之间必有一战，只是战争爆发触点和时间问题。至少现在二人表面还是和谐的。

就在庆典的当月（公元 315 年 7 月），李锡尼的妻子君士坦提娅生下一个男婴。一年多后（公元 316 年 8 月 7 日），君士坦丁的妻子法乌斯塔也产下一个男婴。这两个孩子的到来值得庆贺，因为国家后继有人，但是关于继承人依然是东西帝国分别继承还是定于一尊的老问题。东西皇帝几乎同时在脑海中翻腾着两人不约而同的疑问：这个偌大的帝国究竟归谁所有？虽然他们已经结盟，这个问题同样困扰同床异梦的两个独裁者。

如今依然在罗马广场上屹立不倒的君士坦丁凯旋门还能证明当年东西皇帝共治时代特色。建筑学家和考古学家对这座巨大的拱门的建造时间一直存在争议，因为凯旋门两侧的拱门上所刻的铭文是："纪念十周年宣誓典礼，展望二十周年宣誓典礼。"公元 315 年是君士坦丁登位十周年纪念。奇怪的是这座巨大的凯旋门竟然是将罗马已有的凯旋门重新加以利用而拼凑的产物，它可能建于马可·奥勒留时期，甚至可能是图密善时期。因为人们很容易注意到凯旋门上浮雕和雕像风格的不一致性。君士坦丁凯旋门是一个不同时代、不同风格部件拼凑在一起的大杂烩。这锅大杂烩是由君士坦丁和李锡尼共同烧烩而成，至少当君士坦丁品尝这锅不伦不类的佳肴时，心中很不是滋味，因为凯旋门上那些雕刻粗糙的一些画面并列着自己和李锡尼的形象，使他感觉像是吃了苍蝇那般恶心难受，他看到的是罗马东西二帝的友好，他们共同把握着各自领地行政和军事权力，他们的头像同时雕刻在帝国钱币上，以示和谐统一，但是他们两人真的是和谐统一的吗？还是某种为了暂时政治利益的貌合神离。因为，此时的君士坦丁已经不再满足于自己的西部政权了，李锡尼也在千方百计地密谋推翻君士坦丁，可以说双方矛盾已经到达临界点，只要时机成熟一触即发。

东西皇帝的权利生死战

　　君士坦丁和李锡尼的矛盾触发之点，还是帝国那个永远也解不开的死结——继承人的问题。使得东方皇帝李锡尼恼火的是，君士坦丁决定要以其他人取代李锡尼新生儿子的皇位继承权。因为公元 315 年，君士坦丁将自己同父异母的妹妹许配给功勋卓著的元老院议员巴西努斯，然后把巴西努斯送到了东部，做了东部的副帝，李锡尼因此气急败坏。想到君士坦丁肯定还会将自己的儿子克里斯普斯派到东部去当副帝，那样就可能把整个罗马帝国版图纳入自己的统治之下时，李锡尼再也按耐不住心中的怒火，他决定先发制人：密谋暗杀君士坦丁。

　　为了实施既定计划，李锡尼很快找到了借口，他证明自己的盟友皇帝违反了当初"米兰敕令"宗教平等的原则，将基督教徒的利益凌驾于异教徒之上，所谓异教徒也即罗马传统的多神教信众。如果这个借口还比较牵强的话。那么他还找到了一个硬核的理由，就是君士坦丁在公元 315 年秋季侵犯了自己在东部的领土。现在他需要一个刺客去执行暗杀任务。

　　公元 316 年，因为当初君士坦丁的承诺没有兑现，许多仍然笃信传统罗马多神教的元老不满情绪日益高涨，他们对君士坦丁开放国库来建造基督教教堂的举措嗤之以鼻，在他们看来，只有基督教主教才能得到皇帝的宠幸，也只有基督教徒才能成为皇帝的座上宾。他们开始异口同声地抱怨，如今在这个新政权中如果不加入基督教就很难施展自己的雄心壮志，也就很难获得高官厚禄。

　　李锡尼认为这时高层的舆论氛围十分有利于自己施展对于君士坦丁的谋杀行动，于是他开始物色刺客。这个刺客必须位高权重易于接近皇帝，而又不引起君士坦丁的疑心。他让他的心腹塞内奇帮助寻找合适人选，选中塞内奇亲哥哥也就是君士坦丁的妹夫巴西努斯。但是李锡尼忽视了一点他的皇后君士坦提娅本身就是君士坦丁的亲妹妹。

　　或许因为君士坦提娅恰好经过尼科米底亚宫殿走廊时听到了这个消

息，或者因为她无意间听到了李锡尼和塞内奇之间的对话，反正她获悉了丈夫要刺杀自己哥哥的计划，立即写信并通过一个基督徒将信送到了君士坦丁手中。当君士坦丁知道巴西努斯要暗害自己后，不禁大吃一惊，因为君士坦丁曾经相当器重他，现在这位一度成为东方正帝备胎的人即将被赐死，已经不再是神授的国王，而是一个名副其实的刺客！当李锡尼知道阴谋败露后，他下令捣毁了位于伊兹密特所有的君士坦丁雕像，并进行了战争动员。

公元316年，两军于巴尔干地区的西巴莱和塞尔迪卡开始第一次正面交锋。尽管君士坦丁在两个战场完胜，但是他没有给对手进一步的还击。最后，两人达成新的和解协议：条件是巴尔干地区和希腊应该割让给君士坦丁，而李锡尼则继续占领色雷斯、小亚细亚、埃及和罗马东部地区。同时，这对冤家还就皇位继承问题达成共识：公元317年，君士坦丁宣布他的两个儿子（与法乌斯塔所生的儿子和弗拉维·尤里乌斯·克里斯普斯）以及李锡尼的儿子（与君士坦提娅所生）同时被授予恺撒头衔——也即皇位继承人。在公元317年，两人又在行政管理权上达成一致意见，每半个帝国（东部与西部帝国）的行政管理每年可由父亲和儿子轮流执掌。可是暂时的平衡并非长久之计，这暂时的和解埋下随时破裂的祸根，当前相对的平静，只是决战爆发前夜的可怕宁静，双方都在紧锣密鼓地排兵布阵，并做着圣战前的舆论宣传，战事随时可能爆发。

在公元317年至321年，东部帝国的李锡尼容忍了基督教徒宣扬的宗教包容，或许是受到妻子的影响，或许是受到宫中伊兹米特主教的影响。可是东部的基督教解放者们对此胃口越来越大，他们不满足于皇帝的空口承诺而实际上的无所作为。他们希望有更多政府拨款建立更多的宗教场所，供他们传教布道，发展信徒。

此时的西部帝国却是另一幅景象，基督教在皇帝的亲力亲为下蒸蒸日上，君士坦丁显得十分活跃，他经常熬夜写演讲稿，向他的朝臣们布道讲解神圣帝国的远景规划，潜移默化地不知不觉地灌输着基督教理念，改变帝国多神教的性质。这些布道做得有板有眼像模像样，当他提到神之决断时，总是一副很严肃的神情，同时压低声音，手指指向神秘的天空，煞有介事地宣传着神谕。那些朝臣们听得十分投入，仿佛神魂附体该点头的绝不摇头。另外一些人为之拍手称快，顷刻带来全场一片掌声，皇帝神情越发振奋，情绪越发高昂，演讲效果越发震撼人心。此时，人们似乎已经忘记了这是一场基督教的演讲。

在表达对基督之神的无比崇敬之情的同时，对于异教的清理的步伐也在加快之中。公元317年，非洲的多纳派信徒争论的问题尚未解决，不过皇帝似乎耐不住性子，通过放逐这些信徒来平息这场纷争。几年之内异教的庙宇被捣毁——西部在缓慢地推行根除异教的多元熔炉政策，取代异教的是基督教施与罗马人的崭新身份。

通过主教给那些贫困者、孤儿和处于赤贫之中的寡妇与离婚妇女施舍财物、衣服和食物，教堂在西部帝国各个行省的建筑迅速高大宏伟起来，逐渐成为当地的文化行政中心。到了公元321年，主教的权利已经触及司法，教堂的遗产也被合法化。那些高层的精英们很容易通过贿赂加入新的宗教，上流社会变得越来越富有，也更加自信。考古发现，在当时富裕人家喜欢把耶稣基督受难的十字架刻在物件上以彰显身份，西部帝国一栋栋崭新的、别致的别墅拔地而起。改信基督教的好处就是，它可以给帝国带来新的威严，一种新的爱国主义和强大的精神和道德凝聚力和持续繁荣的理念。这是在神圣的基督庇佑下而非传统罗马的"和平之神"庇佑下产生的欣欣向荣的景象。

在公元321年至公元324年的耶稣受难日这天，君士坦丁在一场所谓的"圣徒演说"中，向他的基督教信众，公开阐明了立场：基督之神是他成功的动力。同时，他也有义务做到：让更多的子民投入基督的怀抱，摒弃那些邪恶和多疑，解放那些处于迫害中的人民。他的这一宗教立场，虽然没有点名，但是字里行间充满了对于东方帝国李锡尼的旁敲侧击，等同于变相对于东方帝国的宣战。不久，李锡尼也做出回应，一场血雨腥风的战争即将揭开序幕。

在伊兹密特的宫中，西部皇帝李锡尼变得杯弓蛇影般的多疑。朝中的那些官员们会不会是君士坦丁派来的奸细？他经常这么问自己。为了试探官员的忠诚度，他吩咐司法部门的官员奥森美陪同他来到风景优美的艺术喷泉边，那里立有酒神狄俄尼索斯塑像，四周栽种着茂密的葡萄藤。接下来李锡尼让司法官选了一串上好的葡萄摘下供奉给酒神，奥森美拒绝对于酒神供奉，意味他不再以罗马传统供奉的诸神为其信仰目标，而成为基督教的信徒。情急之下，李锡尼给出的选择就是，要么把葡萄放在狄俄尼索斯脚下，要么卷铺盖走人。奥森美选择了离开。后来这位司法官成了摩普绥提亚主教。

公元323年，这种对于罗马多神教忠诚度的测试终于在政军两界广泛进行。李锡尼强行命令宫中的管理人员都必须去神庙参加传统的献祭仪式，否则将做出辞退公职的处理。他对他的军队将领也做出同样的要求。与此同时，在一个异教官员的倡议下，他又要求民众参与献祭大典。在该年12月24日，纪念李锡尼称王15周年的庆典上，他强迫基督教的主教们进行献祭，任何不遵从者将受到严厉惩罚。基督教性质的集会已经不能在教堂举办，只能在露天举行，所有对于基督教牧师的免税权全部取消。若不是他深爱自己信仰基督教的妻子君士坦提娅，这个事件肯定会越演越烈。总之，李锡尼想通过对异教反抗的严厉鞭挞，鼓励东部帝国对基督教势力限制的放任——罗马官员有对惩罚意见不合的基督教徒的自由，也有关闭教堂或者摧毁教堂的自由。黑海南部的比西尼本都行省的主教头目首先被杀死。

在塞尔迪卡的西罗马帝国王宫中，作为君士坦丁军师兼其儿子的老师拉克坦提乌斯重新向基督徒们推行公平的待遇。君士坦丁或许正有此意，他以反对哥特人的进犯为借口，侵入李锡尼位于色雷斯的领土，正好双方均有发动一场战争的设想。君士坦丁对其妹夫的敌意远远不止外交摩擦这么简单，他打出的旗号是一场反对宗教歧视和压迫的圣战，是一场对于受到迫害的基督教徒的解放之战。

罗马历史上最后一次史诗性的交锋，在交战双方都做了紧锣密鼓的准备后，即将揭开序幕。

据说双方的步兵和骑兵数额超过 100000 人，当时双方的阵势确实都不容小觑。在李锡尼的军营中有埃及人、腓尼基人、加勒比人，还有来自小亚细亚的希腊人、比提尼亚人以及非洲人，而控制罗马帝国大部分版图的君士坦丁这方则更多依赖罗马军团的常规军而非外国帮手。对此我们可以从尤西比乌斯两军对比的描述中看出端倪。

君士坦丁开始在军事装备方面着手进行正规准备，他的整个步兵部队和骑兵编队被集合起来，走在部队最前列的是那面对上帝充满希望的圣十字旗帜。为此，他还为部队配备了祷告的牧师。他认为这些人必须与他为伴，要确定他们作为其灵魂的卫士而在场：代表拯救的耶稣受难标志总是引领着他及其整个部队。李锡尼在听说这一切后，指责对手为荒谬不经，并用侮辱性的语言谩骂君士坦丁皇帝。

相反，在李锡尼身边养了一帮预言家、占卜师、埃及药师、术士，以献祭动物的内脏来解释所谓先知的预言。按照传统的献祭仪式抚慰他所相信的众神，然后询问他们他发起战役后的结果会怎样？当然这些人一致向他许诺：他很快会战胜敌人，赢得战争胜利。诸如此类欺骗性的宣传，使他怀着巨大的自信，信心满满地走向战场。

在战争即将开始的时候，他把自己卫兵中精挑细选出的贴身侍卫及他的亲信朋友们召集到一个山清水秀的园林，那里流泉潺潺，树林茂密，那些被称为神的大理石雕像矗立其间，被他称为神圣之地，他为这些神像点燃了蜡烛，进行了日常的献祭仪式，并发表了慷慨激昂的演讲：

朋友们、战友们，这些是我们祖先的神，我们之所以崇奉他们，是因为我们从最久远的祖宗那里就已经接受他们为崇拜对象。举兵反对我们的那个指挥官，已经破坏了我们对祖先制度的信念，采取了无神的信仰，错误地从别处引入某个外国的神，他甚至用这个邪教之神的标志使他的军队蒙羞。他信赖这个神，他拿起武器首先反对的不是我们的，而是他所获罪的众神。今天该是证明他所信仰之神错误的时候了：这场战斗将在我们所崇奉的众神与对方所尊崇之神间作出抉择。要么我们将被宣布为胜利者，这样就能够正义地宣布我们的神是真正的救世主；要么，倘若君士坦丁这个神——无论他是谁，也无论他来自何处——击败了我们这支数目也许占优势的军队，以后就不该有人再怀疑他所尊奉的那个神了，因为他必然转向胜利者并授予他胜利的奖章，倘若我们目前说嘲笑的外国神被证明更为优越，就不要阻止我们也承认和尊崇他，并对我们为之徒劳地点燃蜡烛的诸神说再见。不过倘若我们的神占了上风——这是毫无疑问的——那么一旦我们获得目前的胜利，我们就要发起反对不信神者的战争。

当李锡尼义正辞严地说完这些慷慨激昂的话，就向他的部队下达了出发的命令。当然作为传统的罗马君主他是多神教的信奉尊崇者，至于"米兰敕令"只是一次政治联姻的投机性产物，他只是屈从了自己皇后君士坦提娅的基督教信仰和自己的妹夫投了一次机而已。从思想上他依然是传统观念的信奉者，从骨子里他还是对于所谓外来宗教的排斥者。他毕竟是多年追随先皇帝戴克里先的战将，因为这些外国宗教的信奉者从开始出现起就是帝国精神的叛逆者，矛头所向的正是罗马帝国安身立命所在，本质上和诸神的信仰是相对立的。因此，由精神的冷战必然发展到武力的对抗，这种对抗是不可调和，也是不容妥协的。尽管李锡尼是个粗人，他只是从长期政治斗争的经验出发，明白平衡和政治妥协只是暂时的，出于既得利益的需要出发，当既得利益受到影响本能的反抗和争夺就会替代精神的妥协，旧的平衡就会打破，结果必然是你死我活的血腥争夺。

在翻阅恺撒里亚主教尤西比乌斯所撰写的《君士坦丁传》时，这位基督教作者带有宗教偏见的书写，在对君士坦丁进行了神话般的美化拔高的同时，他的政治对立面李锡尼，必然给予了妖魔化的抹黑，这是"成王败寇"丛林规则使然，更是与作者本人的宗教信仰相关。因此其文本的历史真实性，历来受到质疑，但是这种罗马传统宗教和外来引进文化的对立，是历史发展和文明进化中的必然，也是某种必然在欧洲建立的先进政治制度的精神先导。

公元324年7月3日，这年李锡尼59岁，君士坦丁49岁。这时，他们再也不需要打着什么幌子或者寻找借口了，因为无需隐瞒对于皇位的争夺而开战。第一场对决在色雷斯的哈德良堡进行。李锡尼企图先声夺人的气势并没有发生作用，两军只是在隔着拜占庭郊外的赫布鲁斯河相互大眼瞪小眼地对峙着，没有多少实质性的举动。李锡尼在陆地上的兵力，包括15万名步兵，1.5万名骑兵；海上的军力，包括从埃及调来的130艘军用三列桨舰船，塞浦路斯岛和叙利亚、巴勒斯坦各110艘，共计330艘三列桨帆船。

相对的，君士坦丁这方面的兵力，骑兵、步兵共计12万名，数量上虽然不占优势，但是这些士兵都是刚刚与蛮族作战取得胜利的虎狼之师，可谓久经沙场，战斗力绝对不可小觑。除了这些陆上兵力还从意大利和希腊召集了200艘三列桨帆船。

攻防双方都准备了军用桨帆船，是因为李锡尼的势力范围在小亚细亚以东，而君士坦丁的势力范围在巴尔干以西。双方势力的分界线，正好分隔欧洲和亚洲博斯普斯海峡、马尔马拉海以及通过达达尼尔海峡向南可以看到爱琴海。由于地势因素的影响，这场争夺帝国霸权的战斗，成为一场海陆联合的大战。君士坦丁决定亲自指挥陆上作战，海上作战的指挥权则交给了自己的大儿子克里斯普斯。

当李锡尼的士兵看到君士坦丁的军旗上装饰有基督教的十字架标志时，开始嘲笑和谩骂起来。就在这个间隙，君士坦丁抢占先机。哄骗对方说他们正在修建一座跨过赫布鲁斯河的桥，这样就可以切断对方。为了让对方相信，还派出士兵爬到山上，伪装砍柴。与此同时，君士坦丁开始执行另外一套方案，派出骑兵找到捷径渡过赫布鲁斯河，企图出其不意活捉李锡尼。李锡尼的大量部队不是被围追堵截就是被消灭掉了，有些人则投降了。李锡尼还是在他的扈卫簇拥下逃跑了。

当然按照尤西比乌斯的说法是：敌人逃窜到哪里，胜利的十字架军旗随之而来。君士坦丁非常了解神圣饰物的功用，专门派出五十名身强力壮勇气十足的士兵，护卫这面胜利的旗帜，他们的唯一任务就是用自己的武器保护这面旗帜，轮流把它举在自己肩上，用生命捍卫这面神圣的旗帜始终伴随着胜利的步伐前进。

李锡尼带着残存的兵力很快在海岸聚集，冲向他们停泊的战船，准备安全地越过博斯普斯海峡。君士坦丁早有准备，他命令自己 17 岁的儿子克里斯普斯乘胜追击。克里斯普斯带领 200 艘装备精良的海军战舰，执行父亲指示。当两军舰队在海上相遇，克里斯普斯只用 8 艘快艇继续进攻。相比之下李锡尼的大船则搁浅于极其狭窄的海域无法周转，当时波浪汹涌，夹杂着划桨的声音，战场一片混乱，夜幕降临，海战暂时告一段落。

第二天，老天爷开始刮起西风，李锡尼的舰队被风刮得撞在礁石上，舰队遭到致命打击。尽管如此，几周后，李锡尼重组兵力，从亚洲调来部队，又一次在克里索布里斯（也即拜占庭古城）与对手交战。双方没有决出胜负。李锡尼逃进拜占庭后，开始君士坦丁似乎打算采用海陆夹击的方法进攻，但后来实际地点却是在海上。因为这场海战的主角是克里斯普斯。

公元 324 年 9 月 18 日，两军纠集大量兵力于克里索波利斯和卡尔希顿城的中间平原地带进行决战。这座位于博斯普斯海峡出口位置的三角形城市，最初名叫"拜占庭"，后来改称"君士坦丁堡"，现在叫着"伊斯坦布尔"。这座城市两侧靠海，只有一侧是陆地，可以说是天然要塞。

君士坦丁的军旗仍旧被装饰着基督的标志，十字架用耀眼的宝石和金条打制，饰上十字架的挂毯也悬挂在横杆上。这是圣十字军的精神象征，也是夺取最后胜利的寄托。现在军旗已经升起，就等待发起进攻的命令下达。君士坦丁从容不迫，像往常一样坦然走进营帐静静地向基督祈祷，接着仿佛是受到某种神的启示，突然冲出帐外，立即向他的部队发出拔刀进行战斗的命令。

李锡尼这一方也已经做好准备，但是在看到对方挂出基督教战旗那一刻，心中不免忐忑。君士坦丁的队伍冲到敌军的正前方，投出无数的标枪，许多人中枪死去。按照尤西比乌斯的记载，奇迹的是，那面迎风招展的军旗竟然丝毫没有破损。或许这股内在强大的力量给了士兵们无尽勇气和信心去赢得战争胜利。

面对强大的攻势，李锡尼的士兵节节败退。克里索波利斯之战迅速演变成一场血雨腥风的大屠杀。据不完全统计，这次战争中，李锡尼方被屠杀的士兵超过 100000 名。君士坦丁的胜利或者说是基督的胜利来得十分迅速。然而，李锡尼仍然在骑兵的掩护下逃离战场，他去了伊兹密特的皇宫，去找自己的妻子和九岁的儿子。君士坦丁一路追杀，并且包围了小镇。当李锡尼准备以传统的方式拔剑刺向胸膛，想保住自己的名节时，君士坦提娅劝自己的丈夫与其一死不如投降。她打消了丈夫自杀的念头后，骑马飞快地向哥哥的营地奔去。

这大概是 10 年间兄妹俩的第一次见面，这个女人是在自己 18 岁的花季年龄受命嫁给哥哥的敌人，也是这几年来君士坦丁极力企图铲除敌人的妻子。只有铲除了他，自己就可以统一帝国，成为真正意义上的霸主。现在自己的妹妹面容憔悴地坐在肮脏的、筋疲力尽的战俘中间。在这种尴尬的处境下，兄妹俩几乎不敢对视。君士坦提娅最后还是硬着头皮请求自己的哥哥宽恕自己的丈夫，她引用了基督教中关于博爱慈悲宽恕的教条，请求哥哥饶过李锡尼一命。君士坦丁答应了。

帝国壮观的受降仪式，在庄严和肃杀的气氛中举行：君士坦丁穿上了豪华威严的皇帝绣金紫袍，因为从今天起他将是整个罗马帝国霸主。他站在城外军营的讲台上，被主教和朝臣们里一层外一层包围着，接受着他们和士兵震耳欲聋的欢呼声，他们都在欢呼耶稣基督的胜利。李锡尼带着沮丧的表情缓缓走向君士坦丁。很难想象，李锡尼和他的妻儿面对打败自己的皇帝，将会是怎样的奇耻大辱。当李锡尼走到君士坦丁面前时，便卑微地给皇帝下跪，他拿着自己当政时的紫色皇袍，躬身呈递给君士坦丁，或许此时的君士坦丁心情大好，竟然让这位以前的东方正帝皈依基督教，但是可以肯定的是，他被迫称呼君士坦丁为"主神，并且为过去干过的蠢事向他请求原谅"。最后李锡尼一家被送到萨洛尼卡地区，在那里度过一段平静的岁月。

在李锡尼归降一年后，一队人马向他所隐居的希腊家中奔去，当李锡尼看到他们的到来，预感到自己的末日到了，君士坦丁还是食言了，专制君主是无诚信可言的。这位皇帝不可能让他潜在的政治对手和后代活着，果不其然，士兵们带走了他和他的儿子，并且以李锡尼私下与哥特人联系企图谋反的罪名，未经审判便秘密将他们绞杀了。李锡尼享年 61 岁。

君士坦提娅从失去丈夫和孩子的悲痛中终于挺了过来，也许是为了安慰这位伤心欲绝的妹妹，君士坦丁授予她"最高贵的女人"的封号，并且仍然享受着这个基督教帝国的一切尊荣，但是在漫天无情的指责中，她的余生一定过得很不轻松。她死于公元330年，享年不到35岁。

公元326年，君士坦丁下令杀害了曾被授予恺撒尊号的大儿子克里斯普斯和为他生育了3个儿子的妻子法乌斯塔，其原因至今扑朔迷离。比较权威的猜测是克里斯普斯和继母有染，另一种说法是法乌斯塔爱上了英俊年轻的克里斯普斯，但是他抛弃了她。不管怎样，这种有辱皇帝门风的不伦之恋决不允许在以基督教为核心的皇帝家族出现。作为帝国副帝的克里斯普斯又是皇储，其辉煌前程就这样被彻底葬送了，他被处以死刑。据记载，法乌斯塔是在一个炙热的浴室里被窒息而死。

当然，心如铁石般的皇帝并不是第一次对自己的亲人大开杀戒。公元310年他害死了自己的岳父，前正帝马克西米安。两年后的公元312年，又逼死大舅子马克森提乌斯。而公元325年他打败了异母妹夫李锡尼之后，以密谋通敌罪名将其处死。只是这三起事件中，虽然致死对象分别是岳父、大舅子和妹夫，但同时这三人又是其争权夺利的对手。在他看来，身处你死我活的权力斗争中即使是亲人也必须一一铲除。

基督教皇帝君士坦丁大帝

君士坦丁凭借他的基督教信仰和军事实力最终战胜各路军阀，再次统一了罗马帝国，在他一生中曾经经历过对于基督教徒的三次大迫害，但是这些残酷的迫害都以失败而告终。他见证了基督教在迫害中不断在夹缝中成长壮大的历史。

《世界文明史》作者威尔·杜兰特如此解释了君士坦丁大帝对于基督教的信仰：

"是命运女神使人成为皇帝"——当然这只是一句谦虚的话。他在高卢的宫廷中，经常被一些异教学者、哲学家围绕着。他皈依基督教后，极少遵从基督教仪式中所需的礼仪。他在写给主教的信中，很明白地说他并不关心基督教中引起辩论的各种神学争论，虽然为了帝国的团结，他愿意尽力去镇压各种异议。当他在位时，对待那些主教们如同他的政治助手，召集他们，主持他们的会议，同意执行任何多数人决议所制定出的意见。一个真正的信徒应该先作为基督徒再作为政治家，但是对于君士坦丁来说恰好相反。基督教对于他是一种手段，不是目的。

此言不虚，君士坦丁对于基督教的支持完全是出于统治的政治需要。德国历史学家威廉·古塞布莱希特一针见血地指出：

在戴克里先时期，他认为基督教团契会与政治势力相勾结，因此以最为残暴的方式迫害基督徒。君士坦丁一世的目光更为长远，他意识到，基督教成为世界性宗教是不可避免的，若与基督教共进退则世界霸权也会落到他的手中。所以，与其让国家在与基督教的斗争中消磨力量，不如接受这股新的不可战胜的力量，与之结盟。所以，君士坦丁一世公开自己的基督教信仰，想方设法惠及主教和富足教会。按照他的意愿，他的新都城（君士坦丁堡）从一开始就应该是一座彻头彻尾的基督教城市。改变宗教信仰，皈依基督教在过去将要面临最严厉的惩罚，但是现在是能够讨得统治者欢心的一件功绩，而君士坦丁一世自己也在生命结束之前接受了基督教洗礼。

美国学者《世界文明史》的作者威尔·杜兰特指出：

渐渐地当君士坦丁权力更加巩固时，他公开支持基督教。公元 317 年后，他将国内钱币上的异教徒的雕像逐个去除。直到公元 323 年，货币上只有些无关宗教的刻字了，在他在位时，成文法上，给予主教们一种权力，使他可以在自己的教区内做审判工作。另有法律豁免教会不动产的捐税，使基督教协会成为一种审判团体，允许他们拥有自己的土地，接受遗产，并将殉道者留下的遗产全数交给教会。君士坦丁捐钱给需要的团体，在君士坦丁堡及其他地方兴建教堂。禁止在新首都敬拜偶像。否认了他所颁布的宗教宽容《米兰敕令》，他禁止异端宗派的集会，最后下令毁害其会堂。君士坦丁给予儿子接受正统的基督教教育，经常资助他母亲教会里的慈善事业。教会都为这种远超他们所期望的神恩而欢乐。罗马大主教尤西比乌斯（因为凯撒里亚大主教）四处讲道，其间充满了感谢与赞美的颂词。帝国内所有的基督徒聚集在一起，为他们神的得胜而感恩。

公元 325 年，君士坦丁大帝召开尼西亚宗教会议确立了基督教正宗教义和教会组织。会议在帝国宫殿的大厅中举行。由君士坦丁主持，他首先以一篇简短的讲话呼吁助教们恢复教会的团结。"他很有耐心地聆听他们的辩论。"，尤西比乌斯写道，"他缓和争执派之间的冲突"，最后自己也加入了辩论。

他尽全力维护了教会的团结，会议签署了多项决议，下令同一天庆祝复活节。每年由亚历山大主教根据星相规则制定日期，由罗马主教颁布。

最后大家达成协议，在基本信仰上一致使用中古世纪的教会天主教（Catholic）之名。同时又显示以基督教代替异教成为罗马帝国的国教，更肯定君士坦丁与基督教之间的联盟。一种植根于新宗教的新文明，从那行将枯竭的文化与濒临破产的教条废墟中兴起，君士坦丁决定给风雨飘摇的帝国奠定新的根基，他决定给帝国酝酿一个全新的开始，创建一座超过罗马的全新首都。不久后他像以往一样在作出重大决策前，总是借助神谕之口来达到自己的既定目标。于是他自称遵照神谕来到古城拜占庭，很显然他并不需要什么神圣的预示，只是出于自己政治虚荣的需要，他想开创一个以基督教立国的新时代，必然要打造一个以自己命名的新首都。

他的身边跟随着趋炎附势的朝臣，君士坦丁爬上拜占庭的一座小山，他的目光掠过那些希腊的殖民地，希望把它们重建为世界的都城。这意味着在他眼里此处不仅是另一座帝国的城市，还是地球上唯一的中心、基督教世界的心脏。他已经选出了一个位置，那里有着七座小山，为的是模仿著名的罗马七座山峰，在这里并没有被异教传统束缚的过去，他可以建造"新罗马"，围绕基督教的、东方根基，重建帝国的荣耀。

按照孟德斯鸠的说法是：

君士坦丁很想修建一座以他的名字命名的新城，这种虚荣心促使他决定把帝国中心的所在地迁移到东方去，尽管罗马城内远不如今天这样大，但是城郊却是相当宽阔，确切地说，处处有别墅的意大利是罗马的一个花园，农夫都在西西里、非洲和埃及，花匠则在意大利。土地几乎全由罗马公民的奴隶耕种。但是，帝国中心东移后，整个罗马也随之东迁。显贵们带着他们的奴隶一起过去，而这些奴隶几乎就是全体罗马人民，意大利因此而骤减。

为了让新城丝毫不比旧城逊色，君士坦丁想在新城里也向居民分发粮食，为此下令把粮食从埃及运到君士坦丁堡，把非洲的粮食运到罗马。在我看来，这种做法并不明智。

欧洲开始步入中古时代。一年后，君士坦丁将拜占庭从废墟中重建为一座新城，称其为新罗马（Nova Roma）而后人以他的名字命名这座城市，这就是东罗马帝国的来源。

美国作家拉尔斯·布朗沃斯在《拜占庭帝国》描述道：

工匠和材料从帝国的四面八方聚集而来，城市仿佛一夜之间拔地而起。斜坡被青草覆盖，上面盖起了浴室，耸立着廊柱，四处坐落着学院和广场，甚至还有壮阔的宫殿和巨大的竞技场。元老院内希望与权力中心保持紧密联系的成员们被东方的新城市所诱惑，这对他们而言是巨大的机遇，他们内心充满着荣耀，迁到了新修建的精美豪华的元老院议事厅。不光是富裕阶层，君士坦丁堡作为一座全新的城市，到那时为止还没有被数个世纪以来的传统和贵族政治所束缚，因此很容易引起大规模的人口流入。聚集在博斯普斯海峡地区的穷人都可以得到社会公共补助，这里有足够的免费粮食能够养活超过 20 万的居民。公共贮水设备能够提供足够的水源，众多的港口供应新鲜的鱼类，宽阔的大道四通八达，点缀着精巧美丽的雕塑，联通着帝国的每一个角落。

这座城市蕴含的能量是显而易见的，不过，虽然新罗马是一座年轻、繁荣的城市，它仍然具有古老的传统根基。著名的蛇形柱是为了纪念公元前 479 年希腊在特尔菲古城对波斯的胜利，一座来自卡纳克神庙的埃及方尖碑在此处的跑马场建立，广场上也竖立起了名人的雕像，从亚历山大大帝到罗慕路斯和雷穆斯。他们赋予了这座城市一种历史的庄严感，根植于熟知的历史传统之中，并且像君士坦丁希望的那样带来了史无前例的伟大荣耀。城市建设的速度令整个世界叹为观止，仅仅用了 6 年时间里，已经大体落成。

新首都建设的第一座建筑就是皇宫。皇宫位置设在离陆地一面城墙最远的地方，也许是认为面海的一带最为安全的原因。实际上这座城市在公元 1453 年陷落于伊斯兰势力之手，这一带就改建成了土耳其苏丹的王宫。而君士坦丁堡唯一缺少的，就是没有一座罗马帝国精神支柱的神庙，这是多神教传统被一神教基督所取代的象征，也是君士坦丁有意为建设新首都、新宗教、新文化而刻意营造的氛围，他的真正意图是振兴基督教。他允许罗马为首的各大城市维持多神教的传统，而以自己名字命名的新首都，自然不允许修建献给希腊、罗马、叙利亚以及埃及诸神的神殿，目的就在于不承认其他神灵的存在。至于这座城市的基督教堂除了规模宏伟的索菲亚大教堂，甚至可以把君士坦丁的陵墓也算上，教堂的建造除了在以君士坦丁堡为首的拜占庭的各城市延伸，最终在罗马也建成包括圣彼得大教堂在内的流传于世的众多著名教堂。不仅如此，他还在基督教圣地耶路撒冷，修建了对基督徒而言无比重要的圣墓教堂。为了烘托这座基督教新城的壮丽，皇帝的新城中还汇聚了世界各国的艺术珍宝，把新城变成了一个宏大的艺术和基督教文化相融合的博物展厅。

　　罗马帝国在君士坦丁大帝时期，废除了戴克里先"四帝共治"政体，实行君主独裁统治，并将首都从罗马迁往更加富裕的拜占庭。公元 330 年 5 月 11 日，庆祝新首都君士坦丁堡完工落成典礼隆重举行，这里名正言顺地成为一神教基督教的罗马帝国的首都。从这一年起，首都的所有功能，都从罗马转移到了君士坦丁堡。这一天，君士坦丁堡举行了丰富多彩、种类繁多的庆祝活动，并且这种活动随着异教和基督教的奇特融合达到了高潮。这里需要强调的是，君士坦丁只是承认基督教的合法地位，并未将它立为罗马的国教，也没有排除基督教以外的其他宗教。正因为如此，对公元 4 世纪的罗马人来说，基督教只是众多宗教之一。换言之，即使有人改信其他宗教，也不会有什么精神负担。

　　这一天，君士坦丁大帝在众多帝国大臣、牧师和占星师的簇拥下来到了广场正中心。在巨大的纪念柱前停住了脚步，这宏伟壮观的圆柱是为了赞颂他而竖立，在高耸的柱石顶端是一座从罗马阿波罗神庙运来的黄金雕像，但是按照君士坦丁的外貌进行了重新塑造。这座矗立的圆柱正沐浴着初生的朝阳，迎接着新时代的到来。

　　在纪念柱下，皇帝主持了一个庄严的形式，将新落成的城市敬献给神明，祭献过程中用到了他能够找到的所有异教和基督教的圣物。在由占星师卜筮选到的良辰吉日里，这些圣物被放在巨大的从埃及运来的斑岩鼓中，埋藏在纪念柱下。这里有：雅典娜神圣的披风、挪亚用来建造方舟的斧子、耶稣基督苦行著名的神迹——用五个面饼、两条鱼喂饱五千名信众时用来盛放剩余食物的篮子，这些五花八门、互不相干的圣物被埋藏于此长达数世纪之久。从君士坦丁内心而言，这种基督教和异教混合在一起奠基，只是皇帝在政治上两面下注，使得政权更加稳妥。

　　公元 330 年，君士坦丁离开罗马而定都君士坦丁堡。在这座基督教新城中，他居住在华美壮观的东方式宫廷中，感觉到这座令人难忘的城市对军队和人民在精神上的影响力，足以弥补建造新都所靡费的庞大开支。他以精明的外交政策和手腕保卫他的军队，以人道的法律来缓和专制，提倡文学与艺术。他勉励那些在雅典的学校在君士坦丁堡建立大学，由国家聘请教授，教授希腊文、拉丁文、文学、哲学、修辞学和法学，并为国家训练官员。他扩大各省医师与教师权利。命令省长成立建筑学校，以各种利益奖励入学者。艺术家可以免服公民义务，使他们有充足的精力从事创作传授技艺。帝国的艺术珍藏在君士坦丁堡内，使之成为一个优雅的博物馆一般的首都。

君士坦丁皈依天国

权力的转移，也会带来权力周边人口的迁徙，大量人口开始向新的首都集中。罗马的权力人士和富裕阶层纷纷移居到君士坦丁堡。在新首都完工后的第二年，罗马帝国北部边境发生战事，进一步加速了这种迁居的过程。

公元 331 年，北方蛮族大举入侵，突破帝国多瑙河防线。皇帝坐镇后方指挥罗马军队击破敌军，将投降的军队编入罗马军团，结束战争，这个过程共花费两年时间。虽然最终获得了胜利，但也表示出君士坦丁无法阻止敌人突破国界侵入帝国内部的事实。

公元 337 年开春，君士坦丁率领大军离开君士坦丁堡，前往小亚细亚，因为这年在"四帝共治"时期被罗马军队彻底击败而被迫讲和的波斯帝国，在时隔 70 多年后再一次展开了反对罗马的军事行动。君士坦丁已经 62 岁，他的对手是波斯国王沙普尔二世。

沙普尔二世刚刚入侵亚美尼亚，正是志得意满踌躇满志的时候，而君士坦丁正遇到复杂宗教问题一时难以解决，他把目光投向这位狂妄的异教国王身上，希望通过战争重新以基督教凝聚人心，为了转移国内矛盾，发动一场针对异教的战争是再合适不过的办法，而波斯又是罗马的老对手，曾经使帝国蒙受巨大的耻辱，那要回溯到 70 多年前。

公元 260 年，波斯国王沙普尔一世曾经大举入侵罗马帝国，并一度占领了叙利亚行省首府安条克。70 岁高龄的皇帝瓦勒良御驾亲征，不幸被波斯军队诱捕，悲惨地死在敌人狱中。这是自共和时期罗马"三巨头"之一克拉苏被帕蒂亚人生擒后的第二位罗马统帅被活捉。这简直是帝国的奇耻大辱。当年瓦勒良率领的罗马大军，被沙普尔一世率领的波斯军队团团围住的时候，瓦勒良感到了深深的绝望，于是便试探着用金钱来贿买和平，可是沙普尔却让罗马皇帝的使节无功而返，提出要与瓦勒良当面谈判的要求，瓦勒良竟然不假思索地就答应了，于是一去无回，铸下终身遗恨。他只带了一小队扈从，轻率地来到了沙普尔面前商谈合约签署问题。当即被敌人扣留，在波斯人那边以屈辱的囚徒生涯结束了自己的余生。

罗马军团7万余众，几乎尽数被俘虏。俘虏后来被押解到波斯首都泰西封，又渡过底格里斯河，最后到达伊朗南部波斯帝国的发源地从事极端艰苦的基础设施建设的苦役。这些罗马军团的士兵用自己智慧和双手，在那里建造了一座又一座的高质量的罗马式建筑。后来这里形成了一座城市，这些充满罗马高科技含量的工程从某个侧面传播着罗马先进的建筑科学技术，那些大坝、灌溉系统和建筑的遗址现在还保留着。沙普尔命名为"贡德沙普尔"，波斯语翻译后的意思就是"沙普尔的武器"。然而在当时，对于罗马人而言，这不啻为国家深深的耻辱，也是后来的皇帝卡鲁斯、戴克里先、伽列里乌斯皇帝发誓要报这一血海深仇的动机，在多次对波斯开展征讨的过程中，发生了一系列影响罗马帝国历史进程的故事，比如卡鲁斯的死和戴克里先的登基等。

对于70多年前瓦勒良皇帝的被俘，感到高兴的只有居住在罗马帝国境内的基督教徒。当时只有10岁，后来成为基督教史学家的拉克堂提乌斯在其著作《论迫害者之死》记载了曾经残酷迫害基督徒的这位皇帝的悲惨结局，作者带着幸灾乐祸的心态如此写道：

瓦勒良的统治时间虽然不长，却是一位对上帝大不敬的皇帝。因为他的镇压政策，造成无数善良的人无辜身亡。但是上帝用一种前所未有的方法，给予这个迫害者以最为严厉的惩罚。这个令人欣喜的事例是表明上帝必将对基督教的敌人施以相应惩罚的佐证之一。

被波斯人俘虏的瓦勒良，不仅失去了皇帝的权力，同时也失去了他从我们手中夺去的自由。曾经的罗马皇帝现在过着奴隶一般的生活，据说每当沙普尔要骑马的时候，都会命令罗马皇帝跪在他面前，将他作为自己上马的垫脚石。瓦勒良的名字既是罗马帝国的耻辱，也是波斯人嘲笑和愚弄的对象。囚犯的身份使他生不如死。

这篇文章写在基督教被承认合法后的君士坦丁时期，属于基督教的官方记录，对于瓦勒良被捕后的描述难免有丑化和不实之处，因为事实上年老体弱的皇帝不到一年便因病去世。至于瓦勒良被俘的军队总数也不会高达 7 万人，最多 1 万多人，波斯人的官方记载也有夸大之处。

但是，作为罗马帝国皇帝君士坦丁在出征之时，即便为了启动战争机器的正义性宣传，也不可能不提起当年帝国皇帝被俘、7 万大军客死异国的国仇家恨，这些悲惨的往事是煽动国民民族情绪，激励军团将士向波斯的沙普尔二世复仇勇气最好的导火线。因为罗马和波斯两个帝国之间确实没有什么交情，只有刻骨的仇恨。然而，他和沙普尔二世之间彼此心知肚明。曾经的罗马皇帝被风干的人皮还悬挂在波斯神庙之上，被缴获的罗马元首束棒也点缀着波斯帝国的高墙，是时候对敌人的羞辱展开复仇了。君士坦丁集结大军，让军官们积极整军备战，他在宫廷中与主教们商讨战役方面的大事，他打算让部分主教随军行动，以便在军事行动开展之前也能够从事祈祷救世主的庇佑，以信仰崇拜来凝聚军心，在战略对决中取胜。主教当然很乐意带领着这支圣战军团去对异教徒进行讨伐。于是主教们也开始了军事远征方面的准备，他们为君士坦丁准备了一顶装饰华丽的移动式帐篷教堂，这里既是君士坦丁和主教们的祷告之处，也自然成为他的中军帐，上帝与之同在，自然会是无往而不胜。

他的圣战大军先声夺人，当皇帝出征的消息传到波斯后，沙普尔二世首先被吓破胆，为即将到来的战斗恐惧不已，于是便派出了一个使节团不仅将瓦勒良的遗骸和当年缴获的罗马银鹫军旗和束棒等物件恭恭敬敬送还，还带上大量金银珠宝以示赔礼道歉，希望两国修好永结和平。根据尤西比乌斯的记载：

在这种情况下，这位爱好和平的皇帝接待了波斯的使节，很高兴地与他们缔结了友好协定。不久，伟大的复活节节期来临了，在节日期间，皇帝与他人一起守夜，并向上帝祷告。

不战而屈人之兵，仅靠声势浩大的舆论宣传，就取得了征服波斯的胜利，波斯人不仅退出了被占领土，还获得了大额战争赔付，对君士坦丁大帝当然是空前的胜利，此时另一件大喜事接踵而来。他为纪念耶稣基督的十二门徒专门修建的使徒大教堂也在君士坦丁堡竣工，他在民众的欢呼声中，亲自主持了隆重的竣工典礼。尤西比乌斯写道：

他亲自主持建造了整座教堂，其高度难以想象，由于从上到下均镶嵌了各种宝石，整座教堂闪烁着亮光。他把天花板隔开成一个个优美的格子，并将所有的格子都镀上了金。他用紫铜取代瓷瓦来铺设屋顶，这样就可以使建筑物有效抵御风雨的侵袭。建筑的四周也装饰有大量的金子，这些金子在太阳光线的反射下，足以使远处的人感到眼花缭乱。圆形屋顶完全被一种青铜和黄金精细地雕成的花窗格所围绕。

他建造这座宏伟华丽的教堂，不仅仅是为了人类永久地纪念救世主的那十二个伟大的门徒，他还别出心裁地特别安排了自己未来的永久栖息之处。尤西比乌斯写道：

他建造该建筑时，心中还有另一个目的，最初不为人知，后来人们才逐步明白。他是在为自己的离世准备地方。他带着对最高信仰的渴望，希望死后，自己的遗骸能够分享使徒们的祈求，以便使自己即使离世以后，也能够从那种表现为向使徒们表示敬意的崇拜中获益。因此他下令在举行圣事的地方竖起了一个中心祭坛，他建起了十二个墓室，就像是为了纪念和尊崇十二使徒的神圣墓碑那样，把自己的棺椁放在使徒墓室中间，每边各六个墓室，如我所说，他以精明的预见为自己死后的躯体提供了一个高尚的安息之地。他是在心中预先谋划了这些事情后才着手建造使徒教堂的，因为他相信，对于他们的纪念，将会使自己的灵魂得到一种有益的帮助；上帝在他的祷告中所期待的事情不会让他失望。

就在完成了这件他自以为神圣而光荣的工程，过完复活节后，仿佛是命中注定那般，他那一向健壮如牛的身体却突然病了。最初只是身体略感不适；不久，疾病接踵而来，他希望能够去附近温泉，通过洗浴减缓病痛，但是似乎不起作用，于是他去了母亲的出生之地赫利奥波利斯，现在这座城市以老太后海伦娜的名字命名为"海伦娜波利斯"。

回归出生之地，仿佛是人生在轰轰烈烈之后再皈依到远去天堂的母亲怀抱里安息，君士坦丁大帝有着某种不祥的预感，知道自己将不久于人世。他在那里一座殉道者的小教堂度过了他人生最后的岁月。每天向上帝祈祷，在生命走向终点之际，他意识到该是忏悔自己过去生涯中所犯罪行的时候了，并恳求主教们为他受洗。他把自己的受洗，推迟到生命的最后一刻进行，认为在人生的最终的献祭中洗涤罪恶，才能够让他带着清白之身被上帝选定，升入天堂。现在他感觉到自己余生快尽，因此放下皇权，换上基督教的素白长袍。在对尼西亚的诸多教派进行选择后，为了平衡教派利益，最终选择了一位曾被视为异端的阿里乌派的主教优西比乌为他实行洗礼。目的也有着为该教派平反昭雪的意思，也表示皇帝对此的临终忏悔之意。几天之后，第一位基督教皇帝与世长辞。时间是公元 337 年 5 月 22 日，享年 62 岁。

君士坦丁大帝的遗体，没有按照罗马的传统进行火化，而是穿上了皇帝的紫袍戴上金制皇冠，放进了黄金打造的棺材里，禁卫军官兵在抬着棺椁由继任皇帝君士坦提乌斯和军队指挥官、元老们集体护送先是安排进了君士坦丁堡的皇宫正厅，在隆重的葬礼仪式举行完毕后，被安葬在圣使徒大教堂。

《拜占庭帝国》一书的作者拉尔斯·布朗沃斯如是评价君士坦丁：

除了个人性格上的瑕疵，历史上很少有人对历史发展产生如此深远的影响。君士坦丁让一个乱象丛生的帝国和一个四分五裂的宗教重新恢复秩序，让它们得到良好发展。他对基督教的理解有限，导致基督教内部派别分裂严重，但他对这种信仰的接纳引发了一场文明的地震，最终导致社会发生了持久的改变。在西部，他打下了中世纪欧洲封建制度的根基，让农民的劳作成为世袭制度，而在东方，他宣称信仰的宗教成了帝国的纽带，此后一千年依然如此。他建立的这座城市适时地发展成了基督教世界的壁垒，为当时未发展欧洲无数次阻挡了入侵者的进攻。

西罗马覆灭和教会的分裂

基督教继续以君士坦丁建立的模式繁荣发展。在他之后只有一个皇帝是异教徒。在公元 360 年至公元 363 年，叛教者尤里安企图让时光倒转，虽然他信心满满，但最终还是以失败告终。在公元 4 世纪末期，仅罗马就有 70 个牧师和 25 座教堂。奢华的圣彼得大教堂体现了罗马精英们对于教堂的慷慨捐助。教堂的规模和君主本身的原因，使得罗马成了朝圣者的首要目地。然而，基督教的成功并未对这新的、统一的、蓬勃向上的罗马帝国奏效。

君士坦丁的三个儿子成了他的继承人，在他死时他们都同意分享权力，但随后他们起了争执并相互残杀。君士坦丁对于罗马帝国的统一只是暂时的，帝国分裂很快就会再度出现，不出 50 年就会出现不可调和的分歧。公元 364 年，瓦伦提尼安一世建立了一个新的王朝，他再次将帝国一分为二：东罗马帝国和西罗马帝国。不过对整个帝国而言，最致命的压力不是来自统治中心内部，而是边疆地区：这一次蛮族来了。

5 世纪中期西罗马帝国最后一个傀儡皇帝罗慕路斯被日尔曼人奥多亚克（Odoacer）推翻，不过处于那个时代的人，并没有感觉有什么变化。因为早在 3 世纪末，罗马皇帝权威日渐衰落渐渐成为日尔曼禁卫军手中玩偶，所谓蛮族人，尤其是日耳曼人占据行政要职，掌控军队，西罗马帝国混乱一天没有平息过。更危险的是来自东北部的日尔曼部落大迁徙。不列颠丢了，高卢也完了，连首都罗马也是危在旦夕。公元 410 年，日尔曼的分支哥特人杀到罗马城下。城里的奴隶打开城门，西哥特人把西罗马的老巢洗劫一空后扬长而去。不久，另一支日尔曼部落联盟汪达尔人再次洗劫罗马城，这座昔日繁华富丽的千年古城变得满目凄凉，人口稀少，居民只剩下7000 人，在残垣断壁间像幽灵般出没，16 岁的傀儡皇帝罗慕路斯在禁卫军的挟持下迁都离开了帝国老巢去了北部城市拉文纳偏安一隅。名义上的皇帝连意大利都控制不了，手下的士兵全部来自蛮族的雇佣兵。公元 476

年雇佣兵司令奥多亚克发动政变成功推翻了罗慕路斯，立即派出使臣企图通过对于东部君士坦丁堡皇帝的承认使得政权合法化。

这一年就是西罗马帝国正式终结的年份。在这个帝国终结之际，没有响亮的号角声，没有火灾，没有破坏，也没有战争和革命；有的只是节奏舒缓的马蹄声和一辆皇家马车辘轳驶过的车轮声，这些声音来自一个向东去往君士坦丁堡的信使，身着皇家礼服，驾车驶过帝国的阿皮亚大道。奥多亚克这个意大利的日尔曼国王派遣这位使者带着礼物送给东罗马皇帝。奥多亚克作了一个决定，再也不需要这些东西了，因为他已经是西罗马帝国的实际统治者。

奥多亚克来自日尔曼的西里部族。公元5世纪中叶，他在罗马军队中是个战功卓著的将领。到了公元476年，他已经在罗马士兵和地主当中树立起卓越的威望，使他得以发动政变，并成为整个亚平宁半岛实际上的统治者。然而，要想完全夺取意大利的统治权，他所面临的问题是西罗马的皇帝还存在着。的确那是一个有名无实的傀儡，傀儡皇帝的父亲本身就是一个借助日尔曼禁卫军力量的篡位者，自然对权力毫无控制能力，也就无法对奥多亚克构成威胁。但是现在是一个对权力正式进行切割的时候了。

奥多亚克写信给罗马皇帝齐诺，告知自己即将废除西罗马皇帝。他直截了当地说自己无意再立一个皇帝。500年前奥古斯都缔造的罗马帝国，就此终结。齐诺含蓄地表示了同意。奥多亚克隆重地把西罗马帝国的礼服、皇冠和斗篷送给了东罗马皇帝。

公元488年，东哥特人进入意大利，493年奥多亚克被害，东哥特人在意大利达尔玛提亚一带建立东哥特王国。西罗马帝国正式宣告寿终正寝。

君士坦丁大帝时代，罗马主教只是帝国境内众多大主教中的一个。5世纪中叶，当匈奴王阿提拉率大军紧逼罗马时，罗马主教利奥一世主动请缨，前往阿提拉营中求和。匈奴兵退，罗马主教政治地位大为提高。利奥一世借此声称罗马主教是耶稣大弟子彼得的继承人，应该位居众主教之首。此时，罗马教皇势力得到扩张，公元6世纪末，教皇格里高利一世，领导了抵御伦巴第人的斗争，建立了政教合一的统治，使罗马城成为阻止伦巴第人南下的重要堡垒，教皇威信大增，在政治上形成强大势力。5世纪末，法兰克国王克洛维为取得罗马教会的支持，率领5000名士兵受洗，皈依基督教。此后各蛮族国王纷纷效仿，使得罗马教会势力在西欧得到快速发展。

拜占庭帝国是古罗马帝国的继承者和延续者。行政管理、法律体系以及官僚机构都是罗马式的，文化倾向、语言和哲学思想则是希腊式的，是东方因素和基督教交融的结果。晚期罗马帝国的首都君士坦丁堡此时成为拜占庭帝国的首都。在罗马西部发生巨变的同时，东部也在变化，最终出现一种有别于先前任何时期、相对稳定并得到广泛承认的拜占庭文化。拜占庭人具有很高的文化水准，对蛮族统治的西部，他们仍然坚持维护名义上的控制权，这种令人感佩的口号至少说明他们未将自己与原有的罗马帝国完全脱离。

五世纪末，法兰克国王克洛维为取得罗马教会的支持，率领5000名士兵接受洗礼，皈依基督教。此后各蛮族国王纷纷效仿，使罗马教会在西欧迅速扩张。公元757年，法兰克王国宫相丕平意欲篡夺王位，派遣使臣询问教皇谁可以做王。教皇意外地得到这一决定世俗君主废立的权力，心中窃喜，当即决定丕平当法兰克国王。公元800年，教皇利奥三世专为丕平儿子查理大帝加冕，称他为"罗马人的皇帝"，从此确立了西欧国王要由教皇加冕的惯例。教权高于王权之上，教皇也开始对外扩张先后在中世纪进行十次长达两个世纪的十字军东征，在杀戮和掠夺中传播了基督教，将罗马的商业文明和市民社会成果推向欧亚各国。丕平为了感谢教皇，两次远征意大利进攻伦巴底人，将从拉文那到罗马的一大片土地交给教皇统治，教皇成了名副其实的世俗君主，教皇国从此出现。为替这一行动制造理论依据，教皇同时伪造了一个自称"君士坦丁赠予"的文件，声称君士坦丁往东迁都时，曾将罗马城和西罗马帝国的大部分土地委托教皇管理。

九世纪后，罗马教皇又为首组织抵抗北欧诺曼人、南方阿拉伯人的进攻，建立了军队，构筑了城堡，成为意大利半岛上一股不可小觑的势力，再加上基督教在欧洲的传播和对国王的加冕，其宗教和政治军事影响力均不可低估。

可是到了十世纪，教皇势力一度消沉，先是由罗马城的贵族操纵了教皇，后又遭到德意志皇帝的入侵，实行"主教政策"，同罗马贵族争夺对教皇和教会的控制权。这一政策要求主教和修道院长可以担任行政职务甚至军事职务，皇帝可以不通过教皇来任免主教和修道院长，其实质是利用教会势力来对抗地方贵族和豪强，完全控制宗教和世俗实际权力，排斥了教皇对教会的控制，直接损害了教皇的政教和经济权益，因此引发罗马教皇的激烈反抗。德皇亨利四世在位时和教皇格里高利的斗争公开爆发，达到白热化程度，双方斗得你死我活，各有胜负，难分难解，于是在 1122 年召开沃姆斯宗教会议，达成折中处理方式：在德意两国任免主教应有所区别，在德国，先由皇帝赐予土地，再由教皇授予神职；在意大利，先由教皇授予神职，再由皇帝赐予土地。德皇在意大利的权势受到很大限制。

罗马教皇和德国皇帝斗得不可开交的时候，东西教会开始了史无前例的大分裂。这场分裂不仅对于整个人类文明史影响巨大引发系列历史事件，乃至余波未尽一直影响到当下的世界政局。公元 395 年，基督教分为东部教会和西部教会两支。东部虽有四大教区，但是由于君士坦丁堡大主教区位于东罗马都城，逐步获得了对其余大主教的领导地位，成为东部教区的领袖。整个西罗马帝国统属于罗马大主教区。西罗马大主教在 5 世纪自称教皇，成为西部教会的领袖，还想凌驾于东部教区之上。6 世纪前期，查士丁尼大帝成为东罗马帝国的皇帝，他自封为东部教区元首。这样，有了皇帝做后盾的东部教区，当然不会承认罗马教皇为教会的最高领袖，双方裂痕越来越加深。

9 世纪后半期，君士坦丁堡大主教弗提乌和罗马教皇尼古拉一世发生激烈争执，双方互相辱骂、惩罚对方，历史上称为"弗提乌分裂"。1054年双方在崇拜方式上彻底翻脸，谁也说服不了谁，最后君士坦丁堡大牧首色路拉里乌和罗马教皇利奥九世都将对方开除教籍，东西方教会正式分裂。从此以后，西部教会自称公教，东部教会自称正教，因地处东部，故又称东正教；因为仪式中使用希腊语，所以又称为希腊正教，是东罗马帝国的国教。这场大分裂之后，由此而分化出拉丁基督徒与希腊群岛、巴尔干半岛和俄罗斯的东正教的分道扬镳，形成了东西方各自对立的基督教世界。

　　教会正式分裂后，罗马教皇时时不忘找机会向东边扩张自己的势力。

　　公元1071年，信奉东正教的拜占庭遭到了土耳其塞尔柱王的进攻，帝国大片领土沦陷，敌军兵锋直逼都城，罗曼努斯只好亲自披挂上阵率军出击，由于缺少军事指挥才能，初战即溃，皇帝本人被强悍突厥人俘虏。被塞尔柱首领阿尔普·阿斯兰用战靴踩住颈脖，逼迫他亲吻脚下的土地，然而这大片土地已经不属于拜占庭帝国。到1078年，帝国几乎丧失了一半领土，原本充盈的国库被挥霍一空，帝国军队已经四分五裂，凄惨的人民唯一的希望，就是希望彼此征战不休的将军们能够决出一位胜利者，解救濒临瓦解的帝国重新步入正轨。在公元1081年的复活节，这位伟人应运而生，在享受了人民长时间喝彩之后，阿历克塞·科穆宁进入索菲亚大教堂，从大牧首手中接受了帝国王冠，开始了所谓"科穆宁复兴"。此时的阿历克塞一世以基督教教友的身份，给教皇乌尔班二世发出了一封希望和解的信函，答应罗马教皇统一管理东正教。为了展现友好的姿态君士坦丁堡重新开放了拉丁教堂。双方特使见面态度友好。但是教皇有着更长远的打算，他去了法国，企图采取围魏救赵的办法，打着"收复主的墓地"的旗号进攻耶路撒冷，趁机东征扩张势力。11月8日，教皇在法国克莱蒙城外召开一次规模巨大的集会，在这次东征的动员大会上进行了蛊惑人心的煽动：

　　我……全世界的精神统治者乌尔班。现在以传达神圣训示的使者身份，来到你们这些上帝仆人之间。现在有一个任务等待你们了！这是一件你们自己和天主同样关心的事情。这就是你们必须去援救在东方的弟兄们……让那些从前经常凶狠地同有信仰的人们因为私事而斗争的人，现在去和那些不信上帝的人战斗吧！那些从前做强盗的人，现在去做基督的战士吧！那些从前与自己的兄弟和亲朋争斗不休的人，现在去向蛮族进行正义的战斗吧！那些从前接受微薄的工资被雇佣的人们，现在去获取永恒的酬劳吧！那些拼命劳动而身心憔悴的人们，现在去求取劳动的双倍报酬吧！这边所有的不过是忧愁和贫困，那边有的是欢乐和丰足；在这边你们是主的仇敌，到那边你们就成了他们的朋友，凡是要去的人就不要再拖延了，冬末春初的时候，在上帝的引导下，奋勇地踏上征途吧！

在教皇的战斗动员令下达之后，整个西方为之振奋，但是阿历克塞一世对这支由贵族、骑士、商人、农民组成的乌合之众始终抱着怀疑的态度，教皇的行动十分精明，选择君士坦丁堡作为对耶路撒冷发动圣战的理由，但是没有提到阿列克塞一世一句，也就意味着将这支力量始终控制在自己手中，同时再次强调教皇而不是皇帝才是基督教世界真正的主宰。面对十字军杀气腾腾攻势，穆斯林世界转移了视线，暂时停止了对拜占庭的攻势转而专注对待十字军的入侵，阿列克塞一世赢得了时间来恢复失去的领土、发展凋敝的经济，稳定散乱的民心，整顿残破的国防。

1099 年 7 月 15 日，十字军成功占领耶路撒冷将全城抢劫一空，居民惨遭屠杀 7 万多人，这些穷凶极恶的强盗把当地居民肚子剖开，取出被吞下的金币。后来他们嫌这样太费事，于是便把尸体堆起来用火烧。尸体火化后，再从灰烬中寻找金币。十字军给东方人民留下的只是野蛮和残忍的记忆。

1116 年，拜占庭帝国面临最后一次对土耳其人的战争。阿列克塞一世彻底击溃了苏丹的大军，根据战后订立的条约，安条克城内的希腊化人口迁移至拜占庭疆域内。逃离被奴役的命运，但依然保留着小亚细亚地区的伊斯兰化特点。他在取得最后一次胜利后，明显感到身体的不适，因为病重而全身浮肿，这种情形一直延续到 1118 年，他咽下了最后一口气，他被安葬在自己选择的博斯普斯海边的防波堤一侧小教堂内，他在位 37 年，在帝国生死存亡的关键时刻挽救了帝国，为帝国带来了稳定和繁荣。借助于人民大众和罗马教廷和十字军适度合作的友好态度，几乎将小亚细亚彻底收复，成功阻止土耳其人在西欧立足，拜占庭帝国的实力日益强盛。

第二、第三次十字军东征，是为支持第一次建立的基督教王国而发动的，最后都遭到了失败，第四次十字军东征彻底暴露了所谓"圣战"的本来面目，即抢夺财富。他们原本是去东方，但是路过君士坦丁堡却被它的奢华壮丽恢弘所震惊，它是如此的华丽精美，即使在法国最大的三座城市，也无法找到与之相提并论的建筑。这座博斯普斯海峡边最伟大的城市自罗马帝国以来从未遭受过外敌的侵犯，始终是黑暗世界里闪耀着文明的灯塔。动乱和骚乱曾经令城市的街道蒙上污点。敌袭和贫困或许曾经让君士坦丁在900年前建立城市的光辉暗淡，在众多古代世界的城市中，君士坦丁堡是唯一未曾被外来征服者涉足之地。城市的图书馆收藏着众多失传的希腊文、拉丁文文献，教堂堆满无数的宝藏，宫殿和广场上依然装点着无数艺术杰作。这座城市与任何其他城市都迥然不同，是罗马帝国皇冠上最后的明珠。

那些法国公侯和他们统帅的十字军士兵一样开始觊觎它的繁华富丽和巨大的财富，他们只是一群饿狼，需要从长计议慢慢消化这些财富，于是大军就这样赖着不走了。十字军攻陷君士坦丁堡城门时，靠政变阴谋推翻阿列克塞四世皇帝的权贵莫泽德福斯弃整个城市和人民不顾，落荒而逃。

根据美国作家拉莫斯·布朗沃斯在《拜占庭帝国》中的描绘：

他们大多数的人从未目睹如此规模宏大的城市，为它的惊人规模所深深震惊。四面八方坐落的宫殿和壮丽的教堂，仿佛四处都闪烁出财富的光芒，修整一新的休闲花园风格奢华，避风港口由斑纹质地岩石装点，气势恢宏的纪念碑似乎伫立在城市的每一个角落。

当夜幕降临的时候，占领军下令停止烧杀抢掠，当晚所谓基督教兄弟的入侵者在君士坦丁堡最大的一座公共会堂内扎营，在镌刻着拜占庭伟大光荣历史的纪念碑之下沉沉睡去，等待次日慢慢消化吞噬这座庞大而富庶的都市。

拉莫斯·布朗沃斯以沉痛的笔调写道：

当十字军在那个星期二的清晨苏醒的时候，他们像饿狼一般露出了獠牙。全副武装的军队在城市中四处冲杀，掀起了一场毁灭的狂欢。在这场为掠夺财富而发起的洗劫中，没有任何神圣之物能够幸免于难。陵墓被肆意掀开，圣骨匣中的遗骸被弃置一旁，无价的书稿被撕毁，镶嵌珠宝的封皮被掠夺一空。众多的教堂被毁坏，妇女遭到玷污，宫殿纷纷倒塌。无论是活人还是尸体，此时都成为累赘。查士丁尼精美石棺被拆开，虽然他保存尚好的遗体让这些破坏者有一瞬间的犹豫，不过这些人很快将遗体抛弃一旁，开始疯狂抢夺金质法衣和银制装饰品。

　　焚烧和洗劫持续了整整三天，如果一个人意外遗落了任何有价值的东西，很快便会被另一人据为己有。当这座灾难中城市最终归于寂静之时，甚至十字军也被战利品的规模所震惊。

　　作者继续对那些参与十字军浩劫的基督教兄弟的罪行描述道：

　　所有十字军成员中，唯有威尼斯一方想要有所保留，并不是彻底破坏这些在他们的洗劫下惨遭损毁的无价艺术瑰宝。君士坦丁堡景象让他们领会了美的含义，虽然其他军队肆意拆毁古代雕像，熔化珍贵金属，并随意瓜分战利品，威尼斯人却将艺术品完整带回，以装点他们位于潟湖区的城市。

　　第四次十字军东征之后，东西方的分裂进一步为血海深仇所填充，几乎无法跨越，并且再也没有任何可以和解的迹象。十字军东征本应出于对东方基督教兄弟伸出援助之手，如今却演变成彻头彻尾的谎言欺骗和屠杀抢掠，借着上帝的名义，对自己共同信仰的兄弟大开杀戒，毫无怜悯之心，这场洗劫破坏了教堂的圣坛，使拜占庭对于罗马教廷所犯下滔天罪行耿耿于怀绝难宽恕。

苏丹和末代皇帝的对决

在罗马帝国漫长的衰亡过程中，东西罗马的覆灭相比较而言，东罗马帝国（一般称为拜占庭帝国）死的似乎更加壮烈一些，因为有着一位视死如归绝不屈服强敌的末代皇帝。如果在帝国升平时期，他肯定是恺撒式开疆拓土的英雄。然而他偏偏生于末世，因而不能以胜利者的强劲姿态出现在历史中，只能以悲剧英雄的面目为拜占庭帝国殉葬，他就是东罗马帝国末世君王——君士坦丁十一世，他和帝国的开国君主君士坦丁大帝同名。如同西罗马帝国罗慕路斯与开国国王同名一样，两大帝国殊途同归，这就是罗马帝国共同的宿命。

面对强敌环伺，先是因为东西方基督教的分裂，自称"正教"的拜占庭遭到罗马教廷召集诸多基督教王国组成十字军的残酷围剿。在十字军的第四次东征中，教廷的征伐部队不是去围攻世仇奥斯曼土耳其的穆斯林，而是直接占领了东正教的首都君士坦丁堡，进行烧杀抢掠，无恶不作。帝国首都遭到空前蹂躏，曾经横跨欧亚的大帝国被奥斯曼帝国和教廷前后夹击，腹背受敌国家不断被肢解，领土遭到觊觎蚕食，面积不断缩水。在君士坦丁十一世登基的时候，只剩下孤零零的首都。尤其是天主教联军扶植的所谓拉丁王国，环绕周边虎视眈眈，直接威胁到君士坦丁堡的安全。

现在国家的屏障只剩君士坦丁时代和查士丁尼大帝时期构筑的厚重城墙守护着陆地和亚得里亚海的海岸线护佑着首都的出海口。公元1288年奥斯曼接任土耳其苏丹，在遭到蒙古帖木儿大军的进攻后开始将目标盯向欧洲，以"圣战者"的名义从伊斯兰教苏菲派长老的手中接过"胜利者之剑"，长刀所向直接砍向了拜占庭帝国，还将自己的名字以王朝命名，最终通过几代苏丹的努力，终于扩张成世界性帝国并在1337年占领了拜占庭帝国在小亚细亚的全部领土。穆拉德一世时期，攻占了拜占庭帝国海防重镇亚德里亚堡，征服色雷斯、马其顿、索菲亚，并迫使保加利亚、塞尔维亚称臣。海陆两地均被打开缺口，尚且还有越撕越大的危险。

　　穆拉德二世继位，这位外表儒雅的君主自称是一位热衷和平喜欢诗歌的文艺爱好者。当然，那只是在帝国扩张遭到严重挫折的时候，他才是自谓的以吟诵和平高调的君王。尤其是在 1422 年 2 月，他被匈牙利牵头的欧洲联军打得灰头土脸后，似乎更像是一位厌倦战争和摒弃朝政游离于政治之外的学者。他主动退位将苏丹的宝座禅让给自己年幼的儿子穆罕默德二世，他自甘退居幕后操纵指挥。但是险恶政治环境并不给他颐养天年的机会或者干脆就是政治扩张的野心始终并没有消退，同年 11 月和第二年，他先后两次复出，打着为年幼儿子纾困解难的旗号，再次登台实施独裁统治。

　　那时的穆罕默德二世虽然心中恨得牙痒痒的，但是他无力与父王强大的权势相抗衡。他和土库曼酋长的漂亮女儿结婚后，就匆匆忙忙离开了亚德里亚堡宫廷，去了他负责管理的马戈尼西亚，准备积蓄力量东山再起。他在等待着父王的死亡，自己顺理成章地接班。

　　欧洲贵族对于奥斯曼帝国的入侵保持着高度的警惕。奥斯曼帝国的内忧外患打乱了穆拉德平静的退休生活。一个名叫斯坎德培的阿尔巴尼亚贵族，也是他的宠臣，率先起兵造反，趁着匈牙利军队渡过多瑙河的机会，在帝国内部发动起义，反抗土耳其人的统治。即便在 1468 年斯坎德培去世后，他的起义部队依然坚持抗争了十一年之久，才被镇压。斯坎德培却青史留名，现在依然是这个山鹰之国的民族英雄。

　　1451 年 2 月 5 日，也即在帝国的危难之际，心力交瘁的穆拉德二世去世。先后两次接受皇位禅让的 21 岁的长子穆罕默德收到了匆忙赶到小亚细亚的密使传递的消息——他的父亲已经去世。这位精明果断的皇太子没有和任何谋士和大臣商量，就迫不及待地跨上了骏马，调集了一支精锐部队，一口气跑完 120 英里，到达博斯普斯海峡，即刻渡海，来到欧洲沿岸的加利波里。他这才向亲信们披露了父亲去世的消息。为了事先打破其他任何人染指王位的企图，他们到达亚德里亚堡，可以说他的继位过程非常顺利，几乎没有遭到任何反对，就成了奥斯曼帝国新的统治者。

　　随即他采取的第一个行动，就是果断地派人将有可能成为皇位竞争者的同父异母的弟弟溺毙于皇宫浴池里，同时他宴请招待孩子的母亲，使她放松警惕。当这位母亲回到家中后，发现她的婴儿已经死去，她没有时间去哀悼痛哭，就被新皇指定嫁给了一位官员。皇帝随即果断处决凶手，此次谋杀事件从此湮没在历史的尘埃之中。此后，他向王子们解释这种兄弟相残的行为"是为了维护世界的秩序，防止内战的唯一选择"。

从此，年轻、狂热、野心勃勃、热衷于功名的穆罕默德正式成为土耳其人的苏丹，取代了性格较为温和稳重的穆拉德二世。拜占庭人却为此感到惊恐万分。所有的密报一致声称，这个长着一双漂亮忧郁的眼睛和尖尖的鹰钩鼻子的家伙，具有非凡的军事胆识和外交才能，对伊斯兰教十分虔诚，同时又十分注重学习外来文化，能用拉丁文阅读恺撒和其他罗马伟人的传记。在性格上残忍阴险，既是一个杀人不眨眼的刽子手，又是一个玩弄阴谋诡计和权术伎俩的政治高手。现在所有这些危险的因素都将辅助他实现自己的野心和理想，去占领拜占庭帝国硕果仅存的伟大首都——君士坦丁堡，然后成为统治欧亚的霸主。然而，在表面上，他依然要摆出一副热爱和平的嘴脸，作为战略欺骗来麻痹敌手。

当君士坦丁十一世派出使者前去道贺新苏丹登基时，穆罕默德却拿着《古兰经》信誓旦旦地表示说，他会终其一生致力于维护两国和平。英国罗马史专家爱德华·吉本在《罗马帝国衰亡史》中记载：

他登基之年是二十一岁，为了消除叛乱的根源，无可避免非得处死所有年幼的弟弟。欧洲和亚洲各国派出使节，很快前来祝贺他的继位并且恳求建立友好关系。他的说辞非常谦逊，表达和平的意愿很明确。他用印玺加盖批准两国和平条约，加上庄重的誓言和公正的保证使得拜占庭的皇帝恢复对他的信任。

西方各种势力在匈牙利十字军被击溃后，都感到形势的危急，但是它们更乐于相信穆罕默德二世的虚假诺言，就像是暂时沉迷于大麻等毒品带来的虚幻快感而自我欺骗者，等待历史命运的无情到来。

然而，穆罕默德的诺言仅仅维持了两个月，便被他的战备行动所打破。他派出工程技术人员，明目张胆地测量博斯普斯海峡最窄处的宽度，他率军穿越狭窄的水域，再次登陆，并且毁掉登陆地区的拜占庭城镇，穆罕默德在此处建起了一座要塞。他的祖父曾经在海峡的亚洲一侧建立起相似的城堡以统帅海峡地区，如今这两处建筑可以有效切断君士坦丁堡和黑海的通道，截断拉丁人在黑海的贸易通道，阻截君士坦丁堡粮食供应的计划。这无疑是一次公然违背两国签署的和平条约背信弃义的公开宣战行为。

这件事，引起了东罗马帝国的末代君主君士坦丁十一世的关注，他派出使臣想让穆罕默德二世转变企图，放弃这项邪恶的计划。但是，作为弱国只能靠道理和法律依法据理力争，也即是用双方签订的和平条约去说服对方遵守道义和协议的精神，而在事实上是无法阻止这位野心勃勃的苏丹改变自己的罪恶企图的，靠外交欺诈和动听的言辞是难以维持两国脆弱和平的。而对方是以军事实力为后盾的强盗国家，不可能遵守盟约，也不可能信服道义。这位奥斯曼新苏丹对拜占庭新皇帝的回复蛮横无理，而且充满着强词夺理的奸诈：

我不会对你们城市采取冒险行动，何况君士坦丁堡帝国有城墙可以作为靠山。当你们与匈牙利人结成同盟，开始从陆上侵入我们的国土，这时赫勒斯滂海峡为法兰西的战船所控制。难道会忘记这件事给我父亲所带来的灾难？穆拉德被逼得要打通博斯普斯海峡的通道，好在你们的实力无法支撑狠毒的恶意，才使我们有逃脱的机会。那时我在亚德里亚堡还是一个幼童。穆斯林全都颤栗不安，使得万恶的加波尔（Gabours）有一阵子对我们横加侮辱。等到我父亲在瓦尔纳（Varna）会战胜利后，他发誓要在西岸建立一个堡垒，完成这个誓言是我的责任。难道你有权利和实力在我的领土上限制我的行动？这块领土是属于我所有，一直到达博斯普斯海峡的两岸，土耳其人早就居住在亚洲海岸，欧洲海岸已经被罗马人所放弃。赶快回去告诉你们的国王，现在的奥斯曼帝国与前面几位苏丹在位已经大不相同，"他"的决心已经超过"他们"的愿望，"他"要做的事都超过他们的"决定"。你们可以安全回去，谁要是下次再来提出同样的问题，我会活活把他的皮剥下来。

可以想见和奥斯曼土耳其枭雄具有同样英雄气概的君士坦丁十一世哪里受得了这个，他决定用武力解决问题，但还是被老成持重的元老院重臣劝阻了，因为实力确实不如人。他们能够做到的只能是放弃幻想，准备迎接挑战。君士坦丁堡人只能忍气吞声地整军备战，加固城墙，准备拒敌于国门之外了，同时召唤基督教世界的兄弟前来援助。其实所谓的"国门"，也就只剩君士坦丁堡坚固的城墙和墙内同仇敌忾的军民了，形势如同危卵，随时可能急转直下，而帝国最后的堡垒难逃覆灭的命运。以罗马教皇为首的基督教世界也早已是打着基督旗号的财狼，那次的十字军入侵使得东西方教廷势同水火，现在的呼唤只能如同蚊蝇的微弱喘息，引不起虎狼之辈的森林之王任何兴趣。君士坦丁堡就如同当年被西罗马帝国军团包围的迦太基城。

拜占庭派出使者向罗马教廷屈服归顺，呼唤基督教盟友出兵相救。这种打算，在君士坦丁十一世的哥哥约翰八世去世后，他被拜占庭使者从希腊迎回登基开始时就做好心理准备。聪明睿智的他根本就不相信奥斯曼帝国苏丹红口白牙发出的誓言，因为奥斯曼苏丹在口喊和平反对战争时，却一直在奉行着扩张的政策，先是打败他们的天主教欧洲盟国，虽然这些盟国心怀鬼胎，在教皇的唆使下多次进犯基督教正教的拜占庭领土，然而从宗教的起源而言，毕竟属于同一上帝信仰分化出的不同派别。和远方来的虎狼之师还是不可同日而语的，本是同根生，何必兄弟阋于墙，斗个你死我活？应该团结起来共同外御欺侮反抗异教的侵入，兄弟之间唇亡齿寒，只能相依为命。然而，历史却总是十分吊诡地让兄弟相煎，对于牧首国东罗马的灭亡，正中罗马教皇下怀，这样基督教世界的老大地位就落入罗马教皇手中，无形中消灭了教宗世界的竞争对手。

回顾 1448 年 11 月 12 日，君士坦丁一世的哥哥约翰八世就是在疲于奔命和穆拉德二世的反复和平谈判，反复背叛盟约的拉锯战中，反复上当受骗，在心力衰竭的绝望中活活气累而死。因为这年年末土耳其苏丹彻底击垮了匈牙利摄政王亚诺什·匈雅提的西方基督教军队，先皇所希望的基督教援军到来的希望濒临破灭，他心痛不已，在国破山河破的幻灭中魂归了天国。奥斯曼苏丹的军队下一步目标必然就是占领帝国首都君士坦丁堡。

在安排先皇葬礼的同时，拜占庭的使臣火速赶往伯罗奔尼撒君士坦丁亲王的封地。在古代斯巴达王国山谷中的米斯特拉，首席使臣——宫廷大臣法兰扎觐见了约翰八世的幼弟君士坦丁十一世·德拉加塞斯。在曼努尔二世的所有儿子中，他是最有资质担任帝王的人选。对于罗马曾经辉煌的历史烂熟在心，并一直下定决心要挽救帝国日益衰落的悲剧性命运，他受命于危难之际，一切繁琐的加冕仪式从简，按照帝国规定这一仪式必须由君士坦丁堡大牧首主持，在君士坦丁堡的索菲亚大教堂隆重进行。但是特使一行还是因陋就简地在希腊一座寒酸的小教堂对这位末代君主进行了加冕仪式，时间在公元 1449 年 3 月 12 日。

这位 43 岁的皇帝对面临的困境不抱任何幻想，他的大半生经历都在和土耳其人作战中度过，对面临的敌人可谓了如指掌。三年前，在最初的匈牙利十字军带来的胜利中，君士坦丁便利用奥斯曼帝国注意力分散的时机，将雅典和希腊北部大部分领土夺回。十字军溃败之后，君士坦丁独自应对怒火万丈的土耳其苏丹。穆拉德二世率军突袭希腊，重新占据雅典城，并迫使拜占庭大军撤退到六英里城墙外避难，君士坦丁身处城墙的庇护之下，他希望拜占庭至少坚持六月之久，但是在奥斯曼强大的火炮轰击下雅典城墙轰然倒塌，奥斯曼土耳其军队进攻伯罗奔尼撒。正在此刻，天公作美突然降下一场暴雪，阻挡了大军进入米斯特拉的脚步，幸运的是穆拉德二世对于征服巴尔干地区更感兴趣，并不急于给拜占庭帝国致命一击，因此奥斯曼大军选择撤离，前去征服达尔马提亚，君士坦丁得以喘息，然后尽最大努力重新整顿了希腊南部的秩序。此次临危受命的君士坦丁十一世实际是一个久经战阵经验丰富的亲王，此次登上大位和穆罕默德二世必有一番你死我活的生死决战。君士坦丁十一世匆匆忙忙登上一艘威尼斯大帆船返回君士坦丁堡，准备迎接奥斯曼帝国新苏丹的挑战。

君士坦丁十一世面对的穆罕默德二世，这位年轻英俊的奥斯曼新统领也并非等闲之辈，可以说是文武全才，他曾经两次登基，两次被父亲穆拉德二世赶下台，可以说既是宫廷斗争的老手，又是饱读诗书的学者。在少年时期担当治国理政重任，自然耳濡目染种种外交斗争的权谋之术，并在纵横捭阖的国际斗争中加以运用。再加上他的特殊家庭出身导致他不仅谙熟伊斯兰教教义，又十分清晰地知道基督教的各种礼仪。

他是土耳其奥斯曼帝国穆拉德二世的儿子，母亲却是一位虔诚的基督徒，拥有公主头衔，估计是哪一次战争掠进后宫的战利品——因为美貌而成为苏丹的嫔妃之一。他开始接受教育就是一位虔诚的穆斯林王子。他与一个不信真主的人接触，首先要进行中规中矩的斋戒，在接触自己信仰天主的母亲时会不会这样做，史书没有记载。但是他对曾经是多神教、现在是基督教的罗马帝国有着异乎寻常的兴趣，因为这是他称霸世界的对手，必须知己知彼才能百战百胜。

他受到教学经验丰富的阿拉伯和希腊教师的谆谆诱导，很早就阅读宫廷内的大量藏书，在求知的道路上他是博学多才的卓越学者，他除了本国母语，还能讲或懂得五国语言：阿拉伯语、波斯语、迦勒底语、拉丁语和希腊语。他称赞拉丁人的诗篇或散文，对于亚历山大、奥古斯都、君士坦丁大帝和狄奥多西的生平事迹与为将之道很欣赏；他对世界历史和地理非常熟悉，他下令在土耳其宫廷翻译了希腊作家普鲁塔克的《古希腊罗马英豪列传》，在阅读了东方或西方的这些英雄人物传记后，使他产生了一比高下的雄心壮志。他精通占星术，通晓数学基本知识；他曾经邀请意大利画家乔万尼到访土耳其宫廷，并给予很高的酬劳，他对于天主教艺术有着很高的鉴赏能力。然而，广博的学识和对于宗教的了解对他野蛮残暴和帝王的任性放纵的性格并没有多少改变。他曾剖开十四名随从的肚子看谁偷吃了甜瓜以及将一名美丽的女奴的头砍下来，只是为了在部下面前证明自己并不好色。他的情绪会出现极端残暴和残酷的偏执，在皇宫如同战场一样，会为一点小事激怒酿成血流成河的惨剧。

现在的穆斯林世界和基督教世界的两位领导者虽然在实力上对比悬殊，但是在智力和勇气上却旗鼓相当，可谓棋逢对手将遇良才，必有一番你死我活的恶斗。

43 岁的东罗马帝国新皇帝君士坦丁十一世漂洋过海正式进入君士坦丁堡城的时候，整座城市俨然已经丧失了当年帝都的辉煌，徒留一片暗淡颓丧的景象，七座山丘像是秋风落叶里萧瑟凄凉的孤岭在亚德里亚海边兀然独立着。昔日的繁华与荣耀如潮水般渐次退却。都市的街道不再有来自世界各地的人群那般熙熙攘攘，商人的船队不再挤满帝国的港口，宫殿和教堂也不再闪耀着富丽堂皇的光辉。在查士丁尼带来的繁华岁月中，这里的人口曾经接近50万，如今大约衰减成5万。城市里到处是荒废的土地，滋生出繁茂的野草，半毁的建筑依然不断凋败，化作一片废墟。

十字军的天主教兄弟们手下留情，唯对这座索菲亚大教堂外形给予了完整的保留。这里的空气中酝酿着一种奇怪的活跃气氛。新绘制的壁画像过去一样华丽精美，黄金和白银也依然装点着圣像，虽然再没有巨大的马赛克图案令人目眩，艺术领域却掀起了一股全新的气息，与帝国日薄西山的命运形成鲜明的对比。艺术家和学者们在这种诡异的气氛中寻找合适的赞助人，新的艺术流派在日益衰败的帝国修道院中正蓬勃兴起，拜占庭已经在土耳其人凶猛无比的威胁之下生存了数个世纪，他们再清楚不过，等待他们的必将是灭顶之灾。然而，人们依然决心在厄运到来之前全身心地投入生活的美好之中。从实质上讲，帝国已经彻底衰落，在世界舞台上无足轻重，但在思想文化上却依然繁荣，蒸蒸日上。

此刻的东罗马帝国的首都只是沐浴在落日余晖里苟延残喘的一座孤城，如同行将陨落的夕阳，索菲亚大教堂金顶即将降落下那面眺望欧亚两地的双头鹰旗帜。按照奥地利著名作家茨威格在《人类群星闪耀时》中形容：

这颗已经失去了任何保护的宝石，对于一个有如此野心的人来说，的确已经是唾手可得的东西。当年的拜占庭帝国即东罗马帝国，它的幅员曾一度横跨世界几大洲，从波斯一直到阿尔卑斯山脉，再从另一方向延伸到亚洲的沙漠地带，即使走上几个月的时间，也不可能穿越全境，真是名副其实的世界帝国。可是现在只要步行走上三个小时，就能轻松地穿越整个国家。当年的帝国如今只可怜巴巴留下一个没有躯体的脑袋，一个没有国土的首都——君士坦丁堡，即君士坦丁之城、古代的拜占庭，况且今日属于东罗马皇帝的也已经不是昔日的拜占庭城，而仅仅是它的一部分，也只限于市区，因为城郊的加拉太已经落入热那亚人手中，而城墙以外的所有土地已经被土耳其人所占领。这最后一位皇帝的帝国就只剩一块弹丸之地而已。拜占庭只不过是一座环绕着教堂、宫殿、一排排屋宇巨大城墙之内的天地。十字军的大肆抢掠和毁害使它元气大伤，兵灾、瘟疫使城里的人口骤降，连年不断地抵御游牧民族的侵犯使国力疲惫，加之民族和宗教的纷争不断，内部四分五裂，现在面临这样一个早已用全副武装的军队，从四面八方包围着自己的敌人，根本无力依靠自己的力量来进行抵抗。它既缺乏人员，又缺乏勇气，拜占庭的末代皇帝君士坦丁十一世的宝座摇摇欲坠，皇冠正在听凭命运的摆布。但是拜占庭却被欧洲视为圣地，是荣誉的象征，它集中了整个西方世界几千年来共同的古老文化，如今它已经被土耳其包围。基督教世界必须同心协力来保卫他们这个正在土崩瓦解的、也是最后的堡垒，才能使索菲亚大教堂——东罗马帝国最后和最富丽堂皇的东正教教堂——继续作为信仰基督教的教堂存在。

君士坦丁堡四顾重兵围，虽然防守严密，但是几乎成为孤城，城内仅存 8000 名守军，应对奥斯曼帝国源源不断而来的 15 万虎狼之师，显然属于以卵击石。君士坦丁十一世惴惴不安地向意大利、向罗马教皇、向威尼斯、向热那亚、向他的天主教兄弟国家派出使者，请求按照协议派出战船和士兵予以支援。然而，罗马和威尼斯对于落难兄弟支持仍然犹豫不决。因为东派教会和西派教会之间那种在古老宗教信仰上的分歧至今依然存在。希腊正教痛恨罗马公教，他们的牧首拒绝承认罗马教皇是最高牧师。虽然面临土耳其人危险，在斐拉拉和佛罗伦萨的两次宗教会议上两个教会早已决定重新统一，并保证支持拜占庭对土耳其人的斗争，以此作为统一的条件。但是当拜占庭面临的危险刚刚有所缓和时，希腊教会这边又拒绝使条约生效。直到战争狂人穆罕默德二世成为苏丹，博斯普斯海峡的新要塞拔地而起，君士坦丁堡派出协商的密使全部为暴君处死后，形势变得日益紧张起来。迫不得已东正教会才有所妥协，拜占庭向罗马表示顺从，同时请求紧急支援。于是一艘艘大船开始配备弹药和士兵驶进亚德里亚海。在此之前，率先来到的是罗马教皇的使节——红衣主教，他要先隆重完成西方两个教会的和解事宜，然后向世界宣布：谁进攻拜占庭就是向基督教世界宣战的联合宣言。

　　1452 年 12 月，基督教的两派为和解而举行盛大弥撒。君士坦丁十一世在帝国所有显贵的簇拥下来到富丽堂皇的索菲亚大教堂，在这座由大理石和玻璃镶嵌细雕装潢考究的宫殿式建筑中，以皇帝的身份见证这个神圣庄严的时刻。被无数蜡烛照得通明透亮的穹顶大厅下参加弥撒的人显得比较冷清，信徒们稀稀拉拉分布在教堂高大穹顶之下，气氛不够热烈庄重。罗马教廷的使节伊斯多鲁斯红衣大主教和希腊正教大牧首格里高利在圣坛前仿佛亲兄弟那般做起了弥撒，在这座宏伟壮丽的教堂里第一次提起了教皇的名字，第一次重新用拉丁语和希腊语唱起了虔诚的赞美诗，余音在这座永存的主教堂拱顶间缭绕。而那位博学的修道士盖那迪奥斯却已经在外面的一间修士室，激烈地指责那班讲拉丁语的家伙背叛了真正的信仰。为防止那些狂热的东正教徒闹事，趁机发生暴乱，红衣主教安排 200 名弓箭手隐藏部署就位，随时应对城中可能出现暴动和抗议。因为城内还有大部分的市民拒绝参加统一典礼，也就是举行所谓被"拉丁习俗"玷污的宗教仪式。人们显然并不希望在大敌当前举行暴动让形势变得更加复杂。但是，他们拒绝放弃任何改变传统的做法。因此，庄严的弥撒一切顺利，教会统一仪式顺利完成。人们希望将会有更多的基督教力量加入拜占庭帝国抗击侵略的队伍。

　　这一年的复活节索菲亚大教堂变得分外冷清，里面空无一人，好像所有人都离开了这里，选择那些依然希望维持希腊习俗的教堂度过节日。4月 6 日，土耳其人兵临城下了。君士坦丁堡在君士坦丁十一世的坚强领导下，守军靠着查士丁尼大帝时期留下坚固城堡和举城上下同仇敌忾的顽强意志，一边开始深挖壕沟，加固城墙，储存必要的供给，因为海上的粮食输送渠道一直畅通；一边焦急地等待基督教世界的援兵从海上漂流而来。因为陆地已经被土耳其人围得跟铁桶一般坚固。然而，望穿秋水，始终不见兄弟们的征帆从海路破浪飘来；罗马教廷在等待君士坦丁堡正式的效忠信到达才肯发兵，东西教廷矛盾实在积累太深，东正教内部对于是否归顺罗马也是阻力重重，无法在短期内达成共识，庆祝统一的文件也一直未能发出，此事也就一直拖了下来，战机在拖沓的延宕中消失着。

土耳其这边的征伐计划从穆罕默德登基以来就开始筹备，表面上和平高调响彻云霄，漂洋过海直达两岸，实际上工程建筑材料和施工人员源源不断开赴博斯普斯海峡。欧洲海岸的鲁米里·西塞尔附近建起了一座坚固的要塞，与海峡对岸的要塞形成钳形态势，企图掐断拜占庭的海上通道。

1452 年 8 月，穆罕默德二世召集了他的文武大员，公开宣布了自己要进攻和占领拜占庭的计划。随即四面八方土耳其军团完成了战略结集。到了 1453 年 4 月 5 日土耳其帝国境内所有战斗人员麓集在拜占庭城墙外的平原上，奥斯曼军团像是潮水般涌来，源源不断，一望无际。

一身豪华戎装的苏丹骑着骏马，走在部队的最前面。他要在吕卡斯隘口前扎起自己的帐篷，在自己的统帅部升起帅旗。升旗仪式上，他虔诚跣足跪拜匍匐在地毯上祷告，他身后成千上万的部下也和他一起朝着同一方向磕头，祈求真主赐予他们力量和胜利——形成一个十分壮观的场面。然后，苏丹站起身来，卑恭的信徒变成了狂傲的挑战者。传令兵跑遍了整个营地，这时箫鼓齐鸣，军号声声，战旗猎猎，加上士兵野兽般的吼叫和剑戟敲击盾牌的声音，形成某种排山倒海的浩大声势，给城墙内的拜占庭人在心理上造成极大的威慑力。

如今，拜占庭帝国能够依靠的只有祖宗留下的坚固城墙了。这是那个充斥着美好而又辉煌的时代留给今天拜占庭唯一的遗产。这座三角形的城市在它的底部有着三道防线，在它的两条斜边，沿着马尔马拉海和金角湾，是比较低矮却非常坚固的石头围墙，而面对着大片开阔地的那一面是一座巨大的壁垒形成的城墙。君士坦丁大帝早已看出拜占庭未来的危险，所以用大方石把城围了一圈。到了查士丁尼大帝时期又进行了加固和扩建。真正建立起完整防护体系的是狄奥多西二世时期，他所建造的城墙达七千米之长。今天那爬满常青藤的遗迹足以证明当年石块的坚固。这座城墙由平行的两层和三层组成，气势雄伟，上面有凹型的矮堞组成，还有护城壕沟防护，加上坚固的方石垒筑的望楼守卫，可以说固若金汤，易守难攻。上千年来，除十字军外，无人能够攻破它，有着"永不陷落"的美誉。

可是在 1452 年，这样的神话被一个名字叫乌尔班的匈牙利火炮专家所打破。乌尔班原先是投靠君士坦丁十一世的，但是拜占庭当局国库空虚，难以承担昂贵的火炮试验成本和给予丰厚的报酬。这位年轻的专家转而投奔了奥斯曼帝国。穆罕默德二世大喜过望，投入大量人力物力并支付巨额资金和丰厚的赏赐，对于火炮进行改进性实验。经过长时间对于君士坦丁堡防御措施的研究，不久便制造出了一尊能够发射 600 磅重巨石的巨型火炮。经过试验，随着这尊巨炮一声巨响，从炮口闪电般喷出一颗硕大的石弹，轻易就将一堵坚固石墙摧得粉碎。在不断改进后，又加铸了一尊 20 英尺长的巨炮，能够射出 1500 磅花岗岩石球，射程可达一英里。穆罕默德即可下令将这种特大尺寸的火炮装备全体炮兵，他希望能够在罗马教廷的十字军援军到来之前装备全军。

现在唯一要解决的问题，是如何将这种庞然大物由阿德里安堡铸造厂搬运到 140 英里以外的君士坦丁堡前线。由木匠和石匠打头，将沿途山坡推平并且建造桥梁，同时由 60 头牛和 200 人组成一支队伍负责拉动大炮缓慢经过色雷斯村庄，硬生生将巨炮于 1453 年 3 月 23 日前拉到了君士坦丁堡城门前。

拜占庭的坚固壁垒正在巨炮闪电般的不停轰击下，缓慢地被蚕食着。苏丹每天在尘土弥漫和碎石崩裂中能够看到新的进展，眼看着这座石头壁垒不断坍塌下去。虽然城内的人在深夜的时候用木栅栏和亚麻布勉强堵上那些缺口。城墙后面的 8000 名士兵惊恐地等待和城外 15 万人的决战。

在这千钧一发的时刻，他们日夜祈祷着欧洲基督教世界的弟兄们能够兑现承诺，望眼欲穿地期待援军早点到来。4 月 20 日凌晨 3 点钟，远方的船帆出现，他们马上发出灯光信号。这虽然不是他们梦绕魂萦的基督教强大的舰队，但是毕竟是热那亚的三艘大船，其中还夹杂着一艘较小的拜占庭运粮船。君士坦丁堡沸腾了。

然而，这四艘大帆船，遭到了 150 艘土耳其机动快艇的围歼，城墙上的几千人悲伤地目睹了自己援军船只慢慢沉没在硝烟弥漫的大海之中。现在奥斯曼苏丹开始绞尽脑汁，要将自己隔着海岬的外海舰队搬到金海湾内海中，来实施对基督教世界援军的海上封锁。一个天才的构想仿佛梦幻那般在脑海中完成，并成功实践了这个战略计划。他在加拉太北面铺设了一条陆上船槽，用坚厚的滚木由高往低的滑行面，硬是用牛拉人拽，依靠这条船槽将整个土耳其舰队一艘一艘拖运了过来。

茨威格在他的《人类群星闪耀时》一书中生动描绘道：

穆罕默德让工匠们把悄悄运来的无数圆木制成滑板，然后把船从海面拖上来并固定在这些滑板上，就像固定在活动的干船坞上。与此同时，成千名土方工人也开始工作，他们把那条经过佩拉山丘的狭窄山路从上坡到下坡一律填得尽可能平整以便运输。另外，为了保证突然结集起来的这么多工匠不被敌人发现，苏丹命令部队每天夜里向除中立的加拉太城以外周围地区发射白炮。目的只是为了转移敌人注意力而已。好掩护自己船只顺利越过山地和峡谷，从一个水域进入另一个水域。当拜占庭城里的人们正在忙忙碌碌地准备，以为所有的进攻威胁只会来自陆路的时候，无数涂满了油脂的圆木头开始滚动，钉在滑板上的船只就在这些巨大的滚木上面一艘接一艘被拖着越过那座山，前面由两行数不尽的水牛拖着，后面有水兵们帮着推。当夜幕刚刚降临之时，这种神奇的迁移就开始了，世间一切伟大的壮举总是默默完成的，世间一切的智者总是有着深谋远虑的，这不可思议的奇迹：整整一支舰队越过了山岭，终于成功了。

到了4月22日这一天夜里，70艘战船终于越过山冈和峡谷，穿过种植葡萄的山丘、田野和树林从一个海面搬运到了另一个海面。当拜占庭人一觉醒来，却惊异地发现一艘艘挂着新月弯刀的三角旗，载着全副武装水兵的战舰在他们的内海中心的海湾肆无忌惮地挑衅航行，即将和陆地的大军一起，共同向他们自以为固若金汤的城市联合发起攻击。陆上和海上已经为土耳其人严密封锁。他们苦苦等待的欧洲基督教兄弟的援兵呢？他们在爱琴海的海上没有发现一艘威尼斯的帆船，更遑论一支强大的海军舰队出现。拜占庭早已被威尼斯和教皇以及欧洲的基督教兄弟所抛弃。城市的沦陷指日可待。

君士坦丁堡的陷落

临战前的穆罕默德二世显得格外繁忙，除了每天率领着他的大军虔诚地一天三次进行礼拜外，就是骑着他的白色高头大马昼夜不分地巡视他的阵地。他几乎跑遍了整个黄金角和马尔马拉海亲自检查装备弹药，亲自为他的部下鼓劲打气，他太明白这些虎狼之师的心理。他许下一个可怕的诺言，他派出使者将他的诺言传达到参与会战的每一个士兵：

穆罕默德以真主的名义，以教主穆罕默德的名义和4000名先知的名义发誓，他还以他的父亲穆拉德苏丹的灵魂以及他自己孩子们的头颅和他的军刀发誓，当拜占庭被攻破之时，他的部队就可以尽情劫掠三天，城墙之内的所有一切，家私器具、财物、饰物和珠宝、钱币和金银、男人、女人、孩子都属于攻入城内的士兵，而他本人将放弃所有这些财物，只要拥有征服了东罗马帝国的荣誉。

这样的诺言犹如飓风狂飙席卷起军团上下冲锋陷阵激情，向恶狼一样扑向敌人，就是扑向财富和荣誉，无情地撕咬就是吞噬拜占庭的领土以及土地上的一切。土耳其全军上下发出震耳欲聋的欢呼声直冲云霄，传入君士坦丁堡城内使人胆战心寒。绝望中拜占庭只能接受自生自灭的悲惨命运。朝廷大臣们祈求君士坦丁十一世弃城而逃，在海外建立流亡政府。被这位意志坚强的皇帝严词拒绝。虽然他身心俱疲，完全了解他未来的悲惨命运，但是他坚定地表示要与城市和人民共存亡。

5月29日这一天，是君士坦丁堡作为拜占庭首都的最后一天，守军已经到达城墙的突入口。他们筋疲力尽，日日面临恐怖炮火的袭击，夜晚却奋不顾身修复残破的城墙，留给他们的时间不多。这拜占庭帝国覆灭前的最后一幕，充满着令人感伤的热情和冷酷同在场面。这些濒临死亡的人都聚集在索菲亚大教堂内，在这座东西方两个教派中最豪华的主教堂内，全体人员、宫廷贵族、希腊教会和罗马教会的教士以及全副武装的热那亚和威尼斯的水陆士兵，都齐聚在皇帝四周，身后是充满恐惧的老百姓，他们毕恭毕敬安安静静地黑压压跪倒一片，在希腊和拉丁牧师的带领下，口中念念有词，蜡烛的微弱光芒照亮了高大昏暗的穹顶。人们正在祈求上帝。大主教提高了嗓门庄严地带头祈祷，唱诗班紧跟着吟唱。

人们一个跟着一个走到祭台前，皇帝走在最前面，去领受笃诚带来的最后精神抚慰。宽敞的大厅内，一阵阵祈祷声在拱顶间缭绕。东罗马帝国最后一次安魂弥撒结束后，这个长长的队伍在圣母玛利亚像的带领下，进行了最后一次全城的巡行。然后君士坦丁返回皇宫，向家人进行告别并举行了最后的御前会议，时间已到了深夜。

爱德华·吉本以悲凉的笔调，记录了帝国首都最后覆灭前的民众心态和基督徒的最后一次巡游，以及君士坦丁十一世生命的最后时光：

圣母玛利亚的圣象已经展示在巡游的行列，这位至高无上的守护神对他们的祈求充耳不闻。他们责怪皇帝固执己见未能及早投降，念念不忘未来的处境令人不寒而栗，奢望在土耳其人的奴役下还能获得休息和安全。尊贵的希腊人和勇敢的盟军（只有 700 名热那亚人）全被召往皇宫，对于即将发起的全面攻击，他们要在 28 日夜晚完成准备。君士坦丁最后的讲话等于罗马帝国举行葬礼的悼词。他对于拉丁人的协防军表示了感谢。历史学家法兰扎（拜占庭宫廷大臣。笔者注）当时参加了这次悲伤的会议，以亲身的感受描述极其惨痛。他们流下眼泪拥抱在一起，全都将家庭和财产置之不顾，决心奉献自己的生命。每一位将领离开之后，立即前往自己负责的岗位，整夜带着焦虑的心情，提高警惕在防壁上守护。皇帝和几位忠诚的朋友走进索菲亚教堂，此处再过几个小时就会成为一所清真寺，他们用泪水和祈祷举行虔诚的领圣体仪式。他在皇宫休息片刻，四周回响着哭泣和哀叹的声音，皇帝乞求那些可能受到他伤害的人给予原谅，要求下属给予宽恕，然后骑马离开前去巡视哨所，观察当面敌军的动静。最后这位君士坦丁所蒙受的苦难和绝灭，比起拜占庭那些长治久安的恺撒，发射出更为耀眼的光辉。

凌晨一点三十分，奥斯曼帝国苏丹穆罕默德二世发出信号，寂静的夜空被震耳欲聋的喊杀声打破。土耳其人的火炮齐声怒吼，一部分城墙应声倒塌，总攻开始，穆罕默德率领着大军长驱直入。土耳其人从城墙的缺口中突入内城，大约凌晨四点后，奥斯曼帝国的主力突破第一道城墙，筋疲力尽的拜占庭军队无法抵御，节节败退，进入内城。但是当土耳其人漫无目的地在第一道城墙和第二道城墙之间盲目乱窜时，无意间发现内城一座较小城门——被称为凯尔卡门的，竟然敞开着。其实它本身是一扇毫不起眼的小门，在和平时期，只有当几座大城门紧闭的几个小时，它才敞开着，让行人通过。因为它不具有军事意义，所以在这忙乱而又喧闹的星期天夜晚被守军遗忘了，它似乎悄然置身于紧张的战事之外，在坚固的工事面前敞开着。这正是十分意外的发现。这几个敏感的土耳其人，立即叫来了增援的大部队，于是这支部队没有遭到任何抵抗就通过这扇门进入了内城，直抵市中心。

穆罕默德二世就这样骑着他的白色骏马，带领着奥斯曼帝国的大军从凯尔卡大门闯入了拜占庭。当热那亚援军最后的统帅朱斯蒂尼亚撤离君士坦丁堡前线，来到港口，登上了等在此处的一艘船时，君士坦丁十一世的担心成为事实，整个帝国残留的守军军心已经大乱。恐慌情绪迅速蔓延，当苏丹最有战斗力的军队再次发动进攻时，最后的守城部队开始通过内部城门溃退。土耳其人摧毁了数座塔楼，惊恐的守军几乎被屠杀殆尽。君士坦丁感觉回天无力。他大吼一声"城池已经失守，我还留着何用？"，他抛下自己手中象征皇帝权力的节杖，冲入敌阵，奋力砍杀，最终他和他的东罗马帝国同归于尽。

根据爱德华·吉本在《罗马帝国衰亡史》中的记载：

在这阵汹涌的人潮之中，有很长时间还可以看到的皇帝，最后还是踪迹全无，他已经竭尽了作为一位将领和士兵的全部使命。围绕在他身边负责警卫的贵族，全部战斗到最后一息壮烈成仁。有人听到他最后悲愤的喊叫："难道找不到一个基督徒把我的头砍下来吗？"他最后的担心是活着落入那些不信上帝的人手中。已经绝望的君士坦丁为了审慎起见，脱下表明皇帝身份的紫袍，在两军混战中被无名之辈所砍中肩膀杀死，身体被埋在堆积如山的尸体之下。

吉本在本书的注释中写道：

根据杜卡斯的记载，是土耳其士兵的两记重击将皇帝杀死；卡尔科克戴勒斯说他肩膀受到重伤，然后在城门遭到践踏致死；悲痛的法兰扎（拜占庭宫廷大臣、历史学家）只说他被人背着穿过成群的敌人，避而不谈死亡的情形。我们可以用德莱登（英国桂冠诗人）高贵的诗句来叙述，毫无奉承的意思：

让他们到战场去寻找塞巴斯蒂安，

那里屠杀和击毙的人马堆积如山；

派人爬上腐尸之丘向下仔细察看，

很快发现他的身躯何其魁梧伟岸；

躺在血红色的大殿面孔朝向天堂，

光荣的埋身之所是自己用剑探勘。

历史常常有惊人的相似之处，一千多年前汪达尔人洗劫了罗马城，如今一场针对拜占庭东罗马帝国的洗劫又开始了。在占领了君士坦丁堡后，穆罕默德二世兑现自己对士兵承诺，放任自己的部队大肆烧杀抢掠。房屋、宫殿、教堂、男人、妇女、孩子，数万人的军队像是地狱里的魔鬼在街头巷尾争先恐后地追逐，互不相让。教堂是最先遭殃的地方，那里的金质器皿闪闪发光，珠宝璀璨耀眼，诱惑着仿佛中了邪魔的豺狼进行疯狂抢劫和杀戮。他们在闯入每一个场所时，首先是将真主的旗帜悬挂在建筑物门前，为的是让后来的人看到房屋已经被占领，这里的战利品已经全部有主。所谓的战利品，不仅包括珠宝、衣料、黄金、浮财，还包括妇女、男人、儿童。女人是苏丹宫殿里的商品，男人、儿童却是奴隶市场上的商品。人们被成群结队地驱赶出来，老人因为卖不出价格，干脆就被屠杀了事。年轻人却被像牲口那样捆绑起来拖走。

大肆抢劫的同时，又进行了最野蛮毫无人性的破坏。十字军洗劫所残留的一些宝贵的圣人遗物和艺术品，被这些疯狂的占领军又砸、又撕、又捣，弄得七零八碎，那些珍贵的绘画被烧毁了，最杰出的雕塑被敲碎了，凝聚着几千年的智慧、保存着希腊人的杰出思想和诗作的不朽财富的书籍被焚毁或者漫不经心地扔掉了，从此永久消失于人间。

当天下午，大屠杀已经结束。穆罕默德二世，骑着那匹金辔马鞍的白色骏马，神色骄矜而又严肃，进入这座被征服的城市，他经过那些被血腥杀戮和野蛮抢劫的场面时目不斜视，傲慢地径直去了索菲亚大教堂：

穆罕默德在索菲亚大教堂正门前下马，走进这座巨大穹顶的建筑：用极其珍爱的态度把这个地点当成光荣的纪念物，以至于看到一名狂热的穆斯林在敲碎铺在地面的大理石时，就拔出弯刀大声恫吓：要是战利品和俘虏都赏给士兵，所有公私建筑物必须留给君王。在他的命令之下，东部教会的主座教堂被改为清真寺，宗教仪式使用的贵重器具和用品全部搬走一空，十字架被推倒，布满图画和镶嵌画的墙壁经过刮除清洗，恢复最早那种赤裸的状况。就在同一天或者次周的星期五，叫祭祀人登上最高的塔楼，用真主和先知的名字发出召唤的呼喊，伊玛目讲道以后穆罕默德二世再到达祭坛祈祷感恩，苏丹从圣索菲亚大教堂前往神圣的大殿，那里供奉着君士坦丁大帝以后一百位继位的皇帝，也才不过几个时辰而已，就被剥夺一切皇家气势与威严。一种人世沧桑兴衰无常的伤感情绪涌上他的心头。

他在没有确切得到君士坦丁的下落之前，是逃走或是被俘，还是在战场阵亡，心中仍旧感到难以满足，好像自己没有完全获得全面的胜利。两名禁军士兵声称拥有杀死皇帝的荣誉，要求给予奖赏，在一大堆阵亡人员当中，鞋上绣有金鹰的尸体被找到，希腊人含泪认出已故皇帝的头颅，这血淋淋的战利品经过公开示众后，穆罕默德为了尊重对手，安排适合身份的葬礼。

《拜占庭帝国》的作者拉尔斯·布朗沃斯评述说：

在延续了1123年又18天后，拜占庭帝国的历史终于画上了句号。在索菲亚大教堂大穹顶之下，举办了近千年的圣餐会最终归于寂静，焚香的烟雾也在全城教堂中彻底烟消云散。曾经风雨飘摇的拜占庭帝国如今真正开始了永远的流亡，但我们至少可以说，拜占庭帝国迎来了充满英雄气概的结局。帝国的末代皇帝没有选择投降，也未曾背弃他的理想，而是力战至死，因而得以与手下的战士在同一处安眠。这位48岁的拜占庭皇帝充满骄傲、英勇万分，正如第一个统治这座博斯普斯海峡边城市的人一样，他同样名君士坦丁，有一位名为海伦娜的母亲，在国家存亡的时刻，他当之无愧能够与查士丁尼大帝比肩。

君士坦丁堡的陷落或许令罗马帝国的最后遗迹也销声匿迹，但拜占庭的学术之光却是任何事物也无法扼杀的。难民纷纷涌入欧洲，带来了希腊与罗马文明残留的璀璨瑰宝。第一缕人文主义的光辉照亮了西方的灵魂，而西方也以强烈的热情张开双臂迎接拜占庭赐予的珍贵赠礼。亚里士多德的著作的局部拓本数世纪以来广泛流传，但如今欧洲也同样接受了柏拉图和德摩斯蒂尼，为《伊利亚特》喝彩也为色诺芬和埃斯库罗斯着迷。拜占庭的流亡者们讲述着各类杰出人物的故事，从彼得拉克到薄伽丘，富有的柯西莫·德·美第奇对拜占庭来的演讲家深感兴趣，因此出资兴建了佛罗伦萨柏拉图学院，这些行动导致了一场复兴运动，也就是后人所称的著名的"文艺复兴"，在这一阶段西欧世界重新找回了自身的根基。

另外一些流亡者逃到了俄国，最后的自由东正教大国，试图重新追寻拜占庭帝国的梦境。众多广阔的北方土地上的国王已经沿用了拜占庭的字母体系，以及东方的灵魂，他们十分欢迎逃亡的人民，这些国王以"沙皇"（Czar）自称，即"恺撒"（Caesar）的斯拉夫语形式——同时以双头鹰作为自己民族的象征。拜占庭艺术与当地的艺术风格融合继续在整个巴尔干及北方地区发展繁荣。

公元1453年奥斯曼土耳其攻陷君士坦丁堡时，许多学人、教师、艺人、法学家以及其他保存传承这继承于东罗马帝国的语言和文化过程中充当媒介的人，纷纷带着他们的知识西行。正是在那里，他们为意大利的文艺复兴以及中世纪欧洲的最终觉醒播下了希望的种子。

直到文艺复兴宗教神学圣殿在人文主义文学艺术勃兴中沦陷，宗教改革运动时期英国亨利八世创立英国国教圣公会，传统基督教开始式微，新教在英国的壮大，完成了"光荣革命"形成君主立宪民主体制，助推了后来的工业革命，直到美国反殖民地独立战争的胜利，法国大革命基督教国王被推翻，欧美国家逐步完成传统社会向现代社会的转型。教会逐渐退出世俗政治，成为纯粹的教育、卫生、慈善和协调完善人们精神的道德普及部门，因为早在第一次世界大战之后，非理性主义思想家尼采就已经提出"上帝死了"，那是基督最后偶像坍塌之后的新生和涅槃，人类回归自我，上帝回归精神，成为难以逾越的道德偶像和衡量良善美好的标准，因而世俗君主帝王或者叫元首、总统的统治者才能平等地与庶民一起接受法律的制约和道德的规范，因为他们不是神，也不能被神化和圣化，只能在民众的监督下谨慎地使用统治权力。

第五章
罗马盛衰原因的分析

开明而有鉴别力的读者……有幸能够向你们的朋友教授那些古远的西塞罗的教诲、爱比克泰德的入门、马可·奥勒留皇帝的箴言以及用我们的北方方言写成的所有朴实的道德著作。难道我们自己六百年来写的全部著作比不上塞内加的一页文字？是的，我们确实望尘莫及，让我们奋起反抗我们的大师吧。

——伏尔泰 1769 年为《索邦的三个皇帝》（诗）写的按语

《罗马帝国衰亡史》作者吉本

历经五年的努力，在卷帙浩繁的艰难梳理中，终于完成了一百六十多万字的《古罗马墓志铭》四卷本的尝试性写作。从古罗马在埃涅阿斯神话传说中塑造的英雄创业史诗，延续到罗慕路斯七丘创建罗马城邦，再到布鲁图斯推翻王政创建共和，不断地对外扩张，奥古斯都缔造帝国，最终到君士坦丁大帝在内战争霸胜出，帝国借助于基督教意识形态的变革转型，瓦解了由希腊传入的一神教传统，帝国从此走向衰落，西罗马帝国在外族不断入侵下走向覆灭，终于画上了句号，虽然帝国的历史还在君士坦丁堡延续了一千多年，所谓中世纪的拜占庭帝国，才在奥斯曼帝国土耳其人的入侵中宣告覆灭，我的故事到此应该暂时告一段落了。

推窗远眺，眼底的秦淮河在风雨呼啸中缓缓流动，如同围绕罗马城垣的台伯河水倒映着罗马帝国的兴衰一样，人们只能掬取其中的片羽吉光反映着某个震撼人心启人深思的局部，展示着历史发展、文明承续，在跌宕起落中窥破历史发展的波诡云谲。

如今，坐在石头城的鬼脸照影之旁，满目秋枫已经由绿转红，再到飞越太平洋海域来到南海岸的澳洲依然春风扑面，蓝天白云凉爽宜人。面对吴径花草和夕阳笼罩的六朝故垒再到这片由罗马帝国不列颠后裔所开垦殖

民的崭新澳洲大陆，不禁心潮澎湃，遐思翩翩，趟过流淌千年的秦淮河，
穿越到日夜奔流不息的布里斯班河，再去意大利罗马的台伯河畔，追溯古
罗马从神话传说到共和和帝国那段波澜壮阔的历史。这很像当年写作《罗
马帝国衰亡史》的英国史学家爱德华·吉本在两百多年前的金秋季节去罗
马旅游考察时，坐在夕阳下去古罗马马尔斯神庙废墟旁，神游八极，心骛
千年地沉思冥想：

那是在罗马，1764 年 10 月 15 日，我正坐在卡比托利欧山的废墟上沉思，
忽然传来神殿里赤脚僧人的晚祷声，我心中首先浮出写作这座城市的衰亡
的想法。

古罗马废墟的景象令他十分震撼，一时灵感涌发，心生写作罗马帝国
衰亡史的念头。"不过"他补充说，"我原本只计划写作这座城市的衰退
而非罗马帝国的衰亡；而且我的读书和思考虽开始朝这个目标，但因旁务
的干扰，经过数年的蹉跎，我才郑重地投入这件艰巨的工作。"吉本《自传》
中这简短的一幕，因《衰亡史》的成名，为后世传颂不已。

从他的文字中，我们可以看到，古罗马的景致特别容易让他感动、引
发他的历史想象。我们在傍晚五时到达罗马城，在米尔维亚桥上，我陷入
一场古代的梦中，直到后来被关卡的官员打断。他说："我的个性不容易
受到激动，而且我未感受的激情，我一向不屑于假装。然而即使二十五年
后的今天，我仍难以忘怀，也无法表达，我首次接近、踏进这座永恒之城时，
内心的强烈悸动。"

在罗马之旅中，吉本多次露出类似激动的心情。他在抵达罗马后的次
日，就迫不及待地去造访罗马广场（Romulus）：

经过一夜的辗转难眠，我踏着高昂的脚步，走上罗马广场的废墟；刹
那间，每个值得纪念的地点，无论是罗慕路斯（Romulus）站立的地方，
或西塞罗演讲的地方，或恺撒（Caesar）被刺倒的地方，全映入我的眼帘。

提到这位英国启蒙运动时期的伟大历史学家，不能不联系到他在十八
世纪的传奇经历。爱德华·吉本出生于 1737 年英国一个巨富的工商业资
本家兼官僚的家庭，自小体弱多病，多次濒临死亡边缘。十岁时母亲去世，

由姨母照顾长大，但是吉本自小培养成博览群书的习惯，启发对古典文学的爱好。他自幼年起就打下拉丁文和希腊文的扎实的基础，可以流利地进行阅读和写作。1749 年他就读威斯敏斯特中学，1750 年因病中途退学去巴斯温泉疗养，停止正规学校教育，父亲只能延请家庭教师教育，他潜心游弋在自家丰富的藏书中汲取文学历史知识。在十四岁时，他就已经将当时世界主要的文史作品读完。在身体好转后，父亲将他送入牛津大学莫德林学院，但是他所具备的知识让学院教授感到吃惊，未过多久他的老师发现根本无法对这位学识渊博的学生进行指导。在完全放任的情况下，吉本经常逃学，校方根本不管。

吉本在读史过程中对宗教产生兴趣，由于受到姨母影响，学习重点转向神学，为了反抗大学关于国教教条的信奉，他于 1753 年 6 月受洗加入与新教对立的基督教。父亲得知信息极为震怒，因为这意味着他将失去在官场任职的机会。为了不中断教育，父亲将他送到了新教中心瑞士日内瓦湖畔的洛桑，寄宿在加尔文派牧师 M.丹尼尔·帕维拉尔家，也就在这一年，他开始了瑞士第一个五年的居留学习生涯，使他的人生在思想上发生了巨大的变化。在学识渊博的帕维拉尔牧师耳提面命下，他养成了有秩序读书的良好习惯，他精读古典和现代名著，研习数学和逻辑学，最重要的是通晓了法国文学和哲学，也能够用流畅的法语与人交谈，对他而后的思想转型产生极大的影响。吉本在洛桑一年半时间内深思熟虑之后，终于放弃基督教，在 1754 年圣诞节公开回皈基督教新教。

他在洛桑认识了许多当地的知识分子，广泛讨论了有关法律、政治和宗教问题，对于法国启蒙哲学有着深入的研究。尤其是孟德斯鸠、洛克、卢梭、伏尔泰等人的著作，涉猎的范围包括历史、哲学、诗歌、戏剧、小说、神学和形而上学，使得吉本的眼界更加开阔，迈步走在时代的前列，加入了启蒙学者的队伍。当伏尔泰在洛桑居住停留期间，他有幸前往拜会，两人相谈甚欢，吉本不仅从伏尔泰作品中汲取了自由主义的精义，对宗教迫害和宗教偏执造成的恐怖、政府与教会的狼狈为奸、战争的消耗与损失、迷信行为的荒谬等，进行了无情的批判和指责。

433

在此期间，他幸运地结识了一位美丽的姑娘，彻底改变了他的人生轨迹。苏珊娜·库尔萧（Suzanne Curchod）原本是日内瓦一位牧师的女儿，不仅容貌美丽而且天资敏慧，受家庭影响具有坚定的信念和高尚的理想，两人几乎一见钟情，言谈话语亦是志同道合，关系已经发展到了谈婚论嫁的地步。但是吉本的父亲和继母认为该女子家境贫寒，不是理想的对象，要求断绝往来。吉本因孝顺其父，而且也无成婚的经济能力，两人只能分手。以后他提及此事无限唏嘘，曾经说道："我是个唉声叹气的情人，但却是个遵从父命的儿子。"他和苏珊娜疏远后，还是与她成为终身的挚友，她后来嫁给法国财政大臣雅克·内克尔（Jacques Necker），因开办爱尔维蒂克沙龙，帮助其丈夫享誉法国上流社会。吉本虽然生性风流，经常制造着一些花边新闻，却终生未娶，至死过着单身生活。

内克尔夫妇还诞生了一位杰出的女儿，也即名垂青史的伟大思想家、哲学家、文学家、著名的斯塔尔夫人。

说到这对母女，不得不提起吉本和路易十六时期帝国杰出改革派大臣内克尔，以及他们十分出色的女儿斯塔尔和她的情人贡斯当先生，此外那些启蒙运动涌现出的一批思想家、哲学家，尤其是法国大革命难以回避的精神导师卢梭，这些人共同绕不开的地方是美丽的日内瓦湖（也称为芒莱湖）和湖畔小城洛桑。

机缘巧合，2009 年 12 月 11 日正处寒冷的冬季，我有幸出访日内瓦。工作之余，又到访坐落在日内瓦湖畔的洛桑城。随后，又追随吉本的足迹去了古罗马城。

那次短暂的旅程，我们经由上海浦东机场出发，途径阿姆斯特丹机场转机，在次日午夜时分到达日内瓦国际机场，仅半个小时车程，就来到法国境内的假日阳光酒店，此时才明白法瑞边境的无障碍通行，去日内瓦这个"世界外交官之都"有多么方便。

难怪当年伏尔泰的庄园就建在两国边界的交界处。1755 年初，他越过边境很方便地来到日内瓦罗纳河畔的圣贞别墅开始在瑞士的流亡生活，使得这位生活在法国的反王权和基督教专制的思想界巨擘，在日内瓦这个新教城邦制共和国开始自己耕读著述为主的田园生活。

威尔·杜兰特在《伏尔泰时代》中这样记述他的耕读著述生活：

他抱着久居都市人的热情，买了小鸡和一头牛，耕种了一块菜圃，还种了一些树，他花了六十年的时光才体会到"自己的田园自己开垦"的乐趣。他认为，他总算可以将腓特烈、路易十五、巴黎议会、大主教，还有耶稣会的诸事抛诸脑后。由于他很喜欢这个新居，因此他把它命名为"喜庐"。他写信给朋友说："我幸福得不好意思了。"喜庐故居一直为日内瓦市加以维护，当做"伏尔泰纪念馆"。

喜庐的美中不足是冬天太冷。骨瘦如柴的伏尔泰需要热气，他在洛桑附近发现了一个小小的隐居之地，它的位置恰好避开了北风的吹袭。他又购置了一处避寒的房产，1755 年到 1757 年的冬天住几个月。后来他在洛桑小城大橡路买下了一栋在意大利可称为王宫的房子，有 15 扇窗户可以在山腰往下眺望日内瓦湖湖水。现在这里已由洛桑市政府改建成"伏尔泰艺廊"，存放着伏尔泰一些遗物。可见流亡瑞士的大哲学家出手阔绰，在瑞士购有多处房产，这里确实是一个非常理想的世外桃源，躲避政治迫害的避难之处。

瑞士这个国家非常的奇特，它是个由 3 种民族、4 种语言、2 种宗教构成的奇妙组合体。历史上曾经遭受罗马帝国和日尔曼哈布斯堡王朝以及法国拿破仑帝国的统治。

1291 年 8 月 1 日，乌里州、施维茨州和下瓦尔登州三个州在反对奥地利哈布斯堡王朝的斗争中秘密结成永久同盟，此即瑞士建国之始。1815 年维也纳会议确认瑞士为永久中立国。此后瑞士本土从未卷入过任何形式的战争。1848 年制定宪法，设立瑞士联邦委员会，成为统一的联邦制国家。在两次世界大战中均保持中立。但同时也参与国际事务，许多国际性组织的总部都设在瑞士。

威尔·杜兰特在《世界文明史》中指出：自 1515 年以来即与外界相安无事。由于盗贼讲义气，因此就不会袭击它，因为它实在太小了，最长处南北仅及 227 英里，最宽处东西 137 英里，天然资源贫乏，地势多山，而且民心彪悍到令人生畏的地步。虽然瑞士的军队之精良，冠于全欧，可惜维持的经费极为高昂。因此，只有将军队高价租于不同的政府。1748年时共有6万名这种"雇佣兵"为外国服务。在某些国家，这种军人成为该国军事设施的常驻部分。这些军人成为各教宗和法国诸王最钟爱、最信赖的侍卫。全世界都知道至今梵蒂冈教皇的侍卫依然由瑞士士兵所组成。

在诸州之中，伯恩州的"城兼共和国"是最大最强的一州，它的领土占了瑞士的三分之一，有最繁荣的经济，而其政府被公认为有远见、效率高的政府。孟德斯鸠把它拿来和当年共和时期黄金年代的罗马相比。这片人间仙土从日内瓦市郊区沿着日内瓦湖一直延伸到该州首府洛桑。

1791年6月正是法国大革命演绎得如火如荼的时候，大批受到大革命风潮冲击的法国旧贵族跑到了毗邻瑞士的日内瓦湖畔洛桑避难，英国著名的政治家、文学家谢菲尔德勋爵应挚友吉本之邀途经巴黎来到洛桑，两人非常愉快地度过了三个月。在这期间，吉本曾经陪同他一起去科佩城堡拜访了下野避难的法国财政大臣内克尔及其可爱的夫人苏珊娜·库尔萧（也有翻译成屈尔绍的）。

三年之后（1794年）吉本因疝气手术失败不幸身亡，谢菲尔德勋爵整理出版了《吉本自传》，在附记中他记载到这次和吉本在洛桑共同度过的愉快时光：

我看到吉本先生拥有一座非常出色的房子；从这里望去，从屋前的平台上望出去，那风景异常美丽，连他自己的那支笔，也难以描绘出骋目所及的景色。这景色包含有阿尔卑斯山脉最好看的山峦所能提供的一切阔大、庄严的物象，日内瓦湖最广袤的景观，还有一片绚丽多彩、作物遍地的田野，其中装点着许多别墅和形体如画的建筑物，夹杂着美丽的一丛丛高大树木。我的朋友在这里殷勤体贴地接待了我们，使我永远不能忘怀。

美国学者威尔·杜兰特则如此描写道：

伏尔泰和吉本在这些可爱的湖畔及长满葡萄的山丘上享受着高度文明的生活。而卢梭也在这里长大，并且在附近的圣日尔韦小镇的古当斯街受到他的姑姑苏珊的精心照料。

　　启蒙运动的这位大将卢梭是日内瓦钟表匠的儿子，他提出的"道德理想国"乌托邦的理论，美好的设想来自于古希腊雅典城邦的鼓吹者柏拉图，现实样板却是加尔文教垄断下的城邦制日内瓦共和国。后来他的理论在启蒙运动中产生了广泛而深远的影响，直接主导了丹东、马拉、罗伯斯庇尔等雅各宾派革命家为践行他的美好理想开始的恐怖统治，仅仅数月后，这些民众领袖先后被政变推翻，送上他们自己竖起的断头台。这几乎和路易十六及其保皇党人以及他们曾经推翻帝制的战友吉伦特党人的命运一样，不约而同殊途同归。这也是某种历史的宿命。

　　在日内瓦只有两天，在世界知识产权总部的工作会谈占了一天半，热情的主人建议我们去离日内瓦只有四十分钟车程的洛桑市观光。小城位于日内瓦湖北岸，与法国城市埃维昂莱班隔湖相望，北面是侏罗纪山脉。它是瑞士联邦伯恩州和洛桑区首府，同时也是大洛桑都会区的核心城市。该市依山濒湖，弗隆河和卢夫河从市区穿过，将城市分为三部分。市内风光秀美，许多著名的欧洲文学家除吉本和斯塔尔夫人外，还有拜伦、卢梭、雨果和狄更斯等都先后在此居住过，故洛桑又有"国际文化名城之称"。洛桑是一个古都，城市的历史源远流长，在罗马时代已有人在洛桑居住，中世纪时代曾为萨伏依（Savoy）及伯思所占领，现在的洛桑中古建筑鳞次栉比灿若明珠。踯躅于街头，就有如身处于中古的时光里。同时，它也是瑞士法语区的文化中心。洛桑是一座山城，层层叠叠的美丽房屋，沿着湖岸向上伸展，小城虽然只有十二万人口，但是身处湖光山色赏心悦目，极富诗情画意：远方可眺望法国境内连绵起伏的阿尔卑斯余脉，欣赏到白雪皑皑的山峰；近处可观赏美丽的奥林匹克公园林木葱郁的景致，自由行走参观奥林匹克运动委员会办公场所和博物馆，公园草坪树林中建造有风格各异的以体育运动为题材的各式雕塑，完全融自然和人文历史为一体。

财政大臣内克尔及其家人

　　大革命前法国路易十六时期的首相内克尔一家曾在洛桑及日内瓦湖畔的科佩居住过。内克尔（1732—1804 年），法国著名金融家、政治家。作为路易十六的财政大臣曾经竭尽全力对美国的独立战争予以经费上的支持，使得美国独立军在华盛顿的领导下，在法国将军拉法耶特等人的支援下，战胜英国殖民者取得战争的胜利。他同时拥有自己的银行，担任东印度公司总裁。作为经济学家他反对当时流行的重农主义。其政治生涯几度起落，法国大革命前夕，内克尔是路易十六时代著名的改革派大臣，他提出的改革计划得到民众的支持，而被上流权贵所反对，因推行与第三等级平等的税收政策，剥夺权贵集团免税特权，得罪了宫廷、僧侣、贵族既得利益集团被迫辞职。由此引发法国大革命，在短暂的君主立宪第一共和期间他又成为内阁首席大臣，君主立宪共和失败后，遭到雅各宾党人的清算，全家流亡瑞士科佩，那里有内克尔购买的一座古堡，拿破仑称帝时期又成了他女儿斯塔尔夫人的流放之地。

　　在谈到父亲内克尔对帝国财税体制进行改革时斯塔尔夫人如此评述父亲的改革初衷和遇到的难以抗拒的阻力：

　　在内克尔首次执政期间，他全心所想的，便是说服国王以行动来为人民谋福，这也是继人民代表选举之后，百姓的另一个心愿。唯有如此，方能在路易十六的有生之年阻止大革命的发生。我父亲一直认为，当时——也就是1781 年自己本可以达成所愿的。他一生中最为抱憾的，就是自己没能力力挽狂澜，而不是辞职隐退。

　　但是朝中的权贵阶层公开反对内克尔。在王室吃穿用度、政府津贴用度、财政负荷，以及政府发给官员的奖金方面，内克尔都进行了削减。那群习惯了靠政府接济度日、靠上下奔求养活自己的特权者，完全没办法接受这一经济体制。此时内克尔表现出了前所未有的无私精神，率先作则，拒绝了自己职位发放的一切薪水。然而，对于那些和他完全不一路的人来说，就算他再无私的奉献行为，完全没有平息这些先生和太太心中的怒火，他们完全习惯了享用特权带来的种种好处，所以当内克尔对其开刀时，他们就觉得自己受到了不公的对待。

当巴黎市民抬着内克尔的蜡像上街示威抗议游行时，法国大革命揭开了序幕，国家改良胎死腹中，社会革命应运而生，此时路易十六在凡尔赛宫的睡梦中被惊醒，暴乱已成燎原之势不可阻挡，最终这位波旁王朝的末代君主被无情送上了断头台。

内克尔夫人出身于洛桑的平民牧师家庭，受新教家庭的影响，具有坚定的信念和崇高的理想，她品格高贵，才华横溢，容貌脱俗，并且拥有幸福美满的家庭。她的丈夫既富有，又具有广博的学识。在政治上平步青云，为她提供了施展才华的广博空间。在那个知识繁盛而道德贫乏的上流世界里，她就像一个纯洁的天使，翩然降临这个充满功利的阶层，她超凡脱俗于整个高层肮脏的官场，她的名声主要来自于那卓越的资质和温文尔雅的性情，在丈夫担任财政大臣期间举办的埃尔维蒂克文学沙龙闻名巴黎，几乎囊括了巴黎文化知识界所有的精英。她的沙龙每周五举行一次宴会招待文人，在这里狄德罗发表了他的讽刺诗，饱学之士如格林、达朗贝尔、托马斯、苏尔德、布封、瑞纳尔神父等，以及各种风趣的人物也都云集此间。他们还经常谈论法兰西学院的事务，决定候选人的命运。

内克尔夫人虽然自己笃信宗教，但是她对思想极端的哲学家也给予热情的接待。她说："我有一些无神论的朋友，这有何不可呢？他们都是些可怜的家伙，没有上帝的眷顾。" 在一次宴会上，她突发奇想要为伏尔泰建一座胸像，尽管伏尔泰和狄德罗等启蒙思想家都是反宗教的斗士。她与伏尔泰的情谊却十分深厚。她对事物的看法比较客观公正。她对他们的赏识只限于他们的才华，不包括他们反宗教的哲学观点。狄德罗曾经写信给他的女友奥朗小姐："这里有一位内克尔夫人，是一位俏丽的妇人，也是个女才子。她对我有些着迷，总是强迫我留在她家。"语气充满着自我炫耀，他并不理解内克尔夫人对他的欣赏。其实她是一个心性纯洁的人，并没有别的杂念。狄德罗在对内克尔夫人有了进一步了解之后，却惋惜自己没有早点认识她。他说："你启发了我的灵感，那种纯洁精致的风格已经渗透进我的灵魂，再从我的文字中满溢出来。"

有许多外国名士也在当时加入她的沙龙，其中包括她早期的情人吉本。他们在洛桑的文学沙龙相识。她是这个沙龙的女主人，当时她对爱情的神秘百思不得其解，男女之间是否有着柏拉图式的友情是她经常思考的问题。但是这个未来的史学大师并不是一个专情的人，他轻于动情，负情的时候也十分草率。她为此伤心流泪，不能自已。但这些已经成为非常遥远的过去，随后而来的欢乐生活早已湮没她悲伤的回忆，她对自己的生活感到满足，她并不需要吉本来增加她的光华。在同时代人的心目中，她是一位受到赞誉的人物，她的身影曾出现在巴黎郊区风光迷人的蒙莫朗诗山谷，伟大的启蒙思想家卢梭曾在这里筑庐隐居，在这里写出多部传世名著，她曾经慕名造访，在那里卢梭曾为她付出浓郁诗意的爱情。

在当时包括她的丈夫内克尔都曾经受到卢梭理论的影响，内克尔在《谷物交易法》论文中，以卢梭式共和主义者的口吻抨击道：

有权势的资产阶级，为了取得劳役的供应，只付与劳工尽可能低廉的工资，这些工资仅敷于他们起码的生活费用……几乎所有民间的法规，都是资产阶级制定的。你可以说他们自别于其他人的少数阶级，他们已使法律成为一种对抗公众的联合或保证……那些无产阶级也可以说：你们那些资产阶级法律对我们到底有什么意义呢？——我们简直毫无保障可言，至于那自由之法又如何呢？

她和她的女儿都是卢梭的崇拜者，尽管她并不同意他的激进观点。她的女儿由最初卢梭理论坚定的支持者，在暴力革命演变成血淋淋的事实后，又成了卢梭理论坚决的批判者。

她的丈夫政务繁忙，后来又卷入大革命的浪潮，几度跌宕起落，她也不能像以往一样独享他的专情。她一度怀疑他的爱情是否一如既往，觉得"自己的眼睛像是嫁给了永恒的泪水"。丈夫对女儿的极度宠爱使她感到痛苦。女儿个性鲜明，在她看来过于放任自由，疾恶如仇，特立独行，母女之间为此发生许多对立争执。不能把女儿塑造成自己这样的模式，使她一直陷于悲伤失望。然而，丈夫政治生涯遭受的打击，让她的心灵备受冲击。她必须和他一起承受攻击和冷漠，更有人忘恩负义，落井下石。她体味着世态炎凉的滋味，从至高位置跌落到谷底的巨大落差带来的痛苦和落寂。她的友谊和恩情大多被人所遗忘。

她的晚年在日内瓦湖边的科佩小镇度过，与世隔绝。五十七岁时，在忧郁孤独中去世，这时恰是大革命在黯夜中即将落幕的时分。那些高贵风雅太太们主持的文艺沙龙，也如同升空的烟花在启蒙时代绚丽绽放后，在革命的夜空归于沉寂。但是在贵妇沙龙中走出的启蒙理论由孟德斯鸠首创，经伏尔泰加以形象生动阐述，并通过狄德罗、卢梭广泛普及宣传，那些沙龙中自由讨论的话题不仅仅受到哲学家、政治家的关注，而且使整个世界都为之骚动。诗人、艺术家、漂亮女人们都加入其中点火助力，以致星火燎原悄无声息不可阻挡地向民间迅速蔓延，扩散到了社会各个阶层。贵族沙龙中的谈话最终流传到大街通衢和田野乡镇。真理的火炬高高在上，宛若灯塔，引领人们奔向盼望已久的理想世界。

然而，不幸当这些喷溅出的火花在充满愤怒不平的狂热气氛中被点燃，却引发了革命性的爆炸。在饥寒交迫，愤懑骚动的民众中这些自由、平等、博爱的口号成为新的希望。已经忍受了数百年悲苦境遇的普通民众，迫不及待地要将这些口号付诸行动。在纷繁复杂的社会结构之下，人们已经站好了队，在自由女神的旗帜下整装待发。随之而来的革命大风潮巨浪滔天最终吞噬了凡尔赛宫廷，也湮没了贵妇们的沙龙，对于这场运动的反思，将由内克尔夫人沙龙的继承人——她那并不美丽婉约的女儿安娜·路易斯·日尔曼娜·内克尔进行，也即后来的德·斯塔尔夫人。

若论18世纪的法国政界和文坛的女性中，德·斯塔尔夫人是最有名的。其他女性人物与她相比多少有些相形见绌。她是法国浪漫主义的接生婆，是法国宪政改革的思考者，是法国大革命的一个冷静的反思者。她所举办的沙龙中鸿儒如云，群英荟萃。她自己著书立说，叱咤风云：大革命前她是卢梭学说的崇拜者鼓吹者，大革命后，她是最早反思法国大革命的女性学者，著有《法国大革命》，严厉谴责雅各宾党人的血腥暴行，在拿破仑专政时期坚决反对拿破仑的独裁专制，先后多次遭受统治者流放，著有《十年流放记》，真实记载了她颠沛流离的坎坷生涯；她的爱情小说《黛尔菲娜》《柯丽娜》在文坛风靡一时；她的思想传入朝堂，影响政局的走向。她与自由派思想家、作家贡斯当的婚外恋情闹得轰轰烈烈不同凡响。贡斯当专为此写出了传世名著《阿道尔夫》。她接掌母亲的沙龙，风格趋向激进强势，由文艺开始转向危险的政治。

她的丈夫是瑞典驻法国公使斯塔尔男爵，仪表堂堂英俊魁梧，但才华平平，而她却是个思想深刻、才华横溢、激情如火、个性强悍、口才敏捷的雄辩家、作家、思想家，自然不能满足平庸的婚姻。《法国沙龙女人》的作者梅森夫人评价她：

作为一位女性，一个小说家、言谈艺术家，她值得我们注意的方面很多，仅仅把她定位为一个沙龙的领导者，未免埋没了她的才华，但是她出色的社交素质的确定在一定程度上启发了其他人。她的独到之处，并不是调和不同因素的能力，也不是抛砖引玉启发他人的能力，她的个性太强，有时候必然会干扰传统意义上的社会和谐。她并不是一个好听众，但她有演说家的天分，不管信手拈来什么话题，她都能滔滔不绝，雄辩非凡，令席间鸦雀无声，人人凝神倾听。

梅森夫人继续说：

她从小在巴黎繁华的社交氛围中长大。早年的她非常好学，常常一个人闭门研读，同时所接触的又都是思想生动活泼的人，年幼的日尔曼娜·内克尔总是坐在母亲身旁的一张矮凳上，她早熟早慧的头脑让当时的公认聪明的人为之着迷。她写戏剧摘要、评判作家、描写人物形象、自己写剧本，用纸裁的国王王后做演员。她心中总是充溢着对亲人朋友的爱，感情细腻丰富。在那个注重分析、充满怀疑主义、形式僵化的年代，与人耳目一新的感觉。她在童年时代就经常表现出深切的感情，她很容易激动，常常潸然泪下，还很有同情心，即使到了后来，她超强的思辨能力在她头脑中从来没有钝化她的感情，更没有将感情引入歧途。博爱的胸怀或许是她力量的源泉，同时是她弱点所在。爱的能力为她丰富的性格增加了色彩和力度。

她所有的行为，都是为了爱而产生，她所有的文字都是为爱而闪光。她雄辩的言谈、高尚热烈的情怀、崇高的爱国心和忘我的慷慨无私，无不体现出这种胸怀，也几乎把她断送在断头台上。在她身上我们找到可以称为天才的那种难以名状的素质，但不是布封所定义的那种类似耐心的天才，而是一团神圣的火焰，耐心的天才可以收集到许多原料，但只有这样的火焰才能让其熠熠生辉。

作为一个追求自由民主的女思想家，对法国大革命先是大力支持，等到卢梭式"美德理想国"在雅各宾专制政权中开始杀气腾腾时，因杀人如麻，酿成惊天血案，充满人道博爱情怀的斯塔尔夫人开始批判反思她从小的精神偶像的失误。她和她的男朋友贡斯当只能流亡瑞士科佩，直到拿破仑"雾月政变"，推翻督政府，成为第一执政才返国，待到执政变帝国元首成皇帝的专制独裁帝国形成，她和贡斯当又成为尖锐激烈的批评者，他们再次被拿破仑驱逐流亡。

道德理想国的悖论

卢梭的思想对法国大革命有巨大的影响。作为卢梭信徒的社会革命党人的雅各宾派企图运动群众，按照卢梭的美德共和国理想建立一个完美的共和国。为了建立这种乌托邦式的理想化共和国，不仅仅是法兰西，整个世界都曾经为此付出沉重的代价，所谓美德共和国最终的覆灭，却给后来的人们带来巨大的争议，至今余韵不绝，未有定论。

美国学者卡罗尔·布拉姆在他的《卢梭与美德共和国》一书中指出法国大革命的领袖罗伯斯比尔与卢梭理论的渊源时说，这位革命领袖在1784年4月当选为阿拉斯省三级会议代表后，写了一篇名为《献给让－雅克·卢梭不死的精神》的文章，他称卢梭是他的精神导师。"圣人，你让我充分了解自己，在我还是一个年轻人时，你就让我认识到自己天性的尊贵，并且开始考虑社会秩序的重大原则。"在他的心目中卢梭已经入圣成神。他继续热情颂扬道：

你的《忏悔录》令人钦佩，它诚实而勇敢地展示了一个最纯洁的灵魂，对后世而言它与其说是艺术典范，不如说是美德典范。

他并不了解世俗生活中卢梭人格的两面性：一方面轻浮地动用自己的感情资源不断地勾引和利用妇女满足自己的对于肉体和经济的欲望，打造自己伟大形象；另一方面无情地抛弃自己和女仆的私生子对生命的无视，这是世人对他最为诟病的道德瑕疵。他并不是自我标榜的道德圣人和完人。

大革命的人民领袖，路易大帝中学的奖学金获得者罗伯斯比尔，在与贵族交往中受到了侮辱和轻蔑，自感人格受到了贬损。和自幼失去双亲在姑母照拂下日内瓦流浪儿饱受凌辱苦难的卢梭有类似的人生经历，因而在思想上有着高度的共鸣是分不开的。只是律师罗伯斯比尔在学识、理论和哲学素养上完全不能与思想巨擘卢梭相比，只能流于浅薄的肤浅，成为为达目的不择手段的疯狂刽子手，被砍下的头颅只能展示于法国历史博物馆；而卢梭的骸骨则作为启蒙思想大师进入了法国最尊贵的先贤祠，世代受瞻仰。因此，不奇怪在那个风起云涌的时代，能够让人重新获得自尊的人，将会受到人们最大的尊敬。

法国历史学家乔治·吕德将罗伯斯比尔的基本原则定义为："政治目的必须在政府中的具体化；道德，或善，或'美德'，来自人民，并且只来自人民；因此道德是人民意志而非不可靠的统治者意志，人民的意志必然至高无上、压倒一切。"而他们心目中哪些没有具体化的抽象而大而化之的名词"美德""人民""统治者"到底指什么？吕德指出：

对罗伯斯比尔而言，本质上看，美德是那些有利于公共利益的事物，是对国家的爱，是个人利益对公共利益的服从。为了促进公共利益……统治权必须是完全的，并且必须由整体的人民来行使。然而他相信，某些人作为美德的保管者更值得信任，并且因而比其他人更适合来行使统治权。

这个公众的政治统治者，显然是高高站在道德制高点的美德指导者、监察者、裁判官，一句话就是披着革命外衣的独裁官。按照卢梭的社会契约理论就是多数人通过契约的形式让渡他们的个人权力，由少数经过一定民主形式也即普选上台的所谓美德保管者来行使对公共事业的统治权。这种所谓契约应该就是后来奠定宪政基础的共和国宪法，大革命的主要目的是创建一个由独立自主的公民组成的共和国。其中蕴含的自然法理论和社会契约以及主权在民的思想，在法国大革命中所通过的《人权宣言》，以后被联合国人权宣言所肯定。

但是罗伯斯比尔所说的这些公民将行使共同的统治权，并通过一个良好的政府恢复他们天赋和不可剥夺的个人自由、政治平等及追求幸福的权力，均被歪曲性利用而形成所谓民粹性的暴民政治。他们基本将国家定义为强制性所谓"美德"，而非程序性的民主化立法和社会在历史进化中长期共同形成的善俗良风。他的美德共和国的理想样本就是来自于他童年时期度过的日内瓦加尔文教统治的城邦共和国。这个新教的袖珍共和国来自于古希腊罗马城邦制的衍化伸展，是某种政教合一的社会结构形式；整齐划一的道德风尚；舆论一律的良心监察。这些都带有浓厚专制色彩的加尔文式僭主政治模式，对于异教徒的迫害，在法国著名作家茨威格的《异端的权力》中有极为深刻的揭露。

追溯其思想理论源头可以看出，卢梭所受两方面的影响：一是宗教意识：他先后改宗，从新教到旧教，最终又回到新教的反复过程；二是古希腊哲学和政治学，尤其是苏格拉底的斯多葛主义灵魂的纯洁性和雅典共和国和柏拉图城邦制"哲学王"统治下的斯巴达，所谓"道德理想国"模式，就带有共享共有的专制理论色彩。正是斯多葛主义的世俗哲学加上柏拉图的哲学理想国进入基督教神正论教义：将观念与表象的对立，注入基督教灵与肉的对立理念；古典道德黄金时代与现代人类贪欲而导致的人性堕落；引发圣经亚当与夏娃原罪的起源，而被上帝逐出伊甸园；自然法原理高于世俗人为法禁锢，而使得神权高于世俗法权；善与恶的对立形成上帝之城与世俗之城的对立。在法国就是自然法基础上的以日内瓦城邦制现实为参照，以古希腊城邦制共和国为蓝本的"道德理想国"乌托邦模式。

这就是卢梭式"道德理想国"在政治社会变革中走向异化的悖论。这种悖论给法国社会带来了无尽的灾难，直到二十世纪初二次世界大战后戴高乐总统建立的法兰西第五共和国，才走出这种共和和专制轮回的怪圈，回归到共和民主的本意上来，这与真正的共和派探索者斯塔尔夫人和贡斯当、托克维尔等人的理论探索是分不开的。

卢梭对人类现状的层层诘难，从表面看是对现实的否认，但是这种否定具有浓厚的复古倾向。这一复古倾向与启蒙时代的历史进步形成鲜明的反差：人们比喻当今时代就是希腊时期民主共和的雅典城邦，而卢梭希望恢复的却是"哲学王"统治的严格管制的古典斯巴达城邦时期；当下是转型时期的罗马帝国即将崩溃的多元化都市社会，卢梭希望的是罗马单一的共和国时期的初民社会；市民社会基础上的商品经济刺激了消费，为社会增加了财富，同时出现乐享安逸的奢靡之风，使整个社会变得柔弱而缺乏阳刚之气，私人利益受到鼓励，而科学艺术得到繁荣发展；卢梭却希望禁止奢侈的消费，创导某种健康简朴的生活方式，呈现古典的贵族式阳刚尚武之气，去为国家开疆拓土攻城略地，弘扬凛凛雄风称霸世界，这就是所谓爱国主义的道德古风。孟德斯鸠在《罗马盛衰原因论》中指出：

共和国的首脑每年更换，他们总是力图在任上政绩卓著，借以获得新的任期，所以他们无时无刻不在展现自己的雄心，鼓动元老院向人民提出进行战争的建议，不断向元老院指明新的敌人。

元老院本身也很愿意进行战争，因为他疲于应对人民不断提出的申诉和请求，所以试图转移人民的怨气，让他们关注外患。

战争几乎始终是一件让人民愉悦的事情，通过合理分配战利品，就能让战争变得有利于人民。

罗马是一座既无商业也无手工业的城市，劫掠是发财致富的唯一手段。

孟德斯鸠进一步分析了战利品平均分配的严格纪律和对于士兵对于不私拿战利品的誓言的遵守，形成的诚实守信传统；留在城市市民享受战利品的权利和农民可以分配战败者土地的权利，分得土地者需得向共和国缴纳年租，并且胜利方可享受凯旋式荣誉等，因此罗马只能永远打仗，永远树敌。

因为始终面临着残酷的报复，坚忍不拔和一往无前成为罗马人不可或缺的品质，这些品质与对自己和家庭以及祖国的热爱难以区分，与人对一切值得珍惜的事物的热爱无法分离。

卢梭所赞美的狭隘的城邦爱国主义是一个只看浅表而不知内里的邪恶本质的皮相之谈，所谓道德理想国只是停留在早期古希腊的斯多葛主义的浅层，如是而已。还是孟德斯鸠分析来得透彻。

然而，卢梭在伦理学上的恋古情绪，颠倒过来就是对社会学的大胆颠覆。卢梭在这里意味着一个划时代的转折：用世俗人的眼光来看待宗教的道德理想，用此岸的政治重建，来实现彼岸的道德天国。用现代的话来说和罗斯比伯尔的理解就是要砸碎一个丑陋的旧世界，建设一个无比美好的新世界。

卢梭的眼光，是含有道德救赎的眼光；卢梭的国家，是具有至善目标的道德共同体；卢梭的人，一半是人一半是神。把属于神的问题引入人的领域，把宗教的功能变成为政治的功能，把神学的职能变换为政治学的职能，把宗教生活中个人的赎罪变换为社会整体的道德重建。

1778 年 5 月，卢梭孤独地走完自己六十六岁的人生坎坷不平的道路，被安葬在离巴黎约三十英里的比奈湖的圣皮尔小岛，这里宁静安谧，空气清新，水色潋滟，风光如画，在这个小岛他写下了文辞优美的《一个孤独者的漫步者的梦想》，而在他去世的前三十三天他曾经的战友伏尔泰在巴黎去世。

卢梭那建立在自己故乡瑞士日内瓦城邦理想国基础上的"道德理想国"梦想，熔铸了更多宗教改革领袖加尔文清教徒式的思想垄断和行为专制因素，以及古希腊、古罗马的城邦制度最终体现在日内瓦城邦的民主代议制政权运作形式，维持着城邦公民表面的平等，给童年的卢梭留下深刻印象。以至于在他14岁告别故乡，流浪四方，形成后来卢梭的"道德理想国"理念，构建了他美好的法国梦，带有浓烈的乌托邦幻想。

这一幻想被接踵而来的法国大革命的领袖罗伯斯比尔、丹东、库东、圣·茹斯特等雅各宾派所接受，倾全力加以推行实践，甚至不惜牺牲自己的生命。

托克维尔后来对类似于卢梭这样的启蒙主义哲学家这样评述：

这些哲学家中有一些人不崇拜人类理性，而是崇拜他们自己的理性。从未有人像他们那样对共同智慧缺乏信心。我们可以举出许多人，他们几乎像蔑视仁慈的上帝那样蔑视民众。他们对上帝表现出一种竞争对手的傲慢……这与英国人和美国人对其公民多数人的感情表现出来的尊重相去万里。在他们国家，理性对自身充满自豪和信心，但从不蛮横无理；因此理性导致了自由，而我们的理性，只不过发明了新的奴役形式。

历史学家克罗齐曾经明确指出：

罗马人和希腊人躺在墓室中，直到文艺复兴时期的欧洲人的精神有了新出现的成熟，才把他们唤醒。原始的文明形式是很粗糙和野蛮的，他们被忘记了，或很少被人重视，或被人误解了，直到那被浪漫主义或者王政复古的欧洲精神的新阶段才同情了它们，才承认它们是它自己本身的现在东西。

古希腊、罗马的史学、哲学和政治学、法学，对于文艺复兴和启蒙运动以来历史的影响和发展，是无论怎样估计都不过分的。古希腊的城邦制

度及其苏格拉底、柏拉图的哲学和亚里士多德的政治学，对于权力制衡的
王政、贵族、民主共和混合政体的论述，由希腊城邦制度发轫到罗马共和
的创立为帝国的崛起奠定了雄厚的经济、政治、社会和文化基础，乃至于
到共和西庇阿父子执政时期达到顶峰，领土扩张包括地中海以内，带有联
邦性质的共和国同盟国体制已经涵盖亚非欧各国，以至于后来的思想家、
政治家西塞罗将这段黄金时期作为共和体制的样板而推出。

这套共和自由民主法治体系，是在多年征战中因为军事强人集团崛起
因集权而被摧毁，共和国体制在无形中的领土财富无限扩张，贪腐不断蔓
延后坍塌。在格拉古兄弟改革失败后不断出现的马略、苏拉到庞培、恺撒
延续至奥古斯都、提比略这些军事僭主在摧毁共和体制过程中建立独裁专
制的帝国统治，才又缔造了帝国的辉煌，却又同时埋下覆灭的种子。

对卢梭理论的反思

　　这一时期西方的历史著作和政治实践像文学领域一样，都忙于模仿古希腊罗马人，产生了许多有影响力的作品。罗马的政治制度以及历史也成为表达政治见解的重要媒介。马基雅维利的《论李维》与其说是历史著作，不如说是政治见解；孟德斯鸠的《罗马盛衰原因论》在很大程度上表达的也是个人的政治理想，在其代表作《论法的精神》中，更是充满了对罗马历史事例的评价。

　　塔西佗和李维、普鲁塔克的罗马史著作对伏尔泰、卢梭和吉本有重大影响。卡图卢斯、奥维德、维吉尔、贺拉斯等人的作品直接影响到但丁、彼得拉克、莎士比亚、弥尔顿、歌德、席勒、拜伦、雪莱等诗人浪漫主义创作风格的形成。西塞罗为拉丁语创作的一系列名词如"道德""证据"等，今天仍然为哲学、法学家们耳熟能详，而他在修辞、演讲、文学、政治思想等方面的影响力而言，并不比柏拉图、亚里士多德差。古希腊罗马的哲学文学理念对于推动欧洲的文艺复兴、宗教改革、启蒙运动直至英、美、法三国的社会革命形成了源流承绪、推进发展的起承转合关系，是为欧美文明的起源。

　　在法国，那些将人们从中世纪的神学蒙昧和专制传统中启蒙出来的先知们，后人还是给予了尊崇和永久的祭祀。也就在那场震惊世界的大革命中，伏尔泰和卢梭的遗骸先后被革命政权的国民公会在巴黎通过颁布法令隆重迁入先贤祠。

　　在现代政治文化谱系的研究中，美国政治文化学者迈克尔·布林特将斯塔尔夫人和贡斯当先生列入孟德斯鸠、伏尔泰等浪漫主义、自由主义哲学家和启蒙思想家的谱系。

　　孟德斯鸠在《论法的精神》中将古希腊罗马的古代共和国的性质定义为，全体人民拥有无上权力的政体。其生命力原则是美德，及在最广泛的意义上被定义为人类物种本身的普遍情感。他声称："没有比这种爱更接近于神圣天意。"他要求将公共利益置于狭隘私利之上。在共和政体的生活中，这种爱体现在公民坚定不移地献身于祖国的公共生活。古代公民的政治自由，体现在他们共同控制自己的命运。孟德斯鸠相信，为了支持集体自决的原则，一个共和政体必须鼓励一种爱，即对节俭、朴素、公益心，以及重要的——平等的爱。

同时，孟德斯鸠认为，不管现代人抱负多么高尚，如果想仿效古代共和国，那只能让现代社会受到损失。私人与公众的区别、社会活动和政治活动之间的差异将会消弭。个人被迫把自己淹没于作为整体的政治共同体的集体认同。他运用社会学的方法来捍卫自己的立场。他主张，即使存在例外，现代的社会条件再也无法在制度上支持共和政体的形式。与现代条件相适应的谋求共同利益的统治方式，是通过法律和习俗的框架，促使个人在追求个人利益时也服务于他人，那么公共利益就可以得到保障。

然而，他在《论法的精神》第九章中指出：诸多小型共和国组成的联盟能享受到亲密的公民美德的恩惠，还可以因其"联合起来的共同力量拥有大型君主国的力量。"为了抵御专制主义对君主政体的侵蚀，他提倡仿效英国的君主立宪政体，结合对英国模式的赞扬，他汲取了贵族制中的共和传统，他呼吁恢复作为国王和人民之间调节力量的贵族传统角色，反对忠于专制君主的保皇党和教权至上的教权主义者共同主张的权力集中，提倡宗教宽容、调和、复合性和节制这些价值，以此来维护法国的政治文化传统。这就接近了对于古希腊亚里士多德的君主、贵族、民主优势互补权力制衡的共和政体的继承和发扬光大。

德国浪漫主义哲学在法国的传播，很大程度上由于斯塔尔夫人的努力。她对浪漫主义的热情，深远地影响了法国社会理论文化界的一批重要人物。他们当中首推本杰明·贡斯当。

贡斯当出生于瑞士洛桑一个法国裔贵族家庭，先辈是法裔新教徒，为躲避宗教迫害逃到瑞士。他出生数天后母亲去世，父亲为他提供了良好的学习环境，接受过不止一个家庭教师的培养，先后就读于德国埃尔拉根大学、苏格兰爱丁堡大学。在爱丁堡学习期间，正是苏格兰启蒙运动达到高潮。

贡斯当先后受到亚当·斯密、亚当·弗格森等著名启蒙思想家的影响奠定了他对自由主义思想的追求和对英国文化和政治制度终生不渝的推崇。1795年，贡斯当和斯塔尔夫人开始了热烈且公开的恋情，这一段关系在保存了十二年之久后，最终不愉快地分手。他们的关系在结束很久后，贡斯当的作品依然可以看到斯塔尔的痕迹。在她的影响下，贡斯当也对德国文学与哲学革命开始着迷。

可以说命运多舛婚姻和事业均不幸，使得斯塔尔夫人和贡斯当走到了一起。他们有诸多的共同点，都是祖籍瑞士洛桑，都出生于新教家庭，贡斯当父亲是贵族，她父亲是显贵。但两人均有贵族的责任感和使命感，同情第三等级争取平权的运动，有着高尚热烈的民主追求、崇高的爱国心和忘我的无私慷慨精神，为建立良善的政治制度在思想理论上作出了杰出的探索。

同时，他们还是杰出的文学家。贡斯当的小说《阿道尔夫》被誉为妇女界的《少年维特之烦恼》是法国文学史上不可多得的开心理分析先河的作品，文字简洁精炼行文流畅优美，如潺潺清泉直达人心，且在字里行间浸透着深刻的人生感悟和十八世纪法国上流社会的生活状态和情感习俗。阿道尔夫和女主人翁阿蕾诺尔的爱情悲剧有着斯塔尔夫人和贡斯当情感矛盾和性格冲突的悲剧影子。斯塔尔夫人毕竟太强悍太想操纵男人了，缺少了点女性的温柔体贴和善解人意。他们吵吵闹闹分分合合十二年，最终分道扬镳，但依然还是好朋友，毕竟价值观是相同的。

贡斯当的观点基于社会学主张。首先，他追随孟德斯鸠，声称伦理观念和政治选择受限于社会条件和制度历史的发展。然而，贡斯当并没有更多地将社会结构和文化习俗差异与共和制与君主制联系起来，而是将这些差异归因于古代和现代迥异的精神。换句话说，贡斯当认为，社会和文化条件限制了与特定历史时代相适应的政治选择和道德标准。具体提到卢梭时，贡斯当声称《社会契约论》中的道德自由概念包括了许多古代政治自由的主题，这不仅仅是一个巧合。在贡斯当眼中，古代自由包括古希腊、罗马共和时期在广场召开的城邦公民大会：

以集体的方式直接行使完整主权的若干部分，诸如广场讨论战争与和平问题，缔结对外盟约，投票表决法律，作出判决，审查执政官的财务、行为及管理，宣召执政官出席人民集会，对其进行指控、谴责或者豁免。这就是古代人所谓的自由……个人对整体权威的完全服从。

贡斯当认为能够为古代政治自由提供制度支持的城邦包括以下社会条件：

1. 城邦的规模造就了一个小型的面对面的共同体；

2. 能够提供共享的期望之传统的共同体的同质性；

3. 基于战争和奴隶制的古代生活的经济政治条件；

4. 由简单的劳动分工和公民之间相对平等的财产分配构成的社会秩序；

5. 建立在绝对统治权概念基础上的公共生活的政治组织。

基于其社会学分析，贡斯当总结，古代人和现代人的政治选择和道德标准的范围，受其规模、复杂性、结构和社会目标上的差异的限制。出于这个原因，他声称古代自由已不再适应现代社会的组织结构。而且，贡斯当推进了自己的分析，他在自己的作品中自始至终都警告我们在现代社会模仿古代自由的危险性。"在牺牲个人的独立性方面。"，他说，"古代人的牺牲得较少但获得的更多，但我们模仿古代社会，则会牺牲得更多而获得的更少。"

从这个角度看，卢梭的政治社会肯定被认为是专制的，因为他没有提供个人权利制和自由制度的保障。用贡斯当的话说，卢梭"混淆了自由与权力"，他犯了"那些真诚热爱自由的人把无限权力赋予主权人民的错误"。

出于这一原因，贡斯当声称，以古代自由的名义，基于无限主权的概念的卢梭哲学，可以为现代专制辩护。这些理论无疑是对卢梭以古希腊罗马共和体制为样板的"道德理想国"学说，借助民粹主义为手段在推翻王政后，雅各宾派主导的群众专制恐怖屠杀，最为深刻的批判和反思。

1795年都政府推翻了罗伯斯比尔的雅各宾政权以后，斯塔尔夫人重回巴黎重开沙龙，但注定将生活在危机暗藏，腹背受敌的尴尬境遇中，对贵族而言，她倾向于共和，对共和党而言她又过于贵族化。两派人物都不信任她，只好重归瑞士科佩。两年不到，当拿破仑发动"雾月政变"，推翻督政委员会，她和贡斯当再次回到巴黎。在这一时期斯塔尔夫人的影响力达到顶峰，她以自己的才能、自由化的观点、令人信服的雄辩口才，对立宪派领导人产生重大影响。对于未来法兰西政体的宪法设计，在她的沙龙中得到了充分讨论。贡斯当在巴黎著名的皇家中学发表的那篇演讲，经过斯塔尔夫人的精心润色修改后，代表了他们未来对于法国宪政政体愿景，他们告诉听众，（包括共和主义者和君主主义者）：

学习如何把二者结合起来是很有必要的，假如立法者仅仅给人民带来和平，其工作是不完全的。即使当人民感到满意时，仍有许多未竟之业。制度必须实现公民的道德教育。一方面，制度必须尊重公民的个人权利，保障他们的独立，避免干扰他们的工作；另一方面制度又必须尊重公民影响公共事务的神圣权利，号召公民以决定和投票的方式参与行使权力赋予他们表达意见的权利，并由此实行控制与监督的权利。这样，通过履行这些崇高的职责，公民既有欲望又有能力来履行这些权力。

此时的拿破仑就像当年的路易十四一样，企图掌握所有的权力和影响，他不能容忍一个女人与他抗衡。他认为贡斯当的那篇演说是受到了斯塔尔夫人的影响而写成。他惧怕他们的才智，害怕他们讽刺他的动机和行为，将她流放到瑞士科佩——她父亲的那座古堡。贡斯当陪同前往，他是一个学识过人、口才雄辩、热情澎湃的人，同时也很虚荣，而且脾气古怪、喜怒无常。在德·斯塔尔最失落的几年，他既是她的安慰，也是她的负担，两个性格独立的人最终分手。她嫁给了一位比她年龄小一半的贵族德·洛卡先生。德·洛卡当过军官，在战场上受过伤，但是性格温柔又勇武。他的深情打动了她的芳心。但是，这场秘密的婚姻给她的声誉蒙上了阴影。无论如何，为她的生活带来了安宁，是她晚年的一个温存的安慰。

拿破仑终于走到了末路。德·斯塔尔夫人重获自由，又回到了她日思夜想的巴黎，可惜这一天来得太迟，她的健康已经崩溃。1817 年这位饱经风霜的杰出女性在病痛中与世长辞，享年 51 岁。比她小一岁的贡斯当在1830 年 11 月辞世，享年 63 岁。因与斯塔尔夫人相爱而卷入政治，并陪伴她前往巴黎，在拿破仑执政期间，成为民间反对派的领袖。追随她在瑞士、德国度过了漫长的 12 年时光。作为一名自由主义政论家、浪漫主义小说家，他赢得了广泛的声誉，他在有生之年亲眼看到了波旁王朝的覆灭。

1830 年七月革命爆发，他以多病之躯参加了革命。为路易·菲利普亲王的上台作出巨大努力，并与基佐一道起草了宣布路易·菲利普为国王的《告人民书》。七月王朝任命他为国务会议某一委员会主席，并赠送他 20 万法郎偿还赌债。他死后，法国为他举行隆重国葬，其葬礼万人空巷，表达了人民对他自由观念的支持和对他的普遍敬意。

斯塔尔夫人在十岁的时候发现自己的父母很喜欢吉本，所以她强烈建议把自己嫁给吉本，这样他就可以经常陪伴父母了。这个建议显然是不合情理的，这位知识渊博的历史学家，不仅相当年迈，而且又矮又胖。他的一位朋友挖苦说，绕着吉本转三圈是一项费力的运动。他曾经不仅抛弃了钟情于他的母亲，而且性好渔色，虽然终生未娶，但绝不会是一个忠诚的丈夫。1789 年 7 月法国大革命爆发，路易十六被处死。吉本身体很差，又忧虑到瑞士受到大革命风潮的袭击，血腥屠杀祸及自身。他于 1793 年返回英国，1794 年 1 月 16 日病故于伦敦圣詹姆斯街朋友家中。吉本在逝世前非常郑重毫无遗憾地说："《罗马帝国衰亡史》使我获得世界的名声、荣誉和地位，死后无需接受任何头衔。"

启蒙运动为什么选择罗马

　　伏尔泰是法国启蒙运动的巨擘是毫无疑问的，但是在那篇按语中提到的西塞罗、爱比克泰德、马克·奥勒留均为古罗马斯多葛学派的代表，其哲学起源于古希腊这个著名的学派。早在罗马国共和鼎盛时期就为罗马高层执政官西庇阿父子追捧而将其引进，成为罗马共和学人们的人生哲学，渗透到国家政治、社会、文化、经济各个层面，成为主导的世界观、价值观和方法论，对于共和国的发展起到关键的精神引领作用。

　　随着帝国版图的扩大，这种人生哲学又延伸到早期的高卢、不列颠和日尔曼、西班牙以及后来的欧美，成为十六世纪文艺复兴、宗教改革和启蒙运动的重要思想来源。除爱比克泰德外，其他人笔者在本文中均有涉猎，因此简单予以介绍以补阙：

　　爱比克泰德（Epictetus，约55—约135年），古罗马最著名的斯多葛学派哲学家之一。出生于古罗马东部弗里吉亚的一个奴隶家庭，童年时被卖到罗马为奴，后师从斯多葛哲学家鲁弗斯，并获自由；他在罗马建立了自己的斯多葛学园，从事斯多葛哲学的教学，后因罗马皇帝图密善害怕哲学家日益强大的影响力对王位构成威胁，便将爱比克泰德等驱逐出罗马，他移居希腊尼科波里斯后以教书终其一生。

　　爱比克泰德对斯多葛派学说有极其重要的发展和突破，是继苏格拉底后对西方伦理道德学说的发展作出最大贡献的哲学家，是真正集希腊哲学思想之大成者。他把注意力集中在对具体的生活伦理学的思考上，重心性实践，主张遵从自然过一种自制的生活，他的思想对后来的哲学与宗教都产生过深远的影响。在近2000年的历史长河里，爱氏的学说及观点对其后的哲学和宗教都产生了广泛而持久的影响：罗马皇帝马可·奥勒留早年读过他的作品后，对他钦佩有加，自认为是爱氏的私塾弟子，其名著《沉思录》深受其影响；著名神学家、哲学家圣·奥古斯丁也曾深受他的影响，并将他的许多思想渗透到基督教教义之中；法国数学家兼哲学家帕斯卡尔、美国当代著名小说家托马斯·沃尔夫等，都从他的思想中汲取了大量的养分。

身为斯多葛派哲学的重要代表人物之一，爱氏以寻求个人的心灵自由、安宁为宗旨，主张回归内在的心灵生活，倡导遵从自然规律过一种自制的生活，追求理想的幸福，并将这种学说发展成为一门指引生活的哲学。

在他看来，真正的自由是一种美德，而非反抗或坚持己见，是朴实的为家庭和社会服务，而非操纵自然或控制人类。名望、财富、权势这些为众人所仰慕所追逐的，不过是昙花一现的东西，这些都与真正的幸福无关。最重要的是你正在成长为什么样的人，你正在过着什么样的生活。他为收获美好人生开出了如下处方：控制你的欲望，履行你的义务，认清你自己及你的人际关系。他还为身处不同境况的人们勾勒出一条通往宁静、满足与幸福的道路，让人们懂得如何安顿自己的心灵，如何理性地面对生活中的一切问题。

启蒙运动的重要代表人物《百科全书》总编辑狄德罗在为俄国女皇叶卡捷琳娜二世制订《为俄国政府制订大学计划》时告诉女王：

希腊人是罗马人的老师，而希腊人和罗马人是我们的老师。

德裔美国学者、历史学家彼得·盖伊在他的专著《启蒙运动》中说：为什么是罗马不是希腊？实际上他们对罗马的野蛮粗鄙感到痛心，对罗马执政官的作风极为反感。研究罗马史的启蒙哲人——孟德斯鸠、弗格森和吉本——即便颂扬罗马的成就，也要揭露它的缺点。

启蒙运动选择罗马，多少有些偶然。但是罗马毕竟征服了世界：派驻殖民地的士兵和总督都使用拉丁文。尽管长期以来希腊文化盛行于世——先在罗马共和国，后来再度在文艺复兴时期，都很时兴——但是给欧洲留下深刻烙印的是罗马法和罗马的行政体制，而不是希腊的法律和行政体制。到公元4世纪末，天主教会，即罗马天主教会，这个千百年间欧洲最强大的文明教化力量，一直用拉丁文来颁布教谕，宣读祈祷文，争论神学问题。结果拉丁文渗透进欧洲各地的方言，成为科学、哲学、外交乃至私人通信中使用的语言。这种情况延续到17和18世纪。启蒙哲人和学校里学的希腊文，但是只有少数人能够自如地运用它。拉丁文是否比希腊文更容易学，这无关紧要，重要的是拉丁文是学校课程的核心。因此，18世纪受过教育的人很容易接触到罗马文化。吉本说："无论是学童还是政治家，对罗马都耳熟能详。"

不仅如此，罗马因有能力吸收希腊文化而不再仅仅是一个兵营社会。英国学者《罗马的遗产》作者理查德·詹金斯指出：

被征服的希腊把她那粗鲁的征服者变成了被征服者，并把艺术带给了未开化的拉丁姆。罗马最伟大的诗人在他的杰作中给希腊人的成就以非常高的评价。

维吉尔的伟大史诗《埃涅阿斯》直接继续了荷马的《奥德赛》和《伊利亚特》。因此，人们往往认为，罗马人实际上只是个模仿的民族，他们在欧洲文明史上的主要作用就是个二道贩子，把希腊人的成就传送到基督教时代。英国作家雪莱在他的《希腊颂》中这样写道：

我们都是希腊人。我们的法律、文学、宗教、艺术，全部可以从希腊人那里找到它的根。如果没有希腊，罗马这个我们的导师、征服者和我们祖先的家园，将没有什么光明可供播撒，我们也许还是野蛮人和偶像崇拜者。

启蒙哲人了解这一情况，因为罗马作家们以启蒙哲人熟悉的形式承认他们受益于希腊。吉本喜欢引用贺拉斯的说法。吉本提醒读者："胜利的罗马本身被希腊艺术征服了，虽是老生常谈，但此言不虚。"西塞罗这位伟大的演说家和通俗作家曾经在雅典和罗德岛求学，因此在功成名就时，他不仅坦然承认而且大肆吹嘘自己受到的希腊教育。包括恺撒和他的对立面共和派大将布鲁图斯等人都有到罗德岛和雅典求学的经历，其他如贺拉斯、奥维德等罗马诗人都曾经有在雅典学习的历史。贺拉斯说得很对：这个伟大的地中海帝国是由罗马战士打下的，但它是由希腊思想哺育的。与18世纪启蒙哲人相似，罗马文人把他们最杰出的才能都用于阐释和传播艰深的哲学思想，并且在此过程中将其通俗化。孟德斯鸠指出，西塞罗最重要贡献是使希腊思想"就像理性本身一样，能够让所有人都够享受。"他是"罗马人当中使哲学脱离学者之手并挣脱外国语言障碍的第一人"。

　　这里要指出的是，上诉孟德斯鸠引文皆来自他28岁时所撰写《西塞罗赞》（也有翻译成《论西塞罗》）。该文完成于1717年。在1892年公开出版时，他对自己早年对西塞罗的过度赞扬表示了遗憾，他在注释中说："这篇短文是我年轻时的习作，倘若修正其中弥漫的颂扬性质，此文或可成为佳作。此外，我也有必要概述西塞罗的著作，尤其是其书简，以进一步考察罗马共和国的败亡，进一步考察恺撒、安东尼的性格。"但是我们仍可以看做西塞罗哲学对他思想形成的重要影响的一篇文章。孟德斯鸠在开篇即以热情洋溢的口吻对于西塞罗进行了赞扬：

　　在所有古人中，西塞罗最具个人魅力，也是我最愿意效仿之人，没有其他古人比他更具备更出色、更美好的品质、没有其他古人比他更热爱荣耀，他为自己取得了难以磨灭的荣耀，且通过不寻常的道路获得这份荣耀。

　　拜读其作品振奋心智，同样也振奋心灵；其演说极为宏大，极为庄严，极具英雄气概。我们肯定会目睹他击败喀提林，肯定能看到他奋起反抗安东尼，肯定会看到他悼念那正在衰微之自由的可悲遗愿。无论他讲述自己的行动，还是记录那些为共和国而战斗的伟大人物，他都陶醉于他自己的荣誉。他勇敢无畏的演说令人深受他充满活力的感情熏染，使我感觉他在行进中携我而动，前行时也领我而去。他多么生动地描绘了布鲁图斯、卡西乌斯和加图！多么富有激情、富有活力、言辞何其激越！对于我自己而言，我不知道我更想成为哪一类人；英雄抑或致颂词者。

　　………

　　他无愧于罗马演说家这一头衔，也无愧于哲人之誉，甚至可以说，他在吕西昂学园（Lyceum）比在演说台上更加鹤立鸡群：在哲学著作上他是原创者，但在演说上，却有众多的对手。

　　在罗马人中，西塞罗是第一个从学者手中拯救哲学，使之摆脱异国语言的含混。他使哲学为一切人所共有，就像人人皆有理性一样。在他同他们那里获得的那些赞美中学者们发现自己与人民的看法一致。在那样的时代里——智慧之人仅以奇装异服而出众，他的论证竟能有那般深度，这令我钦佩不已。我仅希望他出生在一个更为启蒙的时代，希望他能用那些希望的天赋去发现真理，而不只是摧毁谬误。必须承认，他给哲学留下了一个可怕的空虚：他摧毁了当时为止能够想象到的一切；人们不得不重新开始、重新想象；也就是说，人类退回幼年，人类回到了最初的原则。

他在《论诸神的本性》一书中，可以看到他品评所有学派，挫败了所有的哲人，指斥每个偏见，这多么令人愉悦啊！现在他与这些怪物斗争，现在他嘲笑哲人。他介绍的这些桂冠者毁灭了他们自己；那个被这个所挫败，然后这个又发现自己被击败。所有这些体系都一个一个接连消失，在读者心中留下的，只有对哲人的蔑视和对批评家的赞赏。

《西塞罗赞》在开篇就不吝使用最尊贵的词汇对他的偶像进行赞美，鲜明展示了早期所具备的共和理想；这些理想无疑来自于西塞罗的阐述，他明确希望罗马能够保持它的共和体制。他反复称赞西塞罗为罗马自由的捍卫者，进而赞赏恺撒的刺杀者布鲁图斯、卡西乌斯等人，他遵循西塞罗的判断，将他们视作"共和国的拯救者"。孟德斯鸠觉察到了他那个时代意大利和荷兰共和国的腐化，对共和政府的拥护之情有所保留，由此他将分权制衡作为保持政治节制防止滥权的关键。

而罗马历史由共和到帝制及最后到个人的专制独裁的演化，最终抛弃了国民大会和架空了名义上的元老院，君主抛弃了一切法律和民众对于权力的制约而走向衰亡。孟德斯鸠在《论法的精神》还进一步说：

当一个共和国腐化了时候，除了铲除腐化，恢复已经失掉了原则以外，是没有其他方法可以补救所滋生的任何弊端的。

因而孟德斯鸠称赞西塞罗而批评小加图在共和国生死存亡的关键时刻放弃职责，而以自杀的消极方式放弃对独裁者做最后斗争的怯懦行为。这是以"懦夫的方式终结了自己的生命，同样也放弃了共和国"。也许孟德斯鸠对热衷共和有所怀疑，也正是肇始于此。西塞罗并未牺牲自己，而是转向哲学，写作了大量优秀作品。西塞罗身上具备自我关切的德性，孟德斯鸠的共和主张并未妨碍他对德性的理解。也许西塞罗对孟德斯鸠影响最深的一面可以从以下文字看出："他从未直陈训诫，但让人能够感觉到训诫。他不规劝人拥有美德，但他吸引人朝向美德。"孟德斯鸠极为钦佩西塞罗这一能力——不用说教就能书写美德对人们产生引力的演说能力和文字功力，关键还是他具有美德的人格魅力。

这些无节制的溢美之词表示启蒙哲人对于罗马的亲切感，绝不仅仅出于怀旧、历史的偶然或者思想的懒惰，而是一批后起的思想者和文化精英对于过往的先哲前贤的认同和思想的传承以及命运的惺惺相惜。尽管时隔久远，各自的关注和身份大相径庭，这两批人属于同一思想谱系从古代简朴的斯多葛体系到不约而同的启蒙思想家在文化品位、策略、目标、风格，尤其是世界观价值观方面有诸多承续和相通之处。

在奥古斯都的统治下，帝国在强化元首集权的同时，延续着共和的法律体系但稍有调整，一切做得还比较合乎情理，到了他的后继者那里，情况变得每况愈下，乃至对于文化哲人迫害变得失去理性而不可思议。这个时期最著名的哲学家塞内加差点被卡里古拉处死，在克劳狄统治时期侥幸保住生命，在尼禄统治时期，先是成为帝师、宠臣和牺牲品，最终卷入阴谋被命令割腕自尽。

塞内加生前利用权势成为罗马富豪之一，由此表明财富和斯多葛主义并非始终水火不相容。他创作的那些希腊题材的悲剧，对英国伊丽莎白时代和法国新古典主义时期的戏剧产生深刻影响。他的论文和书信谆谆不倦温柔敦厚，略带感伤，先是被早期的基督教徒奉为至宝，后来则被启蒙运动者收为己有，狄德罗的伦理学和卢梭的教育学都大大受益于塞内加。

塞内加的侄子路卡努斯（卢坎）与伯父一样死于尼禄的命令，当时他尚未完成的描写罗马内战的长篇史诗《法萨利亚》，是一部十分奇妙的作品：文字热烈而警句迭出，故事夸张而神奇，还大胆地省略了传统诸神显灵的荒诞神迹。伏尔泰在《论史诗》中把尼坎奉为原创性天才，无论其优点还是缺点，都出自他本人。这部史诗吸引人的不仅是它的音乐性，它还是一部悲怆之作，是对维吉尔等马屁诗人的挑战，是独具一格的抗议诗。此外，它还是一部无畏的共和主义诗作。他在尼禄眼皮底下，在其疯狂的专制统治阶段，利用史诗敢于歌颂恺撒的政敌失败的加图和庞培。

伏尔泰指出："在卢坎的夸张文字中里包含着大胆刚毅的思想。"伏尔泰实际认为，卢坎具有"崇高的哲学勇气"，在古代独树一帜。这里的评价主要不是针对卢坎的共和主义思想，而是针对直言不讳的泛神论思想。可以根据卢坎的政治观念做出一些更有深远意义的概括："这个大胆激昂狂野的才子觉得，所有的人都天经地义地热爱自由，痛恨破坏自由的人，赞美捍卫自由的人。他是在为千秋万代写作。"任何像卢坎这样的作家"在尼禄之类的暴君统治下，都可能英年早逝。"

另外，还认为这个时期还有一些作家促成了希腊文化的复兴，比如历史学家波利比乌斯和传记文学作家普鲁塔克，他们虽然出身于罗马帝国的希腊部分，但是创作中心却是围绕帝国中心展开。启蒙哲人称赞他们是那个模仿时代的孤独巨匠，甚至不吝使用溢美之词。普鲁塔克是一个十分虔诚的人，很容易接受外来的神秘主义，对无神论的威胁忧心忡忡。他在 18 世纪的主要形象是：重视经验、道德真诚以及我们今天所说的负责任的报道。休谟赞扬他的公正态度："普鲁塔克无论是在哲学上还是在历史写作上都不会被任何体系束缚。"对于另一位历史学家苏维托尼乌斯，启蒙哲人认为，他的著作一直引起后世读者的重视，但也遭到一些质疑，虽然他是一个能干的记录者，善于捕捉一些惊人的轶事，但是伏尔泰警告说，苏维托尼乌斯有时破坏了本来值得维护的名人的声誉。

按照笔者理解，这些轶事一部分来自于民间传说，另一部分却是来自于皇家档案的记载，可以更全面和立体地描绘一个人的本来面目，尤其是那些受到当时舆论神话的领袖人物如恺撒、奥古斯都以及一些文化名人等，苏维托尼乌斯基本是有闻必录，他热衷追求写作的趣味性和可读性，既满足普通民众对于宫廷贵族私生活的猎奇心态，同时也将那些被御用文人刻意编织的温文尔雅的面纱无情撕开，使世人看到道貌岸然的皇家政客私底下丑陋的真实嘴脸。

塔西佗作为称职的历史学家，显然能够克制自己的情感，用精确来讲述另一种事实。他往往重视修辞的逻辑严谨和雄辩效果，而轻视不偏不倚的分析，贯穿更多的道德评判，但是他依然把大部分精力用于追求历史真实。塔西佗本人也是一个杰出的演说家，但是关于他有一个传世的说法，宣称他尽力"不偏不倚"地撰写历史。尽管启蒙哲人们指出罗马著名的历史学家塔西佗，能够发现他的一些错误，那些敬仰塔西佗的后人也已经置身历史事件之外，对他的一些偏见表示异议。不过总体上看，塔西佗完成了他自己提出的严厉要求：拒绝靠谄媚暴君而一夜走红，也拒绝靠攻击谩骂而哗众取宠——那些诽谤者狡诈地做出一副独立不羁的样子。那些有学识的启蒙哲人接受塔西佗对时代的评价：塔西佗是孟德斯鸠《罗马盛衰原因论》中有关帝国情况的重要资料来源；狄德罗在研究塞内加时把塔西佗的《历史》和《编年史》作为主要甚至唯一的依据，休谟毫不夸大地把塔西佗称为"那位杰出的历史学家"，说他素以"坦白和忠实"见称，实际上"他或许是一切古人中最伟大、最敏锐的天才"。至于吉本他青年时代的情人苏珊娜·库尔萧（财政大臣内克尔夫人、著名的斯塔尔夫人美丽的母亲）很聪明地觉察到塔西佗是《罗马帝国衰亡史》的许多内容的"摹本，或许可以说是来源"。

启蒙运动和孟德斯鸠

　　启蒙运动是欧洲文艺复兴运动的继续和深入，不仅在法兰西文化史上而且在整个人类的历史上都占有光辉的一页，它经历了整整一个世纪；影响面波及整个欧洲而它确立的自由平等概念更是超越了时空，成为全人类的宝贵财富，直到今天仍有积极意义。启蒙在法文中具有"光明、阳光"等含义，亦可转译为"智慧、知识"的意思。将这些美好的词汇连缀起来，再贴切不过地概括了启蒙运动的实质：这是一场由那个世纪中的一些杰出人物，那些启蒙思想家发动和领导的波澜壮阔的思想解放运动。向中世纪的蒙昧传统的最有力的冲击，以人类智慧的结晶——科学和理性为武器，去揭露宗教的蒙昧主义，反对宗教狂热、迷信，反对君主独裁专制和封建贵族、僧侣特权及其黑暗统治，从而给人类带来光明。

　　在启蒙运动中起到关键作用的是18世纪一批杰出的文化人，孟德斯鸠、伏尔泰、狄德罗、卢梭。他们不再是传统意义上关在书斋里，只研究因果关系或者道德规范的学者，而是介入社会、介入生活的思想家、作家和人类进步事业的捍卫者。尽管这样一批积极领导和参与启蒙运动的伟大思想家都属于18世纪，史学家却愿意将这段时期称之为"启蒙时代"。这是因为它从古典时代中走来，与旧制度几乎同时结束；它又为行将到来的法国大革命做了充分的思想、舆论准备，为新制度建立廓清了道路，开阔了视野，明确了目标；而它所确立的许多原则为后人甚至全世界的文明国家普遍接受，一直延续至今仍具有顽强的生命力。

　　美国学者彼得·盖伊指出：

　　对于启蒙运动而言，有条理的批判习惯乃是古典时代最具有深远影响的发明创造。启蒙哲人懂得，它不仅仅是习俗、公认的解释和传统体制的溶剂，也是促成历史变革的强大催化剂。但是他们也懂得，它不仅仅能创造历史，它也有自己的历史。启蒙哲人喜欢说——他们不自觉地使用了中世纪的比喻——如果他们超越了古人，那是因为他们站在了古代巨人的肩上。由于他们与自己古代老师的距离决定了他们需要做多少工作（或者说，他们承认，17 世纪前辈为他们做了大量工作）。因此他们与古人亲密关系表明，他们是多么坚持不懈接触到希腊罗马的思想精华，也因此多么富有成效。

以上概括至少说明，正是古希腊罗马城邦制共和国到专制帝国的嬗变促使西塞罗、塔西佗等哲人和历史学家的思考才引发了后来伏尔泰、孟德斯鸠、狄德罗、卢梭等人思考。而罗马共和到帝国转型时期由军事僭主专权到帝国元首的专制独裁直到最终衍化为暴君的胡作非为，导致帝国覆亡的教训，促使启蒙哲人警醒，同样基督教在统治者夹缝中的生存壮大，到和君主专制结合后的变质堕落，成为王朝在舆论和权力的帮凶，权力对于宗教和世俗王权的侵蚀完全如出一辙不分伯仲，在法国大革命前夕教权和皇权、贵族特权共同成为压在法国社会头上沉重的大山而成革命的对象。对于这点启蒙哲人们都有深入的批判。

英美的实践多少要归功于两国启蒙学者中的霍布斯、培根、洛克、孟德斯鸠、伏尔泰和狄多罗、达朗贝尔等人。尤其是法国的启蒙思想家后来几乎都和带有浓厚先验论色彩的"道德理想国"浪漫主义乌托邦理想主义者卢梭分道扬镳。而卢梭的衣钵却为法国大革命中涌现出年轻革命家罗伯斯比尔、丹东、马拉、圣茹斯特所继承并加以实践。

17 世纪中叶到 18 世纪初正是英国"光荣革命"前夕新旧势力缠斗厮杀，法国由路易十四到路易十五帝国的滑落，启蒙思想的先驱，英国平民思想家洛克，否定君权神授和王权世袭的理论，主张政府只有在取得被统治者同意，并且保障人民拥有生命、自由和财产的自然权力时，其统治才具有正当性合法性。洛克相信只有取得被统治者的同意，社会契约才会成立，如果缺乏了这种同意，那么人民便有推翻政府解除契约的权力。这是启蒙先驱最早的建立在自然法理论基础上的社会契约论和主权在民思想。

西方自柏拉图以降的哲学家，几乎无一例外地论说人类最可贵的知识许多不是从经验而来的，是先天存在的。洛克则提出心灵本是一块"白板"，知识起源于感觉，只有后天获得的经验才是认识的根源，当然认识还有感性到理性的飞跃。在西方哲学史上，洛克大胆的学说具有革命意义。他把哲学从经院派的玄学中解放出来，使之成为一门建立在经验观察和常识判断正常能力之上的学科，这对近代欧洲各国发展产生了广泛影响。

以后，同样对英国政体进行过细致考察和充分肯定的伏尔泰，通过《哲学通讯》的出版，对于洛克理论进行了深入介绍，此时的法国正处在危机四伏中，他们需要的恰恰是洛克这种能够指导人生、解决实际问题的哲学。于是洛克的思想在法国产生了其大无比的感召力，并且为18世纪的启蒙思想家提供了认识论和方法论方面的重要武器。

法国启蒙运动最主要的思想结晶是由狄德罗所主编的《百科全书》，这是凝结了18世纪法国几乎所有启蒙思想家真知灼见的集体著作，先后有160多位作家、科学家为其撰稿，直接参与编辑的也有130多位，他们以各自的专长丰富了这部启蒙巨著的内容，使其达到了那个时代最高的学术思想水平，《百科全书》是启蒙时代的一座丰碑，那上面镌刻着狄德罗和所有启蒙思想家对后代无限热爱和期待：

我们用一生中最宝贵的时刻含辛茹苦地编成这部著作，也许，他会给我们晚年带来欢乐？当我们和我们的敌人都已离开人世时，让它成为一些人的善良愿望和另一些人的不公正的永久见证吧。

在18世纪启蒙思想家中，对政体问题最感兴趣且研究得最深刻、最系统的当推孟德斯鸠。尽管他只为《百科全书》撰写过一个条目——"论趣味"，他的政治观却颇有代表性，很能反映百科全书派绝大多数启蒙作家在政体问题上的基本态度。

出生于穿袍贵族世家的孟德斯鸠，青年时代就对政治制度产生了浓厚的兴趣。1721年他的第一部著作《波斯人信札》出版，他在第48封信开头写道："我以观察为生，白天所见、所闻、所注意的一切。到了晚上一一记录下来，什么都引起我的兴趣，什么都使我惊讶。"这段借主人公之口的作者自述说明作品中虚拟的故事，其实均以现实为依据，而这两位波斯青年对巴黎时弊的针砭，则集中代表了孟德斯鸠对路易十四绝对君主权力的憎恶，经过思索后，引出这样的结论：

欧洲大半政府均为君主专制……要求它们支持相当长的时间保持纯洁，至少是困难的。这是横暴的政制，它势必蜕化为专制暴政，或转变为共和国，因为政治权力不可能君主与人民之间平均分配，非常难于保持平衡。

显然，这不是一个随感式评论，而是一个政治学说的雏形。这个学说经过作者近30年的研究，从理论上和现实等不同角度发掘和探索，终于确立，并在1748年出版《论法的精神》一书中得到完整、系统论述。

法国大革命的历史，在经历了两个世纪后的1989年，当代法国革命的研究者对于这场影响深远的革命进行了深入的反思，对于这场运动发轫和后来的结果都有公正的评判，诚如法国学者雅克·素雷在《拷问法国大革命》一书中对代表启蒙运动的百科全书派和卢梭以及罗伯斯比尔、马拉等人都有客观的评价：

百科全书派绝不是雅各宾主义的前身，旧制度灭亡后幸免于难的该派成员在恐怖统治时期大多是温和派，对革命的狂热非常敌视，许多人因此受到迫害，或者勇敢地与之抗争。奈吉翁是狄德罗生命最后二十年间的密友，他直言对救国委员会的鄙视，认为罗伯斯比尔比尼禄还要糟糕。

对于卢梭这位学者评价：

卢梭思想也证明了，在社会政治层面上启蒙哲学的特点是暧昧的并且本质上是无害的。从18世纪60年代起，让－雅克的影响力特别体现在塑造前浪漫主义的情感上，它讲究美德，但首先是非理性的催人泪下的，不喜欢科学和现代性的卢梭不可能提出革命性的问题，动摇现有秩序并建立一个新的。18世纪90年代初，贵族们曾经热衷于用卢梭思想来对抗大革命。这表明卢梭主义变得多么矛盾和不一致的理论。让－雅克不可避免地被拖入了大革命，虽然他既无意愿也无准备。他的遗产被不同派别轮流利用，既服务于制宪议会，也被反对无政府主义的热月党人采纳。今天我们看到的仍是一个模棱两可的卢梭：他有时被描绘成极权主义者，有时则被看作狂热的自由主义信徒。这些看法都忘记了卢梭的复杂性和他的历史局限性。幸运的是他至死都不知道后人会把他的思想变成什么。

其实卢梭幸运地死在大革命发生的前夕，他的思想的复杂性使他的理念既有和启蒙思想家重合之处，而被后来的立宪派吉伦特派所倡导，严格地说后来被屠杀几乎覆灭的这一派别更多继承的是孟德斯鸠和伏尔泰、狄德罗等人的思想理念。虽然以罗兰夫人为代表的吉伦特派的思维深处也混杂有卢梭先验理想主义诗意理念脱离理性而浪漫的一面，而这一乌托邦式想法更多是被罗伯斯比尔等第三等级代表所继承。

法国启蒙运动先驱贵族思想家孟德斯鸠的门第不是地位显赫的宫廷贵族和僧侣贵族，而是靠经营土地发家、一直以土地为生的贵族庄园主。其所在的色贡达家族，是法国西南部吉伦特省的名门望族，也是贵族世家。

1689 年 1 月 18 日孟德斯鸠出生在盛产葡萄酒的波尔多市近郊的拉布莱德城堡，名字叫查理·路易·德·色贡达。由城堡东行约三英里，是一条北上波尔多的大道。这条大道当年由罗马人建造，沿加龙河左岸逶迤向南，中经阿让市，止于图卢茨，当年贵族青年孟德斯鸠也是沿着这条道走向巴黎，突破庄园主和基层官员的巢窠，走向欧洲的广阔世界，去探索自己的理论世界，树立启蒙思想的丰碑。

在拉布莱德城堡和大路与加龙河之间坐落着小小的拉布莱德村，村庄以城堡命名，显然是属于城堡主人的领地。这个城堡和周围的领地，其实是孟德斯鸠母亲玛丽－弗朗索瓦·德·贝斯奈勒的陪嫁。贝斯奈勒小姐有着高贵的英国血统，她不仅与达尔布兰和波旁两名显贵有血缘关系，而且还是法兰西第一任国王圣·路易的后裔。

孟德斯鸠虽属世袭贵族，其祖上的发迹之处并不在此处。而是在加龙河中游的拉布莱德南面的孟德斯鸠村。色贡达是个古老的家族，他的历代高祖都忠心耿耿地服务于纳瓦拉王国。纳瓦拉王国建于公元九世纪，其领土包括西班牙北部和法国南部的一部分，也是后来统治法国将近 200 年的波旁家族传统领地。孟德斯鸠的曾祖父名叫雅各布·色贡达，是二等佩剑贵族让·德·色贡达的第六个儿子，1576 年出生于阿让并且受洗礼于新教，因其四位兄长年轻时战死沙场，也即长达三十年的基督教和胡格若教（新教）的战争，故而成为家中的老二。

让·德·色贡达作为纳瓦拉当时王后（后人称为胡安娜女王）的内侍，他为这位坚定的新教女王提供了十分出色的服务，王后赏赐1万利弗尔，利用这笔赏金购买了贫瘠的"孟德斯鸠"领地。胡安娜女王就是法国波旁王朝的开国君主亨利四世强悍的母亲，一位来自瓦鲁瓦王朝的郡主，嫁给了纳瓦拉王，成为王后。王后的母亲是法国瓦鲁瓦王朝国王弗朗索瓦一世的姐姐让那·玛格丽特，在法国宫廷就是著名的新教徒领袖，其女儿在信仰的坚定上远超其母。

1606年，雅各布·德·色贡达荣获法王亨利四世（纳瓦拉王亨利二世）赐予的侯爵称号，"孟德斯鸠"同时晋升为男爵领地。不过这个家族并没有什么实权要势，只是属于国王的家臣。可以说道的是雅各布的母亲埃莱奥诺·德·布雷尼厄，她是英国索尔兹伯里伯爵夫人的后代，因此也是爱德华三世的后裔，与英国一代王朝有着血缘关系。雅各布的长子名叫让－巴普蒂斯特－加斯东。从他开始，因为亨利四世改宗天主教获取法国王位，成为波旁家族首位法国君王，这个家族随主子又改信天主教，而且家业不断兴旺发达。

纳瓦拉王国是波旁先祖的"龙兴"之地，也即波旁王朝第一代法王亨利四世开创王朝南征北战打江山起步的地方。因此，法兰西波旁一系的国王从亨利四世到查理十世均附属纳瓦拉国王。

孟德斯鸠的曾祖父年轻时受洗礼成为新教徒，因为那时候的亨利四世是新教胡格若教的领袖，随着亨利四世继承法兰西王位不得已改宗了天主教，孟德斯鸠的祖父、父亲一辈也随先王而改信天主教。此时，法王亨利四世颁布《南特诏令》，结束天主教和新教徒长达三十年的宗教战争，提倡宗教融合。直到路易十四时期对其祖父《南特诏令》的废止，宗教迫害再次掀起高潮。孟德斯鸠的伯父加斯东曾继承祖父的爵位并继任波尔多高等法院的庭长。在其他传记中也称孟德斯鸠叔侄为波尔多议会议长是翻译上的错误，其叔叔仅仅是在波尔多法院院长犯错误停职审查期间代理过高等法院院长职务，因高等法院，在当时往往有着议会的某种功能，因而中国的译文往往翻译为议长。

孟德斯鸠的祖父让－巴普蒂斯特－加斯东继承了波尔多高等法院的庭长职务和男爵头衔还经营了一家律师事务所。他娶了法国西南部一位著名法官的女儿为妻，共生有十个儿女。其中六个献身于宗教。孟德斯鸠的父亲雅克是老三，孟德斯鸠称赞他父亲"相貌非凡，才华横溢，通情达理，但是一贫如洗"。主要是因为"长子继承权"的规定，使父亲无法得到爵位和领地。祖父的庭长职位和领地顺理成章地由雅克的兄长继承，尽管这些后来都归于了侄儿孟德斯鸠。

父亲和母亲的联姻，改变了家境，母亲为这个家庭不仅带来高贵的门第还有丰厚的财富：嫁妆包括十万利弗尔，和那座祖传的中世纪古堡及周围领地。这些领地处于法国最肥沃的波尔多葡萄种植区的边缘地带。出产的干白葡萄酒和罗凯莫林红葡萄酒在法国颇负盛名，销路很好。

拉布莱德城堡高大而坚固、威严又雅致。平静的护城河水环绕四周令外敌望而却步，厚实的城墙让人想起"固若金汤"，四座圆锥形的塔楼构成的顶部和圆锥形的附属建筑又增添了许多厚重感和神秘感。庭院很小，类似于中国南方的天井。城堡内部分成许多大大小小、各具特色的房间。前厅里，有弯曲向上的深色圆木庭柱；餐厅里，装饰有精雕细凿的镶木；客厅里高悬着祖宗的画像。

然而，最令人叹为观止还是高大宽敞的书房。书房的拱顶是隧道式的，四壁皆是装满书籍的书架，孟德斯鸠的藏书有相当部分是祖传下来的珍品，更多的是他四处收集、购买的极具学术价值的资料，在主人于 1728 年周游欧洲之前，这里的藏书已达 3000 多册。书房的夏天非常凉爽，但冬天有时非常寒冷。故而在古老的壁画包围中有一个很大的壁炉。就是在这里伟大的思想家孤灯面壁 13 载，纵论"法的精神"，点燃了一盏启迪人类智慧的长明灯。

拉布莱德城堡的女主人贝斯奈勒生育有五个子女，孟德斯鸠排行老二，母亲非常能干，也有着不俗眼界，丈夫雅克称赞她"关心大事，对日常琐事不感兴趣"。在子女教育方面，孟德斯鸠的父母开明而有远见，孟德斯鸠作为家中的长子，在出生那一天就接受了洗礼，并找到一个和他同名的乞丐做儿子的教父，父母之意在于使儿子永远记住他对贫苦人应尽的义务。幼年的孟德斯鸠还被父母送到磨坊里抚养了三年，在那里他和贫民孩子一样，穿着朴素的衣衫，吃着粗茶淡饭，讲着当地的土话，使得他虽身为贵族后裔，却对于底层民众生活的艰辛有着切身体会，幼年的平民生活对于孟德斯鸠虽不能从理性的角度去解读社会不公的理念，但从情感上初步奠定了追求人类自由平等的思想基础。

这种培养贵族子弟的方法似乎是受到当年纳瓦拉国王培养亨利四世的做法影响，将子弟送到民间的底层，让他们从小接触社会，了解民生疾苦，在艰苦生活中磨练意志，开阔眼界从而确定今后人生的远大目标，这很有点向中国先贤孟子所说的，天将降大任于是人也，必先苦其心志，劳其筋骨，饿其体肤，才能做到今后的行不乱其所为的王者大业。

而波旁王朝的开国君主亨利四世在历代国王中是享有民间声望最高的一代贤王，生前不仅文治武功平定内乱，颁布《南诏敕令》促进宗教和解，而且发布了一系列惠及民生的法令，促进了法国的经济社会发展。孟德斯鸠后来在学术思想上的造诣，以及后来在人生事业上选择，不能不说和他童年时期的人生道路有着密切的关系。

20岁的孟德斯鸠在家乡波尔多大学获得法学硕士学位和律师资格。在巴黎一住就是五年。父亲的逝世他从巴黎回到故乡继承父亲的产业成为封建大庄园主。三年后，伯父逝世，伯父没有子女，在将财产分给了担任圣职的三个弟弟和一个妹妹后，于1716年1月16日立下遗嘱，将剩余的全部财产留给了侄儿夏尔－路易。3个月后伯父去世，孟德斯鸠遵遗嘱继承了其全部家产、官位和爵位成为孟德斯鸠男爵和波尔多高等法院庭长，那年他27岁。

孟德斯鸠从来没有因为经营和社交活动的繁忙放弃学术研究，也从未偏离一个伟大的启蒙思想家的人生轨迹。1711年他在启蒙思想家比埃尔·贝尔的影响下写下一篇论文，论述异教徒对于偶像的崇拜，主张他们不该永久被罚入地狱。同一时期，他撰文赞扬西塞罗，对这位古罗马思想家敢于抨击迷信，倡导自由、反对恺撒专制钦佩之极，紧接着他以一篇《论国家债务》为题，给摄政王写了一篇谏书，探讨国家债务问题。

1716 年孟德斯鸠庭长入选波尔多科学院，并发表了一场以《论罗马的宗教政策》为题的就职演说。这是一篇极具思想性和进步性的文章。孟德斯鸠一针见血地指出：

不是惧怕，不是虔诚，而是出自一种需要，才建立了罗马人的宗教，而这是任何社会所必需的。

孟德斯鸠引用了神学家奥古斯丁的代表作《论上帝之城》中的名言："世上有三种神，诗人创造的上帝、哲学家创造的上帝和法官创造的上帝。"揭露了宗教的本质。与伏尔泰所批判的宗教本质"最卑鄙的无赖编造出来的最卑劣的谎话"有着异曲同工之妙，只是在语言上更加温和。这篇文章显然是在启蒙思想家和现实主义理论家的影响下而产生的思想成果。1617年 11 月孟德斯鸠被推举为波尔多科学院院长。

意大利和美第奇家族

孟德斯鸠虽为贵族，大庄园主，而且还具有贵族享受的诸多特权，比如他继承叔父的波尔多高等法院庭长职务，就是家族世袭的，且这一政治职位是可以出售进行经济交易的。也就是说权力是可以转换成财富的，后来孟德斯鸠将这一职位以 10 万利弗尔的价格出售后，将自己的庞大庄园和产业交给妻子打理，自己专心在法国巴黎和西班牙、意大利、英国等地游历，考察各国的政治体制由来和发展，进行学术研究和著述。根据转让和赎买的契约，高等法院庭长这一职位最终在当事人去世后，还可转回孟德斯鸠家族。他每年甚至可以从鬻卖者手中获取五千多利弗尔的年金。

他的家族在法国是归入"穿袍贵族"的特权阶层。同时他还是波尔多科学院的院士，也即官方司法机构终身法官兼有学术机构的显赫头衔，享受终身优厚待遇的御用官员和学者。但是他能够突破所在阶层的政治经济局限，打破自身既得利益的血缘和家族显贵身份，而自觉站在社会进步和民众利益的立场以自己的道德良知写作，揭露帝国体制弊端，切实保障公民权利。

孟德斯鸠于 1728 年的 4 月 5 日告别了纸醉金迷而又充满学术气氛的巴黎，踏上他的欧洲之行，开始自己对于欧洲政治体制的考察。他的第一站是文艺复兴的发源之地意大利。他考察的重点是古罗马奴隶制时代的共和体制，最终的落脚点是传统体制和现代君主立宪体制交融的英国。这次考察结合自己长期对于人类政治体制的演变和未来走向的思考，最终产生的思想结晶体现在他的两本专著中：《罗马体制盛衰论》和《论法的精神》。对于后来的民智启发和社会革命都产生深远的影响。

这是一个早春季节，巴黎上空萦绕着一层薄薄的雾气，景物有些朦胧，志向和目标却是明确的。一切都显得生气勃勃，孟德斯鸠踌躇满志，满怀信心地带上仆人踏上求学考察的旅程。此行他已经不是一个乡下土头土脑的贵族乡绅庄园主。而是满腹经纶谈吐高雅的法兰西学士院院士、巴黎社

交界名流。更何况他还怀揣着多封达官贵人、学者同仁的引荐信，这些都
是他进入教廷、宫廷和主教、贵族们举杯交欢，和知识界学者名流交流学习，
进入上流社会沙龙的名片。

　　况且他在登程之际就有他的至交、在欧洲各国宫廷中声名显赫的贝里
克公爵的侄子、受英王乔治二世委任前往维也纳担任大使的沃尔德格雷夫
伯爵陪同。

　　他旅途第一站便是东北紧邻奥地利的首都维也纳，对于奥地利来说也
许他的感情是复杂的，这一帝国是哈布斯堡王族的所在地，也是奥匈帝国
的皇帝驻跸之地。此时，正由查理六世统治，奥地利可以说和法国宿敌，
查理六世曾经和路易十四进行了十多年的"西班牙王位争夺战"，最终以
法国战胜告终，西班牙王位落入路易十四的孙子安茹公爵之手，年轻的公
爵摇身一变成为西班牙的菲利普五世，但是从此失去了法国王位继承权，
从血统上说，他是法国国王路易十五的亲叔叔。

　　西班牙王位争夺战，双方打得焦头烂额，路易十四王朝因为战争也陷入
深深的财政危机，帝国开始走向没落。直到女王玛利亚·特蕾莎成为奥地利
女大公和神圣罗马帝国女王，将自己的女儿安托瓦内特嫁给了路易十五的孙
子路易十六，两国关系开始好转，而帝国已经彻底走向了覆灭之路，虽然表
面上依然光鲜亮丽，骨子里已经腐朽脆弱，内瓤子已经彻底霉变腐朽了，贵
族们依然横征暴敛，巧取豪夺，在歌舞盛宴、文恬武嬉、纸醉金迷中享受特
权挥霍昏睡，不知王朝覆灭将至，可谓娱乐至死方休。这就是孟德斯鸠所处
的时代，他是这个时代清醒者，当然也是思想上的掘墓人。

　　孟德斯鸠在鞍马劳顿二十多天后，进入维也纳。他首先觐见了神圣罗
马帝国皇帝查理六世，这时的神圣罗马帝国疆域和权力均大大缩水，仅剩
空泛的名头和几个不大的藩属蕞尔小国因此被伏尔泰讥讽为"既不神圣，
也不罗马，更非帝国"。孟德斯鸠几次与欧伦亲王和施塔伦堡元帅进行了
会谈。据说谈话的内容涉及新教也即所谓詹森教教义，由此可见这里的统
治者比颁布可恶的"克雷芒通谕"的罗马教廷和对新教赶尽杀绝的路易
十四要开明许多。

詹森教在法国又称为胡格若教，这是因为孟德斯鸠所在的色贡达家族早年曾经追随纳瓦拉旺多姆公爵安托内瓦·德·波旁而安托内瓦的妻子则是法国国王弗朗索瓦一世的姐姐让娜·达尔布雷是法国宫廷内的叛逆者，她是坚定的胡格若教教徒，她的弟弟出于保护王姐安全的需要，干脆就将她嫁到了胡格若教的大本营纳瓦拉王国，法国公主的外嫁也给波旁家族带来了法国王位的继承权，这是后来法国国王亨利四世开创波旁王朝的血统来源。因为法国以吉斯家族为首的基督教顽固派势力不断坐大，出于更加深远的政治考虑，是为了防范权臣吉斯公爵的不断膨胀权势，顺水推舟将自己的姐姐嫁给纳瓦拉国王，成为王后，作为权力平衡的需要。后来懦弱的安托内瓦去世，让娜·达尔布雷成为强悍的女王，她就是后来开创波旁王朝的开国君主亨利四世的母亲被后世称为胡安娜女王。

孟德斯鸠的曾祖父就是纳瓦拉王后的侍臣，被女王封为二等持剑贵族，得到"孟德斯鸠"的封地和伯爵称号。在法国持续进行了三十六年的天主教和胡格若教的"宗教战争"中，曾祖父的两个兄弟牺牲在战场上。直到亨利四世（纳瓦拉王子亨利）于1589年继承法国王位，才改宗天主教，颁布《南特诏令》宣布宗教和解。随着主子的改宗，孟德斯鸠的先祖们也改宗天主教，而孟德斯鸠的妻子依然还是一名新教徒。而且在孟德斯鸠伯父任波尔多高等法院代理院长期间竟然废除了臭名昭著的歧视新教法令"克雷芒通谕"，公然与罗马教廷和王权相对抗。这和色贡达家族早年信奉的胡格若教有相当关系，显然孟德斯鸠家族是主张宗教融合的。而因为意识形态的分歧，导致的宗教战争对于法兰西民族的摧残，所造成的灾难是空前的，也给色贡达家族本身带来亲人丧生的悲痛。因此宗教问题始终是孟德斯鸠关注的重点。

1728年6月26日，他开始了一年零一个月的意大利之行。孟德斯鸠的足迹几乎踏遍了这个古老而具有特殊历史文化的美丽国家。威尼斯、米兰、都灵、热雅那、比萨、佛罗伦萨、罗马、那不勒斯几乎每一座美丽的古城都依然回荡着人文主义运动的呐喊。可以说这是孟德斯鸠长达3年的旅程之中最富有成果、最具浪漫气息的一段行程。他最感兴趣的是艺术之城文艺复兴的起源之地佛罗伦萨，在那里他整整待了六个星期。

在佛罗伦萨，如果稍加留意，时不时能够看到这样几个字母：Mediei。美第奇，这是一个在佛罗伦萨抹不去的家族名称，是 13 世纪至 17 世纪时期在欧洲拥有强大势力的名门望族。由于王族之间的政治联姻这个家族的势力曾经延伸到法国。

从 1434 年开始，45 岁的柯西莫·德·美第奇担任佛罗伦萨最高行政官。乔凡尼·迪比奇·德·美第奇与科西莫·德·美第奇是家族财富与文化的奠基人，美第奇家族从银行业起家，逐渐获取政治地位，14 世纪到 17 世纪的大部分时间里，他们是佛罗伦萨实际上的统治者。

这个家族诞生了四位教皇（庇护四世、利奥十世、克莱门特七世、利奥十一世）、两位法国王后（凯瑟琳·德·美第奇、玛丽·德·美第奇），也经历过三次政治放逐。而且这两位法国王后，在夫君去世后，都曾经成为王国真正的掌控者，在法国历史上都留下饱受争议的业绩和并不光彩的名声。可以说这两位王后都和孟德斯鸠家族有着割舍不断的关系，尽管这两位有着美第奇家族血统的王后都是作为政治联姻牺牲品嫁入法国不同的王族，作为王后和国王在情感上乏善可陈，但是都凭着不凡的政治智慧纵横卑阖于阴谋层出的宫廷，运用母国政治家马基雅维利的君王权术在基督教和新教纷争中左右平衡首鼠两端，在夹缝中求生存保权位，在错综复杂的人际关系中杀开一条血路，冲上权力顶峰，凯瑟琳手握权柄 24 年，玛丽辅佐她的夫君亨利以波旁王朝替代了瓦卢瓦王朝，她和凯瑟琳一起改写了法国的历史，强悍的玛丽王后在亨利四世被刺后又进入路易十三王朝支持她的小儿子斯加东亲王和路易十三争王位；与权臣黎世留进行过殊死的拼搏，直至权斗失败被流放，终究也不失为宫廷权斗中的强悍角色。

如今孟德斯鸠走在佛罗伦萨大街上，感受着当年美第奇家族的赫赫权势以及对于意大利文艺复兴的杰出贡献，城中为数不多的几座恢宏的大教堂，有四座曾经是这个家族的礼拜堂；当年佛罗伦萨共和国的国政厅，其实就是这个家族的宅院；举世闻名的乌菲兹美术馆几乎收藏了西方美术史半数的名画，原本也就是这个家族的事务所；在这座城市里有许多豪宅，或者说可供参观的私人宅邸和公共建筑，几乎都与这个家族有着密切的关系。一个家族势力，长久地笼罩着一座城市，对它产生深刻的历史影响，进而影响到整个世界文化的进程，这不能不说是一个历史的奇观。不了解美第奇，就很难了解佛罗伦萨。因为这个家族确实是文艺复兴运动的强大支持者、刺激者、推动者。

十四世纪从佛罗伦萨青石铺就的小巷中率先走出了但丁、薄伽丘和彼得拉克，分别以《神曲》《十日谈》和一批惊世骇俗的抒情诗，撼动了中世纪神学垄断的黑暗天空，欧洲文艺复兴石破天惊在这里如礼花升上天空，紧接着从文学领域拓展到建筑、美术领域。这个运动最终都诞生了一批享誉世界的著名美术作品和壮丽建筑。

美第奇家族作为这座城市和公国的执政者，为文艺复兴大旗的高扬，拓展了腾挪的广阔空间，在文学、绘画、雕塑和建筑的资金上给予慷慨的支持，对于囊中羞涩的艺术家而言，十分欣赏艺术的美第奇家族往往会施以援手，不仅购买他们的作品，而且还会花钱资助极具天赋的艺术家。

孟德斯鸠在佛罗伦萨显得兴趣盎然，他赞美了那里的大教堂和新圣母大教堂，盛赞杰出的建筑师乔托设计的钟楼为欧洲最好的哥特式建筑。他在行家的引导下仔细参观了美术馆，极其认真地做了笔记，把佛罗伦萨的艺术珍品详细记录了下来。佛罗伦萨的雕塑最使他倾倒和着迷，他经常日复一日地驻足于塑像旁，认真观察，悉心研究，全身心品味其中的艺术之美。

在出访意大利期间，孟德斯鸠逗留时间最长的是罗马。从 1729 年 1月 19 日到 4 月 18 日，他一直住在罗马。其后他到意大利南部的那不勒斯访问后，又返回罗马住了两个月。他对罗马的兴趣不仅仅在于文艺复兴时期的绘画和建筑艺术，而更多则是宗教和历史，在宗教史中他更多了解的是天主教叛逆新教詹森教派的兴起和发展历史，借助罗马教廷珍藏的许多珍贵典籍，他对罗马帝国的史前历史尤其是政治法律史进行了详尽的考察。五年后写出《罗马盛衰原因论》。

孟德斯鸠在罗马几乎与教皇以下的枢机主教都有接触，尤其是对于意大利新教教派詹森派的领袖有着亲密的交往，这一教派与受激进加尔文教影响的法国詹森教派比较相对温和，不像后者那样直言不讳，锋芒毕露，他们不主张限制教皇的权力，因而得到枢机主教团有影响人物的支持。孟德斯鸠在罗马时，新教的头面人物都不在，他与三位助手结下了终生不渝的友谊，其中尼科里尼是他最推心置腹的朋友，直至他逝世前几个星期，孟德斯鸠还向他表示了刻骨铭心的感情；另一位叫塞拉蒂，孟德斯鸠与他关系亲密，乃至在《论法的精神》尚未完稿，就允许他先睹为快。同样这两位神父对孟德斯鸠的情谊也终生不渝，不仅好友在世时如此，死后他们依然照旧。在孟德斯鸠去世十周年纪念日时，他们找到了孟的儿子，请允许他们捐款塑造一尊孟德斯鸠塑像，献给波尔多科学院。由此可见，当罗马的新教运动在酝酿之时，孟德斯鸠就与之建立了密切的联系。而新教运动在当时的法国是作为异端思想绝对予以禁止的。在孟德斯鸠一生中最乐意结交的是使他能够增长知识的人。

《罗马盛衰原因论》的写作

从 1729 年 11 月 3 日到 1731 年 4 月结束考察，500 多天的实地观察与思考，使这位游子的收获是丰硕的。英国的政治制度、公民自由和宗教宽容对他来说不再是一种外在的抽象之物，而是活生生的、美妙无比的社会现实。更何况英国思想家的启蒙理论，拓宽了他的思维、启迪了他的智慧。他将带着这一切返回祖国，返回故土，去继续他的学术思考，成就他的学术大业——为法兰西构思理想的社会政治体制。在他的思想深处从地缘政治和社会文化的谱系而言，无论意大利还是西班牙、英国、法国古代都是属于大罗马帝国，因此罗马共和和帝国兴盛和衰亡都关系到法兰西帝国的未来发展和走向，从罗马史研究切入在古代哲人的肩上去追溯历史思考未来依然还是要回到古罗马的原点。

从英国回到法国之后，孟德斯鸠去了一趟巴黎，参加了法兰西学士院会议。他于 1731 年 6 月底回到家乡拉布莱德，开始潜心研究有关古希腊、罗马史的著作，对读过的书进行摘录和摘要，在《随想录》中他提到做过摘录的著作有十多种包括波利比乌斯、李维、斯特拉波、塔西佗、苏维托尼乌斯等人的著作，还包括了文艺复兴时期马基雅维利的《论李维》和《君主论》。根据他的传记作者罗伯特·夏克尔顿记载：

他倾注了几乎全部精力研读这些权威之作。在两年中，他没有离开过冷清的拉布莱德。他不再尽其法官的职责，社会交往压缩到最低限度。看起来没有时间去写信，唯一转移他注意力的是管理他的庄园的产业。他无声无息地撰写他的第一部著作。

对于该书的写作：首先在于孟德斯鸠从小对于罗马史有着浓厚的兴趣，从保存下来的他在朱伊公学读书时就撰写过有关罗马史的文章，他在就任波尔多科学院院士的就职演说就是《罗马人的宗教政策》。

其次，在欧洲文化传统中，有着所谓"罗马情结"，古罗马令人炫目的辉煌与其悲歌似的衰落所形成的鲜明对照，不能不使一切有思想的人体悟其中历史文化所具有的深度。伏尔泰曾说过，英国人喜好将罗马人的历史与他们的历史加以比较。当时在下院发表演说和报刊上登载的文章常常涉及这方面内容。英国学者对罗马问题的关心多少感染着本来就对罗马很有兴趣的孟德斯鸠，更何况借重新阐释罗马历史的机会，和盘托出自己对社会政治问题的看法，完全符合孟德斯鸠在《波斯人信札》中表现出来的以曲笔手法暴露批判路易十四以来社会问题本意。

再次，在孟德斯鸠看来罗马共和国制度、帝国制度似乎和当时欧洲的制度现实更合适作比较。孟德斯鸠时代离中世纪不是很远，他对中世纪的历史、法律相对比较熟悉，他把中世纪看成一个野蛮的黑暗的时代。相形之下，罗马采用过的共和国形式在孟德斯鸠时代是自由国家的象征，而罗马后期蜕变成了帝国又是当时欧洲每一个主要现代国家的现状。因此，罗马的历史就比中世纪的历史显得更为切近，更容易做出社会历史和政治上的比较。

此外，这种社会历史和政治上的比较，又是孟德斯鸠长期思考和探讨的法律问题的直接结果。人们发现《罗马盛衰原因论》和《论法的精神》两本书存在某种联系，《罗马盛衰原因论》一书中的一些内容后来被收入《论法的精神》中，所以有人称，可以把《罗马盛衰原因论》看作是《论法的精神》一书的前奏和绪论部分。

在《罗马盛衰原因论》中孟德斯鸠第一次概略地阐述了自己的社会理论，指出古罗马的兴起和衰亡是由它的政治制度的优劣和居民风俗的善恶决定的。在共和的风俗习惯盛行的地方，社会才能顺利地发展。孟德斯鸠还在书中利用罗马的有关资料阐述了他的政治主张，来论证政治制度、法律制度的重要性，来为共和国制度提出历史的、理论的辩护。

英国学者罗伯特·夏克尔克指出，孟德斯鸠在书中并不致力于历史的叙述，而是致力于研究历史的因果。书中平铺直叙地罗列史料，仅是他洞察因果关系的轮廓和基础而已。与其说是一本历史著作，不如把他看成是一本政治论著更为切合该书的性质和作者的原意。

在出版该书之前，孟德斯鸠还发表过一篇不长的论文《论欧洲一统王国》，全文共 44 页，1734 年印刷之后，立即停止发行。现在仅存一份在拉布莱德，这是孟德斯鸠公开发表的第一篇有关政治问题的论述，文章的论点很简单：建立类似罗马帝国这样统一的帝国，迄今为止是徒劳的。而现在比过去更加困难，因为战争的方法改变了。人类曾几次濒临接受一统王国，查理曼、诺曼底人、罗马教皇、鞑坦人、土耳其、查理五世和他在西班牙的继任者，最后还有路易十四都先后想要效罗马帝国鼓吹实行统一王国，有的干脆自吹神圣罗马帝国，实际上都很难达到当年帝国的规模和有效的统治成果。文章指出，现在的欧洲可以看作是一个包括若干独立的共和国的国家组成的整体，很类似于当下的欧共体。

经过两年的潜心闭门著述，孟德斯鸠于 1733 年拿出初稿。5 月初他借出席法兰西学士会议的机会来到巴黎安排出版事宜。为了谨慎起见，他决定沿用《波斯人信札》的办法先在荷兰出版，翌年 6 月上架发行，由于法国政府的干涉，印发的数量很少，经与相关书报检察官的沟通，根据当局意见孟德斯鸠对书稿进行了修改，得到皇家批准，7 月份在巴黎公开出版。

《罗马盛衰原因论》一书共二十三章，大体上分成两大部分：前半部分八章，着重讲罗马兴盛的原因，孟德斯鸠直接把罗马兴盛的原因和共和国的政治法律体制挂起钩来，与罗马人民特有的美德挂起钩来；后半部分整整用十五章篇幅，有倾向性地描述了罗马怎样走向灭亡。

孟德斯鸠在这篇著作中包含了天意论观点，在笔者看来这是古希腊自然法理论借助启蒙哲人"泛神论"观点对于统治者肆意妄为的制约。在罗马解释为诸神的眷顾，所谓命运女神的光临等。军政大事的占卜是对大自然不可知冥暝也是中国"天人感应"的原始哲学的异曲同工之处，带有神秘的不可知似迷信色彩，使人对自然或者称为诸神、上帝有所敬畏才不至于肆意妄为，后来约定俗成为道德戒律。在孟德斯鸠对于罗马兴衰的总结是这样说的：

罗马之所以变得强盛，是因为打完一战之后才打另一仗，它享有一种无法想象的幸运，那就是每个民族总是在另一个民族失败之后，才向罗马发起进攻，罗马之所以毁灭，是因为所有的民族在同一时间向它发起进攻，从四面八方向罗马挺进。

意大利文艺复兴时期的空想社会主义者康帕内拉在《论西班牙君主制》一书中这样解释命运：

在获取和统一每一块疆土和领土时，通常有三种因素并存：上帝、深谋远虑和机遇，所有三者结合在一起，称作为命运。命运只不过是各种因素共同发生作用而已，时运亦由此而产生。

孟德斯鸠关于原因的见解与康帕内拉的观点不约而同。在谈到罗马兴盛的篇章中，总结出如下几个方面的原因：

第一，罗马选择战争，战争造就了罗马。

孟德斯鸠写道，罗马人在最初的民族形成过程中，选择了一种靠劫掠和战争为主的生活模式。如果追溯起来，其根源可能与意大利半岛诸多部族间的残酷战争有关，也可能与早期罗马"没有商业，又几乎没有手工业"有关。在后一种情况下，"每一个人都想发财致富，除了打劫之外，没有其他办法。"共和国之伟业，是建立在征伐之胜利及巧妙地将征服者同化的基础之上。对共和国来说，战争是天经地义的事。每年更换执政官，使每一个任职者迫切地为自己树碑立传，并且要尽快为之。执政官不断地向元老院建议发动战争，元老院也乐意接受这种转移人民视线，减少不满情绪的方式。由于所有公民和所有士兵都直接或间接获得一份战利品，所以战争颇得人心。于是罗马人不断挑起战争。

在孟德斯鸠看来，罗马作为依靠战争立身的民族，在全身心投入战争事业过程中，令他们自己也感到骄傲的美德和精神，他指出"真因为打劫缘故，人们却受到了一种训练"，并由此培养出一种铁的纪律。每当罗马人遇到危险或当罗马人想弥补某一损失时，他们就必定来加强军事纪律。对其他部族的掠夺使得罗马人随时可能遭到最残酷的报复，而这又使坚韧和勇气成为罗马人不可或缺的品质。这种品质决定着罗马人不战胜敌人绝不缔结和约。但罗马人失败时，他们总是按照他们失败的程度扩大自己的努力，并且下定决心非取得胜利决不罢休。他们以胜利摆脱贫困，从富足走向腐化堕落。正因为这样罗马人永远自强不息。

罗马共和时期的执政官选举制度，是建立在战争时期取得胜利的荣誉感而奠定执政的基础，执政官的任期制使得统治者急功近利似的建功立业扬名立万而永垂史册，使得罗马共和国名将辈出，只有征战胜利方能够赋予执政官凯旋庆典的荣耀，培养军人的荣誉感，所以他们对战争极度狂热，勇往直前，然而决定胜负的是军团的实力，同时也是军事指挥官智慧和指挥能力，并且与士兵同甘共苦的精神，以及战后对于士兵就业的安置，使之衣食无忧，安居乐业，由义务制到募兵制的军事改革，打破阶级阶层和财富的界限，有利于更多平民甚至奴隶阶层通过军功有了晋升的渠道，优秀者则可能进入官吏集团改变低微的身份。

由于不断的战争，"罗马人对战术有了深刻认识"，并对此有了独到的研究和创造，对于军事器械和攻防设施的改革创新极大地提高了军团的战斗力。"他们把它看成是唯一的艺术，他们把全部的才智和全部的思想都用来使这种艺术趋于完善"。罗马人给战士配备了比其他民族更重的武器，并使战士们受到最为严格的体力锻炼。"罗马人有了新技艺和新的作战方法。他们取得了极其辉煌的胜利，因而从胜利中获利更多。他们于是进行更大规模的征伐，派出更多的人去建立殖民地。"

由于战争的残酷压力，罗马人还变得特别善于学习。"他们最关注的一点是审视敌方可能具有什么优势，然后有针对性地采取措施。"面对高卢锋利的剑，他们改用投枪抵挡利剑使之失去锋利，皮洛斯的大象曾让他们吃惊，但只不过一次而已。他们为了克服骑兵的弱点，使之勇往直前，无所阻挡。骑兵一下马，除了不再使用缰绳，马上变成可怕的步兵。还把轻步兵编入骑兵队。这是一些轻装备士兵，是军团中最机灵的年轻人。一声令下，他们就能够跳上马背，作为骑兵作战。兵种之间的灵活转换，显示了罗马军团战术手段和作战方式的灵活机动。他们见到了西班牙剑之后，就不再使用自己原来的剑。他们发明了一种对付舵手的机械，比如在第二次布匿战争中使用的"乌鸦"抓钩。"无论哪个民族的因其天赋或者制度而具有的某种优点，罗马人都取而用之，于是他们有了努米底亚的战马、克里特的弓箭、巴利阿里的弩、罗德岛的船只。总而言之，罗马人的备战之小心、作战之大胆。没有任何一个民族能与之相比。"

第二，制度成全共和，共和保障了发展。

在孟德斯鸠看来，在战争中培养美德的基础上，成就早期罗马霸业最重要因素乃是早期罗马社会的政治法律制度。正是共和国的制度，为罗马提供了取之不尽用之不竭的战争资源，从而使罗马所具有的力量令人难以置信。孟德斯鸠指出，是共和国的兵农制度把罗马的军队和居民的比例提高到八分之一，并在这样高的比例上保持了军队的素质。在这方面他特别强调了共和国的土地制度。"古代共和国的缔造者们将土地平均分配，由此造就了一支精良的军队，因为人人对保卫祖国寄予同样重大的关注。"在孟德斯鸠看来，土地的平均分配还使罗马人具有忠诚家庭和祖国的意识，减少了社会上不能从事战争的冗杂人员和奴隶。

除了共和国的土地制度外，孟德斯鸠在《罗马盛衰原因论》中还讨论了罗马民主制度问题。在对罗马的历史考察中，他发现，罗马共和国的民主政治制度并不是完美无缺的。罗马内部存在着种姓民族利益集团的相互倾轧，这是"隐蔽的战争"。不同派别间的斗争无休无止，旧的矛盾稍有平缓，新的矛盾又产生了。矛盾有时激烈到斗争的各方打破民主规范的束缚，采用暴力来解决问题。但是孟德斯鸠从这种社会上经常存在的矛盾中看到了积极意义。他认为历史和现实民主社会都不是靠压制这些矛盾斗争而形成的，压制社会上的矛盾斗争只会造成死水一潭的政治生活，而应不回避矛盾斗争，对这种矛盾斗争所采用的形式和手段加以规范化、制度化才是社会长治久安的根本。罗马民主制度的形成是和这些权力和权力之间存在的斗争分不开的，是和为了防止这些斗争走向极端化、非程序化而采取的防范措施有关。

第三，兵农合一制度，力量和美德的基础。

公元前 573 至前 510 年的罗马历史通常被称为"王政时代"。从罗慕洛斯算起先后有七个王统治罗马。这是罗马从原始社会向奴隶社会过渡时期。当时的罗马公社有 3000 多个家族，每十个家族为一个氏族，十个氏族成为一个部落。王政时代的罗马实行军事民主制，军事首长称王，又为最高祭司和审判长。

罗马氏族公社还设有库利亚（胞族）会议。由氏族中的成年男子参加，库利亚会议（国民代表会议）处理祭祀、宣战、选举勒克斯（国王）等重大问题。每个库利亚只有一票表决权。由氏族首长组成元老院，有权批准和否决库利亚会议的决定。

王政时代后期，开始使用铁器，出现私有财产富有的家族成为氏族贵族。逐渐出现平民与贵族的对立。罗马的贵族是指罗马人公社成员，在发展中慢慢形成封闭型的特殊利益集团，是享有特权的公民。没有参加这个集团的统称平民。他们不能享受公民权，主要是随着罗马对外的扩张被征服的部落成员和外来移民组成。平民有人身自由，可以从事手工业和商业活动，他们要服兵役，纳税，并承担各种义务。平民没有公民权，不能担任公职，无权分享共有地和战利品。随着社会经济的发展，平民人数越来越多，在公元前 6 世纪超过贵族，因此平民与贵族之间的矛盾越来越尖锐。原有的罗马公社制度，已经不能适应社会经济政治发展需要，引起了第 6 任国王赛尔维·图里阿（约公元前 578 年—公元前 534 年）效法古希腊梭伦的改革。

图里阿改革的重大举措，是按照财产多少来划分等级。全体居民，不论出身如何，一律按财产划分五个等级，无财产者不入级，每个等级提供一定数量的武装力量。军队以"百人团"为基本编制，兵种分重装步兵、轻装步兵和骑兵三类。设立"百人团会议"来决定国家大事。由于上层等级组建"百人团"数量多，因此富人总是处于掌权地位。罗马原来都是由血缘氏族为纽带的联合体，改革时则按照地域重新划为四个城区部落和 16 个乡村部落，以地域组织代替原来的血缘关系。这样罗马基本完成了由氏族制到国家的过渡。

法律和立法程序保证了罗马共和国的小农土地所有制，避免和抑制了罗马公民内部的贫富分化，而保证了罗马的兵农合一制度，也就是保证了共和国力量的源泉和公民美德的基础。按照这一逻辑推理，法治是罗马兴盛得以维持下去不可或缺的重要环节。所以出现下列情况时，孟德斯鸠认为：

当法律不能得到严格遵守时，旧貌便会重现，恰如我们今天所处的状况一些人贪得无厌，另一些人挥霍无度，土地于是转到少数人手中，富人和穷人的相互需求促成了手工艺的引进。这样一来，几乎再没有公民和士兵，因为，从前用于供养士兵的土地，如今用来为新贵们提供奢侈生活的活工具，也就是奴隶和手艺人。国家尽管一团糟，却还是应该承续下去。可是，如果不满足新贵们的需求，国家就会灭亡。共和国腐败之前，国家的原始收入被分配给士兵，而当共和国腐败之后，这些收入就落入富人手中，由他们分发给奴隶和手艺人，国家从中抽取赋税，用以维持士兵的给养。

从孟德斯鸠的论述中，我们不难得出这样的结论：罗马的公民美德上的特点和其制度的优势结合在一起，相互作用、相辅相成，就构成一种整体上的压倒性优势的文明。罗马和周边敌人的较量就是一种文明与野蛮的对决，也是某种精神和道德优势的博弈。罗马的胜利是一种文化模式的胜利。尽管孟德斯鸠没有明确表示这点，但是行文的内在逻辑隐含了这个结论。这一点我们在他比较罗马和迦太基的巨大差别就能够看出来：

与罗马相比，迦太基富得早，腐败也早。在迦太基，公众所能提供给个人的一切都得通过销售，个人所提供的一切服务都由公众付费；而在此时的罗马，所有公职只能凭借品德获得，公职所能带来的仅仅是荣誉和劳累。

基于古老的习俗，罗马人在一定程度上安于贫穷，所以他们的贫富差距不大，但是迦太基则不然，一些人的富裕程度不在国王以下。

在依法治理的罗马，人民接受元老院对于国家事务的掌管。人民对一切事务都愿意自己亲力亲为。在权力被滥用的迦太基营私舞弊遍及天下。

迦太基凭借富庶对贫穷的罗马发动战争，不过，此举也为迦太基带来负面结果；黄金和白银日益稀少，而美德、坚忍、力量和贫困却永远不会枯竭。

罗马人雄心勃勃，是基于自信的傲气，迦太基人野心勃勃是基于贪婪的财迷。罗马人想要发号施令统治别人，而迦太基人则想要获取财富收取利益。迦太基人一刻不停地算计收入和支出总是屡屡开战，在作战时，心里照例讨厌战争。

战事的失利，人口的减少，商业的凋敝，国库的耗竭，近邻的反叛，只会迫使迦太基接受最为苛酷的讲和条件；但罗马在行动时是不考虑得失的，他们一切决定于他们的荣誉感。既然它相信它不统治别人无法生存下去，所以除了强加于人的和解，无论任何引诱或恐惧都不可能强迫他们接受和解。

战争汇集了所有罗马人的利益，与此相反，迦太基人的利益冲突则因为战争而更加激烈。罗马人的一切分歧都因为汉尼拔的出现而终止。而西庇阿的出现却加剧了迦太基人的分裂。政府所剩无几的权力因为他的出现而彻底丧失，将军、元老和权贵们在人民眼中更加可疑，民众越发怒气冲天。

在罗马和斯巴达这样的共和国里，人们守法并不是出于恐惧或者理智，而是由于热爱法律，因此不可能有比这样的共和国更加强大有力的了，因为在这样的情况下，优良政制所具有的睿智与派别所能拥有的全部力量都拧成为一股绳。

迦太基人使用外国雇佣军作战，罗马人则使用他们自己的军团。在罗马人眼中战败者总是被看成是可以取得未来胜利的工具，他们把所有的被征服者变成士兵；他们认为，越是难以征服的人民，越应该融入他们的共和国。因而我们看到，打了二十四场仗才被征服的萨莫奈人，成了罗马人的帮手；第二次布匿战争之前不久，罗马人在对抗高卢人的战争中，从萨莫奈人和罗马人的盟友，也就是一个不比教皇国和那不勒斯王国大多少的小国中，竟然征集七十万步兵和七万骑兵。

孟德斯鸠指出：在第二次布匿战争期间，罗马始终保持着二十二到二十四个军团的兵力；但据李维记述，罗马公民总数只有三十七万人左右。迦太基在当地立足不稳，不如罗马根基牢固，罗马在周围拥有三十个殖民地，从而构成一道同盟国的坚强壁垒。坎尼会战之前，没有一个盟友背弃罗马。迦太基在同老西庇阿作战之前所遭遇的一切，都应归咎于政府治理不良，城市居民乃至士兵都饥肠辘辘，而罗马人此时都很富足。迦太基的军队战败后越发暴戾，甚至把战败的将军钉在十字架上。罗马军队若是临阵逃脱，执政官便让官兵抽签，处死每十个人中的一个人，然后率余部继续作战。迦太基人在殖民地实行苛政暴政，严酷地折磨西班牙人，以至于罗马人一到西班牙被视为解放者。总之，孟德斯鸠在《罗马盛衰原因论》中充分利用三次布匿战争的案例在军事、政治、经济各方面将罗马与迦太基进行了比较。在罗马光辉的照耀下，迦太基如同阳光下的阴影，虽然迦太基拥有汉尼拔这样的优秀将领却是如同孤军奋战的独狼，受到国内各种政治势力掣肘，而难以发挥其极其卓越的军事指挥才能，在纵横意大利八年之久后，终于功亏一篑在扎马会战中败于罗马大将西庇阿，也不见容于迦太基权贵集团，只能抱恨客死他乡，迦太基统治集团对于他们的杰出统帅汉尼拔其实是十分不公平的。

第四，纵横捭阖的外交策略，狡诈无耻的权谋欺诈成就霸权。

孟德斯鸠在《罗马盛衰原因论》一书前半部分讨论第四方面的问题，罗马人用以征服其他民族的外交策略，也即现代所认为的阴谋和权术。一般认为，孟德斯鸠这方面的观点受马基雅维利的《君主论》《论李维》影响很大。罗伯特·夏克尔顿在《孟德斯鸠评传》中指出：1716 年他曾熟读过佛罗伦萨国务秘书的著作。自此之后开始淡漠，认为他不过是一个鼓吹政治中不择手段的人。但是在概括罗马共和国发展过程中所使用的外交手段中却作为取得成功的重要方法得到肯定，这是一个政治道德和现实政治行为之间的悖论，这种悖论几乎在所有国家的政治行为中都是普遍存在的。马基雅维利只是如实说出了人类政治斗争存在的冷酷现实。哲学家关注的是伦理道德的完美性而提出政治理想的乌托邦；政治家更加注重社会实践的成功性，也即为达目的不择手段。

罗马人在这方面使用的第一种策略是使用各种手段削弱竞争对手。他们往往"从征服民族的领土拿走一部分土地用以分配给他的同盟者"，这样既能使那些重要而没有危险的同盟者更加依附罗马，又削弱了那些新征服且具相当威胁性国家的力量。他们在消灭一个王国的军队后，"用极为严酷的税收或者贡物来搞垮他的财政，借口是要支付交战费"。孟德斯鸠指出，罗马正是用这种方法迫使国王去加强榨取，从而失去臣民对土地的爱戴。罗马人在与其他国王缔结和约时，总要这个国王的兄弟或儿子作为人质。这样做的结果是，罗马可以任意在这个国家制造骚乱，扶植代理人或用手中的人质恐吓占据王位的人。

罗马人常用的第二种策略是，利用一切可利用的力量，分化瓦解敌方，各个击破。罗马在运用这种手段方面绝对是老手。孟德斯鸠在书中介绍了罗马这方面"业绩"。先是和埃托维利亚联合征服了菲利普；然后和安条克联合歼灭了埃托维利亚；接下来和罗德斯人联合战胜了安条克；而罗德斯人最后又被罗马以某种借口消灭了。一般来讲，"当罗马人身旁有许多敌人的时候，他们就和比较软弱的敌人缔结一项停战协定"，以便对付主要敌人。所以，"他们总是在最适当的时候，以最适当的方式，对他们最有利于进攻的那个民族宣战。" 正因为如此，罗马人的进攻很少是不得手的。他们惯用的伎俩是：尽可能使敌人保持分裂。只要某个国王或者民族拒绝服从自己原来的宗主时，罗马就给予同盟者的头衔，对他予以保护从而有效削弱敌对大国。再如给予某些城市自由的时候，很快在那里制造两个派别，一派维护本地的法律，一派则承认唯有罗马人的意志和执行罗马人的财税法律制度。而后一派总是比前一派强势。罗马人常常用这种分而治之的手段来维护异常庞大的帝国。

罗马人的第三种策略是不受条约或者诺言的束缚，随心所欲地变更条约背叛诺言，不择手段地为本国利益服务。孟德斯鸠指出，罗马只相信他们自己而绝不相信自己的敌人。在他们看来："相信一个敌人的忠诚，这话的意思就是使自己丧失各种各样的物品、人物、土地、城市、庙宇甚至坟墓。"正因为如此，罗马人在情况对自己极为不利的情况下或为了诱骗自己的敌人，而许下的诺言、与之签订的条约，从来都不是严肃的。只要情况对自己有利，他们随时都会抛弃、撕毁这些东西。罗马有时还会和其他国家签订的条约做出任意解释，以便为自己谋利。罗马曾答应让迦太基作为一个国家保存下去，但当他们彻底毁灭迦太基时，却声称他们曾答应的保存的只是国家而不是城市。当他们要收回以前正式划给其他国家的土地时，就宣称这块土地不是礼物，它只能由罗马的朋友或者盟国才能享有。

罗马推行的第四种策略是利用实力地位，威逼、监控各国，建立罗马统治下的"和平"。他们知道欧洲各民族虽然散乱但很善战，他们很容易成为一支强大军队的兵源。于是罗马人就制定法律，禁止任何亚细亚王国进入欧洲进行征服活动。当某个国家发生争论时，他们就立即跑去充当仲裁者或审判者，并使争端的两家保持分裂。如果两个民族发生了战争，罗马即使与其中的任何一方没有结盟关系、没有纠葛，它也决不放弃出场的机会，它总是和相对弱小的一方站在一起，以维持一种相对的均势，以便将来从中渔利。当某个国王耗尽力量刚取得一次胜利时，罗马的使节就立刻出现在那里，把胜利从他们手中夺去。除此之外，罗马还在对自己的殖民地始终保持实力和军事优势的基础上，让后者在较大程度上保留自己的法律和风俗习惯，避免把罗马东西完全强加给他们。通过这种方式减少属国臣民对它的反感，又使偏处各地的人们难以相互联系，串通反对罗马。

上述四种类型的策略便是孟德斯鸠对罗马征服其他各民族过程中所运用的手段系统总结。

总的来看，孟德斯鸠把罗马的美德、罗马的战争艺术、罗马的政治法律制度以及罗马人在对外交往过程中运用的政治外交艺术这几个方面，看成罗马崛起的主要原因。而崛起中的罗马在他的心目中无疑是优秀的："它并不是在一天里，而是永远比世界上所有其他国家明智，不管它是小国、中等国，还是个大国，他都会同样治理得很出色；任何幸运，它都能从中得到利益；任何不幸，它都能从中获取教训。"

孟德斯鸠这个总结是否揭示了罗马兴衰的真正原因？已经不是一个重要的问题。孟德斯鸠以马基雅维利的政治原则为背景，描画出古代的政治实践，这种做法迫使后来人们不断模仿作者，对学术和历史真相予以突破，新的发现和真知灼见不断问世。因此，人们不可能对他最初的探索无动于衷。

罗马帝国为何衰亡

首先对其老师孟德斯鸠提出异议的，是他的学生爱德华·吉本。吉本在自述写作《罗马帝国衰亡史》的目的，是要"推寻罗马帝国衰亡的重要情节"。他的叙事从公元2世纪两位安东尼皇帝——庇护（Antoninus Pius）与奥勒留（Marcus Antoninus Aurelius）在位时期，帝国达到鼎盛后的滑落进行追索：

罗马帝国在基督纪元第二世纪，据有地球上最富饶美好的区域，掌握人类最进步发达的文明，自古以来声名不堕而且纪律严明的勇士，防卫着辽阔的边界。法律和习俗温和却能发挥巨大的影响力，逐渐将各行省融合成一体。享受太平岁月的居民，尽情挥霍先人遗留的财富和荣光。共和体制的形象，从外表上看来受到尊敬和推崇，国家主权似乎仍旧掌握在元老院手中，实际上执政大权已全部授给了皇帝。

帝国的开始由辉煌顶峰到开始衰落也就是所谓共和精神的被抛弃，而全部落入专制帝王之手，朝代的兴亡完全取决于帝王个人的素质高低，而一代创业雄主或者所谓贤明帝王的崩殂，国势也就江河日下，陵夷满目以致万劫不复，诚如奥古斯丁在《上帝之城》所指出的那样：

罗马人历史上建功立业，备受赞誉，然而他们的子孙完全堕落，成为祖先光荣的大敌。罗马先祖创造、经营，趋于雄伟壮丽，可是他们的子孙使得罗马在未陷落前，比陷落后更丑恶。在罗马的废墟中，我们看见满地坍塌的大理石；但在罗马人的生活中，我们不仅看到物质崩溃，也看到道德、精神、尊严的沦亡。他们心中燃烧的奢欲，比焚毁他们家园的大火更为致命可怕。

再加上传统价值观所谓"美德"的腐化没落，完全不能整合人心。吉本在《罗马帝国衰亡史》中写道：

那个时代的人士，要想从安逸享乐的环境，发掘潜在的衰败腐化因素，根本是不可能的事。长久以来天下太平无事，加上罗马政府重视传统，慢慢使得帝国受到毒害，丧失原有的活力，人们的心智逐步降到同一水平，天才的火花熄灭，就连尚武精神也消失无遗……事实上罗马世界全是一群侏儒，等到北方凶狠的巨汉破门而入，才会改善这个矮小的品种。他们重新恢复大丈夫的自由精神，经历十个世纪的变革，艺术、科学精神才得以成长茁壮。

新兴基督教的侵入，统摄人心加速了帝国的灭亡。而这一点正是孟德斯鸠在《罗马盛衰原因论》中刻意回避的。罗马历史学家佐西姆斯认为基督教是罗马衰亡的主要原因，他说道：

此宗教毁弃罗马人的神明信仰，破坏传统道德和国家安定基石。基督教不仅反对古典文化，包括科学、哲学、文学和艺术在内，并将东方的神秘仪式带进罗马现实恬淡的生活中，使人民的思想产生剧变，不求积极进取而消极准备末日来临；个人用苦修和祷告以蒙神赐恩解脱，而不愿效忠国家获得集体拯救。君王掌握权力以求帝国统一，基督徒则宁愿帝国分裂。信徒不热心公共事务，拒服兵役，正当帝国鼓舞民众保卫国家免于蛮族侵略时，基督教却散布和平和反战观念；所以基督教的胜利即罗马帝国的死亡。

吉本在强调基督教导致西罗马帝国衰亡时特别指出了内部的腐败和对外的扩张掠夺导致国家过去庞大，而脆弱的国家机器已经难以承载过于庞大的体系而导致帝国的衰亡：

罗马的衰退是国家过于庞大而自然造成的不可避免的结果。繁荣催生腐败的基础。征服的范围越大，导致毁灭的因素就越多。一旦时机或意外事件除去表面支撑，这个庞大的结构就会被自身的重量所压垮。

吉本的分析延续了希腊作家波里比阿的理论，和大多数古代史作家一样，波里比阿认为个人的美德或者邪恶是推动历史事件的主要原因。他主张，罗马共和国的繁荣是因为历届领导者的自律，而堕落始于成功带来的奢靡最终导致后代的腐败。波里比阿是公元前2世纪写下这些的，那时帝国还远没有达到全盛时期，更谈不上丧失领土。吉本借用他的理论，认为基督教在很大程度上导致了这一灾难。在他看来，这一新兴宗教通过教义之争在帝国内部种下了分裂的种子，唆使社会领袖成为僧人，脱离政治关系，并且通过宣扬"逆来顺受"的态度，暗中削弱了罗马的战争机器，而使国力不断孱弱而不敌蛮族入侵，公元四世纪末亡于呼啸而来的匈奴人铁骑和周边日尔曼国家的内外合围之下。

当然，这样解说罗马衰亡的原因并不完整，基督教的侵入只是罗马传统精神解体的一个方面，帝国的衰亡应该是政治、军事、经济、社会、道德、法治、文化瓦解的综合因素导致的必然结果。

第一，罗马亡于它自身的伟大和成就，亡于它统治版图的不断扩大，亡于它对自身那些功勋卓著、声望极高的将领失去控制。

孟德斯鸠指出，当罗马的统治局限在意大利的时候，共和国是容易维持下去的。因为在这种情况下，不需要很多的军队，人们只关心共和国的命运，且有相当财产的人吸收到军队中来，因此所有的士兵同时也是公民；关于率领军队的将领也不是长期固定于某几个人身上，每个执政官都可以征集军队，而尚未加入军队的其他国民则可以在下一任执政官的统率下去作战；最后元老院还在密切注视将领的一举一动，他根本不使他们想到做出违反自己本分的事情来。

但是，罗马军团越过阿尔卑斯山和地中海后，情况出现了变化。士兵们不得不参加多次战争，就要长途跋涉，并以此而失去他们的公民精神。取而代之的是对他们将领的忠诚，因为他们的切身利益越来越多地和他们的将领的荣辱联系在一起，发展到后来，士兵和罗马的关系越来越远，他们开始只承认自己的将领，并把自己的希望都寄托在特定的将领身上。到这种时候，这些士兵就不再是共和国的士兵了，他们已经成为效忠于特定将领个人的武装集团。将领们意识到其在独立部队中的强大权力，共和国的将领开始把军队看成自己的私产，他们以自己的胜利，为自己在罗马树立起高大的形象，他们感受到国家、罗马的命运在自己强有力的掌控之中，于是他们不愿意再听命公众，而想充当公众的领袖，在其领导下平民可以不断地对抗元老院。"罗马再也无法知道，在行省中率领军队的人物到底是它的将领还是它的敌人了。"有鉴于此孟德斯鸠评述道："帝国的伟大毁掉了共和国。"同时共和精神的沦亡，成就了帝国皇帝的个人独裁。

第二，罗马亡于其公民精神的丧失，亡于其公民权利的滥觞，亡于由此引起制度性失控。

孟德斯鸠说：

罗马在意大利各民族的支援下征服了全世界，它在不同时期把不同的特权给予这些民族。这些民族的大部分从一开头就不很关心取得罗马人的公民权……但是，当这个权利变成代表世界主权的权利，如果一个人不是罗马公民就什么都不是，而且有了这个头衔就等于有了一切的时候，意大利各民族就决定，要是不能成为罗马公民，就毋宁死掉；在不能用阴谋或是请求达到目的的时候，他们就诉诸武力……罗马被迫面对当初征服世界时的得力盟友，处境十分凶险，眼看只能退缩到罗马城内，不得不把公民权赋予对此期盼已久且依然忠它的盟友，以后逐渐扩大到所有人。

然而由此造成的变化却是：

罗马此时已经今非昔比，全体人民以往只是一种同样的精神，一种同样对自由的热爱，一种同样对暴政的憎恨，他们那种对元老院的权力和权贵们的特权始终掺杂着嫉妒和羡慕的尊敬，其实是对平等的渴求。意大利人成为罗马公民后，每个城市都为它带来了自己的才能和各自的特殊利益，以及对某个强大保护者的依赖。被撕裂的罗马城不再是一个整体，公民的身份因变得虚幻而徒有其名，官员、城墙、神祇、神殿乃至坟墓都已面目全非，所以人们不再以原来的目光看待罗马，不再如先前那样热爱祖国，对罗马的眷恋于是也随之消失了。

一些野心勃勃的人，把一些城市乃至整个国家引入罗马，借以干扰和操纵选举，民众集会成不折不扣的阴谋场所，由少量的歹徒组成团伙被称为"群众集会"；人民的权威、人民的法律乃至人民本身都变得虚幻，无政府状态严重得无以复加，以至于人民是否通过某项法律也无法确认。

孟德斯鸠由此断言，国家因分裂而覆亡，可是产生分裂是必然的，过去一直分裂，将来也照样分裂。造成灾祸并且促使纷争变成内战的唯一原因是共和国太大了。因此，罗马的法律变得软弱无力，难以继续治理共和国。但是，我们始终看到的一个事实是，一个小共和国一旦变成大共和国后，当初促成这个变化的那些优良传统反而变成了负担，究其原因，这些法律理应发挥的作用是缔造一个大国，而非治理一个大国。在这里孟德斯鸠领悟到了物极必反，盛极必衰，成功孕育失败的社会演进规律，伟大导致的疆域扩大和财富增加必然孕育着巧取豪夺的腐败。

第三，导致罗马衰落的第三个原因是法治松弛，道德沦丧，良序善法不存，腐败滋生，法律无力整合调剂共和国社会关系。

公元前 27 年，恺撒的继承人盖乌斯·屋大维登上元首宝座，自称第一公民，正式确定其专制统治，罗马也从共和时代进入帝国时代。这时候的罗马达到了其历史上的鼎盛时期，无论是政治、经济还是文化都十分繁荣，在领土方面更是横跨欧、亚、非三大洲。然而在孟德斯鸠看来，这种繁荣只是一种表象，事实上罗马的衰亡已经拉开了序幕。

孟德斯鸠的判断是基于他对罗马史的分析，其理由是，罗马的兴盛在很大程度上源于它的共和政体，而当共和政体成就了罗马的同时，却也蜕变为专制政体——奥古斯都建立的帝国已正式宣告共和政体的灭亡。罗马在专制政体的统治下，必然会滑向苦难的深渊。尽管罗马在进入专制政体的统治后，仍延续了几个世纪，但政体的腐化已经预示了其衰亡的命运，甚至它的延续也是因为它还保留了共和政体下的某些制度。《罗马盛衰原因论》第九章的标题是"罗马灭亡的两个原因"，但该章分析的却是罗马共和国灭亡的原因。由此可以看出，在孟德斯鸠的眼里，共和国的灭亡就意味着罗马的灭亡。

孟德斯鸠对罗马的共和制度赞赏有加，认为其在罗马的兴盛过程中发挥了巨大作用。然而孟德斯鸠在分析罗马灭亡的原因时却指出罗马的法律后来已无力统治共和国。在孟德斯鸠看来，罗马的法律属于"好法律"，只适于共和国的扩张，而不适于维持共和国的统治。

　　在孟德斯鸠的政治哲学当中，原则是一个非常重要的概念，"政体的原则是使政体行动的东西，是使政体运动的人类的感情"。在民主政体和贵族政体下，政体的原则就是品德。所谓品德，孟德斯鸠解释：在共和政体下，全体人民或一部分人握有最高权力，他们通过公民大会、元老院和执政官等国家机构统治国家，其依据是政治法。政治法和民法、刑法等一起组成共和国的法律制度，是政体运作的依据和规范。而"品德"是共和政体的动力，它"不是知识的产物，而是一种感情"，一种爱平等、爱祖国的感情。人们在这一感情的驱使下，积极投身政治活动来管理国家。因此，在共和政体下，光有法律还不行，还得有"品德"这一推动力，双轮驱动共和国才能平稳发展。共和国的原则、共和国的法律乃至共和国的命运休戚相关。如果法律与原则相适应的话，不仅有助于"加强政府的一切动力"，而且，"政体的原则也因此获得了新的力量"。反过来，如果法律与原则不相适应，尤其是原则发生了腐化的话，则很可能危及共和国的生存。在平民政治下，"如果法律被停止执行，这只能是由于共和国的腐化而产生的，所以国家也就完蛋了。"而在罗马恰恰发生了这种腐化。共和国的法律在罗马强大后就无力统治共和国的原因不在于这种法律不好，而是与法律密切相关的政体原则已发生了腐化，所谓"腐化的不是酒，而是酒器"。孟德斯鸠的这一论断其实质是：共和国的制度是好的，但如果没有政体原则的支撑，它的好也就发挥不出来。

　　孟德斯鸠在《罗马盛衰原因论》第十章专门分析了罗马人腐化的原因：共和国晚期传入罗马的伊壁鸠鲁学派的享乐主义对腐蚀罗马人的心灵和精神起到了推波助澜的作用。希腊人在此之前已经受到这个学派的腐蚀，所以比罗马人更早腐败。波利比乌斯说，在他那个时代，希腊人无法凭誓言获得人们的信任，罗马人则时时受着誓言的约束。孟德斯鸠专门在注释中就波利比乌斯《历史》一书中提到的这件事做出说明：

　　你倘若借给希腊人一个塔兰特，即使有十个许诺，十个保证和十个证人，那也是徒劳的，他们不会信守诺言。可是在罗马人那里，无论涉及公共财物或是个人财产，只要发过誓，就不会有人撒谎。这就是说让人们畏惧地狱是很聪明的，如果要摧毁地狱是没有道理的。

在博洛尔所撰写的《政治的罪恶》一书专有"罗马的政治腐败"一章：腐败是任何形式的政府都难以避免的。护民官同古罗马元老院的贵族制一样照样是容易腐化变质的。在罗马共和国的最后几年里，这些护民官所表现出来的贪婪如同那渴望得到朱古达的金子贵族们贪婪一样；这位努米比亚的国王首先给那些在元老院中影响力较大的贵族都送上一份礼金，与此同时朱古达派出的密使在这些贵族眼前摇晃着金光闪闪的金子，贵族们被国王提供的巨额赏金给迷住了。然而，朱古达并没有忽视护民官，因为他嘱咐他的密使"在一切有良知的人身上试验一下黄金的效果"。只有一位名叫巴比阿的护民官像卡尔波留斯和斯卡努斯一样不受收买利诱。所有的贵族和平民都乐于受贿。朱古达在行将离开罗马之际，出于对这种贪婪之感的作呕，他禁不住大声喊道："贪污腐化的城市，如果他能找到一个买主，他就会迅速完蛋。"古希腊哲学家亚里士多德在《政治学》第六章中说："人们发现那些被授予行政长官职位的人们更容易腐化堕落，并为了个人利益而牺牲国家利益。"

博洛尔进一步指出，当一个人被指派担任与公共事务有关职务时，他的责任感和对公益的事业的关心，应当把他的道德素养上提升到与他的职位要求的道德水平相符的程度才行。不幸的是，严格地讲，从道义的角度来看，许许多多的政客们都是些卑鄙下流的货色。他们在生活中常常不检点自己的行为，往往犯下恶行，这使人们惊讶不已，这也与他们演讲中表现出的情操完全相反。但是也有完全靠他们的诚实成为声名卓著的政治家事例。在罗马很长一段时间，在公正无私的品性方面，政客们一直是受人诟病的。波努斯·埃米纽斯把马其顿的财产全部掳掠回罗马，而不给当地留一个子儿。只有西庇阿·埃米利安努斯在毁掉迦太基后两手空空回到家里。然而，从苏拉时代开始公职人员就开始损害共和国。卡图对那些盗窃公款而不受处罚的现象十分气愤，大声疾呼："那些盗窃私人财产的人在镣铐中度过余生，而那些侵吞公共财产的罪犯却过着荣华富贵的生活。"罗马人制定了许多法律来惩治腐败。然而那些法律仍然不足以消除侵吞公款的行为，因为法官本人就公开地贪污腐化。

　　按照西塞罗的说法：在几乎长达50年的光阴里，一直是骑士阶层在负责司法，没有听说过有一个罗马骑士在收受钱财以后去做出一份判决，但是在司法掌握在元老院手中的10年间，人们无法想象当时的司法行政活动中所流行的邪恶肮脏和声名狼藉的现象的。西塞罗强调，当克鲁迪被宣称无罪时，55个法官中有30个法官在这场诉讼活动中收受了钱财，你想了解这个无罪开释是如何做出的吗？那是由法官的贫困和丑行做出的。当元老院议员赛普蒂米斯被指控犯侵吞公款罪时，他所要支付的罚金刚好由他过去当法官所收受的钱财来弥补。西塞罗进一步说道："这是一个人尽皆知的有关元老院参议员的例子，当他是法官的时候，在同一个审判中，一方面，他接受被告的钱财并把它分发给其他法官；另一方面，他又接受原告的钱财并宣告被告有罪。"

　　西塞罗曾说过，安东尼（当时罗马军事寡头，执政官）竟然把杂技演员和音乐家安排到由30人组成的法官队伍。罗马的对外扩张，导致对殖民地人民的杀戮抢劫掠夺。

　　罗马在征服世界过程中搜刮了大量财富，给它带来的便不可能是富强而只能是堕落了。孟德斯鸠指出：

　　民众因国家强盛而富有。然而，富足存在于民风而非财富之中，罗马人的富足有边界，而富足带来的奢靡和挥霍却没有边界。起初因富有而堕落的人后来又因贫穷而堕落；拥有超出私人生活所需财富者很难是好公民，因失去巨额财富而懊恼并试图失而复得的人，不惜铤而走险干任何坏事。撒路斯提乌斯(《朱古达战争作者》)说，有这样一代人，他们自己没有家业，也不能容忍别人有家业。

　　但是孟德斯鸠同时指出由于罗马法律制度的生命力，可以有效阻止共和国迅速滑落和脆断，罗马的制度和传统美德的惯性力量形成的道德约束力，可以使得罗马百足之虫死而不僵，瘦死的骆驼比马大，共和的幽灵寄生于帝国的庞大躯壳内得以苟延着生命，使之还能延续着漫长的帝制时代。他指出：

罗马的制度具有强大的力量，使英勇气概得以保留，纵然财富、柔弱和淫逸泛滥成风，但是罗马人民在战争中依然不乏刚毅，我觉得任何国家都做不到这一点。

罗马人把商业和手工业视为奴隶的行业，他们自己从不涉足其中。若说还有例外，那就是一些释奴，他们继续从事以前的旧业。但是罗马人通常只会打仗，唯有打仗才是通向他们当官和获取荣耀的道路。所以使他们不再拥有其他所有美德，战士的英勇气概却永不泯灭。

然而，在罗马兴盛的那些基础被他自己的成功毁掉之后，这个庞大的帝国，只能不可避免地走向衰落，也就必然走向灭亡，这一点孟德斯鸠的学生吉本在他的《罗马帝国衰亡史》中又有着深刻的分析。

第四，近卫军弄权干政，武装集团拥兵自重，陷入丛林规则的恶性循环，影响权力文明有序交接。

禁卫军的弄权干政，是奥古斯都体制衍生出的另一个严重问题。奥古斯都深知，他的专制统治必须依靠武力维系，乃决定建立一支"禁卫军"以备随时保护元首，威慑元老院和公民大会，或在第一时间扑灭叛乱，禁卫军已经是一个超越所有罗马军团之上的元首私人武装集团，是皇帝御用的别动队。到提比略时期，"禁卫军"在罗马被允许设立永久军营。这个做法，吉本认为，不啻是帮国家套上镣铐，就他看来，罗马禁卫军的跋扈，是罗马帝国衰亡的第一个症候和原因。帝国在和平时期为了捍卫征服地区维护帝国既有的边界安全，即使各种美德因为奢侈和专制而腐化不堪的时候，军团还能保持尚武精神。军队如果忽略了纪律和训练，就无法发挥强大的战斗力，哈德良在位和后续诸帝在位的承平时期编成三十几个混成军团，常备兵力达三十七万五千人，每个正规军团有六千八百三十六名罗马人，加上同盟国配备的协防部队，共有约一万两千五百人。其中不列颠驻有三个军团；莱茵河和多瑙河驻有十六个军团；幼发拉底河驻防八个军团，其中六个配备在叙利亚，两个配备在卡帕多西亚；埃及、阿非利加和西班牙因为远离战争，所以每个行省只要一个军团即可维护内部安宁。意大利共有两万名精兵，分别隶属城市卫戍部队和禁卫军，负责卫戍首都的和保卫元首安全。禁卫军几乎是每次帝位篡夺的幕后主使人，使帝国步入分崩离析的地步。在奥古斯都和提比略时代他们的装备优于一般部队，薪金是一般军团的三倍，军服更加华丽，军纪却比一般军团更颓废。卡里古拉被禁卫军所谋杀，他的叔叔克劳狄乌斯由禁卫军所拥立，元老院只是在刀剑的威逼下，被迫承认而已。在尼禄被废黜自杀后的几位皇帝如伽尔巴、奥托、维特利乌斯和韦帕芗均为行省武装集团自行所拥立。到了戴克里先时期，元首本身就是禁卫军头目，"四帝共治"结果就是领土分封，几经内战而再次统一，形成基督教帝国东西分治，西罗马帝国实际由日尔曼禁卫军所掌控，最终覆灭于异族入侵。

孟德斯鸠认为罗马共和国的毁灭重要原因是元老院对军队的失控，也就是共和早期的军队国家化制度已经因为苏拉的跨过罗慕路斯壕沟和恺撒的渡过卢比孔河而崩解。当罗马的统治当局局限在意大利本土的时候，元老院能够有效地监督军事将领的一举一动，使其不逾矩，但当罗马的疆域不断扩大，跨过阿尔卑斯山，越过地中海的时候，军队不得不驻扎在其他地方，因此也就渐渐失去了公民精神，他们只听从自己的将领了；军事将领则因无人监督而变得居功自傲，无视国家权威的存在；这一切都是元老院不可能监督和修正的，元老院的智慧也变得无用了，原有的制度也就失去了约束力，必然导致武装集团的做大，而形成尾大不掉、功高震主的态势。

第五，分配不公，导致阶层分裂，内斗剧烈。

在孟德斯鸠看来，共和国初期土地分配比较均匀。这使得每一个公民的利益与国家的利益联系在一起，保卫祖国就是保卫自己。同时每个人都有一份土地，财富比较平均，腐化的生活往往难以滋生，公民也就不容易堕落。但随着共和国的兴盛，罗马在征服外族的过程中占有了大量土地，这些土地或者被充公或者卖给了富有公民。另外，广大农村长期受到战争的蹂躏，大批农民家破人亡，而罗马贵族和富商趁机将土地侵占。到了共和国后期，土地往往集中到了少数人手里。土地占有的悬殊，一方面直接导致了公民之间的分裂，因为经济上的严重不平等势必危害到政治上的平等精神；另一方面，随着富裕阶层的出现，腐化的生活开始蔓延，以往爱国、爱政府的品德首当其冲。而这种将公民团结为一体的政治凝聚力一旦弱化的话，共和国灭亡的日子也就不远了。

在孟德斯鸠那里，原则与其说是"第一推动力"，还不如说是一个分析基点，通过它将影响共和国命运的各种因素联系起来。另一方面，"品德"在孟德斯鸠的体系里也并非孤立的道德范畴，它植根于社会环境当中，它的变化往往是由社会环境中各种因素的变化而引起的。孟德斯鸠把"品德"作为共和国的动力，如前面所说的，并非是把共和国系于孤立的"品德"之上，而更有可能是把它作为一个分析范式，通过它将相关的因素带动起来。当孟德斯鸠说，要维持共和国的兴盛就是要维持共和国的品德时，实际上是告诉人们：共和国的社会结构不要轻易改变。孟德斯鸠指出：

> 君主的暴戾固然会使国家处于崩溃的边缘，对公共利益漠不关心也会给共和国造成同样的恶果。对收入管理较好的是自由国家的优越性，然而如果管理得不好呢？根本没有宠臣也是自由国家的优越性。然而，如果并非如此，不是让君主的亲朋好友发财，而是政府官员的亲朋好友统统发财，那一切全完了。所有的法律将形同虚设。其危害甚于君主践踏法律，因为君主始终是国家的重要公民，所以他最关心维护法律。

但是罗马的现实并非如此，奥古斯都创立的元首制，元首又自称为第一公民，事实上在共和晚期格拉古兄弟土地改革失败后，他们的土地分配法案基本失效，罗马贫富分化日益严重，奴隶主的土地兼并日益严重，已经形成的既得利益集团包括元首家族和政府高官和元老贵族的特权阶层几乎垄断国家全部政治军事经济资源，社会矛盾日益激化。这是共和军事僭主政治之后过渡到帝国君主专政的必然。罗马帝国也就在国家和民族的分裂中塌陷覆灭。

第六，斯多葛学派衰落，伊壁鸠鲁享乐主义盛行，导致罗马精神美德的沦丧。

历史学家一致认为，作为罗马法的基础，人人生而平等的原则产生于斯多葛学派。即便斯多葛主义没有其他令人敬佩的主张，单就这一点就能让其在全世界的伟大善行中拥有崇高的地位，这也是后来的启蒙学者将自然法理论作为考察人类良善法律制度的检验标准。同时斯多葛主义提倡生活上极简主义，注重人类精神道德的完善，拒绝金钱名利的诱惑而保持精神灵魂的纯洁性，而摆脱生死财富羁绊追求灵魂的不死。作为苏格拉底和柏拉图的学生芝诺创建这一学派，并在柏拉图的树林学校继承柏拉图的衣钵，将这一学派的见解和价值观直接传播到罗马，在共和国高层贵族中有着极大的市场，帝国执政官军事统帅比如西庇阿、西塞罗以及小加图、布鲁图斯等都是斯多葛学派追崇者和最早来源。

孟德斯鸠说：斯多葛学派在帝国境内广泛传布，名声大噪，这个备受赞誉的学派的产生似乎是基于人的本性所为的努力，它如同那些钻出土层的植物，生长在日光从未照到的地方。罗马人拥有一些好皇帝，不能不归功于这个学派。能够让人不忘记大安东尼的人，唯有他的义子马可·奥勒留。也就是这位笃信斯多葛理论留下那本传世名作《沉思录》哲学家皇帝，罗马五贤帝的最后一位。

《罗马精神》一书的作者汉密尔顿讲解罗马精神时说：

斯多葛派传播有多广泛我们并不知道，不过普遍认为他们的信众很多。如果是这样，这个事实就能够充分说明罗马人性格中的力量，因为斯多葛主义是为强者的宗教。它从不宣扬行善是通向永恒幸福的方式，更不宣扬行善是逃避永恒痛苦的方式。

……斯多葛学者关注的是尘世的生活。此时此世的行善足也。无论遭际，不管生死，友善者就是有福者。正是塞内加（斯多葛学者、尼禄的导师兼顾问）提出了"美德自身即回报"。斯多葛派别无他求。

孟德斯鸠认为共和国末期传入罗马的伊壁鸠鲁学派大大腐化了罗马人

的心灵和精神；伊壁鸠鲁学派的快乐主义是很容易被豪富的罗马贵族曲解的。然而不管罗马人是怎样地堕落，他们也许失去了所有其他的美德，但是他们仍然保留着军事美德，最重要的是罗马制度的力量是如此巨大，因此庞大的帝国并未像阿提拉的匈奴帝国那样分崩离析、迅速地消失于历史的长河。

孟德斯鸠忍不住感慨道"在这里应当提一提人间万事万物的流转无常。在罗马史上，人们看到这样多次的征战，看到这样多的流血，看到这样多被毁灭的民族，看到这样多伟大的事业，看到这样多次的凯旋，这样多英明、谨慎坚决、勇敢的政策，征服全世界的计划是考虑得这样周密，执行得这样顺利，结束得又是这样圆满，可是结果又如何呢？结果不过是供五六个魔鬼用来过好日子罢了！"

伊迪斯·汉密尔顿在《罗马精神》一书中总结道：

在罗马晚期，最崇高的宗教对抗着最极度的堕落。这两股潮流似乎从未交汇。卑劣者并没有因为他们中间出现了伟人和善者而提升更高的层次，而处于最可耻邪恶之中的斯多葛派也没有降低自己的标准。罗马是分裂的城市，那条分割的终极界限比百万富翁与乞丐、独夫与奴隶之间的古老对立切割得更深。绝对的善与绝对的恶彼此对立无法调和。罪恶心满意足，美德也同样如此。斯多葛派的信条将善者武装起来，在邪恶面前刀枪不入；但它并没有招募善者，主动向邪恶开战。透过最后的伟大作家，我们看到古罗马是一个陷于必然停顿的国家，不可能再有进步。

在罗马的精神陷入困顿之际，一种诞生于耶路撒冷地区更贴近于底层民众的新宗教在统治者的打压中乘虚而入，不断发展壮大，以致撼动了罗马的统治阶层最终在君士坦丁大帝时期一跃而成为国教，导致了罗马的迁都分裂，罗马的国力日渐衰落而导致西罗马的覆灭。这就是基督教。

第七，基督教崛起，传统价值观难以整合人心。

吉本在《罗马帝国的衰落》中指出，当庞大的政体外受暴力凌辱，内遭腐化侵蚀而日益崩塌之际，也就是内忧外患的时候，一个淳朴而谦卑的宗教，这里指的是耶稣创立的原教旨主义未遭到权利腐蚀的基督教，却不动生声色地潜入人心，在平静和隐蔽的掩护下成长苗壮，忍受反对和压抑，激起奋斗的精神，终于在朱庇特神庙的废墟上竖立十字架的胜利旗帜。基督教的影响并非限于一时一地或仅限于罗马帝国，经长达十三世纪的变革后，仍然为欧洲民族所信奉，从而在技艺、学术和武备方面开人类先河，有卓越的表现。经由欧洲人民的勤奋和热忱，基督教在亚洲和非洲最遥远的海岸得以广泛传播，并借由殖民地的推展，从北美的加拿大到南美的智利，在古人未知的新世界中稳固建立。基督教起初只是下层民众的秘密组织，但是传播很快，其教义特点：反对和攻击罗马帝国，将罗马比成"藏污纳垢的巴比伦大城"；反对富人，耶稣有话"富人进天堂比骆驼穿针孔还难"；主张人人平等，教徒组织成小规模公社，一律平等地在一起活动，财产公有，以十字架做标志；帝国政府对基督教进行了残酷镇压和打击；随着社会危机的出现，不少中上层富裕阶层对现实绝望，开始加入教会组织，并且由于大量捐款而逐步取得领导地位，教会制度开始形成，繁琐的仪式比如洗礼、圣餐等随之出现。基督教义开始发生变化，从攻击和反对帝国政府到讨好罗马当局，从反对富人到容忍富人、接纳富人，从主张人类平等到维护等级制度，教义中逐步蔑除了反抗因素而变得和平共处，主张阶级的融合，宣传宽容和忍让。由于基督教成分和主张的变化，罗马统治者看到了可资利用的价值。

公元 305 年，君士坦丁改信基督教，无疑发动了一场文化颠覆。从外观上看，城镇的景观发生了变化，希腊罗马异教传统崇拜上将死者与生者分开的做法告一段落，墓地开始在城里涌现，教堂取代了神殿。教堂从政府和个人处获得包括土地和财物的大量捐赠。君士坦丁本人开启捐赠土地的先河。久而久之，帝国各地的教会都获得了大量资产。

基督教会所以能够迅速发展，和基督教的罗马化和帝国的基督教化相辅相成，同等重要。至公元四世纪起，皇家资助的基督教领袖会议得以制定大部分教义。教会也发展了严密的等级制度。改信基督教的罗马皇帝和他们的异教前辈一样，仍然宣布他们是神指派到人间的代表——只是他们现在的神变成了基督教的神。因此，在他们看来，他们完全有权力参与教会各阶层的事务。他们也确实这样做了：召集议会、制定法律并干预高级人员的任命。

孟德斯鸠之所以在他的《罗马盛衰原因论》中刻意回避了基督教在罗马扩张导致罗马帝国衰亡的原因，主要是怯于基督教在法国的强大势力，有可能给他本人带来的迫害，或者因为书报刊审查制度的盛行，对他著作造成的禁锢，因而只能采取曲笔的隐晦笔法谈到了君士坦丁为了个人的专制权威改宗基督教并迁都君士坦丁堡造成帝国分裂的结果，不仅是罗马人民思想的分裂而导致离心离德，而且严重破坏帝国的经济税收政策，削弱了帝国的统治能力，最终造成罗马帝国的衰亡。

孟德斯鸠说：

帝国衰落之时，基督教广为传播，基督教徒把罗马的衰落归咎于不信教者，而不信教者则要求基督教对此负责。基督教徒说戴克里先与另外三位同僚共治，从而毁掉了罗马帝国，因为每个皇帝都想一个人单独主政，维持奢靡的生活，拥有强大的军队，致使依靠赋税为生的人数与缴纳赋税的人数不成比例，农夫因缴纳赋税负担过重而放弃耕作，农田变成林地。反之不信教者不停地反对前所未闻的新宗教，就像过去罗马全盛时期那样，把台伯河水的泛滥和发生其他自然灾害的原因归结为诸神发怒，如今在垂死的罗马帝国，所有的厄运都被归咎于新宗教的传播和古老祭坛的倾覆。

在谈到君士坦丁大帝迁都时，孟德斯鸠是这样评述道：君士坦丁很想修建一座以他的名字命名的新城，这种虚荣心促使他决心把帝国中心迁移到东方。帝国中心的东移等于，整个罗马也都东迁，显贵们带着自己的奴隶一起过去，而这些奴隶几乎就是全体罗马人民，意大利的人口骤降。为了让新城丝毫不比旧城逊色，君士坦丁在新城向居民发放粮食，为此下令把非洲的粮食运到罗马。因为在共和时期，罗马人民是各族人民的首领，当然分享税赋，所以元老院决定以低价向罗马人出售小麦，后来干脆免费供应。在君主政体时期依然延续。君士坦丁原封不动地将这种弊端搬到了新城。罗马帝国一分为二后，财富日益流到君士坦丁堡，西方为获得东方的商品而输出白银时，意大利除了成为被人废弃的花园，已经一无所有。可是皇帝们依然征税，于是一切都完了。

君士坦丁在削弱了首府之后，又对边界实施了打击，把驻守各条大河沿岸的军团调往多个行省。此举产生了两个恶果，首先阻隔各民族的屏障不复存在，其次士兵们经常光顾马戏场和剧场而助长了枕于享乐的风气，由于基督教立国后角斗表演被禁止，士兵们因此接受刀剑拼搏和血腥考验的教育也随之消失，最终丧失了战斗的勇气。莱茵河沿岸的 50 座城市曾经被来势凶猛的蛮族人所占领，许多行省即将被蹂躏，那里的罗马军队仅剩一支影子部队，一听到敌军二字就仓皇逃窜。曾经英勇无畏所向无敌的罗马军团已经丧失了保家卫国勇气和实力。

英国学者希瑟·彼得在《罗马帝国的陨落》一书结尾中不无喟叹地说：

我认为，帝国采取的统治方式有一种产生逆转的内在倾向，使被统治者最终摆脱他们的枷锁。因此罗马帝国播下了自我毁灭的种子，不是它发展几世纪的内在缺陷，也不是因为出现新的内在缺陷，而是帝国和日尔曼世界的关系造成的。

日尔曼社会给西罗马带来同样的影响，和匈奴人力量的碰撞加速了这一进程。假如没有匈奴人，这个进程可能要慢得多。西罗马帝国的毁灭不是因为它自身的"庞大结构"的重负，而是因为它的日尔曼近邻以它无法预料的方式对它的强大做出了反映。这一切让我们有了一个令人信服的结论。罗马帝国因为无节制的侵略，最终要对自身的毁灭负责。

关于罗马帝国的衰亡，我们最后还是要回到爱德华·吉本的经典分析上来，也即他在 1787 年 6 月 27 日瑞士洛桑完成《罗马帝国衰亡史》时所作出的关于帝国衰亡的"最终思考"：

对于向往罗马的朝圣客以及一般读者来说，罗马帝国的衰亡必然会引起他们莫大的注意，这是人类历史上最伟大而且最惊人的一幕。许多重大事件因果相连，互为表里，影响世人至巨：像是初期恺撒维持自由共和国的名称和形象，采取极其高明的手段和策略；军事专制的混乱和篡夺；基督教的兴起和发展最后成为国教；君士坦丁堡的奠基；东西帝国的分治和分裂；日尔曼的入侵和定居；民法典的制定；穆罕默德的性格及其宗教；教皇在尘世的统治权力；查理大帝神圣罗马帝国的复兴和没落；十字军东征和拉丁王国的建立；阿拉伯人和土耳其的征战；希腊帝国的覆灭；中世纪罗马的状况和革命等。身为历史学家要为选择的题目兴奋不已，也感到能力有所不及的时候，只有责怪史实材料的不足。此书使我付出近二十年的光阴，享受毕生最大的乐趣，想当年我在罗马卡皮托神庙酝酿此一构想，终能完成著述，呈现读者诸君批阅。

罗马帝国传统的功过是非

追溯罗马帝国的传统，不得不将目光投向首部罗马历史的作者波利比乌斯，他是意大利境内希腊联邦城市的贵族子弟，罗马荡平这些意大利境内城邦国家后，他作为人质被掠往罗马，成为大小西庇阿的门客，参与罗马共和国对外侵略和掠夺的战争，并动手撰写《历史·罗马帝国的崛起》一书，在此之前共和国的英雄们无不对创建希腊马其顿帝国的亚历山大大帝心仪膜拜，甚至以他为榜样企图将共和国的疆域推向世界。此时名为共和国的罗马已经初步具备了帝国的雏形，因而这位历史学家才有可能对于"帝国"这一名词做出解释：

"帝国"的拉丁语是"imperium"。"没有边界的帝国""没有地域和时间的限制"也就是超越时空具有无限大权力永久统治世界的野心。在帝国鼎盛时期奥古斯都的御用诗人维吉尔在《埃涅阿斯纪》中借助众神之王朱庇特之口向罗马人——建立罗马城的特洛伊人的后裔许下承诺。"imperium"的本意得到神授也即罗马官员或者统治者依法被授予的权力，包括执政官、资深执政官、司法官、资深司法官和独裁官以及后来的国家元首所谓的第一公民。此外，这个词也是军事用语，指拥有最高军事指挥权的那个人，也即帝国的统领者。

按照美国学者克里尚·库马尔在《千年帝国史》中的解释：

毫无疑问，当"imperium"有了政府权力的含义后，人们自然用它指代那些显赫的大国。欧洲各地的语言早已赋予"imperium"一词更形象的含义，即用于形容太阳或河流的宏伟壮丽。当莎士比亚用"imperium"一词形容英格兰、苏格兰、法兰西时，他并不在意这些国家的领土面积大小以及国力是否强盛，而想要使它能够形容帝国，必须丰富这个词的内涵。早期现代的思想家认为，帝国的核心在于权威，特别是皇室权威（不同于"专制独裁"）。于是我们发现在欧洲绝对主义盛行时期，许多统治者都将自身统治的地域称为帝国。帝国几乎成了至高权力的同义词。

该书还解释说：

在西塞罗等人的著作中频繁出现的"帝国"二字就具有以上的含义。"西塞罗关于'罗马人民的统治权'这句话的解读从未脱离他在《论法律》中所强调的'imperium'本义，即法律赋予的权力……而不是所谓的'帝国'，即由罗马人民统治的政治实体"，这一区分意义重大，因为罗马除了名称之别，根本就是罗马共和国的产物。正如爱德华·吉本所说："罗马人的主要成就都是在共和国期间获得的；而罗马帝国的皇帝大部分满足维持现有统治，稳定的局面凭借此前元老院的政策、执政官的作为和民众从军的热情而取得的。"因此人们或许会期待用"imperium"形容帝国，即"imperium"实施的空间。

也就是在共和国时期用武力所征服开拓广袤疆域，包括亚欧非的所有的行省和加盟的城邦制共和国以及东方的世袭王国，这就是后来大国邦联体制雏形。在当时而言，罗马人在希腊思想，特别是斯多葛学派的基础上，发展了因普遍存在的理性而团结在一起的人类共同体——用西塞罗的话说，"一个由神和人组成的共同体。"受到亚历山大大帝的冲击，希腊哲学家眼中的希腊文明具有某种使命。从亚历山大大帝开始，在希腊人的主张下，帝国的意义在于向世界传播文明。希腊文明对于罗马贵族世界影响极大，即便共和国高层贵族及其子弟都以在雅典或者罗德岛学习哲学、修辞学、演讲学为荣，如共和国的开拓者大小西庇阿乃至后来的恺撒、西塞罗、霍腾修斯和所谓共和派大将布鲁图斯、卡西乌斯等人都曾经在希腊接受过教育，高层贵族家庭几乎都配备有希腊的家庭教师教授自己子女，如庞培、阿克苏、马塞拉斯、尼禄、奥勒留、康茂德等人都有私人希腊老师专门教育，因而几乎都是希腊文化的继承者。不同程度受到希腊斯多葛主义哲学的影响。

从公元前2世纪开始，希腊思想家，如波利比乌斯将罗马视作亚历山大大帝未尽使命的延续。罗马的李维、维吉尔等人对此十分赞成。尤其是奥古斯都时代和"五贤帝"时期的安东尼时代罗马带来了和平、秩序和公正。罗马覆盖了整个已知世界，所有人都生活在"罗马和平"的盛世中。随着君士坦丁大帝在 4 世纪，改信基督教，基督教在帝国的影响进一步深入，罗马的使命也有了更高的精神追求。中世纪所有以不同的方式竭力复兴罗马的君主，看重的都是基督教世界与罗马世界的统一：这是使命的两面，在上帝的护佑下，为了全人类的福祉，罗马人和基督教徒竭力将两者统一，形成他们的宣传口号，整合人心的意识形态手段，虽然其中充斥着虚假的宗教蛊惑或者欺骗，掩盖着对于世界弱小民族的侵略和掠夺，其中充满着杀戮血腥是不言而喻的，如对迦太基的屠城和十字军东征手段一样残酷和无情，和帝国草创和繁荣时期的强盗行径几乎一脉相承。无论文明的拓展都伴随着手段的卑劣和无耻，好坏优劣罗马依然是帝国的源头和典范。

自从 1453 年，以基督教立国的东罗马帝国被信奉伊斯兰教的奥斯曼帝国所推翻，拜占庭被土耳其苏丹穆罕默德二世的军队所攻占，由君士坦丁大帝所开创和查士丁尼大帝中兴所延续的辉煌帝国终究没落，最终也在一个和创业祖先同名的君士坦丁十一世手中失去。在乌尔班红衣大炮的轰击下这个千年之久的帝国终于灰飞烟灭，索菲亚大教堂顶部的十字架轰然脆断，伊斯兰的新月和弯刀旗帜在君士坦丁堡上空飘扬，教堂从此变成了清真寺。然而，罗马天主教廷继续延续着罗马的生命，只是已经分裂，索菲娅公主带着东正教去了俄罗斯，开拓另一方罗马国土。

西方的查理曼大帝历尽千辛万苦，在 800 年建立了神圣罗马帝国，这个帝国一直延续到 19 世纪，直到 1806 年被拿破仑彻底征服，这也是罗马不曾灭亡的明证，再说拿破仑本身也是帝国殖民地高卢人的后裔，因为不管神圣罗马帝国或者法兰西帝国都在自觉地重塑古罗马的辉煌，包括后来崛起的日尔曼（德意志）、不列颠（英国）和西班牙帝国都曾经属于罗马帝国。

在西方文明乃至更大范围的世界文明史中，无人能忽视罗马的存在。古罗马继承古典希腊文化传统，保存并复兴了希腊文学、哲学、艺术甚至生活艺术。罗马的拉丁文成为欧洲受教育阶层的语言，有着上千年的历史。罗马人以希腊为师，他们的文学、哲学构成罗马上流社会教育的基石。贵族所崇尚的罗马城市 - 乡村二元的生活方式，一度在欧洲盛行。罗马建造的道路和城市，在欧洲随处可见，甚至成为今天的交通设施和城市基础。最重要的是，罗马法律制度与制度的内涵，深植于今天的欧洲大陆并完美演绎至美国领地。罗马政治的形式与概念，滋养着欧美人思想和行为。

撇开罗马帝国对于西方文明的影响，这个横跨欧亚非的超级大国前后延续近 1500 年，是世界史上真正可称为"千年帝国"的绝无仅有的范例，它本身就是一部帝国的百科全书。帝国的各种要素、各种制度、各种矛盾、各种斗争和政治、经济、文化、军事、社会的各种形态，几乎都可以在罗马帝国中找到。例如罗马的统治方式，从原始部落到王政、共和、帝制，既有早期带共和色彩的执政官，包括国家高级官吏选举制度、监察、审判制度，还有护民官的一票否决的制度设置，对于社会正义、公平、公正秩序的维护也起到积极作用。帝国雏形的形成是在共和时期大小西庇阿和检察官老加图领军执政时期领土的扩张就已经达到相当规模，包括了地中海沿岸国家尽收囊中，有的直接吞并为行省，有的以联盟国家的形式成为罗马的附庸国，也即是大西庇阿所主导的不以占领土地为目的，以归化为主的所谓"和平帝国主义"。对于负隅顽抗实力相当对手如迦太基等坚决予以铲除。

到了公元 284 年戴克里先称帝时，才由元首制改为绝对的君主制，即便如此元老院和大陪审团、护民官等还在形式上保留着，只是便于对广袤帝国的统治分为权力对等东西方四帝联合共治的模式，实际上对于皇帝的权力防止一人独大也是某种制约，在帝位产生争执时除了军事力量起决定作用外，元老院对于决定皇帝人选也起到不可小觑的作用，这种政治架构一直维持到东罗马天主教帝国覆灭。罗马早期共和体制的历史作用依然是影响深远和持久的。恰恰是这种元首制而不是绝对的君主独裁专制，才涌现出罗马早期的"五贤帝"，创造了安东尼王朝的无与伦比的帝国辉煌时期。

罗马帝国早期实行的行省制度分为三个系统：一为帝国元首管辖，一为元老院所管辖，一为地方政府管辖，行省总督具有行政和军事管辖权并负有为帝国征服的征税权。这种行省制度同时还具有对于附近同盟国和部落蛮夷动向监督权，及时提供政治动向情报，且具备分权制衡和地方立法维持治安发展经济的自主权。但是也可能弱化中央统一权威和助长地方分裂的弊端。尼禄朝晚期造成伽尔巴、奥托、维特利乌斯、韦帕芗均为地方行省总督起兵造反反抗暴政先后凭借军事实力出任罗马皇帝的乱局。

　　公元48年，祖先来自拉宾民族的克劳狄乌斯皇帝在元老院那篇著名的开放国门演讲，在后来经常被人引用，可以说明帝国对于征服者的开明态度。诚如奥古斯都时代的诗人维吉尔所说：罗马的伟大之处不在其疆域或权力，而是运用权力的方式。罗马确实统治了不少民族，但是罗马与其他统治者不同在于它"擅长在和平中统治万民，宽待臣服者，征服骄横者"。罗马教化使命的核心是将文明传播给世界，"文明"就是罗马人心中的"人性"。文明是仁慈、理性、有教化人类的理想。古罗马学者西塞罗发现这些概念来自于古希腊。但是罗马人将之发挥到极致。在古罗马七丘之国时期就首先融合了附近的拉丁民族和拉宾人、埃特维尼亚成为王政共同体。在恺撒时期被征服的高卢各民族就有贵族进入元老院成为贵族。

　　关键在于罗马人对于文明的理解与种族或民族无关，即使罗马人对古希腊文明成就依然无比崇敬，但在这一点上罗马人选择与希腊人分道扬镳，希腊人认为，无论是真实的还是虚构的，拥有一个共同的祖先是个体或者族群归为希腊人或文明世界（与"蛮夷"相对）的重要标志，而罗马人不这么看，文明化或罗马化，原则上对罗马人都适用，无论是蛮夷还是意大利人，罗马城本身就是一个混杂的城市，无数部落与族群在此安身，不以宗族为区分标准。无论是神话传说还是历史故事，罗马人"不会像希腊人那样注重血统，或者像犹太人那样重视宗教关系，而是在价值观、忠诚、习俗和崇拜方面，不断吸收同化而形成共同体"。

　　在克劳狄王朝后不久，出生在图卢兹的诗人卢提弗斯在回到高卢的途中写下了一篇史诗——《归途记事》（417），他指出这正是罗马文明教化使命的核心：

　　汝将异族之境纳入国土；

　　法外领地得到帝国庇荫；

　　用法律慑服难训的异族；

茫茫荒野建起座座城市。

在文艺复兴时期，罗马因为其对待非罗马人的态度而独树一帜。马基雅维利在《论李维著罗马史前十书》中认为，希腊城邦如雅典和斯巴达的社会发展停滞乃至最终灭亡，原因在于对待"异类"和外国人的敌意态度，恰恰相反罗马消灭了邻居，因而变得更强大，因为罗马维持了一条"为向归化的人而设的开放且安全的通道，并给予他们赢得荣誉的机会"，其中包括授予公民权。英国启蒙学者弗朗西斯·培根认为公民权是罗马兴起和持续发展的关键要素。"面向外族的自由归化政策是成为帝国的先决条件"，在这一点上没有一个国家能够和罗马相媲美；因此，罗马成为最伟大的帝国。

培根补充道：

罗马殖民扩张的过程，就是罗马风俗传统移植到其他国家的过程；两种制度融为一体，好像不是罗马在世界上扩张，而是世界在罗马土地上发展，这无疑是伟大的。

其他国家往往闭关锁国，自负地捍卫本土文化和臣民的服从统治的奴性，而罗马继承了亚历山大的传统，对外开门广纳，吸收各民族、习俗、宗教，同时使自身政策和文化同世界接轨。

到了公元212年罗马皇帝卡拉卡拉正式颁布敕令，将罗马公民权正式授予帝国范围内的一切自由民。或许这是一个缓慢的历史渐进过程导致的必然结果，然而却标志着罗马新的开端，象征着帝国已经摆脱了罗马人对其命运的掌控，帝国成为皇帝及其仆佣——军队和官僚构成的共同体。卡拉卡拉在命令中提到"罗马世界"而非"罗马人民的帝国"，这实际上是一种"全能的行政权"，行政中心也不必是罗马，而可以是君士坦丁堡、米兰、拉文纳，或者之后的神圣罗马帝国，或者拿破仑欧洲的法兰西帝国延伸到新教徒对于北美新大陆开发的合众国，均可以自称为新罗马，以及当下的欧洲共同体。

中国学者俞可平先生在最新出版的《帝国新论》中指出：

罗马帝国对于欧洲文明乃至世界整个文明产生的影响是深远而巨大的。它集中体现在三个方面：

　　首先是罗马帝国的形成，打通了帝国版图内各个国家之间的政治和经济壁垒，形成了当时历史条件下最广阔的世界性市场，有力促进了生产力发展和经济繁荣。罗马帝国治下长期的和平与繁荣。也创造了文学、艺术、建筑、军事、交通、科学、思想等各个领域的辉煌成就，有力地推动了欧洲社会的进步，也为伟大的文艺复兴提供了重要的灵感。

　　其次，罗马帝国创设的许多法律制度，成为重要的政治遗产，为欧洲内外的许多国家所传承效仿，深刻影响了欧洲和世界的发展。例如，罗马帝国的《查士丁尼法典》为欧洲绝大多数国家的法制体系奠定了重要的基础，从而为欧洲及全人类社会的法治建设做出重要贡献。又如神圣罗马帝国时期的，查理四世确定了选侯制度，赋予特定的贵族选举皇帝的权力。这种选帝侯制度在最黑暗的中世纪，也保留了源自古希腊的民主选举传统。

　　最后，罗马帝国最重要的贡献在于，继承并极大弘扬了古希腊文明，将希腊文明传送到了欧洲西部，扩大到罗马帝国的全境。"罗马历史是真正的西方历史的开端。由亚历山大带到东方的希腊文明未能持续太长时间，由恺撒、西塞罗和奥古斯都带到西方的同样的文明却成了西欧其后许多成就的起点。"

结束语
罗马法和欧美国家体制

罗马的法律与政绩，成为保障其帝国秩序和逐步走向强大的基础，而法律则是罗马史的精髓。由于社会财富的增加，生活逐步变得丰富多彩，库里亚大会、元老院、地方首长和帝王都在颁布法令；法典扩充之神速，犹如领土拓展之迅速，其威力可立即到达新开辟的疆土，罗马为了训练律师，指导法官，使人民不受非法审判，对于法律势必要综合成系统而容易被人民接受的形式。过去共和时代凭借军事实力而上位的僭主和独裁者，都在不同时期颁布过律令，如马略、苏拉、庞培、恺撒都有不同的法律创制，到了奥古斯都时代又有新宪法问世。在共和帝政趋于稳定后，罗马的新法典得到社会和法律界的认可。到公元后两三百年时间，《罗马法》终于在西方奠定基础。

如果说科学和技术的术语大部分来自于古希腊，那么法学术语的源头就是古罗马。公元533年的罗马皇帝、法学家查士丁尼对法学的定义为："法学是科学兼艺术，既是是与非的科学，也是善良与公平的艺术。"罗马法包括成文法与不成文法或者习惯法，特种法律如民法与万国法（也即国际公法），民法用于官式教礼时为公法，用于民间法律关系时为私法。

《罗马法》的五个来源：

（1）在共和政体下，人民的意愿就是法律，民意团体的提案经元老院同意公布施行。

（2）在共和政体下，元老院在理论上无立法权，他们可向执政官们建议，这种建议渐渐成为指令，然后变成强制，到共和末期这种建议成为法律。

（3）特种法律由执政官公告颁行，每个新任执政官都张贴公告于壁上昭示任期内的法律原则，巡回法官和地方首长也可发布同样公告，执政官可以利用统治权，既可颁布法律，也可解释法律。《罗马法》将固定的基本法律和首长的变化见解合而为一，以致法律朝令夕改和执法者的独断专行，使得滥用法权的情形趋于严重。为了避免法律变化无常，哈德良乃指令制定一部永久性法典。

（4）《帝王法》在第二世纪期间亦成为法律之一部，有四种形式：

一是皇帝所颁布的政令，全国一致遵行，但人亡之后，法律失效；二是帝王以法官身份所作的判决有法律效力；三是皇帝对道德或法律问题所作的解释——一般使用书信或对于同一问题的批示；四是皇帝对官员的指令渐渐成为详尽的行政法。

（5）某种情况下，博学的法学家之意见也可以立法。法学家可以在公开场合或者在家里发表法律意见、对古法加以解释，他们的书面解释仅次于法律。

《罗马法》的特点：

首先是法律对于人权的尊重。法学家盖尤斯说："一切法律和人或财产行为有关。"也即一切罗马公民，凡是由于出身、收养、释放或经政府承认而属于罗马种族的人均属之。《罗马法》最可贵的是保护个人对抗国家的权力，但奴隶无法制定权力。《罗马法》不承认奴隶是人，而属于物。奴隶不能有财产，不能继承财产，不能馈赠财产，奴隶婚姻无法律地位。在共和法律之下，不管有无理由主人对奴隶可以任意殴打、监禁、投入兽圈由野兽扑杀等。

其次，是罗马法律对于私有财产有严格的保护。财产的所有权、保护义务、货物交易、商品契约、债务偿还问题成为《罗马法》的大部分。包括所有权的继承、赠送和买卖，以及债务的贷款、质押、存款或者信托都有明确的法律条文。对财产所犯的罪行包括：损毁、盗窃和掠夺——暴力盗窃，在《罗马法典》都有明确的处罚措施。《罗马法》中的《财产法》成为最完备的法典。

再次，是罗马法律制定了严密的诉讼程序。在共和时代，原告、被告和文职官员（政府中由执行法律权之官吏）都需遵守法律程序。稍有偏差即属无效。严密的诉讼程序，造就了人类早期的律师制度。当时法律人才辈出，父母都希望他们的儿子成为律师。

早在公元前200年，罗马学校到处都设有律师供人咨询法律问题。阿米阿努斯不满他们收费过高，说："他们真是打个哈欠都收钱，只要顾客肯出钱，连杀母者都能脱罪。"由此出身律师者，不免有人以卑鄙手段出卖其所学，例如因为受贿而故意将委托人的案子弄得理由不足，寻找法律漏洞使罪犯脱罪，煽动富人彼此互讼，为了赚钱而拖延诉讼时间等……由于竞争激烈，他们为了博得声望，于是有人手上带着借来的指环，随身带着侍应的仆人，手里提着大批案卷，故意在街上来去匆匆并且雇了捧场的人对他的发言鼓掌。

最后，是用以统治被征服地的《万国法》。罗马使用武力或者外交取得了广袤的土地，海外领地或者行省有着五花八门的法规。《罗马法》最大的难题是如何巧妙地领导他们。其中有许多国家比罗马历史悠久，他们有光荣的历史传统和自豪的特殊文化，但是罗马对这些情况应付自如，他们为住罗马的外侨派一个执政官，然后再给意大利和各属地派一个，授权让他联合彼此法律管理地方行政，这些副执政官历年所颁布政令渐渐产生了统治帝国的《万国法》。哲学家们也在他们的爱国作品中说国际法就是自然法。

斯多葛学派对于自然法的定义是"将自然理性注入人心的道德法。"他们认为"自然是一种理性体系，是一切事物的逻辑和秩序，这种秩序在社会上自然发展，自然成为人的意识就是自然法"。古罗马著名思想家西塞罗有一段著名演说，阐述了他的理想：

真正的法律是与自然相调和的真理，它包罗宇宙，永不变更，永无止境……吾人不能反对它、改换它、废止它，不能利用任何立法来解除对它的义务，我们不必在本身之外去寻求对它的了解，这种法无分罗马与雅典，无分现在与未来——对任何国家或者时代都有效并永久有效……不遵守它的人就是否认它的本身和本性。

这是最早对于法律善恶之分的自然法理论，被后来的英法等国启蒙运动思想家普遍所接受，也即中国道家思想"天道""天人合一"或者"天人感应"的理念，对于政权合法性判断有异曲同工之处。美国《独立宣言》根据孟德斯鸠、伏尔泰、卢梭所共同肯定的自然权利学说和主权在民思想，开章明义即指出：

我们认为这些真理是不言而喻的：人人生而平等，造物者赋予他们若干不可剥夺的权利，其中包括生命权、自由权和追求幸福的权利。为了保障这些权利，人类才在他们之间建立政府，而政府之正当权力，是经被治理者的同意而产生的。

　　古罗马帝国的鼎盛时期，公元二世纪安东尼王朝的涅尔瓦、图拉真、哈德良、安东尼·庇护和马尔库斯·奥勒留被称为"五贤帝"，追求精神纯洁灵魂不灭的斯多葛哲学理想最为盛行。对于源自于古希腊的斯多葛学说，罗马曾经的执政官西塞罗的说明，可以说是最为透彻的解说。乌尔比安又把该项哲理进一步发展，他认为阶级之分和特殊权利是错误的、人为的，他和基督教所持人类生而平等的观念是相背离的。不过当盖尤斯对《万国公法》所下定义为"天理对人类的立法"，这种解释使得他错把罗马武力当成神意，因为《罗马法》是罗马武力的理由和后盾；《民法》和《万国法》是聪明的征服者对其他主权国家发号施令和维持尊严的工具。在强者欺凌弱者看来，《罗马法》当然是自然天理，但实质上是荒谬的对于丛林政治恃强凌弱的公然肯定，是背离自然法原理的自圆其说。

　　但是，这种冠冕堂皇的法律不乏可贵之处，既然强者统治无法避免，那就请他们把规则明白地定下来。在这种意义下，《罗马法》就是权力的维持，《罗马法》影响了中古的时代的《寺院法》，启迪了文艺复兴时代的思想家，成为下列各国和地区的思想索引——意大利、西班牙、法国、德国、匈牙利、波西米亚、波兰甚至大英帝国的英格兰、魁北克、锡兰和南非。英国法律的平衡法、海事法、监护制度和遗产原则，就是采用罗马的《寺院法》。希腊的科学和哲学、犹太希腊的基督教义、希腊罗马的民主政治和《罗马法》，成为古代先哲留给人类最有价值的精神遗产。

　　罗马人对西方欧美社会的影响方方面面不胜枚举。罗马人认为他们源于特洛伊人的错误观念也影响欧洲数世纪之久。公元 13 世纪，不列颠人仍然认为他们的祖先是可经罗马人追溯到特洛伊人布鲁图斯（Brute）；法兰克人（Franks）则宣称特洛伊王子赫克托耳（Hector）之子弗朗库斯（Francus）是他们的祖先。在更为现实的层面而言，欧洲的政治和法律传统均以源生于罗马的传统为基石。而美利坚合众国，已有不止一位现代学者指出，世界上也许没有哪个政府如此类似罗马政府。

政治术语同样也反映出继承于罗马的遗产，华盛顿哥伦比亚特区中部分布局与罗马城极为相似；很多建筑物和国旗、军徽上带有鹰形标识，在参众两院会场均标有法西斯束棒的图案，此两者恰恰是罗马权力的象征。英语词汇一半来自拉丁语，科学术语也多以为据，所有美国硬币上均刻有拉丁语铭文"e pluribus unum"（一物源于万物），而美元钞票上也印有典出《埃涅阿斯纪》的一行诗"Novus Ordoseclorum"（新时代秩序）。基督教之前的许多宗教习俗有助于基督教传统的形成，在圣诞节赠送礼物的传统最初源于萨图恩节主人与奴隶互换礼物的习俗，而萨图恩节是罗马人的节日，与圣诞节日期相同。这是因为罗马帝国后期基督教成为国教后才成为西方的主要宗教。这样的传统又由宗教改革时期饱受迫害的新教徒辗转漂泊来到美洲新大陆，并在英法列强的殖民征战中繁衍着罗马的传统在美国扎根成长，综合成合众国新的文化。

诚如美国学者罗伯特·柯布里克在《罗马人——地中海的基石》一书中所描绘的那样：

罗马人投射出的绵长光辉日日映照着我们的习俗、传统和语言。尽管存在严重的中断与纷乱时期，但我们仍然深受罗马人的影响。公元410年蛮族人摧毁罗马城时，奥古斯丁坚信"灵魂之城"罗马依然矗立。奥古斯丁是对的，"灵魂之城"罗马以它永远无法想象的方式依然矗立至今。

其中，当然也包括帝国的穷兵黩武和对外扩张，称霸世界的野心。罗马共和到帝国时期对外的征服、扩张和掠夺也一直影响到后来的历史并延续至今。共和的民主秩序与帝国的权力扩张是否能够长期相互兼容、并行不悖，后来的很多学者对此持否定态度。

在古罗马，帝国的建成便宣告了共和制的破产，这种观点不仅感染了世世代代的欧洲人，同样深深影响美国人。后者在政治秩序上对罗马的效仿超过欧洲任何一个国家。诚然，古罗马也曾在法国大革命的疾风暴雨中发挥了榜样作用：法国对罗马的效仿首先出现在拿破仑升为第一执政官最终加冕为皇帝的历史，在这期间拿破仑师法古罗马，将法兰西的势力向南欧和中欧推进。也就是说，行为主体及观察家在法国大革命的历史进程中看到的更多是罗马帝国的借尸还魂，而少见罗马共和国英姿风采。在美国则大相径庭，罗马共和国的各项制度被奉为典范，美国人相信它们可以遏制党阀主义、杜绝党魁专政和军人干政造成僭主政治的坐大，最终捍卫共和政体不受破坏。至于后来德意法西斯的崛起，更加是罗马帝国的回光返照，不仅在意象美学、建筑风格、行为举止上刻意模仿罗马帝国时期的风格，就连群众集会时对元首的拥戴，也是模仿罗马的凯旋仪式。因此，在称霸世界的野心上也如出一辙，所以失败得也最彻底。

在这个意义上可以说，美国最初在政治上的自我认知确实带有反帝国的底色，这是他们的开国先贤的明智之处，在很大程度上促使美国和国际政治的种种挑战保持一定的距离。而这也一度左右了美国在19世纪到20世纪的内政外交。所以对美国的帝国政策大加鞭挞的批判者一再援引罗马共和国晚期的历史，重申共和秩序与帝国政治的水火不相容，也就不足为怪了。一般认为由于帝国和民主互不兼容，美国的新帝国政策将导致民主制的废弃。而这方面的最早征兆一般表现为媒体的不断趋同化，媒体已沦为政府政策的宣传工具。就连那些一贯对美国帝国地位持有好感或者至少保持开放态度的人也认为，在内部的民主秩序与对外的帝国政策之间有着某种矛盾对立不统一之处。尤其在过去多年里美国常常急不可耐地挥舞战争大棒大打出手，哪怕不合时宜，也将由此引出一个令人错愕的结论：民主帝国将比专制帝国更乐于诉诸武力。

赫尔弗里德·明克勒就此指出：

为了给军事干预打开方便之门，美国不惜制造各种假象，编造了各种谎言。那些被戳穿的谎言，常常被人用来佐证美国政治的虚伪和狡诈：制造耸人听闻的威胁和危险的假象，随便扩张势力范围，实现一己私利。但常常被人所忽略的一点是捏造威胁也源自于一种结构性压力，即说服民主社会的公众接纳帝国任务。"制造假象"的政策其实是为了填补民主和帝国的那道鸿沟。

这又和当年启蒙先哲孟德斯鸠在《罗马盛衰原因论》中总结的罗马共

和国当年崛起所运用策略，利用实力地位，威逼监控各国，不惜使用狡诈的欺骗和谎言而达到政治军事目的是相吻合的。尽管美国"二战"时的总统罗斯福强调美国对于世界秩序的维护不仅仅在于军事，而在于优越的体制、科技和文化、道德的影响力，就如同当年罗马对于蛮族的征服同化不仅仅是武力，而是文明对于野蛮的征服。因此，美国自命为民主帝国对于德、意、日法西斯专制帝国的胜利自然也就是民主文明对于专制野蛮的胜利。

赫尔弗里德·明克勒进一步指出：

诚然，在20世纪上半叶，美国在战争中获得了跟欧陆国家截然不同的经验，这种经验在很大程度上一次次激发了美国选民，让他们甘心承担——至少部分承受——源自帝国行动的军事负担。美国是两次世界大战的真正赢家，跟其他诸多参战国相比，美国先后两次均以最小的人员伤亡换取了最大的经济收益。刚加入第一次世界大战时，美国还是一个债务国，但离开战场时它已摇身一变，成为最大的债权国了。与此同时，欧洲对手迫于战争所带来的经济负累，向美国敞开了市场大门——那是它之前近乎未曾涉足的新市场。"二战"烽火熄灭之后，德国和日本的经济水平在相当长的时间之内都无法与美国相匹敌；大英帝国则在战争摧残下气势衰竭、辉煌不再。美国顺理成章一跃成为经济和政治上遥遥领先其他国家的超级强权。所以美国人得到的经验是，完全可以在战争中获利。虽然在两次世界大战中真正获利的主要是美国资本家，可在普通美国人印象中，参战每每与经济振兴如影随形，相伴而生，从这个意义上说，美国大发战争财的国家意志倒是与美国民众同气同声。

这就是当年罗马帝国一部分日耳曼尼亚人——当代德国学者透过罗马帝国千年历史的迷雾，透视当代美国所得出帝国统治的逻辑分析得出的真相。

19世纪法国著名的历史学家依波利特·泰纳在他的鸿篇历史学巨著《现代法国的起源：旧制度》中对于法国启蒙思想的四位卓尔不群的著名人物孟德斯鸠、伏尔泰、狄德罗和卢梭的思想生平和个人性格有过十分精彩生动的描述。他认为，现代欧洲没有更伟大的作家，不过，如果要更好地理解他们的力量所在，就应该深入考察他们的才能，就格调和手法而言，孟德斯鸠首屈一指。他写道：

　　从来没有哪个作家像他那样镇定平和、言辞持重。他的语调从不张扬，即使谈论最强烈的事物时也很有分寸。没有任何做作、任何近乎慨叹、任何情绪的发作，所有这些有悖礼仪的举止，都与孟德斯鸠的细腻、矜持和骄傲格格不入。他仿佛总是在向优雅之至的特选圈子诉说，诉说的方式每时每刻都要让他们感觉到精致细腻。没有比这更巧妙的奉承了，我们可以从中了解到自己的思想能得到多大程度的满足。要获得满足就必须阅读孟德斯鸠：因为他特意缩减了各种铺陈，删除了各种转折过度，他将这些东西留给我们自己去补充，其弦外之意让我们自己去揣测。孟德斯鸠的文字次序井然，但这种次序是隐藏的；他的语句并不是连续地展开，每一句都是独立的，就像众多的首饰匣或珠宝盒，时而简单朴素、不假粉饰，时而装饰华丽、精雕细刻，但个中内涵始终都是饱满丰富的。打开这些盒子，每一个都是一座宝库；作者在那个狭小的空间中装入了大堆大堆的思虑、情感和发现，当所有珍宝能够在瞬间被理解、能轻易把握于我们的手掌心时，我们的愉悦就越发强烈了。孟德斯鸠自己说："伟大思想的产生，往往是有人讲述一棵树，而我们能瞥见森林；或者他的作品我们要看到最后一行才恍然大悟。"实际上，这就是他的风格；他的思考是提纲挈领式的：他的一章只有三行，但能揭示专制主义的全部本质。这种提纲挈领有时甚至像个谜语，由此带来了双重愉悦：既有理解的快乐也有猜测的满足感。他在所有问题上都保持着这种谨慎、克制、稳重的气质。他说："在我的《为论法的精神辩护》中，让我感到高兴的不是看到可敬的神学家被打翻在地，而是看到他们在世上无声无息地消失。"似乎是无意间，孟德斯鸠对现行制度，对变质的天主教教义和腐败的君主制度也进行了最有力的、影响特别深远的打击：天主教"在欧洲现在的状态下，其存在不会超过 500 年"；君主制则让有益的公民节衣缩食以养肥宫廷中的寄生虫。在他的笔下，整个新哲学在淳朴的乡间传说中，在天真幼稚的祈祷声中、在颟顸懵懂的通信中，以一种纯真无邪的面目孕育出来。那些引人注目、给人以深刻印象的才能，全部是以这种风格表现出来的：无论是宏大的想象力、深邃的思想、文笔的犀利、层次之细腻、严格与精确，还是不失优雅的诙谐、出人意表的神来之笔，以及场景刻画的丰富性。不过，虽然有这么多高超的手法、讽喻、故事、人物、对话，无论严肃的还是诙谐的，但孟德斯鸠的总体格调总是无可挑剔，堪称完美。虽说他揭示出种种悖论，但行文之庄重简直是英国式的。虽说他展现事物中的种种龌龊卑鄙，但用词却得体端庄。无论是玩笑至极还是放肆至极，他总还是得体的上流人物，他生长的贵族圈子虽然无拘无束，但把教养礼仪奉为至上，虽然那里有什么样的想法都可以，但那里的所有话语都需讲究分寸，虽然那里什么都能说，但条件是决不可得意忘形。

上述对于孟德斯鸠男爵的性格和文章风格的描述，虽然显得有些冗长，但总体上还是非常到位的。他是一位思想深刻，思维敏锐，笔触细腻端庄而又温文尔雅的贵族绅士学者。一切都讲究与身份门第相当，庄重和严谨细致的教养和素养相匹配的思想家。然而又局限于一个温馨高雅的沙龙中，犹如象牙塔发出黄莺鸣叫清脆悦耳，很像是豪华奢侈殿堂中发出的轻音乐声。毕竟没有穿越林海的雄风，在莽莽森林中呼啸而过发出的松涛呼啸那般苍劲有力激动人心。如果说激荡欧洲的启蒙运动是一曲唤醒民众交响乐，贵族思想家孟德斯鸠就是一位风格独特姿态优雅出类拔萃的小提琴手，他的琴声穿越阴沉无光的阴暗教堂的殿堂，为人们打开了一扇新时代的门窗，去迎接曙光的降临。然而他的圈子终究只是一小批谈吐优雅，举止斯文的贵族精英，其睿智的语言，深邃的思想更多的是盘旋在上流社会、美貌贵妇的沙龙中，成为异样璀璨的珍宝，但离成为社会底层民众摧毁旧制度的武器还是有相当距离的。

因为，革命是暴动，是一个阶级推翻一个阶级暴烈的行动。这些行动需要由马拉、罗伯斯庇尔、丹东等革命家来发动。而当年法国贵族平时的生活，就是请客吃饭，辅助以丰富的文化娱乐活动，大宴宾客的豪华阵仗、细致周到的礼仪架势、豪华新颖的服饰都令人咋舌，插科打诨似的幽默谈吐来吸引贵族妇女的兴趣。而高贵的夫人淑女却只是优雅的阅读和绘画绣花，增加自己的才艺，再加上不断地创造性修饰脸面和引领时尚的穿着打扮。这些都象征着财富和地位。作为旧贵族孟德斯鸠当然未能免俗，连后来的伏尔泰、狄德罗、卢梭也受时风影响和宫廷贵族进行周旋，与不同身份的女人们打得火热，吸收创作的灵感。

贵族的圈子是窄小的，它只能包括一小批精英，要让大众听懂，就必须用另一种方式说话。启蒙运动需要一位将传播当成第一要务的作家，这位作家就是整个时代启蒙交响曲中钢琴师，起到统领被称为启蒙思想泰斗的伏尔泰。卢梭吹响向皇权专制进攻的冲锋号，一批思想家、革命家登上历史舞台，演绎生动活泼一场历史大戏推动了英国的光荣革命、美国的独立建国运动和波澜壮阔的法国大革命。

公元 1755 年 1 月 25 日孟德斯鸠在巴黎染上流行性热病，2 月 10 日一代启蒙巨擘在巴黎圣多米克寓所与世长辞，享年 66 岁。罗马教皇收到了关于孟德斯鸠临终前几天的记事，以崇敬的心情仔细阅读，然后下令发送所有教廷使节和罗马主教属下的各国主要城市的总管阅读。波尔多科学院历来对其院士逝世不作任何表示，这次却打破常规，向孟德斯鸠儿子色贡达发了一封吊唁信，同时声明此举不得作为今后的先例。在波尔多，最高法院的法官在圣安德烈大教堂举行了悼念仪式，然后又向孟德斯鸠夫人表示哀悼之情。当他们走进她那间灯火昏暗的房屋时，由于心情沉重没有看清台阶，全都被长袍绊倒。

孟德斯鸠逝世的第二天下午 5 点，遗体在圣苏普利斯教堂的圣热那维耶夫小教堂入殓。狄德罗是唯一在场的启蒙哲人。

英国著名的文学家、政治家切斯特菲尔德勋爵在《伦敦晚邮报》为孟德斯鸠之死发表文章，表明他把目光投向未来，文章的结尾写道：

他的事业使他的名字光辉夺目，只要正直的理性、道德义务和法的真正精神为人们所理解，为人们所尊重，并为人们所维护，他的事业就将使他永存。

也就在法王路易十六被送上断头台不久，次年一月早春最寒冷的季节，谢菲尔德勋爵在伦敦十分悲痛地告别了他的挚友启蒙运动最伟大的历史学家爱德华·吉本先生。1794 年 1 月 16 日中午十二点三刻，吉本在伦敦圣詹姆斯街朋友的住所与世长辞，享年 57 岁。谢菲尔德详细记载了吉本尸体解剖的情况：

> 尸体于第五天进行剖视。当时全身完好，只有局部的结肠发生若干程度的坏疽，症像并不十分显著；这一部分结肠与全部网膜扩展成很大的体积，坠入阴囊，形成一个囊状物，下垂到接近膝部。由于这一部分发炎并溃疡，吉本先生就无法使用疝带。但最后一次放液六夸脱之后，结肠与网膜下垂更甚，以其重量的窦部拽下到耻骨，这大概是致死的直接原因。

2019 年 2 月 17 日第一稿

2022 年 1 月 27 日第二稿

2022 年 2 月 25 日第三稿

2023 年 3 月 15 日第四稿

2023 年 9 月 30 日改定于南京秦淮河畔

参考书目

〔英〕爱德华·吉本著，席代岳译《罗马帝国衰亡史》吉林出版集团

〔英〕爱德华·吉本著，戴子钦译《吉本自传》上海译文出版社

〔美〕威尔·杜兰特著，雄狮文化公司译《世界文明史》东方出版社

〔美〕艾米莉娅·基尔·梅森著，郭小言译《法国沙龙女人》中国社会科学出版社

〔法〕孟德斯鸠著，许明龙译《罗马盛衰原因论》商务印书馆

朱学勤著《道德理想国的覆灭》生活·读书·新知三联书店

〔法〕托克维尔著《旧制度与大革命》人民日报出版社

〔美〕迈克尔·布林顿著，卢春龙、袁倩译《政治文化谱系》社会科学文献出版社

〔古希腊〕普鲁塔克著，席代岳译《希腊罗马英豪列传》安徽人民出版社

〔美〕罗伯特·柯布里克著，张楠等译《罗马人——地中海霸业基石》世界图书出版公司

〔英〕汤姆·霍兰著，杨军译《卢比孔河——罗马共和国的衰亡》中信出版集团

〔俄〕维克特·松金著，陈磊译《罗马传》广西师范大学出版社

〔古罗马〕维吉尔撰文，慈国敬绘画，张帆译《征服者埃涅阿斯》吉林摄影出版社

〔古希腊〕柏拉图著，郭斌和、张竹明译《理想国》商务印书馆

〔英〕安东尼·埃弗瑞特著，翁家声译《罗马的崛起》中信出版集团

〔德〕特奥多尔·蒙森著，张颖、杨苗译《罗马史》重庆出版集团

〔古罗马〕提图斯·李维著，〔意〕桑德罗·斯奇巴尼选编，王焕生译《自建城以来》中国政法大学出版社

〔日〕盐野七生著《罗马人的故事》中信出版集团

〔英〕迈克尔·格兰特著，王乃新、郝际陶译《罗马史》上海人民出版社

〔英〕玛丽·比尔德著，王晨译《罗马元老院与人民》民主建设出版社

郭小凌著《世界史通俗演义·上古卷》世界知识出版社

〔英〕西蒙·普莱斯、彼得·索恩曼著，马百亮译《企鹅欧洲史·从特洛伊到奥古斯都》中信出版集团

〔德〕赫尔弗里德·明克勒著，程卫平译《从古罗马到美国——帝国统治的逻辑》社会科学文献出版社

〔美〕雅各布·阿伯特著，公文慧译《罗慕路斯》华文出版社

〔英〕理查德·迈尔斯著，孟森译《迦太基必须毁灭》社会科学出版社

〔古希腊〕波利比乌斯著，翁嘉声译《历史·罗马帝国的崛起》社会科学文献出版社

〔古罗马〕阿庇安著，谢德风译《罗马史》商务印书馆

〔意〕尼克洛·马基雅维利著，潘汉典译《君主论》商务印书馆

〔古罗马〕撒路斯提乌斯著，王以铸、崔妙因译《朱古达战争 喀提林阴谋》商务印书馆

〔美〕罗伯特.L.欧康奈尔著，葛晓虎译《坎尼的幽灵》社会科学文献出版社

〔意〕马基雅维利著，冯克利译《论李维》上海世纪出版集团

〔古罗马〕恺撒著，任炳湘译《高卢战记》商务印书馆

〔英〕罗纳德·塞姆著，吕厚量译《罗马革命》商务印书馆

〔英〕伊丽莎白·罗森著，王乃新译《西塞罗传》商务印书馆

〔苏〕谢·勒·乌特琴柯著，王以铸译《恺撒评传》中国社会科学出版社

〔澳〕考琳·麦考洛著，尤红莲、汪树东译《恺撒大传》长江文艺出版社

〔古罗马〕恺撒等著，席代岳译《恺撒战记》广西师范大学出版社

529

李永毅著《古罗马诗歌与文化》重庆大学出版社

［古罗马］奥维德著，戴望舒译《爱的艺术》陕西师范大学出版社

［古罗马］奥维德著，杨周翰译《变形记》人民文学出版社

［古罗马］奥维德著，李永毅译注《哀歌集·黑海书简·伊比斯》中国青年出版社

［古罗马］奥维德著，曹元勇译《爱经全书》译林出版社

［古罗马］贺拉斯著，李永毅译注《贺拉斯全集》中国青年出版社

［英］汤姆·霍兰著，严华蓉译《王朝：恺撒家族的兴衰》社会科学文献出版社

［美］约翰·威廉斯著，郑远涛译《奥古斯都》上海人民出版社

［英］特威兹穆尔著，王以铸译《奥古斯都》商务印书馆

［美］雅各布·阿伯特著，刘莉译《埃及艳后》华文出版社

［英］理查德·詹金斯主编，晏绍祥、舒屏译《罗马的遗产》上海人民出版社

［美］伊迪·汉密尔顿著，王昆译《罗马精神》华夏出版社

［古希腊］柏拉图等著，［美］查尔斯·艾略特主编，张春、朱亚兰译《哈弗百年经典·22 卷》北京理工大学出版社

［英］罗伯特·夏克尔顿著，沈永兴、许明龙、刘明成译《孟德斯鸠评传》上海人民出版社

张铭、张桂林著《孟德斯鸠评传》法律出版社

［法］路易斯·博洛尔著，蒋庆、王天成等译《政治的罪恶》改革出版社

［法］孟德斯鸠著，许明龙译《罗马盛衰原因论》商务印书馆

［法］孟德斯鸠著，张雁深译《论法的精神》商务印书馆

［美］里克著，肖涧译《塔西佗的教诲——与自由在罗马的衰落》华东师范大学出版社

曾维术编，曾维术、李静译《塔西佗的政治史学》华夏出版社

［日］本村凌二著，庞宝庆译《地中海世界与罗马帝国》北京日报出

版社

〔英〕韦戈尔著，王以铸译《罗马皇帝尼禄》辽宁教育出版社

〔美〕彼得·盖伊著，刘北成译《启蒙时代》世纪出版集团、上海人民出版社

〔德〕威廉·吉塞布莱希特著，邱瑞晶译《德意志皇帝史·卷一》吉林出版集团股份有限公司

〔法〕皮埃尔·马南著，曹明、苏婉儿译《城邦变形记》广西师范大学出版社

〔英〕西蒙·贝克著，李俊、杨帆等译《帝国兴亡：罗马帝国的六大转折点》新世纪出版公司

〔法〕伊波利特·丹纳著，张丹彤译《意大利游记》商务印书馆

俞可平著《帝国新论》浙江人民出版社

图书在版编目（CIP）数据

古罗马墓志铭.4,改朝换代 / 陆幸生著.-- 北京：
中国书籍出版社, 2024.8

　ISBN 978-7-5068-9836-2

　Ⅰ.①古… Ⅱ.①陆… Ⅲ.①纪实文学—中国—当代
Ⅳ.①I25

中国国家版本馆CIP数据核字(2024)第073210号

古罗马墓志铭（4）　　改朝换代

陆幸生　著

责任编辑	尹　浩	
责任印制	孙马飞　马　芝	
封面设计	程　跃	
出版发行	中国书籍出版社	
地　　址	北京市丰台区三路居路 97 号（邮编：100073）	
电　　话	（010）52257143（总编室）　　（010）52257140（发行部）	
电子邮箱	eo@chinabp.com.cn	
经　　销	全国新华书店	
印　　刷	三河市富华印刷包装有限公司	
开　　本	710毫米 × 1000毫米　1/16	
字　　数	645千字	
印　　张	33.75	
版　　次	2024 年 8 月第 1 版	
印　　次	2024 年 8 月第 1 次印刷	
书　　号	ISBN 978-7-5068-9836-2	
定　　价	518.00元（全四册）	
